Mattias Edvardsson

DIE LÜGE

Autor

Mattias Edvardsson lebt mit seiner Frau und den beiden gemeinsamen Töchtern außerhalb von Lund in Skåne, Schweden. Wenn er keine Bücher schreibt, arbeitet er als Gymnasiallehrer und unterrichtet Schwedisch und Psychologie.

Von Mattias Edvardsson bei Blanvalet erschienen:
Die Lüge
Der unschuldige Mörder
Die Bosheit
Die Wahrheit

MATTIAS EDVARDSSON

DIE LÜGE

ROMAN

Deutsch von Annika Krummacher

blanvalet

Die Originalausgabe erschien 2018 unter dem Titel
»EN HELT VANLIG FAMILJ« bei Forum, Stockholm.

Das Zitat von Fjodor Dostojewskij auf S. 207 stammt aus
»Verbrechen und Strafe«, übersetzt von Swetlana Geier,
© S. Fischer Verlag GmbH, Frankfurt am Main 2010.
Das Zitat von Émile Zola auf S. 207 stammt aus
»Thérèse Raquin«, übersetzt von Ernst Sander,
© Philipp Reclam jun. GmbH & Co., Stuttgart 1975, 2007.
Das Zitat von Sylvia Plath auf S. 240 stammt aus
»Die Glasglocke«, übersetzt von Reinhard Keiser,
© Suhrkamp Taschenbuch Verlag, Frankfurt 2010.

Penguin Random House Verlagsgruppe FSC® N001967

2. Auflage
Copyright der Originalausgabe © 2018 by Mattias Edvardsson
Published by agreement with Ahlander Agency
Copyright der deutschsprachigen Ausgabe © 2019
by Limes in der Penguin Random House Verlagsgruppe GmbH,
Neumarkter Str. 28, 81673 München
Umschlaggestaltung: www.bürosüd.de
Umschlagmotiv: Mauritius Images/folio images/Stefan Berg
JaB · Herstellung: wag
Satz: Uhl + Massopust, Aalen
Druck und Bindung: GGP Media GmbH, Pößneck
Printed in Germany
ISBN 978-3-7341-0865-5

www.blanvalet.de

PROLOG

Eingezwängt in die Ecke, in der ich sitze, reagiere ich auf jede Bewegung, die ich aus dem Augenwinkel wahrnehme. Das leiseste Geräusch lässt mich zusammenzucken. Die Sekunden vergehen immer langsamer und stehen jetzt beinahe still. Ich weiß nicht, ob ich erst fünf Minuten hier sitze oder schon eine Stunde.

Das Amtsgericht von Lund liegt mitten in der Stadt, schräg gegenüber vom Polizeipräsidium, einen Steinwurf vom Bahnhof entfernt. Ab und zu kommt man am Amtsgericht vorbei, aber die meisten Bewohner dieser Stadt setzen in ihrem ganzen Leben nie einen Fuß hinein. Bis vor Kurzem galt das auch für mich.

Nun sitze ich auf einem Sofa vor dem Gerichtssaal 2. Auf dem Bildschirm vor mir ist zu lesen, dass gerade die Hauptverhandlung um einen Mordfall stattfindet.

Meine Frau ist dort drinnen, hinter der Tür. So nah und doch so weit entfernt. Bevor wir das Amtsgericht betraten und die Sicherheitskontrolle durchliefen, hatten wir draußen auf der Treppe gestanden und uns in den Arm genommen. Meine Frau drückte meine Hände so fest, dass sie zitterten, und sagte, jetzt liege die Entscheidung nicht mehr in unserer Hand, sondern in der von anderen. Dabei wissen wir beide, dass dies nicht ganz der Wahrheit entspricht.

Als es im Lautsprecher knistert, wird mir schlecht. Ich höre meinen Namen. Jetzt bin ich an der Reihe. Schwankend stehe ich auf, und ein Justizwachtmeister öffnet mir die Tür. Er nickt, ohne auch nur einen Gedanken oder ein Gefühl preiszugeben. Hier ist für so etwas kein Platz.

Der Gerichtssaal ist größer, als ich erwartet hatte. Meine Frau sitzt zwischen den anderen Zuhörern. Sie sieht müde und mitgenommen aus. Man merkt, dass sie geweint hat.

Dann fällt mein Blick auf meine Tochter.

Sie ist blass und magerer, als ich sie in Erinnerung hatte. Die Haare hängen in zerzausten Strähnen herab, und sie sieht mich aus matten Augen an. Ich muss meine ganze Energie aufwenden, um nicht zu ihr zu laufen, sie in die Arme zu schließen und ihr zuzuflüstern, dass ihr Papa hier ist und sie nicht loslassen wird, bevor das alles vorbei ist.

Der Richter begrüßt mich, und ich habe gleich einen guten Eindruck von ihm. Er hat einen wachen Blick und wirkt dennoch sensibel. Obwohl er eine gewisse Autorität ausstrahlt, scheint er aufgeschlossen zu sein. Ich glaube nicht, dass sich die Schöffen seinem Beschluss widersetzen werden. Außerdem weiß ich, dass er selbst Kinder hat.

Da ich zur Angeklagten in einem engen verwandtschaftlichen Verhältnis stehe, darf ich keine Zeugenaussage unter Eid machen. Das Gericht muss bei meinen Aussagen berücksichtigen, dass die Angeklagte in diesem Verfahren meine Tochter ist, das ist mir bewusst. Aber ich weiß auch, dass das Gericht aufgrund meiner Person und nicht zuletzt meines Berufs meine Aussagen für glaubwürdig erachten wird.

Der Vorsitzende übergibt das Wort an den Strafverteidiger. Ich hole tief Luft. Was ich jetzt sagen werde, wird das Leben zahlreicher Menschen viele Jahre lang beeinflussen. Was ich jetzt sagen werde, kann ausschlaggebend sein.

Und ich habe noch immer nicht entschieden, was ich sagen werde.

6

DER VATER

Wer Gutes sagt und tut, dem wird es gut ergehen.
Denn der Mensch bekommt, was er verdient.

Sprüche 12,14

1

Wir waren eine ganz normale Familie. Meine Frau Ulrika und ich hatten interessante, gut bezahlte Arbeitsplätze und einen großen Freundeskreis, und in unserer Freizeit waren wir sportlich und kulturell aktiv. Freitags aßen wir Take-away-Essen vor dem Fernseher und sahen uns die beliebte Talentcastingshow *Idol* an, schliefen aber meistens noch vor der Endausscheidung auf dem Sofa ein. Samstags aßen wir mittags in der Stadt oder in irgendeinem Einkaufszentrum. Wir gingen zu Handballspielen oder ins Kino, trafen uns mit guten Freunden auf eine Flasche Wein. Abends schliefen wir eng aneinandergekuschelt ein. Die Sonntage verbrachten wir im Wald oder im Museum, führten lange Telefonate mit unseren Eltern oder setzten uns mit einem Roman aufs Sofa. Die Sonntagabende endeten häufig damit, dass wir mit Unterlagen, Ordnern und Notebooks im Bett saßen, um die bevorstehende Arbeitswoche vorzubereiten. Montagabends ging meine Frau zum Yoga, und donnerstags spielte ich Hockey. Wir bezahlten unser Baudarlehen planmäßig ab, wir trennten unseren Müll, setzten beim Autofahren brav den Blinker, hielten uns an die Geschwindigkeitsbegrenzungen und gaben die Bücher in der Stadtbibliothek immer rechtzeitig zurück.

In diesem Sommer nahmen wir relativ spät Urlaub, von Anfang Juli bis Mitte August. Nach mehreren wunderschönen Sommerreisen nach Italien hatten wir unsere Urlaube in den letzten Jahren in den Winter verlegt. Im Sommer hatten wir uns dafür zu Hause entspannt oder kleine Ausflüge an die Küste zu Verwandten und Freunden unternommen. Diesmal hatten wir eine Hütte auf Orust gemietet.

Unsere Tochter Stella jobbte fast den ganzen Sommer bei H&M. Sie sparte auf eine Fernreise nach Asien im Winter. Noch immer hoffe ich, sie wird sie auch antreten können.

Man könnte sagen, dass Ulrika und ich uns in diesem Sommer neu kennengelernt haben. Das klingt natürlich klischeehaft, fast ein bisschen lächerlich. Man glaubt ja nicht, dass man sich nach zwanzig Jahren Ehe neu in seine Frau verlieben kann. Als wären die Jahre mit dem Kind eine Episode in unserer Liebesgeschichte gewesen. Als hätten wir nur auf diese Zeit gewartet. Jedenfalls fühlt es sich so an.

Kinder sind ein Vollzeitjob. Erst sind sie Babys, und man wartet darauf, dass sie selbstständig werden, macht sich Sorgen, dass sie sich verschlucken oder hinfallen könnten. Dann kommt das Kindergartenalter, und man macht sich Sorgen, sobald sie nicht in der Nähe sind, und befürchtet, sie könnten von der Schaukel fallen oder bei der nächsten Vorsorgeuntersuchung versagen. Wenn die Schulzeit anfängt, macht man sich Sorgen, dass sie im Unterricht nicht mitkommen oder keine Freunde haben. Jetzt sind Hausaufgaben und Reiten angesagt, Handball und Übernachtungspartys. Mit Jugendlichen gibt es noch mehr Freunde, Partys und Konflikte, Schulberatergespräche und Taxifahrten. Man macht sich Sorgen wegen Alkohol und anderer Drogen, befürchtet, sein Kind könnte in schlechte Gesellschaft geraten, und so vergehen die Teenie-Jahre wie eine Seifenoper mit hundertneunzig Stundenkilometern. Dann steht man plötzlich mit einem erwachsenen Kind da und glaubt, man müsse sich jetzt keine Sorgen mehr machen.

In diesem Sommer erlebten wir wenigstens ein paar längere Phasen, in denen wir uns keine Sorgen um Stella machten. Unsere Familie ist wohl noch nie so harmonisch gewesen. Dann veränderte sich alles.

An einem Freitag im Spätsommer wurde Stella neunzehn, und ich hatte einen Tisch in unserem Lieblingsrestaurant reserviert. Italien und die italienische Küche haben uns schon immer am Herzen gelegen, und es gibt im Stadtteil Väster ein kleines Lokal, das himmlische Pasta und Pizza serviert. Ich freute mich auf einen ruhigen und gemütlichen Abend mit der Familie.

»Una tavola per tre«, sagte ich zur rehäugigen Kellnerin mit der Perle in der Nase. »Adam Sandell. Ich habe für zwanzig Uhr einen Tisch reserviert.«

Sie sah sich ängstlich um.

»Einen Moment, bitte.« Dann verschwand sie im vollbesetzten Lokal.

Ulrika und Stella sahen mich an, während die Kellnerin mit ihren Kollegen wütend diskutierte und gestikulierte.

Es stellte sich heraus, dass der Kellner, der meine Reservierung angenommen hatte, diese versehentlich für Donnerstag eingetragen hatte.

»Wir haben gedacht, dass Sie gestern kommen wollten«, sagte die Kellnerin und kratzte sich mit ihrem Stift im Nacken. »Aber das kriegen wir schon hin. Geben Sie uns fünf Minuten.«

Eine andere Tischgesellschaft musste aufstehen, während die Kellner einen weiteren Tisch in den Raum schleppten. Ulrika, Stella und ich standen mitten im engen Restaurant und taten so, als sähen wir nicht die genervten Blicke, die von allen Seiten auf uns gerichtet wurden. Beinahe hätte ich erklärt, dass nicht wir den Fehler begangen hatten, sondern die Mitarbeiter des Lokals.

Als wir uns endlich an den gedeckten Tisch setzen konnten, versteckte ich mich hinter meiner Speisekarte.

»Bitte entschuldigen Sie unseren Fehler«, sagte ein graubärtiger Mann, vermutlich der Restaurantbesitzer. »Das Dessert geht natürlich aufs Haus.«

»Kein Problem«, entgegnete ich. »Wir sind alle nur Menschen.«

Die Kellnerin kritzelte unsere Getränkebestellung auf einen Block.

»Ein Glas Rotwein?« Stella sah mich fragend an. Ich wandte mich zu Ulrika.

»Es ist schließlich ein besonderer Tag«, meinte meine Frau.

Also nickte ich der Kellnerin zu.

»Ein Glas Rotwein für das Geburtstagskind.«

Nach dem Essen überreichte Ulrika Stella einen Briefumschlag.

»Ein Stadtplan?«, fragte Stella, nachdem sie das Kuvert geöffnet hatte.

Ich lächelte über unsere ausgeklügelte Idee.

Wir begleiteten Stella aus dem Restaurant und folgten ihr hinter die nächste Straßenecke. Ich hatte ihr Geschenk schon am Nachmittag dort deponiert.

»Aber Papa, ich hatte doch gesagt ... Die ist ja viel zu teuer!«

Es war eine rosa Vespa Piaggio. Wir hatten uns in der Woche davor ein ähnliches Exemplar im Internet angesehen, und es war mir gelungen, Ulrika trotz des stattlichen Preises zum Kauf zu überreden.

Stella schüttelte den Kopf und seufzte.

»Warum hörst du mir nicht zu, Papa?«

Ich hielt die Hand hoch und lächelte.

»Ein Dankeschön genügt völlig.«

Ich wusste, dass sich Stella Bargeld gewünscht hatte, aber ich fand Geldgeschenke langweilig. Mit der Vespa würde sie schnell und problemlos in die Stadt, zur Arbeit oder zu Freunden fahren können. In Italien fahren alle Teenies eine Vespa.

Stella umarmte uns und bedankte sich mehrmals, ehe wir ins Restaurant zurückgingen, aber ich war trotzdem irgendwie enttäuscht.

Die Kellnerin brachte unser Entschuldigungstiramisu, und wir stellten alle drei fest, dass wir eigentlich keinen Krümel mehr essen konnten. Und dann aßen wir trotzdem alles auf.

Ich trank Limoncello zum Kaffee.

»Ich glaube, ich muss jetzt los«, sagte Stella und rutschte unbehaglich auf dem Stuhl herum.

»Doch nicht jetzt schon?«

Ich sah auf die Uhr. Halb zehn.

Stella presste die Lippen zusammen.

»Gut, noch ein bisschen«, sagte sie dann. »Zehn Minuten oder so.«

»Es ist dein Geburtstag«, sagte ich. »Und der Laden öffnet morgen doch sowieso nicht vor zehn Uhr?«

Stella seufzte.

»Ich arbeite morgen nicht.«

Nicht? Normalerweise arbeitete sie jeden Samstag. Als Samstagsaushilfe hatte sie bei H&M einen Fuß in die Tür bekommen. Daraus war ein Ferienjob geworden, den sie jetzt auf Stundenbasis verlängert hatte.

»Ich hatte den ganzen Nachmittag Kopfschmerzen«, sagte sie ausweichend. »Migräne.«

»Das heißt, du hast dich krankgemeldet?«

Stella nickte. Das sei gar kein Problem, erklärte sie mir. Es gebe da ein anderes Mädchen, das in solchen Fällen gerne ihre Schicht übernahm.

»So haben wir dich aber nicht erzogen«, bemerkte ich, während Stella aufstand und ihre Jacke von der Rückenlehne nahm.

»Adam«, sagte Ulrika.

»Aber warum so eilig?«

Stella zuckte mit den Schultern.

»Ich bin mit Amina verabredet.«

Ich nickte und schluckte meine Enttäuschung hinunter. So war das wohl mit Neunzehnjährigen.

Stella umarmte Ulrika lang und innig. Ich war noch gar nicht aufgestanden, da hatte sie mich schon kurz gedrückt. Unsere Umarmung war ungeschickt und steif.

»Und die Vespa?«, fragte ich.

Stella warf Ulrika einen Blick zu.

»Wir sorgen dafür, dass sie nach Hause kommt«, versprach meine Frau.

Als Stella verschwunden war, wischte sich Ulrika langsam den Mund mit der Serviette ab und lächelte mich an.

»Neunzehn Jahre«, sagte sie. »Nicht zu fassen, wie schnell die Zeit vergeht.«

Ulrika und ich waren beide völlig erledigt, als wir an diesem Abend nach Hause kamen. Wir saßen auf dem Sofa und lasen, während als Hintergrundmusik ein Song von Cohen lief.

»Also, ich finde, sie hätte ruhig ein bisschen mehr Begeisterung zeigen können«, sagte ich. »Nicht zuletzt nach der Sache mit dem Auto.«

Die Sache mit dem Auto – das war schon zu einem feststehenden Begriff geworden.

Ulrika murmelte irgendwas Unverständliches, ohne von ihrem Buch aufzublicken. Draußen hatte der Wind aufgefrischt, und es knackte in den Wänden. Es war der Sommer, der seufzend Atem holte. Der August neigte sich seinem Ende entgegen, aber das machte mir nichts aus. Ich habe den Herbst schon immer ganz besonders gemocht. Er gibt mir das Gefühl eines Neustarts, der mich an den Beginn einer Verliebtheit erinnert.

Als ich meinen Roman schließlich beiseitelegte, war Ulrika schon eingeschlafen. Vorsichtig hob ich ihren Nacken hoch und schob ihr als Stütze ein Kissen darunter. Sie bewegte sich unruhig im Schlaf, und einen Moment erwog ich, sie zu wecken, doch dann kehrte ich zu meiner Lektüre zurück.

Schon bald verschwammen die Buchstaben vor meinen Augen, und meine Gedanken drifteten ab. Ich schlief ein, mit einem dumpfen Gefühl von Traurigkeit angesichts der Kluft, die zwischen mir und Stella entstanden war – zwischen den Menschen, die wir einst gewesen waren, und denen, die wir jetzt waren, zwischen den Bildern, die ich früher von uns gehabt hatte, und der Realität.

Als ich erwachte, stand Stella im Zimmer und trat von einem Fuß auf den anderen. Schwacher Mondschein fiel durchs Fenster auf ihren Kopf und ihre Schultern.

Ulrika war ebenfalls aufgewacht und rieb sich die Augen. Bald war das Zimmer von Schluchzen und Schniefen erfüllt.

Ich richtete mich auf.

»Was ist denn passiert?«

Stella schüttelte den Kopf, große Tränen liefen ihr über die Wangen. Ulrika nahm sie in den Arm, und als sich meine Augen allmählich an die Dunkelheit gewöhnt hatten, sah ich, dass Stella zitterte.

»Nichts.«

Dann verließ sie das Zimmer zusammen mit ihrer Mutter, und ich blieb sitzen, mit einem unheimlichen Gefühl von Leere.

2

Wir waren eine ganz normale Familie, und dann veränderte sich alles.

Es braucht viel Zeit, um sich ein Leben aufzubauen, aber nur einen Moment, um es in Trümmer zu legen. Es dauert viele Jahre, Jahrzehnte, vielleicht ein Leben lang, bis man der wird, der man eigentlich ist. Die Wege sind fast immer verschlungen, und ich glaube, es liegt ein tieferer Sinn darin, dass das Leben als *Trial and Error* konzipiert ist. Erst durch die Prüfungen, die uns auferlegt sind, entstehen wir und finden unsere Form.

Dennoch fällt es mir schwer, den Sinn von dem zu verstehen, was unserer Familie in diesem Herbst widerfahren ist. Ich weiß, dass nicht alles begreifbar ist und dass letztlich auch dies einen höheren Zweck hat, aber in den Ereignissen der letzten Wochen kann ich noch immer keinen Sinn sehen. Ich kann sie nicht erklären, weder mir selbst noch jemand anderem.

Vielleicht ergeht es allen Menschen so, aber ich bilde mir ein, dass ich als Pfarrer öfter als andere zur Rede gestellt werde, was meine Sicht auf die Welt betrifft. Den Leuten fällt es normalerweise nicht schwer, meine Weltanschauung infrage zu stellen. Sie fragen mich, ob ich wirklich an Adam und Eva und die Jungfrauengeburt glaube oder daran, dass Jesus auf dem Wasser ging und die Toten zum Leben erweckte.

Zu Beginn meines christlichen Lebens fing ich in solchen Situationen an, mich zu verteidigen und stattdessen über das Weltbild des Fragenden zu diskutieren. Bisweilen argumentierte ich damit, dass die Wissenschaft nur eine Religion unter vielen sei. Natürlich hatte auch ich immer wieder Zweifel, und manchmal schwankte sogar meine Überzeugung. Inzwischen fühle ich mich jedoch sicher in meinem Glauben. Ich habe den Segen Gottes entgegengenommen und lasse sein Angesicht über mir leuchten. Gott ist Liebe. Gott ist Sehnsucht und Hoffnung. Gott ist meine Zuflucht und mein Trost.

Ich sage gern, dass ich gläubig bin, nicht wissend. Wenn man glaubt, zu wissen, sollte man misstrauisch werden. Ich betrachte das Leben als ewiges Lernen.

Wie die allermeisten anderen auch halte ich mich selbst für einen guten Menschen. Das klingt natürlich vermessen, um nicht zu sagen überheblich. Aber ich meine es nicht so. Ich bin ein Mensch mit vielen Mängeln, ein Mensch, der unzählige Fehler und Irrtümer begangen hat. Das ist mir durchaus bewusst, und ich gestehe es fraglos ein. Ich meine nur, dass ich immer in besten Absichten gehandelt habe, aus Liebe und Fürsorge. Ich habe es immer richtig machen wollen.

Die Woche, die auf Stellas neunzehnten Geburtstag folgte, unterschied sich nicht nennenswert von anderen Wochen. Am Samstag radelten Ulrika und ich nach Gunnesbo zu guten Freunden. Ich ergriff die Gelegenheit, um Ulrika eine vorsichtige Frage zu den Ereignissen der vergangenen Nacht zu stellen, aber Ulrika versicherte mir, dass mit Stella alles in Ordnung sei. Es gebe Probleme mit irgendeinem Typen, was ja bei Neunzehnjährigen öfter vorkomme. Ich müsse mir keine Sorgen machen.

Am Sonntag telefonierte ich mit meinen Eltern. Als wir auf Stella zu sprechen kamen, sagte ich, dass sie mittlerweile kaum noch zu Hause sei, woraufhin mich meine Mutter daran erinnerte, wie ich selbst als Teenager gewesen war. Man vergisst so schnell.

Am Montag hatte ich vormittags ein Begräbnis und nachmittags eine Taufe. Ich habe einen seltsamen Beruf, bei dem sich Leben und Tod im Hausflur die Hand reichen. Am Abend fuhr Ulrika zum Yoga, und Stella schloss sich in ihrem Zimmer ein.

Am Mittwoch traute ich ein älteres Paar in unserer Kirchengemeinde. Es war eine schöne Feier. Die beiden waren verwitwet und hatten sich kennengelernt, als sie noch um ihren jeweiligen Ehepartner trauerten. Es war ein Moment, der mich bis in die Tiefe meines Herzens berührte.

Am Donnerstag verstauchte ich mir beim Hockeyspielen ganz leicht den Fuß. Mein alter Handballfreund Anders, mittlerweile Feuerwehrmann und Vater von vier Jungen, trat mir in einem Nahkampf versehentlich auf den Fuß. Mir gelang es immerhin, den Pass zu vollenden.

Als ich am Freitagmorgen zur Arbeit radelte, war ich müde. Nach der Mittagspause beerdigte ich einen Mann, der nur zweiundvierzig Jahre alt geworden war. Krebs natürlich. Ich werde mich nie an die Tatsache gewöhnen, dass Menschen, die jünger sind als ich selbst, sterben können. Seine Tochter hatte ein Abschiedsgedicht geschrieben, doch sie weinte zu sehr, um es vortragen zu können. Ich konnte nicht umhin, an Stella zu denken.

Am Freitagabend fühlte ich mich nach der Woche ungewöhnlich erschöpft. Ich stand am Fenster und sah den August am Horizont versinken. Der Ernst des Herbstes hatte an die Tür geklopft. Der letzte Grillrauch verschwand über den Hausdächern, und die Kissen der Gartenmöbel wurden weggeräumt.

Endlich konnte ich das Kollar abnehmen. Ich fuhr mir mit der Hand über den verschwitzten Nacken. Als ich mich an den Fensterrahmen lehnte, stieß ich versehentlich gegen das Familienfoto, und es fiel auf den Boden.

Die Glasscheibe bekam einen Sprung, aber ich stellte das Foto trotzdem zurück. Auf dem Bild, das mindestens zehn Jahre alt ist, wirkt meine Haut frisch, und mein Blick hat etwas Verspieltes. Ich weiß noch, wie wir gelacht haben, ehe der Fotograf abdrückte. Ulrika lächelt mit offenem Mund, und vor uns steht Stella mit roten Wangen, geflochtenen Zöpfen und einem Micky-Maus-Pulli. Ich blieb eine Weile am Fenster stehen und betrachtete das Foto, während die Erinnerungen zu einem Kloß im Hals anschwollen.

Nachdem ich geduscht hatte, machte ich einen Eintopf aus Schweinefilet und Chorizo. Ulrika hatte sich neue Ohrringe gekauft, kleine silberne Federn, und wir teilten uns zum Essen eine Flasche südafrikanischen Wein, um dann den Abend mit Salzstangen und einer Partie Trivial Pursuit auf dem Sofa zu beschließen.

»Weißt du, wo Stella ist?«, fragte ich, während ich mich im Schlafzimmer auszog. Ulrika lag schon unter der Decke.

»Sie wollte sich mit Amina treffen und wusste vorhin noch nicht, ob sie heute Nacht nach Hause kommt.«

Das Letzte klang wie eine Nebensächlichkeit, dabei weiß Ulrika genau, was ich davon halte, wenn unsere Tochter nachts nur *vielleicht* noch nach Hause kommt.

Ich sah auf die Uhr, es war Viertel nach elf.

»Sie wird schon irgendwann kommen«, meinte Ulrika.

Ich starrte sie an. Manchmal glaube ich, dass sie gewisse Dinge nur sagt, um mich zu provozieren.

»Ich schicke ihr eine SMS«, erklärte ich.

Und dann schrieb ich Stella eine Nachricht und fragte sie, ob sie vorhabe, zu Hause zu schlafen. Natürlich bekam ich keine Antwort.

Ich legte mich mit einem schweren Seufzer aufs Bett. Ulrika rollte gleich auf meine Seite herüber und legte sanft eine Hand auf meine Hüfte. Sie küsste mich auf den Hals, während ich an die Decke starrte.

Ich weiß, dass ich mir keine Sorgen machen sollte. In jungen Jahren war ich nie neurotisch. Die Angst kam erst angekrochen, als wir ein Kind bekamen, und sie scheint von Jahr zu Jahr größer zu werden.

Mit einer neunzehnjährigen Tochter hat man genau zwei Möglichkeiten: Entweder geht man an konstanter Nervosität zugrunde, oder man verdrängt alle Risiken, denen sich das Kind offenbar nur allzu gern aussetzt. Es ist eine Frage des Selbsterhaltungstriebs.

Bald schlief Ulrika auf meinem Arm ein. Ihr warmer Atem traf in weichen Wellen auf meine Wange. Hin und wieder zuckte sie kurz zusammen, doch schon bald umschloss sie wieder der Schlaf.

Ich bemühte mich wirklich einzuschlafen, aber in meinem Kopf kreisten die Gedanken. Die Müdigkeit war in einen Zustand manischer Gehirnaktivität übergegangen. Ich dachte an die Träume, die ich selbst im Lauf meines Lebens gehegt hatte. Viele von ihnen hatten sich inzwischen verändert, manche würde ich mir hoffentlich noch erfüllen. Und dann dachte ich an Stellas Träume und musste mit gewissem Schmerz feststellen, dass ich nicht wusste, was sich meine Tochter vom Leben wünschte. Sie behauptet hartnäckig, es selbst nicht zu wissen. Keine Pläne, keine Struktur. Ganz anders als ich. Als ich Abitur machte, hatte ich ein ziemlich klares Bild davon, wie mein Leben aussehen sollte.

Ich weiß, dass ich Stella nicht beeinflussen kann. Sie ist neunzehn und trifft ihre eigenen Entscheidungen. Ulrika hat einmal gesagt, Liebe bedeute, loszulassen und denjenigen, den man liebt, fliegen zu lassen, aber häufig kommt es mir so vor, als sitze Stella noch immer da und schlage mit den Flügeln, ohne vom Boden abzuheben. Ich hatte mir etwas anderes vorgestellt.

Obwohl ich so müde war, konnte ich nicht einschlafen. Ich rollte auf die Seite und sah aufs Handy. Stella hatte geantwortet.

Bin jetzt unterwegs nach Hause.

Es war fünf vor zwei, als sich der Schlüssel im Türschloss drehte. Ulrika war auf ihre Seite des Bettes gerutscht und hatte sich weggedreht. Im Erdgeschoss schlich Stella umher, aus dem Bad war Wasserrauschen zu hören, dann rasche Schritte in die Waschküche und erneutes Wasserspülen. Es fühlte sich an wie eine halbe Ewigkeit.

Schließlich erklangen knarrende Schritte auf der Treppe. Ulrika zuckte zusammen. Ich beugte mich vor und sah sie an, aber sie schien zu schlafen.

Ich war hin- und hergerissen. Zum einen war da mein Ärger darüber, dass Stella mich im Ungewissen gelassen hatte, zum anderen die Erleichterung darüber, dass sie endlich nach Hause gekommen war.

Ich stand auf und öffnete die Schlafzimmertür im selben Moment, als Stella in Unterwäsche und mit nassen Haaren vorbeiging. Im Halbdunkel sah ich ihr Rückgrat als leuchtenden Strich, während sie die Tür zu ihrem Zimmer öffnete.

»Stella?«, sagte ich.

Ohne zu antworten, schlüpfte sie rasch durch den Türspalt und schloss die Tür hinter sich ab.

»Gute Nacht«, hörte ich von der anderen Seite der Tür.

»Schlaf gut«, flüsterte ich.

Meine Tochter war zu Hause.

3

Am Samstagmorgen wachte ich spät auf. Ulrika saß im Morgenmantel am Frühstückstisch und hörte sich ein Podcast an.

»Guten Morgen!«

Sie zog die Kopfhörer herunter.

Obwohl ich länger als sonst geschlafen hatte, fühlte ich mich noch immer benommen und verschüttete Kaffee auf der Zeitung.

»Wo ist Stella?«

»Bei der Arbeit«, sagte Ulrika. »Sie war schon weg, als ich aufgewacht bin.«

Ich versuchte die Zeitung mit einem Lappen abzuwischen.

»Eigentlich müsste sie total geschafft sein. Sie war die halbe Nacht unterwegs.«

Ulrika betrachtete mich mit einem Lächeln.

»Du siehst auch nicht besonders wach aus.«

Was meinte sie damit? Sie wusste, dass ich nicht schlafen konnte, wenn Stella nicht zu Hause war.

Wir waren zu einem späten Mittagessen bei Dino und Alexandra im Trollebergsvägen eingeladen. Spätes Mittagessen beinhaltete alkoholische Getränke, also fuhren wir mit dem Rad in die Stadt. Auf Höhe der Ballsporthalle entdeckte ich einen Polizeiwagen. Fünfzig Meter weiter, am Kreisverkehr nahe der Polhemskolan, standen noch zwei Streifenwagen. Der eine hatte das Blaulicht eingeschaltet. Drei Polizisten gingen mit raschen Schritten die Rådmangatan entlang.

»Was mag wohl passiert sein?«, sagte ich zu Ulrika.

Wir stellten unsere Räder auf dem Innenhof ab. Im Treppenhaus fiel mir ein, dass man nicht mit leeren Händen kommen sollte.

»Was für ein Glück, dass wenigstens einer in unserer Familie mitdenkt«, sagte Ulrika und fischte eine Schachtel Pralinen aus der Handtasche.

»Du bist meine Rettung, Liebling« flüsterte ich und küsste sie auf die Wange.

Alexandra öffnete lächelnd die Tür.

»Das wäre doch nicht nötig gewesen«, sagte sie, als ich die Pralinen überreichte. Sie duftete frisch nach Maiglöckchen und Zitrone.

»Hallihallo«, sagte Dino und drückte meine Hand.

Wir blieben eine Weile im Flur stehen, um die wichtigsten Neuigkeiten auszutauschen. Es war schon eine Weile her, dass wir uns zuletzt gesehen hatten.

»Ist Amina gar nicht zu Hause?«, fragte Ulrika.

Alexandra zögerte ein wenig.

»Eigentlich hat sie heute ein Handballspiel, aber es geht ihr nicht so gut.«

»Ich verstehe überhaupt nicht, was los ist«, meinte Dino. »Ich kann mich nicht erinnern, dass sie jemals ein Handballspiel verpasst hätte.«

»Ich denke, es ist eine ganz normale Erkältung«, sagte Alexandra.

Dino verzog das Gesicht. Ich war vermutlich der Einzige, der das bemerkte.

»Hauptsache, sie ist gesund, wenn das Semester anfängt«, meinte Ulrika.

»Den Studienbeginn würde sie nie verpassen, nicht einmal mit vierzig Grad Fieber«, versicherte Alexandra.

Ulrika lachte.

»Sie wird bestimmt eine großartige Ärztin. Ich kenne niemanden, der so gründlich und so ehrgeizig ist.«

Dino strahlte wie ein Pfau. Er hatte guten Grund, stolz zu sein.

»Wie geht es denn Stella?«, fragte er.

Eigentlich war das keine überraschende Frage. Ganz im Gegenteil. Aber ich glaube, wir zögerten etwas zu lang mit der Antwort.

»Alles in bester Ordnung«, sagte ich schließlich.

Ulrika lächelte zustimmend. Vielleicht war die Antwort gar nicht so weit entfernt von der Realität. Unsere Tochter war in diesem Sommer häufig gut gelaunt gewesen.

Wir saßen auf dem eingeglasten Balkon, genossen Dinos Pita und Minipirogen und hörten uns seine Handballanekdoten an. Dino hat eine einzigartige Fähigkeit, sich an Spielsequenzen zu erinnern, die vor zehn Jahren stattgefunden haben, während mir vor allem die Ereignisse außerhalb der Halle im Gedächtnis geblieben sind. Ein Bus, bei dem auf halber Strecke durch Jütland plötzlich Benzin aus dem Tank leckte, ein Trainer aus Skövde, der sich begeistert über den Nationalsozialismus äußerte, oder die Geschichte, als wir uns in Litauen aussperrten und die halbe Nacht unter freiem Himmel verbringen mussten.

Das Handballgerede langweilte Alexandra bald.

»Habt ihr schon von dem Mord gehört?«

Das war eine effektive Methode, um das Gesprächsthema zu wechseln.

»Mord?«

»Ausgerechnet hier bei der Polhemskolan. Sie haben heute früh eine Leiche gefunden.«

»Ach«, sagte Ulrika. »Daher also die Polizei...«

Sie wurde vom Quietschen der Balkontür unterbrochen.

Amina blickte mit glasigen Augen durch den Türspalt zu uns heraus, sie war blass, ein Schatten ihrer selbst.

»Du siehst ja furchtbar aus«, sagte Ulrika ohne die geringste Feinfühligkeit.

»Ich weiß«, krächzte Amina, die sich an der Balkontür festzuhalten schien, um nicht zusammenzubrechen.

»Geh und leg dich wieder hin.«

»Dann ist es wohl nur eine Frage der Zeit, bis Stella auch krank wird«, kommentierte ich. »Ihr habt euch doch gestern Abend getroffen, oder?«

Aminas Blick erstarrte. Eine halbe Sekunde, vielleicht nur eine Zehntelsekunde, aber ihr Blick erstarrte, und ich begriff sofort, was das bedeutete.

»Stimmt«, sagte sie und hustete. »Hoffe, ich habe sie nicht angesteckt.«

»Geh und leg dich wieder hin«, wiederholte Ulrika.

Amina zog die Balkontür hinter sich zu und schleppte sich durchs Wohnzimmer zurück in ihr Zimmer.

Die Lüge ist eine Kunst, die nur wenige vollkommen beherrschen.

4

Wenn unsere Töchter nicht gewesen wären, hätten wir uns wahrscheinlich nie mit Alexandra und Dino angefreundet.

Amina und Stella waren sechs, als sie in dieselbe Handballmannschaft kamen. Die meisten anderen Mädchen in ihrer Mannschaft waren älter, aber das machte nichts. Amina und Stella zeigten beide großen Ehrgeiz. Sie waren stark, beharrlich und unaufhaltbar. Im Gegensatz zu Stella war Amina darüber hinaus mit einem außergewöhnlichen Ballgefühl gesegnet.

Die ersten Trainingsstunden verbrachten Ulrika und ich auf den Bänken in der verschwitzten Turnhalle und sahen zu, wie unser kleines Mädchen sich beim Laufen austobte. So frei und glücklich wie in der Handballhalle hatten wir sie selten erlebt. Dino trainierte die Mädchenmannschaft ganz allein. Er tat es mit Leidenschaft und Herzblut und zeigte den kleinen Handballerinnen seine Begeisterung. Doch es gab ein Problem: seine Körpersprache. Genauso explosiv, wie er mit Gesten und Formulierungen seine Freude ausdrückte, wenn eines der Mädchen auf dem Spielfeld Erfolg hatte, genauso explosiv brachte er seine Enttäuschung zum Ausdruck, wenn es nicht ganz so gut geklappt hatte. Ulrika und mir fiel das unangenehm auf, und wir sprachen bei jedem Training darüber. Ich plädierte dafür, uns bei den anderen Eltern umzuhören oder uns vielleicht an den Vereinsvorstand zu wenden. Wir schätzten Dino sehr als Trainer. Vielleicht war ihm gar nicht bewusst, wie seine Körpersprache auf die Mädchen wirkte.

»Es ist besser, wenn wir persönlich mit ihm reden«, meinte Ulrika und ging nach dem nächsten Training zu Dino, von dem es hieß, dass er früher selbst auf hohem Niveau Handball gespielt habe.

Ich hielt mich im Hintergrund, während Dino Ulrika zuhörte. Dann sagte er:

»Du scheinst dich gut auszukennen. Willst du mich unterstützen?«

Ulrika war so erstaunt, dass ihr die Worte fehlten. Schließlich zeigte sie in meine Richtung und sagte, dass ich eigentlich derjenige sei, der sich mit Handball auskenne, und dass ich bestimmt ein ausgezeichneter Co-Trainer werden würde.

»Okay«, sagte Dino und sah mich an. »Du kriegst den Job.«

Der Rest ist Geschichte, wie es so schön heißt. Wir führten die Mannschaft von Erfolg zu Erfolg, fuhren durch halb Europa und brachten so viele Pokale und Medaillen nach Hause, dass sie am Ende nicht mehr in Stellas Bücherregal passten.

Amina und Stella fanden sich schon bald auf dem Spielfeld. Mit Finesse und Schlauheit spielte Amina die Bälle an Stella, die sich frei lief und nicht aufgab, bevor der Ball im Tor war. Aber der Siegerinstinkt hatte auch seine Kehrseite. Stella war erst acht Jahre, als es zum ersten Mal eskalierte. Während eines Spiels in der Fäladshallen stand sie nach einem Traumpass von Amina ganz allein mit der Torhüterin da, vergab aber die Torchance. Ohne mit der Wimper zu zucken, nahm sie den Ball beim Abprallen auf und warf ihn mit voller Kraft und aus drei Metern Entfernung der Torhüterin mitten ins Gesicht.

Natürlich stürmten der Trainer der gegnerischen Mannschaft und die Eltern aufs Spielfeld und stellten Stella und mich zur Rede.

Es war ganz bestimmt keine böse Absicht gewesen. Stella richtete ihre Wut nie gegen jemand anderen als sich selbst. In der Wut über die verpasste Chance hatte sie impulsiv reagiert. Sie war reumütig, ja regelrecht niedergeschmettert.

»Tut mir total leid, ich hab einfach nicht nachgedacht.«

Das wurde zu einer wiederkehrenden Phrase, einer Art Mantra.

Immer wieder sagte Dino zu mir, dass Stellas schlimmste Gegnerin sie selbst sei. Wenn es ihr nur gelänge, sich selbst zu besiegen, könne sie richtig weit kommen.

Es fiel ihr nur so verflixt schwer, ihre Gefühle zu kontrollieren.

Ansonsten machte Stella es einem leicht, sie zu mögen. Sie war umsichtig und gerechtigkeitsliebend, ein energisches und extrovertiertes Mädchen.

Bald lebten Amina und Stella auch außerhalb des Spielfelds in einer engen Symbiose. Sie gingen in dieselbe Klasse, kauften die gleichen Kleider und mochten dieselbe Musik. Und Amina hatte einen guten Einfluss auf Stella. Sie war charmant und aufgeweckt, fürsorglich und ehrgeizig. Als Stella auf Abwege geriet, war Amina da, um sie aufzufangen.

Ich wünschte nur, dass Ulrika und ich Stellas Problem ernster genommen und früher reagiert hätten. Ich schäme mich, wenn ich daran zurückdenke, aber das große Hindernis war vermutlich unser Stolz. Für Ulrika und mich bedeutete es, dass man komplett gescheitert war, wenn man sich professionelle Hilfe holen musste. Das mag egoistisch klingen, aber es ist zugleich sehr menschlich und trotz allem vielleicht kein völlig falscher Gedanke. Wir hatten den Anspruch, die bestmöglichen Eltern für unser Kind zu sein, aber wir waren unserem Anspruch nicht gerecht geworden.

Vielleicht hätte es nie so weit kommen müssen, wie es letztlich kam.

5

Als wir von Alexandra und Dino nach Hause radelten, standen die Streifenwagen immer noch vor der Schule. Es fühlte sich unheimlich an, viel zu nah. Offenbar hatte eine Mutter, die schon morgens mit ihren Kindern auf dem Spielplatz unterwegs gewesen war, die Leiche gefunden. Ich schauderte bei der Vorstellung.

Ulrika sprang schon in der Einfahrt vom Fahrrad und lief zur Haustür.

»Willst du es denn gar nicht abschließen?«, rief ich ihr nach.

»Muss aufs Klo«, murmelte sie und wühlte in ihrer Handtasche nach den Schlüsseln.

Ich schob ihr Fahrrad über den gepflasterten Weg zum Haus und stellte es neben meines unter das Blechdach. Dabei stellte ich fest, dass ich vergessen hatte, den Grill abzudecken, und holte die Schutzhülle aus dem Schuppen.

Als ich ins Haus kam, stand Ulrika auf der Treppe.

»Stella ist noch immer nicht zu Hause. Ich habe es bei ihr probiert, aber sie geht nicht ran.«

»Sie macht bestimmt Überstunden«, meinte ich. »Du weißt, dass sie bei der Arbeit keine Handys benutzen dürfen.«

»Aber heute ist Samstag. Der Laden hat längst geschlossen.«

Daran hatte ich gar nicht gedacht.

»Vielleicht ist sie mit zu einer Kollegin gefahren. Wir müssen heute Abend noch mal mit ihr reden. Sie muss einfach lernen, sich bei uns zu melden.«

Ich legte den Arm um Ulrika.

»Ich hatte plötzlich so ein unheimliches Gefühl«, sagte sie. »Als wir die ganzen Polizisten gesehen haben. Ein Mord? Hier in unserer Stadt?«

»Ich verstehe dich gut. Mir ist auch unbehaglich zumute.«

Wir setzten uns aufs Sofa. Ich suchte auf dem Handy nach den aktuellen Nachrichten und las sie ihr vor. Der ermordete Mann war um die dreißig gewesen und stammte aus Lund. Die Polizei war sehr zurückhaltend, was die Umstände der Tat betraf, aber in einer Boulevardzeitung erzählte eine Frau, die in der Nähe des Tatorts wohnte, dass sie in der vergangenen Nacht vor ihrem Fenster Lärm und Geschrei gehört habe.

»So was trifft wirklich nicht jeden«, sagte ich, als wäre ich Experte auf diesem Gebiet und nicht Ulrika. »Vermutlich war es ein Streit unter Alkoholikern oder Drogenabhängigen. Oder ein Fall von Bandenkriminalität.«

Ulrika atmete ruhig an meiner Schulter.

Dabei hatte ich es gar nicht gesagt, um sie zu beruhigen. Ich war überzeugt von meiner Äußerung.

»Ich werde uns Spaghetti Carbonara machen.« Ich erhob mich und küsste sie auf die Wange.

»Jetzt schon? Ich glaube, ich kriege im Moment kein einziges Rucolablatt herunter.«

»Slow food«, entgegnete ich lächelnd. »Richtiges Essen braucht seine Zeit, Liebling.«

Während der Speck in dem erlesenen Olivenöl aus Kampanien brutzelte, kam Ulrika die Treppe heruntergedonnert.

»Stella hat ihr Handy vergessen.«

»Was?«

Rastlos ging sie zwischen der Kücheninsel und dem Fenster hin und her.

»Es lag auf ihrem Schreibtisch.«

»Oh.« Die Spaghetti Carbonara befanden sich in einer so kritischen Phase, dass ich sie nicht aus den Augen lassen konnte.

»Hat sie es vergessen?«

»Hast du nicht gehört, was ich gesagt habe? Es lag auf dem Schreibtisch!«

Ulrika schrie beinahe.

Es war zwar seltsam, dass Stella ihr Telefon vergessen hatte, aber doch kein Grund für eine so übertriebene Reaktion. Ich rührte heftig in den Spaghetti, während ich die Herdplatte runterdrehte.

»Scheiß auf die Pasta!«, rief Ulrika und packte mich am Arm. »Ich mache mir ernsthaft Sorgen. Ich habe eben bei Amina angerufen, aber sie geht auch nicht ran.«

»Sie ist doch auch krank«, sagte ich und wusste im selben Moment, dass die Spaghetti Carbonara misslingen würden.

Ich schlug den Holzlöffel auf die Arbeitsplatte und riss die Bratpfanne von der Herdplatte.

»Vielleicht hat sie das Handy absichtlich zu Hause gelassen«, sagte ich und kämpfte gegen das ungute Gefühl an, das in mir aufstieg. »Du weißt doch, dass ihre Chefin sich bei ihr beschwert hat.«

Ulrika schüttelte den Kopf.

»Ihre Chefin hat sich nicht bei ihr beschwert. Sie hatte nur eine allgemeine Belehrung über die Benutzung von Handys während der Arbeitszeit. Du glaubst doch wohl nicht, dass Stella ihr Handy freiwillig zu Hause lassen würde?«

Das war in der Tat eher unwahrscheinlich.

»Sie muss es vergessen haben. Bestimmt hatte sie es heute früh eilig.«

»Ich höre mich mal bei ihren Freundinnen um«, sagte Ulrika. »Das sieht ihr gar nicht ähnlich.«

»Willst du nicht lieber noch etwas abwarten?«

Ich murmelte etwas von wegen, dass die moderne Technik und die ständige Verfügbarkeit uns verwöhnt hätten, weil wir damit rechneten, ständig über den aktuellen Aufenthaltsort unserer Tochter informiert zu sein. Eigentlich gebe es doch keinen Anlass für Aufregung.

»Sie kommt bestimmt gleich zur Tür hereingestürmt.«

Zugleich wuchs das Grummeln in meinem Bauch. Als Eltern kann man sich nie richtig entspannen.

Als Ulrika die knarrende Treppe hinaufschlich, nutzte ich die Gelegenheit zur Flucht in die Waschküche. Normalerweise ist Ulrika für die Wäsche zuständig, was vielleicht nach einer überholten Aufteilung der Aufgaben im Haushalt klingt, aber das war nichts, was wir je so beschlossen oder näher diskutiert hätten – nein, es hatte sich einfach so ergeben. Die Küche war meine Domäne und die Waschküche Ulrikas.

Trotzdem ging ich jetzt dorthin. War das Zufall? Ich öffnete die Waschmaschine und zog die feuchte Kleidung heraus. Eine dunkle Jeans, die ich erst auf rechts drehen musste, um mit Sicherheit feststellen zu können, dass sie Stella gehört. Ein schwarzes Top, auch von Stella. Und dann die weiße Bluse mit Blümchen auf der Brusttasche. Ihre Lieblingskleidung in diesem Sommer. Ich hielt die Bluse in der einen Hand und suchte mit der anderen nach einem Kleiderbügel. In diesem Moment sah ich es.

Stellas Lieblingsbluse. Der rechte Ärmel und die Brust waren voller dunkler Flecken.

Ich schickte ein Stoßgebet gen Himmel. Dabei wusste ich, dass Gott mit alledem nicht das Geringste zu tun hatte.

6

Im Lauf der Jahre musste ich mich immer wieder mit dem Missverständnis auseinandersetzen, dass mein Glaube gleichbedeutend mit einer Art Determinismus sei, dass mein freier Wille quasi durch Gott begrenzt würde. Dabei ist das ganz und gar nicht der Fall. Ich glaube an den Menschen als Abbild Gottes. Ich glaube an den Menschen.

Manchmal, wenn ich Leuten begegne, die sagen, sie glaubten nicht an Gott, dann frage ich sie, an welchen Gott sie nicht glauben. Häufig beschreiben sie mir dann einen Gott, an den ich ebenfalls nicht glaube.

Auch Stella gegenüber musste ich meinen Glauben erklären. Einmal fragte sie mich, ob ich wirklich daran glaube, dass Ulrika und ich füreinander bestimmt seien. Jemand in der Schule hatte behauptet, dass die Bibel verbiete, sich scheiden zu lassen.

»Gibt es wirklich nur einen einzigen Menschen, der zu einem passt, Papa?«

Wir saßen auf der Bettkante in ihrem Zimmer. Sie trug einen Schlafanzug mit einer aufgedruckten Barbiepuppe, den sie eine Zeit lang über alles liebte.

»Nein, und das wäre ja auch furchtbar. Dann würde man sein ganzes Leben damit verbringen, nach diesem einzigen Menschen zu suchen.«

Stella schluckte. Nachdenklich zog sie die Augenbrauen zusammen.

»Das heißt, Mama könnte auch irgendwer anders sein?«

»Natürlich nicht. Nur ganz wenige Dinge im Leben sind schwarz oder weiß. Die meisten sind grau, und da müssen wir suchen.«

»Das klingt ganz schön langweilig mit dem ganzen Grau.«

»Das ist aber nicht so. Grau ist etwas Wunderbares.«

Stella sah mich mit ihren großen hellen Augen an, legte sich hin und zog die nach Sommerwiese duftende Bettdecke bis ans Kinn hoch.

»Gute Nacht, Papa«, flüsterte sie.

Es ist schwindelerregend, wenn man einen Menschen findet, der zu einem passt. Für mich gibt es keinen deutlicheren Hinweis auf Gottes Existenz. Aber das muss nicht ausschließen, dass es andere Menschen gibt, die ebenfalls zu einem passen könnten.

Ulrika und ich waren jung, als wir uns kennenlernten, und seitdem gab es für uns keine Alternative. Wir waren beide erst vor Kurzem nach Lund gezogen. Da ich den naiven Traum hegte, Schauspieler zu werden, hatte ich mich der Theatergruppe eines Studentenclubs angeschlossen, in deren Wohnheim Ulrika bald darauf einzog. Sie war einer der Menschen, die sichtbar sind, ohne zu viel Raum einzunehmen, die strahlen, ohne zu blenden.

Während ich damit kämpfte, meinen Blekinge-Dialekt und meine Pickel loszuwerden, meisterte Ulrika jede Hürde des Studentenlebens mit Bravour. Ich tapezierte die Stadt mit Plakaten, auf denen »Nein zur EG – nein zur Öresundbrücke« stand, während Ulrika Finanzvorsitzende des Studentenclubs wurde und alle Klausuren mit Auszeichnung absolvierte.

Auf einem Wohnheimfest im Herbst jenes Jahres fasste ich endlich Mut. Zu meinem Erstaunen schien Ulrika sich in meiner Gesellschaft wohlzufühlen. Schon bald sahen wir uns ständig und redeten Stunde um Stunde. Wir waren in jeder Hinsicht unterschiedlicher Meinung, egal ob es um Bücher und Musik oder um internationale Politik ging, aber wir gingen nur allzu gern miteinander in den Clinch und diskutierten, bis wir uns am Ende fast immer darauf einigten, dass wir uns zwar nicht einig waren, dass das aber völlig in Ordnung sei.

»Ich fasse es nicht, dass du Pfarrer werden willst«, sagte sie an jenem ersten Abend. »Du könntest Psychologe werden oder Politikwissenschaftler oder ...«

»Oder Pfarrer.«

»Aber warum?« Ulrika starrte mich an, als hätte ich aus freien Stücken darum gebeten, einen gesunden Körperteil amputiert zu bekommen. »Stammst du nicht aus Småland? Bestimmt vom schwedischen Bible-Belt, oder? Da ist es dir natürlich in die Wiege gelegt.«

»Ich komme aus Blekinge«, antwortete ich lachend. »Und meine Eltern haben damit herzlich wenig zu tun. Außer dass sie mich in den Kindergottesdienst geschickt haben, aber das war vermutlich eher eine Art der Kinderbetreuung.«

Das einzige Mal, dass ich meine Mutter zu Gott habe beten hören, war, als mein Vater krank wurde. Meine Familie war weder gläubig noch atheistisch. Sie hatten ein Nicht-Verhältnis zur Religion, wie es für unsere säkulare Gegenwart so kennzeichnend ist. Man erinnert sich erst dann an Gott, wenn man ihn braucht.

»Ich war knallharter Atheist, bis ich in die Oberstufe kam. Eine Weile war ich sogar bei der kommunistischen Jugend, habe Marx zitiert und wollte jegliche Religion abschaffen. Aber diesem Dogmatismus entwächst man wieder. Mit der Zeit wurde ich immer neugieriger auf andere Weltanschauungen.«

Ich mochte es, wie Ulrika mich ansah – als wäre ich ein Rätsel, das sie unbedingt lösen wollte.

»Dann ist etwas passiert«, sagte ich. »Im letzten Jahr vor dem Abi.«

»Was denn?«

»Ich war auf dem Heimweg von der Bibliothek, als ich eine Frau schreien hörte. Sie stand direkt am Hafenkai, sprang auf und ab, fuchtelte mit den Armen herum. Ich bin sofort hingerannt.«

Ulrika beugte sich vor. Ich sah alles vor mir, als wäre es erst gestern gewesen.

»Ihre Tochter war ins kalte Wasser gefallen. Am Kai standen noch zwei Kinder und schrien. Ich dachte nicht weiter nach. Ich stürzte mich einfach ins Wasser.«

Ulrika schnappte nach Luft, aber ich schüttelte den Kopf. Ich wollte mich nicht als Held darstellen.

»In dem Moment, als ich die Wasseroberfläche durchbrach, ist etwas passiert. Damals begriff ich nicht ganz, was es war, aber jetzt weiß ich es. Es war Gott. Ich spürte Ihn.«

Ulrika nickte nachdenklich. Weder verurteilte sie mich, noch schluckte sie meine Erzählung komplett. Sie war grau, aber auf eine gute Art.

»Mir kam es so vor, als würde in dem dunklen Wasser eine helle Lampe angeschaltet. Ich sah das kleine Mädchen und bekam es zu fassen. Eine ganz besondere Kraft erfüllte meinen Körper, ich habe mich noch nie so stark gefühlt, so entschlossen. Nichts konnte mich davon abhalten, dieses Kind zu retten. Ich musste mich kaum anstrengen. Irgendetwas Außerirdisches zog die Kleine über die Kaikante und brachte mich dazu, sie wiederzubeleben. Die Mutter und die beiden jüngeren Schwestern standen daneben und schrien, während dem Mädchen das Wasser aus dem Mund lief und es schließlich wieder zu sich kam. Im selben Moment verließ Gott meinen Körper, und ich verwandelte mich wieder in mein normales Ich.«

Ulrika blinzelte mehrmals mit offenem Mund.

»Sie hat also überlebt?«

»Alles ist gut gegangen.«

»Toll«, sagte sie und lächelte ihr wunderbares Lächeln. »Und seitdem weißt du es?«

»Ich weiß gar nichts«, sagte ich entschlossen. »Aber ich glaube.«

7

An jenem Samstagabend, an dem sich unser Leben bald vollkommen verändern sollte, wandte ich mich an Gott. Ich machte mir Sorgen wegen der fleckigen Bluse in der Waschmaschine und beschloss, sie Ulrika gegenüber nicht zu erwähnen. Diese Flecken konnten sonst woher kommen, sie mussten gar nichts zu bedeuten haben, und es gab keinen Grund, Ulrika weiter zu beunruhigen. Also schloss ich die Augen und betete zu Gott, dass Er gut für mein kleines Mädchen sorgen möge.

Ich lehnte an der Kücheninsel und drehte ein Glas bernsteinfarbenen Whisky in der Hand, als Ulrika die Treppe heruntergelaufen kam.

»Ich habe eben mit Alexandra gesprochen«, sagte sie atemlos. »Sie hat Amina geweckt. Die war offenbar ganz schockiert, als sie hörte, dass Stella noch nicht nach Hause gekommen ist.«

»Was hat sie gesagt?«

»Sie scheint gar nichts zu wissen.«

Ich leerte das Glas in einem Zug.

»Sollen wir ihre Kolleginnen von H&M anrufen?«

Ulrika legte Stellas Handy auf die Arbeitsplatte.

»Ich habe es schon probiert. Sie hat nur Benitas Nummer abgespeichert, und die wusste nicht, wer heute Schicht hat.«

Ich seufzte und brummte vor mich hin. Meine Sorge mischte sich mit Ärger. Begriff Stella denn gar nicht, was sie uns antat? Was für Sorgen wir uns machten?

Als das Telefon auf der Arbeitsplatte zu vibrieren begann,

stürzten Ulrika und ich uns darauf. Ich war schneller und drückte den grünen Telefonhörer.

»Ja?«

Am anderen Ende meldete sich eine tiefe Stimme, die etwas abwartend klang.

»Ich rufe wegen der Vespa an.«

»Wegen der Vespa?«

In meinem Kopf herrschte ein einziges Durcheinander.

»Wegen der Vespa, die zum Verkauf steht«, erklärte der Mann.

»Hier gibt es keine Vespa zu kaufen. Sie müssen sich verwählt haben.«

Er entschuldigte sich, beharrte aber darauf, dass er sich keineswegs verwählt habe. Im Internet gebe es eine Anzeige mit dieser Nummer, in der eine Vespa zum Kauf angeboten werde. Eine rosa Piaggio.

Ich murmelte etwas von einem Versehen und beendete das Gespräch.

»Wer war das?«

Ulrika klang aufgewühlt.

»Sie will die Vespa verkaufen.«

»Wie bitte?«

»Stella hat die Vespa ins Internet gestellt.«

Wir setzten uns aufs Sofa. Ulrika verschickte eine Sammel-SMS, in der sie alle, die etwas über Stellas Aufenthaltsort wussten, um Rückmeldung bat. Ich schenkte uns einen weiteren Whisky ein, und Ulrika legte Stellas iPhone vor uns auf den Tisch. Wir saßen da, starrten es an und sprangen jedes Mal auf, wenn es summte. Die Zeit stand still, während Ulrika auf dem Gerät herumwischte.

Ein paar Freunde von Stella meldeten sich, einige zeigten

sich etwas beunruhigt, aber die meisten begnügten sich mit der Information, dass sie nichts wüssten.

Ich googelte Stellas Telefonnummer und stieß sofort auf die Anzeige. Sie hatte tatsächlich eine Verkaufsanzeige für die Vespa geschaltet. Ihr Geburtstagsgeschenk. Warum machte sie das?

Im Fernsehen kam eine Talkshow, und ich hielt Ulrikas Hand. Neben uns auf der Sofakante saß die Ungewissheit wie ein stummes Gespenst.

»Soll ich mal mit dem Rad herumfahren und sie suchen?«

Ulrika verzog das Gesicht.

»Ist es nicht besser, wenn wir hierbleiben?«

Ich drückte ihre Hand.

»Das darf nie wieder passieren. Ist ihr denn gar nicht klar, was für Sorgen wir uns machen?«

Ulrika war den Tränen nahe.

»Sollen wir die Polizei rufen?«

»Die Polizei?«

Das kam mir nun etwas übertrieben vor. So schlimm konnte es doch wohl nicht sein?

»Ich habe ein paar Kontakte bei der Polizei«, erklärte Ulrika. »Die könnten immerhin die Augen offen halten.«

»Das kann doch wohl nicht wahr sein!« Ich erhob mich. »Dass wir bei der Polizei anrufen müssen. Ich bin so ...«

»Sch«, sagte Ulrika mit einem Finger in der Luft. »Hörst du?«

»Was denn?«

»Es klingelt.«

Ich saß ganz still da und sah sie an. Wir waren beide krank vor Sorge. Jetzt hörte auch ich den langen Klingelton.

»Das Festnetztelefon?« Ulrika stand auf.

Es ruft uns nie jemand auf dem Festnetz an.

8

Stella war nicht geplant. Sie war erwünscht und willkommen, ersehnt und geliebt, lange bevor sie selbst atmen konnte. Aber sie war nicht geplant.

Ulrika hatte eben ihr Juraexamen gemacht und stand kurz vor dem Referendariat, als sie sich eines Abends vor mich hinsetzte, ihre Hände über meine legte und mir tief in die Augen sah. Ihr Lächeln war beherrscht, als sie mir die großartige, aber auch erschütternde Nachricht überbrachte.

Ich hatte noch ein Jahr Theologiestudium vor mir und ein weiteres Jahr als Vikar. Wir wohnten in einer Einzimmerwohnung in Norra Fäladen und lebten vom Studiendarlehen. Die Voraussetzungen, um ein Kind in die Welt zu setzen, waren also nicht gerade optimal. Ich konnte Ulrikas Zweifel durchaus nachvollziehen. Hinter der ersten prickelnden Freude war schon bald ein ängstliches Zögern zu erahnen, aber es dauerte eine ganze Woche, ehe das Wort Abtreibung fiel.

Ulrika machte sich mit gutem Recht Sorgen um die praktischen Dinge. Finanzen, Wohnung, Ausbildung und Karriere. Wir konnten noch ein paar Jahre mit der Familiengründung warten, es hatte wirklich keine Eile.

»Mit Liebe schafft man alles«, sagte ich und führte meine Lippen zu ihrem Bauch.

Ulrika überschlug unsere Finanzen, während ich winzige Strümpfe mit der Aufschrift *My dad rocks* kaufte.

»Du bist doch nicht etwa gegen Abtreibung?«, hatte sie mich

schon in diesen ersten verliebten Tagen fünf Jahre zuvor gefragt, als wir das Wohnheimzimmer nur selten verlassen hatten.

»Du hast eine sehr seltsame Vorstellung davon, was es heißt, christlich zu sein«, hatte ich geantwortet.

Inzwischen weiß ich, dass sie keinen Witz gemacht hatte. Mein Gottesglaube erfüllte sie mit Zweifeln und Angst. Er war die einzige Bedrohung unserer neugeborenen, sehr zerbrechlichen Beziehung.

»Ich habe nie von einem Pfarrer geträumt«, sagte sie manchmal. Damit wollte sie mich keineswegs verletzen. Es war nur ein ironischer Kommentar zu den unergründlichen Wegen des Herrn.

»Du kannst ganz beruhigt sein«, sagte ich dann. »Ich habe auch nie von einer Rechtsanwältin geträumt.«

Kein einziges Mal erwog ich ernsthaft, das Kind nicht zu bekommen. Dennoch verhielt ich mich in meinen Gesprächen mit Ulrika abwartend. Ich wollte offen für alle Möglichkeiten sein. Doch schon bald hatten wir eine gemeinsame Entscheidung getroffen.

Wir machten einen Geburtsvorbereitungskurs und übten, gemeinsam die Wehen wegzuatmen. Ulrika war morgens übel, und ich massierte ihr die geschwollenen Füße.

Eine Woche vor dem berechneten Geburtstermin weckte Ulrika mich schon um vier Uhr morgens. Sie stand am Fußende des Bettes, eingehüllt in ihre Decke.

»Adam, Adam, die Fruchtblase ist geplatzt!«

Wir nahmen ein Taxi in die Frauenklinik, doch erst als Ulrika vor mir auf dem Geburtsbett lag und sich vor Schmerzen wand, während sich die Hebamme die langen Handschuhe überstreifte, erst da wurde mir bewusst, was in diesem Moment passierte, wie viel auf dem Spiel stand und was alles schiefgehen konnte. Mir kam es so vor, als hätte ich die ganze Angst und Nervosität in meinem Inneren verborgen gehalten, bis nun alles auf einmal aus mir herausbrach.

»Sie müssen etwas unternehmen!«

»Der Papa darf sich jetzt erst mal hinsetzen«, sagte eine Schwester und zeigte auf einen Stuhl neben Ulrika. Ich hatte mich gerade auf die Sitzfläche fallen lassen, als ich schon wieder aufsprang.

»Immer mit der Ruhe«, sagte die Hebamme.

Ulrika hyperventilierte und fluchte. Sobald eine neue Wehe einsetzte, drückte sie sich hoch, schrie und schlug um sich. Ich packte ihre Handgelenke und flüsterte durch die zusammengebissenen Zähne eindringliche Gebete. Die Hebamme und die Schwestern blieben seelenruhig und behaupteten, es gebe keinen Anlass zur Besorgnis. Doch ihre Augen verrieten, dass sich irgendetwas verändert hatte. Ihre Bewegungen wurden schneller, die Instruktionen der Hebamme barscher, und bald hatte ich das Gefühl, als würde der Luftdruck im Zimmer steigen. Ein Arzt wurde herbeigerufen, der gestresstes Finnlandschwedisch sprach, und ich vernahm den Begriff Notkaiserschnitt.

»Was ist los?«, fragte ich immer wieder.

Sie hörten mich nicht mehr. Die Hebamme beugte sich zu Ulrika hinunter, ihre Stimme war sachlich und schonungslos.

»Das Kind steckt mit den Schultern fest. Bei der nächsten Wehe pressen Sie so fest Sie können. Das Kind muss jetzt raus.«

Ich drückte Ulrikas Hand. Ihr ganzer Körper bebte.

»Du schaffst es, Liebling.«

Sie erstarrte und spannte den Körper an. Es wurde vollkommen still im Zimmer, und ich konnte förmlich die Welle von Schmerz spüren, die durch ihren Körper zog, während sie ihr Becken nach oben drückte.

»Hilf mir jetzt, guter Gott!«

Die Hebamme zog und zerrte, und Ulrika brüllte, wie ich noch nie einen Menschen hatte brüllen hören. Ich hielt sie ganz fest und drohte Gott, Ihm nie zu verzeihen, wenn diese Sache nicht gut ausginge.

Die Stille fiel wie eine Decke über uns. Man hätte in diesem Moment Gott mit den Fingern schnipsen hören können. Die längste Sekunde meines Lebens. Alles, was von Bedeutung war, stand auf dem Spiel. Ich dachte an nichts, wusste aber, dass sich in diesem Moment alles entschied. In der Stille.

Als ich hinsah, entdeckte ich ihn – den bläulichen, blutigen Klumpen auf einem Handtuch. Erst begriff ich nicht, was es war. Im nächsten Augenblick wurde das Zimmer vom schönsten Kinderschrei erfüllt, den ich je gehört hatte.

9

Stellas Gesicht glitt an meinem inneren Auge vorbei, während ich Ulrika rasch in die Küche folgte. Obwohl unsere Tochter jetzt neunzehn war, sah ich noch immer ein Kindergesicht vor mir. Die neugierigen Augen, die Sommersprossen und die Zöpfe mit ihren bunten Haargummis.

Ulrika griff zum Festnetztelefon, das wie ein Relikt aus früheren Zeiten an der Wand hing. Kein einziges Mal ließ ich sie während des Gesprächs aus den Augen.

»Das war Michael Blomberg«, sagte sie, nachdem sie aufgelegt hatte.

»Wer? Der Rechtsanwalt?«

»Er wurde Stella gerade als Verteidiger beigeordnet. Sie ist bei der Polizei.«

Mein erster Gedanke war, dass Stella einem Verbrechen zum Opfer gefallen war. Hoffentlich war es nichts Ernstes. Es wäre sogar in Ordnung gewesen, wenn jemand sie ausgeraubt oder geschlagen hätte. Alles außer Vergewaltigung.

Ich habe mit anderen Vätern über das Thema gesprochen und festgestellt, dass ich keineswegs der Einzige bin, der so schlimme Angst davor hat, dass die eigene Tochter vergewaltigt werden könnte. Vielleicht liegt es daran, dass es für uns Männer keine schlimmere Gewalttat einem anderen Menschen gegenüber gibt. Dabei können wir uns letztlich nicht ansatzweise vorstellen, wie es sein muss, ständig mit dem Risiko zu leben, einem solch schrecklichen Übergriff ausgesetzt zu werden.

»Wir müssen gleich hinfahren«, sagte Ulrika.

»Was ist denn passiert?« Ich dachte an das seltsame Telefonat und an die Anzeige im Internet. »Hat es mit der Vespa zu tun?«

Ulrika sah mich an, als hätte ich eine Schraube locker.

»Scheiß auf die verdammte Vespa!«

Auf dem Weg in den Flur stieß sie mit meiner Schulter zusammen.

»Was hat Blomberg gesagt?«, fragte ich, doch ich bekam keine Antwort.

Menschen reagieren in Schockzuständen völlig unterschiedlich, und niemand kann vorhersehen, wie er denken und agieren wird, wenn es tatsächlich ernst wird. Ich habe eine Ausbildung für Krisenintervention, ich weiß alles über die einzelnen Reaktionsphasen und habe mit einer Unzahl von Menschen gearbeitet, die sich in einer Krise befanden oder traumatisiert waren. In dieser Situation half mir nichts davon.

Ulrika nahm ihren Mantel von der Garderobe und war schon auf dem Weg zur Tür, als sie abrupt kehrtmachte.

»Ich muss nur schnell etwas erledigen«, erklärte sie und ging zurück ins Haus.

»Jetzt erzähl doch endlich. Was hat Blomberg gesagt?«

Ich ging hinter ihr her durch die Küche. An der Treppe drehte sie sich um und hielt mich davon ab, ihr weiter zu folgen.

»Warte hier. Ich komme gleich!«

Verblüfft blieb ich stehen und zählte die Sekunden. Schon bald kam Ulrika wieder herunter und drängte sich an mir vorbei.

»Was hast du gemacht?«

Ich folgte ihr durch den Flur und fragte sie erneut, was passiert sei und was Blomberg gesagt habe.

Wieder sah ich Stellas Gesicht vor mir. Das zahnlose Lächeln, die kleinen Grübchen in den weichen Wangen. Und ich dachte an alles, was ich ihr gewünscht hatte und was nicht in Erfüllung gegangen war.

10

Die Leute hatten uns vor den ersten Jahren gewarnt. Wir würden keinen Schlaf bekommen, das Kind würde ständig schreien, essen und in die Windeln machen, unser Zusammenleben würde den Bach runtergehen, wir würden uns streiten und hassen. Viele fanden uns viel zu jung, um Eltern zu werden. Manche schienen die Meinung zu vertreten, dass wir unser Leben ruinierten. Bisweilen empfand ich es als das reinste Wunder, dass die Menschen überhaupt noch Kinder in die Welt setzten.

Stella war ein vorbildliches Baby. Es dauerte nicht lange, bis sie durchschlief, sie konnte überall einschlafen, und wenn sie aufwachte, war sie still und ruhig, immer zufrieden, was natürlich viele irritierte. Wartet nur, sagten sie. Eure Zeit wird noch kommen. Freunde und Kollegen, Bekannte und Verwandte – alle äußerten sich zu dem Thema.

Den Herzschlag eines anderen Menschen an seiner Brust zu fühlen heißt Gott zu spüren. Stella lag auf mir, und meine Fingerspitzen konnten von ihrer weichen Haut nicht genug bekommen. Ihr kleiner Körper formte sich wie geschmolzenes Glas unter meinen behutsamen Handflächen. Wir waren uns so nah, dass ich ihre Atemzüge spürte.

Man glaubt nur zu gern, dass das Beste noch auf einen wartet. Ich denke, das ist ein ausgesprochen menschlicher Fehler. Sogar Gott lehrt uns die Sehnsucht.

Warum denkt man nie daran, wie schnell die Zeit vergeht, während sie an einem vorbeizieht?

Stellas erstes Wort war »Abba«. Damit meinte sie mich und Ulrika. Heutzutage verbinden die meisten Schweden dieses Wort mit dem gleichnamigen eingelegten Hering oder mit Popmusik, aber in der Sprache Jesu, dem Aramäischen, bedeutet Abba Vater.

Vier wunderschöne Herbstmonate war ich in Elternzeit und sah, wie sich Stellas Persönlichkeit von Tag zu Tag weiterentwickelte. In der Eltern-Kind-Gruppe der Kirchengemeinde wurde mir gesagt, sie sei ein totales Papakind. Ich glaube, ich habe die Bedeutung davon erst begriffen, als es schon zu spät war. Im Nachhinein empfinde ich es als Ironie des Schicksals, dass es mir nicht gelungen ist, auch nur eine einzige Minute festzuhalten. Der Augenblick ist mir immer entwischt.

Ich bin zur Sehnsucht verurteilt.

11

Wir standen im Flur. Meine Hand auf der Türklinke. Ulrika zitterte am ganzen Körper.

Warum hatte Michael Blomberg angerufen? Was machte Stella bei der Polizei?

»Bitte erzähl es mir«, sagte ich.

»Ich weiß doch auch nur, was Michael gesagt hat.«

Michael Blomberg. Ich hatte seinen Namen schon länger nicht mehr gehört. Blomberg war nicht nur in juristischen Kreisen ein bekannter Name. Er hatte Karriere als einer der besten Strafverteidiger des Landes gemacht und dabei Mandanten in zahlreichen aufsehenerregenden Prozessen vertreten. Man sah ihn in der Zeitung und als Experten im Fernsehen. Er war es, der einst Ulrika unter seine Fittiche genommen und ihr den Weg zum Erfolg als Verteidigerin geebnet hatte. Ich hatte ihn nie besonders gemocht und hielt ihn für rücksichtslos und überheblich.

Ulrika keuchte. Ihre Augen flatterten wie aufgeschreckte Vögel.

Sie versuchte, sich an mir vorbei durch die Türöffnung zu pressen, aber ich hielt sie auf und umfasste sie mit meinen Armen.

»Man hat Stella vorläufig festgenommen.«

Ich hörte, was sie sagte, die Worte drangen zu mir durch, aber ich verstand sie nicht.

»Das muss ein Missverständnis sein.«

Ulrika schüttelte den Kopf. Im nächsten Moment sackte sie an meiner Brust zusammen, und ihr Handy fiel auf den Boden.

»Sie steht unter Mordverdacht.«

Ich erstarrte und musste an Stellas fleckige Bluse denken.

Ulrika rief ein Taxi, während wir zur Straße liefen. An der Wertstoffsammelstelle ließ sie meine Hand los.

»Warte mal kurz«, sagte sie und ging zwischen den Tonnen und Behältern hindurch.

Ich blieb auf dem Bürgersteig stehen und hörte, wie sie hustete und sich erbrach. Bald tauchte ein schwarzes Taxi an der Straße auf.

»Wie geht es dir?«, flüsterte ich, während wir uns auf der Rückbank anschnallten.

»Beschissen«, sagte Ulrika und hustete hinter vorgehaltener Hand.

Dann tippte sie mit beiden Daumen auf ihrem Handy herum, während ich die Scheibe herunterließ, die kühle Luft tat gut.

»Könnten Sie ein bisschen schneller fahren?«, bat Ulrika den Taxifahrer, der noch etwas vor sich hin brummte, ehe er Gas gab.

Ich musste an Hiob denken. War dies meine Prüfung?

Ulrika erklärte, dass Michael Blomberg im Polizeipräsidium auf uns wartete.

»Warum ausgerechnet er?«, fragte ich. »Ist das nicht ein merkwürdiger Zufall?«

»Er ist ein herausragender Anwalt.«

»Sicher, aber wie groß ist die Wahrscheinlichkeit?«

»Manchmal gibt es solche Zufälle, Liebling. Man kann nicht alles steuern.«

Ich wollte nicht sagen, dass ich Blomberg nicht leiden konnte. Ich spreche ungern schlecht über andere Menschen.

Wenn man jemanden aus so unklaren Gründen nicht mag, wenn man einen Menschen beinahe instinktiv verurteilt, sagt mir die Erfahrung, dass das Problem oft bei einem selbst liegt.

Ich gab dem Fahrer ein gutes Trinkgeld und lief die Treppe zum Polizeipräsidium hoch, wo Ulrika schon an der Tür zog.

Im Foyer nahm Blomberg uns in Empfang. Ich hatte beinahe vergessen, wie groß er ist. Während er wie ein Bär auf uns zugetrottet kam, flatterte ihm die Anzugjacke um den Bauch. Sonnengebräunt, blaues Hemd und teurer Anzug. Das zurückgekämmte Haar lockte sich im Nacken.

»Ulrika«, sagte er, aber kam trotzdem als Erstes auf mich zu und drückte mir die Hand, ehe er meine Frau umarmte.

»Was ist da los, Michael?«

»Immer mit der Ruhe«, sagte er. »Die Vernehmung ist beendet, und ich bin überzeugt, dass dieser Albtraum bald vorbei ist. Die Polizei hat eine sehr übereilte Entscheidung getroffen.«

Ulrika seufzte tief.

»Eine junge Frau hat Stella identifiziert«, fuhr Blomberg fort.

»Identifiziert?«

»Ihr habt vielleicht gehört, dass man auf einem Spielplatz drüben in der Pilegatan eine Leiche gefunden hat?«

»Stella soll in der Pilegatan gewesen sein?«, hakte ich nach. »Das muss ein Missverständnis sein.«

»Ganz genau. Aber diese junge Frau wohnt im selben Haus wie das Mordopfer, und sie behauptet, Stella gestern Abend dort gesehen zu haben. Sie glaubt, sie von H&M zu kennen. Das scheint das Einzige zu sein, was die Ermittler gegen sie in der Hand haben.«

»Das kann doch nicht wahr sein. Kann man wirklich aus so fadenscheinigen Gründen festgenommen werden?«

Ich dachte an den Vorabend und versuchte mich an die Details zu erinnern. Wie ich schlaflos dalag und auf Stella wartete und wie sie endlich nach Hause kam und schnell duschte, ehe sie in ihrem Zimmer verschwunden war.

»Ist sie noch immer vorläufig festgenommen?«, fragte Ulrika.

»Worin besteht der Unterschied?«, wollte ich wissen.

»Die Polizei hat das Recht, eine Person vorläufig festzunehmen, aber eine Verlängerung des Polizeigewahrsams muss von einem Staatsanwalt beantragt werden«, erklärte Blomberg. »Die Kriminalpolizei wird den diensthabenden Staatsanwalt briefen, und dann wird Stella wieder freigelassen werden. Ich versichere euch: Das ist alles nur ein großes Missverständnis.«

Er klang viel zu sicher, genauso, wie ich ihn in Erinnerung hatte, und das beunruhigte mich. Wenn man keine Zweifel hat, fehlt es einem oft auch an Sorgfalt und Engagement.

»Aber warum hatte die Polizei es denn so eilig, sie festzunehmen?«, fragte ich. »Wenn sie nicht mehr gegen sie in der Hand haben?«

»Das ist ein heißes Eisen«, sagte Blomberg seufzend. »Die Polizei will rasch agieren. Das Opfer ist nämlich nicht irgendjemand.«

Er wandte sich an Ulrika und senkte die Stimme ein wenig.

»Es ist Christopher Olsen. Der Sohn von Margaretha Olsen.«

Ulrika schnappte nach Luft.

»Mar… Margaretha Olsens Sohn?«

»Wer ist Margaretha Olsen?«, fragte ich.

Ulrika sah mich nicht einmal an.

»Der Tote hieß Christopher Olsen«, erklärte Blomberg. »Seine Mutter heißt Margaretha Olsen und ist Professorin für Strafrecht.«

Professorin? Ich zuckte mit den Schultern.

»Was heißt das?«

»Margaretha Olsen ist eine Ikone innerhalb des Rechtswesens«, sagte Blomberg. »Und auch der Sohn hat sich auf vielen Gebieten einen Namen gemacht. Als erfolgreicher Geschäftsmann und Immobilienbesitzer führte er mehrere Unternehmen.«

»Was spielt das für eine Rolle?«, fragte ich zunehmend irritiert.

Zugleich erinnerte ich mich an meine eigenen Worte. So etwas trifft nur Alkoholiker und Drogenabhängige. Das war zwar eine vorurteilsbehaftete Annahme, doch sie basierte auch auf Empirie und Statistik. Manchmal muss man die Ausnahmen ausblenden, um nicht unterzugehen.

»Das sollte vielleicht keine spielen«, entgegnete Blomberg. Zwischen den Zeilen war deutlich zu hören, dass es durchaus eine Rolle spielte und dass Blomberg das vielleicht nicht einmal für sonderlich schlimm hielt.

»Margaretha Olsens Sohn«, sagte Ulrika. »Wie alt ist ... war er?«

»Zweiunddreißig, glaube ich. Oder dreiunddreißig. Tödliche Gewalt mit einer Stichwaffe. Die Polizei ist sehr zurückhaltend, was die Details angeht. In der Vernehmung wollte die Polizei vor allem wissen, was Stella gestern Abend und Nacht gemacht hat.«

»Wann genau wurde der Mann ermordet?«, fragte Ulrika.

»Das weiß man nicht ganz sicher, aber die Zeugin hat um kurz nach ein Uhr Lärm und Geschrei gehört. Wart ihr wach, als Stella nach Hause gekommen ist?«

Ulrika wandte sich an mich, und ich nickte.

Ich hatte mich im Bett hin und her gewälzt, ohne einschlafen zu können. Ich dachte an die SMS, die ich geschickt, auf die ich aber keine Antwort bekommen hatte. Meine Unruhe war nicht unbegründet gewesen. Ich erinnerte mich daran, wie Stella nach Hause gekommen war und im Badezimmer und in der Waschküche herumhantiert hatte. Wie spät war es da gewesen?

»Irgendjemand muss ihr doch ein Alibi geben können«, sagte ich.

Ulrika und Blomberg sahen mich beide an.

12

Michael Blomberg bot an, uns in seinem SUV nach Hause zu bringen. Es war ein warmer Spätsommerabend, und auf den Straßen flanierten Leute umher, als wäre nichts passiert. Leute, die ihre Hunde ausführten, und Partygänger, Menschen auf dem Weg nach draußen oder nach Hause oder nirgendwohin, Nachtschichtarbeiter und Schlaflose. Der Alltag weigerte sich innezuhalten, nur weil unser gesamtes Leben aus dem Gleichgewicht geraten war.

Vor unserem Haus fragte Blomberg, ob er noch irgendetwas für uns tun könne. Für ihn sei es kein Problem, noch etwas zu bleiben.

»Nicht nötig«, versicherte ich.

Ulrika blieb eine Weile auf der Einfahrt stehen und unterhielt sich mit ihm, während ich ins Bad eilte. Mein ganzer Körper fühlte sich heiß an, und mein Mund war so trocken wie Sägespäne. Ich trank direkt aus dem Hahn und kühlte meine Stirn mit Wasser.

Als ich in die Küche kam, war es längst nach Mitternacht. Ulrika saß da, den Kopf in die Hände gestützt. Trotz meiner Einwände und obwohl es so spät war, begann sie ihre Kontakte innerhalb der Polizei abzutelefonieren, und sie rief bei einigen Journalisten und Juristen an – bei Leuten, die etwas wissen oder uns helfen konnten. Ich saß ihr gegenüber und durchforstete das Internet nach Informationen über das Geschehen in der Pilegatan, über Christopher Olsen und seine Mutter, die Professorin.

Immer wieder sah ich auf die Uhr. Die Minuten schleppten sich dahin.

Als eine volle Stunde vergangen war, konnte ich nicht mehr stillsitzen.

»Warum bekommen wir nicht Bescheid? Wie lange dauert das eigentlich noch?«

»Ich rufe Michael an«, sagte Ulrika und erhob sich.

Die Treppe knarzte, und ich hörte, wie sie die Tür zu ihrem Arbeitszimmer schloss. Die Grübeleien zerfraßen mein Hirn, ich machte mir Sorgen, und es fühlte sich an, als ob unter meiner Haut kleine Tiere herumkrabbelten.

Planlos ging ich durch die Küche, hinaus in den Flur und wieder zurück. Ich hielt das Telefon schon in der Hand, als es plötzlich klingelte.

»Hier ist Amina.«

Sie schluchzte und räusperte sich.

»Amina? Ist was passiert?«

»Tut mir leid«, sagte sie. »Ich habe gelogen.«

Genau wie ich geahnt hatte. Sie hatte sich am Freitag gar nicht mit Stella getroffen. Sie hatten darüber gesprochen, aber es war nichts daraus geworden.

»Ich war total verwirrt, als ihr gefragt habt«, sagte sie. »Ich habe nur wegen Stella gelogen. Ich dachte, sie wäre vielleicht ... Jedenfalls wollte ich erst mal mit ihr selbst sprechen.«

Ich konnte sie verstehen. Es war nichts, worüber man sich aufregen musste. Eine kleine Notlüge.

»Aber irgendjemand muss ihr doch ein Alibi geben können«, sagte Amina verzweifelt. »Das ist doch Wahnsinn!«

Es war in der Tat völlig surreal. Und gleichzeitig wurde es die ganze Zeit immer realer. Vor meinem inneren Auge konnte ich Stella sehen, eingeschlossen in die kalte, dreckige Zelle, wo man sonst Mörder und Vergewaltiger unterbrachte.

Ulrika kam im Laufschritt die Treppe herunter.

»Die Staatsanwaltschaft hat eine Verlängerung des Polizeigewahrsams beschlossen«, sagte sie.

»Verlängerung?«

Mein Herz schlug heftig. Ich schwitzte.

»Sie muss im Gefängnis bleiben.«

»Wie kann das sein? Es gibt doch gar keine Beweise!«

»Es kann ermittlungstechnische Gründe haben. Sachen, die die Polizei abklären will, bevor man sie freilässt.«

»Wie ein Alibi?«

»Zum Beispiel.«

Ich hatte keine Ahnung, was wir tun sollten. Mein Körper war in Aufruhr. Nur für kurze Momente schaffte ich es, mich hinzusetzen, dann musste ich wieder aufstehen und mich bewegen. Ich ging wie ein Zombie durch die Zimmer und umrundete nur in Socken das Haus.

Als die Sonne ihre ersten Strahlen zum östlichen Horizont schickte, wussten wir noch immer nichts. Ich hatte so viel Kaffee intus, dass mein Magen unruhig vor sich hin grummelte, und der Schlafmangel hatte mein Gehirn vernebelt.

Schließlich rief Blomberg an. Ich stand gegenüber von Ulrika in der Küche und hielt die Luft an.

Sie sprach kurz und leise mit ihm. Danach blieb sie eine Weile stehen und drückte den Hörer ans Ohr.

»Was hat er gesagt?«, fragte ich.

Ulrika sah mich an, ohne mich zu sehen. Ihr Blick ging ins Leere.

»Wir müssen das Haus verlassen.« Ihre Stimme war dünn wie ein Spinnenfaden kurz vor dem Zerreißen.

»Wie? Was ist eigentlich los?«

»Die Polizei ist unterwegs zu uns. Sie werden eine Hausdurchsuchung machen.«

Ich dachte sofort an die fleckige Bluse. Das konnte doch wohl nicht Blut sein? Bestimmt gab es eine logische Erklärung. Es musste so sein, wie Blomberg gesagt hatte, ein übereiltes Missverständnis.

Stella würde doch niemals ... Oder könnte sie?

»Was machst du?«, fragte Ulrika aus der Küche. »Wir müssen los.«

Verzweifelt suchte ich in den anderen Kleiderhaufen, aber ohne Erfolg. Die Wäscheleinen waren auch leer. Die Bluse war weg.

»Komm jetzt!«, rief Ulrika.

13

Die Zukunft kam mir immer hell vor und schimmernd, beinahe blendend, wie Wintersonne, die durch einen Dunstschleier dringt. Es gab keine Sorgen, aber auch keine abgesteckten Wege. Ich erinnere mich an Stella, mit Milchzähnen und Rattenschwänzchen, die sich weigerte, allein zu schlafen, nachdem wir ihr die Geschichte vom Gespenst Laban vorgelesen hatten. Ich weiß noch, wie ich sie jeden Morgen zum Kindergarten brachte, Jahr um Jahr, und sehe noch immer ihren sehnsüchtigen Blick am Fenster, wenn sie nicht aufhören wollte zu winken. Die kleine Stella, die gehänselt und von einigen Jungen »Jesuskind« genannt wurde, die ihre Tränen in einem Kissen vergrub, nicht mehr zum Kindergarten gehen und zehntausend Kilometer weit wegziehen wollte. Und obwohl ich es als Gefängnispfarrer mit Mördern und Vergewaltigern zu tun gehabt und eine Ausbildung in Konfliktdeeskalation absolviert hatte, brauste ich so auf, dass ich einen der Jungen packte und ihm mit fürchterlichen Konsequenzen drohte.

Ich erinnere mich an ein Entwicklungsgespräch im Kindergarten, als Stella fünf war. Eigentlich war Ulrika an der Reihe, aber wie es der Zufall wollte, hatte ich vormittags frei und beschloss kurzerhand mitzukommen. Wir saßen im Teambesprechungsraum, während die Kinder vor dem Fenster spielten.

»Am besten ziehen wir die Jalousien herunter«, erklärte die Erzieherin und streckte sich zum Fenster hinüber.

Sie war um die vierzig mit grau melierten Ponyfransen und

einer faszinierenden Fähigkeit, in Sekundenschnelle von einem freundlichen Aussehen und singendem Tonfall zu einer barschen Mimik und einem strengen Kommandoton zu wechseln. Das war wohl eine Folge ihrer Arbeit.

»Wie ist Ihr Gefühl?«, fragte sie, als wir uns hingesetzt hatten.

Ulrika und ich sahen einander an und nickten. Alles fühlte sich gut an.

Die Erzieherin, die Ingrid hieß, berichtete von den Aktivitäten, Basteleien und pädagogischen Spielen, denen man sich im Herbst und Winter gewidmet hatte. Sie zeigte uns einen Ordner mit Bildern, die Stella gemalt hatte, und Fotos von Stella beim Spielen auf dem Hof, bei einem Ausflug oder im Sitzkreis auf dem Fußboden. Ulrika und ich schauten, lächelten und nickten. Die ganze Zeit hatten wir den Eindruck, als käme gleich etwas anderes, als wäre all das nur ein Vorspiel, bei dem Ingrid Mut sammelte für das, was noch kommen würde.

Eine kurze Pause entstand. Ingrid blätterte in ihren Unterlagen, und es fiel ihr sichtlich schwer, den Blick zu fixieren.

»Ein paar Eltern machen sich Sorgen«, sagte sie, ohne uns anzusehen. »Stella kann manchmal nämlich recht dominant sein, und... sie wird schnell wütend. Wenn Sachen nicht nach ihrem Kopf laufen.«

Das kannten wir natürlich, wenngleich wir gehofft hatten, dass es im Kindergarten nicht so spürbar sein würde wie zu Hause. Dass andere Eltern Kritik an Stella geübt hatten, empfand ich als peinlich und provokant zugleich.

»So schlimm kann es doch nicht sein? Sie ist ja erst fünf Jahre alt.«

Ingrid nickte.

»Einige Eltern haben das Thema bei der Leiterin angesprochen«, sagte sie. »Es ist wichtig, dass Stella in diesem Punkt Hilfe bekommt, im Kindergarten, aber auch zu Hause.«

»Was sind das denn für Eltern?«, fragte Ulrika.

»Können Sie ein Beispiel nennen?«, bat ich. »Was macht Stella denn falsch?«

Ingrid blätterte in ihren Papieren.

»In Rollenspielen beispielsweise will Stella immer diejenige sein, die bestimmt.«

Ulrika zuckte mit den Schultern.

»Manchmal ist es doch gut, wenn jemand die Führungsrolle übernimmt.«

»Wir wissen, dass Stella dominant wirken kann«, fiel ich ein. »Die Frage ist nur, inwiefern man das unterdrücken sollte. Wie Ulrika sagt, ist es doch positiv, wenn jemand Führungseigenschaften hat, unternehmungslustig ist und neue Impulse setzt.«

Ingrid kratzte sich intensiv an der rechten Augenbraue.

»Letzte Woche hat Stella gesagt, dass sie wie Gott sei. Die anderen Kinder müssten ihr gehorchen, denn sie sei wie Gott und Gott herrsche über alles.«

Ulrikas Blick brannte auf mir. Stella war öfter mit mir in der Kirche gewesen, sie interessierte sich für meine Arbeit und stellte durchaus existenzielle Fragen, aber ich hätte ihr nicht im Traum vorgefertigte Lösungen oder Antworten angeboten. Gottes Allmacht war ein Thema, das ich nicht einmal in Abwesenheit meiner Tochter thematisiert hätte.

»Wir werden mit Stella reden«, sagte ich knapp.

Als wir im Auto saßen, schaltete Ulrika das Radio aus.

»Nicht zu fassen, was die Leute sich anmaßen, über fremde Kinder zu urteilen.«

»Man sollte es einfach ignorieren«, sagte ich und schaltete die Musik wieder an. »Sie ist doch erst fünf.«

Ich hatte keine Ahnung, wie schnell die Zeit vergehen würde.

14

Am Sonntagvormittag saß ich in einem spartanisch möblierten Raum des Polizeipräsidiums und wartete auf meine Vernehmung. Man servierte mir starken Kaffee in einem Becher, die Minuten vergingen langsam und quälend, und die Haut juckte. Die Kriminalkommissarin, die schließlich eintrat, hieß Agnes Thelin und hatte einen versöhnlichen Blick. Sie behauptete, genau zu verstehen, wie ich mich fühlen musste. Sie habe nämlich selbst zwei Söhne in Stellas Alter.

»Ich verstehe gut, dass Sie Angst haben und betroffen sind.«

»Das sind keine Ausdrücke, die ich verwenden würde.«

Ich war in erster Linie wütend. Das mag seltsam klingen, zumindest im Nachhinein, aber ich befand mich vermutlich mitten in der Schockphase. Ich hatte die Angst und die Betroffenheit auf die Warteliste gesetzt und konzentrierte mich jetzt auf mein Überleben, auf das Überleben meiner Familie. Ich würde uns aus dieser Sache herausholen.

»Wonach suchen Sie eigentlich?«, fragte ich.

»Was meinen Sie?«

»Die Hausdurchsuchung. Gerade durchwühlen lauter Kollegen von Ihnen unser Haus.«

Kriminalkommissarin Thelin nickte.

»Wir suchen nach Sachbeweisen. Das kann alles Mögliche sein. Wir könnten zum Beispiel irgendetwas finden, was Stellas Erzählung bestätigt. Oder wir finden gar nichts. Wir versuchen dahinterzukommen, was genau passiert ist.«

»Stella hat mit der Sache nichts zu tun«, erklärte ich.

Agnes Thelin nickte.

»Eins nach dem anderen. Können Sie bitte zunächst erzählen, was Sie am Freitag getan haben?«

»Ich war fast den ganzen Tag in der Kirche.«

»In der Kirche?«

Es klang, als wäre das der allerletzte Ort auf Erden, den sie selbst aufsuchen würde.

»Ich bin Pfarrer«, erklärte ich.

Agnes Thelin sah mich eine Weile mit offenem Mund an, dann besann sie sich und blätterte hektisch in ihren Unterlagen.

»Das heißt, Sie haben … gearbeitet?«

»Ich hatte am Nachmittag eine Beerdigung.«

»Eine Beerdigung, aha.« Sie machte sich eine Notiz. »Um wie viel Uhr sind Sie nach Hause gekommen?«

»Gegen sechs, denke ich.«

Ich erzählte, dass ich geduscht und einen Eintopf mit Schweinefilet gekocht habe, den Ulrika und ich aßen. Nach dem Essen hätten wir eine Runde Trivial Pursuit auf dem Sofa gespielt und seien anschließend ins Bett gegangen. Stella habe bis Viertel nach sieben gearbeitet und sich danach mit einer Freundin in der Stadt treffen wollen.

Agnes Thelin wollte wissen, ob ich im Verlauf des Abends mit Stella in Kontakt gestanden habe, und ich erzählte, dass ich zwar eine SMS geschickt hätte, mich aber nicht erinnern könne, ob sie zurückgeschrieben habe.

»Kommt es öfter vor, dass sie nicht auf Ihre SMS antwortet?«

Ich zuckte mit den Schultern.

»Sie haben doch selbst Teenager zu Hause.«

»Aber jetzt geht es um Stella.«

Ich erklärte, dass es durchaus mal vorkam. Meistens traf früher oder später eine Antwort ein, häufig später. Manchmal sehr viel später. Es war auch nicht ungewöhnlich, dass die Antwort, wenn sie schließlich kam, nur aus einem Smiley oder einem hochgestreckten Daumen bestand.

»Wer war denn die Freundin?«

Ich musste schlucken.

»Was meinen Sie?«

»Wer war die Freundin, mit der Stella sich treffen wollte? Mit der sie in die Stadt gehen wollte?«

Ich starrte auf die Tischplatte.

»Stella hat zu meiner Frau gesagt, dass sie sich mit ihrer Freundin Amina treffen wollte. Aber wir haben mit Amina gesprochen und wissen inzwischen, dass sie sich am Freitag gar nicht gesehen haben.«

»Warum, glauben Sie, hat Stella gelogen?«

Die Wortwahl machte mich wütend.

»Sie hat nicht gelogen. Amina hat gesagt, dass sie geplant hätten, sich zu treffen, dass sich ihre Pläne aber geändert hätten.«

»Was, glauben Sie, hat sie stattdessen gemacht?«

Ich antwortete nicht. Warum sollte ich herumspekulieren? Was ich glaubte, könnte doch wohl nicht von Bedeutung sein.

»Wissen Sie, was sie getan hat?«, fragte Agnes Thelin.

Diese Frage war plausibler.

»Nein.«

Agnes Thelin blätterte wieder schweigend in ihren Papieren. In Wirklichkeit vergingen wohl nur wenige Sekunden, aber die reichten aus, um die Stille als bedeutungsvoll zu empfinden.

»Was hat Stella denn für ein Handy?«, erkundigte sich Agnes Thelin.

Ich erklärte, dass es ein iPhone sei, dass ich aber immer die verschiedenen Modelle verwechselte. Es war weiß, so viel wusste ich immerhin.

»Hat sie mehr als nur ein Handy?«, fragte Agnes Thelin.

»Nein.«

Natürlich würde die Polizei ihr Handy in unserem Haus finden und es beschlagnahmen. Einen Moment erwog ich zu erwähnen, dass Stella ihr Telefon zu Hause vergessen hatte, doch dann entschied ich mich dagegen. Es klang seltsam, wenn man von einer Neunzehnjährigen erzählte, die ihr Handy zu Hause vergaß. Als stimmte irgendwas nicht.

»Wissen Sie, ob Stella Zugang zu Pfefferspray hat?«

»Pfefferspray? Das auch die Polizei einsetzt?«

»Genau. Besitzt Stella eine entsprechende Spraydose?«

»Natürlich nicht. Ist das überhaupt legal?«

Mir war übel.

»Um wie viel Uhr sind Sie am Freitag zu Bett gegangen?«, fragte Agnes Thelin.

»Um elf oder kurz danach.«

»Haben Sie sofort geschlafen?«

»Nein, ich konnte nicht einschlafen.«

»Das heißt, Sie lagen lange wach?«

Ich schnappte nach Luft. Die Gedanken stürmten auf mich ein. Verschwommene Bilder von Stella als kleinem Mädchen, als stolzem Teenager, als erwachsene Frau. Meine Tochter. Unsere Familie: Ulrika, ich und Stella. Das Foto auf dem Fensterbrett.

»Ich habe wachgelegen und auf Stella gewartet. Es ist vermutlich egal, wie alt die Kinder sind. Man hört nie auf, sich Sorgen zu machen.«

Agnes Thelin nickte. Ich glaube, sie verstand mich.

Was dann geschah, lässt sich kaum erklären.

Ich hatte es nicht geplant. Ich war zur Vernehmung gekommen, um zu erzählen, was ich wusste. Kein einziges Mal hatte ich in Betracht gezogen, auch nur das kleinste bisschen von der Wahrheit abzuweichen.

»Das heißt, Sie waren wach, als Stella nach Hause kam?«

Agnes Thelins Augen sahen mich groß und einladend an.

»Hm.«

»Wie bitte?«

»Ja«, sagte ich klar und deutlich. »Ich war wach, als Stella nach Hause kam.«

»Haben Sie eine Vorstellung, wie spät es da war?«

»Ich weiß es sogar ganz genau.«

Was ist eine Lüge?, dachte ich. Ebenso wie es verschiedene Arten von Wahrheiten gibt, muss es verschiedene Arten von Lügen geben. Notlügen zum Beispiel – damit habe ich nie ein Problem gehabt. Lieber eine schonende Lüge als eine verletzende Wahrheit. So habe ich immer argumentiert.

Aber dieser Fall lag natürlich etwas anders.

»Es war 23.45 Uhr, als Stella nach Hause kam.«

Kommissarin Thelin starrte mich an, und das achte Gebot wand sich wie eine Schlange in meinem Magen. In der Bibel steht, dass derjenige, der Lügen redet, umkommen wird. Aber es heißt auch: Mein Gott ist gnädig und gerecht.

»Woher wissen Sie das?«, fragte Agnes Thelin. »So genau, meine ich?«

»Ich habe auf die Uhr geschaut.«

»Welche Uhr?«

»Auf meinem Handy.«

Es gibt einen Vers in den Evangelien, der besagt, dass eine Familie, die entzweit ist, nicht fortbestehen kann. Mir wurde klar, dass ich meine Familie vergessen hatte. Ich hatte sie vernachlässigt. Sie für selbstverständlich hingenommen. Ich war nicht der Vater und Ehemann gewesen, der ich hätte sein sollen.

Ich wusste noch immer nicht, was passiert war, als dieser Mann sein Leben auf einem Spielplatz in der Pilegatan verloren hatte, aber eines wusste ich mit Sicherheit: Meine Tochter ist keine Mörderin.

»Und Sie sind sich ganz sicher, dass es Stella war, die nach Hause kam?«, fragte Agnes Thelin.

»Natürlich bin ich mir sicher.«

»Es kann nicht sein, dass Sie etwas anderes gehört haben, meine ich?«

Ich lächelte entschlossen, während ich innerlich zerbrach.

»Ich bin mir sicher. Ich habe mit ihr gesprochen.«

»Sie haben mit ihr gesprochen?«, rief Agnes Thelin. »Was hat sie gesagt? Ist Ihnen irgendetwas Besonderes aufgefallen?«

»Nichts. Wir haben eigentlich nur Gute Nacht gesagt.«

Agnes Thelin ließ mich nicht aus den Augen.

Die Schlange wand sich erneut in meinem Magen. Mich befiel das Gefühl, dass im Grunde nicht ich dort im stickigen Vernehmungsraum saß und all das sagte, sondern jemand ganz anderes.

Im Ersten Brief an Timotheus schreibt Paulus, dass derjenige, der nicht für seine Familie sorgt, seinen Glauben an Jesus verleugnet. Ich hatte nicht gut genug für meine Familie gesorgt. Doch jetzt hatte ich die Gelegenheit, meine Fehler zu korrigieren.

Ich dachte, dass Familien genau das tun. Man schützt einander.

15

Im Sommer, als ich sechzehn wurde, war ich endlich mit Åsa aus der Parallelklasse zusammengekommen, nach der ich mich mehrere Jahre lang verzehrt hatte, und ich war glücklicher als je zuvor. Aber auf einem Zeltlager in Dalarna lernte ich Doris kennen, die zwei Jahre älter war, Mentholzigaretten rauchte und gerade einen Roman schrieb. Zwischen Doris und mir passierte nichts, aber als ich wieder nach Hause zu Åsa kam, nagte das schlechte Gewissen an mir. Schließlich erzählte ich ihr alles von Doris, sogar, dass ich sie gern geküsst hätte. Åsa machte sofort mit mir Schluss, und in kürzester Zeit verbreitete sich das Gerücht, dass ich ein untreues Schwein sei, auf das man sich nicht verlassen könne. Von da an hatte ich keine Freundinnen mehr aus Blekinge, aber in der Tiefe meines Herzens spürte ich dennoch, dass ich richtig gehandelt hatte.

Ich bin in einer Familie aufgewachsen, die von den Vorstellungen der Siebzigerjahre geprägt war, was Freiheit und Solidarität betraf. Mein Vater baute biologisches Gemüse an und aß sein Frühstück nackt in der Küche, trank dazu Kaffee und rauchte seine frischgestopfte Pfeife. Meine Mutter erklärte mir alles über den weiblichen Zyklus und nächtliche Ejakulationen, noch ehe ich in die erste Klasse kam. Es gab kaum Regeln und Ermahnungen. Gesunder Menschenverstand und eine ureigene Moral waren genug.

»Fühlt sich dein Herz gut an dabei?«, fragte mein Vater, als ich im Alter von zehn Jahren dabei erwischt wurde, wie ich meine Schwester an den Haaren zog, bis große Haarbüschel in meinen Händen hingen.

Mehr brauchte ich nicht, um vor Schuld und Scham zu weinen.

Ich probierte dasselbe ein paarmal mit Stella.

»Fühlt sich dein Herz gut an dabei?«, fragte ich sie, nachdem ihr Rektor bei uns angerufen und erzählt hatte, dass sie die Mütze eines anderen Mädchens aufs Schuldach geworfen habe.

Stella funkelte mich wütend an.

»Mein Herz fühlt gar nichts. Es klopft einfach nur.«

Ich bin der festen Überzeugung, dass Elternsein das Schwierigste überhaupt ist. Alle anderen Beziehungen haben einen Notausgang. Du kannst einen Liebespartner verlassen, das tun die meisten irgendwann in ihrem Leben, wenn die Liebe versiegt ist, wenn man sich auseinanderentwickelt oder wenn sich das Herz nicht mehr gut anfühlt dabei. Freunde und Bekannte kannst du am Wegesrand zurücklassen, auch Verwandte, sogar Geschwister und Eltern. Du kannst sie zurücklassen und ohne sie weitergehen. Aber dein Kind kannst du nie verlassen.

Ulrika und ich waren jung und hatten wenig Lebenserfahrung, als Stella auf die Welt kam. Zwar begriffen wir, dass es nicht ganz einfach werden würde, aber unsere Leiden beschränkten sich meist auf alltägliche Dinge wie Schlafmangel, Stillprobleme und Kinderkrankheiten. Es dauerte eine Weile, ehe wir begriffen, dass das Schwierigste am Elternsein etwas ganz anderes ist.

In den folgenden zehn Jahren versuchten Ulrika und ich, Stella ein Geschwisterchen zu schenken. Zeitweise kreiste unsere gesamte Existenz nur darum und erforderte jegliche Kraft, die wir aufbringen konnten. Wir zogen in den Krieg, beide voller Ehrgeiz von der schlimmsten Sorte. Wir bildeten uns ein, dass ein kleines Kreuz auf einem Schwangerschaftstest die Lösung für alles sein würde.

Wir merkten nicht, was mit uns geschah, wie wir uns immer tiefer in ein Loch von Schuld, Scham und Unvermögen hineingruben.

Wir saßen in der Kinderwunschklinik und sahen einander verstohlen an, über den Kopf von Stella hinweg, die auf dem Boden saß und mit Lego spielte. Wieder eine schlechte Nachricht. Keine Befruchtung.

Auf dem Rückweg im Auto schrie ich Ulrika an:

»Das ist keine Gerichtsverhandlung! Es gibt hier keinen Schuldigen.«

Sie rümpfte die Nase und starrte auf das beschlagene Fenster.

»Dann gebe ich eben Gott die Schuld. Kannst du mir erklären, warum Gott nicht will, dass wir ein Kind kriegen?«

»Wir haben ein Kind«, sagte ich und beugte mich vor, um die Lautstärke des Radios hochzudrehen, bis die Lautsprecher knisterten.

Die letzten Jahre waren wir so auf unseren Kampf gegen die Natur und gegeneinander fixiert gewesen, dass wir wohl verdrängt hatten, wofür wir eigentlich kämpften. Ich habe von Soldaten in den Schützengräben des Ersten Weltkriegs gelesen, die am Ende vergaßen, gegen wen sie kämpften, und anfingen, auf ihre Landsleute zu schießen.

An jenem Abend stand Stella im Schlafanzug und mit zerzaustem Haar im Flur und sah uns aus schläfrigen Augen an. Ich glaube, sie war gerade in die Schule gekommen, sechs oder sieben Jahre mag sie gewesen sein. Ulrika und ich waren in kurzer Zeit ziemlich gealtert. Bitterkeit und Schweigen hatten sich zwischen uns gedrängt. Uns schien nur noch unser Kampf zu verbinden.

»Ich will kein Geschwisterchen haben«, sagte Stella aus heiterem Himmel.

16

Nach meiner Vernehmung rief ich Ulrika an. Sie war gerade an unserem Haus vorbeigefahren, doch die Polizei war noch immer zugange.

»Sie glauben wirklich, dass Stella etwas angestellt hat«, sagte ich. »Das ist doch ein Albtraum!«

»Was hast du zur Polizei gesagt?«, wollte Ulrika wissen.

»Ich habe gesagt, dass ich genau weiß, wann Stella am Freitag nach Hause gekommen ist. Ich habe erklärt, dass ich wach war und mit ihr geredet habe.«

Ulrika schwieg eine Weile.

»Wie viel Uhr war es denn?«, fragte sie dann.

Ich holte Luft. Ich hasste Lügen. Insbesondere gegenüber meiner Frau. Aber ich sah keine Alternative. Ich konnte Ulrika unmöglich in die Sache hineinziehen. Sie wusste nichts, sie hatte geschlafen, als Stella nach Hause kam. Wie sollte ich ihr erklären, dass ich die Polizei angelogen hatte?

»23.45 Uhr«, sagte ich.

Es fühlte sich nicht ganz so schlimm an, wie ich befürchtet hatte. Als nutzte sich mein innerer Widerstand mit jedem Mal, wenn ich die Lüge aussprach, etwas mehr ab.

Ulrika erzählte, dass sie unterwegs sei, um sich mit einem Ermittler von der Polizei zu treffen, den sie kannte. Momentan konnte ich nichts weiter tun. Und doch gab es so vieles, was getan werden musste. Eilig spazierte ich zum Bantorget. Die Sonne strahlte intensiv, und ich musste den Blick senken. Die

Stimmen um mich herum klangen schrill und anklagend. Ich beschleunigte meine Schritte. Es kam mir so vor, als hätte die ganze Stadt Augen bekommen, die mich anstarrten.

Am Nachmittag verließ die Polizei endlich unser Haus. Als ich nach Hause kam, war Ulrika gerade zur Vernehmung bei Kriminalkommissarin Agnes Thelin. Während ich die Tür aufschloss und langsam von Zimmer zu Zimmer ging, grummelte es unangenehm im Bauch. Was die Arbeit der Polizei betraf, gab es keinerlei Grund zur Beschwerde. Die wenigen Spuren, die sie hinterlassen hatten, waren kaum zu sehen. Aber das Gefühl, dass jemand in mein Privatleben eingedrungen war, nagte an mir.

Ich ging durchs Erdgeschoss und sah in der Waschküche, im Flur und im Wohnzimmer nach. Ich öffnete sogar den Kaminofen und schaute hinein. Dann ging ich nach oben in Stellas Zimmer. Ich blieb eine Weile an der Tür stehen, und mir fiel auf, wie leer der Raum wirkte. Die Polizei musste eine Menge mitgenommen haben.

Am Fenster in unserem Schlafzimmer hielt ich eine Weile inne und betrachtete das Foto, das mir neulich auf den Boden gefallen war. Langsam ließ ich den Zeigefinger über das Bild gleiten, und mein Herz fühlte sich gut an. Es gab nichts Wichtigeres als die Familie.

Draußen breitete die Dämmerung einen dunklen Schleier über die Landschaft. Mit dem Blick folgte ich der schimmernden Galaxie der Straßenlaternen in Richtung Horizont und dachte, dass die Gnade zu dem kommt, der wartet. Der Gerechte hält fest an seinem Weg.

Auf der gegenüberliegenden Straßenseite standen ein paar Nachbarn und zeigten auf unser Haus. Ich ließ die Jalousie mit einem Knall herunter. Im selben Moment beschloss ich, beim Vorsitzenden des Kirchenvorstands anzurufen und mich krankzumelden. Offenbar tat ich ihm aufrichtig leid. Er sprach ein paar tröstende Worte und riet mir, so lange zu Hause zu bleiben, wie es nötig sei, und mir keine Sorgen um die Kirchengemeinde zu machen.

Als ich Ulrika anrief, war die Vernehmung gerade vorbei.

»Es ist nicht so einfach, wie Blomberg zunächst geglaubt hat«, sagte sie.

Die Stimme kam stoßweise. Ich konnte nicht ausmachen, ob es an der schlechten Verbindung lag oder ob Ulrika den Tränen nahe war.

»Was meinst du?«

Es knackte mehrmals im Hörer. Ich hörte ihre keuchende Atmung.

»Die Polizei muss irgendwas in unserem Haus gefunden haben. Die Staatsanwaltschaft hat soeben einen Haftbefehl beantragt.«

17

Die Kanzlei von Michael Blomberg in der Klostergatan lag im dritten Stock, nur einen Steinwurf vom Grand Hotel entfernt. Gleich am Montagmorgen fanden wir uns dort ein. Der Schlafmangel stand meiner Frau deutlich ins Gesicht geschrieben. Obwohl auch ich seit zwei Tagen nicht geschlafen hatte, empfand ich die Müdigkeit nicht als bedrohlich. Unter der Haut bewegte sich genug anderes.

In einem Raum mit reich verzierter Stuckdecke servierte man uns eine Tasse Kaffee, während Blomberg seine Daumen in die Gesäßtaschen steckte und mit seinen glänzenden Lederschuhen im Zimmer auf und ab ging.

»Um dreizehn Uhr wird Stella dem Haftrichter vorgeführt.«

Es kribbelte in meiner Brust. Endlich durften wir Stella treffen.

»Die Polizei hat am Tatort einen Schuhabdruck gefunden«, fuhr Blomberg fort und kratzte sich am Hals. »Die Schuhgröße und das Profil der Sohle sind identisch mit Stellas Schuhen.«

Ich drückte Ulrikas Unterarm.

»Ist das alles?«, fragte ich. »Der einzige Beweis? Haben sie bei der Hausdurchsuchung nichts gefunden?«

»Das lässt sich noch nicht sagen. Ein Teil der beschlagnahmten Gegenstände aus eurem Haus sind zur Analyse ins Labor geschickt worden.«

»Dauert so etwas nicht lange?«, fragte ich.

»Die Ergebnisse werden in wenigen Tagen erwartet«, erklärte

Blomberg. »Es handelt sich hier um eine sogenannte Ermittlungshaft. Im Grunde geht es nur darum, Stella festzuhalten, bis die Laborergebnisse vorliegen. Es braucht nicht viel, um jemanden als hinreichend tatverdächtig zu verhaften.«

»Nicht mehr als einen Schuhabdruck?«, hakte ich nach.

Blomberg betrachtete Ulrika, als wäre er der Meinung, sie solle jetzt etwas sagen. Als sei es ihre Aufgabe, ihrem etwas langsamen Ehemann die Lage zu erklären.

»Ich glaube, ihr solltet euch darauf einstellen, dass der Haftbefehl erlassen wird.«

Das klang so schicksalshaft. Resigniert. Ich betrachtete Ulrika, die nur nickte. Worum ging es eigentlich?

»Wer ist der Staatsanwalt?«, fragte Ulrika.

»Jenny Jansdotter.«

»Die soll gut sein. Eine der Besten.«

Ich wusste nicht, ob das eine gute oder eine schlechte Nachricht war. Bislang hatte ich mich noch nie in die Gesetzestexte zum Thema Freiheitsentziehung vertiefen müssen. Glücklicherweise haben die meisten Menschen nie Grund dazu. Obwohl ich mit einer Anwältin verheiratet bin, waren meine Kenntnisse gelinde gesagt oberflächlich. Inzwischen weiß ich, wie wenige Beweise vonnöten sind, um einen Menschen hinter Gitter zu bringen. Ich hatte schon oft das Gegenteil gehört. Resignierte Polizisten beklagten, dass die Täter auf freien Fuß gesetzt würden, noch ehe sie überhaupt in Haft seien. Die öffentliche Meinung hielt das schwedische Rechtssystem für gescheitert und verwies darauf, dass es eher die Rechte der Verdächtigen und Verurteilten schütze als auf das Leiden der Verbrechensopfer schaue. Rufe nach härteren Strafen und strengeren Maßnahmen wurden laut. Ich selbst hatte in der Justizvollzugsanstalt gearbeitet und auch in solchen Bahnen gedacht. Nie hatte ich einen Grund gehabt, die Perspektive zu wechseln.

»Außerdem hat die Staatsanwältin ja ihre Zeugin. Die Nachbarin«, sagte Blomberg. Er beugte sich über den Schreibtisch und las den Namen vor. »My Sennevall.«

Er klang so ruhig, als müsse man das einfach akzeptieren. Müsste er nicht wütend sein? Und etwas dagegen unternehmen?

»Diese Zeugin«, sagte ich. »Wie kann sie so sicher sein, dass sie wirklich Stella gesehen hat? Sie kennt sie doch gar nicht.«

»Sie behauptet, dass sie Stella bei H&M gesehen und wiedererkannt hat.«

»Wiedererkannt«, brummte ich.

Ulrika versetzte mir einen Stoß in die Seite.

»Was sagt Stella?«

Blomberg räusperte sich und fuhr sich durchs Haar. Bei seiner Antwort wandte er sich erneut an Ulrika. Meine Überzeugung, dass er inkompetent war, wuchs von Sekunde zu Sekunde.

»Nach Ladenschluss ist Stella mit ein paar Kolleginnen zum Restaurant Stortorget gegangen, wo sie gegessen und ein paar Gläser Wein getrunken haben. Gegen halb elf hat Stella das Restaurant verlassen. Das haben ihre Kolleginnen bestätigt. Sie hat nicht gesagt, wo sie hinwollte, aber alle sind davon ausgegangen, dass sie nach Hause radeln wollte.«

»Aber das hat sie nicht getan?«

»Stella sagt selbst, dass sie zum Tegnérs gefahren ist und dann in einigen anderen Lokalen unterwegs war. Sie kann sich aber nicht mehr erinnern, wann sie genau wo war.«

Ulrika und ich tauschten einen Blick. Das klang nicht nach einem überzeugenden Alibi. Eher ausweichend, wie ein Schuldiger es formulieren würde. Warum versuchte sie nicht, sich mehr Details ins Gedächtnis zu rufen?

»Sie muss sich doch an etwas mehr erinnern«, sagte ich. »Es

muss Leute geben, die sie gesehen haben. Sie kennt die halbe Stadt.«

Blomberg blickte in Richtung Ulrika.

»Wissen wir noch etwas über den Zeitpunkt?«, fragte sie. »Diese Zeugin, My Sennevall, hatte doch gegen ein Uhr nachts Lärm und Geschrei gehört?«

»Das stimmt. In den ersten Berichten war die Rede von kurz nach eins, aber jetzt wartet man erst mal die Analysen der Rechtsmedizin ab, ehe man irgendwas festlegt.«

Ulrika sah mich an.

»Wenn man davon ausgeht, dass Christopher Olsen um ein Uhr getötet wurde, würde das heißen, dass Stella ein Alibi hat.«

»Das ist richtig«, sagte Blomberg.

Es flimmerte kurz vor meinen Augen.

»Und zwar nicht von irgendjemandem«, fuhr der Staranwalt mit einem zufriedenen Lächeln fort. »Alle, mit denen ich gesprochen habe, haben mir versichert, dass du die Ehrlichkeit in Person bist, Adam.«

Ich schluckte schwer.

18

Direkt nach dem Mittagessen wurde Stella dem Haftrichter vorgeführt. Ich war tausendfach am Amtsgericht vorbeigegangen, an der seltsamen Fassade aus Schieferplatten mit Kupfereinfassungen und dem kleinen Glockenturm. Zum ersten Mal ging ich nun durch die Türen und musste meine Taschen leeren. Ich stand breitbeinig und mit ausgestreckten Armen im Eingangsbereich, während ein Justizwachtmeister mich mit einem Metalldetektor untersuchte. Dann setzte ich mich neben Ulrika auf ein pritschenartiges Sofa im Gang und wartete. Es roch verräuchert.

Jedes Mal, wenn sich die Eingangstür öffnete, erhoben wir uns so abrupt, dass die Wachtmeister zusammenzuckten und uns schließlich bitten mussten, Ruhe zu bewahren.

Schließlich traf Stella ein, eingeklemmt zwischen zwei uniformierten Männern. Sie hing wie ein dünnes Gespenst zwischen den beiden grobschlächtigen Wärtern und blickte nicht einmal in unsere Richtung. Ulrika lief zu ihr und schlang die Arme um sie, wurde aber gleich von den uniformierten Männern beiseitegeschoben.

»Stella! Mein geliebtes Kind!«, sagte Ulrika.

Stella war grau und hohläugig und wirkte niedergeschlagen – etwas, das ich nie zuvor an ihr gesehen hatte. Die Müdigkeit in ihrem Gesicht war von der Sorte, wie man sie nur bei Menschen findet, die sich dem Schicksal ergeben haben oder, wie in diesem Fall, dem System. Bei Menschen, die sagen: Ihr könnt mit mir machen, was ihr wollt. Deren Augen sehen so aus, als hätte man ihnen jegliches Leben entzogen.

Ich bin anderen Menschen begegnet, die kapituliert haben. Menschen, denen der Lebenssinn und der Wille so sehr abhandengekommen sind, dass sie nicht einmal genug Energie aufbringen können, um sich etwas anzutun.

Während Stella in den Gerichtssaal geführt wurde, stürzte ich in die Vorhölle der Ungewissheit. Ich hänge noch immer in der Luft, strample um mein Leben, taste nach Halt.

Der Gerichtssaal war nicht größer als ein Wohnzimmer. Der Vorsitzende des Gerichts blätterte in irgendwelchen Unterlagen, während wir in den Zuhörerreihen Platz nahmen. Blomberg zog Stella den Stuhl heraus, und als sie versuchte, sich hinzusetzen, sah es so aus, als wäre sie zerbrochen, als hielten ihre Körperteile nicht mehr zusammen, und Blomberg musste sie mit beiden Händen stützen.

Ulrika und ich drückten einander die Hände. Unser kleines Mädchen saß fünf Meter vor uns, und wir durften sie nicht einmal berühren.

Die Staatsanwältin betrat den Saal in Schuhen mit Absätzen, die schon draußen auf dem Gang zu hören waren. Geschmeidige Schritte in teurer Kleidung, klirrender Schmuck an Hals und Handgelenk, der typische Körper einer Turnerin: klein, dünn, durchtrainiert und o-beinig. Sie trug eine eckige schwarze Brille, und ihre Haare lagen so eng am Kopf, dass keine einzige Strähne abstand. Sie legte ihre Unterlagen in drei Stapeln vor sich auf den Tisch, richtete die Stapel mit ihren rubinroten Fingernägeln exakt aus und schüttelte dann Blomberg und Stella die Hand.

Ich hatte kaum begriffen, dass die Verhandlung begonnen hatte, als der Vorsitzende des Gerichts entschied, dass die Verhandlung hinter verschlossenen Türen stattfinden solle. Ein Justizwachtmeister klärte Ulrika und mich auf, dass wir umgehend den Raum verlassen müssten.

»Das ist meine Tochter!«, schrie ich ihm ins Gesicht.

Erstaunt betrachtete der Wachtmeister mein Kollar.

Die Liebe ist der schwerste Auftrag des Menschen. Ich frage mich, ob Jesus begriff, was er von uns Menschen verlangte, als er uns ermahnte, unseren Nächsten so zu lieben wie uns selbst.

Kann man jemanden lieben, der zum Mörder geworden ist?

Als ich wieder vor dem Gerichtssaal saß und wartete, trat der Gedanke immer stärker in den Vordergrund. Er hatte sich schon früher aufdrängen wollen, aber erst jetzt ließ ich ihn zu. Den Gedanken, dass Stella schuldig sein könnte.

Die Flecken auf der Bluse konnten natürlich sonst woher stammen. Aber warum hatte keiner Stella gesehen? Gab es niemanden, der erzählen konnte, wo sie gewesen war, was sie getan hatte? Mehrere Stunden des Freitagabends stellten sich als schwarzes Loch dar. Was hatte sie in dieser Zeit getan?

Ich hatte widerlichen Mördern gegenübergesessen und ihnen Gottes bedingungslose Liebe versprochen. Die Liebe des Menschen ist etwas anderes. Ich dachte an die Worte von Paulus über die Liebe, die sich freut, wenn die Wahrheit siegt, über die Liebe, die alles erträgt, was es auch koste.

Für meine Familie. Das war mein Gedanke. Ich musste alles für meine Familie tun. Allzu oft hatte ich darin versagt, der beste Ehemann und Vater der Welt zu sein. Jetzt hatte ich Gelegenheit zur Besserung und Buße. Ich würde alles tun, um meine Familie zu schützen.

Als die Tür zum Gerichtssaal wieder geöffnet wurde, war mein Körper so schwer, dass Ulrika mir aufhelfen und mich stützen musste. Vor uns saß Stella und hatte ihr Gesicht in den Händen verborgen.

Ulrika und ich klammerten uns aneinander fest wie zwei Ertrinkende bei schwerem Seegang. Die Tür hinter uns fiel ins Schloss, und der Haftrichter ließ den Blick durch den Raum schweifen.

»Stella Sandell steht unter hinreichendem Mordverdacht.«

Als Eltern glaubt man nicht, dass man jemals den Namen seines Kindes in einem solchen Zusammenhang hören wird. Niemand, der sein Kind auf der Brust liegen gehabt hat mit strampelnden Minifüßen und gurgelndem Lachen kann sich so etwas vorstellen. Das trifft nur andere. Nicht uns.

Ich hielt Ulrika fest an der Hand. Wir sind doch nicht solche Eltern, dachte ich. Wir haben keine Drogenprobleme, wir sind gut verdienende Akademiker. Wir sind gesund, körperlich wie psychisch. Wir sind keine kaputte Familie aus einem Glasscherbenvorort mit sozialen und finanziellen Problemen.

Wir waren eine ganz normale Familie. Eigentlich sollten wir gar nicht dort sitzen. Und dennoch taten wir es.

19

Nach der Verhandlung warteten Ulrika und ich schweigend in Blombergs Kanzlei. Ich erhob mich, setzte mich hin und stand wieder auf. Ging zum Fenster und seufzte.

»Wo ist er?«

Ulrika saß reglos da und starrte an die Wand.

»Wann dürfen wir mit Stella sprechen?«, fragte ich. »Es ist unmenschlich, sie die ganze Zeit zu isolieren.«

»So funktioniert das eben«, meinte Ulrika. »Solange die Ermittlungen laufen, sitzt sie in Isolationshaft.«

Schließlich kam Blomberg angelaufen. Die großporige Haut an seinen Wangen war jetzt noch stärker gerötet. Er sprach schnell, wie eine aufgezogene Spielfigur.

»Ich habe alle meine Leute beauftragt, Christopher Olsen genauer in Augenschein zu nehmen. Es stellt sich so dar, als hätte er mehr als eine Leiche im Keller gehabt, wenn ihr die Formulierung entschuldigt.«

Das tat ich zwar nicht, aber ich war viel zu neugierig, um ihm zu widersprechen.

»Erzähl!«

»Als Geschäftsmann macht man sich leicht Feinde«, fuhr Blomberg fort. »Aber in Olsens Fall geht es nicht um irgendwelche Feinde. Offenbar ist er mit ein paar Polen aneinandergeraten, deren Vorstrafenregister so lang sind wie ein Evangelium.«

Ich blickte zweifelnd. Das klang wie aus einem schlechten Krimi.

»Olsen hat im Frühjahr eine Immobilie erworben, in deren Erdgeschoss die Polen eine Pizzeria betreiben, die Olsen gern loshätte. Vermutlich verdirbt sie die Wohnungspreise.«

»Aber die Vorgehensweise deutet kaum auf einen Mafiamord hin«, gab Ulrika zu bedenken.

»Wer hat etwas von Mafia gesagt? Ich spreche von polnischen Pizzabäckern. Aber es kommt noch besser.«

Mir gefiel das alles nicht. In meiner Welt war die Polizei zuständig für Mordermittlungen, nicht die Anwälte. Außerdem fühlte es sich gar nicht gut an, das Opfer auf diese Art und Weise unter Verdacht zu stellen.

»Vor nur einem halben Jahr wurde gegen Christopher Olsen wegen wiederholten Fällen von Körperverletzung und Vergewaltigung Anzeige erstattet. Die Ermittlungen wurden aufgenommen, aber nach ein paar Monaten entschied sich der Staatsanwalt, das Verfahren aus Mangel an Beweisen einzustellen.« Blomberg legte eine Kunstpause ein und betrachtete uns. »Klägerin war Olsens Exfreundin, mit der er drei Jahre zusammenwohnte. Laut ihrer Aussage war Christopher Olsen ein gewalttätiger Tyrann, der ihr Leben zerstört hat.«

Ich sah, wie sich Ulrikas Miene aufhellte.

»Sie hat nie Genugtuung erhalten?«

»Nein«, sagte Blomberg.

»Sie könnte von Rachsucht erfüllt sein.«

Blomberg nickte.

Ulrika wandte sich an mich.

»Verstehst du, was das bedeutet?«

Blombergs Plan sah vor, einen alternativen Täter zu präsentieren, um begründete Zweifel an Stellas Schuld zu wecken. Die polnischen Pizzabäcker waren eine Möglichkeit, doch Olsens Exfreundin kam mir weitaus relevanter vor.

»Vielleicht hat sie ja gar nichts mit der Sache zu tun«, sagte ich zu Ulrika, als wir nachts auf dem Sofa saßen, weil wir nicht einschlafen konnten. »Ist es nicht besser, so etwas der Polizei zu überlassen?«

Sie sah mich an, als wäre ich ein dummer Pfarrer.

»Das ist der Job von Rechtsanwälten.«

»Aber reicht es nicht, Stellas Unschuld zu beweisen? Stell dir vor, die Exfreundin gerät dafür in Schwierigkeiten? Sie ist schon misshandelt und vergewaltigt worden, und jetzt ...«

Ulrika stand auf.

»Wir reden von Stella. Unsere Tochter sitzt in einer Gefängniszelle!«

Sie hatte natürlich recht. Nichts war wichtiger, als Stella so schnell wie möglich herauszubekommen. Ich trank den letzten Rest von meinem Whisky und ging hinüber zum Kaminofen. Als ich die gläserne Luke öffnete, schlug mir die Hitze ins Gesicht, und ich musste eine Weile warten, ehe ich den Schürhaken in die Asche stoßen konnte. Die Rußflocken flogen, und über meinem Kopf erhoben sich Rauchkringel.

»Liebst du mich?«, fragte ich, ohne Ulrika anzusehen.

»Ach, mein Liebling, natürlich liebe ich dich.« Sie streckte sich aus und berührte meinen Nacken. »Ich liebe euch über alles, dich und Stella.«

»Ich liebe dich auch.«

»Das alles ist ein Albtraum«, sagte sie. »Ich habe mich noch nie so machtlos gefühlt.«

Ich setzte mich hin und legte den Arm um sie.

»Was auch geschehen mag, wir müssen zusammenhalten.«

Wir küssten uns.

»Mal angenommen ...«, sagte ich. »Glaubst du, sie könnte ...?«

Ulrika wich zurück.

»So darfst du nicht denken!«

»Ich weiß. Aber ... ihre Bluse.«

Ich musste herausfinden, was damit passiert war. Ulrika musste die Bluse an sich genommen haben. Bestimmt hatte sie die Flecken entdeckt, sie waren nicht zu übersehen gewesen.

»Was meinst du?«, fragte sie.

»Die Flecken auf der Bluse.«

»Welche Flecken?«

Sie sah mich an, als würde ich dummes Zeug reden.

Hatte sie die Bluse gar nicht an sich genommen? Dann musste die Polizei sie gefunden haben. Mein Herz klopfte laut, während Ulrika die Hand auf meinen Arm legte.

»Wir wissen, dass Stella zu Hause war, als dieser Mann getötet wurde.«

Dann sagte sie gar nichts mehr.

20

In der Nacht von Montag auf Dienstag bekam ich kein Auge zu. Die Gedanken kreisten wild in meinem Kopf. Was mochte Stella getan haben?

Ich staubsaugte, schrubbte die Böden und wischte die Küchenschränke, während mir der Schweiß herablief und ich immer verwirrter wurde. Mir grauste vor meinen eigenen Gedanken. Stella, meine Tochter. Was war ich nur für ein Vater, der auch nur in Erwägung zog, dass sie nicht unschuldig sein könnte? Der Sauerstoff blieb wie zäher Schleim im Hals hängen, und ich musste in den Garten hinaus, um die Lunge mit frischer Luft zu füllen.

Ulrika zog sich in ihr Arbeitszimmer zurück. Einige Stunden später fand ich sie schlafend vor, mit dem Kopf auf dem Schreibtisch. Neben ihr standen eine leere Flasche Wein und ein halbvolles Glas. Vorsichtig strich ich ihr übers Haar, sog den Duft ihres Nackens ein und ließ sie weiterschlafen.

Am Morgen sank ich erschöpft am Küchentisch nieder, blätterte in der Zeitung und entdeckte ein Foto vom Spielplatz, wo Christopher Olsen getötet wurde. War Stella am Freitagabend dort gewesen? Warum? Ich schüttelte die Gedanken ab und ging hinauf zu Ulrika.

»Ich werde hinfahren. Ich will es mit eigenen Augen sehen.«

»Was sehen?«

»Den Ort. Den Spielplatz.«

»Ich halte das für keine gute Idee«, sagte Ulrika. »Es ist

besser, wenn wir uns von allem so weit wie möglich fernhalten.«

Also suchte ich stattdessen im Internet herum.

Es gab erst wenige Informationen über den Mord, aber das war natürlich nur eine Frage der Zeit. Vermutlich würde schon in wenigen Stunden in verschiedenen Foren und in den sozialen Medien darüber geredet werden. Stella würde sicherlich als schuldig abgestempelt werden. Kein Rauch ohne Feuer, würde es heißen. Besonders delikat ist so etwas natürlich, wenn es um eine Pfarrerstochter geht.

Die Macht des Urteils liegt bei der Bevölkerung, auch wenn das Rechtswesen es anders sehen mag, aber das Urteil des Volkes stellt leider nicht dieselben Beweisanforderungen wie unsere Rechtsprechung. Ich brauche nur von mir selbst auszugehen. Wie oft haben mich nicht Zweifel befallen, wenn ein Tatverdächtiger aus Mangel an Beweisen freigesprochen wurde?

Ich googelte weiter, aber Worte und Bilder reichten nicht aus. Ich musste den Tatort mit eigenen Augen sehen.

Ulrika erzählte ich nicht, wo ich hinwollte. Sie schien so davon überzeugt zu sein, dass Stella mit dem Ganzen nichts zu tun hatte. Mit einem drückenden Gefühl in der Brust setzte ich mich ins Auto.

Auf halbem Weg in die Stadt klingelte das Telefon. Es war Dino.

»Die Polizei hat Amina vernommen. Es ist nicht gut, wenn sie in die Sache verwickelt wird.«

Er sprach schnell, und in seiner Stimme lag eine ungewohnte Härte.

»Was wollten sie denn wissen?«, fragte ich, aber Dino hörte mir nicht zu.

»Stell dir vor, es kommt an der Medizinischen Fakultät

heraus, dass Amina in eine Mordermittlung verwickelt ist. Das sieht nicht gut aus!«

»Hör auf, Dino! *Meine* Tochter steht unter Mordverdacht. Es geht gerade nicht um Amina.«

Er verstummte kurz.

»Ich weiß schon. Tut mir leid, ich will nur nicht, dass Amina Nachteile hat wegen Dingen, mit denen sie … nichts zu tun hat.«

Natürlich meinte er es nicht böse. Dino ist weder für Feingefühl noch für Mitdenken bekannt. Wie oft musste ich seine übereilten Reaktionen oder nicht durchdachten Worte auf dem Spielfeld ausbügeln. Aber diesmal stand auch ich unter Druck, gelinde gesagt.

»Glaubst du denn, dass Stella etwas mit der Sache zu tun hat?«, fragte ich.

»Natürlich nicht, aber es geht ums Medizinstudium. Amina weiß nicht, was am Freitag passiert ist.«

»Das weiß Stella doch auch nicht.«

»Es ist nur so typisch, dass es ausgerechnet jetzt passieren muss. Es wäre ja nicht das erste Mal, dass Amina in Schwierigkeiten gerät wegen …«

Er vollendete den Satz nicht. Das war nicht nötig. Ich klickte das Gespräch mit einem zitternden Zeigefinger weg.

Vor der Ballsporthalle stellte ich das Auto ab und ging das letzte Stück zu Fuß. Hinter einer Hecke neben dem Kleingartengelände entdeckte ich den Spielplatz. Von den Absperrungen der Polizei war nur noch ein vergessenes Stück Absperrband an einem Laternenmast übrig geblieben. Ein Mädchen saß laut lachend auf der Schaukel. Sie hatte so viel Schwung geholt, dass ihr beim Schaukeln der eine Schuh abgefallen war. Ein Stück entfernt stand ihr Vater mit ausgestreckten Armen vor der Rutsche, wo ganz oben der kleine Bruder des Mädchens saß und angesichts der steilen Abfahrt zögerte.

Neben der dichten Hecke hatte man einen Gedenkplatz errichtet. Windlichter, Rosen und Lilien, Fotos und Karten mit einem letzten Gruß. In roten Großbuchstaben auf schwarzem Grund hatte jemand geschrieben: WARUM?

Das Mädchen hüpfte mitten im Schwung von der Schaukel, hob ihren Schuh auf und zog ihn an, um dann mit einem Freudenschrei zu ihrem Vater zu laufen.

»Schsch«, flüsterte er und sah verstohlen zu mir herüber.

Ich stand mit gebeugtem Kopf vor den Blumen und den Kerzen und sprach ein kurzes Gebet für Christopher Olsen.

Bis dahin hatte ich sein Gesicht nur am Computer und auf dem Handydisplay gesehen, Fotos von einer Reportage und von einer Unternehmenspräsentation. Jetzt sah ich ihn zum ersten Mal in privatem Kontext, als einen Menschen aus Fleisch und Blut, den andere vermissten und betrauerten. Auf dem größten Foto blickte er direkt in die Kamera, mit glitzernden Augen und einem Lächeln, in dem sich Freude und Verwunderung mischten, als wäre er vom Fotografen überrascht worden. Der Tod ist selten so greifbar wie in dem Moment, wenn man sieht, wie lebendig ein Mensch einmal gewesen ist.

Hilflosigkeit überwältigte mich. Es war alles so widerwärtig. Ein fremder junger Mann war umgebracht worden. Man konnte noch immer die Blutspuren im Kies erahnen.

Wie konnte jemand auch nur eine Sekunde glauben, dass Stella in diese Sache involviert war? Ich betrachtete die Fotos von Christopher Olsen. Ein offensichtlich gut aussehender junger Mann mit glücklichen Augen und der Zukunft im Blick. Eine unfassbare Tragödie.

Warum behauptete diese Nachbarin, sie habe Stella am Freitag hier gesehen? Wer war sie, und wie konnte sie sich ihrer Sache so sicher sein? Wenn sie absichtlich log, dann musste ihr jemand erklären, was das für Folgen haben konnte.

Und wenn sie nicht log? Angenommen, Stella war wirklich dort gewesen?

Am Ende der Straße entdeckte ich das gelbe Jahrhundertwendehaus, in dem Christopher Olsen gewohnt hatte. Ich blickte zu den hübschen Fensterpartien und den eleganten Balkons empor. Dann drückte ich die Klinke der Haustür herunter. Sie war offen.

Ich wusste nicht, ob irgendwelche juristischen Vorschriften mich daran hinderten, mit der Zeugin zu sprechen. Aus moralischer Sicht war es natürlich verwerflich, auch wenn ich mir vornahm, die junge Frau nicht zu beeinflussen. Ich wollte nur wissen, was genau sie beobachtet hatte. Diese Frau musste erfahren, dass Stella ein echter Mensch war, mit Angehörigen, die vor Sorge beinahe vergingen. Sie musste begreifen, dass dies kein Spiel war.

21

Mit unsicheren Schritten ging ich langsam die Treppe hinauf. Es roch nach Kaffee und frischem Gebäck. Wie makaber. Wie konnte sich jemand in dieser Situation hinstellen und backen?

Im ersten Stock blieb ich stehen und las das Namensschild. In verschnörkelten Buchstaben auf glänzendem Metall stand der Name C. Olsen. Auf derselben Etage gab es zwei weitere Wohnungen. Rechts wohnte jemand namens Agnelid, an der linken Tür hing ein handgeschriebener Zettel mit dem Namen My Sennevall.

Die Klingel gab ein schrilles Geräusch von sich, und ich überlegte, was ich sagen sollte. Ich musste ihr klarmachen, warum ich hier war. Bald waren schleppende Schritte hinter der Tür zu hören, der Boden knarrte, aber dann wurde es wieder mucksmäuschenstill. Ich klingelte noch einmal.

Stand sie etwa hinter der Tür und lauschte?

»Hallo?«, sagte ich mit gedämpfter Stimme. »Ist da jemand?«

Das Schloss wurde geöffnet, und ganz langsam öffnete sich ein Türspalt, so klein, dass ich mich zur Seite lehnen musste, um einen Blick auf die Gestalt dort drinnen zu erhaschen.

»Hallo. Tut mir leid, dass ich einfach so vorbeikomme.«

Ich sah nicht mehr als ein leuchtendes Augenpaar im Dunkeln.

»Ich heiße Adam Sandell.«

»Aha?«

»Darf ich reinkommen?«

Sie öffnete die Tür ein bisschen weiter.

»Verkaufen Sie etwas?«

Die Stimme klang wie die eines Kindes.

»Ich wollte nur ein paar Fragen zu Stella stellen. Ich bin ihr Vater.«

»Stella?« Sie schien nachzudenken. »Diese Stella?«

»Bitte, ich brauche Gewissheit.«

Mit großem Zögern löste sie die Sicherheitskette und hielt die Tür auf, sodass ich den dämmrig beleuchteten Flur betreten konnte. Auf der Hutablage sah ich ein Basecap, an der Garderobe hingen eine Windjacke und ein Regenschirm. Ansonsten war der Flur leer.

»Sie sind doch My?«, fragte ich. »My Sennevall?«

Die junge Frau wich zurück und sah mich mit wirrem Blick an. Sie war klein und zierlich, ihre hüftlangen Haare umgaben sie wie ein Schleier. Vermutlich war sie nicht viel älter als Stella.

»Ich verstehe nicht, was Sie von mir wollen«, sagte sie. »Ich habe der Polizei doch schon alles erzählt.«

»Ich werde nicht lange bleiben«, versprach ich und versuchte einen Blick in die Wohnung zu erhaschen.

Die Wände waren kahl. Eine einsame Stehlampe breitete ein mattes Licht in dem ansonsten verdunkelten Zimmer aus. Vor dem Fenster stand ein dunkelblauer Ohrensessel, dem eine Auffrischung gutgetan hätte. Auf einem Billyregal standen einige Porzellanfiguren, die so aussahen, als kämen sie vom Flohmarkt. Es gab keinen Schreibtisch, keinen Stuhl, keine anderen Möbel. Nur ein zerwühltes Neunzigzentimeterbett in einer Ecke.

»Okay, dann sagen Sie bitte, was Sie wollen.«

Ich wusste selbst nicht so genau, was ich wollte.

»Können Sie nicht einfach erzählen, wo Sie sie gesehen haben?«, schlug ich vor. »Ich brauche Ihre Hilfe, um zu verstehen, was passiert ist.«

My Sennevall blinzelte.

»Normalerweise sitze ich da am Fenster«, sagte sie und zeigte auf den Ohrensessel. »Ich habe gern den Überblick.«

»Über was denn?«

»Über alles, was geschieht.«

Das klang merkwürdig. Was war das eigentlich für ein Mensch?

»Wann haben Sie Stella gesehen? Sind Sie sich ganz sicher, dass es am Freitag war?«

Sie verzog genervt das Gesicht.

»Das erste Mal war es halb zwölf.«

»Das erste Mal?«

Sie nickte.

»Stella kam ganz schnell auf ihrem Fahrrad angefahren. Sie hat die Haustür aufgerissen und ist ins Treppenhaus gelaufen.«

My Sennevall machte einige langsame Schritte ins Zimmer hinein, stellte sich neben den Sessel und zeigte aus dem Fenster, von wo aus man eine tadellose Aussicht über die Pilegatan hatte.

»Dann habe ich sie noch einmal gesehen. Etwa eine halbe Stunde später. Sie stand unten auf dem Gehweg, schräg gegenüber. Unter diesem Baum da.«

Eine halbe Stunde später? Also hatte My Sennevall die Person, die sie für Stella hielt, nicht nur einmal, sondern zweimal im Lauf desselben Abends gesehen.

»Wie können Sie sich so sicher sein, dass es Stella war? Kennen Sie sie?«

Sie senkte den Blick.

»Ich weiß, dass sie bei H&M arbeitet. Das habe ich auch der Polizei gesagt.«

Sie sah mich wieder an. My Sennevall wirkte zwar etwas eigen, aber nichts deutete darauf hin, dass sie log. Sie hatte ganz sicher am Freitag jemanden gesehen, und sie war davon überzeugt, dass es Stella gewesen war. Ich ertappte mich bei dem Gedanken, dass sie gar nicht wie eine Lügnerin aussah. Ein bizarrer Gedanke.

»Kennen Sie denn alle, die bei H&M arbeiten, oder nur Stella?«

Wieder sah sie mich genervt an.

»Ich habe ein ungewöhnlich gutes Gesichtsgedächtnis«, sagte sie und sah aus dem Fenster. »Mein Gedächtnis ist überhaupt sehr gut. Ich bemerke Dinge, die anderen Leuten entgehen.«

»Das glaube ich Ihnen gern«, sagte ich.

»Ich habe Ihre Tochter häufig bei H&M gesehen. Als die Polizei mir das Foto gezeigt hat, war ich hundertprozentig sicher. Die Polizisten meinten, dass Zeugen selten so überzeugend sind wie ich.«

Ich duckte mich ein bisschen, um dieselbe Aussicht zu haben wie My Sennevall in ihrem Sessel, und stellte dabei fest, dass man direkt auf den Gehweg gegenüber blicken konnte.

»Später bin ich davon aufgewacht, dass jemand geschrien hat. Oder gebrüllt. Es klang wie ein Mann.«

»Wann war das?«

»Ich hatte mich gerade schlafen gelegt. Es muss gegen ein Uhr nachts gewesen sein.«

Genau wie Blomberg gesagt hatte. Ein Uhr.

»Ich gehe immer um ein Uhr nachts schlafen. Jedenfalls bin ich zum Fenster gelaufen und habe eine Weile rausgeschaut. Ich habe nichts gesehen, aber ich bin mir ziemlich sicher, dass die Geräusche vom Spielplatz dort drüben gekommen sind.«

Ich versuchte mir vorzustellen, wie die Szenerie im Dunkeln aussah. Am Rand des Gehwegs standen zwar einige Straßenlaternen, aber es dürfte dennoch schwierig sein, mitten in der Nacht irgendwelche Details zu erkennen.

»Wie können Sie denn so sicher sein, dass es Stella war?«, fragte ich. »Ihnen ist schon klar, dass Sie das Leben eines Menschen zerstören können, ja, sogar das Leben mehrerer Menschen, wenn Sie die falsche Person identifizieren? Sie müssen sich hundertprozentig sicher sein.«

»Das bin ich. Das habe ich doch gesagt.«

Das klang so naiv, beinahe realitätsfremd. Es war völlig irrsinnig, dass Stella in einer Gefängniszelle saß, nur aufgrund der Behauptungen dieser Frau.

Ich musste mich beherrschen. Am liebsten hätte ich diese My Sennevall gepackt und geschüttelt.

»Sie kennen Stella doch gar nicht! Sie haben sie nur im Laden gesehen, wo sie arbeitet. Wie können Sie so etwas behaupten?«

My Sennevall sah mich an. Ihre Augen waren voller Mitleid.

»Stella war nicht zum ersten Mal hier.«

22

Als die Mädchen ungefähr vierzehn waren, suchte Amina mich eines Tages im Gemeindehaus auf. Ihre sonnengebräunten Beine zitterten, als sie da in der Türöffnung stand, und sie sah aus, als wolle die Welt sie im nächsten Moment verschlingen.

»Pfarrer haben Schweigepflicht, oder?«

Noch während sie diese Worte aussprach, wusste ich, dass sich einiges verändern würde. In ihren verschreckten Rehaugen lag das Leben offen vor mir wie in einer Waagschale.

Amina hatte einen großen Teil von Stellas Kindheit und Jugend geprägt. Zeitweise hatte Stella ebenso viel Zeit bei der Familie Bešić verbracht wie zu Hause bei uns. Auch Amina hatte keine Geschwister, und obwohl wir nie mit Dino und Alexandra darüber sprachen, hatten Ulrika und ich den Verdacht, dass es den beiden ebenso wenig wie uns gelungen war, erneut schwanger zu werden.

»Was ist denn passiert?«, fragte ich und legte die Hand auf Aminas Schulter.

In mancherlei Hinsicht sehe ich mich als eine Art zweiter Vater für sie.

»Du hast doch Schweigepflicht, oder?«, wiederholte sie. »Was ich dir jetzt erzähle, darfst du keinem anderen weitersagen.«

»Es kommt darauf an, was du mir sagen willst.«

Ich bat sie, Platz zu nehmen, und dann bot ich ihr Orangensaft und Kekse an. Ehe wir auf den Punkt kamen, redeten wir eine Weile über alles Mögliche, wie es ihr in der Schule ging, über Freunde und Handball und ihre Träume. Dann sagte sie, dass es um Stella ginge.

Ich wartete zwei Tage, ehe ich mich gezwungen sah, die Sache mit Ulrika zu besprechen.

»Drogen?«

Meine Frau starrte mich wütend an. Sie schien darauf zu warten, dass ich meine Aussage zurücknahm und sagte, dass es nur ein Witz gewesen sei.

»Das behauptet Amina jedenfalls.«

»Und warum sollte Amina dir so etwas erzählen?«

Sie wollte es wirklich nicht glauben.

»Sie macht sich Sorgen«, vermutete ich.

In den nächsten Tagen zog Ulrika alle Hebel. Sie nahm Kontakt mit dem Rektor und der Schulkrankenschwester auf, die sofort einen Drogentest arrangierte.

»Ihr könnt mich nicht zwingen!«, rief Stella und versuchte sich in der Arztpraxis loszureißen.

»Natürlich können wir das«, sagte Ulrika. »Du bist noch nicht volljährig.«

Die Leute starrten uns neugierig an, während Stella ihre lauten Proteste im Wartezimmer fortsetzte. Ich versuchte mich zu verstecken, so gut es ging, aber am Ende war es so peinlich, dass ich Stella ins Labor schleppen und erklären musste, dass wir es eilig hätten und nicht länger warten könnten. Ulrika hielt Stella fest an der Hand, während die Krankenschwester unserer Tochter die Kanüle in den Arm schob.

Einige Tage später erhielten wir telefonisch Bescheid, dass in Stellas Blut Spuren von Cannabis gefunden worden seien.

»Warum?«, wiederholte Ulrika immer wieder. »Warum?«

Sie umkreiste den Küchentisch, an dem Stella und ich saßen. Jetzt fühlte ich mich wie ein Strafverteidiger.

»Weil nie was passiert«, sagte Stella.

Das sollte schon bald ihre ständige Antwort werden.

»Es ist so langweilig. Nie passiert irgendwas.«

Ulrika stand vor ihr und starrte sie an. Sie bebte vor Wut und hatte die eine Hand zur Faust geballt.

»Es geht um Drogen, Stella! Drogen!«

»Ach, das war doch nur Hasch. Ich hab es einfach mal ausprobiert.«

»Ausprobiert?«

»Das macht die Welt ein bisschen bunter. Genau wie dein Wein.«

Ulrika knallte ihre Faust so fest auf den Tisch, dass die Gläser wackelten. Stella erhob sich und fluchte eine lange Latte von bosnischen Flüchen, die sie wohl bei Dino aufgeschnappt hatte.

Als ich mich an dem Abend ins Bett legte, hatte Ulrika das Gesicht zur Wand gedreht.

»Liebling«, sagte ich und berührte vorsichtig ihren Rücken.

Sie schluchzte.

»Das wird schon wieder«, sagte ich. »Wir helfen uns gegenseitig. Zusammen kriegen wir das hin.«

Sie sah an die Decke.

»Ich bin schuld. Ich habe zu viel gearbeitet.«

»Niemand ist schuld«, sagte ich.

»Wir brauchen professionelle Hilfe. Ich rufe morgen die Kinder- und Jugendpsychiatrie an.«

Psychiater und Psychotherapeuten?

»Was sollen bloß die Leute von uns denken?«, sagte ich.

Einige Tage später sah ich abends auf dem Heimweg Amina. Ich erkannte ihre rosa Jacke mit dem weißen flauschigen Kragen und winkte ihr vom Fahrrad aus zu, aber Amina reagierte nicht auf meinen Gruß. Ihre Schritte wurden langsamer, bis sie schließlich neben dem großen Stromkasten stehen blieb und mir klar wurde, dass irgendwas nicht stimmte.

Während ich näher kam, wurde der Schatten in ihrem Gesicht immer deutlicher. Bis ins Letzte hoffte ich, dass ich mich geirrt hatte. Als ich bremste und mich zu ihr hinüberlehnte, unternahm Amina einen vergeblichen Versuch, ihr Gesicht hinter der Hand zu verbergen.

»Aber Amina, was ist passiert?«

Sie wandte das Gesicht ab.

»Nichts«, sagte sie und ging weiter. »Ich dachte, Pfarrer hätten Schweigepflicht.«

Nach zwei Wochen bekamen wir einen Termin in der Kinder- und Jugendpsychiatrie. Zu dem Zeitpunkt hatten wir schon jede Menge andere Gespräche geführt – mit dem Klassenlehrer, dem Rektor, dem Schulberater, der Schulkrankenschwester und der Schulpsychologin. Ich fühlte mich wie der schlechteste Vater der Welt.

Der Therapeut in der Ambulanz der Kinder- und Jugendpsychiatrie hatte einen schmalen, gezwirbelten Schnurrbart, dessen Enden so lang waren, dass sie sich kringelten. Es fiel mir schwer, nicht die ganze Zeit hinzuschauen.

»Ich sage gern, dass ein Teenagerproblem immer ein Familienproblem ist«, sagte er und beugte sich über den flachen runden Tisch, sodass seine Halskette mit den schwarzen Kugeln in der Luft baumelte.

Sobald Ulrika oder ich unsere Sicht der Dinge darlegen wollten, unterbrach er uns mit einer Handbewegung.

»Jetzt dürfen wir nicht Stellas Perspektive verlieren. Wie fühlt es sich für dich an?«

Stella starrte auf ihre Füße.

»Ist doch sowieso alles scheißegal.«

»Aber Stella …«, setzten Ulrika und ich an.

»Stopp, stopp, stopp!«, sagte der Therapeut. »Sie hat das Recht darauf, sich so zu fühlen.«

Es juckte mir in den Fingern. Das war nicht mein kleines Mädchen, das da vor mir saß, mit verschränkten Armen und aufsässigem Blick. Das war ein völlig anderer Mensch als das Baby mit der zarten Haut, das brabbelnd auf meiner Brust herumgerobbt war. Ich wollte ihre Schultern packen und sie schütteln.

»Bitte, Stella«, sagte Ulrika.

Mein Tonfall war immer härter als ihrer.

»Stella!«

Aber Stella brummelte sich weiter durch die Termine.

»Ihr kapiert ja sowieso nichts. Es hat keinen Sinn. Ist doch sowieso alles scheißegal.«

Allmählich fand ich mich mit den Gegebenheiten ab. Unsere Tochter hatte gekifft, das kam auch in anderen Familien vor. Es musste nicht unbedingt zu der allumfassenden Katastrophe führen, die ich zunächst befürchtet hatte. Aus den allermeisten Menschen, die irgendwann in ihrer Jugend Hasch rauchen, werden im Erwachsenenalter ordentliche und erfolgreiche Bürger.

Aber die Drogen waren natürlich nur ein Symptom von Stellas übrigen Problemen, und es war ziemlich frustrierend, ihr nicht helfen zu können. Zu Hause schlichen Ulrika und ich unruhig umher. Der geringste Anlass konnte eine Explosion auslösen. Stellas Blick verdunkelte sich, sie schrie und warf mit Dingen um sich.

»Das ist mein Leben! Ihr bestimmt nicht über mich!«

Wenn es am schlimmsten war, sahen wir keine andere Möglichkeit, als sie in ihr Zimmer einzuschließen, bis sie sich wieder beruhigt hatte.

Die Therapie in der Ambulanz der Kinder- und Jugendpsychiatrie wurde verlängert, der Schnurrbart im Spätherbst durch eine sanftmütige Frau mit brandrotem Haar ausgewechselt, die uns Hausaufgaben zum Üben mitgab. Strategien, sagte sie. Wir bräuchten Strategien. Aber wenn Stella mal wieder nicht ihren Willen bekam und die ganze Welt auf den Kopf stellte, war es völlig egal, welche Strategien wir anwandten.

Bei einer Untersuchung stellte man fest, dass Stella unter mangelnder Impulskontrolle litt. Laut Aussage der Rothaarigen ließ sich das aber durch Übungen verbessern.

Ich vertraute mich meinen Kollegen in der Kirchengemeinde an, die mich wunderbar unterstützten. Es ist ja auch nicht leicht mit Jugendlichen, sagten sie. Allerdings war bei einigen von ihnen eine gewisse Befriedigung zu erahnen, eine Erleichterung darüber, dass auch meine Fassade Risse hatte.

Eines Samstags, als Ulrika und ich ins Bett gehen wollten, stellten wir fest, dass Stella aus dem Fenster geklettert und abgehauen war. Ich sprang aufs Fahrrad und entdeckte sie glücklicherweise schon bald. Sie saß auf einem Bahnsteig, zusammen mit einem Dutzend anderer Jugendlicher, die ihre Kapuzen hochgezogen hatten und durchlöcherte Hosen trugen. Die Luft war erfüllt von Zigarettenrauch und Aggression.

»Du kommst mit mir nach Hause«, sagte ich.

Stella protestierte nicht. Auf dem ganzen Weg durch die Stadt saß sie schweigend auf dem Gepäckträger, und als wir uns unserem Haus näherten, schlang sie die Arme um mich und lehnte die Stirn an meinen Rücken.

Am Montag bekamen wir das Ergebnis einer weiteren Urinprobe. Es war negativ.

Ich begann ein Licht in der Dunkelheit zu erahnen.

23

In der nächsten Nacht saßen Ulrika und ich auf dem Sofa, schlugen die Zeit tot und kämpften gegen die Wunde an, die sich im Herzen unserer kleinen Familie geöffnet hatte. Die Luft war stickig von all dem, was wir nicht sagten.

Immer wieder drängten sich die Gedanken an My Sennevall auf. Ihre Wörter vergifteten mich und machten mir Angst. Sie war fest davon überzeugt, am Freitag meine Tochter gesehen zu haben, da Stella nicht das erste Mal bei Christopher Olsen gewesen sei.

Gegen zwei Uhr holte Ulrika eine zweite Flasche Wein. Auf dem Rückweg kam sie ins Straucheln und lehnte sich an die Wand.

»Wir sollten vielleicht nicht noch mehr trinken«, sagte ich.

»Wir?«

Ich zuckte mit den Schultern.

In meinen Predigten habe ich öfter mal davon gesprochen, wie häufig es Tragik und Katastrophen braucht, damit Menschen sich begegnen und wiedervereinen, damit wir innehalten und füreinander da sind. Im Unglück entdecken wir einander aufs Neue und spüren, was es bedeutet, ein Mensch unter anderen Menschen zu sein. Nie brauchen wir einander so sehr wie in der Trauer.

»Bitte, Adam, sag mir nicht, was ich tun darf und was nicht«, sagte Ulrika. »Meine Tochter steht unter Mordverdacht.«

Sie schwankte erneut und setzte sich dann in ihre Ecke des

Sofas. Ich atmete tief durch. Wir waren eine Familie, wir mussten zusammenhalten. Es gab keinen Raum für Lügen oder Geheimnisse.

»Weißt du was? Ich glaube, Stella hat diesen Mann gekannt.«

»Christopher Olsen?«

Ich nickte, und sie nippte an ihrem Wein.

»Wie kommst du darauf?«

»Das ist einfach so ein Gefühl.«

Ulrika sah mich mit großen Augen an.

Sollte ich alles erzählen? Sollte ich ihr verraten, dass ich mit My Sennevall gesprochen hatte? Wahrscheinlich würde Ulrika mich nicht verstehen. Sie würde wütend werden und denken, dass ich Mys Zeugenaussage beeinflussen wollte. Das ist für sie als Juristin natürlich Ehrensache. Wenn sie wüsste, dass ich mit My Sennevall gesprochen habe, würde sie sich vielleicht sogar verpflichtet fühlen, meinen Besuch der Polizei zu melden.

»Was haben wir falsch gemacht, Liebling?«, fragte ich. »Wie konnte es so weit kommen?«

Ulrika sah mich mit glasigen Augen an.

»Ich war nie gut genug«, sagte sie, beinahe flüsternd. »Ich bin keine gute Mutter.«

Ich rutschte näher zu ihr.

»Du bist eine großartige Mutter.«

»Ach, Stella war doch immer ein Papakind. Das haben alle gesagt. Sie und du, ihr wart eine Einheit.«

»Hör auf.« Ich lehnte mich zu ihr, aber sie wandte mir abweisend den Rücken zu. »Du und Stella, ihr hattet immer eine so gute Beziehung, und in der letzten Zeit ...«

Sie schüttelte den Kopf.

»Irgendwas hat immer gefehlt.«

»Das muss vielleicht so sein«, sagte ich, obwohl ich mir nicht ganz sicher war, was ich damit meinte.

Als ich endlich auf dem Sofa einschlummerte, schlief ich unruhig und mit vielen Unterbrechungen. Ständig wachte ich mit schmerzenden Gliedern auf, fragte mich, wo ich war, und versuchte für mich zu klären, was Realität war und was Gespenster aus meinen fieberartigen Traumsequenzen.

Ulrika lag mit flatternden Augenlidern neben mir und atmete schnaufend. Irgendwann morgens rückte ich ganz dicht an sie heran, um ihre Anwesenheit in meinen Träumen zu spüren.

Als ich das nächste Mal aufwachte, war sie nicht mehr da. Ich ging in die Küche. Helles Morgenlicht strömte ins stille Haus. Ich lief die Treppe hoch und riss die Schlafzimmertür auf. Das Bett war leer. Im nächsten Moment hörte ich Ulrikas Stimme aus Stellas Zimmer.

»Die Laborergebnisse sind da. Es gibt heute eine weitere Verhandlung vor dem Haftrichter.«

Sie stand mit hängenden Schultern und dunklen Augenringen in der Türöffnung.

»Was heißt das?«

»Ein Haftbefehl kann bei hinreichendem Tatverdacht oder bei dringendem Tatverdacht erlassen werden. Die sogenannte Ermittlungshaft lässt sich relativ leicht erwirken, aber um jemanden als dringend tatverdächtig zu verhaften, sind die Beweisanforderungen bedeutend höher.«

Die Worte schepperten in meinem Kopf herum.

»Laut der Staatsanwältin ist die Beweislage gegen Stella erdrückend und damit der Verdachtsgrad erhöht.«

Erhöhter Verdacht? Mein Herz raste.

»Was haben sie denn gefunden?«

24

Ulrika und ich sprachen nie über die Schuld und die Schande, die wir empfanden, als unsere Tochter beim Drogenkonsum erwischt wurde. Wir schwiegen die Therapiestunden tot, machten ständig irgendwelche Zukunftsversprechen und erzählten jedem, der es wissen wollte oder auch nicht, dass uns das Wohlergehen unseres Kindes am wichtigsten sei. Als glaubten wir allen Ernstes, dass uns dieser Punkt von anderen Eltern unterschied.

Ulrika reduzierte in jenem Herbst ihre Stundenzahl. Sie verbrachte mehr Zeit zu Hause, hatte aber mindestens so viel zu tun wie vorher.

Eines Nachts wachte ich auf und hörte sie auf der Tastatur herumtippen. Ich schlich in ihr Arbeitszimmer, wo sie nur mit Unterwäsche bekleidet in der Dunkelheit saß. In den letzten Monaten war sie immer dünner geworden, und im schwachen Licht der Schreibtischlampe entdeckte ich einen Streifen von rötlichen Bläschen direkt unter dem BH.

Gürtelrose, diagnostizierte der Arzt am Tag darauf. Er weigerte sich, Ulrika Schlaftabletten zu geben, war aber bereit, sie krankzuschreiben.

»Du musst auch mal an dich denken, Liebling«, sagte ich und half ihr, den Ausschlag mit kühlendem Gel einzureiben.

»Ich muss an Stella denken«, sagte sie.

Für Stella schien das Leben weiterhin im Höchsttempo abzulaufen. Ich nehme an, das ist so, wenn man vierzehn ist, man hat keine Zeit, das Leben auf Standby zu stellen. Man muss mitmachen, um nicht ins Hintertreffen oder ins Abseits zu geraten. Ich musste oft an Dinos Worte denken, dass Stellas schlimmste Gegnerin sie selbst sei und dass sie sich selbst besiegen müsse. Manchmal kam es mir so vor, als hätte sie sich in dieser Hinsicht kampflos ergeben.

»Nervt mich nicht! Ist doch sowieso alles scheißegal.«

Im Lauf des Frühjahrs wurde die rothaarige Therapeutin gegen eine jüngere Version ausgewechselt, die davon überzeugt war, dass eine kognitive Verhaltenstherapie die meisten Probleme lösen werde – zumindest so lange, bis Stella mitten in einem Gespräch explodierte und sie mit Fäkalausdrücken überhäufte. Nun wurden wir zu einer Familientherapeutin geschickt, einer jungen Frau aus Norrland mit Ponyfransen und einem besorgten Lächeln, die uns ermahnte, die Situation »einzufrieren«, wenn Stella einen Ausbruch bekäme.

»Halten Sie inne und sprechen Sie darüber, wie es sich anfühlt und wie es so weit kommen konnte.«

Einige Tage später warf Stella ein belegtes Brot gegen den Kühlschrank, nachdem Ulrika und ich verkündet hatten, dass sie nicht zu einer Party nach Malmö fahren dürfe.

»Ihr bringt mich noch um!«, schrie sie. »Warum ist man überhaupt auf der Welt, wenn man nichts darf?«

Ich stand auf und wedelte mit den Armen herum wie ein Hockeyrichter.

»Jetzt frieren wir die Situation ein.«

»Hör auf!«

Stella steuerte auf den Hausflur zu, aber ich fing sie ab.

»Ich halt das nicht aus!«, rief Stella und rauschte an Ulrika vorbei die Treppe hinauf. Knallend fiel die Tür hinter ihr zu, und ich seufzte enttäuscht.

»Sie *muss* es aber aushalten«, sagte ich und lehnte mich an die Kücheninsel. »Wir müssen es alle drei aushalten.«

»Ich verstehe einfach nicht, was los ist«, sagte Ulrika.

Keiner von uns verstand es. Mit fünf Jahren hatte Stella stundenlang vor viel zu schwierigen Puzzles gesessen. Die Erzieherinnen im Kindergarten hatten noch nie ein Kind mit einer solchen Ausdauer gesehen. Jetzt konnte sie sich nicht einmal für zehn Minuten konzentrieren.

Doch sobald die Psychologen ADS oder ADHS ins Spiel brachten, ging Ulrika in die Defensive. Sie erklärte mir, dass sie befürchtete, eine solche Diagnose könne Stella stigmatisieren und zu einer selbsterfüllenden Prophezeiung werden.

»In meiner Kindheit sagten die Erwachsenen immer, dass ich so ein braves Mädchen sei.«

Sie sah aus, als hätte sie etwas Übelschmeckendes im Mund. Ich verstand nicht ganz, was sie meinte.

»›Braves Mädchen‹, sagten sie und tätschelten mir den Kopf. Am Ende hatte ich keine Alternative, als das brave Mädchen zu werden, so wie es alle von mir erwarteten.«

So hatte ich es noch nie gesehen.

Im Alter von etwa zehn Jahren hörte Stella auf, mit mir in die Kirche zu gehen. Ich machte keine große Sache daraus, sondern sah das als eine ganz normale Revolte. Kinder verhalten sich heutzutage viel früher wie Teenager und befreien sich schon vor der Pubertät von ihren Eltern. Da war es nicht weiter verwunderlich, dass Stella selbstständig werden wollte. Außerdem hatte ich nie vorgehabt, ihr meinen Gottesglauben aufzuzwingen.

Im Lauf der Jahre behauptete Stella immer öfter, die Religion sei an allem Elend der Welt schuld. Sie verhöhnte Menschen, die sich zu einer anderen Weltanschauung als der streng atheistischen bekannten. Mir war bewusst, dass es nichts nützen würde, auf solche Äußerungen zu reagieren. Ich war früher genauso gewesen. Mich schmerzte nur, dass ich den Eindruck hatte, sie tat all das nur, um mich zu kränken. Das zehrte an mir. Es tut weh, wenn man sieht, wie das eigene Kind sich in eine Richtung verändert, die man nie hätte vorhersehen können.

Im Hinblick auf Stellas negative Einstellung zur Kirche kam ihre Entscheidung, in den Sommerferien am Konfirmandencamp teilnehmen zu wollen, für uns eher überraschend.

Eines meiner ersten Projekte in dieser Kirchengemeinde war gewesen, eine gute Konfirmandenarbeit zu etablieren. Zusammen mit der Nachbargemeinde machten wir die perfekte Tagungsstätte für das Konfirmandencamp am See Immeln an der Grenze zu Blekinge ausfindig, und es gelang uns auch, den jungen Diakon Robin als Leiter des Camps zu rekrutieren.

Das Camp wurde ein voller Erfolg, und in diesem Jahr hatten Jugendliche und Eltern aus der ganzen Stadt angefragt. Mir war klar, dass ein großer Teil des Erfolgs Robin zuzuschreiben war, der jung und charmant war, ohne dass es ihm an Tiefgang gemangelt hätte. Deshalb investierte ich einen unvernünftig großen Posten im Haushaltsplan der Kirchengemeinde, um ihn auch diesmal wieder als Leiter des Camps zu engagieren.

Mir entging keineswegs, wie die Konfirmandinnen ihn ansahen, mir war durchaus klar, dass sein Charme gewisse Gefahren barg, aber ich war naiv genug, um die Alarmglocken zu überhören.

Stella lieferte alle drei Wochen eine Urinprobe ab, die jedes Mal negativ ausfiel, und die Gespräche in der Psychiatrie handelten immer mehr von ziemlich normalen Teeniesorgen wie Hausaufgaben, Freunden und Disziplinschwierigkeiten.

»Ich finde, wir sollten sie zum Konfirmandencamp mitfahren lassen«, sagte ich eines Abends im April, als es so stark stürmte, dass die Hauswände sich zu bewegen schienen.

Wir saßen beim Abendessen, ausnahmsweise zu dritt. Eine ganze Woche ohne irgendwelche größeren Ausbrüche war vergangen.

»Wirklich?«

Stella warf sich an meinen Hals.

»Du bist der Beste!«, sagte sie mit vollem Mund. »Ich hab dich so lieb, Papa!«

»Wir müssen erst mal abwarten, was Mama sagt.«

Ulrika kaute intensiv. Sie war gerade als Rechtsbeistand in einem Gerichtsverfahren beauftragt worden, das versprach, eines der umstrittensten des Landes zu werden. Kopfüber hatte sie sich in ihre neue Aufgabe gestürzt und arbeitete jetzt noch viel mehr, als sie es sonst schon tat.

»Was soll ich dazu sagen?«

Ulrika trank mehrere Schlucke Milch und starrte mich an.

»Sag, dass ich mitdarf«, bat Stella, die noch immer an meinem Hals hing.

»Bitte«, sagte ich und lächelte etwas albern.

Ich muss einräumen, dass ich das Konfirmandencamp nicht zuletzt als Möglichkeit für Stella sah, neue Werte in der christlichen Gemeinschaft kennenzulernen. Eine Chance, sich zu öffnen und sich selbst zu finden. Vielleicht hoffte ich auch, dass es der Beginn eines Rückwegs war. Eines Rückwegs für Stella, aber auch für mich. Zurück zu der Tochter, die ich vermisste.

»Natürlich darfst du mit«, sagte Ulrika schließlich.

Es kam mir so vor, als könne dies ein Wendepunkt werden.

Eines Freitags im August stieg Stella also auf dem Gemeindeparkplatz in den Bus, der sie und die anderen Jugendlichen zum Konfirmandencamp bringen sollte. Ulrika hatte in Stockholm das Flugzeug verpasst, aber ich stand da und winkte, als der Bus rückwärts ausparkte. Stellas Lächeln füllte die ganze Heckscheibe. Doch sie winkte nicht zurück.

25

Am Mittwochnachmittag waren wir wieder im Amtsgericht. Ulrika ging vor mir durch die Sicherheitsschleuse. Als ich dran war, begann es über mir zu piepsen und zu blinken. Alle Blicke richteten sich auf mich, aber der Justizwachtmeister stellte fest, dass ich nur vergessen hatte, meine Halskette abzunehmen.

Michael Blomberg brachte es kaum fertig, uns ordentlich zu grüßen. Die Schweißtropfen liefen ihm von der Stirn, und der Schlips war nachlässig gebunden. War das wirklich der richtige Mann, um Stella zu verteidigen?

Ich spürte kaum meine Füße, als wir den Gerichtssaal betraten. Stella war schon eingetroffen. Von hinten sah sie aus wie eine ganz normale junge Frau, die ihr Leben vor sich hatte. Erst als ich ihren leblosen Blick bemerkte, holte mich die Wirklichkeit ein. Nichts war hier normal.

Die Verhandlung begann. Diesmal forderte keine der Parteien verschlossene Türen. Man erteilte der Staatsanwältin Jenny Jansdotter das Wort, die schnell und ohne zu stocken ihre Stellungnahme verlas.

»Basierend auf den neuen Beweisen, die bei den Ermittlungen zum Vorschein gekommen sind, bin ich der Ansicht, dass ein erhöhter Verdachtsgrad gegen Stella Sandell besteht.«

Ich konnte Stella nicht aus den Augen lassen. Es war so entsetzlich, dass sie nur wenige Meter vor mir saß und ich dennoch nicht mit ihr sprechen durfte. Am liebsten hätte ich meine geliebte Tochter einfach in den Arm genommen.

Laut den Laborergebnissen stammte der Schuhabdruck, den die Kriminaltechnik am Tatort gesichert hatte, von genau dem Schuhmodell, das Stella bei der Festnahme getragen hatte. Allerdings ließ sich nicht eindeutig feststellen, dass gerade Stellas Schuh die Spur hinterlassen hatte.

Die kriminaltechnische Analyse hatte auch deutliche Spuren von Capsaicin auf dem Körper des Opfers gefunden, was höchstwahrscheinlich bedeutete, dass Christopher Olsen mit sogenanntem Pfefferspray besprüht worden war.

»Mehrere von Stellas Kolleginnen haben ausgesagt, dass Stella stets eine Dose Pfefferspray in der Handtasche bei sich führt«, berichtete die Staatsanwältin.

Das klang absurd. Warum sollte Stella mit Pfefferspray herumlaufen?

Weiterhin hatten die Techniker in Christopher Olsens Wohnung zahlreiche DNA-Spuren von Stella gesichert. Haare, Hautschuppen und Textilfasern.

»Stella konnte keinerlei Erklärung zu diesen Funden abgeben. Außerdem hat sie keinerlei zusammenhängende Schilderung ihrer Unternehmungen am Tatabend geliefert.«

Ulrika nahm meine Hand, aber ich wagte nicht, sie anzuschauen.

Wir erfuhren von der Staatsanwältin, dass man noch auf Angaben aus der Rechtsmedizin warte, um den genauen Ablauf rekonstruieren zu können.

Mir kam es so vor, als säße ich in einem Fernsehmitschnitt. Trotz der juristischen Laufbahn meiner Frau hatte ich kaum jemals eine Gerichtsverhandlung besucht. Bei diesen wenigen Gelegenheiten hatte ich sie wie Aufführungen erlebt, die sich auf einer Bühne vor einem Publikum in einem begrenzten Zeitraum abspielten. Ungefähr wie eine Hochzeit oder ein Begräbnis. Erst wenn die Handlung einen selbst betrifft, ist es kein

Theater mehr. Wenn es um das eigene Leben geht. Die eigene Familie.

»Die Ermittler haben auch in Christopher Olsens Computer Beweismaterial gefunden«, erklärte die Staatsanwältin und blätterte in ihren Unterlagen. »Es handelt sich dabei um umfangreiche Chatkonversationen zwischen Olsen und Stella Sandell, die zeigen, dass die beiden sich kannten und wahrscheinlich eine intime Beziehung unterhielten.«

Mir war übel. In meinem Kopf blitzten schreckliche Bilder auf.

Blomberg hatte kaum etwas einzuwenden, als ihm das Wort erteilt wurde. Der Haftrichter kündigte an, dass das Gericht sich nun zur Beratung zurückziehen werde. Diesmal führten die Justizwachtmeister Stella direkt in die Unterwelt. Vom Gerichtssaal gab es einen direkten Verbindungsgang zum Zellentrakt im Keller. Als die Tür hinter ihnen zufiel, wurde mir bewusst, dass Stella sich kein einziges Mal umgedreht hatte.

»Warum protestiert sie nicht?«, sagte ich zu Ulrika. »Warum lässt sie zu, dass all das mit ihr gemacht wird?«

Beinahe erschien es mir, als würde Stella alles akzeptieren. Als wäre auch sie ein Teil der Aufführung.

»Sie kann nicht viel dagegen tun«, sagte Ulrika. »Sie ist wohl genauso schockiert wie wir.«

An die Alternative wagte ich nicht einmal zu denken.

Nach nur zehn Minuten wurden wir in den Saal zurückgerufen, und der Haftrichter verkündete, dass gegen Stella ein Haftbefehl wegen dringenden Mordverdachts erlassen werde.

Wir gingen vom Gericht aus direkt zu Michael Blombergs Kanzlei in der Klostergatan. Der Staranwalt ging mit schweren Schritten und gehetztem Blick über den knarrenden Holzfußboden.

»Es ist eine skandalös schlechte Ermittlung. Jansdotter und die Polizei scheinen sich völlig auf Stella eingeschossen zu haben.«

»Warum hast du vor Gericht nichts gesagt?«, fragte ich.

Blomberg hielt mitten im Schritt inne.

»Wie meinst du das?«, entgegnete er und wandte sich dann an Ulrika, als hätte sie sich zu Wort gemeldet und nicht ich.

»Warum akzeptierst du das alles?«, wollte ich wissen. »Du müsstest doch protestieren? Sie hat ein Alibi! Warum hast du nichts zu ihrem Alibi gesagt?«

Blomberg machte eine nachgiebige Handbewegung.

»Das würde im Moment nichts bringen. Es gibt zu viele Indizien, die gegen Stella sprechen, und die Rechtsmedizin hat den Tatzeitpunkt noch nicht genau bestimmt.«

»Aber die Zeugin«, gab ich zu bedenken. »My Sennevall. Die hat doch gegen ein Uhr nachts Lärm vor ihrem Fenster gehört.«

Blomberg sah Ulrika an.

»Das stimmt natürlich«, meinte meine Frau. »Was habt ihr über diese Sennevall herausgefunden, Michael?«

Blomberg ließ sich an seinem Schreibtisch nieder.

»Sie ist nicht gerade die zuverlässigste Zeugin. My Sennevall verbringt ihr Leben am Fenster. Und zwar im wahrsten Sinne des Wortes. Sie geht nur hinaus, um einzukaufen oder ihre Therapeutin zu sehen, ansonsten sitzt sie da und beobachtet die Nachbarn. Sie hat einen unglaublichen Überblick über die Vorgänge in ihrer Nachbarschaft.«

»Das klingt doch nach einer ziemlich guten Zeugin«, kommentierte ich.

Dabei wusste ich, dass das nicht stimmte.

»Nun ja, diese junge Frau ist die personifizierte psychische Störung. Sie hat jede Phobie oder Neurose, von der du je gehört hast.«

Das wunderte mich gar nicht.

»Aber das hat doch nichts mit dieser Sache zu tun, oder?«

Sowohl Blomberg als auch Ulrika rutschten unbehaglich auf ihren Stühlen herum.

»Das sollte man meinen«, bemerkte Blomberg schließlich.

»Und was ist mit Olsens Exfreundin?«, fragte Ulrika. »Habt ihr noch etwas über sie ausgebuddelt?«

Ausgebuddelt? Das klang unschön. Damit assoziierte ich Klatsch und Tratsch, Schwarzweißmalerei, minderwertigen Magazinjournalismus. Als müssten wir um jeden Preis einen Sündenbock finden.

»Ich glaube, wir sollten uns auf die Exfreundin fokussieren«, sagte Blomberg. »Linda Lokind.«

»Heißt sie so?«

Blomberg schnappte sich einen Zettel vom Schreibtisch.

»Yes. Linda Lokind, Tullgatan 10.«

»Habt ihr mit ihr gesprochen?«, wollte Ulrika wissen.

»Linda Lokind ist nicht gerade ein Singvögelchen. Sie behauptet, sie habe der Polizei und der Staatsanwaltschaft schon alles gesagt, aber ihr habe niemand geglaubt. Ich habe versucht, ans Ermittlungsprotokoll zu gelangen, bisher ohne Erfolg. Aber da findet sich schon eine Lösung. Wir müssen über das Gericht gehen.«

»Wie lang wird das dauern?«, fragte ich.

Blomberg spielte an seinem Kugelschreiber herum.

»Immer mit der Ruhe«, sagte Ulrika und tätschelte mir den Arm.

»Ruhe? Wie denn Ruhe? Wenn diese Linda Lokind ein Motiv hat, dürfte es doch im Interesse aller sein, sie anzuhören! Sollte die Polizei nicht möglichst objektiv arbeiten?«

»Die Polizei hat mit ihr gesprochen«, erklärte Blomberg und warf den Kuli auf den Tisch. »Es war eine rein informatorische Befragung.«

»Offenbar reicht das nicht«, wandte ich ein.

Blomberg warf Ulrika einen beunruhigten Blick zu.

»Und wann dürfen wir endlich Stella sehen?«, fuhr ich fort. »Wir müssen doch mit unserer Tochter sprechen dürfen!«

Beinahe wäre ich aufgestanden.

»Stella sitzt in Isolationshaft«, erklärte Blomberg. »Sie darf mit niemandem reden, außer mit mir.«

»Sie ist doch erst neunzehn«, sagte ich.

»Das Alter spielt leider keine Rolle.«

»Sie ist noch ein Kind!«

Ich hatte nicht vorgehabt zu schreien, es war einfach passiert. Meine Fäuste zitterten, und Ulrika umfasste mit festem Griff mein Handgelenk.

»Nicht im Sinne des Gesetzes«, sagte Blomberg vorsichtig.

»Das Gesetz ist mir egal. Ich will meine Tochter sehen!«

Es pfiff in meinen Ohren. Sogar der bärenhafte Blomberg sah etwas erschrocken aus, als ich mich aus Ulrikas Griff losriss und aufsprang.

»Sorg dafür, dass Stella der Polizei alles sagt. Keine Geheimnisse und unangenehmen Überraschungen mehr. Wer unschuldig ist, der lügt nicht.«

26

Ich hatte Stella nicht erzählt, dass ich geplant hatte, beim Konfirmandencamp vorbeizuschauen. Vielleicht war das dumm. Natürlich hätte ich es ihr sagen sollen, aber für mich war es so selbstverständlich. Ich war Pfarrer in einer der Gemeinden, die das Camp veranstalteten, und der Kurs war auf meine Initiative hin gestartet worden, da wollte ich die Jugendlichen natürlich besuchen.

Als ich am Seminarhaus ankam, hatten die Konfirmanden gerade Würstchen gegrillt. Mehrere von ihnen hatten Badesachen an, einige standen fröstelnd im hüfttiefen Wasser herum, andere stürzten sich vom Badesteg in den See. Die beiden Gruppenleiterinnen standen unter einem Baum und lachten, während Robin mit nassem Haar und begeistertem Gesichtsausdruck im Wasser herumplanschte.

Ich verharrte eine Weile auf der grasbewachsenen Anhöhe. Es kam mir so vor, als würde ich vor einem Gemälde stehen. Freude und Gemeinschaft, in den schönsten Farben.

Die Jugendlichen hatten keine Zeit für mich. Einige von Stellas Klassenkameraden begrüßten mich, doch die meisten bemerkten kaum, dass ich da war.

Ich ging zu den Gruppenleiterinnen unter dem Baum und schüttelte ihnen die Hand. Sie berichteten, dass bisher alles prima laufe. Man könne wunderbar mit der Gruppe arbeiten, und es habe schon mehrere interessante und offenherzige Gespräche gegeben.

Keiner von ihnen erwähnte Stella, was ich als Beweis dafür nahm, dass auch sie sich gut benommen hatte. Ich hatte beschlossen, mir keine Sorgen zu machen, aber als mir jetzt klar wurde, dass es offenbar keinen Zwischenfall gegeben hatte, merkte ich, wie sich ein Gefühl der Erleichterung in meinem Körper ausbreitete.

Schlimmer wurde es, als Stella meine Anwesenheit bemerkte.

Sie kam vom See heraufgewatet, das Haar hing ihr in nassen Strähnen herab. Am Strand hüllte sie sich in ein Badetuch.

Als sie mich entdeckte, verdunkelte sich ihr Blick.

»Was machst du denn hier?«

»Ich wollte nur ein bisschen nach euch sehen.«

Ich probierte ein vorsichtiges Lächeln.

»Lass mich in Ruhe!«

Dann verschwand sie in klatschenden Flipflops den Abhang hinauf.

Ich habe noch nie mit meiner Tochter über Sex sprechen können. Dabei wollte ich auf gar keinen Fall ein Vater werden, der peinlich berührt wegschaut, sobald das Wort Verhütungsmittel fällt, und so tut, als wäre seine jugendliche Tochter komplett asexuell und lebte in einer Blase, völlig ahnungslos von der sexualisierten Umgebung, die uns anderen begegnet. Lange Zeit hatte ich den Ehrgeiz, ein ganz anderer Vater zu werden, einer, dem man sich anvertrauen kann, der nicht umschaltet, wenn eine Bettszene im Fernsehen zu explizit wird, und seiner Tochter Kondome in die Handtasche steckt, ohne ein Wort darüber zu verlieren. Ich weiß nicht, was passiert ist und warum es so kam, wie es kam.

Von anderen Männern weiß ich, dass ich nicht der Einzige bin, dem es so ergeht. Nur zu gern bilden wir uns ein, dass wir so gleichberechtigt sind, dass die meisten modernen Väter mit der Sexualität ihrer Töchter gut umgehen können. Doch bedauerlicherweise kenne ich keinen einzigen Mann, der auf eine natürliche Weise mit seiner Tochter über Sex sprechen kann.

Als ich nach etlichen Bieren Dino dazu befragte, bekam dieser einen heftigen Hustenanfall.

»Wenn jemand Amina anfasst, schneide ich ihm den Schwanz ab.«

Natürlich weiß ich, dass er das nicht so gemeint hat. Amina hatte im Lauf der Jahre eine Reihe von Freunden, und soweit ich weiß, ist keinem von ihnen ein Körperteil abhandengekommen. Aber ich glaube trotzdem nicht, dass Dino sich mit Amina zu einem vertraulichen Gespräch über Sex zusammengesetzt hat.

Vor dem Konfirmandencamp hatten Ulrika und ich kaum jemals über Stellas Sexualität gesprochen. Ich wusste, dass Ulrika ihr geholfen hatte, als sie zum ersten Mal ihre Regel bekam, aber ansonsten war Stella doch noch ein Kind. Sie war gerade erst fünfzehn geworden. Vermutlich war ich in dieser Hinsicht zu naiv.

Robin überredete mich, zum Abendessen zu bleiben. Es gab einen Nebenraum, wo wir saßen, ohne dass Stella mich sehen musste.

Die Küche war gut, und das Essen schmeckte ausgezeichnet. Robin und ich führten ein interessantes Gespräch. Er berichtete, dass beinahe alle Konfirmanden gesagt hätten, sie glaubten an eine göttliche Macht, eine Kraft, die größer sei als der Mensch. Robin hatte nachgefragt, warum sie diese Kraft nicht einfach als Gott bezeichneten. Anschließend war er auf all ihre Antworten eingegangen und hatte erklärt, dass die göttliche Macht, von der sie sprachen, sehr wohl auch Gott sein könne.

Eigentlich wollte ich meine privaten Angelegenheiten heraus-

halten, aber ich konnte mir die Frage einfach nicht verkneifen.

»Was hat Stella gesagt?«

Robin füllte seinen Mund mit nach Rosmarin duftenden
Kartoffeln und ließ mich warten, während er kaute.

»Stella ist ein schlaues Mädchen. Sie ist clever.«

»Was hat sie denn gesagt?«

»Sie hat gesagt, dass es bestimmt einen Gott gibt, dass es aber
am besten ist, so zu tun, als gäbe es Ihn nicht, da sich die Religionen und Glaubensgemeinschaften ständig in den Haaren
lägen.«

Ich glaube, es gelang mir nicht, mein Lächeln zu verbergen.

»Wie gesagt, Stella ist ein cleveres Mädchen«, meinte Robin.

Nach dem Abendessen fragte ich, ob ich noch eine Weile
bleiben könne. Ich wollte bald nach Hause fahren, musste aber
noch ein paar Dinge für die morgigen Gottesdienste vorbereiten.

»Selbstverständlich«, entgegnete Robin.

Er erklärte mir, dass die Konfirmanden nach dem Essen in
Kleingruppen aufgeteilt werden und mit ihren Gesprächsübun-
gen weitermachen würden.

Nach ein paar Stunden pflichtschuldiger Unterhaltung fand ich
es angenehm, mit meinem Computer und meinen Gedanken
allein zu sein. Ich bin zwar durchaus gesellig, aber im Grunde
meines Herzens würde ich mich selbst als introvertiert bezeichnen. Ich habe das Private immer wertgeschätzt, auch in meiner eigenen Familie. Das Recht auf einen Rückzugsraum ist für
mich genauso wichtig wie die Möglichkeit, sich zu öffnen und
über alles zu sprechen. Ich glaube, es hat Ulrika und mir gutgetan, dass wir immer die Gelegenheit hatten, allein zu sein.
Die Forderung, ständig alles teilen zu müssen, kann schnell er-

stickend wirken. Oft heißt es, der Mensch sei ein Herdentier, aber wir sollten nicht vergessen, dass wir im selben Maß Einzelkämpfer sind.

Als ich mit meinen Vorbereitungen fertig war, senkte sich die Dämmerung gerade über den See. Die Zeit war davongerast, und meine Vorbereitungen waren sehr viel aufwendiger gewesen, als ich angenommen hatte. Da Ulrika in Stockholm arbeitete, konnte ich mir mit dem Rückweg Zeit lassen. Jetzt musste ich mich nur noch von Robin verabschieden. Stella wollte ich am liebsten aus dem Weg gehen, um nicht noch mehr Irritation zu schaffen. Der Erfolg des Konfirmandencamps war zum großen Teil Robins Verdienst, das war nicht zu leugnen. Es freute mich, dass alles so gut gelaufen war. Ein großer Stein war mir vom Herzen gefallen, und ich genoss die frische Luft auf meinem Weg über den Hofplatz.

Die Anlage bestand aus drei separaten Häusern. Im Haupthaus befanden sich der Speisesaal, die Küche und die Räume für die Gruppenarbeit, während das Gebäude gegenüber die Schlafräume beherbergte. Ein Stück entfernt, teilweise hinter hohen Buchenstämmen verborgen, lag das kleinste Haus, wo Robin und die Gruppenleiterinnen schliefen, wenn sie nicht gerade Nachtwache hatten.

Die Konfirmanden hatten offenbar gerade Freizeit. Einige saßen draußen auf dem Rasen, aber die meisten hielten sich in den Schlafräumen auf.

»Hast du Robin gesehen?«, fragte ich die eine Gruppenleiterin.

»Ich glaube, er ist rüber zum Gruppenleiterhaus gegangen.«

Eilig durchquerte ich das Wäldchen. In der Abendluft hallte das Gelächter der Jugendlichen wider.

Ich ging zur Tür und klopfte. Nichts geschah. Vielleicht saß Robin gerade auf der Toilette oder stand in der Dusche? Ich rüttelte an der Klinke, aber die Tür war abgeschlossen. Er war doch nicht etwa dort drinnen eingeschlafen?

Ich umrundete die Hausecke und sah durchs Fenster, entdeckte aber nur ein leeres Bett. Ohne größere Hoffnung ging ich weiter zum nächsten Fenster. Das Rollo war unten, nur durch einen kleinen Spalt fiel schwaches Licht nach draußen. Offenbar war Robin tatsächlich eingeschlafen. Ich beugte mich vor und klopfte ans Fenster. Als ich durch den Spalt ins Zimmer schaute, zuckte ich zusammen. Im Halbdunkel saßen zwei Menschen und starrten sich panisch an.

Ich brauchte nur diese kurze Momentaufnahme. Mittlerweile sind vier Jahre vergangen, doch ich kann noch jederzeit dieses unangenehme Bild hervorrufen. Vermutlich wird es nie aus meinem Kopf verschwinden.

Das Bild von Robin und Stella, die versuchen, möglichst rasch ihre Kleidung wieder in Ordnung zu bringen.

27

Am Donnerstagmorgen hatte Stella fünf Nächte hinter Gittern verbracht. Ich sah sie vor mir, wie sie auf einem schmutzigen Bett in einer dunklen, engen Zelle saß. Während des Frühstücks lief ich beunruhigt in der Küche auf und ab und konnte nicht aufhören, von Stella zu sprechen.

»Hör auf zu nerven«, sagte Ulrika. »Nichts wird besser, wenn du die ganze Zeit darüber redest.«

»Was soll ich denn dann machen?«

»Ich werde arbeiten«, sagte sie. »Vielleicht würde dir das auch guttun?«

Zumindest würde es mich auf andere Gedanken bringen. Ich meldete mich per Handy gesund und ging hinüber zum Gemeindehaus. In dieser Stadt herrscht im September eine Art Adventsstimmung, es ist eine Zeit der Ankunft. Nach der Flaute des Sommers füllen sich die Straßen mit Studenten, die sich verwirrt umschauen und vollauf damit beschäftigt sind, ihre Individualität zum Ausdruck zu bringen. Überall diese wackligen Radfahrer mit GPS-Stimmen in den Hosentaschen, Zwanzigjährige mit der Antwort auf alle schwierigen Fragen des Lebens in ihren Ledermappen oder Fjällräven-Rucksäcken. Erst im Oktober hat sich Lund normalerweise wieder erholt. Da hat sich die schlimmste Koketterie gelegt, die jungen Leute haben bei den Erstsemesterveranstaltungen herumgeknutscht, und die seltsamsten von ihnen sind meist wieder in ihre Heimat zurückgekehrt. Das ist die Kehrseite, aber auch der Charme einer

Universitätsstadt: dass sie jeden Herbst von neuen Träumern und Weltverbesserern überrannt wird und sich einige Altweibersommerwochen lang grunderneuert, bis das Laub fällt. Man kann es mögen oder hassen, aber ganz gewöhnt man sich nie daran.

Meine Kollegen saßen in der Küche des Gemeindehauses, und ihre Stimmen drangen bis in den Flur hinaus, wo ich meine Jacke aufhängte.

»Erst war ich schockiert, aber dann, als ich genauer drüber nachgedacht habe ...«

»Sie war ja schon immer furchtbar jähzornig.«

Ich konnte unmöglich weghören.

»Sie haben versäumt, ihr Grenzen zu setzen. Ein Mädchen wie Stella versteht nur eine Sprache.«

»Ulrika und Adam sind einfach zu nett gewesen.«

Ich blieb mucksmäuschenstill im Flur stehen und nahm ihre Worte in mich auf.

»Natürlich ist das nicht Stellas Schuld«, sagte Monika, die Diakonin. »Sie ist ja noch ein Kind oder zumindest noch ein Teenager.«

Eine Weile herrschte Schweigen. Ich schloss die Augen und spürte, wie ich langsam vom Boden abhob und schwebte. Dann ging es weiter.

»Bei Stella war ja wohl auch die Kinder- und Jugendpsychiatrie involviert.«

»Das wundert mich nicht.«

»Stella hat immer Probleme gehabt. Schon als Kind war sie anders als die anderen.«

Es wurde wieder leise. Jemand hustete.

Ich mag meine Kollegen. Ich habe ihnen immer vertraut und auch ihr Vertrauen und ihre Liebe gespürt. Seit ich in dieser Gemeinde bin, haben sich viele Dinge zum Positiven entwickelt, und die meisten würden mir sicher beipflichten, dass es auch mein Verdienst ist. Ich hatte nicht damit gerechnet, so verleumdet zu werden, und meine Gedanken erstarrten zu Eis. Wie ein Zombie ging ich in die Teeküche und setzte mich zu den anderen an den Tisch.

»Mensch, Adam!«, rief Monika.

Fünf Augenpaare starrten mich groß und stumm an, als seien sie Zeugen der Wiederkunft des Herrn geworden.

»Du sollst doch noch gar nicht arbeiten«, sagten sie im Chor.

»Ich habe heute Nachmittag eine Trauung.«

»Die haben wir Otto zugeteilt«, sagte Anita, unsere Pfarramtssekretärin.

»Hast du meine Gesundmeldung denn gar nicht bekommen?«

Sie errötete.

»Wir dachten nicht, dass du ...«

Ich musterte sie einen nach dem anderen und wartete auf eine ausgiebige Erklärung, aber es kamen nur ein paar Halbsätze.

Am Ende stand Monika auf und nahm mich in den Arm. Sie arbeitet seit den Zeiten des heiligen Ansgar in dieser Gemeinde, sie ist der Kitt, der uns zusammenhält, der Fels, auf den wir anderen uns immer verlassen.

»Komm«, sagte sie und führte mich langsam durch den Flur, während sich mein Gehirn weiter im Leerlauf befand.

Wir setzten uns in die niedrigen Sessel in ihrem Büro. Monika legte ihre beringten Hände auf meine Knie, lehnte sich vor und sah mich mit ihren milden Katzenaugen an.

»Was haben wir deiner Meinung nach falsch gemacht, Monika?«

Sie umfasste meine Ellbogen und schüttelte traurig den Kopf.

»Ihr habt nichts falsch gemacht«, sagte sie. »Es steckt Gottes Absicht dahinter. Irgendetwas, das wir noch nicht entdeckt haben.«

Ein Teil von mir wollte sowohl Monika als auch Gott zur Hölle schicken, aber zum Glück besann ich mich eines Besseren und bedankte mich stattdessen für ihre Fürsorge.

»Jetzt geh nach Hause und ruh dich richtig aus. Kümmere dich um Ulrika«, sagte Monika und nahm mich noch mal in den Arm. »Ich werde für euch beten. Und für Stella.«

In diesem Moment fühlte es sich so schäbig an. Beinahe verlogen.

Ich wünschte, ich hätte Monikas Rat befolgt.

Doch da war viel zu viel, was mich beunruhigte. Meine Gedanken formten sich wie hinter einer dichten Nebelwand, und das Herz kratzte wie ein Terrier in meiner Brust. Mein Körper schien mir signalisieren zu wollen, dass es besser war wegzulaufen, als in der quälenden Gegenwart festzustecken. Also rannte ich oder ging Kilometer um Kilometer, bis mein Rücken schweißnass war.

Ich lief den ganzen Weg ins Zentrum und dachte darüber nach, was geschehen wäre, wenn wir Robin angezeigt hätten. Er hatte Stella vergewaltigt, und wir hatten ihn davonkommen lassen. Welche Signale hatte das an unsere Tochter ausgesendet? Was für Eltern waren wir?

Empört schlug der Puls in meinem Hals, und es zuckte in den Muskeln. Am Hundespielplatz in der Södra Esplanaden steigerte ich mein Tempo.

Als ich auf einem Straßenschild Tullgatan las, versetzte es mir einen Stich. Ich blieb stehen und starrte den Straßennamen an.

Hier wohnte Christopher Olsens Exfreundin. Blomberg hatte uns die Adresse vorgelesen. Ich konnte nicht einfach vorbeigehen.

28

In mancherlei Hinsicht war es Ulrikas Entscheidung gewesen, auf eine Anzeige gegen Robin zu verzichten. Ich will ihr nicht die Schuld in die Schuhe schieben, aber wenn Ulrika keine Einwände gehabt hätte, dann hätte ich vermutlich nicht gezögert, das Schwein anzuzeigen.

Ich packte ihn und drückte ihn gegen die Wand des Gruppenleiterhauses, und meine Faust hing schon in der Luft, doch im letzten Moment gelang es mir, mich zu beruhigen. Stattdessen zog ich Stella durchs Wäldchen und setzte sie ins Auto. Ich kann mich bis heute nicht mehr an die Heimfahrt erinnern.

Ulrika fand, dass wir Stella sofort ins Krankenhaus bringen sollten, aber ich war der Meinung, wir müssten zuerst die Polizei rufen.

»Er hat sie vergewaltigt«, sagte ich. »Auch wenn Stella mit ihm zum Gruppenleiterhaus gegangen ist. Sogar wenn sie es gewesen sein sollte, die die Initiative ergriffen hat.«

Ulrika lief in der Küche auf und ab.

»Ich weiß nicht, was am besten ist.«

»Du denkst doch nicht etwa, dass Stella die Verantwortung dafür trägt? Sie ist doch noch ein Kind.«

»Nicht vor dem Gesetz. Sie ist fünfzehn.«

Ulrika blieb am Fenster stehen. Ihre Schultern bebten.

»Ich weiß, wie so ein Prozess abläuft«, sagte sie. »Ich habe es selbst miterlebt.«

Beinahe hatte ich verdrängt, dass Ulrika ein Jahr zuvor einen Mann verteidigt hatte, der zusammen mit ein paar anderen wegen einer Gruppenvergewaltigung angeklagt war. Es hatte ein großes öffentliches Geschrei gegeben, als alle vom Gericht freigesprochen wurden.

»Sie werden sie hart angehen«, sagte Ulrika. »Jedes Detail wird kritisch beleuchtet werden. Was sie gesagt hat, was sie getan hat, was sie anhatte.«

»Hör auf«, sagte ich. »Sie ist das Opfer.«

»Das weiß ich doch. Das wissen alle. Aber bei der Gerichtsverhandlung wird entscheidend sein, wer was getan hat, ob die Initiative von Stella ausgegangen ist, wie sie sich vor und nach dem Geschehen verhalten hat. Alles, was den geringsten Zweifel säen könnte, wird der Strafverteidiger sezieren.«

Ich ging zum Fenster und legte die Arme um ihre Taille.

»Das dürfen wir nicht zulassen. So darf es nicht laufen.«

Ulrika strich mir über den Arm.

»Ich weiß nicht, ob es anders laufen kann.«

Im Verlauf des Abends klärte sie mich über einige der widerlichen Details auf, die das vergewaltigte Mädchen während des Gerichtsverfahrens erzählen musste. Es war schockierend. Ich würde mich selbst nicht als besonders naiv bezeichnen, aber Tatsache ist, dass mir richtiggehend schlecht war, als mir klar wurde, wie so ein Prozess abläuft. Natürlich hatte ich mal von Anwälten gelesen und gehört, die Vergewaltigungsopfer danach fragten, wie kurz ihr Rock gewesen wäre und wie viel Alkohol sie getrunken hätte, aber ich hatte sie dennoch als Ausnahmen abgetan. Erst jetzt begriff ich, dass es in solchen Prozessen mehr oder weniger gängige Praxis war.

Bis zu diesem Zeitpunkt hätte ich niemandem geraten, auf eine Anzeige zu verzichten, am allerwenigsten meinem eigenen Kind. Doch als ich allmählich verstand, was das für Stella bedeuten würde, was sie würde aushalten müssen, sah ich mich gezwungen umzudenken.

»Was ist am wichtigsten?«, fragte Ulrika, bevor wir einschliefen. »Dass Stella einigermaßen heil aus der Sache herauskommt oder dass Robin seine Strafe kriegt?«

Als ob das ein Widerspruch wäre. Warum sollte man nicht beides bekommen? Heute wünschte ich mir, ich hätte das Schwarzweißbild infrage gestellt, das Ulrika mir da präsentierte, und darauf bestanden, dass Gerechtigkeit geübt wurde.

Unser Verrat gegenüber Stella war unverzeihlich.

29

Ich ging zur erstbesten Haustür in der Tullgatan. Ich wollte nur mal schauen.

Vielleicht saß Linda Lokind gerade hinter dieser Wand? Christopher Olsens Exfreundin. Blomberg schien davon überzeugt zu sein, dass sie etwas mit dem Mord zu tun hatte.

Mein Puls beschleunigte sich, als ich die Nachnamen an der Gegensprechanlage las. Jerbring, Samuelson, Makkah. Nicht Lokind.

Ich ging weiter zum nächsten Haus.

Linda Lokind würde mir zumindest helfen können, das Ganze besser zu verstehen. Sie könnte mir von Christopher Olsen erzählen. Vielleicht hatte sie eine Idee, wo er und Stella sich kennengelernt hatten und was zwischen ihnen gewesen war.

An der dritten Haustür fand ich den Namen. Lokind. Im zweiten Stock. Ich starrte den Namen eine ganze Weile an. Was tat ich hier eigentlich?

Ich stellte fest, dass die Haustür abgeschlossen war. Dann beugte ich mich vor und spähte durch die Glasscheibe ins Treppenhaus. Was sollte ich sagen? Wie sollte ich mich vorstellen, ohne sie zu erschrecken oder wie ein Verrückter zu wirken? Womöglich würde sie die Polizei rufen.

Ich betrachtete die Namen an der Gegensprechanlage und blieb bei I. Jönsson hängen. Das klang irgendwie freundlich. Ich drückte den Klingelknopf, und als sich eine krächzende

Stimme mit einem »Hallo?« meldete, erklärte ich, dass ich eine Blumenlieferung für eine Nachbarin hätte, die nicht zu Hause sei. I. Jönsson ließ mich sofort ins Haus.

Neben dem Fahrstuhl befand sich eine schmale Treppe aus gesprenkeltem Marmor. Während ich ihr nach oben folgte, kam ich an Wänden entlang, auf die mit Schablonen Zweige und Blätter gemalt worden waren. Im zweiten Stock blieb ich stehen und klingelte.

Ich erinnerte mich an den Besuch bei My Sennevall und fragte mich, wie ich es diesmal besser machen konnte. Bereits mit der Kontaktaufnahme zu My Sennevall hatte ich eine Grenze überschritten, aber der Besuch bei Linda Lokind war ein noch größerer Fauxpas. Wenn herauskam, dass ich sie aufgesucht hatte … Vielleicht war sie gefährlich? Im schlimmsten Fall war sie eine rachsüchtige Mörderin und im besten Fall eine psychopathische Lügnerin, die ihren Exfreund zu Unrecht angezeigt und ihn der widerlichsten Dinge bezichtigt hatte. Es gab allen Grund, vorsichtig zu sein.

Als eine erstaunte Frau die Tür öffnete, wich ich zurück. War das wirklich Linda Lokind? Die Frau vor mir sah aus wie ein Model.

»Linda Lokind?«, vergewisserte ich mich.

»Ja?«

Sie musterte mich misstrauisch.

»Ich würde gern mit Ihnen sprechen.«

»Wer sind Sie?«

Ich zeigte auf mein Kollar.

»Darf ich kurz hereinkommen?«

Sie schnappte nach Luft.

»Was ist passiert? Es ist hoffentlich nichts mit meiner Mutter?«

»Es geht um Christopher Olsen.«

Linda Lokind wirkte gleich ruhiger.

»Okay«, sagte sie und ließ mich ein. »Aber ich habe schon gesagt, dass ich nicht in die Sache verwickelt werden will.«

Ihre Wohnung war hell und geräumig. An der Wand zum Schlafzimmer klebte eine Weltkarte in Form von Wandtattoos. Auf dem Fußboden unterhalb davon stand eine meterhohe Vase in Flaschenform mit einer einzelnen Lilie. Das Regal enthielt ein paar Fitnessbücher, die zwischen bunten Deko-Elefanten eingeklemmt waren. Der Raum wurde vom Licht eines riesigen modernen Kristallleuchters erhellt.

»Wir können uns doch setzen«, schlug ich vor und zeigte auf den Esstisch vor dem französischen Balkon.

»Warum? Was wollen Sie eigentlich?«

Sie war auf der Türschwelle stehen geblieben und hatte die Hände in die Hüften gestemmt.

»Ich vertrete die Familie Olsen«, erklärte ich und zog mir einen Stuhl heran.

Auf einmal kam es mir so vor, als hätte es den Plan die ganze Zeit schon gegeben. Ich musste ihn nur noch in die Tat umsetzen.

»Ich habe doch schon gesagt, dass ich mit der Sache nichts mehr zu tun haben will.«

»Bitte setzen Sie sich kurz«, sagte ich. »Ich bin hier, weil die Familie einen würdigen Abschluss verdient.«

»Welche Familie? Margaretha?«

»Genau.« Ich nickte schnell. »Christopher weilt nicht mehr unter uns. Letztlich wollen wir nur, dass die Wahrheit ans Licht kommt.«

»Was meinen Sie?«

Ich hatte natürlich nicht erwartet, dass sie den Mord gestehen würde, aber es war interessant, ihre Reaktion zu beobachten. Ich bin immer gut darin gewesen, Lügner zu entlarven.

»Was ist zwischen Ihnen und Christopher geschehen?«, fragte ich.

»Ich habe der Polizei schon alles gesagt.«

Mit einer widerwilligen Grimasse nahm sie schließlich Platz.

»Können Sie es nicht noch mal erzählen?«, bat ich sie.

»Da war diese Polizistin, Agnes Thelin. Sie hat mir nicht geglaubt. Ich habe versucht, noch mit jemand anderem zu reden, aber mir hat niemand zugehört.«

Linda Lokind war zweifellos eine anziehende Frau, aber unter ihrer glatten Haut und den wohlproportionierten Gesichtszügen entdeckte ich auch etwas anderes: ein verlegenes und unsicheres Mädchen. Wie alt mochte sie sein? Zweiundzwanzig, dreiundzwanzig? Ich war mir ziemlich sicher, dass sie nicht die ganze Wahrheit sagte, beinahe ebenso sicher war ich mir aber auch, dass sie keine kaltblütige Mörderin war.

»Ich verstehe ja, dass es für Margaretha schwierig zu akzeptieren ist, aber ihr Sohn ist ein Psychopath. *War*, meine ich. Chris war hochgradig gestört.«

Ich sagte nichts. Durch meine jahrelange Erfahrung mit seelsorgerlichen Gesprächen habe ich gelernt, dass Schweigen oft Antworten hervorbringt. Schweigen bedarf einer Äußerung. Schweigen verführt und sehnt sich danach, gebrochen zu werden. Meine Erfahrung ist, dass Menschen gern sprechen wollen. Viele sehnen sich danach, wenn man ihnen nur zeigt, dass man ihnen zuhören möchte.

Beinahe zwei Jahre lang sei alles gut gewesen, erzählte Linda. Zumindest sei es ihr so vorgekommen. Erst im Nachhinein sei ihr klar geworden, dass es schon früher dunkle Seiten gegeben habe: Geheimnisse, Betrug, Fremdgehen. Aber es hatte beinahe zwei Jahre gedauert, bis die Fassade Risse bekam.

Für Linda war es Liebe auf den ersten Blick gewesen. Chris Olsen war gut aussehend, charmant, intelligent und gesellig gewesen. Aus leidenschaftlicher Verliebtheit war bald Liebe geworden, und sie hatten Zukunftspläne geschmiedet. Allzu schnell, wie sie rückblickend fand. Vielleicht hätte sie die Warnzeichen rechtzeitig erkannt, wenn sie sich nicht so Hals über Kopf in die Beziehung gestürzt hätte.

»Geben Sie sich nicht selbst die Schuld dafür«, sagte ich. »Das Herz und der Verstand können gute Wegweiser sein. Oft weiß man aber erst im Nachhinein, welchen Weg man nie hätte einschlagen sollen.«

Sie lächelte. Obwohl sie etwas vor mir verbarg, fand ich sie sympathisch, mitsamt ihrer unverblümten Naivität und ihrer starken Sehnsucht, verstanden zu werden.

»Als er mich das erste Mal schlug, nahm ich mir fest vor, dass das nie wieder vorkommen würde. So eine Frau war ich doch nicht. Ich weiß nicht, wie oft ich das gedacht habe.«

»Es würde sich wohl niemand mit so einer Frau identifizieren.«

Sie nickte. Das Lächeln war verschwunden, die Augen waren feucht.

»Es mag völlig verrückt klingen, aber Chris war auch ein wirklich wunderbarer Mann. Wenn er mich nicht schlug. Jedes Mal dachte ich, dass es das letzte Mal sei, dass es nie wieder passieren dürfe, dass ich ihn verlassen würde. Aber dann wendete sich alles, und ich schöpfte wieder Hoffnung. Vielleicht diesmal. Wenn ich ihm nur noch eine Chance gebe. Bescheuert, oder?«

»Gar nicht.«

Ich glaubte ihr. Ich hatte von anderen Frauen in der gleichen Situation ganz ähnliche Geschichten gehört.

»Ich kann mich nicht direkt in Sie hineinversetzen, aber ich bin durch meinen Beruf vielen Gewalttätern begegnet. Mir ist klar, dass das nur eine Seite dieser Männer ist. Kein Mensch ist nur das eine oder das andere.«

»Es wäre so leicht gewesen, einfach abzuhauen«, sagte Linda Lokind und fuhr mit dem kleinen Finger unter dem Auge entlang. »Ich werde mir das nie verzeihen. Ich kann in mir nicht mehr den Menschen sehen, für den ich mich bis dahin gehalten hatte. Sie können nicht verstehen, wie schlimm es ist, wenn das ganze Selbstbild zunichtegemacht wird.«

Sie hatte recht. Ich konnte es nicht verstehen. Zu diesem Zeitpunkt noch nicht.

»Aber Chris war ein Schwein, und er verdient es, in der Hölle zu schmoren. Was er mir angetan hat ... Sie können es in den Polizeivernehmungen nachlesen. Ich bringe es nicht über mich, es noch einmal zu erzählen. Jetzt ist es ja sowieso egal.«

»Um Margarethas willen ...«

Linda Lokind sah mir direkt in die Augen.

»Es ist mir egal. Ich bin nicht traurig, dass Chris tot ist.«

Ihr Blick war eiskalt. Es war eindeutig, dass sie genau das meinte, was sie sagte, und zum ersten Mal dachte ich, dass sie vielleicht doch in den Mord involviert gewesen war. Vielleicht gab es mehrere Täter? Vielleicht hatte sie jemanden beauftragt?

»Ich bin auch gar nicht erstaunt«, fuhr sie fort.

Erneut setzte ich das Schweigen als Strategie ein und wartete ab.

»Er hat ihr sicher dasselbe angetan.«

Ich trotzte weiter meiner Neugierde, faltete die Hände und sah sie an, aber diesmal kam keine Fortsetzung. Linda Lokind verzog den Mund und ließ den Blick aus dem Fenster schweifen.

»Wem hat er das angetan?«

»Stella. Der Täterin.«

Was meinte sie damit? Woher kannte sie Stellas Namen?

»Sie ist noch jung. Vermutlich hat sie das getan, was ich schon längst hätte tun sollen.«

Ich konnte die Bilder nicht von mir fernhalten. Ein blitzendes Messer, das immer wieder zustieß, Christopher Olsens schönes Lächeln, verzerrt durch einen gequälten Schrei. Benommen versuchte ich, Stellas Gesicht aus den Szenen zu löschen. Das durfte alles nicht wahr sein.

»Warum sagen Sie das?«, brachte ich hervor.

»Was denn?«

»Warum glauben Sie, dass es Stella war?«

Linda Lokind sah mich erstaunt an.

»Sie sitzt doch in Untersuchungshaft.«

»Kennen Sie sie?«

Sie schüttelte den Kopf.

»Aber ich hoffe, dass sie davonkommt.«

Ich war sprachlos. Was, wenn Christopher Olsen Stella tatsächlich angegriffen oder ihr sonst etwas angetan hatte? Warum hatte sie es dann nicht der Polizei erzählt? Womöglich war Stella das eigentliche Opfer in diesem Durcheinander?

»Wie geht es eigentlich Margaretha?«, fragte Linda Lokind.

Ich war in meinen Gedanken versunken und konnte nicht gleich antworten.

»Es muss ja trotz allem schrecklich für sie sein«, fuhr sie fort. »Ich mochte Margaretha eigentlich ganz gern. Oder ich hatte zumindest nichts gegen sie. Sie war immer nett zu mir. Es ist ja nicht ihre Schuld, dass Chris ein Psychopath ist.«

»Stimmt«, sagte ich, aber zögerte innerlich.

Trug Margaretha Olsen wirklich keinerlei Schuld? Sie war immerhin seine Mutter.

»Und Stanne, was sagt er dazu?«

Ich kratzte mich im Nacken. Wen meinte sie?

»Stanislav?«, hakte Linda Lokind nach.

Ihr Blick wurde scharf und streng.

»Sie haben gesagt, dass Sie im Auftrag der Familie Olsen kommen. Wissen Sie nicht, wer Stanislav ist?«

»Doch, natürlich.«

Linda Lokind schob den Stuhl zurück und trat ein paar energische Schritte rückwärts.

»Wer sind Sie eigentlich? Sie haben gar nicht gesagt, wie Sie heißen.«

»Ach, tatsächlich?«

Sofort fielen mir irgendwelche Namen ein, die ich hätte nennen können, doch das widerstrebte mir. Wie oft kann man sich selbst erlauben zu lügen? Früher oder später überschreitet man die Grenze des Anstands und der Würde, da mag der Zweck der Lüge noch so nobel wirken.

»Ich will, dass Sie jetzt gehen«, sagte Linda Lokind.

Sie stand mit dem Rücken an der Wand neben der großen Glasvase und sah ängstlich aus, aber in ihren Augen war auch etwas Wildes, beinahe Verrücktes.

»Ich gehe schon«, sagte ich und ging eilig an ihr vorbei. »Danke, dass Sie sich Zeit für mich genommen haben.«

Sie schlich zur Türschwelle und beobachtete mich. In ihrer Rechten hielt sie ihr Handy, bereit, mit einem einzigen Tastendruck Hilfe zu rufen.

In dem engen Flur auf dem Weg zur Tür fiel mein Blick auf das Schuhregal neben mir. Da standen sieben oder acht Paar Schuhe, aber eins davon weckte sofort meine Aufmerksamkeit.

Verstohlen sah ich genauer hin.

Es herrschte kein Zweifel. Auf dem Regal standen genau solche Schuhe, wie Stella sie hatte. Vielleicht sogar in derselben Größe? Ein solcher Schuh hatte im Sand am Tatort einen Abdruck hinterlassen. Es war die Sorte, die der Mörder von Christopher Olsen getragen hatte.

30

Ich eilte durch die Stadt, während die Gedanken wie ein summender Wespenschwarm in meinem Kopf umherschwirrten. Linda Lokind besaß also ein Paar Schuhe von der Sorte, wie auch Stella sie hatte. Und dieser Blick, als sie mit dem Rücken an der Wand gestanden hatte. Abwesend und verloren, aber auch voller wilder Raserei. Sie hatte ausgesehen, als könnte sie gleich einen Tobsuchtsanfall bekommen. Zugleich bereitete mir ihre Theorie Kopfzerbrechen, dass Christopher Olsen sich auch an Stella vergriffen haben könnte. Ich konnte nicht die Augen davor verschließen. Es war ein denkbares Szenario. Hatte dieses Schwein Stella etwas angetan?

Ich beschleunigte meine Schritte und trat so fest auf, dass die Absätze auf dem Asphalt knallten. Nicht noch einmal. Das durfte nicht sein. Problemlos konnte ich mir Stellas heftige Reaktion vorstellen, einen Ausbruch blinder Raserei, ein Messer, das zufällig zur Hand war. Aber warum dort? Vor dem Haus, auf einem Spielplatz? Und wo war das Messer hergekommen? Und warum um alles in der Welt hatte sie der Polizei nicht gesagt, was genau passiert war?

Ich erwog, Ulrika in meine Gedanken einzuweihen, befürchtete jedoch, sie würde meine Überlegungen als reine Spekulation abtun und versuchen, mein Handeln in eine andere Richtung zu lenken. Sie schien völlig andere Vorstellungen zu haben, wie wir Stella am besten helfen konnten. Ich verstand nicht, wie sie sich so auf Michael Blomberg verlassen konnte.

Auch wenn er hochqualifiziert und ausgesprochen geschickt war, hatte ich den Eindruck, als engagierte er sich nicht genug. Warum war Stella noch immer hinter Gittern? Und wir hatten sie noch immer nicht sehen dürfen.

Stattdessen beschloss ich, mit der Polizei zu sprechen. So konnte es nicht weitergehen. Es war doch ganz offensichtlich, dass Linda Lokind mit wichtigen Informationen zur Ermittlung beitragen konnte. Warum saß Stella in Untersuchungshaft und nicht sie?

Ich ging immer schneller, rannte beinahe. Als ich am Parkhaus Färgaren angelangt war, klingelte das Handy in meiner Hosentasche. Es war meine Mutter. Sie sprach ohne Punkt und Komma, ein Teil ging unter, aber die zentrale Botschaft war klar.

Alle wussten Bescheid.

Die Boulevardpresse hatte in ihren Onlineausgaben über Stella geschrieben. Am Nachmittag war sogar ein kurzer Beitrag im Rundfunk gekommen. Nirgends hatte man ihren vollen Namen genannt, der Respekt vor den Regeln der Presseethik war trotz allem nicht ganz verloren gegangen, aber man hatte ausreichend großzügige Hinweise gegeben, dass sich derjenige, der es genau wissen wollte, mühelos den Rest zusammenreimen konnte.

»Tante Dagny hat schon angerufen und gefragt, ob es wahr ist«, sagte meine Mutter.

Sie klang völlig erschüttert.

»Sag ihr die Wahrheit. Die Polizei hat sich geirrt.«

Auf der Suche nach einem ruhigen Platz schlüpfte ich gleich nach dem Telefonat in die kleine Gasse neben dem Parkhaus. Ich durchquerte das Gebäude und kam auf der anderen Seite wieder heraus. Auf einer Bank vor der Katedralskolan beschäftigte ich mich eine halbe Stunde mit selbstzerstörerischem

Herumgoogeln. Erst las ich, was in den Zeitungen geschrieben wurde, dann ging ich zu den weniger seriösen Seiten über. Allgemeine Informationen über Stella und unsere Familie mischten sich mit reinen Lügen und verrückten Spekulationen.

Stellas Fähigkeiten im Handball waren vielversprechend, aber sie konnte ihre Wut nicht zügeln.

Vermutlich hat sie am Spielplatz auf ihn gewartet. Olsen war millionenschwer, der Mord war sicher geplant.

Ich las alles und hätte am liebsten laut geschrien. Es war so wirklichkeitsfremd. Und dieselben Leute, die vor ihren Bildschirmen saßen und solche Beiträge schrieben und lasen, würden mir auf den Straßen, bei meiner Arbeit, vielleicht sogar im Gerichtssaal begegnen.

Ich musste mit der Polizei reden. Während ich die Lilla Fiskaregatan entlangging, kündigte ich Agnes Thelin an, dass ich unterwegs zu ihr war. Sie ließ ausrichten, dass ich willkommen sei.

Auf dem Weg dorthin wurde ich mehrmals von neugierigen Menschen angehalten, die mit mir reden wollten. Ich blieb stehen, umzingelt von Leuten, die wussten, wer ich war, deren Namen ich selbst aber schon längst vergessen hatte, während Fahrradfahrer vorbeizischten und der Rumäne vor dem Zeitungsladen auf seiner Ziehharmonika die Filmmusik von *Der Pate* spielte.

Eine Frau aus der Gemeinde blieb stehen.

»Wie geht es Ihnen?«, fragte sie mit traurigen Augen. »Das Ganze muss ein Versehen sein. Die Polizei blamiert sich bis auf die Knochen.«

Normalerweise fällt es mir nicht schwer, ganz vorne in einer vollbesetzten Kirche zu stehen und einen Gottesdienst zu halten oder Menschen zu begrüßen, denen ich auf der Straße begegne. Ich bleibe gern stehen und wechsele ein paar Worte, höre einem Mitmenschen zu und versuche etwas einigermaßen Höfliches und Kluges zu sagen. Aber jetzt war es anders. Ich fühlte mich erdrückt.

Am Ende wurde ich panisch, verbarg mein Gesicht und lief weiter zum Polizeipräsidium.

Kriminalkommissarin Agnes Thelin empfing mich im Vernehmungsraum. Sie bot mir Kaffee an, aber meine Hand zitterte so sehr, dass der Löffel auf den Boden fiel, als ich den Zucker einrühren wollte.

»Wie geht es Ihnen?«, fragte sie.

»Heute Nacht habe ich endlich ein bisschen Schlaf bekommen.«

Agnes Thelin lächelte mich warmherzig an.

»Ich hatte gehofft, dass Sie sich melden würden.«

Was meinte sie damit?

»Ich hatte gedacht, dass *Sie* sich melden würden«, entgegnete ich ein wenig widerwillig. »Mir kommt es so vor, als würden wir gar keine Informationen von Ihnen erhalten.«

Agnes Thelin goss etwas Milch in ihren Kaffee.

»Die Ermittlung befindet sich in einem sensiblen Stadium. Wir arbeiten intensiv daran, den genauen Ablauf der Ereignisse zu rekonstruieren.«

»Tatsächlich?«, erwiderte ich und verschränkte die Arme vor der Brust. »Tun Sie das wirklich? Arbeiten Sie offen und vorbehaltlos? Man kann nämlich leicht den Eindruck bekommen, Sie hätten Ihr Urteil längst gefällt.«

Für einen Moment wurde mir schwarz vor Augen. Ich beugte mich vor und legte die Hände auf die Stirn.

»Alles in Ordnung?«, fragte Agnes Thelin. »Mir ist klar, dass diese Sache Sie mitnimmt.«

Ich sah sie von unten an. Versuchte mich zu sammeln. Ich durfte nicht als Verrückter dastehen.

»Linda Lokind«, sagte ich. »Warum werfen Sie nicht einen genaueren Blick auf Linda Lokind?«

Agnes Thelin nippte an ihrem Kaffee.

»Wir schauen uns natürlich alles an, was in diesem Fall von Relevanz sein kann«, sagte sie und strich sich mit dem Finger über die Lippen.

»Sind Sie sich darüber bewusst, dass Linda Lokind genau dieselben Schuhe wie Stella hat? Und zwar von der Sorte, deren Abdruck am Tatort gesichert wurde?«

Die Kriminalkommissarin hätte ihren Kaffee beinahe wieder ausgespuckt.

»Wie? Woher wissen Sie das?«

»Es dürfte nicht von Bedeutung sein, woher ich das weiß. Jemand hat es mir erzählt. Die Frage ist doch viel eher, warum Sie das noch nicht herausgefunden haben. Warum machen Sie keine Hausdurchsuchung bei Linda Lokind?«

Agnes Thelin wischte sich den Mund mit einer Serviette ab.

»Ich kann nicht unsere Ermittlungsstrategie mit Ihnen diskutieren, aber ich garantiere Ihnen ...«

»Momentan gebe ich nicht viel auf Ihre Garantien. Ich habe den Eindruck, dass Sie nicht wissen, was Sie tun.«

»Es tut mir leid, wenn Sie diesen Eindruck haben«, sagte Agnes Thelin. »Aber das stimmt nicht.«

Ich atmete tief durch.

»Linda Lokind wurde von Christopher Olsen jahrelang misshandelt und erniedrigt. Als sie sich schließlich getraut hat, Anzeige zu erstatten, haben Sie ihr nicht zugehört, sondern die Ermittlungen eingestellt. Sie hatte gute Gründe, das Gesetz selbst in die Hand zu nehmen. Sie wollte sich an dem Mann rächen, der ihr Leben zerstört hat. Kann es ein eindeutigeres Motiv geben? Außerdem besitzt sie exakt dieselben Schuhe wie der Mörder. Können Sie mir erklären, warum sie frei herumläuft, während meine Tochter eingesperrt ist und nicht einmal mit ihren Eltern sprechen darf?«

Agnes Thelin sah verstohlen in Richtung Tür. Es fiel ihr sichtlich schwer, sich gegen meine Vorwürfe zur Wehr zu setzen.

»Das klingt ja nach einem Rechtsskandal«, sagte ich. »Einem Justizirrtum.«

»Ich verstehe, wenn Sie es als frustrierend empfinden, aber wir wissen viel mehr als Sie, Herr Sandell. Sie müssen sich darauf verlassen, dass wir unser Bestes tun, um die Wahrheit herauszufinden.«

»Aber warum erzählen Sie dann nicht, was Sie wissen?«

Sie kratzte sich an der Nase.

»Ich sage mal so: Es gibt gute Gründe, nicht allzu sehr auf das zu hören, was Linda Lokind sagt. Wir haben die Vorwürfe, die sie gegen Christopher Olsen richtete, genau untersucht, und die Ermittlungen wurden aus Mangel an Beweisen eingestellt. Nichts sprach dafür, dass das, was sie behauptet hat, wirklich passiert war.«

»Sie meinen, Linda Lokind hat sich das alles nur ausgedacht?«

Agens Thelin biss sich auf die Unterlippe.

»Ich erzähle nur, was die Ermittlungen ergeben haben.«

31

Agnes Thelin wartete, während ich mit dem Löffel in meiner Kaffeetasse rührte.

Konnte es sein, dass Linda Lokind mich getäuscht hatte? War sie verrückt und hatte Christopher Olsen nur deshalb wegen Körperverletzung und Vergewaltigung angezeigt, weil sie sich rächen wollte?

»Es ist ja wohl eher die Regel als die Ausnahme, dass Männer bei häuslicher Gewalt ungestraft davonkommen, nicht wahr?«, meinte ich.

»Häufig ist es schwierig, tragfähige Beweise zu finden«, erklärte Agnes Thelin. »Aber in diesem Fall gab es so viele Unklarheiten, dass ich Ihnen rate, Linda Lokinds Angaben mit gewisser Zurückhaltung zu betrachten. Sehr viel mehr kann ich Ihnen leider nicht sagen.«

Das war auch nicht nötig. Sie war davon überzeugt, dass Linda Lokind gelogen hatte, was Christopher Olsen betraf. Und ich war ja auch davon überzeugt, dass Linda Lokind etwas verbarg.

»Aber eigentlich ändert das nichts. Wenn Linda Lokind bereit war, gegen ihren Exfreund eine falsche Anzeige zu erstatten, könnte sie durchaus auch gewalttätig sein. Das ist Ihnen doch wohl klar?«

Agnes Thelin versuchte einen Seufzer hinter der Hand zu verbergen.

»Ich höre, was Sie sagen, Herr Sandell.«

Ich presste die Kiefer zusammen. Sie hörte, was ich sagte, hatte aber nicht vor, etwas zu unternehmen.

»Wann haben Sie zuletzt mit Stella telefoniert?«, fragte sie.

Was hatte das mit der Sache zu tun?

»Das weiß ich ehrlich gesagt nicht mehr. Wir telefonieren fast nie. Ich habe aufgehört, sie anzurufen, denn sie geht ohnehin nicht ran. Sie kommuniziert nur über SMS oder Messenger.«

»Sie haben gesagt, dass Sie am Freitagabend SMS-Kontakt hatten.«

»Nein, keinen Kontakt. Ich habe eine SMS geschickt, aber keine Antwort bekommen.«

»Sind Sie sicher?«

Ich hielt inne. War es der Polizei gelungen, Stellas Nachrichten wiederherzustellen? Oder würden sie mein Handy beschlagnahmen und untersuchen? Es gab wirklich keinen Grund, sich bei einer Lüge ertappen zu lassen, die am Ende vielleicht gar nicht von Bedeutung war.

»Ich weiß es wirklich nicht genau. Vielleicht hat sie geantwortet, vielleicht auch nicht.«

Die Kommissarin räusperte sich.

»Wann haben Sie zuletzt Stellas Handy gesehen?«

Wie? Ich wandte mein Gesicht ab, um meine Verwunderung zu verbergen. Hatte die Polizei Stellas Handy etwa nicht gefunden? Ich war davon ausgegangen, dass sie es bei der Hausdurchsuchung beschlagnahmt hatten.

»Tut mir leid. Ich weiß es nicht mehr.«

Agnes Thelin machte sich eine Notiz.

»Haben Sie das Handy gesehen, nachdem Stella festgenommen wurde?«

Was bedeutete das? Wo befand sich Stellas Handy, wenn die Polizei es nicht gefunden hatte?

»Nein«, antwortete ich.

Agnes Thelin seufzte durch die Nase.

»Dieser Punkt ist wichtig, Herr Sandell. Erinnern Sie sich, was Stella anhatte, als sie Freitagnacht nach Hause kam?«

Ich spürte den Schweiß in den Achselhöhlen.

»Ist das ein Verhör, oder was? Muss ich Ihre Fragen überhaupt beantworten?«

Agnes Thelin starrte mich nur an.

»Ich bin in solchen Dingen nicht so gut. Meine Frau ist immer genervt, weil ich es nie merke, wenn sie sich was Neues zum Anziehen gekauft hat.«

Agnes Thelin lächelte ein bisschen gekünstelt.

»Aber Sie haben mit Stella gesprochen, als sie nach Hause kam? Also haben Sie doch wohl ihre Kleidung gesehen?«

»Ja, doch.«

»Und Ihnen ist nichts Besonderes aufgefallen? Keine Flecken oder so?«

»Es war dunkel. Ich kann mich nicht mehr so genau erinnern ...«

Sich nicht so genau zu erinnern ist nicht dasselbe wie eine Lüge. Ich versuchte mich in jedes Schlupfloch zu zwängen, das sich mir offenbarte. Währenddessen blätterte Agnes Thelin angespannt in ihren Unterlagen.

»Wann haben Sie zum ersten Mal von Christopher Olsen gehört?«

»Am Samstag«, sagte ich wahrheitsgemäß. »Als ich erfuhr, dass Sie Stella festgenommen hatten.«

»Sie hatten seinen Namen vorher also noch nie gehört?«

Ich rieb mir die Augen.

»Soweit ich weiß nicht.«

»Das ist eine einfache Frage. Hatten Sie seinen Namen schon mal gehört oder nicht?«

»Nein.«

»Stella hat seinen Namen also nie erwähnt. Hat sie von jemandem gesprochen, bei dem es sich um Christopher Olsen gehandelt haben könnte? Hat sie einen festen Freund erwähnt? Wussten Sie, dass sie mit jemandem zusammen war?«

»Stella hatte keinen festen Freund. Dazu können Sie jeden X-Beliebigen befragen. Wenn ich es richtig verstanden habe, ist sie Christopher Olsen nur ein paarmal begegnet. Warum sollte sie ihm etwas antun? Das ist doch völlig unlogisch.«

»Menschliches Verhalten ist nicht immer logisch.«

»Aber meistens.«

Agnes Thelin hob einen Computerausdruck vom Tisch.

»Dann hören Sie bitte mal zu«, sagte sie und las vor: »*Denke die ganze Zeit an dich. Wahnsinn, wie ich mich nach dir sehne.* Oder hier: *Du bist total schön und echt sexy. Bin irre froh, dass wir uns kennengelernt haben.*«

Ekel stieg in mir auf. War das wirklich erlaubt? Es kam mir regelwidrig vor oder zumindest unmoralisch.

»Das sind Chatnachrichten, die Stella an Christopher Olsen geschrieben hat. Wir haben mehrere davon in seinem Computer gefunden.«

Ich ballte meine Hände unter dem Tisch zu Fäusten und presste sie auf meine Oberschenkel.

»Woher wissen Sie, dass Stella diese Nachrichten geschrieben hat? Es kann sich doch jeder in ihr Konto reingehackt haben.«

Agnes Thelin ignorierte meinen Einwand.

»Ich weiß, wie sich das anfühlt, Herr Sandell. Aber es wird alles gut, wir werden das hier gemeinsam durchstehen.«

»Wovon reden Sie eigentlich? *Sie* müssen nichts durchstehen. *Sie* können heute Abend nach Hause gehen und Ihre beiden Jungen in den Arm nehmen. Es ist meine Tochter, die in einer Gefängniszelle sitzt!«

»Ich weiß, ich weiß. Aber man kommt nur weiter, wenn man

sich traut, die Wahrheit zu sagen. Waren Sie wirklich wach, als Stella nach Hause kam?«

»Ja.«

»Wie viel Uhr war es da?«

Ich holte tief Luft.

»Viertel vor zwölf«, sagte ich möglichst beherrscht. »Exakt 23.45 Uhr.«

Agnes Thelin nickte kurz und schob ihren Stuhl zurück. Etwa einen Meter vom Tisch entfernt blieb sie sitzen, lehnte sich zurück und richtete ihren Blick an die Decke.

»Herr Sandell«, sagte sie. »Ich verstehe, warum Sie sich so verhalten. Vielleicht würde ich dasselbe tun.«

Ich sagte nichts. Sie hatte keine Ahnung, wie es war, hier zu sitzen.

»Unsere Kinder bedeuten alles für uns«, fuhr sie fort. »Stella ist Ihr kleines Töchterchen. Es ist schlimm, wenn man sein eigenes Kind nicht schützen kann.«

Wieder dachte ich an Hiob.

»Ich will Sie nicht verurteilen«, sagte Agnes Thelin. »Aber ich glaube nicht, dass dies die richtige Art ist, sein Kind zu schützen. Es ist nicht richtig, Herr Sandell.«

Ich schloss die Augen. War es nicht richtig, sein Kind zu schützen? Seine Familie? Kann das jemals falsch sein?

»Ich glaube, wir sind jetzt fertig«, bemerkte ich und stand auf, um zu gehen.

Agnes Thelin seufzte, hielt mich aber nicht auf.

Ich musste mit Amina reden.

Ich suchte in meinem Handy nach ihrer Nummer und rief sie an. Nach dem Klingelton informierte mich eine Computerstimme darüber, dass die von mir gewählte Rufnummer nicht vergeben sei.

32

Ich lief zur Arena. Das Handballtraining musste jeden Moment vorbei sein, und ich hoffte, Amina dort anzutreffen.

Normalerweise liebe ich es, die Arena zu betreten. Die Hallen dort sind noch immer wie eine zweite Heimat für mich. Der Schweißgeruch in den Umkleiden, der klebrige Boden unter den Schuhsohlen, die Pfiffe der Trillerpfeifen und das Abprallen der Bälle auf dem Hallenboden. Wenn ich durch diese Tür gehe, nehme ich eine andere Rolle ein. Hier bin ich nicht Pfarrer, sondern Trainer und Betreuer, vor allem aber Stellas Vater.

Als ich diesmal die Tür aufzog und mir der stickige Schweißgeruch in die Nase stieg, empfand ich es einfach nur als unangenehm. Ein paar Jungs in Trainingskleidung hingen in der Cafeteria herum, und eine Frau lief an mir vorbei zum Parkplatz. Mein innerer Widerwille war überwältigend. Die Blicke, die Fragen, das Wissen, dass alle Bescheid wussten. Denn das war doch so, oder? Alle hatten einen Haufen Vermutungen, glaubten, alles genau zu wissen, hatten ihre Theorien schon aufgestellt. Mein Gehirn war vernebelt, und das Herz schlug mir bis zum Hals. Ich hielt den Gedanken nicht aus, Menschen zu begegnen, die ich kannte.

Also stolperte ich hinaus zum Fahrradständer und suchte Schutz hinter einem Baum. Ich drückte den Rücken gegen den rauen Stamm, verborgen vor der Welt und wahnsinnig wütend darüber, dass all dies überhaupt passieren durfte. So etwas passierte nicht in Schweden. Hier wurden Unschuldige nicht an den Pranger gestellt und im Vorfeld verurteilt.

Ich fühlte mich betrogen. Wie hatte ich so eine Gehirnwäsche über mich ergehen lassen können und geglaubt, dass man sich blind und unkritisch auf das schwedische Rechtssystem verlassen kann?

Nach einer Weile kamen die Mädchen heraus. Aminas Mannschaftskolleginnen. Vorsichtig sah ich zu ihnen hinüber, ohne mein Versteck preiszugeben.

Als Letzte kam Amina auf den Fahrradständer zu. Sie klemmte ihre Sporttasche auf dem Gepäckträger fest und beugte sich vor, um ihr Rad aufzuschließen, als ich sie grüßte.

»Hast du mir einen Schreck eingejagt!«

Unwillkürlich machte sie einen kleinen Sprung nach hinten.

»Tut mir leid, das war nicht meine Absicht. Ich wollte dich anrufen, aber...«

»Mein Handy ist gestohlen worden.«

Sie legte das Kettenschloss in den Korb und schob das Fahrrad rückwärts aus dem Ständer.

»Können wir ein bisschen reden?«, fragte ich.

»Ich muss nach Hause«, antwortete sie, ohne mich anzusehen. »Ich habe total viel zu tun, und das Semester fängt in drei Tagen an.«

»Ich kann dich ein Stück begleiten«, schlug ich vor. »Wenn du das Fahrrad schiebst.«

Sie seufzte und schob das Rad mit beiden Händen so schnell, dass ich mich beeilen musste, um mitzukommen.

»Warum willst du nicht mit mir reden?«, fragte ich.

»Was? Wir reden doch gerade.«

Ich folgte ihr auf die Fußgängerbrücke über den Ringvägen. Amina hatte den Blick in die Ferne gerichtet und ging mit großen Schritten weiter.

»Weißt du etwas, Amina?«

Sie schwieg.

»Bitte, du musst mir alles erzählen«, sagte ich.

»Ich weiß aber nichts! Ich habe der Polizei schon alles erzählt.«

Ich machte ein paar schnelle Schritte und holte sie ein.

»Du wusstest, dass Stella sich mit Christopher Olsen getroffen hat, oder?«

»Ja«, sagte sie kurz, während wir den Stadtpark betraten.

»Waren die beiden ein Paar? Hatte Stella eine Beziehung mit diesem Mann?«

Wir waren gerade am Café vorbeigegangen, als sie abbremste und mich anstarrte.

»Nein, sie hatten keine Beziehung. Sie haben sich irgendwann mal beim Ausgehen kennengelernt und sich ein paarmal getroffen. Das war was ganz Oberflächliches, mehr war es nicht.«

Ihre Augen blitzten im Halbdunkeln. Sie hatte den Lenker mit der einen Hand losgelassen, und das Fahrrad schwankte.

»Kanntest du ihn auch?«, fragte ich.

Sie drehte sich um, packte den Lenker mit entschlossenem Griff und schob das Fahrrad vor sich her.

»Amina!« Meine Stimme war unnötig hart. »Stella sitzt in Untersuchungshaft. Bist du schon mal in einem Gefängnis gewesen? Weißt du, wie so eine Zelle aussieht?«

Beinahe wäre ich mit einem Jogger zusammengestoßen, der Kopfhörer aufhatte und »Idiot!« in meine Richtung murmelte. Schließlich hatte ich sie wieder eingeholt. Amina ging etwas langsamer. Stille Tränen liefen ihr die Wangen hinunter, und es zerriss mir das Herz. Mein erster Instinkt war, sie wie ein Kind zu umarmen, denn das war sie ja noch, zumindest teilweise. Stattdessen entschuldigte ich mich bei ihr.

»Es geht mir nicht gut, Amina. Die Sache treibt mich in den Wahnsinn.«

»Ich weiß«, sagte sie zwischen den Schluchzern. »Mir geht es auch beschissen.«

»Und jetzt erzähl«, bat ich sie.

33

Amina und ich haben schon immer eine besondere Beziehung gehabt. Bei manchen Fragen hat Amina sich an mich gewandt und nicht an ihre Eltern. Ich glaube, ich weiß Dinge über sie, die kein anderer Erwachsener weiß.

Es war vor ziemlich genau vier Jahren. Im Spätherbst nach der Konfirmation. Die Mädchen gingen in die Neunte, und wir waren Meister der Mädchen Regionalliga A.

Eines Vormittags stand Roger Arvidsen auf der Treppe des Gemeindehauses. Es trug eine Pelzmütze und wirkte niedergeschlagen und verwirrt.

Roger Arvidsen sah älter aus, als er eigentlich war. Er war gerade erst fünfzig geworden, aber nachlässige Körperhygiene und schlechte Gene in Kombination mit einem bewegungsarmen Lebensstil, Rauchen und ständigem Kaffeekonsum hatten ihm ein leicht heruntergekommenes Aussehen verliehen. Mit seinen bräunlichen Zähnen, seinem Doppelkinn und den schmutzigen Fingern wirkte er ungepflegt. Von den Kindern des Viertels wurde er das Monster genannt.

Jeden Sonntag begleitete Roger seine Mutter, bei der er auch wohnte, pflichtschuldig zur Kirche. Schon bald machte ich es mir zur Gewohnheit, bei jedem Zusammentreffen kurz mit ihm zu plaudern, da er es vermutlich nicht gewohnt war, von jemand anderem als seiner Mutter wahrgenommen zu werden. Roger war zweifellos nicht sonderlich intelligent, aber ein netter und zurückhaltender Mensch, der mein Wohlwollen verdiente.

Kein einziges Mal hatte Roger mich unaufgefordert aufgesucht, und bei unseren Gesprächen hatte ich ihm oft die Worte aus der Nase ziehen müssen. Deshalb war mir sofort klar, dass irgendetwas nicht stimmte, als er nun ohne seine Mutter vor dem Gemeindehaus stand.

Ich fragte ihn, ob ich ihm bei irgendetwas behilflich sein könne.

Im nächsten Moment saß Roger in meinem Zimmer. Er hatte seine Pelzmütze noch immer auf und klapperte mit den Zähnen. Seine Erzählung bereitete mir körperliche Schmerzen.

Roger erklärte, dass er zweimal Besuch von einem jungen Mädchen bekommen habe, jedes Mal direkt nachdem seine Mutter zum Bingospielen gefahren sei. Er habe gewusst, dass das Mädchen nicht allein gewesen sei, denn er habe gesehen, wie die Freundin unten an der Haustür stand und Wache hielt.

Das Mädchen habe ihn gefragt, ob er sie auf einen Kaffee einladen wolle, was Roger dann auch getan hatte. So sei er nun mal erzogen, sagte er. Wenn Besuch kam, bot man Kaffee an. Beim ersten Mal hätten sie sich nur kurz unterhalten, dann sei das Mädchen wieder verschwunden. Aber beim nächsten Mal habe sie Roger gebeten, sich die Hose auszuziehen. Er habe sich natürlich geweigert, denn er habe nicht gewusst, was das junge Mädchen für Absichten hatte. So naiv zu glauben, dass sie auf ihn stehe, war er jedoch nicht. Nach einer gewissen Überredungskunst habe er dem Mädchen immerhin erlaubt, sich auf seinen Schoß zu setzen. Dann habe sie sich selbst und ihn mit ihrem Handy fotografiert.

»Hinterher wollte sie tausend Kronen haben«, erklärte Roger. »Wenn ich ihr nicht tausend Kronen gäbe, würde sie die Fotos weiterverbreiten und mich bei der Polizei anzeigen. Sie sagte, dass alle mich für einen Kinderschänder halten würden. Und es gibt ja schon so komische Gerüchte über mich.«

Also hatte er ihr tausend Kronen gegeben. Daran war im Grunde nicht viel auszusetzen. Er war ganz sicher nicht der Erste, der sich von einer falschen Anzeige freizukaufen versuchte.

Jetzt habe er jedoch einen Zettel im Briefkasten gefunden, auf dem das Mädchen weitere tausend Kronen verlangte, sonst werde die Polizei die Fotos bekommen.

»Ich will nicht, dass die Sache für das Mädchen irgendwelche schlimmen Folgen hat«, versicherte er. »Es ist ebenso sehr meine Schuld.«

Entschlossen stand ich auf und versprach Roger, mich so schnell wie möglich um die Sache zu kümmern.

Er musste nicht einmal den Namen des Mädchens nennen. Es war klar, von wem wir sprachen.

Ich erzählte der Diakonin Monika, dass ich Migräne hätte. Dann fuhr ich nach Hause und hämmerte an Stellas Zimmertür, bis sie mich hineinließ.

»Was zum Teufel hast du angestellt?«

Dabei fluche ich sonst nie. Selten hat Stella so ertappt ausgesehen. Sie gestand alles ohne Umschweife. Hoch und heilig versprach sie mir, sofort das Geld zurückzugeben, zusammen mit einer aufrichtigen Entschuldigung. Es sei nur eine dumme Idee gewesen, die aus dem Ruder gelaufen sei. Etwas Vergleichbares werde nie wieder vorkommen.

Ulrika gegenüber erwähnte ich nichts von der Sache. Einerseits kam es mir nicht richtig vor, denn solche Dinge sollte man doch mit seiner Frau teilen. Andererseits schonte ich sie dadurch, denn was man nicht weiß, das macht einen nicht heiß. Im Nachhinein muss ich zugeben, dass es in erster Linie eine Frage von Scham war. Ich konnte mich nicht mit dem abfinden, was Stella getan hatte, und es sollte niemand anders davon erfahren, nicht einmal meine Frau.

Als ich am nächsten Sonntag Roger Arvidsen in der Kirche traf, nahm ich ihn nach dem Gottesdienst beiseite. Wieder einmal musste ich ihm die Worte aus der Nase ziehen.

»Haben Sie Ihr Geld zurückbekommen?«

»Ja.«

»Die volle Summe?«

»Ja.«

»Und Stella hat sich bei Ihnen entschuldigt? Tat es ihr aufrichtig leid?«, fragte ich.

»Ja.« Roger nickte wieder und bewegte sich ruckartig vor und zurück. »Dabei war sie es gar nicht gewesen.«

»Wie bitte?«

Er zog die Schultern hoch.

»Das Mädchen, das zu mir gekommen ist, war nicht Stella«, sagte er. »Es war die andere, die Kleine mit den dunklen Haaren.«

34

Amina und ich gingen Seite an Seite weiter durch den Stadt-park. Wir waren beinahe an der Svanegatan angekommen und konnten das Rauschen der Autos hören.

»Ich war dabei, als Stella und Chris sich kennengelernt haben«, sagte Amina. »Es war im Tegnérs. Er kam mir ganz normal vor. Kein bisschen seltsam. Außer dass er schon ziem-lich alt war, aber das wussten wir ja am Anfang nicht.«

»Wann war das?«

Sie zuckte mit den Schultern.

»Vor ein paar Monaten.«

»Aber was hat Stella bei ihm zu Hause gemacht? Die Polizei hat Beweise gefunden, dass sie dort war.«

»Sie hat ihn vielleicht einfach nur nach Hause begleitet.«

Ich bereute, sie gefragt zu haben. Mehr wollte ich gar nicht wissen.

»Vielleicht waren sie auf irgendeiner Party?«, fuhr Amina fort. »Ich weiß es nicht mehr so genau. Ich habe Stella seit dem vorletzten Wochenende nicht gesehen.«

Wieder schwankte das Fahrrad ein bisschen, und ich machte mich bereit, es aufzufangen, falls es ihr davonrollen sollte.

»Habt ihr euch da auch mit Christopher Olsen getroffen?«

Amina drehte den Lenker wieder gerade.

»Ja, am Freitag.«

»Also an Stellas Geburtstag.«

»Genau, wir haben uns aber nur kurz mit ihm getroffen,

dann sind Stella und ich zum Stortorget weitergezogen und haben ein Glas Wein getrunken. Ich hatte am Samstag ein Spiel, deshalb haben wir es eher ruhig angehen lassen.«

»Und seitdem habt ihr euch überhaupt nicht gesehen? Aber ihr habt doch sicher telefoniert? Oder euch geschrieben?«

»Nicht direkt. Aber jetzt am Freitag hat sie mir gesimst. Wir wollten uns eigentlich am Abend treffen, aber ich hatte Training und war nicht ganz fit. Dann habe ich am Samstag ja Fieber bekommen.«

»Das heißt, du weißt gar nicht, was am Freitag passiert ist?«

Sie schüttelte schnell den Kopf. Ich hatte so meine Zweifel.

»Was hast du denn zur Polizei gesagt? Als sie dich vernommen haben?«

»Natürlich die Wahrheit. Ich hätte sie doch nicht anlügen können.«

Ich schwieg.

Im Lauf der Jahre habe ich gelernt, dass die Lüge eine Kunstform ist, die manche beherrschen und andere überhaupt nicht. Wie bei anderen Talenten kann man seine Fähigkeit sicherlich trainieren und schleifen, aber im Grunde scheint es eine gewisse genetische Veranlagung zu geben. Stella war im Lügen immer gut gewesen. Schon in der Grundschule war es mir schwergefallen, ihre Lügen zu erkennen. Es konnte um die banalsten Dinge gehen.

Hast du jetzt dein Zimmer aufgeräumt, Stella?

Ja, Papa.

Mal stimmte es, mal log sie mir ins Gesicht. Es war unmöglich zu entscheiden, wann sie die Wahrheit sagte und wann nicht.

Amina hingegen ist gar keine gute Lügnerin. Nach der Sache mit Roger Arvidsen entschuldigte sie sich weinend bei mir und nahm mir das Versprechen ab, Dino und Alexandra nie davon zu erzählen. Ein Versprechen, das ich natürlich gehalten habe.

Auch diesmal gelang es ihr nicht, mich anzulügen. Zweifellos verbarg sie etwas. Wen versuchte sie zu schützen? Sich selbst oder Stella?

Oder mich? Glaubte sie, dass ich mit der Wahrheit nicht zurechtkommen würde?

Als wir in die Svanegatan einbogen, fuhr ein Auto in viel zu hoher Geschwindigkeit vorbei.

»Amina, glaubst du, dass Stella ...? Glaubst du, dass es Stella war?«

Sie blieb abrupt stehen.

»Nein! Stella hat nichts getan! Du glaubst doch wohl nicht, dass ...?«

Ich wusste es auch nicht. Wie konnte sich Amina so sicher sein?

»Bitte«, sagte ich, als sie sich auf den Sattel setzte, um die letzten fünfzig Meter nach Hause zu radeln. »Ich muss es wissen.«

»Was musst du wissen?«

»Alles.«

»Ich weiß doch auch nicht alles.« Amina stellte ihre Füße auf die Pedale und drehte eine Runde. »Ich weiß nicht mehr als du. Vermutlich weiß auch Stella nicht mehr.«

Sie winkte mir über die Schulter hinweg zu, während sie nach Hause fuhr.

Ich wusste, dass sie log.

35

Als ich an diesem Abend nach Hause kam, stand Ulrika im Schlafzimmer und sah aus dem Fenster. Meine Gedanken waren langsam. Jeder Muskel in meinem Körper schmerzte, als hätte ich einen hohen Berg bestiegen.

»Wohin schaust du?«, fragte ich.

Sie antwortete nicht. Als ich ihr die Arme um die Taille legte, entdeckte ich die Schatten in ihrem Gesicht. Die Tränen schienen ihre Wangen ausgehöhlt und ihre Lippen ausgetrocknet zu haben.

»Liebling«, flüsterte ich.

»Wo bist du gewesen?«

Ihre Stimme zitterte.

Ich erklärte, dass ich von der Arbeit heimgeschickt worden und noch mindestens eine Woche krankgemeldet sei. Ulrika reagierte nicht. Ihre Augen wirkten leblos. Draußen vor dem Fenster war nur Finsternis zu sehen. Eine schwarze, undurchdringliche Finsternis.

»Du hast doch schon mal von Hiob gehört?«, fragte ich.

»Der Name ist mir ein Begriff.«

Ich lehnte mich mit dem Kinn an ihre Schulter, doch ohne Vorwarnung zuckte sie zusammen und drehte sich um.

»Du glaubst doch wohl nicht ernsthaft, dass das alles eine Prüfung Gottes ist?«

Ich wusste nicht mehr, was ich glauben sollte.

»Hiob war der gottesfürchtigste Mensch auf Erden«, entgegnete ich. »Aber der Ankläger wies darauf hin, dass es leicht sei, an Gott zu glauben, wenn man ein so gutes Leben habe wie Hiob.«

»Der Ankläger?«

»Das ist eine Umschreibung für den Satan. Die hebräische Bezeichnung Satan bedeutet eigentlich Ankläger oder Staatsanwalt.«

Inmitten des ganzen Elends sah ich, wie ein kleines Lächeln den Mund meiner Frau umspielte.

»Als Rechtsanwältin habe ich in diesem Punkt natürlich keine Einwände.«

Als ich ihr die Geschichte erzählte, wie Gott den Satan gewähren lässt, als dieser Hiob alles wegnimmt, seine Tiere und seine zehn Kinder ums Leben bringt und ihn selbst mit einer schweren Krankheit schlägt, nickte Ulrika wiedererkennend.

»Das heißt, du bist Hiob?«

Ich wusste nicht recht, ob das witzig oder einfach nur verächtlich klingen sollte.

»Natürlich nicht. Hiobs Frau fand jedenfalls, dass er Gott den Rücken kehren solle nach all dem, was ihm widerfahren war. Weißt du, was Hiob ihr antwortete?«

»Nein, was hat er gesagt?«

»Er hat gesagt, wenn wir alles Gute von Gott empfangen, müssen wir bereit sein, auch das Böse anzunehmen.«

Ulrika antwortete mit einem Schnauben. Ich war mir nicht ganz sicher, was das bedeuten sollte.

Dann seufzte sie.

»Wir können hier nicht wohnen bleiben.«

»Was?«

Ulrika sah an mir vorbei aus dem Fenster.

»Hast du heute die Nachrichten im Netz gesehen?«

»Ja, meine Mutter hat angerufen.«

»Lund ist keine große Stadt. Die meisten Leute wissen, wer wir sind.«

Wir starrten weiter in die Dunkelheit.

»Dramatisierst du jetzt nicht ein bisschen?«, meinte ich.

»Du hast keine Ahnung. Ich habe schon so oft erlebt, dass Leute fliehen, ihr bisheriges Leben aufgeben und woanders von vorn anfangen mussten.«

»Du glaubst also, dass Stella verurteilt werden wird?«

Sie sah mich an, als wäre ich ein Kind, das sie enttäuschen musste.

»Vielleicht nicht vom Amtsgericht. Es ist noch zu früh, um eine Vorhersage zu treffen. Aber das ist auch eigentlich nicht so wichtig. Im Grunde zählt doch das Urteil der Umgebung. Den meisten Leuten ist die Entscheidung des Gerichts ziemlich egal.«

In diesem Punkt konnte ich ihr nicht beipflichten.

»Jetzt übertreibst du aber.«

»Keineswegs. Eine Woche in Untersuchungshaft, und du bist in den Augen der Bevölkerung so gut wie verurteilt. Selbst wenn das Gericht Stella freispricht, wird bei allen, die sie kennen, ein Rest von Zweifel zurückbleiben. Zumindest solange niemand anders verurteilt wird.«

Das klang so zynisch. Vielleicht war das eine bittere Erfahrung aus beinahe zwanzig Jahren im Bereich Strafrecht, und bestimmt lag ein wahrer Kern in ihrer Argumentation. Da brauchte ich nur mich selbst anzuschauen. Wie oft war ich davon ausgegangen, dass ein Verdächtiger schuldig war, obwohl das Gericht zum entgegengesetzten Ergebnis gelangt war? Wenn Stella freigesprochen, aber kein anderer Täter gefunden wurde, würden bestimmt viele an ihrer Unschuld zweifeln.

»Du meinst es ernst? Du willst, dass wir aus Lund wegziehen?«

Ulrika nickte.

»Michael hat mir was in Stockholm angeboten.«

»Michael?«

»Blomberg.«

Ich blinzelte ein paarmal. Die Dunkelheit vor dem Fenster hing noch immer als Schatten in meinem Blick.

»Und was?«

»Er hat einen Job für mich, die Mitarbeit in einem Gerichtsverfahren, das lange dauern wird, mehrere Monate. Wir dürfen in der Gästewohnung der Kanzlei in der Innenstadt wohnen, bevor wir was Eigenes finden.«

»Umziehen?«

Sie schlang die Arme um meinen Hals.

»Es geht uns nicht gut, wenn wir in dieser Stadt bleiben.«

Die Wärme von ihrem Körper löste langsam meine Starre.

»Aber was ist mit Stella?«

»Sie kommt natürlich mit. Bevor sie ihre Asienreise antritt.«

»Aber sie sitzt hinter Gittern.«

»Nach der Gerichtsverhandlung«, sagte Ulrika, und ich spürte ihren Atem an meinem Hals.

»Nach ...?«

»Wir können im Moment nichts tun. Es wird mit aller Wahrscheinlichkeit zu einer Verhandlung kommen.«

»Glaubst du?«

Ich drehte meinen Oberkörper, aber Ulrika hielt mich fest und presste sich an mich.

»Wir wissen doch, dass sie unschuldig ist«, sagte ich.

»Wir wissen gar nichts, Liebling.«

»Wie meinst du das?«

Ich befreite mich aus ihren Armen. Sie sah so furchtbar kraftlos aus. Diese Sache zehrte mehr an uns, als ich es mir je hätte vorstellen können.

»Sie hat ein Alibi!«, sagte ich. »Stella hat ein Alibi.«

Ulrika streckte ihre Hand aus.

»Liebling, ich war auch wach, als Stella am Freitag nach Hause gekommen ist. Ich weiß genau, wie viel Uhr es war.«

In mir zerbrach etwas. Warum hatte sie nichts gesagt? Sie hatte die ganze Zeit gewusst, dass ich die Polizei anlog.

Was wusste sie noch? Ich dachte an die Bluse mit den Flecken und das Handy.

»Was ist eigentlich mit Stellas Handy passiert?«

»Was meinst du?«

»Ich dachte, die Polizei hätte es beschlagnahmt, aber sie haben es nicht. Was hast du damit gemacht?«

»Ich … ich …«

Obwohl sie mich ansah, kam es mir so vor, als ob ihr Blick davonschwebte. Ich fühlte mich verlassen und allein und musste mir auf die Zunge beißen, um nicht etwas zu sagen, was ich später bereuen würde.

»Was hast du mit dem Handy gemacht?«, wiederholte ich.

Sie strich mir mit der Hand über die Wange.

»Das Handy ist weg«, sagte sie.

Ich schnappte nach Luft. Hatte sie das Handy verschwinden lassen? Wenn das ans Licht kam, wäre ihre Karriere vorbei.

»Wie ist es diesem Hiob weiter ergangen?«, fragte sie leise.

»Es endete glücklich. Gott gab ihm zehn neue Kinder.«

Ich presste ein Lächeln hervor, und Ulrika küsste mich.

»Wir müssen zusammenhalten, Liebling«, sagte sie. »Du und ich und Stella. Wir müssen zusammenhalten.«

Mich befiel das starke Gefühl, dass auch sie mir etwas verschwieg. Ja, sogar meine Frau.

36

Am Montag rief Blomberg an. Er wollte wissen, ob wir noch am selben Nachmittag zu ihm in die Kanzlei kommen konnten. Er habe Neuigkeiten für uns.

»In dieser Sache können es ja kaum gute Neuigkeiten sein«, sagte ich zu Ulrika.

Auf dem kurzen Spaziergang vom Parkhaus zur Klostergatan hielt ich sie fest an der Hand. Als wir an unserer früheren Lieblingspizzeria in der Bangatan vorbeigingen, wurde die Tür von einem großen, schlanken Mann geöffnet, der lauter Pappkartons im Arm hielt, und der wunderbare Duft zog auf die Straße heraus, wie eine Erinnerung an all die Male, als wir dort drinnen gesessen und uns angesehen hatten. Am Fenster stand einer der Pizzabäcker und winkte uns wiedererkennend zu.

Vielleicht hatte Ulrika ja recht? Wir sollten Lund verlassen. Mir hat Stockholm schon immer gut gefallen, es gibt viele hübsche Vororte, und keiner von uns beiden würde Probleme haben, eine neue Stelle zu finden. Es könnte ein Neuanfang werden. Ein bisschen wie auf Orust im Sommer. Ein langer Urlaub von allem, was Routine geworden war, ein Zeitloch, in dem es ausschließlich um uns beide ging. Wir brauchten das. Stockholm könnte unser Zufluchtsort werden.

Aber wir konnten Stella natürlich nicht in Lund zurücklassen. Solange sie noch in Haft war, würden wir hierbleiben. In diesem Punkt war ich fest entschlossen.

Wir bogen in die Klostergatan ein. Als ich Ulrika vor der

Haustür küsste, erahnte ich einen schwachen Alkoholgeruch. Im Fahrstuhl, der hinauf zu Blombergs Kanzlei führte, zog sie ein Puderdöschen und Lipgloss aus der Handtasche und machte sich vor dem Spiegel zurecht.

»Setzt euch«, sagte Blomberg, der ausnahmsweise ein schlichtes T-Shirt trug.

Es war ungewohnt, ihn so leger gekleidet zu sehen. Es war fast peinlich. Als wäre er nackt.

»Ich habe von deinem Jobangebot erzählt«, berichtete Ulrika.

Blomberg lächelte mich an. Es war mir unangenehm, dass er und Ulrika miteinander sprachen, wenn ich nicht dabei war.

»Du hast gesagt, dass du Neuigkeiten für uns hättest«, sagte ich.

»Das stimmt«, sagte Blomberg und setzte sich breitbeinig vor uns hin. »Wie gesagt, Chris Olsen hatte lauter tolle Qualifikationen in seinem Lebenslauf. Aber es gab bei ihm auch eine Menge Sachen, die man nicht so gern in einen Lebenslauf schreibt.«

»Was denn zum Beispiel?«, fragte ich.

»Der Typ hatte ziemlich krumme Dinger laufen.« Blomberg nickte selbstzufrieden. »Ich habe doch von den Polen und der Pizzeria erzählt. Jetzt hat sich herausgestellt, dass Olsen eine ganze Truppe von billigen Arbeitskräften aus Rumänien beschäftigt hat. Leute, die er in einer alten Scheune draußen in Revinge einquartiert hat, während sich die Männer den Arsch aufreißen, um Wohnungen für Olsens Firma zu renovieren.«

»Das klingt ja schrecklich.«

»Solche wie Olsen kaufen heruntergekommene Immobilien, lassen sie renovieren und verkaufen sie für ein Schweinegeld.«

»Aber was hat das mit dem Mordfall zu tun?«, fragte ich.

Blomberg grinste.

»Einige der Rumänen waren offenbar der Meinung, dass Olsen sie finanziell übers Ohr gehauen hatte. Ein paar Landsleute, mit denen wir in Revinge gesprochen haben, sind fest davon überzeugt, dass sie Olsen umgebracht haben.«

»Weiß die Polizei davon?«

»Ich habe Agnes Thelin informiert, aber die Ermittlungen werden von Jansdotter geleitet.«

»Agnes Thelin«, sagte ich verächtlich.

Ulrika sah mich verblüfft an.

»An der Sache mit den Polen sind wir auch noch dran«, fuhr Blomberg fort. »Inzwischen kennen wir zwei Namen. Wir werden uns die Typen näher anschauen.«

Ich war ernüchtert. War das alles? Ich gab nicht viel auf Blombergs Privatermittlungen. Eine Mordermittlung ist Aufgabe der Polizei.

»Wann dürfen wir Stella sehen?«, fragte ich.

Blomberg bekam rote Flecken am Hals.

»Du sollst wissen, dass ich es probiert habe. Ich habe wirklich alles getan, was in meiner Macht steht, aber diese verdammte Jansdotter will nicht zulassen, dass ihr Stella besucht.«

»Das kann doch nicht rechtens sein. Vielleicht sollten wir die Presse darüber informieren?«

Blomberg schüttelte den Kopf.

»Es ist noch viel zu früh dafür. Solange niemand verurteilt worden ist, haben die kein Interesse.«

»Du musst mit Amina Bešić reden«, sagte ich. »Ich bin davon überzeugt, dass sie etwas verschweigt.«

Blomberg spielte an seiner Halskette.

»Ach, ich weiß nicht«, meinte Ulrika.

Vermutlich befürchtete sie, damit Dino und Alexandra zu verärgern.

»Ich habe es versucht«, versicherte Blomberg. »Die Polizei hat sie auch vernommen, aber es scheint nicht so, als würde sie irgendwas Relevantes wissen.«

»Das tut sie aber«, sagte ich.

Ulrika versetzte mir einen Stoß in die Seite.

»Wir sprechen von Amina. Warum sollte sie lügen?«

Mehr konnte ich nicht sagen, da Ulrika nicht erfahren durfte, dass ich mit Amina gesprochen hatte. Sie würde es nicht verstehen, sondern nur wütend werden und finden, dass ich schon wieder eine Grenze überschritten hatte.

»Letztlich ist Olsens Exfreundin, Linda Lokind, am interessantesten für uns«, fasste Blomberg zusammen.

Er hatte Schweißperlen an den Augenbrauen und fragte, ob er ein Fenster öffnen dürfe.

»Selbstverständlich«, sagte ich.

Blomberg machte das Fenster auf und hielt sein Gesicht in den Wind. Ich begann sofort zu frösteln.

»Es hat sich herausgestellt, dass Linda Lokind eine Vorgeschichte mit Angstzuständen und Depression hat«, sagte Blomberg. »Schon seit ihrer Jugend ist sie in ständiger psychologischer Behandlung.«

Das wunderte mich nicht sonderlich. Linda Lokind war eine junge Frau mit geringem Selbstbewusstsein. In vielerlei Hinsicht erinnerte sie mich an andere Frauen, denen ich begegnet war und die Opfer von häuslicher Gewalt geworden waren. Ich wusste, dass Linda Lokind mich angelogen hatte, aber ich war mir nicht sicher, in welchem Umfang. Ob die ganze Geschichte von Chris Olsens Gewalttätigkeit wirklich nur ausgedacht war? Verbarg sich dahinter eine fürchterliche Rache, weil Linda Lokind nicht akzeptiert hatte, dass Chris mit ihr Schluss machen wollte? Ich bezweifelte, dass sie dazu in der Lage war. Aber dann musste sie irgendetwas anderes verbergen.

»Es ist doch unglaublich, dass die Polizei sich Linda Lokind nicht genauer anschaut«, sagte ich. »Du musst mehr Druck machen.«

»Es kommt immer häufiger vor, dass so etwas auf dem Tisch der Anwälte landet«, sagte Blomberg. »Ich habe gute Leute, keine Sorge. Aber wir brauchen etwas Konkretes gegen Linda Lokind, um weiterzukommen.«

Etwas Konkretes?

»Die Schuhe«, sagte ich.

Ulrika und Blomberg starrten mich an.

Es war mir einfach so rausgerutscht. Wir brauchten etwas Konkretes, und ich wusste, dass es etwas Konkretes gab.

»Welche Schuhe?«, fragte Blomberg und beugte sich vor.

Ich seufzte und spürte, wie Ulrika neben mir erstarrte. Es gab einen anderen Ausweg, als die Wahrheit preiszugeben.

»Linda Lokind hat genau die gleichen Schuhe wie Stella. Es ist dasselbe Modell wie das, von dem am Tatort ein Abdruck gesichert wurde.«

Blomberg hob die Augenbrauen.

»Woher weißt du das?«

Ich sah Ulrika an. Sie verzog keine Miene.

»Ich war bei ihr zu Hause.«

Sie schienen beide die Luft anzuhalten, während ich von meinem Besuch bei Linda Lokind im Tullvägen erzählte. Ich hatte diese Schuhe von Nahem gesehen und war mir meiner Sache hundertprozentig sicher.

Schweigen senkte sich über den Raum. Ich saß wie eingekeilt zwischen den beiden Rechtsanwälten.

»Spinnst du?«, sagte Ulrika schließlich. »Du warst bei ihr zu Hause?«

»Ich musste irgendetwas tun. Stella sitzt in Untersuchungshaft! Ich kann doch nicht tatenlos zusehen, wie unser Leben den Bach runtergeht!«

Ulrika schwieg. Blomberg sah sie an, und dann senkten sie beide den Blick. Natürlich verstanden sie mich.

37

Mit gesenktem Blick und einer Kappe auf dem Kopf drehte ich noch eine Runde durchs Viertel. Ich befürchtete, dass mich jemand anhalten könnte, um mit mir zu reden. Mit raschen Schritten bog ich auf unsere Einfahrt ein und zog die Tür hinter mir zu.

Ulrika saß an ihrem Schreibtisch und beugte sich über einen Papierstapel. Sie blätterte darin herum und hielt den Textmarker in ständiger Bereitschaft.

»Was machst du da?«, fragte ich.

»Das ist das Stockholmer Verfahren, das Michael mir vermittelt hat. Es bringt mich auf andere Gedanken.«

Ich wusste nicht, ob das so klug war. Warum sollten wir an etwas anderes denken, wenn Stella im Untersuchungsgefängnis saß?

»Mach bitte die Tür hinter dir zu«, sagte Ulrika.

Im Wohnzimmer setzte ich mich aufs Sofa und zog mein Handy hervor. Aus dem oberen Stockwerk hörte ich Ulrikas Stimme. Sie telefonierte.

Ich schenkte mir einen Whisky ein, trank ihn in einem Zug und schenkte nach. Dann googelte ich nach neuen Informationen über das, was die Medien mittlerweile den »Spielplatzmord« nannten.

Ich begann mit den Boulevardzeitungen, aber ließ mich bald wider besseres Wissen erneut auf eine der Gladiatorenarenen des Internets führen, wo die widerlichsten Spekulationen über

Stella zu lesen waren. Jemand, der behauptete, eine kurze Beziehung mit ihr gehabt zu haben, erklärte allen Ernstes, dass Stella Sandell eine *perverse Schlampe* sei und zweifellos den Zweiunddreißigjährigen ermordet habe. Andere, die im selben Forum posteten, kannten Stella offenbar persönlich, was das Ganze noch unangenehmer machte. Jemand mit dem Nickname Flikkis berichtete eingehend von Dingen, die in Stellas Schulzeit geschehen waren. Laut Flikkis war Stella ein *ADHS-Kind, das glaubte, ihm gehörte die ganze Welt,* doch dass sie jemanden ermordet haben sollte, hielt diese Person für höchst unwahrscheinlich.

Es war entsetzlich zu lesen, und dennoch konnte ich es nicht bleiben lassen. Es könnte ja wider Erwarten etwas Interessantes auftauchen. Mehrmals hatte ich das Gefühl, mit gefesselten Händen dazustehen und zuschauen zu müssen, wie meine kleine Tochter zur Schlachtbank geführt wurde.

Über das Mordopfer gab es erstaunlich wenig Klatsch und Tratsch. Jemand konstatierte lakonisch, dass er gut aussehend und reich gewesen sei. Ein anderer nannte ihn einen *typischen Psychopathen*, was meine Gedanken zu Linda Lokind führte. Hatte sie Stellas Namen in diesem Forum aufgeschnappt?

Ich kippte den letzten Schluck Whisky und legte den Kopf auf die Armlehne des Sofas. Eigentlich brauchte ich Schlaf. Ich blinzelte ein paarmal und versuchte die Augen zu schließen, während ich weiter in dem Thread herumscrollte.

Das Ganze hatte mit einem anonymen Kommentar begonnen.

Bestimmt war's ihr Vater. Der Pfarrer. Er hat wohl Wind davon bekommen, dass seine Tochter mit Chris Olsen rumgevögelt hat.

Ich richtete mich auf und blätterte eifrig mit dem Daumen weiter.

Das war auch mein Gedanke. Der Vater!, schrieb ein anderer

Nutzer, der sich Meow76 nannte. Er bekam schon bald Zustimmung von mehreren anderen.

Alle in Lund wissen, was für ein Typ Adam Sandell ist, schrieb Misspiggylight. *Der war schon immer komisch.*

Im nächsten Kommentar hatte Meow76 meine persönlichen Daten eingefügt: den vollen Namen, Adresse und Telefonnummer. Alter und Geburtsdatum.

Es brodelte in mir. Das war üble Nachrede!

Ich holte meinen Laptop und verfasste in aller Eile eine E-Mail an die Kontaktadresse des Forums und drohte mit juristischen Konsequenzen. Dann machte ich Screenshots und begann eine Strafanzeige zu formulieren.

Ulrika kam die Treppe herunter, und ich hörte, wie sie den Weinkühlschrank öffnete.

»Komm mal her, Liebling!«, rief ich.

Nachdem ich ihr meine Mail zu lesen gegeben hatte, zeigte ich ihr die Screenshots.

»Das ist doch üble Nachrede, oder?«

»Nicht unbedingt«, meinte sie. »Aber egal wie, ist das kaum ein Fall für eine öffentliche Anklage.«

»Was heißt das?«

»Dass deine Anzeige zu nichts führen wird.«

Am Freitagmorgen wachte ich später auf als sonst. Im ersten Moment war ich verwirrt und fragte mich, wie spät es war und ob ich eine Stunde oder eine ganze Nacht geschlafen hatte. Als ich runterkam, lehnte Ulrika an der Kücheninsel, mit frischgewaschenem Haar und in einem Frotteebademantel. Vor ihr standen zwei dampfende Kaffeebecher.

»Der Bericht der Rechtsmedizin ist gekommen«, sagte sie. »Man hat den Zeitpunkt von Christopher Olsens Tod auf irgendwann zwischen ein und drei Uhr nachts eingegrenzt.«

»Das heißt ...«

Ulrika nickte.

»Todesursache Verbluten«, konstatierte sie in sachlichem Ton. »Zwei Schnittwunden und vier Stichverletzungen.«

Der Täter hatte Christopher Olsen nicht einfach das Messer in den Körper gerammt. Es war kaum ein Fall von Notwehr gewesen, nein, derjenige hatte mehrmals zugestochen. Es mussten Unmengen von Blut geflossen sein.

Ich dachte an die Flecken auf Stellas Bluse. Natürlich konnte Stella wahnsinnig wütend werden, wenn sie die Kontrolle verlor. Und das konnte schnell gehen. Aber sie konnte doch keinen anderen Menschen töten?

»Normalerweise heißt so übermäßige Gewaltanwendung, dass es um etwas Persönliches geht«, sagte Ulrika. »Vermutlich empfand der Täter einen starken Hass auf das Opfer.«

»Wie eine rachsüchtige Exfreundin?«

»Zum Beispiel.«

Ulrika blies auf ihren heißen Kaffee.

»Michael und ich haben auch über die Wohnung gesprochen.«

»Welche Wohnung?«

»Die Gästewohnung in Stockholm. Wir können schon nächste Woche einziehen. Wir müssen nur das Nötigste mitnehmen.«

Ich verbrannte mir die Zunge an dem Kaffee.

»Schon? Aber ... Wollen wir das nicht noch etwas genauer durchdenken?«

»Ich habe mich entschieden«, sagte sie abrupt. »Ich kann diesen Auftrag nicht ablehnen.«

»Aber du meinst doch wohl nicht etwa, dass wir Stella hier zurücklassen?«

»Wir dürfen sie ohnehin nicht sehen. Es gibt nichts, was wir vor der Gerichtsverhandlung tun können.«

»Du hast schon aufgegeben.«

»Ganz im Gegenteil, Adam. Ich habe mich mein ganzes Leben lang mit Strafrecht befasst. Du musst mir schon vertrauen.«

Ich ging zu ihr hin. So nah, dass ich die Wärme ihres Atems spüren konnte.

»Lass mich los!«, sagte sie.

Ich sah hinunter und stellte fest, dass meine Hände ihre Unterarme fest umklammert hielten.

»Tut mir leid, das wollte ich nicht.«

Ulrika wich mir aus.

»Du bist so … Ich erkenne dich nicht wieder.«

»Was meinst du?«

»Wir müssen zusammenhalten, Liebling. Wir sind eine Familie.«

Ich ballte meine Hände zu Fäusten.

»Ich tue alles, um diese Familie zusammenzuhalten. Du bist es, die mich ausschließt.«

»Michael ist ein geschickter Strafverteidiger«, versicherte Ulrika. »Er verfolgt eine bestimmte Strategie, aber er kann uns nicht in alle Details einweihen. Wir müssen uns auf ihn verlassen. Er hat schon gegen seine Schweigepflicht verstoßen, verstehst du das nicht?«

»Ich vertraue Blomberg nicht.«

»Das müssen wir aber, Adam.«

Sie war jetzt den Tränen nahe.

»Stell dir vor, wenn sie es wirklich war«, sagte ich. »Stell dir vor, es war Stella.«

Ulrika wandte ihr Gesicht ab, und ich trat wieder ganz nah zu ihr.

»Du hast ihr Handy verschwinden lassen. Und die Bluse? Warum hast du das getan? Glaubst du, dass Stella diesen Mann ermordet hat?«

Sie legte die Hände auf meine Brust. Die Tränen liefen ihr die Wangen hinab.

»Tut mir leid«, sagte ich.

Ulrika schüttelte den Kopf.

»Du bist verrückt. Du warst bei dieser Linda Lokind zu Hause. Du hast ihre Wohnung betreten, Adam.«

»Die Polizei unternimmt ja nichts. Irgendjemand muss doch etwas tun!«

»Ich tue auch etwas. Es gibt viele, die etwas unternehmen, Adam. Aber nicht so. Es gibt bessere Wege.«

Sie wischte sich die Tränen ab. Ich hatte sie nur selten weinen sehen und fühlte mich schuldig.

»Alexandra hat mir gestern geschrieben«, sagte sie. »Stimmt es, dass du vor der Arena auf Amina gewartet hast?«

Ich wusste nicht, was ich antworten sollte.

»Bist du Amina nachgelaufen und hast ihr Fragen gestellt?«

»So war es nicht.«

Warum nur hatte Amina ihrer Mutter davon erzählt? Im Grunde war das eine gute Nachricht, denn jetzt würde Amina alles erzählen müssen, was immer sie uns bislang vorenthielt. Alexandra konnte doch nicht zulassen, dass ihre Tochter weiterhin schwieg. Offensichtlich verfügte Amina über Informationen, die ausschlaggebend für Stellas Zukunft sein konnten.

»Du kannst so nicht weitermachen«, sagte Ulrika.

»Was soll ich denn sonst machen? Meine Tochter wird des Mordes beschuldigt!«

Ich ging in den Flur und riss meinen Mantel an mich. Dann öffnete ich die Tür und knallte sie hinter mir zu.

38

Als ich mit gesenktem Blick und hämmernden Schritten durch die Stadt lief, fühlte ich mich wie ein Dampfkochtopf kurz vor der Explosion. Ich begann mich vor mir selbst zu fürchten.

Am späten Nachmittag rief Ulrika an. Ich stand auf einem Kiesweg mitten im Lundagård, ohne zu wissen, wie ich dort hingekommen war oder was ich dort gewollt hatte.

»Tut mir leid, Liebling«, sagte sie. »Wir dürfen nicht zulassen, dass diese Sache unsere Beziehung zerstört. Es ist alles schon schlimm genug.«

Sie hatte einen Tisch im Restaurant Spisen reserviert und fragte, ob wir uns heute Abend dort treffen könnten.

Mein Puls beruhigte sich, und ich spazierte langsam am Dom vorbei. Eigentlich war es nicht weiter erstaunlich, dass diese Geschichte einen Keil zwischen uns trieb. Erneut dachte ich an das Bibelwort von der entzweiten Familie, die nicht fortbestehen kann, und nahm mir vor, stark zu sein.

Es war ein reiner Zufall, dass ich einige Stunden später vor der Markthalle mit Jenny Jansdotter zusammenstieß. Dass ich sie in irgendeiner Art und Weise verfolgt haben sollte, wie sie später andeutete, war nichts als dummes Zeug. Genau genommen war ich nämlich schon auf dem Weg zum Spisen, als ich vor mir Jenny Jansdotter entdeckte. Die krummen Stelzenbeine und diese geschmeidige Gangart, als würde sie auf ihren hohen Absätzen vorwärtsfedern. Sie war so klein, dass man sie sehr wohl für ein Kind hätte halten können, wenn da nicht die Absätze, der Blazer und die teure Schultertasche gewesen wären.

In meinem Kopf hallte Michael Blombergs Äußerung wider, dass Jansdotter die Ermittlung leitete. Sie steuerte die Aktivitäten der Polizei und hatte sich laut Blomberg völlig auf Stella als Täterin eingeschossen. Warum?, fragte ich mich, als ich sie vor mir sah. War sie so in ihre Arbeit vertieft, dass ihr ganz entgangen war, dass ihre Entscheidungen echte Menschen mit echten Gefühlen betrafen? Wie konnte sie uns verweigern, unser eigenes Kind zu sehen? Ich war neugierig, was für eine Art Mensch so etwas tat, und als ich sie sah, wie sie den Botulfsplatsen überquerte, konnte ich mich nicht mehr beherrschen. Ich holte sie direkt vor dem Westeingang der Markthalle ein.

»Moment mal, warten Sie!«

Rasch drehte sie sich um. Ich glaube, es dauerte ein paar Sekunden, ehe sie mich erkannte.

»Das ist ein äußerst unpassender Zeitpunkt«, sagte sie.

»Ich will Ihnen nur eine Frage stellen.«

Ohne mir zu antworten, wirbelte sie so schnell herum, dass die Tasche ins Schleudern geriet. Dann ging sie weiter zur gläsernen Eingangstür des Gebäudes.

»Warum schauen Sie sich nicht Linda Lokind ein bisschen genauer an?«, fragte ich, während ich ihr hinterherlief. »Wissen Sie eigentlich, dass Linda Lokind ein Paar Schuhe von der Sorte hat, wie Sie sie suchen?«

Sie betrat eilig die Markthalle, und ich musste lauter sprechen.

»Warum dürfen wir unsere Tochter nicht sehen?«

Die Staatsanwältin hielt inne und sah mich mit einem kalten, leeren Blick an.

»Sie machen sich gerade der unerlaubten Einflussnahme schuldig.«

»Keineswegs. Ich versuche nur zu verstehen, warum Sie sich so verhalten.«

Jenny Jansdotter schüttelte den Kopf und drehte sich um. In der Anzeige, die sie später verfasste, behauptete sie, ich hätte im selben Moment ihren Arm gepackt und sie am Weitergehen gehindert. Das ist natürlich nicht wahr. In Wirklichkeit habe ich nur meine Hand ausgestreckt, in einem letzten verzweifelten Versuch, sie zum Zuhören zu bewegen. Dabei habe ich zwar ihren Arm berührt, das leugne ich gar nicht, aber ich hätte nicht einmal im Traum versucht, sie festzuhalten.

»Sie zerstören unsere Leben!«, rief ich ihr hinterher.

Um uns herum waren die Leute stehen geblieben. Eine neugierige Menge von Gesichtern, zischelndem Gewisper und brennenden Blicken. Ich hielt die Hand als Schutz vor mein Gesicht und eilte hinaus auf den Gehweg und weiter zum Restaurant.

Später sollte die Polizei mindestens zehn Menschen befragen, von denen aber kein einziger Jenny Jansdotters Version der Ereignisse bestätigen konnte.

39

Ulrika wartete im Spisen auf mich. Der Tisch, an dem sie saß, stand am Fenster. Ich setzte mich dicht neben sie, und sie legte den Kopf an meine Schulter.

»Entschuldigung, Liebling. Es tut mir leid.«

»Wir sind nicht mehr wir selbst.«

»Ich liebe dich«, sagte ich.

Ich spürte es ganz deutlich in meinem Körper. Allein der Gedanke an eine Zukunft ohne Ulrika tat mir weh.

»Komm mit mir nach Stockholm«, sagte sie. »Im Moment können wir hier sowieso nichts tun. Du weißt, dass ich Stella nie im Leben allein zurücklassen würde, aber wir dürfen sie doch ohnehin nicht sehen. Es spielt für sie also keine Rolle, ob wir hier in Lund sind oder woanders. Wir müssen auch an uns denken. Ich habe viele Eltern in unserer Situation gesehen, Familien, die durch so etwas zerbrochen sind.«

Sie hatte recht. Solange Stella in Isolationshaft saß, konnten wir nichts tun. Das Schlimmste, was passieren konnte, war, dass Ulrika und ich auseinandergerissen wurden.

»Was, denkst du, wird mit Stella passieren?«

»Ich weiß es nicht, aber die Staatsanwältin scheint Anklage erheben zu wollen.«

Ich sah Jenny Jansdotter vor mir. Sollte ich Ulrika erzählen, dass ich ihr zufällig begegnet war?

»Was ist deiner Meinung nach an jenem Abend passiert?«, fragte ich.

Ulrika erstarrte.

»Ich weiß nicht... Ich kann nicht...«

»Hat dich nie der Gedanke gestreift?«

»Welcher Gedanke?«, fragte sie, obwohl sie vermutlich genau wusste, was ich meinte.

»Der Gedanke, dass... dass vielleicht doch... Stella die Täterin...«

In der Tiefe meines Herzens wollte ich, dass sie Nein sagte. Sie durfte gern wütend werden und mich fragen, wie ich überhaupt auf diesen Gedanken komme. Mir war es weitaus lieber, dass ich gerade den Verstand verlor, als dass meine Zweifel begründet waren.

»Natürlich hat sich dieser Gedanke bisweilen eingeschlichen. Natürlich, ja, aber ich erlaube ihm nicht, sich einzunisten.«

Das klang so einfach. Zu einfach.

»Es gibt eine ganze Reihe von Indizien«, fuhr sie fort. »Aber die Beweisführung ist schwach.«

Als wäre das Ganze eine rein juristische Frage.

Sie legte ihre Hand auf mein Knie, und ich streichelte sie mit langsamen Bewegungen. Nach all den gemeinsamen Jahren kannte ich ihre Haut wie meine eigene.

»Ich verstehe nur nicht, was Amina uns verschweigt«, sagte ich. »Da gibt es irgendetwas, das sie nicht erzählt.«

Ulrikas Hand zuckte.

»Warum sollte Amina lügen? Sie ist Stellas beste Freundin.«

»Keine Ahnung. Ich weiß es nicht. Ich weiß nur, dass sie nicht alles erzählt hat.«

»Aber glaubst du, dass Amina irgendwie in die Sache involviert ist?«

»Ach, ich weiß überhaupt nicht mehr, was ich glauben soll.«

Ein bisschen zu satt und beschwipst beschlossen wir, zu Fuß

zum Bahnhof zu gehen. Wir durchquerten die Stadt, ohne viel zu sprechen. Die Leute sahen uns an, einige grüßten, andere drehten sich nach uns um, ich konnte sie flüstern hören. Ulrika hatte sich bei mir eingehakt und ging mit resoluten Schritten, ohne stehen zu bleiben.

Ich glaube, es war Ulrikas Vorschlag, bei Dino und Alexandra vorbeizuschauen. Da wir ja ohnehin in der Nähe seien. Sie war der Meinung, dass uns ein bisschen Gesellschaft guttun würde, und schickte den beiden eine SMS, dass wir unterwegs zu ihnen seien.

Im Trollebergsvägen öffnete uns Alexandra die Tür mit großen Augen.

»Ihr seid es?«

Hinter ihrem Erstaunen war auch ein Widerwille zu erahnen. Das schien Ulrika entgangen zu sein, denn sie betrat ohne zu zögern die Wohnung und nahm Alexandra in den Arm.

»Wir sind einfach mal auf gut Glück vorbeigekommen. Ich hatte dir eine SMS geschickt, aber du hast nicht geantwortet.«

Alexandra sah mich über Ulrikas Schulter hinweg an.

Aus der Wohnung kam Dino anmarschiert, in nichts als knielangen Shorts und mit einem Bier in der Hand. Als er uns entdeckte, lächelte er breit und nahm uns herzlich in den Arm.

»Wie geht es euch?«, fragte Alexandra. »Wie geht es Stella?«

Nachdem wir von den neuesten Ereignissen oder besser gesagt Nicht-Ereignissen berichtet hatten, scheuchte Dino mich ins Wohnzimmer, wo im riesigen Wandfernseher ein aufgeregter Sportreporter keuchend ein Fußballspiel kommentierte. Aus den Lautsprechern strömte ruhige Musik. Die Balkontür stand weit offen, und mit der Nachtluft zog ein lauer Duft nach Altweibersommer herein.

»Zwei zu eins«, bemerkte Dino mit einer Geste in Richtung Fernseher.

»Aha.«

Nichts interessierte mich weniger.

»Du siehst müde aus. Ist ja auch kein Wunder«, sagte er. »Hier, nimm dir ein Bier.«

Zischend öffnete er die kalte Flasche und reichte sie mir.

»Amina hat ihren Stundenplan bekommen. Und weißt du was? Mehrere Pflichtveranstaltungen und Klausuren liegen auf einem Samstag. Dürfen die das eigentlich?«

Ich wusste nicht, ob er das ernst meinte.

»Ich habe jedenfalls dort angerufen«, fuhr er fort.

»Tatsächlich?«

»Samstags hat Amina wichtige Handballspiele. Ich glaube, sie haben mich verstanden. Zumindest hat das so gewirkt.«

Ich drehte mich um und hielt Ausschau nach Ulrika und Alexandra, die in der Küche geblieben waren. Ich wollte nach Möglichkeit nicht mit Dino reden. Im Grunde fehlte es mir an Energie, mich überhaupt mit jemandem zu unterhalten. Ich war nur aus einem Grund mitgekommen.

»Weißt du noch, wie wir immer gesagt haben, dass Amina die Besonnene von den beiden ist und Stella die Impulsive?«, meinte Dino. »Sie haben sich so gut ergänzt, im Handball wie im richtigen Leben.«

»Hm.«

Ich konnte mich nur schwer konzentrieren bei der vor sich hin plätschernden Musik und dem gehetzten Tonfall des Fernsehkommentators, zu der sich die Stimmen unserer Frauen aus der Küche gesellten.

»Stella ist hart im Nehmen«, sagte Dino. »Eine Kämpfernatur.«

Ich murmelte irgendwas zur Antwort und ging zum Lautsprecher mit der Dockingstation.

»Ist es in Ordnung, wenn ich die Musik ausschalte?«

»Na klar«, sagte Dino, und ich betätigte die entsprechende Taste.

In der Küche unterhielten sich unsere Frauen über Stockholm. Alexandra sagte, es klinge nach einer guten Idee, für eine Weile rauszukommen.

Verstohlen sah ich zu Aminas Zimmer hinüber.

»Ist sie zu Hause?«, fragte ich.

Dino schüttelte den Kopf.

»Nicht?«

»Nein.«

Er kratzte sich am Nacken und trank ein paar große Schlucke Bier.

»Ist sie in ihrem Zimmer?«, fragte ich und zeigte auf die Tür.

»Nein, sie ist nicht zu Hause.«

Ich stand auf und legte die Hand auf die Türklinke.

Es war Zeit für die Wahrheit.

»Was machst du da, verdammt? Hör auf damit!«

Dino schoss aus dem Sofa empor.

»Amina?«, sagte ich und öffnete die Tür.

Ganz hinten in dem schwach beleuchteten Zimmer saß sie am Schreibtisch und las. Sie schaffte es gerade noch, sich zu mir umzudrehen.

Schon im nächsten Moment warf Dino sich nach vorn und packte mich. Bald hatte er seine Arme um meinen Oberkörper geschlungen und zerrte mich aus dem Raum.

»Hör auf!«, schrien Ulrika und Alexandra.

Aber Dino hörte nicht auf. Er drehte mir den Arm so fest auf den Rücken, dass er beinahe gebrochen wäre, und schubste mich vor sich her.

»Was macht ihr da?«, schrie Ulrika.

Alexandra lief zu uns und zog an Dino.

»Hör auf!«

»Er muss hier raus«, erklärte Dino und schob mich in den Flur. Dort drückte er sein Knie auf mein Steißbein und presste mich mit der Wange gegen die Wand.

»Du bist verrückt«, sagte ich.

»Beruhige dich«, zischte Dino.

Durch den Tumult entdeckte ich das Entsetzen in Ulrikas Blick.

»Was ist denn passiert?«

Ich versuchte zu antworten, aber Dino übertönte mich.

»Er ist einfach in Aminas Zimmer geplatzt.«

Alle meine Proteste waren vergeblich.

»Was soll denn das?«, fragte Ulrika.

Dino war so brutal, dass ich nur noch wimmerte. Ich wartete darauf, dass er Ulrikas Frage beantworten und irgendeine Erklärung zu seinem vollkommen überflüssigen Gewaltausbruch liefern würde. Erst als es mir gelang, mich umzudrehen, stellte ich fest, dass Ulrika nicht Dino, sondern mich zur Rede gestellt hatte.

»Du bist in ihr Zimmer gegangen? Ohne Erlaubnis?«

»Die Tür war nicht abgeschlossen«, stotterte ich. »Dino hat gesagt, dass sie nicht zu Hause ist.«

»Was ist eigentlich los, Adam?«

Ulrika führte ihre Hände zum Gesicht. Ihre Wangen waren blass.

Ich verstand gar nichts mehr. Ich versuchte doch nur, meine Familie zusammenzuhalten. Ich wusste, dass die ganzen Ereignisse mich verändert hatten. Aber zum Besseren. Ich war ein besserer Vater als je zuvor. Ich tat alles für meine Familie. Das sollte Ulrika doch zu schätzen wissen.

»Adam«, sagte sie. »Bitte, Adam.«

Dino sah mich mitleidig an. Sobald er mich aus seinem Griff entlassen hatte, wirbelte ich herum. Dabei kam ich ins Straucheln und stolperte über ein Paar Schuhe auf dem Flurteppich, bis ich rückwärts gegen die Tür fiel und auf dem Hintern landete.

»Sie lügt«, brachte ich hervor. »Amina weiß mehr, als sie preisgibt.«

Alle drei sahen mich an wie jemanden, der soeben erklärt hat, dass er an einer unheilbaren Krankheit leidet.

»Ihr tut mir leid«, sagte Dino an Ulrika gewandt. »Aber lass bitte nicht Amina darunter leiden.«

Ulrika nickte langsam, und Alexandra legte den Arm um sie.

»Wir haben natürlich mit Amina gesprochen. Sie weiß nichts über die Ereignisse an jenem Abend.«

»Ich verstehe«, sagte Ulrika. »Ich hoffe, ihr könnt uns verzeihen. Wir sind nicht mehr wir selbst.«

Ich zog mir Schuhe und Jacke an und trat hinaus ins Treppenhaus. Mein Gehirn schien sich aufzulösen. Die Gedanken gingen mit mir durch, es pfiff und rauschte in den Ohren, und die visuellen Eindrücke purzelten wild herum. Ich weiß nicht mehr, ob ich auf dem Weg nach draußen etwas sagte. Ich kann mich nicht erinnern, ob ich schrie oder vor mich hin brummte. Wenn ich daran denke, ist da nur ein blinder Fleck. Vorübergehende Geistesverwirrung. Ich vermute, ein geschickter Strafverteidiger hätte ohne Weiteres Unzurechnungsfähigkeit geltend machen können.

40

Den Rest des Wochenendes verbrachte ich liegend mit Fieber und dröhnenden Kopfschmerzen. Es war schon eine Kraftanstrengung, mich vom Bett zum Sofa zu bewegen, und ich ernährte mich von Hagebuttensuppe, Fladenbrot und Paracetamol.

»Du solltest dir vielleicht Hilfe holen?«, schlug Ulrika vor.

Ich schaltete den Fernseher aus. Selbst das kleinste Geräusch war ein Brüllen in meinen Ohren.

»Was kann ein Arzt schon ausrichten?«

Ulrika setzte sich zu mir aufs Sofa und streichelte mir übers Knie.

»Ich habe nicht an einen Arzt gedacht.«

Ich zog die Wolldecke hoch bis zum Kinn.

»Vielleicht brauchst du jemanden, mit dem du reden kannst«, fuhr sie fort.

»Was soll ich sagen? Dass ich gegen alles verstoßen habe, woran ich glaube, gegen alle moralischen Prinzipien? Ich habe die Polizei angelogen und Zeugen belästigt. Ich habe alles für meine Familie getan, aber jetzt ist meine Frau davon überzeugt, dass ich gerade den Verstand verliere.«

»Das habe ich nie behauptet. Wir stecken mitten in einer Krise. Da ist es doch nicht weiter verwunderlich, wenn wir auf der Grenze zu einem Zusammenbruch stehen.«

»Wir?«

Ulrika sah mich nicht länger an.

»Wir gehen unterschiedlich mit Krisen um.«

Früh am Montagmorgen flog sie nach Stockholm, wo sie einige Meetings hatte, aber auch die Schlüssel für die Gästewohnung bekommen würde. Sie schickte mir eine SMS mit einem Selfie von ihr und dem Versprechen, dass wir schon heil aus der Sache rauskommen würden. Sie schrieb, dass sie mich liebte und dass wir das alles hinbekommen würden.

Am Vormittag rief ich bei Alexandra und Dino an und entschuldigte mich tausendmal für meinen Auftritt. Amina ließ ich ausrichten, dass es mir leidtue. Die beiden waren verständnisvoll und sagten, sie hofften, dass diese Hölle bald vorüber sein würde.

Allmählich erwachte ich aus meinem Dämmerzustand. Mit unsicheren Schritten ging ich durch unser Viertel. Mein Blick war verschwommen, und meine Gedanken erinnerten an Gelee. Jeder, dem ich begegnete, starrte mich unverfroren an. Ein Mann mit grau meliertem Haar und Dufflecoat schüttelte brummend den Kopf, aber als ich ihn fragte, was er gesagt habe, sah er mich empört an, als hätte er keine Ahnung, was ich von ihm wollte.

Im Flur hatte Ulrika Pappkartons gestapelt. Sie hatte schon angefangen, das Wichtigste zu packen. Ich blieb stehen und starrte die Kartons an. Einen davon öffnete ich und wühlte ein bisschen darin herum. Unser ganzes Leben, wie ich es kannte, in acht Bananenkisten. Ich fühlte mich leer.

Zwei Wochen zuvor waren wir noch eine ganz normale Familie gewesen.

Am Donnerstag wartete ich vor dem Bahnhof auf Ulrika. Sie stieg aus dem Flughafenbus und lächelte blinzelnd gegen die Sonne.

Wir umarmten uns eine halbe Ewigkeit. Wir standen da wie

in einem Zeitloch und hielten uns einfach im Arm, zwei Körper, die zusammengehörten, verbunden durch die Liebe, durch die Zeit und das Schicksal. Durch Gott? Mitten zwischen ausscherenden Autos und klingelnden Radfahrern, verspäteten Studenten mit dampfendem Pappbecherkaffee, eiligen Bügelfaltenakademikern und Second-Hand-Mittelklassemenschen. Ich glaube nicht, dass wir füreinander geschaffen wurden, dass es einen im Vorfeld ausgearbeiteten Plan für Ulrika und mich gab, aber ich glaube – nein, ich weiß –, dass die Zeit und die Liebe uns für alle Zukunft verbunden haben, bis der Tod uns scheidet.

Wir gingen dicht nebeneinander über den Clemenstorget und dann die Bytaregatan entlang. In meinem Kopf hallten die Worte von Paulus wider. Wer nicht für seine Familie sorgt, verleugnet seinen Glauben an Jesus.

»Wie geht es dir?«, fragte Ulrika.

»Furchtbar«, antwortete ich wahrheitsgemäß.

»Ich liebe dich, Adam. Wir müssen jetzt stark sein.«

»Um Stellas willen«, pflichtete ich ihr bei.

Dann saßen wir erneut auf den Sesseln in Michael Blombergs Kanzlei. Er trug heute ein babyblaues Hemd und hatte große Schweißflecken unter den Armen.

»Wir haben die Ermittlungen gegen Christopher Olsen in Gang gebracht«, verkündete er, nicht ohne einen gewissen Triumph in der Stimme. »Das Gericht ist meiner Linie gefolgt, außer dass einige Details weiterhin der Schweigepflicht unterliegen.«

Er wedelte mit einem Papierstapel.

»Hört mal zu. Hier kommt eine Passage aus der Vernehmung von Linda Lokind.«

Ich lehnte mich im Sessel weit vor.

»*VL: Diese Angaben, die Sie zu Christopher Olsen gemacht haben...*«

»Wer ist VL?«, unterbrach ich ihn.

»Agnes Thelin, Kriminalkommissarin«, erklärte Blomberg, ohne aufzublicken. »VL steht für Vernehmungsleiterin.«

»Alles klar.«

»Ihnen ist sicher bewusst, dass Ihre Beschuldigungen gegen Christopher Olsen gravierend sind, Frau Lokind«, fuhr Blomberg fort. *»Wenn von dem, was Sie gesagt haben, manches nicht ganz der Wahrheit entsprechen sollte, dann müssen Sie das jetzt sagen.«*

»Also ehrlich!«, rief ich. »Darf sie das wirklich so formulieren? Damit behauptet sie doch indirekt, dass Linda Lokind lügen würde!«

Blomberg seufzte schwer und las weiter vor.

»LL (also Linda Lokind): Vielleicht war es ja so, dass… Ich weiß es nicht. Manchmal bin ich mir unsicher, ob etwas wirklich passiert ist oder ob es nur in meiner Fantasie stattgefunden hat. Es kommt mir so vor, als wäre es tatsächlich passiert. Es hat sich wirklich so angefühlt.«

Blomberg sah uns mit ernster Miene an, bevor er fortfuhr:

»VL: Haben Sie Dinge gesagt, die nicht der Wahrheit entsprechen, Frau Lokind? Ich will nur, dass die Wahrheit ans Licht kommt. LL: Ich weiß es nicht. Ich erinnere mich nicht. Irgendwie fließt alles ineinander, die Wirklichkeit und… und… die Träume.«

Ich wusste nicht, was ich davon halten sollte. Das klang doch vollkommen verrückt. Konnte Linda Lokind etwa nicht zwischen Fantasie und Realität unterscheiden?

Blomberg faltete das Vernehmungsprotokoll zusammen und reichte es Ulrika.

»So geht es immer weiter. Linda Lokind weiß nicht, was wirklich passiert ist und was nur Fantasien oder Träume sind. Total gestört, mit anderen Worten. Kein Wunder, dass das Verfahren eingestellt wurde.«

Ulrika blätterte in dem Papierstapel.

»Das heißt, Christopher Olsen hat Linda überhaupt nicht misshandelt?«

Selbst wenn dem so war, ich konnte mir beim besten Willen nicht vorstellen, dass Linda Lokind nicht in der Lage sein sollte, zwischen Fantasie und Realität zu unterscheiden. Ganz im Gegenteil, ich war davon überzeugt, dass sie ganz bewusst gelogen hatte. Sie verschwieg irgendetwas. Mir, der Polizei, allen. Ich musste herausfinden, was es war.

41

Ulrika und ich verließen Blombergs Kanzlei und gingen den schmalen Gehweg der Klostergatan entlang. Ein älterer Mann in sandfarbenem Mantel blieb plötzlich vor uns stehen und starrte mich an, als wäre ich ein Gespenst. Ich ging schnell vorbei und wandte den Blick zum Schaufenster.

Wir schlüpften ins Patisseriet, bekamen einen Tisch ganz hinten in einer Ecke, wo wir Kaffee tranken und ein Gebäckstück mit Sahne und Marzipan aßen.

»Du siehst anders aus«, bemerkte Ulrika.

»Frischer? Ich habe letzte Nacht etwas mehr Schlaf abbekommen.«

Sie sah mich lange an, studierte jeden Millimeter meines Gesichts. Ich fühlte mich bei ihr geborgen, als würde sie mich mit ihren warmen und fürsorglichen Augen liebkosen.

»Jetzt weiß ich, was es ist«, sagte sie schließlich. »Der Kragen. Es ist so ungewohnt, dich ohne Kollar zu sehen.«

Ich hatte kaum darüber reflektiert, dass ich das Kollar abgenommen hatte. Es war keine bewusste Entscheidung gewesen. Die letzten Tage hatte ich einfach vergessen, es anzulegen.

»Willst du mal lesen?«, fragte Ulrika und legte den Stapel mit den Ermittlungsprotokollen auf den Tisch.

Wir teilten die Seiten zwischen uns auf und lasen. Zwischendurch seufzten wir, sahen einander an und schüttelten den Kopf.

Linda Lokind erweckte zweifellos den Eindruck, als wäre sie

verwirrt und machte die ganze Zeit widersprüchliche Angaben. Im Grunde war es nachvollziehbar, dass das Verfahren gegen Christopher Olsen letztlich eingestellt worden war. Linda Lokinds Beschuldigungen wirkten wie von einer rachsüchtigen und psychisch instabilen Frau ausgedacht, die betrogen und im Stich gelassen worden war. Aber war es wirklich so einfach?

Als wir wieder auf dem Gehsteig standen, erklärte Ulrika, dass sie noch rasch ein paar Besorgungen in der Stadt machen wolle.

»Ich brauche ein neues Tuch. Das dauert maximal eine halbe Stunde.«

»Ich kann es nicht leiden«, sagte ich.

»Was denn?«

»Wie die Leute schauen.«

»Ich beeile mich«, versprach sie.

Brummend folgte ich ihr ins Kaufhaus Åhléns, drängelte mich durch die Menschenmenge, mit gesenktem Kopf und Schweiß in den Achselhöhlen. Die ganze Zeit hielt ich mich dicht neben Ulrika. Als wir endlich wieder rauskamen, legte ich der fröstelnden Frau vor dem Eingang einen Zwanzigkronenschein hin. Sie wünschte mir Gottes Segen.

»Noch einen schnellen Abstecher zu H&M?«, schlug Ulrika vor.

»Nicht zu H&M. Das geht nicht.«

»Ach, lass die Leute doch schauen.«

»Aber vielleicht stellen sie uns Fragen. Stellas Kolleginnen, meine ich.«

Sie sah mich an und strich mit der Hand über meinen Ellbogen.

»Bald ist das alles vorbei. Wenn wir erst mal weggezogen sind ...«

Ich wappnete mich, folgte meiner Frau in die stickige H&M-

Wärme und nahm gleich die Treppe nach oben. Als ich eine Mitarbeiterin sah, bog ich in die Herrenabteilung ab und ging weiter ganz nach hinten in den Laden. Mit dem Rücken als Schutzmauer stand ich da, zupfte an einigen Hemden herum und presste mich so dicht an die Rundständer, dass mir der Duft von fabrikneuer Kleidung in die Nase stieg.

Mehrere Minuten vergingen, während ich mich an die Hemden mit Kreidestreifenmuster drückte. War Ulrika nicht bald fertig? Ich trat einen Schritt zur Seite, um nachzusehen.

»Adam? Bist du das?«

Ein einziger falscher Schritt, und schon hatte sie mich erwischt. Ich erkannte die schrille Stimme, den charakteristischen Betty-Boop-Tonfall. Wenn ich schon mit jemandem vom H&M-Team reden musste, dann immer noch am liebsten mit Benita.

»Hallo!«, sagte sie und betrachtete mich mit einer ausgewogenen Mischung aus Anteilnahme und Begeisterung.

»Hallo«, sagte ich mit einem leichten Seufzer.

Benita war so alt wie Stella und hatte etwa gleichzeitig wie sie bei H&M angefangen. Sie war ein paarmal bei uns zu Hause gewesen, und ich mochte sie. Ein intelligentes, fröhliches und offenes Mädchen, das davon träumte, Sängerin zu werden. Wir hatten, halb im Spaß, davon gesprochen, dass sie sich doch bei der Talentcastingshow *Idol* bewerben solle.

Benita breitete ihre Arme aus, während ich mich zurückzog, und es wurde eine halbe Begrüßungsumarmung daraus.

»Ich denke die ganze Zeit an euch«, sagte sie. »Wie geht es ihr?«

Ich sah mich im Laden um. Es wirkte ruhig, niemand belauschte uns heimlich.

»Es ist nicht zu fassen«, sagte ich. »Alles deutet darauf hin, dass sie unschuldig ist, und trotzdem weigert sich die Staatsanwältin, sie freizulassen. Durch diese Sache habe ich fast den Glauben... an unser Rechtssystem verloren.«

»Das verstehe ich«, meinte Benita. »Mein Cousin war letzten Sommer in Untersuchungshaft, nur weil er einen Typen kannte, der jemanden erschossen hatte.«

Ich nickte, sagte aber nichts dazu. Mir war nicht klar, was das mit Stella zu tun haben sollte.

»Echt schade, dass sie nicht mehr hier arbeiten kann. Aber klar, irgendwie kann ich auch unsere Chefin verstehen. Viele Kunden könnten sich von der ganzen Sache abschrecken lassen, und das wäre irgendwie schlechte Werbung.«

»Moment mal. Was meinst du? Darf sie nicht mehr hier arbeiten?«

Benita schlug die Hand vor den Mund.

»Ich dachte, sie hätte dir davon erzählt. Malin hat ihr vor mehreren Tagen eine Nachricht geschrieben.«

»Stella sitzt in Isolationshaft. Sie darf nur mit ihrem Anwalt kommunizieren.«

Benita warf einen Blick über die Schulter nach hinten.

»Ich...«, sagte sie und zeigte nach drüben zu den Kassen. »Sag Stella schöne Grüße von mir. Oder besser gesagt... Hoffentlich geht alles gut aus.«

»Schon okay«, sagte ich, um sie zu schonen.

Auf dem Weg zu den Treppen hielt ich den Blick die ganze Zeit gesenkt. Von Ulrika keine Spur. Auf der Treppe musste ich nach dem Geländer greifen. Die Luft wurde stickig, und ich sah doppelt. Taumelnd ging ich die letzten Stufen hinunter. Um mich herum waren Stimmen zu hören, die sich zu einem unbegreiflichen Geräuschbrei vermischten. Eine Hand berührte meinen Arm, doch ich schüttelte sie ab, drängelte mich zwischen den Kleiderständern hindurch zur Tür und überquerte die Straße, während die Autos mich anhupten. Vor dem Schaufenster der Touristeninformation beugte ich mich vornüber und atmete tief durch, fest davon überzeugt, dass ich mich jeden Moment übergeben würde.

42

Im Laufschritt ging ich die Stora Södergatan entlang. Ich musste dringend etwas erledigen, was nicht warten durfte.

Ich musste Klarheit über das bekommen, was passiert war. Hatte Linda Lokind gelogen, was Christopher Olsens Übergriffe und sein tyrannisches Verhalten betraf? Warum hielt sie weiter an dieser Lüge fest, jetzt, da Olsen tot war? Und warum behauptete sie in den Vernehmungen, sie könne nicht zwischen Fantasie und Realität unterscheiden? Irgendetwas stimmte da nicht.

Nach meinem ersten Besuch war ich mir zwar sicher gewesen, dass Linda Lokind mir etwas verschwieg, aber von dem, was sie erzählte, war mir vieles bekannt vorgekommen. Ich kannte solche Geschichten von anderen Frauen, die häusliche Gewalt erfahren hatten.

Ich glaubte nicht daran, dass Linda Lokind nicht zwischen Realität und Fantasie unterscheiden konnte. Vielleicht hatte sie das nur behauptet, nachdem ihr klar geworden war, dass die Polizei ihre Beschuldigungen nicht ernst nahm? Hatte sie beschlossen, im Alleingang mit Chris Olsen abzurechnen? Nach all dem, was er ihr angetan hatte, war es wenig wahrscheinlich, dass sie ihn davonkommen lassen würde.

Aber warum hatte sie Stellas Namen erwähnt? Wusste sie etwas über Stella, oder hatte sie nur lauter Unsinn im Internet gelesen?

Die Fragen häuften sich, und ich brauchte die Antworten, jetzt sofort.

Ich tat nur das, was jeder Familienvater in meiner Situation tun würde.

In der Tullgatan lehnte ich mein Fahrrad an die Hauswand. Wie ich letztlich ins Gebäude kam, weiß ich nicht mehr, ich erinnere mich nur, dass ich auf der Treppe nach oben ein immer wiederkehrendes Gebet herunterleierte.

Mein Gott ist gnädig und gerecht.

Ich wusste, dass ich das Richtige tat. Eine Familie, die entzweit ist, kann nicht fortbestehen. Wer nicht für seine Familie sorgt, verleugnet seinen Glauben.

Linda Lokind schloss die Wohnungstür auf und steckte die Nase durch den schmalen Spalt, den die Sicherheitskette zuließ.

»Sie schon wieder?«

Ihr Blick huschte im Halbdunkel des Treppenhauses unruhig hin und her.

»Darf ich hereinkommen? Ich habe nur noch ein paar Fragen, auf die ich eine Antwort brauche.«

Sie musterte mich mit gerunzelter Stirn.

»Moment«, sagte sie und schloss die Tür.

Ich ging davon aus, dass sie nur die Sicherheitskette öffnen würde, aber die Sekunden vergingen, ohne dass etwas geschah. Ich stand da und starrte auf die stumme, geschlossene Tür. Hatte sie gar nicht vorgehabt, mich hereinzulassen? Ich wartete ein paar Minuten geduldig und drückte dann noch einmal die Türklingel.

Bald waren ihre leisen Schritte auf dem Fußboden zu hören. Dann wieder Stille. Ich sagte ihren Namen, und am Ende schloss sie mir auf.

»Tut mir leid, dass es so lange gedauert hat. Ich musste nur kurz... Kommen Sie herein.«

Ich hängte meinen Mantel auf und beugte mich herunter, um die Schnürsenkel meiner Schuhe zu lösen. Aus dem Augenwinkel sah ich das Schuhregal.

Sie waren weg. Alle anderen standen noch da, nur die Schuhe, die mit denen von Stella identisch waren, nur die waren verschwunden.

»Es geht bestimmt ganz schnell«, meinte ich, nachdem Linda Lokind mir einen Platz angeboten hatte.

Sie sah mich erstaunt an und zeigte auf ihren eigenen Hals.

»Sie haben aber gar nicht ...?«

»Das Kollar«, sagte ich und fühlte mit der Hand nach. »Man kann nicht immer im Dienst sein. Manchmal dürfen sogar Pfarrer Privatmenschen sein.«

Sie lächelte zögernd und setzte sich.

»Also«, sagte ich und überlegte, wie ich anfangen sollte. »Alles, was Sie mir bei meinem letzten Besuch erzählt haben, wie Christopher Olsen Sie misshandelt hat, all das glaube ich Ihnen. Ich bin davon überzeugt, dass Ihre Erzählungen der Wahrheit entsprechen.«

»Gut«, sagte sie, noch immer mit diesem zögernden Gesichtsausdruck.

»Aber warum haben Sie in den Vernehmungen alles wieder zurückgenommen? Sie haben gesagt, Sie wüssten nicht, was Realität gewesen sei und was Fantasie. Dabei wussten Sie es doch eigentlich ganz genau, oder?«

»Mir hat ohnehin niemand geglaubt.«

»Das heißt, Sie haben Ihre Beschuldigungen zurückgenommen, weil Ihnen niemand geglaubt hat?«

»Mm.«

»Fällt es Ihnen generell schwer, zwischen Fantasie und Realität zu unterscheiden?«

Linda Lokind sah weg.

»Die Polizei hat Ihnen also nicht zugehört«, fuhr ich fort. »Was wollten Sie deswegen unternehmen?«

Jetzt änderte sie ihre Sitzposition.

»Nichts. Oder besser gesagt...«

»Oder was?«

Sie kratzte sich an der Schulter. Nichts deutete darauf hin, dass diese Frau verrückt war und nicht zwischen Realität und Fantasie unterscheiden konnte. Warum nur hatte sie das während der Vernehmungen behauptet?

»Ich weiß, wer Sie sind«, sagte sie plötzlich.

Meine Gedanken erstarrten zu Eis.

»Was meinen Sie damit?«

»Ich habe es herausgefunden, nachdem Sie das erste Mal hier waren.«

Ich öffnete den Mund, aber die Worte blieben stecken.

»Ich habe viel darüber nachgedacht, wie ich mich an Chris rächen könnte«, gab Linda Lokind zu. »Ich glaube nicht, dass ich es fertiggebracht hätte, ihn umzubringen, aber ich habe mir verschiedene andere Arten überlegt, wie ich ihm schaden könnte.«

Sie starrte mich an.

»Es tut mir aufrichtig leid«, sagte sie dann und ließ die Schultern hängen. »Stella hat Chris umgebracht. Ich habe versucht, sie zu warnen. Bestimmt wollen Sie es nicht wahrhaben, aber die Polizei hat recht. Ihre Tochter hat es getan.«

Ich konnte mich nicht rühren. Mein Innerstes zerbrach, meine Gedanken spielten verrückt, und ich versank in einem Meer aus Finsternis.

»Sie lügen.«

Linda Lokind schüttelte den Kopf.

Vorsichtig schob sie den Ärmel ihrer Bluse hoch und sah auf die Uhr.

Da klopfte es an der Tür. Dreimal hämmerte jemand fest dagegen.

Linda Lokind stand auf, und meine Beine knickten fast unter mir weg, als ich ihr folgte. Das ganze Zimmer drehte sich.

»Ich muss an die frische Luft«, erklärte ich und blieb im Wohnzimmer stehen, während Linda Lokind weiter in den Flur ging. Ich hörte, wie sie die Tür öffnete. Eine Männerstimme hallte im Treppenhaus wider, aber ich konnte nicht verstehen, worum es ging. Währenddessen bewegte ich mich weiter in Richtung Küche, auf der Suche nach einem Versteck, einem Fluchtweg, was weiß ich.

Ich sah nur Linda Lokinds Rücken, als sie die Tür schloss. In ihren Bewegungen lag ein gewisses Zögern. Rein instinktiv zog ich mich zurück.

Der Mann stapfte in die Wohnung, ohne sich die Schuhe auszuziehen. Die Schritte auf dem Holzboden klangen entschlossen, wie von Stiefeln, und ohne den geringsten Hintergedanken trat ich zur Seite und packte die große flaschenförmige Bodenvase am Hals.

Ich glaube, es ist ein zutiefst menschliches Verhalten. Wer noch nie ernsthaft bedroht worden ist, kann es vermutlich nicht ganz nachvollziehen. Man verteidigt sich und seine Familie. Man trifft irrationale Entscheidungen und begeht Fehler, die man sonst nie begehen würde. Wer nicht mehr fliehen kann, muss zuschlagen.

Ich hob die Vase ein Stück vom Boden hoch, um herauszufinden, wie schwer sie war, und mir wurde klar, dass ich sie mit beiden Händen würde halten müssen. In diesem Moment bog der Mann um die Ecke. Ich sah seine blitzenden schwarzen Stiefel, und das Adrenalin pumpte durch meinen Körper.

»Polizei!«

Er warf sich auf mich.

Alles ging so schnell, das Zimmer drehte sich, und um uns herum flogen die Glassplitter wie ein heftiger Schneeschauer. Im nächsten Moment lag ich da, das Gesicht auf den Boden gedrückt, und konnte nicht mehr atmen. Ich hatte das Gefühl, als hätte mich ein Auto überfahren, mein Rücken musste gebrochen sein, und zwischen den Rippen schmerzte es wie von Messerstichen.

»Adam Sandell?«, fragte der Polizist.

Ich bekam nur ein Wimmern hervor.

»Adam Sandell?«, wiederholte er immer wieder, bis ich schließlich dazu in der Lage war, meinen Namen zu nennen.

Erst als ich vom Boden hochgerissen wurde, stellte ich fest, dass sie zu zweit waren. Der andere Polizist stand neben Linda Lokind und sah verächtlich auf mich herab, während er seine Handschellen hervorzog.

»Haben Sie eine Waffe bei sich?«, erkundigte er sich.

»Eine Waffe? Sind Sie verrückt?«

»Auch nichts Spitzes oder Scharfes?«

Ich wurde einer Leibesvisitation unterzogen und erfuhr, dass ich ins Polizeipräsidium mitkommen sollte, um vernommen zu werden. Als ich wissen wollte, ob ich wegen irgendetwas unter Verdacht stünde, bekam ich nur Ausflüchte zu hören. Ich musste warten, bis wir im Präsidium waren.

Auf meine Bitte, mir doch die Handschellen abzunehmen, reagierte man mit Schweigen. Das Auto fuhr hinter das Polizeigebäude, und ich wurde wie ein Verbrecher zwischen den beiden hochgewachsenen Polizisten über den Parkplatz geführt.

43

Erst nach dreißig Minuten Wartezeit kam Agnes Thelin in den kleinen Vernehmungsraum. Sie legte meine Schlüssel und mein Portemonnaie auf den Tisch.

»Wir werden Ihr Handy für die Spurensicherung einbehalten«, erklärte sie und wedelte mit einem Beschluss der Staatsanwaltschaft.

»Spurensicherung? Was werfen Sie mir denn vor?«

Agnes Thelin zog eine bekümmerte Miene, als sorge sie sich ernsthaft um mich.

»Linda Lokind hat uns schon kontaktiert, als Sie das erste Mal bei ihr gewesen waren, Herr Sandell. Sie hatte Angst. Sie haben sich unter Vorspiegelung falscher Tatsachen bei ihr eingeschlichen.«

»Ich hatte nur zufällig das Kollar an.«

»Sie haben behauptet, im Auftrag von Margaretha Olsen zu handeln.«

Das konnte ich nicht leugnen, auch wenn ich fand, dass das ein eher harmloses Vergehen war. Definitiv nichts, was die Brutalität der Polizisten gerechtfertigt hätte.

»Wir haben mit Linda Lokind vereinbart, dass sie sich bei uns melden sollte, falls Sie zurückkämen«, fuhr Agnes Thelin fort.

Deshalb hatte es so lange gedauert, bis sie mir die Tür aufgeschlossen hatte.

»Aber warum sitze ich hier? Warum haben Ihre Kollegen mich festgenommen? Ich habe gegen kein Gesetz verstoßen.«

»Sie wollten mit einer Vase auf meinen Kollegen losgehen.«

»Auf Ihren Kollegen losgehen? Hat er das behauptet?«

»Das war keine Behauptung. Sie waren zu viert im Raum.«

»Sie müssen Linda Lokind noch einmal vernehmen. Mir gegenüber hat sie nämlich gesagt, dass die Anschuldigungen, die sie gegen Christopher Olsen erhoben hat, der Wahrheit entsprechen. Er hat sie immer wieder misshandelt, und sie hat sich verschiedene Arten überlegt, wie sie sich an ihm rächen könnte.«

»Ich kann hier keine Details aus der Ermittlung preisgeben, Herr Sandell. Sie müssen darauf vertrauen, dass wir unsere Arbeit machen.«

»Wie soll ich Ihnen vertrauen? Meine Tochter sitzt hinter Gittern, obwohl die Beweise fehlen!«

»Wir haben gerade neue Ergebnisse aus dem Labor bekommen. Die Kriminaltechniker haben winzige Abweichungen an Stellas Schuhsohlen gefunden, die mit dem Abdruck am Tatort übereinstimmen. Wir sind davon überzeugt, dass der Abdruck von Stellas Schuh stammt.«

»Das ist nicht wahr.«

»Natürlich ist das wahr.«

»Aber dieser Abdruck kann doch von sonst wann sein. Stella hat ein Alibi!«

Agnes Thelin formte ihre Hände unter dem Kinn zu einer Pyramide. Ihre Augen sahen etwas müde aus, aber ihr Blick wirkte fest und entschlossen. Mir war klar, dass ich so nicht weiterkommen würde. Sie hatte sich entschieden. Sie und Staatsanwältin Jansdotter hatten beschlossen, dass Stella schuldig war und ich ein Lügner. Nichts von dem, was ich sagte, würde etwas an ihrer Meinung ändern.

»Wie geht es Ihnen, Herr Sandell? Sie haben in letzter Zeit immer wieder Grenzen überschritten.«

Ich presste meine Hände an die Schläfen, um das ständige Pochen loszuwerden.

»Staatsanwältin Jenny Jansdotter hat Anzeige gegen Sie erstattet«, fuhr Thelin fort und hob ein weiteres Blatt vom Stapel auf ihrem Schreibtisch. »Sie haben sie auf offener Straße angegriffen, sie angeschrien und sich bedrohlich verhalten.«

»Ich soll sie angegriffen und mich bedrohlich verhalten haben?«

Es flimmerte vor meinen Augen. Fieberhaft tastete ich mit den Händen nach etwas Trinkbarem. Mein Mund war staubig. Das Licht war so grell, dass ich die Augen zukneifen musste.

»Herr Sandell?«

»Ich will meinen Anwalt sprechen.«

Wider Erwarten empfand ich es als Erleichterung, als Michael Blomberg mit wiegenden Schritten eintrat und neben mir Platz nahm.

»Vertrau mir«, sagte er, während er seine große Hand auf meine Schulter legte.

Ulrika hatte ihn herbeordert.

»Ich habe Jansdotter nicht angegriffen«, war alles, was ich herausbekam.

»Natürlich nicht«, meinte Blomberg. »Das sind völlig absurde Beschuldigungen. Du musst dir keine Sorgen machen.«

Ich war in einem Albtraum gefangen.

»Ich verstehe, dass das alles schrecklich ist«, versicherte Agnes Thelin. »Und dass es Ihnen nicht gut geht.«

Blomberg machte eine ausladende Handbewegung.

»Ich habe immer größere Zweifel, was Ihre Arbeit betrifft«, erklärte er.

Ich beobachtete ihn. Endlich unternahm er etwas.

Agnes Thelin fuhr fort, als hätte er nichts gesagt.

»Was ich Ihnen gleich erzählen werde, wird Ihnen zunächst schockierend und schrecklich vorkommen, aber auf längere Sicht glaube ich, dass es für Sie eine Befreiung sein wird, Herr Sandell.«

Ich wandte mich an Blomberg, der an seinem Schlips herumspielte.

»Ich weiß, dass Sie nur Ihre Tochter schützen wollen«, sagte Agnes Thelin. »Aber das ist nicht länger möglich.«

Mich befiel eine gewisse Ruhe. Ich verstand nicht, woher sie auf einmal kam. Das Pochen hinter der Stirn endete, und der Speichelfluss setzte wieder ein. Ich konnte wieder klar und deutlich sehen. Es kam mir so vor, als hätte mich der Augenblick schließlich doch noch eingeholt.

»Ich war gestern im Untersuchungsgefängnis und habe Stella ein weiteres Mal vernommen«, sagte Agnes Thelin. »Dabei sind einige neue Dinge ans Licht gekommen.«

Ich sah vor mir, was in wenigen Sekunden geschehen würde. In meinem Kopf wurde die Zukunft wie ein Film abgespielt, kurz bevor sie tatsächlich stattfand.

»Stella hat gesagt, dass sie gar nicht so früh nach Hause gekommen ist, wie Sie behaupten.«

»Nicht?«

»Sie glaubt, es sei nach eins gewesen, vielleicht sogar zwei.«

»Nein, das stimmt nicht.« Entschieden schüttelte ich den Kopf. »Sie war betrunken. Sie hat sich in der Uhrzeit geirrt.«

Sekunde um Sekunde verging. Ich sah zu Blomberg, der zu Thelin sah, die mich ansah. Wir wussten es alle drei. Es war ein Spiel und nichts anderes. Eine Aufführung.

»Stella hat noch mehr gesagt.«

Ich füllte die Lunge mit Luft.

»Sie war am Tatort«, erklärte Agnes Thelin. »Stella war auf dem Spielplatz in der Pilegatan, als Chris Olsen starb.«

»Nein«, sagte ich. »Nein, das stimmt nicht.«

»Stella hat gestanden, dass sie da war, Herr Sandell.«

Wieder flimmerte es vor meinen Augen. Ich bekam Atemnot.

»Nein«, wiederholte ich immer wieder. »Nein, nein, nein.«

»Sie hat es gestanden.«

DIE TOCHTER

Glaubst du nicht, dass ein einziges, allerwinzigstes
Verbrechen durch Tausende von guten Taten
wettgemacht wird?

FJODOR DOSTOJEWSKIJ, Verbrechen und Strafe

Er wusste, dass fortan alle seine Tage einander ähneln,
dass alle ihm die gleichen Leiden bringen würden.
Und er sah die Wochen, die Monate, die Jahre, die seiner
warteten, düster und unerbittlich vor sich, wie sie der Reihe
nach herankamen, über ihn herfielen und ihn allmählich
erstickten.

ÉMILE ZOLA, Thérèse Raquin

44

Das Schlimmste an dieser Zelle ist nicht das harte Bett, in dem man sich kaum umdrehen kann. Es ist nicht das Dämmerlicht. Nicht einmal die ekligen Ablagerungen von alter Pisse in der Toilette. Das Schlimmste ist der Geruch.

Er ist unbeschreiblich.

Teddy würde mir natürlich nicht zustimmen. Alles lässt sich beschreiben, sagt er. Ja, ja, ganz sicher.

Er sagt, ich solle Dinge beschreiben, ohne Adjektive zu verwenden.

Ohne Adjektive?

Na ja, das ist sicher wieder so ein typisches Lehrerding. So etwas lernen die in ihren Lehrerfortbildungen. Zwingen Sie Ihre Schüler, etwas zu beschreiben, ohne Adjektive zu verwenden. Zwingen Sie sie, Zahlen zu addieren, ohne ein Plus zu verwenden. Zwingen Sie sie, einen Handstand zu machen, ohne die Hände zu verwenden.

Grammatik find ich ungefähr genauso toll wie ein Furunkel auf der Innenseite des Oberschenkels. *Adjektive sind Worte, die angeben, wie Dinge sind.* Sie geben Eigenschaften an, beschreiben, wie etwas ist oder aussieht.

Oder riecht.

Adjektive existieren nur, um zu beschreiben, wie irgendwelche Dinge sind. Das ist die einzige Aufgabe von Adjektiven. Aber Teddy will, dass ich sie *nicht* verwende, um den Geruch hier drinnen zu beschreiben.

Er behauptet, er würde ihn kaum spüren. Ich würde übertreiben und hätte vielleicht nicht mehr meine fünf Sinne beisammen. Ich antworte, dass ich vielleicht einfach nur einen ungewöhnlich ausgeprägten Geruchssinn habe.

»Na gut, dann halten wir das so fest.«

Er lacht.

Teddy lacht oft. Das ist eine gute Eigenschaft. Die meisten Lehrer, die ich bisher hatte, haben eher geschimpft als gelacht.

»Aber mal ehrlich, wenn es doch extra Wörter gibt, die beschreiben, wie etwas ist, warum soll man sie dann nicht verwenden?«

»Das nennt man Gestaltung. *Show, don't tell.* Es gibt dafür auf Schwedisch keinen richtig guten Ausdruck.«

Wir lachen über die Ironie dieser Aussage.

Kein Wunder, dass mir schon in der ersten Klasse der Schwedischunterricht scheißegal war.

Dabei habe ich immer zu hören bekommen, dass ich gut schreiben kann, dass ich eine ausdrucksvolle Sprache habe und so. Aber mir waren das in der Schule zu viel Grammatikregeln, die zu befolgen waren, und sobald man sie befolgte, gab es natürlich wieder eine Ausnahme. Ich bin noch nie ein Regelmensch gewesen.

Vielleicht ist das ja eine Art Zwangsstörung. Wenn es eine Regel gibt, dann muss ich sie brechen.

Teddy ist wirklich nicht wie andere Lehrer, die ich bisher hatte. In der Oberstufe hatten wir eine Schwedischlehrerin, die mit Vornamen Bim hieß. Bim war eine alte Frau mit Damenbart, die mich mit ihrer großen eckigen Brille an eine Eule erinnerte und die besser im letzten Jahrhundert in Rente gegangen wäre.

Ich behaupte, natürlich nur aus Spaß, dass sie mir meine akademische Karriere versaut hat. Teddy versteht das und lacht nur. In dieser Hinsicht ist er gut. Er versteht mich und hat Humor.

Man sah es schon ihren Augen an, dass Bim mich nicht mochte. Sie mochte eigentlich niemanden aus unserer Klasse, sondern redete immer nur davon, wie gut die Schüler im sozialwissenschaftlichen Zweig seien. Uns vom kaufmännischen Zweig hingegen hielt sie für nicht bildungsfähig. Sie behauptete, wirklich nicht viel von uns zu verlangen, wir müssten nur einigermaßen lesen und schreiben können, um später die Behördenbriefe zu entziffern, die wir als Erwachsene bekommen würden.

Mir ist es eigentlich egal, wenn Leute mich nicht mögen, das ist deren gutes Recht, aber es stört mich, wenn sie zu blöd sind, es zu verbergen. Bim lief die ganze Zeit mit einem künstlichen Lächeln herum, und wenn sie in die Klasse kam, legte sie ein albernes Grinsen auf und sagte: »Guten Morgen, liebe Mädchen und Jungs.«

Vermutlich gab es nicht viele Lehrer, die mich mochten. Wenn sie sich am Sonntagabend wieder auf ihre Arbeit freuten, dann bestimmt nicht meinetwegen, könnte man sagen. Ich war keine Musterschülerin. Wahrscheinlich hätte es besser funktioniert, wenn ich ein Junge gewesen wäre. Die können ja nichts dafür, wie sie sind. *Boys will be boys*, wie es so schön heißt.

Aber Teddy ist anders.

Oder ich habe mich verändert.

»Warum bist du eigentlich Lehrer geworden?«, frage ich ihn.

Er lacht, und es scheint von Herzen zu kommen.

»Hast du keinen anderen Studienplatz bekommen?«

Er leiert ein paar Klischees runter, zum Beispiel, dass es ein wichtiger Job sei, witzig und spannend, und dass es ihm so wahnsinnig viel gebe, mit jungen Menschen zu arbeiten.

»Okay, du meinst Fixer und Bandenmitglieder. Das klingt wirklich spannend.«

Er seufzt und rollt die Augen.

»Dabei verdienst du vermutlich genauso viel wie ein Sozialhilfeempfänger?«, mache ich weiter, um es ihm noch mal richtig reinzudrücken.

Aber Teddy nimmt es mir nicht übel. Er lässt sich nicht so leicht provozieren, was vermutlich ein Vorteil ist, wenn man hier arbeitet.

Also versuche ich es noch einmal. Für Teddy. Und weil es nichts Besseres zu tun gibt. Ich versuche mich an einer Beschreibung ohne Adjektive.

»Hier riecht es nach... alter Schuld«, schlage ich vor und mache mich bereit, es hinzuschreiben.

»Alt...«

»... ist ein Adjektiv. Ja, ja, schon gut!«

Teddys Geduld ist beeindruckend. Ich könnte nie seinen Job machen. Ich ticke ja schon aus, wenn ein Kunde sich nicht entscheiden kann, und muss in eine Plastiktüte atmen, um nicht loszuschreien: »Hallo? Es geht um hundertneununddreißig Kronen, und Sie haben ein Rückgaberecht!«

Schließlich entscheide ich mich für die folgende Formulierung:

Hier riecht es nach Klaustrophobie. Panik und Angst steigen wie Rauch vom PVC-Boden auf. Jeder Gedanke, der in diesen Wänden gedacht wird, kriecht in meine Nase. Es stinkt nach Schweiß, Schrecken, Sperma und Schuld.

Kein einziges Adjektiv.

Teddy lobt mich. Das tut er immer, es scheint Teil seines Repertoires zu sein, doch diesmal fühlt es sich anders an, fast so, als wäre er ehrlich beeindruckt.

»Sehr suggestiv. Poetisch.«

Er hat mich natürlich auch unterschätzt.

Bevor er geht, will er mir immer die Hand schütteln. Das ist eine seltsame Angewohnheit, die sich total unnatürlich anfühlt. Vielleicht etwas für die coolen Jungs im selben Trakt. Trotzdem sage ich nichts. Ich ergreife einfach seine Hand und drücke zu. Denn es ist eigentlich ganz schön, manchmal einen anderen Menschen berühren zu dürfen.

»Dann sehen wir uns vielleicht morgen«, sagt er.

Immer ein *vielleicht*. Es besteht nämlich die Möglichkeit, dass ich nicht mehr da bin. So hat er es mir beim ersten Mal erklärt. In einem Untersuchungsgefängnis kann man nicht sicher wissen, was am nächsten Tag sein wird. Leute werden woanders hingebracht, freigelassen, verurteilt. Manche sterben.

Das Letzte hat übrigens nicht Teddy gesagt. Das ist meine eigene Schlussfolgerung.

»Wir sehen uns morgen«, erwidere ich.

Denn ich weiß, dass ich in der nächsten Zeit bestimmt nicht woanders hinkommen werde.

45

Ich muss etwas gestehen. Ich bin eine von denen, die gedacht haben, der schwedische Strafvollzug sei die reinste Hotelkette. Dass es wohl kaum eine Strafe sei, in diesem Land hinter Gittern zu sitzen. Ich dachte, es wäre so wie in einem Jugendzentrum, wo man chillen, im Bett rumliegen und Fernsehserien bis zum Umfallen schauen kann, wo man gutes Essen kriegt und sich um nichts kümmern muss.

Am Gymnasium habe ich mal gesagt, dass ich nicht kapiere, warum es Obdachlose in Schweden gibt, und dass ich an deren Stelle lieber im Gefängnis sitzen als auf der Straße leben würde.

Zwar sitze ich nicht im richtigen Gefängnis, aber schon nach sechs Wochen Untersuchungshaft bin ich mir sicher, dass ich nie wieder hinter Gittern sitzen möchte, und ich werde nie mehr behaupten, dass es wie in einem Hotel wäre.

Mein Zimmer ist neun Quadratmeter groß. Sie nennen es Zimmer, weil das Wort Zelle noch deprimierender klingt. Neun Quadratmeter sind genauso groß wie eine Pferdebox. Das Zimmer ist kleiner als die meisten schwedischen Gewächshäuser. Es besteht aus einem Bett, einem Schreibtisch, einem Stuhl und einem Regal, einer Toilette und einem Waschbecken.

Ich will kein Mitleid erregen. Ich sitze nicht grundlos hier, und ich bin kein Opfer. Mir tut alles weh, ich habe abgenommen, und die Gedanken quälen mich wie ein Tinnitus. Aber ich muss niemandem leidtun. Wirklich nicht. Mit zwölf oder so hatte ich einen Lieblingsspruch, den ich oft anbrachte und der mir heute aktueller denn je erscheint: Wer mit dem Feuer spielt, kann sich leicht verbrennen.

Einmal am Tag wird man an die frische Luft gelassen. Wenn man Glück hat. Manchmal gibt es zu wenig Gefängniswärter, und manchmal haben sie Probleme, den Transport zu den Aufzügen zu koordinieren. Manchmal haben sie wohl auch einfach keinen Bock.

Es ist wie in einem Hundezwinger auf dem Dach. Man kann nichts anderes machen, als im Kreis herumzugehen. Aber so what? Es ist eine Unterbrechung, etwas anderes. Man befreit sich eine Weile von dem Geruch und dem Eingesperrtsein. Seine Gedanken und den Kloß im Magen wird man trotzdem nicht los.

Eines Abends schüttete es wie aus Kübeln, aber ich trabte trotzdem oben auf dem Dach herum. Hin und her. Es war mir egal, dass ich mir den Hintern abgefroren habe, dass der Regen auf meinen Wangen brannte. Hier ist alles Gold, was eine Abwechslung zum Herumsitzen oder Herumliegen bietet.

Natürlich war das der eigentliche Grund, warum ich mit dem Schwedischunterricht angefangen habe. Ich hätte gern auch Englisch oder Mathe gelernt, egal was, aber man darf Kurse nur in den Fächern belegen, in denen man keine gute Abinote hatte. Ehrlich gesagt bin ich dir sogar dankbar, Eulen-Bim, dass du mir so eine miese Schwedischnote gegeben hast! Ohne Teddy wäre ich hier drinnen schon längst vor die Hunde gegangen.

Radio, Fernsehen, Internet? Keine Chance. Ich sitze in Isolationshaft. Ich darf nichts sehen, hören oder lesen, was keinen direkten Bezug zu meinem Fall hat. Also nur so spannende Dinge wie den Antrag auf Haftbefehl und irgendwelche Informationen vom Amtsgericht. Keine Serienmarathons, keine

Musik, keine einzige SMS. Ich darf niemanden anrufen und auch keine Telefonate entgegennehmen, und der Einzige, der mich besuchen darf, ist mein Anwalt.

Dreimal wöchentlich kommt der Kioskwagen, und dann stopfe ich mir zweitausend Kalorien in Gestalt von Daim-Riegeln und Cola rein. Zucker ist eine total unterschätzte Droge und die einzige, an die man hier drin rankommt.

Es ist echt unglaublich, wie sehr man sich danach sehnen kann, dass zwei fremde Personen das Schloss aufsperren und ein Essenstablett in die Zelle bringen. In den ersten Tagen war ich den Tränen nahe. Schon allein der Anblick eines anderen Menschen brachte meinen Körper zum Jubeln. Ich sprang vom Bett hoch und hätte mich den Gefängniswärtern beinahe an den Hals geworfen. Ich stellte ihnen mindestens fünfzig Fragen über Gott und die Welt, damit sie bloß nicht wieder gingen.

Sobald ich allein bin, fangen die Gedanken an zu kreisen. Und der Geruch kommt zurück.

Ich war zwei Tage hier, als sie mich zum Gefängnispsychologen schickten.

»Ich hab nicht drum gebeten, zum Psychologen geschickt zu werden«, sagte ich zum Gefängniswärter.

Er glotzte mich an, als wäre ich ein Schmutzfleck, den die Putzkolonne übersehen hatte.

»Schadet dir bestimmt nicht.«

Ich glaube, er heißt Jimmy. Ganz unten auf dem Kinn hat er ein ekliges kleines Ziegenbärtchen, das aussieht wie Schambehaarung, und seine blauen Augen sind eiskalt. Ich bin mir hundertprozentig sicher, dass ich ihn irgendwoher kenne, vermutlich aus dem Etage oder aus einem anderen Club.

Die Gefängniswärter lassen sich in zwei Kategorien einteilen. Die Vertreter der ersten Kategorie sehen ihre Arbeit hier wie jeden anderen Job auch: als Tätigkeit, die einmal monatlich Geld aufs Konto bringt. Vielleicht ist das Untersuchungsgefängnis nur eine Station auf der Jagd nach einer sinnvolleren oder besser bezahlten Beschäftigung. Die Vertreter der zweiten Kategorie sind hier, weil sie ihre Macht genießen. Es sind diejenigen, die sich bewusst hier beworben haben. Vielleicht wurden sie an der Polizeihochschule abgewiesen, vermutlich beim psychologischen Eignungstest. Denn das sind diejenigen, die sich von Unterdrückung und Gewalt angezogen fühlen und die Insassen als Ungeziefer betrachten.

Man lernt bald, die beiden Gruppen zu unterscheiden. Auch wenn die meisten hier denselben kalten Blick haben, gibt es einen entscheidenden Unterschied zwischen Gleichgültigkeit und Verachtung.

Jimmy ist eindeutig einer von den Machtbesessenen. Er mustert einen auf eine ganz besondere Art. Irgendwie von unten und von oben zugleich. Als würde er sich im Vergleich zu mir für überlegen und besser halten, obwohl er im Grunde weiß, dass es genau umgekehrt ist. Und das macht ihn wahnsinnig. Er verbringt viel zu viel Zeit im Fitnessraum. Seine Oberarme sind dicker als die Oberschenkel, und der Nacken würde besser zu einem Stier passen. Manchmal kriege ich Lust, ihm die fetten Arme rechts und links an den Körper zu drücken.

Auf alle meine Fragen antwortet er mit neuen Fragen.

Soll das ein Witz sein? Was glaubst du eigentlich? Seh ich aus wie deine Mutter?

Am liebsten würde ich ihm einfach ins Gesicht schreien.

Wenn einer von uns einen Psychologen braucht, dann er und nicht ich.

Ich habe eine Theorie, was Psychologen betrifft. Ich behaupte nicht, dass sie auf alle zutrifft, aber ich bin im Lauf meines bisherigen Lebens doch so einigen begegnet und bisher auf keine einzige Ausnahme gestoßen.

Und so lautet meine Theorie: Wenn man fünf oder sechs Jahre Psychologie studiert und mit lauter Erklärungsmodellen und Diagnosen gefüttert wird, liegt es ziemlich nahe, dass man das Gelernte in der Praxis anwenden will. Alles andere wäre verrückt. Wenn man dann irgendwelchen Klienten, Patienten oder anderen Menschen begegnet, will man in der Lage sein zu erklären, warum sie so sind, wie sie sind, und das tun, was sie tun. Der Job von Psychologen ist im Grunde, uns andere in irgendeines ihrer Raster zu pressen.

Vorschlag: Macht es einfach mal umgekehrt!

Begründung: Menschen sind einmalig.

Diese ganzen Psychologen, die kamen und gingen. War das mein Leben? Die ganzen Selbsteinschätzungen und Persönlichkeitstests. Natürlich probieren sie es zuerst mit einer miesen Kindheit. Es scheint der feuchte Traum eines jeden Psychologen zu sein, eine kaputte Seele zu finden, die eine Menge widerlicher Erinnerungen aus ihrer Kindheit verdrängt hat.

Das Bizarre an den ganzen Diagnosen, mit denen sie um sich werfen, ist, dass man sich in den meisten so gut wiedererkennt. Es gibt keinen einzigen Psychotest, in dem man nicht wenigstens einige Kriterien einkringelt.

Eine Zeit lang war ich davon wie besessen. Da alle glaubten, mit mir würde irgendwas nicht stimmen, selbst meine eigene Familie – die vielleicht sogar am allermeisten –, versuchte ich herauszufinden, was eigentlich mein Problem war. Überall las ich, dass es sich besser anfühlte, wenn man sein Problem benennen konnte und wusste, dass es vielen anderen genauso erging.

Erst war ich der Meinung, ich hätte ADS oder ADHS, dann dachte ich an Borderline, schizoide Persönlichkeitsstörung oder bipolare Störung.

Schließlich gelangte ich zum Ergebnis, dass das alles Bullshit war.

Ich bin, wie ich bin. Diagnose: Stella.

Es gibt an mir unendlich viel auszusetzen, das leugne ich nicht. Ich bin alles außer normal. Mein Gehirn nervt mich vierundzwanzig Stunden am Tag. Aber ich brauche dafür keinen anderen Namen als meinen eigenen. Ich bin Stella Sandell. Wer ein Problem mit mir hat, sollte es vielleicht selbst mit einem Medikament probieren.

Dass Psychologen häufig selbst psychische Probleme haben, ist auch kein Geheimnis. Wenn sie sie nicht schon von Anfang an haben, dann bekommen sie sie eben nach und nach. Von zu viel Sigmund Freud wird jeder verrückt.

Während ich mich in diese Dinge einlas, begann ich mich für Psychopathen zu interessieren. Man könnte sagen, dass ich mich auf sie fixierte. Es soll ja gut sein, ein Hobby zu haben, also habe ich Handball gegen Psychopathie ausgetauscht.

Die Psychologen, denen ich vor meiner Haft begegnet war, hatten einiges gemeinsam. Die meisten waren weiblich, viele rothaarig, häufig hatten sie einen ganz besonderen, besorgten Blick, mehrere trugen Hornbrillen, Schlaghosen und verwaschene Pullis. Auffallend viele sprachen einen småländischen Dialekt.

Als Gefängniswärter-Jimmy mich zur Anstaltspsychologin bringt, kann ich mein Erstaunen kaum verbergen.

»Hallo, Stella. Ich bin Shirine«, sagt eine junge Frau und streckt mir die Hand hin.

Sie ist hübsch und trägt ihr dunkles Haar in zwei straffen Zöpfen – eine Nahostversion von Prinzessin Leia.

»Ich brauche keine Psychologin«, erkläre ich.

Eigentlich hatte ich einen Sturmangriff mit krassen Wörtern wie Integritätskränkung und Machtmissbrauch vorbereitet.

Bei ängstlichen Beamten des öffentlichen Dienstes, die einen zu unterschätzen pflegen, zeigt so etwas immer seine Wirkung. Aber Shirine klimpert nur mit den Wimpern wie Hündchen Susi in der Spaghettiszene mit Strolch, und ich bringe es nicht einmal übers Herz, meine Stimme zu erheben.

»Das ist völlig in Ordnung«, sagt sie. »Mir ist klar, dass Sie Widerstand empfinden, aber ich sehe nun mal alle Jugendlichen in der Einrichtung eine Stunde pro Woche. Das ist nicht meine Entscheidung.«

Dabei lächelt sie offenherzig. Sie sieht wirklich lieb aus, auf diese Art, die man sonst vor allem bei alten Frauen und Hundewelpen sieht.

»Also, es hat nichts mit Ihnen zu tun«, unterstreiche ich. »Sie sind bestimmt total gut. Aber ich war schon bei ziemlich vielen Psychologen.«

»Verstehe«, sagt Shirine. »Ich nehme es auch nicht persönlich.«

Dann wird es still, diese Art von Stille, die ich nicht aushalten kann. Shirine sitzt mir lächelnd gegenüber und richtet ihren sympathischen Blick auf mich.

»Das heißt, ich werde gezwungen? Wir werden jede Woche eine Stunde lang hier rumsitzen und uns anglotzen?«

»Das liegt an Ihnen, Stella. Wenn Sie sprechen wollen, dann tun wir das.«

Ich verdrehe die Augen. No chance, ich werde auf gar keinen Fall mit ihr reden, da können ihre braunen Augen noch so weich aussehen und ihr Lächeln so lieb sein wie das von Susi im italienischen Lokal. Was sollte ich auch sagen? Ich werde niemandem je erzählen können, was ich erlebt habe. Keiner wird mich verstehen. Ich verstehe es ja selbst kaum.

Das Spiel beginnt. Sobald ich den Mund aufmache, habe ich verloren.

Also sitzen wir da und schauen einander an. Dann und wann stellt Shirine eine Frage, die ich nicht beantworte: *Wie geht es Ihnen hier drin? Haben Sie schon mit Ihrer Familie sprechen dürfen? Schlafen Sie genug?* Die Stunde ist erstaunlich schnell um, und mir kommt fast der Verdacht, dass Shirine ein bisschen mit der Zeit getrickst hat.

»Dann sehen wir uns vielleicht nächste Woche wieder«, sagt sie und steht auf, um einen Wärter herbeizurufen.

»Ganz bestimmt«, sage ich, woraufhin mich Jimmy an der Tür abholt und wie ein Stück Vieh durch den Korridor treibt. Er starrt mich mit seinen Eisaugen an, als er mich ins Zimmer schubst.

Ich hasse die Einsamkeit. Sie macht mir Angst. Hier drinnen ist alles so unangenehm nah. Man kann nicht vor den Gedanken und Gefühlen fliehen, wenn Jimmy den Schlüssel umdreht und mich mit den Wänden und dem Geruch allein lässt. Es schreit in meinem Kopf. Es zerreißt mich gleich.

Ich weiß nicht, ob es das wert ist, ob ich es schaffe. Ich weiß, dass viele hier nicht lebend rauskommen.

46

Sie trugen zwar Zivil, aber man musste nicht viele Martin-Beck-Filme gesehen haben, um zu begreifen, dass es Bullen waren. Zwei breitschultrige Klischeetypen mit wachsamen Blicken, Jeans und Sneakers. Es fehlte nur noch ein Walkie-Talkie im Gürtel.

Es war noch eine gute Stunde bis Ladenschluss. Allmählich versiegte der Kundenstrom nach diesem ziemlich stressigen Samstag. Ich kassierte gerade bei einer grauhaarigen Frau in Jeansjacke ab, die sich endlich für die lila Tunika hatte entscheiden können, an der sie schon am Vormittag herumgezupft hatte.

»Quittung ist in der Tüte«, sagte ich und reichte ihr die grässliche Tunika. Sie würde ihr ausgezeichnet stehen.

Die Frau hob ihre markante Brille hoch und musterte ihre Quittung. Beinahe wäre sie von den beiden Polizisten überrannt worden.

»Stella Sandell? Das sind Sie, oder?«

Ich schaute mir ihre Ausweise an. Die Frau mit der Tunika bekam den Mund nicht mehr zu.

»Ist was passiert?«, fragte ich.

Jede Menge Katastrophenszenarios zogen vor meinem inneren Auge vorbei.

»Sagen Sie nicht, dass ...«

»Wir müssen mit Ihnen reden«, erklärte der ältere der beiden Polizisten und kratzte sich die Bartstoppeln. »Sie müssen mitkommen.«

Er hatte freundliche grüne Augen. Eigentlich sah er aus wie ein Mann, der gerne in der Küche steht und Schmorgerichte kocht und über Gefühle redet, auch wenn er wahrscheinlich schon in den Sechzigern ist. Vermutlich hatte er jung geheiratet und inzwischen eine gescheiterte Ehe hinter sich. Seit die Kinder aus dem Haus waren, lernte er bestimmt Frauen übers Internet kennen, doch er gehörte zu diesen rastlosen Männern, die glauben, dass das Gras am anderen Ufer immer grüner ist, weshalb es nie zu Romanzen kam, die länger anhielten als ein paar Monate.

»Gibt es jemanden, der Sie vertreten kann?«, fragte der andere Polizist.

Zwanzig Jahre jünger, aber bedeutend müdere Augen. Von der Hautkrebsbräune im Gesicht zu schließen, war er gerade von zwei Wochen Türkeiurlaub zurückgekommen. Er sah aus wie einer, der keine Gelegenheit auslässt. Wenn man schon in Urlaub fährt, dann richtig. Durchgefeierte Nächte, Efesbier und Raki, Kartenzocken auf dem Balkon. Er würde wohl mindestens eine Woche brauchen, um sich wieder zu erholen.

»Gibt es niemanden, der die Kasse übernehmen kann?«, fragte der Ältere, als hätte er seinen Kollegen nicht gehört.

»Alles gut«, sagte ich. »Wir schließen in einer Stunde.«

Malin und Sofie boten beide an, meine Kasse zu übernehmen. Dann starrten sie mir erschrocken hinterher, während ich den Polizisten nach draußen folgte.

»Was ist denn passiert?«, hörte ich Sofie noch wispern.

Ob sie überhaupt eine Antwort bekam, entzieht sich meiner Kenntnis.

Die Frau, die mich vernahm, hieß Agnes Thelin. Wenn ich sie in der Stadt gesehen hätte, wäre ich nie darauf gekommen, dass sie Polizistin war. Sie sah eher aus, als würde sie als Visual

Merchandiser oder Creative Director arbeiten. Und sie kaufte definitiv nicht bei H&M ein. Bestimmt wohnte sie in einem Architektenhaus mit offenem Wohn-Ess-Bereich und dänischen Designerlampen. Sie war eine der Frauen, die nie zugeben würden, dass sie kein Sushi mochten. Eine, die behauptete, brutale Ehrlichkeit zu mögen, dann aber völlig am Boden zerstört war, wenn jemand sie offen kritisierte.

Ich mochte sie vom ersten Augenblick an. Vielleicht, weil ich mich in gewisser Weise mit ihr identifizieren konnte.

»Wenn ich Christopher Olsen sage, was sagen Sie dann?«

Ich sah ihr in die Augen und zuckte mit den Schultern.

»Kennen Sie ihn?«, wollte sie wissen.

»Ich glaube nicht.«

Agnes Thelin legte den Kopf schief.

»Das ist doch eine ziemlich einfache Frage.«

Ich erklärte ihr, dass ich einen Haufen Leute kenne – aus der Schule und vom Handball, solche, die ich beim Ausgehen oder im Netz kennengelernt habe, Bekannte und Bekannte von Bekannten. Außerdem ist mein Namensgedächtnis ziemlich schlecht. Bei einigen weiß ich natürlich ganz genau, wie sie heißen, aber von vielen weiß ich nur den Vornamen oder den Spitznamen, und bei manchen habe ich ehrlich gesagt keine Ahnung, wie sie heißen.

»Haben Sie Christopher gesagt?«

»Christopher Olsen.« Agnes Thelin nickte. »Die meisten nennen ihn Chris.«

Ich überlegte.

»Chris? Ja, ich kenne mindestens einen Chris. Bisschen älter, oder?«

Agnes Thelin nickte wieder. Und dann legte sie ohne Vorankündigung ein Foto von ihm auf den Tisch und wollte wissen, ob das der Chris sei, den ich gemeint hätte.

Mein Herz schlug schneller. Lange und genau betrachtete ich das Foto. Hob es hoch und schaute es mir von Nahem an.

»Doch«, sagte ich schließlich. »Den kenne ich.«

»Er ist leider tot«, sagte Agnes Thelin.

Ich hörte selbst, wie ich nach Luft schnappte.

Agnes Thelin erzählte, dass eine arme Mutter die Leiche auf einem Spielplatz in der Nähe der Polhemskolan gefunden habe.

»Widerlich«, sagte ich und schlug die Hände vor den Mund. Ich glaubte ernsthaft, ich müsste mich gleich übergeben.

»Sind Sie auf die Polhemskolan gegangen?«, fragte Agnes Thelin.

»Ich war am Vipan.«

»Und Sie haben gerade erst Abi gemacht?«

Ich nickte, und Agnes Thelin rutschte auf ihrem Stuhl etwas weiter nach hinten.

»Mein Ältester hat letzten Sommer an der Katedralskolan Abi gemacht. Er ist jetzt in London. Mein Jüngster macht gerade das letzte Jahr vor dem International Baccalaureate.«

Ich versuchte so auszusehen, als würde mich das interessieren. Vermutlich war es nur ein Trick, der darin bestand, persönlich zu werden. So ließ sich eine vertrauliche Situation erzeugen.

»Was hat das alles mit mir zu tun?«, fragte ich. »Mussten Sie mich deshalb von der Arbeit wegholen?«

»Tut mir leid, aber es war tatsächlich nötig.«

Sie musterte mich genau. Ich spürte, wie sich eine Schlange aus Besorgnis in meinem Magen wand. Anstelle der Übelkeit war etwas anderes getreten: eine bedrohliche Vorahnung, ein eiskaltes, beißendes Entsetzen.

»Worum geht es eigentlich?«, fragte ich.

»Können Sie uns erzählen, was Sie gestern gemacht haben?«, fragte Agnes Thelin.

»Ich habe gearbeitet, bis Ladenschluss. Anschließend sind wir zum Stortorget gegangen und haben was gegessen. Wir haben Wein getrunken und geredet.«

»Wer sind *wir?*«

»Ein paar Kolleginnen und ich.«

Sie klickte die Mine ihres Kulis heraus und machte sich eine Notiz.

»Um wie viel Uhr war das?«

»Wir schließen um sieben. Die Arbeitszeit endet um Viertel nach.«

Agnes Thelin wollte wissen, wie lange wir im Stortorget geblieben seien.

»Ich weiß nicht, wie lange die anderen geblieben sind, aber ich bin gegen halb elf gegangen, glaube ich.«

»Und was haben Sie dann gemacht?«, fragte sie und ließ ihren Kuli auf dem Tisch liegen.

»Ich… ich bin mit dem Rad losgefahren.« Ich versuchte mich zu erinnern, wie es genau gewesen war. »Zuerst bin ich zum Tegnérs geradelt. Ich weiß noch, dass ich an der Bar einen Cider getrunken habe, aber ich habe keine bekannten Gesichter entdeckt. Dann war ich eine Weile im… Inferno oder wie es heißt. Es liegt gegenüber von der Stadtbibliothek.«

»Das Inferno? Ist das auch eine Bar?«

»Ja.«

»Wie viel haben Sie getrunken?«

Agnes Thelin klang wie mein Vater. Diesen typischen Elternblick hatte sie auch. Wenn sie behaupten, dass sie sich Sorgen machen, aber eigentlich total genervt aussehen.

»Nicht so viel. Ich musste ja am nächsten Tag aufstehen und arbeiten.«

Sie sah mich an, als hätte ich sie angelogen, und ich war gekränkt.

»Das stimmt aber. Alkohol ist nicht so mein Ding.«

Ich dachte an meinen Vater. Er behauptet, dass die Lüge eine Kunst sei, die nur die wenigsten Menschen beherrschen. Lange habe ich gedacht, dass er sich irrt, und ihm immer wieder das Gegenteil bewiesen. Mir fiel das Lügen gar nicht schwer. Die meisten Leute waren nämlich verdammt leicht zu täuschen.

Bis mir irgendwann klar wurde, dass mein Vater trotzdem recht haben konnte. Vielleicht war es gar nicht so, dass die Leute auf alles hereinfielen, sondern dass ich einfach eine extrem gute Lügnerin war.

Inzwischen weiß ich, dass genau das der Fall ist.

47

In meiner Kindheit war mein Vater mein Held. Stärker als Pippi, schlauer als die Schildkröte Skalman aus dem Bamse-Comic und mutiger als Ronja.

Im Kindergarten machte Mützen-Nisse sich mal über meinen Vater lustig. Wir nannten ihn Mützen-Nisse, weil er das ganze Jahr über eine Mütze trug. Er lachte laut und erklärte allen anderen, wie komisch es sei, einen Pfarrer zum Vater zu haben.

Ich schubste Mützen-Nisse mit solch einer Kraft, dass er rückwärts in ein Regal fiel und eine Platzwunde am Kopf davontrug. Mein Vater schimpfte mich aus, als er davon erfuhr. Natürlich erzählte ihm niemand, wie es so weit hatte kommen können. Es hieß nur, dass ich einen Wutausbruch bekommen und Mützen-Nisse so schlimm geschubst habe, dass dieser in die Notaufnahme musste. Und auch ich schwieg.

Ich habe immer gehofft, dass mein Vater mich auch so verstehen würde. Es war mir irgendwie wichtig, mich nicht zu erklären. Vielleicht stimmt was nicht mit mir, aber ich habe es immer als peinlich empfunden, mich dafür rechtfertigen zu müssen, wie ich bin.

Jedes Mal, wenn mein Vater mich nicht von selbst verstand, war ich enttäuscht, und wir entfernten uns immer weiter voneinander.

Natürlich steckt eine gewisse Ironie darin, dass meinen Vater ausgerechnet die meiner Eigenschaften am meisten stören, die ich von ihm geerbt habe.

Da haben Sie eine harte Nuss zu knacken, Shirine!

Meine Theorie lautet, dass die Psychologen meine Familie lieben. Ein Pfarrer, eine Rechtsanwältin und ein Kind mit Anpassungsschwierigkeiten. Wir könnten als Fallbeispiel für ihre Handbücher dienen.

Am Gymnasium bekam meine ganze Klasse einmal einen Anpfiff, weil wir ständig unsere Meinung äußerten. Das sei typisch für unsere Generation, schrie unsere Schwedischlehrerin Bim. Ihr müsst zu allem euren Senf dazugeben!

Ich vermute, dass vieles früher einfacher war, als die Jugendlichen die Klappe hielten und gehorchten. So bin ich noch nie gewesen, und so werde ich niemals sein. Ich glaube, es hätte keinen Unterschied gemacht, wenn ich in den Achtzigerjahren aufgewachsen wäre.

Wenn ich an die vielen Therapiestunden zurückdenke, erinnere ich mich an eine Art selbstzufriedene Schadenfreude bei einigen der Seelenklempner. Es muss etwas Besonderes sein, hinter die Fassade einer scheinbar perfekten Familie blicken zu dürfen – mit einer Rechtsanwältin, die sich manchmal im Fernsehen äußern darf, und einem Pfarrer, mein Gott, ausgerechnet einem Pfarrer – und Einblick in die allerschmutzigsten Ecken zu erhalten. Vielleicht braucht man das, um das eigene tragische Dasein in einer heruntergekommenen kinder- und jugendpsychiatrischen Ambulanz zu kompensieren.

Aber ich frage mich, ob Shirine… Sie sieht nicht aus wie die Therapeuten, die ich von früher kenne, oder zumindest nicht so, wie ich sie in Erinnerung habe.

Es gab eine Zeit, da wollte ich selbst Psychologin werden. Ich bilde mir ein, dass ich ganz gut darin wäre, Leute zu durchschauen und Dinge zu verstehen, über die sie sich selbst vielleicht nicht einmal bewusst sind. Ich bin eine Menschenkennerin. Ehrlich gesagt ist das nichts, was ich mir nur einrede, das haben die Leute nämlich immer schon zu mir gesagt. Man hat sich mit allen möglichen Sorgen an mich gewandt: von Familienproblemen bis hin zu langweiligen Freunden. Ich bin gut darin, Menschen zu analysieren.

Dann war in der neunten Klasse Tag der offenen Tür für die Gymnasialzweige in der Katedralskolan, im Spyken und in der Polhemskolan. Das waren die einzigen Gymnasien, die für mich zur Debatte standen. Am Katte gab es zwei Jungs mit zurückgegeltem Haar und aufgeknöpften Hemden, die uns über den sozialwissenschaftlichen Zweig informierten. Als ich erzählte, dass ich Psychologin werden wolle, lachten sie mich aus.

»Weißt du, wie schwierig es ist, einen Studienplatz in Psychologie zu kriegen?«

Das war ein Schlag ins Gesicht.

Eine Woche später erfuhr ich in der Studienberatung, dass man in allen Fächern Bestnoten brauchte, um Psychologie studieren zu dürfen. Es sei eines der attraktivsten Studienfächer überhaupt. Ob ich mir denn nicht vorstellen könne, stattdessen Personalmanagement zu studieren? Das sei doch ungefähr das Gleiche.

Ich glaube, das war der Moment, in dem ich beschloss, aufs Gymnasium zu pfeifen. Das war es einfach nicht wert.

Ich kenne jede Menge Leute, die drei Jahre ihres Lebens vertan haben, um sich wie Sklaven abzurackern und letztlich doch nur mittelmäßige Zeugnisse nach Hause zu bringen. Sie setzen ihr Sozialleben auf Standby, einige schlucken sogar Tabletten und ritzen sich, und das alles nur für ein Befriedigend in Englisch. Wozu das Ganze? Nur um seinen Alltag im Blazer verbringen zu dürfen?

Bim hat eigentlich mehr begriffen, als ich damals dachte. Bei den Entwicklungsgesprächen sagte sie zu meinem Vater, dass ich bestimmt ein Sehr gut oder Gut in den meisten Fächern haben könnte. Wenn ich nur wollte.

Sie hatte den Nagel auf den Kopf getroffen. Ich wollte nicht. Lieber verbrachte ich einen Abend mit Gratisdrinks in der Bar, als dass ich eine Hausaufgabe in praktischem Marketing löste. Ich zog einen Mädelsabend in Kopenhagen der nationalen Vergleichsarbeit in Mathe vor. Statt für die Geschichtsprüfung zu lernen, saß ich im Espresso House und knutschte herum, als hinge mein Leben davon ab.

Es war eine bewusste Entscheidung.

In der Abschlussklasse, als die anderen über die Hochschulzugangsprüfung sprachen und wir zu Schnuppertagen an die Uni eingeladen wurden, war ich mit der Planung meiner Asienreise beschäftigt. Ich hatte Lund und Schweden im Allgemeinen so satt. Auf YouTube schwelgte ich in Videoclips aus Malaysia und Indonesien, und schon bald war diese Reise mein einziges Lebensziel. Ich sehnte mich nach Abenteuern, langen Nächten, anderen Menschen, Partys und paradiesischer Natur.

Die Schulberaterin blätterte in ihrer Erfahrungsdatenbank nach plausiblen Erklärungen für meine schlechten Schulresultate. Drogen? Essstörung? Scheidung der Eltern? Es gab wohl keinen einzigen plausiblen Grund, der nicht schon nachgeprüft worden wäre.

»Dein Vater ist Pfarrer?«, fragte sie und starrte mich an, als würde gleich ihre ganze Welt zusammenbrechen.

»Pfarrer?«, fragte auch Eulen-Bim, meine Schwedischlehrerin, wenn ich meinen Vater erwähnte.

Ihr Gedächtnis war vermutlich nicht das beste, aber das erklärte dennoch nicht ihren schockierten Blick.

»Pfarrer? In der schwedischen Kirche?«

Letztendlich ging es immer um Kontrolle.

Auch wenn die Leute das nicht glauben. Man assoziiert Kontrollbedürfnis mit diesen Pedanten, die die Krise bekommen, wenn ein Blatt Papier im falschen Stapel auf dem Schreibtisch landet, und die ihren Kleiderschrank nach einem genauen Farbschema sortieren. Die Leute denken an Strukturfaschisten mit überfüllten Kalendern oder an Neurotiker, die Panikattacken kriegen, wenn sie nicht sofort den Maileingang leeren können, und bei ein paar Krümeln auf dem Sofa oder ein bisschen Abwasch auf der Spüle regelrecht ausflippen. Das sind die Leute, die immer Desinfektionsmittel in der Handtasche haben.

Aber hier geht es um eine andere Sorte von Kontrolle. Es geht darum, das Gesicht zu wahren und niemanden zu nahe an sich heranzulassen.

Erst als Jugendliche begriff ich, dass unsere Familie nicht die einzige war, die Geheimnisse mit sich herumtrug. Es war für meinen Vater immer lebenswichtig gewesen, gegenüber der Umwelt eine Fassade aufrechtzuerhalten.

»Das besprechen wir, wenn wir zu Hause sind.« Ich weiß nicht, wie oft ich diese Worte gehört habe. »Das geht niemand anderen etwas an.«

Ich wiegte mich in dem Glauben, dass unsere Familie einzigartig sei. Lange dachte ich, wir wären die Einzigen, die einen Haufen Dreck mit sich herumtrugen, der unter den Teppich gekehrt werden musste. Vielleicht hatte das etwas mit dem Beruf meines Vaters zu tun. Ein Pfarrer ist wohl einfach dazu verurteilt, Teile seines Privatlebens im Verborgenen zu führen.

Es ist total irre, aber mein Vater war knallharter Atheist, bevor er bekehrt wurde. Vor vielen Jahren habe ich eine alte Schülerzeitung gefunden, für die er irgendwelche Glossen geschrieben hat. Ich glaube, da war er gerade aufs Gymnasium gekommen. Er hasste Religion und schrieb so Dinge wie, dass das

Christentum eine falsche Kuscheldecke sei und die Welt entzweit habe … und dass die christliche Taufe als Vergewaltigung unschuldiger Kinder gesehen werden müsse. Pfarrer nannte er Schwarzröcke und Betrüger.

Manchmal habe ich mir gedacht, dass alles anders gewesen wäre, wenn mein Vater einen anderen Beruf gehabt hätte. Wenn er ein Bürohengst gewesen wäre, ein Abteilungsleiter oder irgendeine Art von Akademiker wie andere Eltern auch.

Ehrlich gesagt glaube ich, dass mein Vater und ich uns ziemlich ähnlich sind. Ganz tief drin. Auch mir fällt es leicht, mich auf etwas zu fixieren, völlig in etwas aufzugehen, was mir in diesem Moment lebenswichtig erscheint. In der fünften Klasse war ich der Prototyp eines Potterhead. Ich las alle Bücher auf Schwedisch und auf Englisch, sah die Filme mindestens zwanzig Mal und schrieb lange Fan-Fiction-Erzählungen im Internet, bis mein Sozialleben beinahe ausgestorben war. Ein Jahr später hatte ich eine Phase, in der ich total süchtig nach der Band Broder Daniel war, mich schminkte wie ein Panda und jede wache Minute auf der Internetplattform Helgon verbrachte. In unseren Genen gibt es offenbar einen autistischen Zug. Zum Glück beschloss ich schon früh, anders als mein Vater alle Arten von Religion zu meiden.

»Sag niemals nie«, pflegte er mich zu necken. »Vor meinem achtzehnten Geburtstag wusste ich auch noch nicht, was meine Berufung war.«

»Ich würde lieber Klos putzen«, antwortete ich. »Weißt du, ich wäre lieber so eine New-Age-Tante, die nach Ghana zum FKK-Urlaub fährt und Kath kaut.«

»Wir werden sehen«, meinte mein Vater mit einem leicht nervösen Lachen.

Wie alle anderen Neunzehnjährigen habe ich ziemlich viele Stunden darauf verwendet, über meine Zukunft nachzudenken, über verschiedene Ausbildungsgänge und Berufe. Natürlich gibt es Berufe, die mehr sind als nur ein Beruf. Nicht so wie an der Kasse von H&M. Man schaltet das Verkäuferlächeln um fünf vor zehn an und fünf Minuten nach Ladenschluss wieder aus. Der Job dort macht keinen großen Teil meiner Identität aus. Ich könnte zweifellos zu Kappahl wechseln, wenn die mir tausend Kronen mehr pro Monat bieten würden. Ich könnte auch bei Claes Ohlson oder SIBA an der Kasse stehen. Who cares? Die Kohle ist das Einzige, was ich vermissen würde, wenn ich meinen Job los wäre. Was vermutlich bald der Fall sein wird.

Nein, ich glaube nicht, dass es meinem Vater bewusst war, worauf er sich einließ, als er Pfarrer wurde. Jetzt arbeitet er hart dafür, in die Schablone vom perfekten Pastor, vom perfekten Vater, vom perfekten Menschen zu passen. Im Grunde genau das, was man uns jungen Mädchen vorwirft. Wir sind offenbar nicht die Einzigen.

Natürlich scheuert es und tut weh, wenn man nicht richtig in diese Schablone passt. Am Ende bekommt sie Risse.

Da staunen Sie, Shirine. Keine schlechte Analyse, oder? Fünf Jahre Psychologiestudium, Bestnoten am Gymnasium – ob es das wirklich wert war?

Ich selbst bin meine beste Psychologin.

Nie werde ich Menschen verstehen, die sich öffnen wie eine geschüttelte Champagnerflasche, sobald jemand den Kopf schieflegt und ihnen zuhören will. Oder Menschen, die in irgendwelchen Blogs oder den sozialen Medien ihr Innerstes nach außen kehren, die sich auf die Unterarme Zitate tätowieren lassen, mit denen sie uns klarmachen wollen, wie schlecht es ihnen geht, und die jeden, der es wissen will oder auch nicht, mit ihren erbärmlichen Selbstanalysen quälen.

Ich habe eine einzige Freundin, einen Menschen auf Erden,

der alles über mich weiß und alles versteht, was ich fühle, denke und tue. Ich wünschte, ich könnte jetzt mit ihr sprechen. Ich brauche sie. Ohne Amina weiß ich nicht, was ich tun soll. Ich weiß nicht, ob ich es packe. Heute Nacht habe ich allen Ernstes meinen Kopf an die Wand gehauen und so laut geschrien, dass mir die Ohren wehtaten. Noch schlimmer wäre es natürlich, wenn Amina hier eingesperrt wäre. Eines Nachmittags, als die Wärter mich zum Fahrstuhl brachten, kam es mir so vor, als würde ich sie sehen. Ich drehte mich um und rief ihren Namen, aber hinter den schwarzen Haaren verbarg sich ein fremdes Gesicht. Diese Zelle hier bringt mich noch zum Wahnsinn.

48

Agnes Thelin sah beinahe aus, als würde sie sich entschuldigen, als sie mir erklärte, dass ich unter Verdacht stehe. Die Gedanken wirbelten durch meinen Kopf. Unter Verdacht? Ich sackte auf dem Stuhl zusammen und begann mich zu sammeln.

Ich war noch immer verwirrt, als mein Anwalt wenig später hereinmarschierte und forderte, mit mir unter vier Augen reden zu dürfen.

»Wir finden eine Lösung«, sagte er und legte die linke Hand auf meine Schulter, während er meine Rechte drückte. »Machen Sie sich keine Sorgen.«

Seine Hand war groß und klebrig, und er sah aus wie eine Mischung aus Tony Soprano und Lasse Berghagen. Groß wie ein Bär, sonnengebräunt mit Goldkettchen am Hals und am Handgelenk. Ein taubenblaues Hemd, bei dem die drei obersten Knöpfe offen standen.

Er gehörte zu dem Typ Mann, der mit seinem SUV bis zum Haus fährt, obwohl es eine autofreie Zone ist. Der hinter seinem Haus einen Grill von der Größe eines Wohnwagens hat und findet, dass in seiner Jugend alles besser war, obwohl er sich keinen Tag älter als dreiundzwanzig fühlt. Er stand sicher ganz oben auf der One-Night-Stand-Liste von geschiedenen Kleinkindmamas.

»So siehst du also aus«, bemerkte ich.

»Was meinen Sie?«

»Ich konnte mich nicht mehr richtig erinnern.«

»Sind wir uns schon mal begegnet?«, fragte der Anwalt verunsichert.

»Ich glaube schon.«

Seine Augen leuchteten auf.

»Stella *Sandell*. Das hätte mir klar sein müssen. Die Tochter von Ulrika?«

Ich nickte.

»Das wird schnell vorbei sein«, sagte er. »Sie haben nichts gegen dich in der Hand. Den Bullen juckt es heutzutage viel zu sehr in den Fingern. Sie haben für Morde irgendwelche Ermittlungsrichtlinien, die sie befolgen müssen. Weil sie glauben, dass die ersten Stunden kampfentscheidend sind, werden auf gut Glück die erstbesten Leute festgenommen.«

Er setzte sich breitbeinig hin und legte seine großen Hände auf die Kniescheiben.

»Aber sie müssen irgendwelche Beweise haben«, sagte ich. »Sie behaupten, eine Zeugin hätte mich auf einem Foto identifiziert.«

»Man kann sie kaum als Zeugin bezeichnen. Eine Verrückte, die behauptet, dich von ihrem Fenster aus gesehen zu haben. Im Dunkeln! Und sie ist sich hundertprozentig sicher, dass du es warst, obwohl sie dich überhaupt nicht kennt. Nein, diese Zeugenaussage ist nicht viel wert.«

Ich konnte sie vor mir sehen. Eine Schattengestalt im Fenster des zweiten Stocks. War das wirklich alles, was sie gegen mich in der Hand hatten? War das der einzige Grund, warum ich hier saß?

»Sie wollen die Vernehmung so schnell wie möglich fortsetzen«, sagte Blomberg. »Du hast Glück. Agnes Thelin ist eine der Vernünftigsten hier im Haus. Man kann gut mit ihr reden.«

Er stand auf und spielte ein bisschen an seinem Handy herum, das er ungefähr einen halben Zentimeter von seiner

Nase entfernt hielt. Vermutlich führte der Gedanke an eine Brille dazu, dass er sich alt oder hässlich oder beides fühlte.

»Hab die Linsen vergessen«, murmelte er.

Meine Beine fühlten sich wie zerkochte Nudeln an, als ich aufstand. Blomberg ging vor mir in Richtung Tür.

»Was soll ich denn eigentlich sagen?«

Er drehte sich so heftig um, dass ihm das Haar über das eine Auge rutschte.

»Was meinst du?«

»Was soll ich der Polizei sagen?«

»Erzähl ihnen einfach, wie es war.«

Blomberg sah mich an, langsam, von unten nach oben, bis ich meine Strickjacke über der Brust zusammenzog. Ich fühlte mich wie eine Ausstellungskatze. Er wischte sich den Schweiß und die Haare aus dem Gesicht.

Ich streckte mich.

»Ist das alles, was du zu sagen hast? *Erzähl ihnen, wie es war.* Ist das deine Strategie?«

Blomberg schrumpfte ein wenig.

»Wovon redest du?«

»Du bist doch angeblich einer von diesen Staranwälten«, sagte ich. »Hast du nicht schon eine Menge großer Prozesse gewonnen? Hattest du da auch keine bessere Strategie?«

Blomberg breitete ratlos die Arme aus.

»Worum geht es hier gerade?«

Mir war es gelungen, ihn zu verunsichern. Es gab mal einen Philosophen, der gesagt hat, Wissen sei Macht. Das stimmt wirklich. Das Unwissen anderer ist ein starker Machtfaktor.

»Angenommen, ich war es?«, sagte ich.

Blomberg war wie ausgewechselt. Er war als sonnenbankgebräuntes Alphamännchen hereinstolziert und erinnerte jetzt eher an einen bleichgesichtigen kleinen Jungen.

Ich dachte an die Devise meines Vaters, dass nur wenige die Gabe haben zu lügen. Ob Blomberg diese Auffassung teilte?

»Warum solltest du so etwas getan haben?«, fragte er.

Das war natürlich eine gute Frage.

49

Das Buch, das Teddy anschleppt, ist dreihundertsiebzehn Seiten dick. Ein enggedruckter Text ohne Atempausen. Ich blättere es erwartungsvoll und mit eifrigen Fingern durch. Und lese den ersten Satz: *Es war ein verrückter, schwüler Sommer, dieser Sommer, in dem die Rosenbergs auf den elektrischen Stuhl kamen und ich nicht wusste, was ich in New York eigentlich wollte.*

Vor einem halben Jahr hätte ich darüber gelacht. Wenn ein Lehrer mit einem fünfzig Jahre alten Buch voller Bandwurmsätze und Anspielungen angekommen wäre, die ich nicht kapiere, wäre ich davon ausgegangen, dass es ein schlechter Scherz sein sollte. Auch wenn der Lehrer eine Frisur wie der Tim-und-Struppi-Tim gehabt, wie das Mitglied einer Boygroup ausgesehen und Teddy geheißen hätte.

Zwar bin ich wohl die Einzige, die ihn Teddy nennt, aber trotzdem.

Ich kann mich nicht erinnern, wann ich zuletzt ein ganzes Buch gelesen hätte. Mir fehlt die Ruhe. Nach wenigen Minuten rasen die Gedanken davon, ich vergesse völlig, was ich gelesen habe, und muss wieder von vorn beginnen. Aber hier drinnen ist es anders. Ich sehne mich nach etwas, was meine Gedanken für eine Weile fesseln kann. Ich bin meiner selbst so überdrüssig.

»Wie hast du es hingekriegt, die Staatsanwältin von dem Buch zu überzeugen?«

»Es war nicht ganz einfach. Sie wollte unbedingt wissen, was für ein Buch das ist und was die Lektüre bringen soll und was das Buch mit dem Kursziel zu tun hat und so. Aber am Ende haben wir eine Lösung gefunden.«

»Danke, Teddy.«

Er lächelt und sieht zufrieden aus. Er hat nichts dagegen einzuwenden, dass ich ihn Teddy nenne. Als er sich am Anfang als Björn vorstellte, fragte ich ihn, ob er keinen Spitznamen hätte.

»Nein, nur Björn«, sagte er.

»Nur Björn?«

Ich beschloss, ihm einen Spitznamen zu geben. Ich mag Spitznamen. In den ersten drei Klassen nannten die Mitschüler mich Sternchen, als sie die Bedeutung meines Namens erfuhren, aber nach einer Weile fand ich das peinlich. Ich nannte Amina häufig Mini, bis mir mein Vater erklärte, dass Dino das nicht mochte. Dieser Mann muss zu allem seinen Senf dazugeben. Er selbst nannte Amina übrigens seinen Pitbull.

Teddy sieht wirklich aus wie ein Teddy: weich und kuschlig und mit runden Bäckchen. Ich frage mich, ob ich mich ebenso sehr nach ihm gesehnt hätte, wenn die Situation anders gewesen wäre. Wenn wir woanders gewesen wären. Wenn da nicht der Geruch in der Zelle und die Gedanken gewesen wären, die meinen Schädel bald zum Explodieren bringen würden. Vermutlich nicht. Wenn ich Teddy an einem Frühsommerabend in einem Straßenrestaurant gesehen hätte, wäre er mir vermutlich nicht einmal aufgefallen.

Jetzt setze ich mich so nah zu ihm, wie es geht, ohne dass er sich was einbildet oder sich über sexuelle Belästigung beschwert.

»Was ist das für ein Buch?«, frage ich, während ich den Umschlagrückseitentext überfliege.

»Es ist eine Art feministischer Klassiker.«

Ich hebe die eine Augenbraue.

»Gib ihm eine Chance. Ich glaube, er wird dir gefallen.«

Ich kaufe mir am Kioskwagen eine große Cola und zwei Daim-Riegel. Die Wärterin, die mich anschließend wieder in meiner Zelle einschließt, ist neu, vermutlich eine von den vielen Vertretungen, die kommen und gehen. Sie starrt mich entsetzt an, während ich widerwillig zu meinen neun Quadratmetern Geruch zurückkehre. Die Neue bleibt in der Türöffnung stehen, und ich spüre, wie ihr Blick sich wie eine erschrockene Raupe um meinen Körper windet.

»Was ist denn los, verdammt?«, frage ich.

Ihr Kopf schnellt zurück. Ihre Augen sind weit aufgerissen.

Sie sieht total normal aus. Wie eine, die den sozialwissenschaftlichen Zweig mit guten Noten absolviert hat, die ihre Klamotten bei Nelly und Vero Moda kauft und die Texte von Håkan Hellström mag, weil er so genau weiß, wie alles ist. In einem anderen Leben hätten sie und ich bestimmt Freundinnen werden können.

»Nichts«, sagt sie und sieht weg. »Gar nichts.«

Dann rasselt sie mit den Schlüsseln und sieht ziemlich gestresst aus. Während die Zellen zugesperrt werden, lege ich mich aufs Bett, stecke die Nase ins Buch, trinke Cola und stopfe mir Daim in den Mund. Endlich darf ich für eine Weile vor mir selbst fliehen. Dank dem Buch öffnet sich in meinem Bewusstsein eine völlig andere Welt, und ich stürze mich kopfüber hinein. Ich will nie wieder raus. Nie wieder zurück in die verdammte Zelle.

Ich bemerke nicht einmal den Geruch, wenn ich lese.

Am nächsten Vormittag kommt Teddy zurück.

»Ich habe es ausgelesen. Soll ich jetzt eine Rezension schreiben, oder wie?«

Ich werfe das Buch aufs Bett, und Teddy sieht aus, als hätte ich ihm auf die Zehen getreten.

»Wie? Schon?«

Ich zucke mit den Schultern.

»Was ist passiert? Hat es dir etwa doch gefallen?«

»Es war krass deprimierend.«

»Ja, das stimmt.«

Teddy sieht aus, als würde er sich schuldig fühlen.

Ich weiß nicht, warum ich nicht die Wahrheit sage, dass ich das Buch geliebt habe, dass es mich wütend und traurig gemacht hat, aber dass ich nichts dagegen habe, wütend und traurig zu sein. Ich brauche Gefühle. Ich würde es Teddy niemals verzeihen, wenn er mit irgendeiner langweiligen Sonnenscheingeschichte ankäme.

»Was ist jetzt, soll ich eine Rezension schreiben, oder nicht?«

Wenn Teddy lacht, erinnert er mich an ein Kamel.

»Eine Rezension schreiben? Ist das dein Bild vom Fach Schwedisch?«

Ich verstehe nicht ganz, was er meint. Hat er ein Problem mit Rezensionen?

»Kannst du mir mehr Bücher besorgen?«, frage ich. »Ein einziges Buch kann doch unmöglich für eine Abschlussnote reichen?«

Sein Lächeln reicht von einem Auge zum anderen. Jetzt, da das Kamellachen verschwunden ist, sieht er wirklich aus wie der Traum jeder Schwiegermutter. Meine Mutter hätte ihn sicher geliebt. Das heißt, wenn er zehn Jahre jünger gewesen wäre.

»Natürlich beschaffe ich dir mehr Bücher.«

»Schön.«

Er setzt sich an den Schreibtisch, legt seine Ordner vor sich hin und öffnet den Reißverschluss seines sehr unmännlichen Federmäppchens, auf dem Tiere in allen Farben des Regenbogens abgebildet sind.

Er riecht so gut. Es ist kein schwerer, männlicher Duft, auch kein Parfüm. Ich glaube, nicht einmal Seife. Vielleicht ein schwacher Geruch von Weichspüler in seiner Kleidung? Er duftet nach Mensch.

Ohne Vorwarnung kommen die Tränen. Ich kann nicht erklären, warum. Vielleicht hat ein Gedanke irgendwas Schmerzhaftes gestreift? Ich presse meine Handflächen ans Gesicht, das wehtut und brennt. Und ich denke an diese Esther im Buch, in der Nervenheilanstalt.

»Alles in Ordnung?«, fragt Teddy mit weicher Stimme.

Ich kann nichts dazu sagen. Meine Antwort würde jämmerlich klingen, unbegreiflich. Vermutlich auch egoistisch. Mein Leben ist zerstört. Chris ist tot, und ich habe alles kaputt gemacht. Wie soll ich jemals meinen Eltern wieder in die Augen blicken können? Es gibt keine Lösung, nur die Flucht.

»Ich möchte, dass du jetzt gehst«, sage ich zu Teddy.

Ich verdiene nichts als Finsternis.

50

Amina und ich haben uns immer anhören müssen, dass wir ein ungleiches Paar seien. Sie ist nachdenklich, zurückhaltend und ordentlich, während ich immer Raum für mich gefordert habe und laut gewesen bin und immer irgendeine blöde Regel gefunden habe, gegen die ich verstoßen konnte.

Aber hinter unseren Fassaden sind wir uns ziemlich ähnlich. Ich habe mich immer in Amina wiedererkannt. Letztlich sind wir aus demselben Fleisch und Blut. Wir haben alle unsere Geheimnisse, unsere Untiefen und eine Dunkelheit, die nur wenige kennen. Kaum gräbt man ein bisschen tiefer, findet man bei jedem von uns erschreckende Dinge. Amina bildet in dieser Hinsicht keine Ausnahme.

Ich wünschte wirklich, sie hätte mit aufs Konficamp fahren können. Ich glaube, dann wäre alles anders gelaufen. Nicht nur das Camp, sondern alles.

Schmetterlingseffekt nennt man das. Der Flügelschlag eines einzigen Schmetterlings kann enorme Auswirkungen haben und alle künftigen Ereignisse beeinflussen.

Aber Amina traute sich nicht, ihre Eltern zu fragen, ob sie mitkommen durfte. Ihre Mutter hätte sicher nichts dagegen gehabt, aber ihr Vater ist Muslim. Ich habe ihn zwar nie etwas machen sehen, was mit dem Islam zu tun hat. Eher im Gegenteil. Dino trinkt gerne Bier, und es würde ihm nie einfallen, zu fasten oder nach Mekka zu beten. Im Handball brüllte er Flüche, gegen die Allah sicher etwas einzuwenden gehabt hätte.

Aber das war egal. Amina wollte gar nicht erst fragen, ob sie aufs Konficamp mitfahren durfte. Sie war Muslima, und irgendwie war es ihr wichtig, das zu betonen, obwohl ihr der Islam ansonsten ziemlich egal war. In Aminas Familie wurden sogar Schweinswurst und Rippchen gegessen, aber in der Schule bekam sie immer Essen »ohne Schwein«.

Amina hätte mich sicher aufgehalten. Wenn sie nur zum Camp mitgekommen wäre. Sie hätte mir gesagt, was für eine verdammt blöde Idee das sei. Sie hätte mich zur Vernunft gebracht, hätte mich wie eine große Schwester überredet, im Zimmer zu bleiben und mit den anderen Konfirmanden Karten zu spielen.

Ich wäre nicht mit Robin mitgegangen, wenn Amina da gewesen wäre.

Dann würde ich jetzt vielleicht nicht hier sitzen.

Der Schmetterlingseffekt.

In den Sommerferien vor der achten Klasse sind wir zu einem Handballturnier in irgendeinem dänischen Kaff gefahren. Wie immer holten wir Gold nach Hause, und ich wurde Torschützenkönigin. Die Nächte verbrachten wir auf Luftmatratzen in einem verschwitzten, schnarchenden Klassenzimmer, und an zwei Abenden gab es in einem Zelt auf dem Schulhof eine Disco.

Schon vom ersten Tag an wurden Amina und ich von einer Clique kroatischer Jungs gestalkt, die ein paar Jahre älter waren als wir. Sie hatten unwiderstehliche braune Augen, Brustmuskeln und Oberarme, bei denen uns der Mund wässrig wurde. Am Anfang stellten wir uns zickig. Wir ließen sie links liegen und ärgerten sie, vor allem, weil das von uns erwartet wurde, wie es schon immer von allen Mädchen erwartet wurde. Aber bei unserem letzten Gruppenspiel saßen sie auf der Empore und pfiffen jedes Mal, wenn Amina oder ich im Ballbesitz waren, und an diesem Abend gingen wir nach der Disco mit den kroatischen Jungs mit. Wir saßen in einem großen Kreis unten am Wasser, die Möwen kreisten über den Baumwipfeln, und die Wellen spülten weißen Schaum an den Strand. Die Jungs reichten eine Zigarette herum, und erst als ich sie in der Hand hielt, begriff ich, dass es keine gewöhnliche Zigarette war.

»No strong«, sagte Luka.

Seine grünen Katzenaugen leuchteten in der Dunkelheit. Ich war schon scharf auf ihn, seit ich ihn das erste Mal gesehen hatte. Amina hatte sich stattdessen auf den kroatischen Torhüter eingeschossen.

Ich rauchte ein paar Züge. Ich hustete und lachte, die Stimmen um mich herum wurden langsam und blechern, aber sonst passierte nicht viel.

Sobald der Joint bei Amina landete, begann sie unruhig herumzurutschen.

»She doesn't want to«, erklärte ich.

Luka und die anderen sahen mich fragend an.

»You have to respect her«, meinte ich und beugte mich vor, um den Joint zu nehmen.

Eine Stunde später lag ich auf dem Rücken in einer verborgenen Senke, und Luka verpasste mir lauter Knutschflecken am Hals, ehe er seine Finger in mich steckte und versuchte, mich mit Sätzen aus Pornofilmen zu betören.

Diese Sommerferien. Wenn ich daran zurückdenke, fühlen sie sich an wie eine halbe Ewigkeit, aber es war tatsächlich nur ein einziger Sommer. Unser Leben nahm Tempo auf, und es kam uns so vor, als öffnete sich die ganze Welt.

Ich war vierzehn, und alles war ein einziges Abenteuer. In meinen Augen war ich so gut wie erwachsen und brauchte definitiv keine Eltern, die sich einmischten. Ich hatte immer größere Probleme damit, meine Gefühlsausbrüche zu kontrollieren, und jeder Tag kam mir vor wie ein neuer Krieg.

Meine Mutter zog sich meistens zurück. Sie versteckte sich, machte Überstunden und hatte Kopfschmerzen. Mit meinem Vater war es anders. Er suchte mich in der halben Stadt, wenn ich nicht rechtzeitig nach Hause kam. Ich merkte, dass er meine Taschen durchsuchte, und jeden Abend stand er wie ein verdammter Türsteher im Flur.

»Hauch mich an«, sagte er und beugte sich vor, damit ich meinen Atem in sein Gesicht pustete. »Noch mal.«

Er nahm Witterung auf wie ein Jagdhund und funkelte mich skeptisch an.

»Du hast nicht geraucht, oder?«

Der Witz ist, dass mein Vater den Geruch von Gras nicht einmal erkennen würde, wenn man direkt unter seiner Nase einen Spliff anzünden würde.

Seine Sorge war natürlich nicht ganz unbegründet. Nach der Dänemarkreise war ich auf den Geschmack gekommen und kiffte bald jeden Tag. Es löschte die Gedanken, machte mich schwerelos und frei.

Ironischerweise machte ich mir wegen meiner Mutter die größeren Sorgen.

»Versprich mir, dass du meiner Mutter nichts davon erzählst«, sagte ich und hielt Amina an beiden Armen fest.

»Ich schwöre.«

»Auf den Koran?«

»Auf welches Buch du willst.«

Amina und meine Mutter hatten schon immer eine besondere Beziehung gehabt, und in diesem Sommer schienen sie sich noch näherzukommen. Manchmal, wenn ich nach Hause kam, saßen sie zusammen im Garten und lachten über etwas,

was sie mir nie richtig erklären konnten, was es für sie noch witziger machte.

Ich hatte eine Jungsclique aus Landskrona kennengelernt, die Alkohol und was zum Rauchen beschaffte. Sie luden mich zu allem ein, und ich fühlte mich lebendiger als je zuvor. Eines Abends haute ich von zu Hause ab und schlief unter freiem Himmel auf der Insel Ven. In einem dornigen Gebüsch verlor ich meine Unschuld und hatte eine zweiwöchige Beziehung mit einem Dänen namens Mikkel.

Wenn ich die Lunge mit Rauch füllte, kam es mir so vor, als würde alles tanzen und lächeln.

»Mir gefällt nicht, was du da machst«, sagte Amina.

»Ich mache doch gar nichts«, erwiderte ich. »Es ist doch nur Spaß. Und nur jetzt in den Sommerferien.«

Obwohl wir uns vorübergehend ein wenig aus den Augen verloren, weil Amina die Clique aus Landskrona mied, zweifelte ich nie an unserer Freundschaft. Amina war immer da.

Eines Abends in der vorletzten Ferienwoche wartete sie vor unserem Haus.

»Dein Vater hat mich nach dem Training zur Rede gestellt.«

»Wie?«

Ich fröstelte und zog die Jacke enger um meinen Körper. Das Training hatte schon wieder angefangen, aber ich war die ersten Male nicht hingegangen. Ich hatte keine Lust.

»Was hat er gemacht?«

Amina hatte Tränen in den Augen.

»Er hat mich unter Druck gesetzt und wollte lauter Sachen wissen. Mit wem du dich triffst, ob du mit jemandem zusammen bist, ob ihr Sex habt.«

»Ob wir Sex haben?« Ich traute meinen Ohren nicht. »Er hat gefragt, ob ich Sex habe?«

Amina nickte.

»Und ob du rauchst und trinkst und so.«

»Er ist total krank im Kopf. Ganz ehrlich, das ist doch nicht normal.«

Amina wippte vor und zurück. Schob sich Haarsträhnen aus dem Gesicht. Sie hatte Angst. Mein Vater hatte damit gedroht, Dino davon zu erzählen, obwohl Amina weder trank noch rauchte oder irgendwelchen anderen Mist anstellte. Sie kannte diese Jungs doch kaum und saß lieber zu Hause vorm Fernseher, spielte Handball oder Basketball und hing mit den Jungen aus ihrer Klasse herum. Nach Landskrona war sie nur meinetwegen mitgekommen.

Es war so unfair, dass mein Vater sich ausgerechnet Amina vorgeknöpft hatte.

Einige Tage später begegneten wir uns vor dem Bahnhof. Amina war müde und ungeschminkt. Sie sah aus wie eine verdammte Leiche.

»Es tut mir so leid«, sagte sie.

Ich nahm ihren Arm und zog sie auf einen leeren Bahnsteig. Dann strich ich ihr das Haar aus dem Gesicht und tätschelte ihr die Wange.

»Erzähl. Was ist passiert?«

Sie atmete stoßweise.

»Dein Vater«, sagte sie leise. »Ich habe es ihm erzählt. Ich musste.«

»Was hast du erzählt?«

Sie senkte den Kopf und weinte. Ich konnte nicht anders, als sie verzweifelt an den Schultern zu packen und zu schütteln.

»Was hast du zu meinem Vater gesagt?«

Sie brachte nur einzelne Wörter hervor.

»Ich musste ... Er hat mich gepackt ... ganz fest ... am Arm.«

»Dieses Schwein!«, sagte ich. »Was hast du ihm erzählt?«

Sie schüttelte verzweifelt den Kopf.

»Vom Gras«, sagte sie unter Tränen. »Ich habe ihm vom Gras erzählt.«

Ich starrte sie an. Meine beste Freundin seit Urzeiten. Meine Zwillingsseele. Der einzige Mensch, der mich wirklich kannte.

Der Verrat war so enorm. So unfassbar.

»Wie konntest du nur?«

Amina rieb sich die Augen.

Ich sah sie an, während sich meine Hand zur Faust ballte. Die Muskeln zuckten und rissen an mir. Ich konnte mich nicht kontrollieren. Meine Faust wurde durch die Luft geschleudert, und ich konnte beinahe von außen zusehen, wie in einem Film.

Amina hatte keine Chance. Die Knöchel trafen sie mitten auf dem Wangenknochen. Das Jochbein brach, und das Gefühl war enorm. Besser als jede Droge. Ich hatte noch nie etwas Vergleichbares erlebt.

51

Die Gefängniswärter klopfen nicht an. Der Schlüssel wird im Schloss gedreht, und schon stehen sie im Raum.

Heute kommt Ziegenbart-Jimmy in Begleitung der neuen Kollegin, die mich neulich am Kioskwagen so angeglotzt hat. Sie kommen, um mein Essenstablett abzuholen.

»Nicht lecker heute?«, fragt Jimmy und lächelt.

Ich habe einen ganzen See von braunen Bohnen auf dem Teller zurückgelassen. Ich bin wirklich nicht wählerisch, ich esse fast alles. Aber braune Bohnen, das geht gar nicht.

»Heute Abend kommt doch der Kioskwagen, oder?«, vergewissere ich mich.

Jimmy lächelt noch immer. Er scheint immer mit diesem Lächeln herumzulaufen. Es ist kein freundliches Lächeln. Es wirkt selbstzufrieden, als würde er sich über seine eingebildete Großartigkeit freuen.

»Mal sehen. Kommt ja leicht vor, dass man vergisst, allen aufzuschließen. Stimmt's, Elsa?«

Die Neue antwortet nicht. Sie blickt kaum auf. Vermutlich will sie nicht in eine Zwickmühle geraten.

»Sie haben gehört, was er gesagt hat«, wende ich mich mit übertrieben deutlicher Stimme an die junge Kollegin. »Sie sind meine Zeugin. Wenn ich heute Abend nicht am Kioskwagen einkaufen darf…«

Ich halte inne. Es lohnt sich nicht. Gegen einen wie Jimmy kann man nie gewinnen.

»Soll das ein Witz sein?«, sagt er und lacht.

Dann reicht er seiner Kollegin mein Essenstablett. Das Lächeln wird ausgelöscht, und er sieht mich angeekelt an.

»Ist es wahr, dass du ihn mehrmals in die Brust gestochen hast?«

Ich kämpfe gegen mich selbst. Ich weiß genau, worauf er aus ist, aber ich werde es ihm nicht geben.

Jimmy wendet sich an Elsa.

»Kannst du dir vorstellen, dass dieses Mädchen hier eine brutale Mörderin ist?«, sagt er.

Elsa sieht ihn flehend an, als wollte sie am liebsten einfach nur weg von hier, weg von dem Geruch, nach Hause in ihre normale Welt, in der alles rosa und flauschig ist.

Aber Jimmy gibt nicht auf.

»Das glaubt man nicht, oder?«, sagt er. »Was meinst du, Elsa?«

Elsa sieht auf ihre Füße.

»Man kann doch einem Menschen nicht ansehen, ob er oder sie jemanden getötet hat!«, sagt sie.

Ich schätze ihren Mut.

Jimmy lacht verächtlich. »Weißt du, Elsa, ich war auch naiv, als ich hier angefangen habe. Du wirst es schon noch lernen. Nach fünf Jahren in dieser Einrichtung habe ich kapiert, dass das alles Bullshit ist. Ganz im Gegenteil, man kann den Leuten sehr wohl ansehen, dass sie Dreck sind. Die meisten Mörder sehen genau so aus, wie man sie sich vorstellt: schwarzhaarige, dreckige Zigeuner. Man wundert sich selten.«

Elsas Augen werden immer größer. Sie sieht aus, als wollte sie am liebsten im Erdboden verschwinden.

»Jetzt reicht's aber!«, sage ich zu Jimmy.

Ich kann einfach nicht die Klappe halten. Das ist ein Problem von mir. Die Leute haben immer schon gesagt, ich solle mich zurückhalten. Schließlich müsse man nicht andauernd alles sagen, was man denkt. Mangelnde Impulskontrolle nennen das die Psychologen. Bei einem Test hatte ich das schlechteste Ergebnis. Ich bin eines dieser Kinder, das sich den Marshmallow sofort in den Mund stecken würde, wenn es die Gelegenheit hätte.

»Wer hat dir erlaubt zu reden?«

Jimmy fährt sich mit der Hand über den Ziegenbart und schnauft mir direkt ins Gesicht.

»Hör doch auf«, sagt Elsa hinter ihm.

Aber Jimmy hat keineswegs vor aufzuhören.

Er steht etwa einen halben Meter vor mir, und in seinem Blick lodert der Hass.

»Du dreckige Mörderfotze. Überleg's dir gut, ehe du dich nächstes Mal zu Wort meldest!«

Er weiß nicht, dass ich keinerlei Impulskontrolle habe. Wenn er das wüsste, hätte er das nicht gesagt.

»Jetzt reicht es«, sagt Elsa entschlossen. Ich glaube sogar, sie packt seinen Arm. »Damit hast du eine Grenze überschritten.«

Ich mag sie.

»Eine Grenze?« Jimmy wirbelt so heftig herum, dass Elsa ausweichen muss. »Welche verdammte Grenze?«

»Du darfst doch die Leute hier nicht so behandeln ...«

»Wovon redest du eigentlich? Stehst du etwa da und verteidigst diese Mörderschlampe?«

Er macht eine ausholende Handbewegung in ihre Richtung.

»Jetzt beruhige dich mal«, sagt Elsa.

»Ich soll mich beruhigen? Du solltest vielleicht darüber nachdenken, ob das der richtige Ort für dich ist.«

Ich leide mit ihr. Sie gehört so eindeutig nicht hierher. Sie sollte weiter ihr Leben im Milch-und-Joghurt-Land führen, aus dem sie kommt, wo alle Märchen gut enden.

»Hier drin gibt es nur zwei Seiten«, sagt Jimmy. »Entweder stehst du auf unserer Seite oder auf der anderen.«

Dann dreht er sich langsam in meine Richtung.

Er müsste es besser wissen. Er müsste die Situation weitaus besser im Griff haben. Er ist kein Anfänger, und ich bin definitiv nicht die Einzige hier, der es an Impulskontrolle mangelt.

Ich bereite mich eine ganze Weile vor, peile den exakten Zielpunkt an. Und im selben Moment, in dem er sich umdreht, trete ich ihm mitten zwischen die Beine.

Stöhnend kippt er vornüber.

Elsa und ich wechseln Blicke, während Jimmy sich zwischen unseren Füßen windet. Obwohl ich ihr deutlich signalisiere, dass ich mich ohne Widerstand ergeben werde, schmettert sie mich mit einer Art Judowurf auf den Boden. Meine Wange wird auf das eklige PVC gepresst, und ich spüre ihr Knie in meinem Rücken.

So viel zum Thema Schwesternschaft. Aber ein braves Mädchen macht natürlich nie Kompromisse, wenn es ums Bravsein geht.

Elsa bekommt bald Unterstützung von zwei Kollegen, und nach einer Besprechung von wenigen Sekunden haben sie beschlossen, mich in die Beobachtungszelle zu bringen.

Sie schleppen mich aus dem Zimmer, und auf dem Weg zum Aufzug gebe ich jeglichen Widerstand auf. Es bringt ohnehin nichts.

Eigentlich ist die Beobachtungszelle dazu da, die Insassen vor sich selbst zu schützen. Sie ist klein und dunkel, nur eine Matratze liegt auf dem Boden, und durch ein Fenster wird alles überwacht, was man tut.

Ich muss die ganze Nacht dableiben. Es nützt nichts, dass ich an die Wand schlage oder mich heiser brülle und mit einer Anzeige drohe.

Als sie am nächsten Morgen die Zelle öffnen und mich zurück in mein Zimmer bringen, habe ich kein Auge zugetan.

»Willkommen zu Hause«, sagt der Wärter, der mein Zimmer aufschließt.

Der Geruch dringt wieder in mein Gehirn ein.

Ich falle ins Bett und schlafe bis zum Mittagessen.

52

Ich habe mir noch immer nicht verziehen, dass ich Amina geschlagen habe. Auch fünf Jahre später quält mich die Erinnerung daran mehrmals pro Woche. Was für ein Mensch ist man, wenn man seine beste Freundin schlägt?

In der Sekunde danach bin ich total ausgeflippt. Ich rannte wie eine Verrückte umher, schrie und schlug mit den Armen um mich. Mir fiel es schwer zu begreifen, was ich da getan hatte. Am liebsten hätte ich die letzten Minuten gelöscht und noch einmal erlebt, und zwar als normaler Mensch.

Am schlimmsten von allem war: Ich hatte es sogar genossen. Das wunderbar erlösende Gefühl, als meine Knöchel auf ihre Wange trafen.

Amina saß auf der Bank und verbarg ihr Gesicht in den Händen. Ich drückte ihre Arme weg und musterte das zugeschwollene Auge und die rötlich-lila Schwellung an der Wange.

»Tut mir leid, Amina. Entschuldige!«

Keine Chance, dass ich das jemals wiedergutmachen könnte, es würde nie wieder so werden wie vorher. Ich hatte es kaputt gemacht. Die einzige Konstante in meinem Leben, das Einzige, was bedingungslos war und mir wirklich etwas bedeutete, hatte ich zerstört.

Ich saß auf Knien vor ihr und hielt ihre Hände. Die Passanten glotzten uns an. Einige blieben stehen und fragten, ob alles in Ordnung sei.

Natürlich nicht. Es war alles andere als in Ordnung.

Ich hatte sie geschlagen. Ich hatte Amina wehgetan.

»Das macht nichts«, sagte sie. »Ich habe es verdient.«

»Bullshit! Das ist alles die Schuld meines Vaters.«

»Ich hätte ihm nichts sagen sollen. Kannst du mir verzeihen?«

»Jetzt hör auf! Du bist doch nicht diejenige, die sich entschuldigen muss!«

Es war egal, was sie sagte. Ich begriff, dass man eine solche Sache nicht verzeihen kann. Man kann sagen, dass man es tut, aber im tiefsten Inneren vergisst man es nie.

Wir lehnten Stirn an Stirn und weinten.

In jenem Winter brauchte ich Amina mehr als je zuvor. Meiner Mutter ging es beschissen, und sie versteckte sich den Großteil der Zeit in ihrem Arbeitszimmer. Manchmal hatte ich das Gefühl, als unterhielte sie sich lieber mit Amina als mit mir. Ich redete mir ein, dass sie mich am liebsten gegen Amina austauschen würde. Während ich eine einzige Enttäuschung war, glaube ich, dass meine Mutter viel von sich selbst in Amina erkannte, dem cleveren, ehrgeizigen Mädchen, das nie etwas falsch machte.

Zugleich wurde mein Vater immer paranoider. Er durchsuchte meine Kleidung, meine Taschen und mein Zimmer. Er bestellte beim Telefonanbieter Listen aller getätigten Anrufe, um zu kontrollieren, mit wem ich telefoniert hatte. Am Computer sah er sich den Browserverlauf an und verlangte von mir alle Passwörter.

Es sei nur zu meinem Besten. So klang es zumindest. Anscheinend machte er sich Sorgen um mich.

Mein Vater hat mehrere Jahre als Gefängnispfarrer gearbeitet, was er gern zur Sprache bringt. Er kennt die schlimmen Folgen von Drogen. Vieles hat er mit eigenen Augen gesehen.

Bald entwickelte ich verschiedene Strategien, um die Bedürfnisse meines Vaters zu befriedigen und zugleich ein einigermaßen uneingeschränktes Leben zu führen. Das Kapitel Gras hatte ich durch, aber es gab auch so genug Jungs zu küssen, Nächte zu genießen, Partys zu feiern. Ich erlaubte meinem Vater, meine Kleidung zu durchsuchen, und ließ ihn im Glauben, er habe Einblick in alles, was ich tat. Es ist viel einfacher, etwas zu verbergen, wenn man den Eindruck erweckt, transparent zu sein.

Als die anderen anfingen, über das Konficamp zu reden, spitzte ich die Ohren. Es gab viele verlockende Gerüchte über das letzte Camp. Alkohol, Sex und Zigaretten. Jede Menge gottloser Aktivitäten. Und als i-Tüpfelchen ein Diakon namens Robin, der laut einhelliger Ansicht meiner Informanten das Schärfste war, was man sich vorstellen konnte.

Die christlichen Anteile der Konfirmation ließen mich vollkommen kalt. Natürlich glaubte ich nicht an Gott, aber das taten auch die anderen nicht, die aufs Camp mitfahren wollten. Den meisten war es vollkommen egal, solange sie Geschenke bekamen und eine tolle Zeit im Konficamp hatten. Es mochte zwar irgendwo eine übernatürliche Macht geben, aber in ihrem jugendlichen Alltag hatte das etwa dieselbe Bedeutung wie die Frage, ob es Leben auf dem Mars gab. Ich war die Einzige, die ein bisschen aktiver Stellung bezog, wenn es in der Schule mal um Glaubensfragen ging. Meine ablehnende Einstellung zur Kirche und zur Religion hatte natürlich in erster Linie mit meinem Vater zu tun.

Ich wusste genau, wie ich vorgehen musste. Wenn mein Vater auch nur einen winzigen Hoffnungsschimmer sah, dass ich mich wieder für die Bibel interessieren könnte, dann wäre er ganz leicht zu überreden.

»Was meinst du?«, sagte er beim Abendessen zu meiner Mutter. Es waren nur noch wenige Tage bis zum Anmeldeschluss. »Wollen wir sie fahren lassen?«

Meine Mutter antwortete mit einem leeren Blick.

»Weiß nicht. Vielleicht.«

Ihre Standardantwort im letzten halben Jahr. Nachts schlief sie schlecht, aß wie ein Size-Zero-Model und schlich durchs Haus wie ein Zombie. Es fiel mir schwer, mit dieser Apathie umzugehen, nicht zuletzt, weil ich mich schuldig fühlte. Statt den Schwanz einzuziehen und mich um eine Annäherung zu meiner Mutter zu bemühen, zog ich mich noch weiter von ihr zurück. Auch wenn letztlich mein Verhalten zu ihrem jetzigen Zustand geführt hatte, behauptete ich, es sei ihre Aufgabe, die problematische Situation zwischen uns zu lösen.

»Du hast mich in die Welt gesetzt. Ich habe nie darum gebeten, zu dieser Familie zu gehören.«

Kindisch? Auf jeden Fall, aber ich war nun mal mitten in der Pubertät.

Als mein Vater davon sprach, dass meine Mutter völlig erschöpft sei, kurz vor dem Burnout stehe und sich krankschreiben lassen müsste, protestierte ich.

»Sie arbeitet die ganze Zeit. Kein Wunder, dass sie müde ist.«

Meine Mutter ließ ihre Gabel auf den Boden fallen und nahm sich extra lange Zeit, um sie wieder aufzusammeln. Mein Vater biss sich auf die Unterlippe.

»Sie sagt, dass sie weniger arbeiten will, aber sie sitzt jede Nacht bis in die Puppen am Schreibtisch«, fuhr ich fort. »Kapierst du das nicht?«

Papa schwieg. Aber ich hätte schwören können, dass er meiner Meinung war. Vielleicht war das ja seine Strategie? Womöglich war es besser, wenn solche Äußerungen von mir kamen.

Jedenfalls wurde schon bald beschlossen, dass ich aufs Konficamp mitfahren durfte. Meine Eltern waren sich einig, das behaupteten sie jedenfalls, und ich begann sofort mit der Planung.

Wir hatten alles Mögliche an Tabak und Alkohol dabei. Mit fünfzehn kann man sich nicht leisten, wählerisch zu sein. Einer von den Jungs hatte eine Shampooflasche mit Whisky und Likör aus dem Barschrank seines Vaters gefüllt. Ein anderer hatte eine halbe Flasche Glühwein aus dem Keller seiner Oma geklaut. Und einigen Mädels war es gelungen, einen Penner zu überreden, für sie eine Flasche Explorer-Vodka im staatlichen Spirituosenhandel zu kaufen. Die Zigaretten lagen gut versteckt in unseren Taschen, in Alufolie eingewickelt, in Plastikboxen oder Blechdosen verpackt.

Ich erinnere mich noch immer an das Gefühl von Freiheit in der Brust, als der Bus den Parkplatz verließ.

Die ersten Tage im Camp vergingen wie im Flug. Wir hatten kaum Zeit, an die Flaschen ganz unten in unseren Taschen zu denken. Eines Abends schlich ich mich mit ein paar Jungs in den Wald hinaus und rauchte drei Zigaretten nacheinander, bis ich so husten musste, dass ich beinahe gekotzt hätte. Einige hatten schon am ersten Abend zusammengefunden und lagen in unserem Schlafzimmer unter der Decke und knutschten herum.

Es gab einen See, in dem wir jeden Tag badeten. Eines Vormittags stand Robin eine ganze Weile bis zu den Knien im Wasser und sah mit zusammengekniffenen Augen auf den See hinaus, während die Sonnenstrahlen auf seinem nassen Brustkorb glitzerten.

Die übrigen Mädels rannten kichernd zum Ufer. Der See

war noch immer viel zu kalt, als dass man länger als eine Viertelstunde hätte drinbleiben können.

Ich selbst watete langsam an Robin vorbei, warf ihm einen Blick zu und lächelte. Ich wusste, dass er mir hinterher sah, während ich langsam ans Ufer ging. Ich nahm mir besonders viel Zeit, als ich mein Badetuch auspackte.

Etwas weiter entfernt standen zwei von den Gruppenleiterinnen im Gras und lächelten. Ich warf mein nasses Haar nach hinten und hüllte mich ins Badetuch, bevor ich rüber zu den Gebäuden ging.

Als ich meinen Vater entdeckte, hätte ich natürlich erstaunt sein müssen. Aber ich spürte nur eine schmerzliche Trauer.

Er stand da wie aus dem Nichts und lächelte mich ein wenig zögernd an. Nicht einmal das Konficamp konnte er mir gönnen. Nicht einmal das.

Ich sagte ihm, er solle zur Hölle fahren. Dann lief ich den ganzen Weg nach oben zum Seminarhaus.

Das war der Moment, in dem ich meine Entscheidung traf.

War das eine selbsterfüllende Prophezeiung, Papa? Aber wenn er Chaos erwartete, sollte er auch Chaos bekommen.

53

»Wie geht es dir heute?«, fragt Teddy vorsichtig.

Ich antworte nicht.

Er legt ein weiteres Buch auf den Tisch.

»Das hier ist nicht ganz so deprimierend wie *Die Glasglocke*.«

Ich lese die Umschlagrückseite und blättere zerstreut in dem Buch herum.

»Ich habe es geliebt, als ich in deinem Alter war«, erzählt Teddy.

Es scheint von einem Siebzehnjährigen namens Holden zu handeln, der die meisten Menschen für Idioten hält. Ich mag den englischen Titel lieber als den schwedischen: *The Catcher in the Rye*.

»Was war gestern los?«, fragt Teddy.

Offenbar hat er von meiner Nacht in der Beobachtungszelle gehört.

»Nichts.«

Ich will nicht darüber reden. Ehrlich gesagt glaube ich nicht, dass Teddy begriffen hat, wie es hier drinnen läuft. Er ist keineswegs dumm, das meine ich gar nicht, er ist nicht einmal naiv. Ich glaube nur, wenn man die Augen fest genug zukneift, kann man ewig lange im Zustand des Selbstbetrugs verharren. Teddy hat seine feste Meinung. Er weiß, wie er die Welt gern hätte, und wendet allem, was seinem Bild widerspricht, den Rücken zu, oder er verschließt die Augen davor. Schwedische Untersuchungsgefängnisse sind ein guter Ort. Als Insasse hat man bestimmte Rechte und wird hier bis zu einem möglichen Gerichtsverfahren betreut. Unterdrückung, Brutalität und Machtmissbrauch sind Dinge, die man in Teddys Welt nur aus Filmen kennt.

»Vielleicht solltest du mit Shirine darüber reden?«, schlägt er vor.

Ich halte es nicht aus.

»Du bist hier, um Schwedisch zu unterrichten. Alles andere kannst du vergessen!«

Teddy sieht aus wie ein Welpe, der auf den Boden gepinkelt hat.

»Soll ich eine Rezension darüber schreiben?«, frage ich und wedele mit dem neuen Buch in der Luft herum.

Er hält sich den Arm vors Gesicht, als würde ich gleich zuschlagen.

»Okay, okay, du darfst eine Rezension schreiben.«

»Danke.«

Als ich am nächsten Morgen erwache, liegt das Buch neben mir auf dem Kissen. Verschwommene Bilder aus der Nacht kleben noch hinter den Augenlidern, und es fällt mir schwer zu trennen, was ich gelesen und was ich geträumt habe. Ich fühle mich wie Holden, als er auf dem Sofa zu Hause bei seinem alten Lehrer aufwacht und der alte Mann ihm übers Haar streicht. Lange stehe ich am Waschbecken und spritze mir kaltes Wasser ins Gesicht.

Es fühlt sich richtig gut an, als das Frühstück kommt. Die Wärter sind fröhlich, und der Kaffee schmeckt ausnahmsweise mal nicht nach Ziegenpisse.

Ich blättere im Buch, während ich esse, und versuche herauszufinden, wie viel ich schon gelesen hatte, als ich einschlief, da öffnet sich die Tür hinter mir erneut.

Es ist eine der älteren Wärterinnen, eine Frau, die so aussieht, als sollte sie besser im Kindergarten arbeiten. Mit wachen Augen und einem aufgesetzten Lächeln schaut sie in die Zelle herein.

»Ihr Anwalt ist da, Stella.«

»Er muss warten. Ich trinke gerade Kaffee.«

Sie mustert mich erstaunt, ohne etwas zu sagen. Schließlich erhebe ich mich schwer seufzend, klappe mein Butterbrot in der Mitte zusammen und stopfe es mir in den Mund, ehe ich den letzten Schluck Kaffee hinunterkippe.

Mit schleppenden Schritten gehe ich von zwei Wärtern begleitet zum Raum, in dem Michael Blomberg auf mich wartet.

»Ich habe gute Nachrichten«, sagt er und schüttelt mir die Hand. »Die Staatsanwältin hat Besuch von deinen Eltern bewilligt.«

Ich zucke zusammen.

»Wie Besuch bewilligt? Wer hat das beantragt?«

Blomberg lächelt und zeigt auf seine eigene Brust.

»Aber ...«

Die Sorgenschlange windet sich durch den Körper. Meine Eltern.

»Danke nein«, sage ich.

Blomberg lehnt sich besorgt vor. Sein Gesicht verschwimmt, mir wird schwindlig.

»Was meinst du?«

Ich atme tief ein und schließe die Augen.

»Ich packe das nicht«, sage ich und spüre, wie die Tränen kommen. »Ich will sie nicht sehen.«

54

Mein Vater war von Robin so begeistert, dass es fast schon peinlich war. Ich hatte mehrfach gehört, wie er ihn über den grünen Klee lobte.

Robin mit sich in den Wald zu locken würde nicht besonders schwierig werden. Und dann würde er mir nicht mehr widerstehen können. In dem Moment würden die Jungs kommen und uns auf frischer Tat ertappen. Es würde einen Mordsaufstand geben.

Mein Vater würde natürlich an die Decke gehen. Ich wusste, dass er noch immer da war, sein Auto stand oben am Speisesaal.

Der erste Teil meines Plans funktionierte gut. Doch als ich Robin hinter die Bäume gelockt hatte, verborgen vom übrigen Camp, begann ich zu schwanken. Als Robin den Arm hob, um mich zu berühren, betrachtete er mich mit einem anderen Blick als zuvor. Da war eine Zärtlichkeit, als würde ich ihm wirklich etwas bedeuten.

»Das können wir nicht machen«, flüsterte er und berührte mich vorsichtig mit den Fingerspitzen.

Er hatte recht. Ich war auf dem besten Weg, ihm die Zukunft zu versauen. Er würde nie mehr als Leiter mit auf ein Camp fahren dürfen, vermutlich würde er nie wieder Arbeit bei der schwedischen Kirche bekommen. Oder noch schlimmer.

Eigentlich wollte ich mich an meinem Vater rächen. Und nicht an Robin.

»In ein paar Jahren«, sagte ich und schob langsam seine Hand beiseite. »In zwei Jahren und elf Monaten bin ich achtzehn.«

Er lächelte.

»Kannst du so lange warten?«, fragte ich.

Wir hatten noch ein paar Minuten Zeit, ehe sich die Jungs zwischen den Bäumen anschleichen würden. Ich betrachtete Robins sehnsuchtsvolle Lippen. Ich wollte ihn so gerne küssen. Nur ein einziges Mal. Ob das so schlimm war?

»Dein Vater«, sagte er und drehte den Kopf. »Adam ist dein Vater.«

»Ja, und? Hast du Angst vor meinem Vater?«

»Angst?« Er lachte. »Wer hat schon Angst vor Adam?«

»Was ist dann das Problem?«

»Gar keins. Mir fällt nur auf, wie verschieden ihr seid.«

Er nahm meine Hand und führte mich weiter in das Wäldchen hinein.

»Komm mit.«

Seine Zähne schimmerten im Dunkeln.

Er wollte mir irgendetwas zeigen. In seinem Zimmer im Gruppenleiterhaus. Als ich ihn darauf hinwies, dass uns Konfirmanden der Aufenthalt im Gruppenleiterhaus strengstens untersagt sei, lachte er.

»Was ich nicht weiß, das macht mich nicht heiß.«

Nichtwissen ist Macht.

»Aber was ist mit meinem Vater?«, fragte ich und sah mich nervös um.

Robin hörte mich nicht.

»Komm schon«, sagte er und schloss die Tür auf.

Es gab vier Zimmer im Gruppenleiterhaus. Einen engen Flur mit einem Spiegel und vier Türen. In der Luft lag der typische Sommerhäuschengeruch. Robin wohnte ganz hinten links.

Er ging zum Fenster und zog das Rollo herunter.

»Setz dich«, sagte er und zeigte auf das Bett.

Im Zimmer herrschte ein heilloses Durcheinander. Überall lagen Klamotten und andere Sachen: auf dem Boden, dem Bett und dem kleinen Tisch. Neben dem Bett stand Robins halboffene Tasche, und während ich mich setzte, schaute ich neugierig hinein und erhaschte einen Blick auf Unterhosen, einen Deoroller und Shirts.

»Komme gleich«, sagte er und verschwand wieder im Flur.

Ich saß auf dem Bett und spürte mein Herz schlagen. Bald hörte ich, wie Robin die Toilettenspülung betätigte.

Ich bin nicht blöd. Klar, ich war erst fünfzehn, aber natürlich kapierte ich, was los war. Robin wollte mir gar nichts zeigen. Ich hätte vom Bett aufstehen und weglaufen können, der Gedanke kam mir auch, aber ich wollte dableiben. Ich wollte die Spannung genießen.

Jetzt bestand auch keine Gefahr mehr, dass die Jungs uns auf frischer Tat ertappen und Chaos anrichten würden. Das Schlimmste, was passieren konnte, war, dass sie anfingen, nach uns zu suchen.

Ich schickte ihnen eine Nachricht.

Abbruch! Habs mir anders überlegt.

Ein nach oben gereckter Daumen war die Antwort.

Im nächsten Moment öffnete Robin die Tür. Er hatte einen anderen Gesichtsausdruck, frei von Zweifeln, wild entschlossen. Seine Oberlippe zuckte, als er mich an sich zog. Unsere Lippen trafen sich, seine Zunge bahnte sich einen Weg in meinen Mund, und wir küssten uns.

Ich genoss es.

Er presste sich an mich, und das erregte mich. Ich wollte, dass er weitermachte.

Nach einer Weile drückte er mich nach unten. Ich lag auf dem Rücken, und er verlagerte sein ganzes Gewicht auf mich, verschloss meinen Mund mit seinen Lippen und steckte seine Zunge tief in meinen Rachen.

Das war nicht mehr angenehm, und ich kriegte keine Luft.

Ich zappelte wie ein Fisch unter ihm. Versuchte zu schreien. Merkte er gar nicht, dass er mir wehtat?

Ich konnte nicht atmen, aber Robin machte einfach weiter. Da war nichts Zärtliches oder Liebevolles mehr. Seine Bewegungen waren kraftvoll, demonstrierten Macht und Stärke. Ich war eine Beute, die er erlegt hatte.

Am Ende begriff ich, dass mein Widerstand zwecklos war. Das Einzige, was ich tun konnte, war, die Augen zu schließen und zu warten, bis das Böse verschwunden war. In der Hoffnung, dass es schnell gehen würde.

Robin schob meinen Slip nach unten und spreizte meine Beine. Mir kam es so vor, als zerriss irgendetwas in mir.

Ich steckte in seinem Griff fest. Ich konnte nichts tun.

Auf einmal war es vorbei.

Ich wusste nicht, ob ich noch am Leben oder schon tot war.

Robin sprang auf und lief umher.

»Da ist jemand«, zischte er, während ihm die Hose um die Knie schlotterte.

Ich füllte meine Lunge mit Luft, immer wieder. Endlich konnte ich frei atmen.

»Es ist Adam!«

Robin starrte erschrocken zum Fenster, während er hektisch nach seinem Pulli suchte. Er packte meine Arme und versuchte mich vom Bett hochzuziehen.

»Es ist dein Vater!«

Ich schloss die Augen und atmete tief durch.

Papa.

Danke, lieber Gott.

Papa.

55

Ich sehne mich so verdammt nach meinen Eltern, aber ich weiß nicht, wie ich ihnen je wieder in die Augen blicken soll. Ich sehne mich nach Amina. Ich sehne mich nach Licht.

Man wird krank hier drinnen. Ich werde die ganze Zeit von meinen Erinnerungen verfolgt, und es gibt keinen Ort, an den ich fliehen könnte.

Mitten in der Nacht erwache ich davon, dass ich gerade sterbe. Ich ertrinke.

Ich werfe mich im Bett hin und her. Ich hämmere und schlage an die Wände, versuche, die Tür aufzureißen. Ich trete dagegen, bis die Zehen taub werden. Meine Schreie zerschneiden die Trommelfelle.

Am Ende reißt Gefängniswärter-Jimmy die Tür auf. Sie stürmen zu viert ins Zimmer, und ich habe keine Zeit mehr, um nachzudenken. Sie stürzen sich auf mich und werfen mich dabei um.

Jimmys grobe Hand drückt mein Gesicht auf den Boden. Meine Schreie werden unter seiner stinkenden Reptilienhaut erstickt.

Die Erinnerungen an die Vergewaltigung sind messerscharf, die Bilder glasklar. Ein Teil von mir wird immer dort auf dem Bett im Gruppenleiterhaus liegen und nach Luft schnappen.

Sie fixieren meine Hände auf dem Rücken und heben mich hoch. Ich versuche zu schreien, aber ich bin geknebelt.

Vier muskulöse Männer tragen mich aus dem Raum. Ich

winde mich mit meinem ganzen Körper, bis sie sich gezwungen sehen, mich auf den Flur herunterzulassen. Ich lande mit einem dumpfen Knall auf dem Fußboden, und einer von ihnen schlägt mir ins Gesicht. Ich weiß nicht, ob mit Absicht.

Sie brauchen eine Viertelstunde, um mich zum Fahrstuhl zu schleppen. Unten in der Beobachtungszelle bekommen sie Unterstützung von weiteren Wärtern, als sie mich aufs Fixierbett heben. Die Gurte werden um meine Hände und Füße festgezurrt. Ich liege auf dem Rücken, weine und zittere. Ich bin wieder im Gruppenleiterhaus, im Konficamp. Ich ertrinke in Robins keuchendem Atem. Schweiß und Tränen vermischen sich. Das unfassbar Widerliche besteht darin, dass ein anderer Mensch Macht über meinen Körper ergreift. Ein anderer Mensch hat sich gewaltsam Zutritt zu meinem Innersten verschafft und mir die Würde und das Recht auf Selbstbestimmung geraubt, die ich bis dahin für selbstverständlich gehalten hatte.

Wenn jemand von sich behauptet, nie über Rache nachgedacht zu haben, und entschieden darauf besteht, dass blutige und gewalttätige Vergeltung in keinem Fall gerechtfertigt sei, dann kann derjenige kein Vergewaltigungsopfer sein. Sogar in der Bibel steht: Auge um Auge, Zahn um Zahn. Bevor Jesus alles versaut hat, mit seiner Aussage von der anderen Wange, die man auch noch hinhalten soll.

56

Zwei Tage später kommt Elsa, die Neue, um mich zur Psychologin zu bringen.

Elsa duftet nach Vanille. Sie scheint einen Haufen Fragen im Kopf zu haben, ist aber viel zu professionell, um sie laut auszusprechen.

»Hallo, Stella.«

Shirine signalisiert mir, dass ich mich setzen soll.

Ihre Bambiaugen sind voller Mitgefühl und Vertrauen. Ich bemühe mich aufrichtig, Shirine nicht zu mögen, aber es fällt mir schwer. Es würde jedem schwerfallen, sie nicht zu mögen. Ich will solche Menschen am liebsten hassen.

»Wie war die Woche?«

»Wie ein All-inclusive-Urlaub auf Teneriffa.«

Sie unterdrückt ein Lächeln.

»Ich habe darüber nachgedacht, was Sie neulich gesagt haben, nämlich dass Sie schon früher bei mehreren Psychologen gewesen seien. Was hat Ihnen dort nicht gefallen?«

Ich weiß, dass sie versucht, mich um den Finger zu wickeln. Das ist nur eine Art, mich zum Reden zu bewegen. Und trotzdem falle ich darauf herein.

»Ihr Psychologen seid so auf eure Diagnosen fixiert. Ihr wollt die Leute in fertige Schablonen pressen. Ich glaube aber nicht an Schablonen.«

»Wissen Sie was?«, sagt Shirine. »Ich auch nicht. Ich verspreche Ihnen, dass ich bei Ihnen keine Diagnose stellen werde.«

Sie klingt ehrlich.

»Eine Weile lang wollte ich tatsächlich Psychologin werden«, erzähle ich und verziehe das Gesicht. »Albern, oder?«

»Ganz und gar nicht.«

Mit verschränkten Armen lehne ich mich zurück.

»Stella«, sagt Shirine. »Können Sie mir nicht wenigstens eine Chance geben? Ich bin der Meinung, dass man allen Menschen eine Chance geben sollte. Das finde ich nur fair.«

»So, wie Sie mir eine Chance geben wollen?«

Sie lächelt.

»Sie sollten mich nicht aufgrund Ihrer Erfahrungen mit anderen Psychologen verurteilen. Ich bin nicht sie. Ich bin ich.«

»Das heißt, Sie werden keine vorgefasste Meinung über mich haben? Obwohl Sie wissen, warum ich hier bin?«

Shirine schwankt ein wenig. Ihre Aufrichtigkeit ist ihr viel zu wichtig, als dass sie irgendetwas Unüberlegtes von sich geben würde.

»Natürlich haben alle Menschen irgendwelche Vorurteile, aber ich werde versuchen, mich so weit wie möglich davon zu lösen. Versprochen. Ich bin neugierig auf Sie, Stella. Ich will Sie gerne kennenlernen.«

»Weil ich eine Mörderin bin?«

»Darüber weiß ich nichts. Ich weiß nur, dass Sie noch immer auf Ihr Gerichtsverfahren warten.«

Shirine ist ziemlich durchtrieben. Mit irgendeinem linken Trick hat sie es geschafft, ein Gespräch in Gang zu bringen.

»Im Untersuchungsgefängnis hat man mit allen möglichen Leuten zu tun«, fährt sie fort. »Mit Schuldigen und Unschuldigen, in juristischer und moralischer Hinsicht. Ich bin nicht hier, um zu urteilen.«

»Hört, hört.«

Sie ist ziemlich unwiderstehlich. Oder vielleicht bin ich nur ausgehungert, was soziale Kontakte betrifft.

»Haben Sie Geschwister, Stella?«

Ich werde misstrauisch. Reden wir jetzt über meine Kindheit? Soll das eine Art Befragung werden oder wie?

»Warum wollen Sie das wissen?«

»Wenn ich Sie kennenlernen will«, sagt sie, »müssen wir irgendwo anfangen.«

Ich presse meine Arme fester an die Brust.

»Ich bin Einzelkind.«

»Ich auch«, erwidert Shirine. »Es gibt Forschungsergebnisse, die besagen, dass Einzelkinder die besseren Führungspersönlichkeiten und oft sehr erfolgreich sind. Das könnte man daraus ableiten, dass Einzelkinder ihren Eltern gefallen und sie bis ins hohe Alter beeindrucken wollen.«

Ich rümpfe die Nase.

»Dann bin ich wohl die Ausnahme, die die Regel bestätigt.«

»Tatsächlich?«, fragt Shirine.

»Na ja ... erfolgreich?« Ich breite die Arme in einer vielsagenden Geste aus. »Sieht nicht so aus, oder?«

Verstohlen schaue ich auf die Uhr hinter Shirine. Erst eine Viertelstunde ist vergangen. Noch fünfundvierzig Minuten. Ich muss etwas Gutes draus machen. Eine Stunde wöchentlich außerhalb der Zellenwände, ohne den Geruch und das Eingesperrtsein. Ich kann nicht einfach dasitzen und die Zeit totschweigen.

»Warum sind Sie Psychologin geworden?«, frage ich.

Shirine spielt an ihrem silbernen Ohrstecker herum.

»Liegt an meinen Eltern.«

»Wollten die das?«

»Nein, nein, ganz im Gegenteil.« Sie beugt den Nacken und fährt sich mit den Fingern durchs Haar. »Sie wollten, dass ich

Ärztin werde. Mein Großvater ist Arzt, und meine Eltern sind auch beide Ärzte. Sie sind der Meinung, dass der Mensch in erster Linie ein biologisches Wesen ist. Sie glauben nicht, dass man Krankheiten heilt, indem man über Gefühle und andere abstrakte Dinge spricht.«

Sie lächelt, obwohl ihre Stimme traurig klingt und die Augen feucht sind.

»Und dann sind Sie Psychologin geworden? Aus Protest?«

»Nicht ganz. Ich wäre sicher Ärztin geworden, wenn ich nicht diese Mysophobie hätte. Als Einzelkind will ich es meinen Eltern ja immer recht machen.«

»Mysophobie?«

Shirine nickt.

»Panische Angst vor Bakterien. Ich habe eine Verhaltenstherapie gemacht.«

»Hat es denn geholfen?«

Sie lächelt doppeldeutig.

»Vielleicht sollten Sie es mit Medikamenten probieren.«

Am nächsten Morgen ist Teddy wieder da. Er bleibt mit aufmerksamem Blick an der Tür stehen. Elsa ist noch eine Weile da und redet mit ihm, ehe er hereinkommt und den Tisch mit seinen Ordnern und dem niedlichen Federmäppchen deckt.

»In der Grundschule hatte ich auch so eins«, sage ich, um ihn zu ärgern.

Er wirft mir einen scharfen Lehrerblick zu.

»Meine Tochter hat es für mich ausgesucht.«

Offenbar ist das ein heikles Thema für ihn.

»Wie hat es dir denn gefallen?«, fragt er und zeigt auf *The Catcher in the Rye*.

»Das kannst du ja in der Rezension nachlesen.«

Teddy lächelt.

»Aber du hattest gesagt, es wäre nicht so deprimierend.«

»Fandest du es deprimierend? Es ist Jahre her, dass ich es gelesen habe. Ich weiß nur, dass ich es geliebt habe.«

»Er endet in der Psychiatrie«, sage ich. »Manchmal frage ich mich, ob man in dieser kranken Welt überhaupt woanders enden kann. Selbstmord oder Psychiatrie – es scheint keinen anderen Ausweg zu geben.«

Teddy bekommt rote Wangen.

»Das muss aber nicht sein«, sagt er. »Das Leben kann auch ziemlich einfach sein. Man muss es sich nicht so schwer machen.«

Ich starre ihn an. Will er damit andeuten, dass ich selber schuld bin? Dass Esther Greenwood und Holden Caulfield ein leichteres Leben hätten haben können, wenn sie nur andere Entscheidungen getroffen und nicht alles so irre verkompliziert hätten?

»Was ist los?«, fragt Teddy.

Ich schüttele den Kopf. Ich weiß nicht, wie ich meinen Ärger zum Ausdruck bringen soll.

»Okay«, sagt er. »Dann fangen wir mit der Rezension an.«

Ich starre ihn an.

»Was denkst du eigentlich über mich?«

Er hat noch immer rosige Wangen, und nun verzieht er seine Lippen, als hätte er irgendwo Schmerzen.

»Ich verstehe nicht, was du meinst.«

»Du bist genau wie alle anderen«, sage ich. »Du glaubst auch, dass ich schuldig bin.«

Er sieht zur Seite.

Ich sollte ihm die ganze Geschichte erzählen. Sollte versuchen zu erklären, was passiert ist. Teddy würde es zwar nicht verstehen, aber er würde mich auch nicht verurteilen. Er würde zuhören und sein Bestes tun, um dabei seine Moralvorstellungen und vorgefassten Meinungen zu ignorieren.

»Willst du es wissen?«, frage ich.

Er sieht mich noch immer nicht an.

»Willst du wissen, was passiert ist?«

Er atmet schwer.

Ich gebe ihm die Zeit, die er braucht. Schließlich dreht er sich zu mir und schüttelt den Kopf.

»Nein, ich will es nicht wissen, Stella.«

57

Ich wollte an besagtem Freitag eigentlich nicht ausgehen. Es war ein langer Arbeitstag gewesen, und allein die Vorstellung, meine Jogginghose auszuziehen, die Haare zu föhnen und mich zu schminken, machte mich völlig fertig.

»Komm schon«, sagte Amina, die auf dem Schreibtisch ein paar Shots aufgereiht hatte. »Wenn ich schon mal kein Spiel habe morgen.«

Sie wollte am liebsten ins Tegnérs, war aber auch für andere Vorschläge offen.

»Weißt du, was du brauchst?«, sagte sie und reichte mir einen Shot mit öliger Konsistenz. »Einen One-Night-Stand.«

»Meinst du? Die einzigen Jungs, die ich gerade brauche, heißen Ben und Jerry.«

Zögernd balancierte ich das Glas in der Hand.

»Prost«, sagte Amina, und dann kippten wir unsere Shots.

Ich kam nur aus Freundschaft mit, wegen Amina und weil ich schon so viel getrunken hatte. Nach zwei Gläsern Cider und einigen mehr oder weniger aufgezwungenen Shots beschleunigte sich mein Puls, und mir wurde warm. Normalerweise trinke ich nicht so viel. Amina spielte unsere »Party like an animal«-Playlist bei Spotify ab, und schließlich saßen wir in einem Taxi unterwegs zum Tegnérs.

Die Lichter blitzten, die Tanzfläche war überfüllt, von allen Seiten wurden uns Farbkaskaden entgegengeschleudert, und die Vibrationen der Basslinie dröhnten wie Kanonenfeuer in der Brust. Amina und ich stürzten uns ins Getümmel. Handtaschen auf die Tanzfläche und die Hände Richtung Decke.

Ein paar Jungs aus unserer früheren Schule tauchten auf und waren überraschend witzig. Während ich mich mit ihnen unterhielt, steuerte Amina auf die Bar zu.

»Hol mir nur ein Glas Wasser«, sagte sie.

Nach einer Weile waren die Jungs weitergezogen, aber Amina war noch immer nicht zurück.

Ich fand sie an der Bar.

Sie stand auf Zehenspitzen. Sie hat sich schon immer gewünscht, zehn Zentimeter größer zu sein. Ihre Augen funkelten, und zwischen den Lippen hatte sie einen langen Trinkhalm, der in einem giftgrünen Drink verschwand. Neben ihr stand ein Typ mit Paisleyhemd und quatschte in einem Tempo, als hätte er Angst, ihm könnte der Sauerstoff ausgehen.

»Hier versteckst du dich also?«

Amina zuckte zusammen. Der Typ verstummte abrupt und starrte mich an, als hätte ich ihm den Abend versaut. Er war einer dieser klassischen Schönlinge mit dickem, zurückgekämmtem Haar und hellblauen Augen. Er war uralt. Mindestens zehn Jahre älter als wir.

»Was ist denn das für ein Opa?«, fragte ich und musterte ihn.

Amina stöhnte, aber das Paisleyhemd lachte entspannt.

»So alt bin ich doch auch wieder nicht, oder?«

»Alles ist relativ. Al Pacino ist ungefähr fünfundsiebzig. Und Abraham wurde hundertfünfundsiebzig.«

»Abraham?«, sagte der Typ mit dem Paisleyhemd, während er den Barkeeper zu sich winkte.

»Aus der Bibel«, sagte ich. »So was wie der Urvater aller Religionen.«

Er bestellte sich einen Drink und starrte mich an.

»Das heißt, du bist christlich?«

»Kein bisschen. Man nennt es Allgemeinbildung.«

Er lachte wieder. Die Zähne waren ein bisschen zu gerade und zu weiß, als dass man sie als natürlich empfunden hätte.

»Ich bitte um Entschuldigung«, sagte Amina. »Sie ist es nicht gewöhnt zu trinken.«

»Jaja, schieb es ruhig auf den Alkohol«, meinte ich.

»Sie hat auch gute Seiten. Wenn man lang und intensiv genug sucht.«

»Wie alt bist du denn?«, fragte ich. »Denn alt bist du ja.«

Er warf sich in Pose, stemmte die Hand in die Seite und schob die Brust vor, während er ein weiteres Lächeln abfeuerte.

»Was glaubt ihr denn?«

»Fünfunddreißig«, tippte ich.

Er spielte beleidigt.

»Neunundzwanzig?«, riet Amina.

»Richtig. Und dann gleich beim ersten Versuch«, sagte er und berührte flüchtig ihren Arm. »Du hast einen Drink deiner Wahl gewonnen.«

Amina wandte sich an mich.

»Er heißt Christopher.«

Er reichte mir die Hand, und nach einer längeren Kunstpause ergriff ich sie.

»Chris«, sagte er und zwinkerte mir zu. »Du kannst mich Chris nennen.«

Ich wollte wieder tanzen, und Amina versprach mir, bald nachzukommen. Von wegen …

Ich streckte die Arme hoch in die Luft und begann ordentlich abzurocken. Ich hatte das Gefühl, als wäre meine Brust voller Helium. Mir wuchsen Flügel.

Die Zeit flog nur so dahin, doch Amina blieb unsichtbar. Ich begab mich verschwitzt und ziemlich erledigt wieder auf die

Suche. Schließlich entdeckte ich sie. Amina saß an einem Tisch und sah Chris tief in die Augen.

»Wir trinken Schampus«, erklärte er und bot mir sein Glas an.

Ich versuchte, Blickkontakt mit Amina aufzunehmen. Was war das eigentlich? Hatte sie Interesse an diesem Typen? Amina flirtet nicht gern. Sie würde nie mit einem Typen nach Hause gehen. Als sie das letzte Mal richtig in jemanden verknallt war, gingen wir in die Fünfte. Und dieser Typ hier war zehn Jahre älter als wir. Beinahe dreißig.

Während ich den Mund mit Blubberwasser füllte, überkam mich das Gefühl, dass an der Sache irgendwas komisch war, dass irgendwas nicht stimmte.

»Was machst du beruflich?«, fragte ich.

Chris lächelte breit, als freute er sich über meine Frage.

»Alles Mögliche. Geschäfte. Vor allem Immobilien. Ich besitze ein paar Firmen.«

Für mich klang das ziemlich suspekt.

»Amina hat erzählt, dass sie Ärztin werden will«, fuhr Chris fort. »Was hast du denn so für Pläne?«

Ich versuchte Aminas Blick auf mich zu ziehen, aber sie hatte nur Augen für Chris.

»Eine Weile wollte ich Psychologin werden«, erzählte ich. »Aber ich glaube, ich würde das nicht aushalten. Die Leute haben so verdammt viele Probleme.«

Chris lachte wieder. Ich hatte schon immer Schwierigkeiten mit Leuten, die so perfekt wirken. Hinter all dem Tollen, das sie zur Schau stellen, schlummert meistens ein ernsthaftes Problem.

»Vielleicht studiere ich Jura«, sagte ich. »Meine Mutter ist Rechtsanwältin, aber ich würde am liebsten Richterin werden. Ich treffe gern Entscheidungen.«

»Meine Mutter ist auch Juristin«, meinte Chris. »Mittlerweile ist sie Professorin an der Uni.«

»Interessant.«

Das klang ironischer, als es sollte.

»Gar nicht«, entgegnete er lachend. »Jura ist doch nur Wortklauberei und Haarspalterei.«

»Das glaube ich nicht.«

»Wirst du schon noch merken.«

»Ach, am Ende pfeife ich vermutlich auf Jura und fahre stattdessen nach Asien. Ich träume seit Jahren von einer Fernreise nach Kambodscha, Laos und Vietnam.«

»Sie ist völlig besessen von dieser Reise«, fiel Amina ein. »Stell ihr ein paar Fragen, und sie wird reden, bis deine Ohren blutig sind.«

»Wunderbar. Ich liebe Reisen«, versicherte Chris.

Es gab kaum einen Winkel auf der Karte, den er noch nicht entdeckt hatte. Er hatte ganz Asien bereist, außer der Mongolei. Er hatte in New York, Los Angeles, Paris und London gelebt. Aber in Lund hatte er seine Kindheit verbracht, und hier war sein Zuhause. Deshalb war er wohl immer hierher zurückgekehrt.

Was mochten das für Geschäfte sein, die Chris betrieb? Er sah aus und trat auf wie jemand, der sich keine Sorgen ums Geld machen muss, was meine Neugierde, aber auch meine Skepsis weckte.

»Es ist sicher gut, eine Juraprofessorin in der Familie zu haben, wenn man eine Firma besitzt, oder?«

Chris nickte.

»Das hat mir in letzter Zeit tatsächlich sehr genützt. Aber nicht in beruflicher Hinsicht. Da mischt sie sich nicht ein.«

»Was ist denn passiert?«

Zum ersten Mal verstummte er und sah auf die Tischplatte.

»Das geht uns wirklich nichts an«, sagte Amina neunmalklug.

»Schon okay«, sagte Chris. »Ich habe einen Haufen Scheiße erlebt. Aber … das ist eine lange Geschichte.«

»Der Laden schließt erst um drei«, meinte ich.

Er sah mich an. Sein Lächeln war jetzt anders. Die Lippen wirkten auf einmal ganz weich.

»Ich bin gestalkt worden«, erzählte er.

»Gestalkt?«

»Ehrlich?«

Amina hob die Augenbrauen.

»Von einem total gestörten Menschen«, sagte Chris.

58

Chris tanzte nicht gern, und als Amina und ich zum Neonmeer der Tanzfläche zurückkehrten, blieb er mit seinem Champagner und seinem Lächeln am Tisch sitzen.

»Ganz ehrlich, Amina«, schrie ich. »Stehst du auf den Typen?«

»Quatsch! Was denkst du eigentlich?«

Wir hielten uns an den Händen und wirbelten herum. Der Bass schickte angenehme Vibrationen durch den Körper.

»Hässlich ist er ja nicht«, bemerkte ich.

»Hab schon Schlimmeres gesehen.«

Ich lachte und twerkte.

Was danach passierte, weiß ich nicht mehr so genau. Normalerweise trinke ich wie gesagt nicht so viel. Mit der Zeit habe ich festgestellt, dass ich keinen Alkohol brauche, ich kriege trotzdem meine Kicks, auf andere Art. Durch Alkohol fühle ich mich erst high, dann werde ich unerträglich, und am nächsten Tag ist mir kotzübel.

Jedenfalls habe ich einen Typen getroffen. Wir haben immer enger getanzt, bald hatte ich seinen Mund an meinem Hals, seine Beule an meinem Hintern. Wir waren uns schon mal begegnet, irgendwann im Frühjahr. Der Sex war völlig okay gewesen, aber ich wusste nicht mehr, wie er hieß, was er sonst so machte und worüber wir uns unterhalten hatten.

»Ich muss meine Freundin finden«, sagte ich nach einer Weile.

»Was soll das denn jetzt?«

Er sah alles andere als begeistert aus.

Auf der Suche nach Amina drängelte ich mich durch die Menge auf der Tanzfläche. Es war bald halb drei. Saß sie etwa wieder bei diesem Chris und wartete auf ein langsames Musikstück zum Kuscheln? Ich stolperte zwischen den Tischen hindurch und an der Bar vorbei, aber sie war nirgends zu sehen. Als ich mein Handy rauszog, um ihr zu schreiben, stellte ich fest, dass ich schon eine Nachricht von ihr bekommen hatte.

Sorry!!! Bin zu Hause hab aufm Klo gekotzt hab dich nicht gefunden

Ich schrieb zurück, dass alles gut sei, ich vollstes Verständnis hätte und jetzt auch nach Hause fahren würde. Als Antwort kam ein grün kotzender Emoji.

Nachdem ich in der Bar ein großes Glas Wasser geleert hatte, torkelte ich hinaus auf den Gehweg. Die Nacht war erfüllt von Vogelgesang, es roch nach Alkohol, verschwitztem Parfüm und Pollen. Der Himmel gepunktet vor lauter Sternen.

»Taxi?«, fragte eine Männerstimme hinter mir.

Ich ignorierte ihn. Ich nehme mir nie ein Taxi ohne Zulassung.

»Wir können uns die Kosten teilen«, sagte der Mann, und da drehte ich mich um.

Es war Chris.

»Natürlich nur, wenn du willst. Es wäre billiger.«

Er lächelte wieder auf diese freundliche, bescheidene Art. Das Licht einer Straßenlaterne spiegelte sich in seinen hellen Augen.

»Ich weiß nicht, wo du hinmusst«, sagte ich und merkte, dass es mir schwerfiel, gerade zu stehen.

Wollte ich wirklich mit ihm ein Taxi teilen?

»Pilegatan«, sagte er. »Gleich bei der Polhemskolan.«

Wir mussten zumindest in dieselbe Richtung.

Chris ging zum nächsten Taxi und signalisierte mir, ihm zu folgen. Das konnte doch nicht gefährlich sein? Wir würden höchstens fünf Minuten zusammen im Auto sitzen.

Wir ließen uns von beiden Seiten auf die Rückbank fallen, und ich presste meine Knie zusammen.

Das Auto fuhr mit einem Ruck los, und mir drehte sich der Magen um. Mein Mund war staubtrocken, und ich schloss die Augen, um meinen Schwindel loszuwerden.

»Wie geht es dir?«, fragte Chris.

Ich versuchte ihn anzuschauen, aber vor meinen Augen flimmerte und drehte sich alles.

»Geht es dir gut?«, wollte er wissen und legte die Hand auf meinen Arm.

»Wie einer Prinzessin«, sagte ich und rülpste verstohlen hinter vorgehaltener Hand. »Das muss das chinesische Essen sein, das ich heute hatte. Irgendeine verdammte Ente.«

»Aha, eine verdorbene Ente. Hab ich auch schon mal gehabt. Keine angenehme Erinnerung.«

Ich sah aus dem Fenster. Dann wühlte ich das Handy hervor und schrieb Amina eine Nachricht.

Fahr grad Taxi mit Opa Chris!

Sie antwortete nicht. Hoffentlich war sie nicht sauer.

Keine tieferen Feelings, oder?, schrieb ich.

Diesmal kam die Antwort umgehend.

Ha ha kannst den Opa ruhig haben no worries

Fröhlicher Smiley mit Sonnenbrille.

»Gehst du oft hierher?«, fragte Chris.

Wieder dieses widerlich perfekte Lächeln.

»Ins Tegnérs? Tja, gibt ja nicht so viel Auswahl, wenn man zu jung ist.«

»Oder zu alt«, ergänzte er.

Das war wirklich witzig. Ich mochte seine Selbstironie.

»In deinem Alter geht man doch ins Gloria's, oder nicht?«, sagte ich.

Das Taxi bremste heftig ab, und mein Magen grummelte wieder beunruhigend.

»Alles in Ordnung?«, fragte Chris.

Ich atmete tief ein und murmelte, dass es ihm offenbar gelungen sei, den schlechtesten Taxifahrer der Stadt aufzutreiben.

»Hast du es schon mit Tinder probiert?«, fragte ich dann. »Oder bei HappyPancake? Da wimmelt es von Leuten in deinem Alter.«

»Happy was bitte?«

»Das ist ein neues Datingportal. Im Internet. Ein weltumspannendes digitales Netz. Vielleicht eher was für junge Leute wie mich.«

Er lachte auf, doch dann wurde er wieder ernst.

»Ich habe leider schlechte Erfahrungen gemacht.«

»Mit dem Internet?«

»Mit Frauen.«

Ich lachte kurz, aber sein Lächeln wirkte gezwungen, beinahe traurig. Das Taxi bog ab und bremste. Weicher diesmal. Vielleicht hatte der Taxifahrer meine Bemerkung vorhin gehört. Doch mein Magen rebellierte noch immer ziemlich, und ich befürchtete, jeden Moment kotzen zu müssen.

»Hier wohne ich«, sagte Chris, und erst da merkte ich, dass der Wagen stehen geblieben war. »Ich zahle die ganze Fahrt, dann musst du dem Fahrer nur sagen, wo er dich rauslassen soll.«

Er hängte sich zwischen die Vordersitze, um seine AmEx-Karte in den Kartenleser zu stecken.

Mein Handy vibrierte. Eine neue SMS von Amina.

Du hast dein Pfefferspray dabei oder??? Man weiß nie!

Was dachte sie eigentlich von mir? Ich begann eine Antwort

zu tippen, aber die Übelkeit wurde immer schlimmer, meine Wangen füllten sich mit Spucke, und ich konnte nicht länger warten. Ich drückte die Tür auf und torkelte hinaus.

Die ganze Zeit starrte ich auf den Asphalt, während ich zu einem Gebüsch stolperte, wo ich die Handtasche auf den Boden warf und draufloskotzte.

Als ich mich räusperte und hustete, kam noch mehr. Bis zum Schluss nur noch Galle übrig war. Wie konnte ich nur so besoffen sein? So viel hatte ich doch gar nicht getrunken.

Wegen solcher Erlebnisse hasse ich es, Alkohol zu trinken.

Oder hatte mir jemand was ins Glas gekippt?

Als ich mir sicher war, dass nichts mehr kommen würde, richtete ich mich mit einem Feuchttuch aus meiner Handtasche einigermaßen her. Anschließend drehte ich mich schuldbewusst um und stellte fest, dass das Taxi weg war. Ein Stück weiter auf dem Gehweg stand Chris. In seinem Blick lag etwas Hartes.

»Du kommst jetzt mit rauf und machst dich ein bisschen frisch«, sagte er.

Ich dachte an Aminas SMS und tastete in der Handtasche nach meinem Pfefferspray. Ich wühlte und kramte. Scheiße. Ich habe das Spray immer dabei. Immer.

Jetzt war es nicht da.

59

Chris wohnte im ersten Stock eines gelben Hauses ganz in der Nähe der Polhemskolan. C. Olsen stand an der Tür.

Was tat ich hier? Besoffen und schwindlig und völlig erschöpft, nachdem ich mir den halben Magen aus dem Leib gekotzt hatte.

Als ich mich im Flur vorbeugte, um mich von den Schuhen zu befreien, wäre ich beinahe vornübergekippt. Chris fing mich auf und hielt mich an den Hüften fest.

»Leg dich eine Weile aufs Sofa«, sagte er und führte mich vorsichtig ins Wohnzimmer.

Ich sackte auf dem Sofa zusammen. Dann lag ich da wie ein Wrack und starrte die prachtvollen Stuckaturen an der Decke hoch über mir an. Währenddessen hantierte Chris in der Küche herum. Meine Augenlider waren schwer, und ich befand mich schon halb im Dämmerzustand.

»Schläfst du?«, fragte Chris.

Er stellte ein großes Glas Wasser auf den Sofatisch.

»Trink das.«

Mir wurde schwarz vor Augen, als ich mich aufrichtete. Ich trank das Wasser in großen Schlucken.

Chris beobachtete mich erwartungsvoll.

Als ich das Glas wieder abstellte, wurde mir klar, wie bescheuert naiv ich war. Ich wusste sehr wohl, dass es Vergewaltigungsdrogen gab, die nach gar nichts schmeckten. Warum war ich so unvorsichtig? Aber gut, wir waren bei ihm zu Hause, und ich war momentan das peinlichste Mädchen Nordeuropas. Vermutlich gab es keinerlei Grund, sich Sorgen zu machen.

»Du hast vorhin was über Frauen gesagt. Wie hast du das gemeint?«

»Was habe ich über Frauen gesagt?«

»Du hast gesagt, dass du schlechte Erfahrungen gemacht hast.«

»Ach so, ja.«

Er sog die Unterlippe nach innen und sah aus, als bereute er, überhaupt etwas gesagt zu haben.

»Schon okay«, sagte ich. »Wir müssen nicht darüber reden.«

Chris lehnte sich auf dem Sofa zurück und legte seine Hände auf die Knie.

»Weißt du noch, dass ich erzählt habe, ich wäre gestalkt worden?«

»Richtig, ja.«

Die Erinnerung kehrte allmählich zurück.

»Das war nicht irgendjemand. Das war meine Ex.«

»Oh.«

Er nickte und kratzte sich am Kinn.

»Sie konnte nicht damit umgehen, dass es aus war zwischen uns. Ich habe bestimmt nicht auf die feine englische Art Schluss gemacht, das muss ich zugeben. Ich habe eine andere Frau kennengelernt und mich in sie verliebt. Das ist alles andere als schön, aber man kann schließlich nichts dafür, was das Herz mit einem anstellt, oder?«

»Bist du fremdgegangen?«

»Kommt drauf an, wie man das sieht. Zwischen ihr und mir ist nichts gelaufen, also nichts Körperliches, nicht mal ein Kuss. Aber gefühlsmäßig bin ich schon fremdgegangen. Und darauf bin ich wirklich nicht stolz.«

Ich konnte ihn verstehen. Ich hasse Fremdgehen, aber es kann nun mal keiner seine Gefühle kontrollieren.

»Mir war natürlich klar, dass ich Linda verletzen würde, das war wohl der Grund, warum ich mir mit dem Schlussmachen so viel Zeit gelassen habe. Aber ich hätte nie gedacht, dass sie so ausrasten würde.«

»Was hat sie getan?«

Chris kratzte sich stärker am Kinn.

»Linda hat eine lange Vorgeschichte mit psychischen Störungen«, sagte er.

»Was denn für psychische Störungen?«

Ich hatte den Begriff nie ganz verstanden. Mal davon abgesehen, redet kaum jemand von körperlichen Störungen.

»Ich wusste, dass sie labil war. Schon als Jugendliche hatte sie Depressionen und Essstörungen. Sie ist eine verletzliche Seele.«

Das klang albern. Wessen Seele ist nicht verletzlich, wenn man von demjenigen, den man liebt, verlassen wird?

»Sie ist richtig ausgeflippt, als ich ihr erklärte, was los war. Sie hat regelrechte Anfälle bekommen. Hat mich mit Gegenständen beworfen und mir gedroht. Obwohl es meine Wohnung ist – ich hatte sie schon drei Jahre, bevor ich Linda kennenlernte –, hat sie sich geweigert auszuziehen. Ich musste mehrere Wochen bei meiner Mutter wohnen und mit der Polizei drohen, bis sie schließlich aufgegeben hat.«

»Da hat dir deine Mutter genützt?«

»Na ja, unter anderem. Es wurde nämlich noch schlimmer. Linda begann meine neue Freundin zu belästigen. Sie hat ihr Nachrichten geschickt, mehrere hundert am Tag. Dann ist sie vor dem Arbeitsplatz meiner neuen Freundin aufgetaucht und hat sie verfolgt.«

»Klingt total gestört.«

Wie aus einem Film.

»Ich habe die ganze Zeit geglaubt, man könne mit ihr reden. Wir waren immerhin drei Jahre zusammen gewesen. Meine neue Freundin wollte Anzeige bei der Polizei erstatten, aber ich habe sie davon abgehalten. Ich kannte ja Linda.«

»Was für eine abgefahrene Geschichte. Da kann ich verstehen, dass du vorsichtig bist, was Frauen betrifft.«

Chris nickte.

»Es kommt noch krasser. Linda ist zur Polizei gegangen und hat mich angezeigt. Sie hat mir jede Menge widerlicher Dinge vorgeworfen. Es fällt mir schwer, überhaupt daran zu denken. Sie hat behauptet, ich hätte sie misshandelt und vergewaltigt. Das war absurd.«

»Scheiße«, murmelte ich.

»Ich wurde vernommen und musste mir lauter gestörte Dinge anhören, dich ich angeblich getan hatte. So was Schlimmes habe ich noch nie erlebt. Eine Weile habe ich befürchtet, dass es ihr gelingen würde. Ich hatte den Eindruck, dass die Ermittler ihr glaubten. Beinahe wäre ich im Gefängnis gelandet und als Gewalttäter und Vergewaltiger abgestempelt worden. Mein Leben wäre zerstört gewesen.«

»Scheiße.«

Ich bekam nichts anderes heraus. Chris sah aufgewühlt aus, als kehrten die schlimmen Erinnerungen gerade zurück, und ich schämte mich, weil ich vorhin an Vergewaltigungsdrogen gedacht hatte.

Dabei waren meine Gedanken durchaus berechtigt. Das Leben hat mich gelehrt, jeden Mann als potenziellen Vergewaltiger zu sehen. *Better safe than sorry*. Ich hätte mich also nicht schämen sollen, aber als ich Chris' Angst sah, konnte ich nicht anders.

»Nach einer Weile war die Beziehung mit meiner neuen Freundin auch vorbei. Sie sagte, sie stünde hinter mir, aber ich merkte, dass sie Zweifel hatte. Es ist sicher nicht richtig, sie dafür zu kritisieren. Ich meine, wie sollte sie sicher sein? Aber ich kann nicht mit einer Frau zusammen sein, die glaubt, ich könnte ihr wehtun.«

Seine hellblauen Augen glänzten, und die Gedanken flatterten durch meinen Kopf wie Vögel auf der Flucht.

»Deshalb bin ich also Single und habe ein bisschen Angst vor Frauen«, fasst Chris mit einem trauerumflorten Lächeln zusammen. »Es wird wohl eine Weile dauern, ehe ich wieder Vertrauen fassen kann.«

»Das kann ich verstehen.«

Er seufzte schwer und senkte den Blick. Aus einem reinen Reflex heraus legte ich eine tröstende Hand auf sein Knie. Seine Wärme wirkte ansteckend und breitete sich in meinem Körper aus. In seinen Augen glitzerte es feucht.

Ich weiß nicht, was ich dachte. Ich glaube, er tat mir leid. Der Alkohol hatte mein Gehirn in ein matschiges Stück Obst verwandelt.

»Hey«, sagte ich und legte den Arm um seinen Hals.

Als er sein Gesicht zu mir drehte, führte ich die Lippen zu seinem Mund und küsste ihn.

»Hör auf«, murmelte er und schob mich zur Seite.

Ich ließ ihn los. Was tat ich da eigentlich?

»Nicht so«, sagte er. »Nicht jetzt.«

Am liebsten wäre ich unter das Sofa gekrochen und verschwunden.

»Ich glaube, es ist am besten, wenn du jetzt nach Hause fährst«, sagte Chris und tippte auf seinem Handy herum. »Ich bestell dir ein Taxi. Wo wohnst du?«

Total peinlich. Ich konnte ihm nicht in die Augen sehen.

Ich gab ihm meine Adresse und stolperte in den Flur, während er telefonierte. Als ich mein Spiegelbild betrachtete, musste ich die Augen zusammenkneifen. Ich sah total fertig aus.

Im Handy hatte ich eine neue Nachricht von Amina.

Was ist los? Wo bist du???

Auf dem Heimweg, schrieb ich zurück.

Chris begleitete mich nach unten auf die Straße und nahm mich etwas unbeholfen in den Arm. Ich war davon überzeugt, dass wir uns nie wiedersehen würden, und als ich im Taxi saß, bereute ich, ihm meine korrekte Adresse gegeben zu haben.

60

Michael Blomberg trägt ein neues Hemd, delfinblau mit weißen Knöpfen und hochgekrempelten Ärmeln. In der Brusttasche steckt ein zerknittertes Taschentuch. Mit einem über-
dimensionierten Lächeln beugt er sich weit über den Tisch.

»Ich möchte gern, dass du dich mit deiner Mutter triffst. Wir
müssen reden, alle drei.«

»Das geht aber nicht«, sage ich.

Der bloße Gedanke macht mir unendlich Angst.

»Was soll ich ihr denn deiner Meinung nach sagen?«, fragt
Blomberg. »Dass du deine eigene Mutter nicht sehen willst?«

Natürlich will ich das. Nichts will ich lieber. Aber das würde
Blomberg nie kapieren.

»Sag, wie es ist. Ich pack es nicht.«

Er seufzt schwer.

»Oder du lügst«, schlage ich vor. »Du bist bestimmt so kom-
petent, dass dir eine gute Lüge einfällt.«

Der große Anwalt schüttelt den Kopf.

»Ich kenne Ulrika seit vielen Jahren ...«

»Ich weiß. Du kennst meine Mutter ziemlich gut, oder?«

Blomberg erstarrt. Es ist nicht das erste Mal, dass ich eine
solche Andeutung fallen lasse, sicher auch nicht das letzte. Ich
lasse ihn gern im Ungewissen. Das verleiht mir Macht.

»Kennst du auch Margaretha Olsen?«, frage ich.

»Was heißt schon kennen? Sie ist ja ...«

»Professorin.«

Er zuckt zusammen. Verzieht das Gesicht.

»Lund ist ...«

»Ein Dorf.«

»Eine Stadt«, sagt er. »Lund ist eine kleine Stadt.«

»Hält sie mich auch für schuldig?«

»Wie? Wer?«

»Margaretha Olsen. Hält sie mich für schuldig?«

»Keine Ahnung«, sagt Blomberg. »Aber was tut das zur Sache? Ist doch egal, was die Leute denken. Das Entscheidende ist, dass wir bei der Gerichtsverhandlung begründete Zweifel anführen können.«

»Ist das wirklich entscheidend? Warum habe ich dann das Gefühl, als wüssten alle schon ganz genau, was passiert ist?«

»Welche *alle?*«

»Die Polizei, die Staatsanwältin, die ganze Welt irgendwie.«

Blomberg windet sich, klingt aber so bombensicher wie zuvor.

»Confirmation bias nennt man das. Wenn man eine Theorie hat und alles vernachlässigt, was gegen diese Theorie spricht. Kommt häufig vor. Das muss gar nichts Bewusstes sein. Ist es vermutlich auch nicht.«

»Aber eine Ermittlung soll doch wohl objektiv sein?«

Er zuckt mit den Schultern.

»Wir reden von Menschen. Wir alle sind nur Menschen.«

Dann spielt er an seiner goldenen Halskette herum und nimmt sozusagen Anlauf, bevor er seine kleine Bombe platzen lässt.

»Linda Lokind.«

Er wartet ab und beobachtet mich dabei.

»Was ist mit ihr?«, frage ich.

»Kennst du sie?«

»Was heißt schon kennen. Lund ist ...«

»Ein Dorf.«

Blomberg lehnt sich zurück und zwinkert mir zu.

»Erzähl schon, Stella. Du hast doch Kontakt zu Linda Lokind gehabt, oder?«

»Kontakt gehabt?« Das klingt so formell. »Na ja, ich weiß, wer sie ist.«

»Tatsächlich?«

Blomberg nickt langsam. Die Frage ist, wie viel *er* weiß.

»Ich bin ihr mal begegnet. Nichts weiter.«

»Aber du weißt, dass sie mehrere Jahre mit Chris Olsen zusammen war? Sie haben sogar zusammengewohnt.«

Ich versuche, überrascht auszusehen, aber Blomberg wirkt nicht sonderlich überzeugt.

»Ich werde Linda Lokind als alternative Täterin präsentieren.«

»Wie jetzt? Gegenüber der Polizei?«

Er nickt.

»Das kannst du nicht machen!«

Mir ist schwindlig und warm. Die Gedanken drehen sich im Kreis.

»Aber dann könntest du freigesprochen werden«, gibt Blomberg zu bedenken.

Glaubt er, dass Linda Chris umgebracht hat? Ich greife nach einem Glas und verschütte beim Einschenken etwas Wasser auf dem Tisch. Blomberg verfolgt interessiert jede Bewegung.

»Linda Lokind hat Christopher Olsen angezeigt, nachdem sie sich im Frühjahr getrennt hatten. Laut ihrer Aussage war Olsen ein richtiger Tyrann. Aber es gab keine Beweise, also wurde das Verfahren relativ bald eingestellt. Ein plausibles Rachemotiv, nicht wahr? Und unabhängig davon, ob es wahr ist oder nicht: In Lokinds Kopf war Olsen ein Gewalttäter, der sich auf allerschlimmste Weise an ihr vergriffen hatte.«

»In Lokinds Kopf? Glaubst du, dass sie gelogen hat?«

Blomberg wedelt mit der Hand.

»Das ist doch egal. Es deutet ohnehin einiges auf Lokind als Täterin hin. Wir haben eine ganze Menge Hinweise ausgebuddelt.«

»Ausgebuddelt? Wieso das? Du bist doch kein Polizist«, sage ich. »Du sollst nur meine Rechte verteidigen. Nicht Ermittler spielen.«

Er wirft mir diesen abschätzigen Blick zu, von oben herab, als wäre ich ein kleines Mädchen.

»Nun, wenn die Polizei ihre Arbeit nicht macht, müssen wir das für sie übernehmen. Es geht nicht darum, dass ich Linda Lokind hinter Gitter bringen möchte. Ich werde nur dafür sorgen, dass begründete Zweifel vorliegen, was deine Schuld betrifft.«

Ich schwitze. Die Luft hier drin ist stickig.

»Nein«, sage ich. »Das ist nicht okay. Halt Linda Lokind aus der Sache heraus.«

Er sieht erstaunt aus.

»Aber das könnte deine Rettung sein, Stella. Ich muss mit deiner Mutter reden.«

»Du unterliegst der Schweigepflicht, verdammt noch mal. Ich könnte dafür sorgen, dass du deine Zulassung verlierst.«

Blomberg legt sich die Hände auf den Bauch. Er sieht aus, als hätte er Mitleid mit mir.

»Du ahnst nicht, was Ulrika deinetwegen durchgemacht hat.«

»Was meinst du?«

Er schiebt den Stuhl zurück und steht auf.

»Wovon redest du?«, frage ich.

Meine Mutter hat sich immer vor allem um sich selbst und um ihre Karriere gekümmert. Was sollte sie meinetwegen ausgehalten haben?

»Ich komme wieder«, sagte Blomberg.

Er dreht sich um und klopft an die Glasscheibe.

»Du glaubst es auch, oder?«, sage ich.

»Was glaube ich?«

»Du glaubst auch, dass ich es war.«

61

Am Sonntag trafen Amina und ich uns im Hamburgerstället in der Stadt. Es stank nach Fett und Frittieröl. An den Tischen saßen Leute mit geröteten Augen und zerzaustem Haar und unterhielten sich leise.

Amina packte mich am Arm.

»Ist was passiert?«

Ich stellte das Tablett mit einem Knall auf den Tisch.

»Nein, hab ich doch gesagt.«

»Sag schon, irgendwas ist doch passiert?«, beharrte sie. »Habt ihr rumgemacht?«

Sie klang neugierig und genervt, kein bisschen enthusiastisch.

»Bist du eifersüchtig?«

»Hör auf.«

Amina ist der einzige Mensch, den ich kenne, der einen Burger mit Messer und Gabel isst. Sie steckte die Gabel in ihren Burger und säbelte mit dem Messer ein Stück ab.

»Tut mir leid. Ich hatte nicht vor, zu ihm in die Wohnung mitzugehen. Wir wollten uns nur ein Taxi teilen.«

»Schon gut. Ich bin nicht eifersüchtig.«

»Es ist nichts passiert. Ehrlich.«

Amina schnitt den Burger so fest durch, dass der Teller quietschte.

»Chris hat doch erzählt, dass er gestalkt wurde, weißt du noch?«, fuhr ich fort. »Das war seine Ex.«

»Wie?«

Ich erzählte ihr die ganze Story von Chris' Exfreundin, die sich geweigert hatte zu akzeptieren, dass er sich in eine andere verliebt hatte. Wie sie ihn verfolgt und wie sie seine neue Freundin belästigt hatte und dann zur Polizei gegangen war und Chris wegen Körperverletzung und Vergewaltigung angezeigt hatte.

»Wie krank«, sagte Amina mit angewidertem Gesicht. »Du solltest dich wirklich von solchen Typen fernhalten.«

»Solchen Typen? Chris kann doch wohl nichts dafür, dass seine Ex total gestört ist.«

Amina schien da anderer Meinung zu sein.

»Wirst du dich wieder mit ihm treffen?«

»Warum sollte ich?«

Aber ich klang viel sicherer, als ich es in Wirklichkeit war.

Am Montag arbeitete ich den ganzen Tag. Mein Pfefferspray fand ich in einer meiner Jacken und legte es wieder in meine Handtasche zurück. Ich kam spät nach Hause, schlüpfte in meine Jogginghose, machte mir zwei Brote mit Erdnussbutter und kuschelte mich aufs Sofa, um die neuesten Meldungen bei Facebook zu checken. Dabei entdeckte ich eine Freundschaftsanfrage von Chris.

Was wollte er von mir? Ein reicher, gut aussehender Neunundzwanzigjähriger, der mehrere Firmen besaß und auf der ganzen Welt herumreiste. Natürlich verstand ich genau, worauf er aus war. Ich sollte Aminas Rat befolgen. Es gab keinen Grund, mit diesem Typen zu reden.

Ich zögerte eine Weile, dann nahm ich seine Anfrage an. Es war letztlich nur Facebook. Ich wollte ihn ja nicht heiraten.

Eine halbe Minute verging, bevor die erste Nachricht kam.

Ich denke an dich, schrieb er.

Irgendwas an dieser Formulierung ließ mich aufhorchen. Damals konnte ich nicht genau sagen, was es war, aber im Nachhinein weiß ich es. Es war das Tempus, er schrieb im Präsens. Nicht wahr, Teddy? Als ob er die ganze Zeit an mich denken würde und eben auch in diesem Moment.

Stella?, schrieb er, als ich nicht sofort antwortete. *Das ist ein sehr schöner Name.*

Ich schrieb eine kurze Antwort, löschte sie, schrieb sie noch einmal und löschte sie erneut. Schließlich schickte ich ihm die folgende Nachricht:

Das bedeutet Stern auf Italienisch

Er schickte mir einen Stern-Emoji.

Mein Vater liebt Italien, schrieb ich. *Er ist fast ein bisschen besessen davon*

Chris schickte mir einen hochgestreckten Daumen.

Italien ist nice. Cinque Terre, Toskana, Ligurien.

Ich antwortete mit einem gähnenden Smiley.

Die Sprechblase mit den drei Punkten zeigte an, dass er gerade etwas schrieb, aber es tauchte kein Text auf. Ich umklammerte das Telefon in meiner Hand. Schließlich traf seine Nachricht ein.

Wenn man Leute auf dem Sterbebett fragt, was sie in ihrem Leben am meisten bereuen, dann bereuen sie nie, was sie getan haben, sondern immer nur das, was sie nicht getan haben. Wusstest du das?

So flirteten also Neunundzwanzigjährige?

Ich werde gar nichts bereuen, schrieb ich.

Er schickte einen fröhlichen Smiley.

Ich glaube, wir sind uns ähnlich, schrieb er. *Wir sind Menschen, die nie zur Ruhe kommen. Leute wie wir müssen zusammenhalten, um zu überleben.*

Er versuchte mich zu analysieren. Ich hasse Leute, die mich analysieren wollen.

Du weißt gar nichts über mich, schrieb ich.

Er antwortete: *Ich glaube, ich weiß mehr, als du ahnst.*

Dieser Typ war einfach too much.

Ich glaube zum Beispiel, dass du nackt schläfst.

Verdammt. Ich las es dreimal hintereinander.

Am liebsten wollte ich einfach nur wütend sein, aber ich konnte mich nicht gegen ein gewisses Kribbeln wehren. Es war so völlig unerwartet.

Muss mich jetzt hinlegen, schrieb ich.

Schlaf gut, kleiner Stern, antwortete er.

Ich rief sofort Amina an. Sie klang etwas bedrückt.

»Tu, was du willst«, sagte sie.

»Vergiss es, ich bin an dem Typen nicht interessiert.«

Doch ich hörte selbst, dass es wie eine Lüge klang.

»Ich bin es nur so satt, dass nie was Aufregendes passiert«, sagte ich. »Es ist so verdammt langweilig hier.«

»Du gehst doch bald auf Reisen.«

»Bald?« Amina und ich hatten noch nie dasselbe Zeitgefühl. »Bis dahin sind es noch mehrere Monate. Wenn ich überhaupt fahre.«

»Natürlich fährst du«, sagte Amina. »Die Zeit vergeht so schnell.«

Ich legte mich mit meinem Notebook ins Bett. Einige Tage zuvor hatte ich eine amerikanische Seite über Psychopathen gefunden, die sich als die reinste Goldgrube entpuppt hatte. Jede Menge Forscher und Psychiater hatten lange, interessante Beiträge geschrieben. Ich las, dass Psychopathen manchmal als menschliche Raubtiere beschrieben werden, die ihre Umgebung mit ihrem außerordentlichen Charme und Charisma manipulieren. Wer von der verführenden Schmeichelei eines Psychopathen umgarnt wird, begreift meist viel zu spät, dass er manipuliert wird. Ein Psychopath lügt häufig, ohne Gewissensqualen und zu seinem eigenen Besten, um sein Selbstwertgefühl zu verbessern und leichter durchs Leben zu kommen.

Ich bin schon immer eine Meisterin im Lügen gewesen. War das ein psychopathischer Wesenszug?

Ein Psychopath weiß, dass er lügt. Das galt auch für mich. Und natürlich kam es vor, dass ich log, um mir selbst Vorteile zu verschaffen. Ich war mir auch nicht sicher, ob ich immer von Gewissensqualen befallen wurde, wenn ich log. Was sagte das über mich aus?

Ich las von einer Frau, die einen Psychopathen kennengelernt hatte, der ihr den gesamten Besitz abgeluchst hatte. Sie tat mir natürlich leid, aber ich konnte nicht umhin, eine gewisse Verachtung für sie zu empfinden.

Es war Freitag, und ich war gerade im Laden, als ich Chris' Nachricht entdeckte. Ich habe das Handy nicht bei mir, wenn ich arbeite. Insbesondere dann nicht, wenn Malin da ist, unsere Chefin. Sie ist eine von denen, die einem glatt kündigen würde, weil man während der Arbeitszeit an seinem Handy herumspielt. Regeln sind Regeln. So ist Malin nun mal. Es geht das Gerücht, dass sie einer Aushilfe keine Stunden mehr zugeteilt hat, weil sie beim Kassieren Kaugummi gekaut hat.

Aber ich hatte gerade Pause, als ich die Nachricht von Chris sah. Ich war allein in der Teeküche, und das war vielleicht gut so, denn meine Reaktion war ein bisschen zu pubertär.

Heute Abend um 18 Uhr Eine Limo wird dich abholen. Ich schlage vor, du ziehst ein Kleid an. Vielleicht bringst du einen Schlafanzug mit. Ach nein, stimmt ja, du schläfst ja nackt.

Es kribbelte in meinem ganzen Körper, als ich das las.

Einerseits war Chris einfach too much. Andererseits war mein Leben total armselig. Ich war noch nie mit einer Limousine gefahren, und ich gebe zu, dass ich materialistisch und leicht zu beeindrucken bin.

Was sollte an so einem Date schon gefährlich sein? Und wer hätte nicht Lust, sich aufzubrezeln und mit einer Limousine zu fahren, um in ein schickes Restaurant zu gehen, wo es Essen gibt, dessen Namen man nicht mal aussprechen kann?

Ich wartete eine Weile mit meiner Antwort, aber die Wahrheit ist, dass ich eigentlich keinen Moment gezweifelt habe. Das Angebot war einfach zu gut, um es abzulehnen.

Es war Punkt sechs und ich stand in meinem neuesten und aufregendsten Kleid vor dem Haus, als der Wagen vorfuhr. Es war eine dieser riesigen Stretchlimousinen mit weißen Sitzen und einer gut gefüllten Bar. Wir öffneten eine Flasche Moët und prosteten uns zu, während wir über die Brücke nach Kopenhagen fuhren.

»Ich freue mich so, dass du mitkommst«, sagte Chris.

Seine Augen leuchteten.

Als wir da waren, lief er um das Auto herum und hielt mir die Tür auf. Dann führte er mich vor sich her und legte dabei die Hand ganz leicht auf meine Hüfte.

Das Restaurant hatte ein paar Michelin-Sterne und war weltbekannt. Ich habe den Namen vergessen. Das Essen war in erster Linie seltsam, und trotz der vier Gänge war ich längst nicht satt, als wir uns wieder in die Limo setzten.

»Können wir kurz anhalten?«, fragte ich, als wir an einem Eisstand vorbeikamen.

Ich kaufte mir ein riesiges Softeis mit Sahne und Marmelade obendrauf. Dann saßen wir an einem Campingtisch, die Möwen spazierten um unsere Füße herum, und Chris sah mit großen Augen zu, wie ich mir die Marmelade von den Fingerspitzen leckte.

»Ich liebe deinen Stil«, sagte er.

Ich kapierte nicht ganz, was daran so besonders sein sollte, aber natürlich fühlte ich mich geschmeichelt.

Wir beschlossen den Abend in einer Skybar mit Aussicht über den Öresund hinweg bis nach Schweden. Ein Typ mit rötlichem Gesicht spielte traurige Stücke auf dem Flügel, und Chris sah mich so lange und intensiv an, dass ich beinahe errötete.

»Wovon träumst du?«, fragte er.

»Tut mir leid, ich habe einfach nur dagesessen und nachgedacht...«

»Nein, das habe ich nicht gemeint«, unterbrach er mich und bekam kleine erdnussförmige Grübchen in den Wangen. »Ich meine, was hast du für Träume? Was willst du aus deinem Leben machen?«

»Aha, so meinst du das.«

Da war wieder das wohlbekannte Grummeln im Bauch.

»Ich hasse diese Frage.«

»Warum?«

»Weil ich sie nicht beantworten kann.«

Chris hob die Augenbrauen.

»Das stimmt«, fuhr ich fort. »Alle meine Freunde wissen genau, was sie machen wollen, sie haben einen fertigen Plan fürs ganze Leben. Reisen, Studium, Job, Familie. Das würde bei mir aber nicht funktionieren. Mich langweilt das nur.«

»Mich auch. Das klingt schrecklich. So habe ich meine Frage auch nicht gemeint.«

»Ich finde es ja schon stressig, das nächste Wochenende zu planen. Ich will überrascht werden.«

Das Lachen brachte Chris' Augen zum Glitzern, wie zwei Diamanten.

»Ich bin genauso.«

Ich lächelte ihn an. Trotz des Altersunterschieds hatten wir ziemlich viel gemeinsam.

»Die meisten Leute in meinem Alter haben ein ziemlich eingefahrenes Leben«, sagte er, während der Pianist diesen Elton-John-Song aus *Der König der Löwen* spielte. »Mit fünfundzwanzig muss irgendwas passiert sein. Die Leute sind wahnsinnig langweilig geworden. Jeder Tag sieht gleich aus, man tut dieselben Dinge, schaut dieselben Fernsehsendungen, hört sich dieselben Podcasts an, isst das gleiche Essen, geht ins gleiche Fitnessstudio, folgt denselben Konten auf Instagram und hat zu allen Themen die gleiche Meinung, von der Politik bis zum Wetter.«

»Bitte, bitte, lass mich nie so werden.«

»Da musst du dir keine Sorgen machen. Du und ich, wir sind nicht so.«

Als der Refrain von *Can You Feel the Love Tonight?* kam, summte er mit.

»Deshalb hab ich auch aufgehört, Handball zu spielen. Ich war ziemlich gut, durfte ins Trainingslager der Jugendnationalmannschaft mitkommen und so. Aber auf einmal war alles so klar geregelt. Jeder Angriff musste im Voraus geplant werden, und wenn man Eigeninitiative zeigte, kriegte man Ärger mit den Trainern. Es hat keinen Spaß mehr gemacht.«

»Sie haben die Kreativität getötet«, meinte Chris seufzend.

»Und die Spannung. Wie soll es denn noch Spaß machen, wenn alles schon im Vorfeld durchgeplant ist?«

»Du klingst so klug.«

»Für mein Alter?«

Er lachte.

»Alter wird im Allgemeinen überschätzt. Für die meisten Menschen sind Lebensjahre wie leere Kalorien. Ein Jahr nach dem anderen vergeht, aber die Entwicklung steht still.«

Eine Stunde später fuhr unser Chauffeur unten auf der Straße vor und hielt mir die Tür auf. Aus dem Augenwinkel sah ich neidische Blicke.

Mitten auf der Öresundbrücke öffnete Chris die Dachluke und erhob sich. Er reichte mir die Hand, und dann standen wir dicht nebeneinander da und spürten den Wind in den Haaren. Es war ein Gefühl, als würden wir schweben. Ich war völlig erschöpft, als wir uns wieder auf die weiße Rückbank sinken ließen. Wir sahen uns an, und ich fühlte mich fast so, als hätten wir Sex gehabt. Chris lachte und kam mir dabei immer näher, bis eine Begegnung unserer Lippen schließlich nicht mehr zu vermeiden war. Ein rascher Kuss, dann ließ er mich los.

»Tut mir leid«, sagte er. »Ich hatte mich nicht im Griff.«

Ich lehnte mich zurück, verschränkte die Arme im Nacken und streckte meine Beine aus.

»Hör auf, dich zu entschuldigen. Küss mich lieber.«

Aber er ließ die Schultern hängen und wich mir mit dem Blick aus.

»Eigentlich will ich nichts lieber«, sagte er.

»Aber?«

Ich richtete mich auf, drückte die Knie aneinander und fasste meine Haare in der Hand zusammen.

»Ich bin noch immer nicht über all das hinweg, was mit meiner Ex passiert ist. Das hat nichts mit dir zu tun, versprochen. Ich brauche nur Zeit.«

»Verstehe.«

Ich dachte an Amina. In all den Jahren, seit wir beste Freundinnen waren, hatten wir uns noch nie für denselben Jungen interessiert. Wir hatten aber darüber geredet und uns versprochen, niemals einen Typen zwischen uns kommen zu lassen. Diesmal fühlte es sich komisch an. Amina hatte Chris in der Bar kennengelernt. Sie hatte durchaus interessiert gewirkt. Vermutlich sollte ich mich zurückziehen und Chris einfach vergessen.

»Danke, dass du so verständnisvoll bist«, sagte Chris und legte seine Hände auf mein Knie. »Unsere Zeit wird noch kommen.«

62

»Ich kann das nicht lesen«, sage ich zu Teddy und reiche ihm das Buch, das er mir mitgebracht hat.

Es heißt *Gewalt* und ist das dünnste und experimentellste, das er mir bisher gegeben hat, aber beim Lesen des Umschlagrückseitentextes ist mir schlecht geworden.

»Was meinst du?«, fragt Teddy.

»Das scheint nichts für mich zu sein.«

Mit einer gekränkten Miene steckt Teddy das Buch in seine Lederaktentasche zurück.

»Für jemanden, der kaum jemals ein Buch gelesen hat, scheinst du eine ziemlich klare Meinung von dem zu haben, was du magst und was nicht.«

Die Bitterkeit stand ihm nicht.

»Ich ändere gern meine Meinung«, sage ich. »Daran liegt es nicht.«

»Okay, aber was ist es dann?«

Er verdient eine Erklärung. Teddy ist der Einzige, den ich hier drin habe, und ich darf das kleine Vertrauensverhältnis, das wir aufgebaut haben, nicht aufs Spiel setzen.

»Ich kann nichts über Vergewaltigung lesen«, sage ich und sehe weg.

Ich spüre, wie Teddy mich anstarrt.

»Nein, oder?«, sagt er schließlich.

»Doch.«

Ich flüstere beinahe.

»Tut mir leid. Das wusste ich nicht.«

»Wie hättest du das auch wissen sollen?«

Ich drehe mich langsam um und sehe, wie sich Teddys Gesicht verändert. Seine offenen, jungenhaften Augen verschatten sich.

»Keiner weiß davon«, sage ich. »Wir haben nämlich keine Anzeige erstattet.«

»Wir?«

Ich atme tief ein und starre auf die Tischplatte, während ich vom Konficamp erzähle, von Robin und meinem Vater, von meinem idiotischen Racheplan und allem, was danach passiert ist.

Teddy legt vorsichtig die Hand auf meinen Rücken.

»Das tut mir so leid, Stella.«

Meine Stimme versagt.

Was tue ich hier eigentlich? So viele innere Widerstände melden sich zu Wort und sagen mir, dass ich aufhören soll, und trotzdem erzähle ich. So bin ich nicht erzogen. Es gibt Dinge, die niemand anderen etwas angehen. Gewisse Sachen bleiben innerhalb der Familie.

Nicht einmal Amina habe ich alles erzählt. Einige Jahre lang, während der Pubertät, dachte ich, dass es an mir lag, dass ich irgendwie anders war. Ich schämte mich meiner Gedanken und Gefühle und war davon überzeugt, dass man mich in die Klapse sperren und per Infusion mit den stärksten Medikamenten vollstopfen würde, sobald ich jemandem meine intimsten Überlegungen eröffnen würde.

Ja, ich weiß. Ein verdammtes Klischee. Wer hält sich in der Pubertät nicht für einzigartig und unverstanden?

Aber das war nicht der Grund, weshalb es eine Weile dauerte, ehe ich Amina von der Vergewaltigung erzählte. Es war etwas anderes. Ich wollte unter allen Umständen das starke Mädchen sein, als das mich alle sahen. Ich konnte mich nicht mit der Opferrolle identifizieren. War ich denn überhaupt ein Opfer? Meine Eltern waren der Meinung, dass ich noch mehr leiden würde, wenn wir Anzeige erstatteten. Eine Woche lang lief ich herum und dachte, dass ich gar keinen Übergriff erlebt hatte. Ich war freiwillig mit zum Gruppenleiterhaus gegangen, ich war einverstanden gewesen. Das war ursprünglich sogar mein Plan gewesen. Ich war vor allem sauer auf meinen Vater, weil er mir hinterherspioniert hatte.

»Mein Gott!«, sagt Teddy. »Du bist vergewaltigt worden, und deine Eltern haben das nicht ernst genommen.«

»Aber ich kann sie verstehen«, sage ich. »*Jetzt* verstehe ich sie.«

»Wie bitte? Das meinst du aber nicht ernst?«

»Ich bin froh, dass wir ihn nicht angezeigt haben.«

Teddy sieht mich sprachlos an.

»Womöglich hätte ich vor Gericht erklären müssen, warum ich ihn geküsst und in sein Zimmer begleitet habe. Sie hätten infrage gestellt, warum ich mich nicht gewehrt oder um Hilfe gerufen habe. Die Leute hätten mich verurteilt, obwohl ich das Opfer war.«

Teddy schüttelt den Kopf.

»Man muss sich auf das Rechtssystem verlassen.«

»Nein, das muss man nicht. Ich wünschte, ich könnte es, aber ich muss es nicht. Ich muss mich selbst schützen.«

Teddy zieht die Augenbrauen hoch, als wäre ihm gerade eben etwas klar geworden. Ich mache mir Sorgen, dass ich zu viel gesagt habe.

63

Am Samstagabend saßen wir auf Aminas Balkon und diskutierten, ob wir noch ausgehen sollten. Erst hatte Amina total Lust, während ich zögerte. Dann hatte ich Bock, während Amina abblockte.

»Ich hab morgen ein Spiel«, sagte sie. »Und musst du morgen nicht arbeiten?«

Das stimmte schon, aber ich musste im Prinzip den ganzen Sommer jeden Tag arbeiten.

»Das kann man nicht wirklich Arbeit nennen, ehrlich gesagt ist mein Job nicht sonderlich schwer. Es macht vor allem Spaß. Für die Schule zu lernen war echt hart, aber der Job bei H&M ist nicht anstrengend.«

Amina lachte.

»War es für dich in der Schule wirklich hart?«

»Für mich vielleicht nicht, aber für diejenigen, die wirklich gelernt haben.«

Amina war natürlich eine der Fleißigen. Ich war auch so einigermaßen durchgekommen – dank ganz guter Vorkenntnisse, einem gesunden Menschenverstand und meiner Neigung zu Sprechdurchfall. Amina hat etwas, was mir fehlt. Ich glaube, man könnte es als Pflichtgefühl bezeichnen, diese Fähigkeit, gewisse Dinge einfach zu akzeptieren, Sachen einfach zu tun, ohne sie infrage zu stellen oder dagegen zu protestieren. Sie sagt, das sei so ein Jugoding, aber ich weiß nicht, ob das stimmt. Jedenfalls war es immer schon so. Amina nickt gehorsam und tut erst mal, was man ihr sagt, nur um später all ihre Gefühle rauszulassen, während ich mich in der Hitze des Gefechts querstelle und meinen gesamten Widerstand sofort rausbrülle.

»Gut, dann bleiben wir eben zu Hause«, sage ich. »Wir bleiben hier sitzen und versinken irgendwann in Bedeutungslosigkeit.«

Unten auf der Straße grölte eine fröhliche Mädelsclique herum, während Amina uns Wein nachschenkte.

»Was macht Chris heute Abend?«, erkundigte sie sich.

»Keine Ahnung. Was Dreißigjährige eben so machen. Pärchenabend? Termin bei der Bank? Wocheneinkauf?«

Amina schrieb seinen Namen ins Suchfeld von Facebook.

»Die Infos sind nur für Freunde zugänglich.«

»Nicht weiter verwunderlich, wenn man gestalkt worden ist.«

»Eine gemeinsame Freundin«, stellte Amina fest. »Stella Sandell. Du musst mal auf seine Seite gehen.«

»Warum?«

»Um herumzuschnüffeln natürlich.«

Ich griff nach meinem Handy und suchte sein Profil heraus. Auf dem Profilbild lächelte er in die Kamera, mit zerzaustem Haar und einem Augenzwinkern.

Doch auch für Freunde war die Seite so gut wie leer. Einige wenige Statusmeldungen und Fotos von verschiedenen Reisezielen, eine Restaurantempfehlung. Nur hundertsiebenundachtzig Freunde.

»Blätter mal die Titelbilder durch«, schlug Amina vor. »Die meisten Leute vergessen, da ab und zu mal aufzuräumen.«

Ich klickte das aktuelle Titelbild an, auf dem ein unendlich langer weißer Sandstrand mit orangenem Sonnenuntergang zu sehen war. Es gab zwei weitere Titelbilder. Das eine zeigte das Logo des Fußballvereins FC Liverpool, auf dem anderen stand Chris vor einer hohen Steinmauer. Er war sonnengebräunt, hatte gerötete Augen und hielt die Hand einer Frau.

»Ist sie das? Seine Ex?«

Amina zog an meinem Handy.

»Ich weiß nicht.«

Aber ich hatte das Gefühl, es schon zu wissen. Das musste sie sein. Linda.

Die Frau auf dem Bild sah voll aus wie ein Supermodel. Blonde Locken und strahlende blaue Augen, markante Wangenknochen und glatte Pfirsichhaut.

»Sieht nicht gerade aus wie ein Psycho«, sagte Amina.

Ich schwieg. Mir gefiel nicht, was ich da sah.

»Schau mal hier.« Amina zeigte auf das Display ihres eigenen Handys.

Sie hatte eine Seite mit Personendaten gefunden. Ganz oben stand der Name Christopher Olsen. Die Adresse stimmte. Pilegatan in Lund. Weiter unten war zu lesen, dass er vier verschiedene Unternehmen führte, ledig war und im Dezember dreiunddreißig Jahre werden würde.

»Dreiunddreißig? Hat er nicht gesagt …?«

»Er hat ein falsches Alter angegeben.«

Amina sah mich besorgt an.

Mir war nichts aufgefallen. Offenbar war Chris Olsen ein geschickter Lügner.

Ich radelte in der lauen Nachtluft nach Hause. Die Handtasche baumelte am Lenker, in allen Fenstern war es dunkel. Lund schlief tief und fest.

Als Chris anrief, war meine erster Gedanke, nicht ranzugehen. Ich stand unter der Eisenbahnbrücke am Trollebergsvägen, hatte das Fahrrad zwischen die Beine geklemmt und hielt das vibrierende Telefon in der Hand. Sein Name auf dem Display lockte, und letztlich siegte die Neugier.

»Kannst du nicht herkommen?«, fragte er.

»Jetzt?«

Ich sah auf die Uhr. Halb eins.

»Ja, jetzt.«

Er war auf einem schicken Abendessen in Helsingborg gewesen und klang ein bisschen beschwipst.

»Ich vermiss dich«, sagte er.

Es klang so, als meinte er das ernst.

Ich war noch immer wach und unternehmungslustig und ein bisschen enttäuscht, weil Amina nicht mit mir hatte ausgehen wollen.

»Okay. Ich komme.«

Was konnte denn schon passieren?

Die Tür des gelben Ziegelhauses stand offen, und ich lief schnell die Treppe hinauf. Chris trug ein kariertes Hemd und einen Schlips. Er duftete nach Mann, und die Luft zwischen uns flimmerte.

»Ich hab den ganzen Tag total die Panik gehabt«, sagte er und nahm mir die Jacke ab. »Ich fasse es einfach nicht, dass ich ... Ich wollte dich wirklich küssen, Stella.«

Er nahm meine Hände und sah mir in die Augen.

Ich zögerte. Warum hatte er sich jünger gemacht, als er war?

»Wie alt bist du noch mal?«, fragte ich.

»Ich glaube, ich habe gesagt, ich bin neunundzwanzig. Eigentlich bin ich zweiunddreißig.«

»Dann hast du gelogen?«

Er sah schuldbewusst aus.

»Ich hatte Angst, dich abzuschrecken. Als Amina auf neunundzwanzig getippt hat, habe ich einfach Ja gesagt.«

Eine kleine Notlüge. Ich hatte mich bei diversen Gelegenheiten ein paar Jahre älter gemacht.

»Das Alter ist ohnehin nur eine Zahl«, sagte ich.

Chris lächelte.

»Ich konnte nicht wissen, dass du auch so denkst. Aber es tut mir leid, ich hätte es dir früher sagen sollen.«

»Schon gut.«

Ich stellte mich auf die Zehenspitzen und küsste ihn. Seine Zunge glitt vorsichtig in meinen Mund, ich schloss die Augen, und mir wurde schwindlig.

Mein Herz pochte wie verrückt. Endlich passierte etwas.

Bald lag ich mit dem Rücken auf dem Sofa, und Chris streichelte mich langsam und vorsichtig, mal mit dem Blick, mal mit den Fingerspitzen. Es war wie der Himmel auf Erden.

64

Ich sitze wieder bei Shirine. Wie immer sieht sie kühl und lie-
benswert aus, und ihre Rehaugen sehen noch mehr nach Bambi
aus als sonst. Wie im Film, als die Mutter gerade erschossen
worden war.

»Wie geht es Ihnen?«, fragt sie.

Ich bringe es kaum fertig, mit den Schultern zu zucken.

»Ich habe Ihnen das hier mitgebracht.«

Sie reicht mir eine Broschüre mit dem Titel *Beruf: Psychologe/
in*. Ich greife danach und blättere ohne größeren Enthusiasmus
darin herum.

»Danke«, sage ich. »Aber ich glaube nicht, dass ich Psychologin werden kann.«

Shirine verzieht erstaunt das Gesicht.

»*Können* Sie nicht oder *wollen* Sie nicht? Ich glaube, Sie
wären eine ganz ausgezeichnete Psychologin.«

»Ja, nicht wahr?«

Ich lege die Broschüre beiseite und starre auf den Tisch.

»Woran liegt es?«, fragt Shirine.

»Was denn?«

»Dass Sie so resigniert sind? Als hätten Sie keinerlei Selbst-
vertrauen mehr.«

»Soll das ein Witz sein? Ich stehe unter Mordverdacht. Selbst
wenn ich vor Gericht freigesprochen werden sollte, ist es für
mich gelaufen. In den Augen der Leute bin ich verurteilt. Und
dann glauben Sie allen Ernstes, ich könnte Psychologin werden?«

Shirine beugt sich vor.

»Es ist nicht gelaufen, Stella. Sie sind intelligent, witzig, aufgeweckt ... und hübsch.«

Das ist mir peinlich.

»Soll das eine Anmache sein?«, frage ich.

Shirines Lachen hat eine erlösende Wirkung.

»Worüber wollen Sie heute sprechen?«, fragt sie.

»Egal, nur nicht über mich.«

»Wir können über jemand anderen reden. Das entscheiden Sie.«

Ich denke an meinen Vater. Ich habe in den letzten Tagen oft an ihn gedacht.

»Wir können reden, worüber ich will?«, vergewissere ich mich.

»Natürlich.«

»Was wissen Sie zum Thema Kontrollbedürfnis?«

»Kontrollbedürfnis?«

»Sind Kontrollbedürfnis und Zwangsstörungen dasselbe?«

»Nicht ganz«, entgegnet Shirine und schiebt mir die Plastikkanne mit Wasser hin. »Kontrollverhalten kann zwanghaft sein, muss es aber nicht. Viele verbinden den Begriff Kontrollbedürfnis mit pedantischem Ordnungssinn, aber ich würde sagen, dass es eher um das Bedürfnis geht, die Zukunft vorhersagen zu können.«

Ich schenke mir Wasser ein.

»Um keine Überraschungen erleben zu müssen?«

»Viele Menschen haben Angst, weil sich die Welt ständig verändert. Man strebt in seinem Leben nach Sicherheit. Deshalb hat man auch das Gefühl, alles unter Kontrolle zu haben, wenn man vorhersehen kann, was geschehen wird, und wenn man aus guten Gründen gute Entscheidungen trifft.«

Ich schaffe nicht das ganze Wasser zu schlucken, und so läuft ein Rinnsal aus dem Mundwinkel.

»Was ist eine gute Entscheidung?«

Shirine reicht mir eine Serviette.

»Tja, eine Entscheidung, die Sie für die beste halten und von der Sie denken, dass sie Ihnen und Ihrer Familie nützt.«

Das klingt vernünftig. Natürlich ist es ein Unterschied, ob man eine objektiv gute Entscheidung trifft oder eine, die man selbst für die beste hält.

»In der heutigen Gesellschaft, in der Menschen sich die ganze Zeit selbst vermarkten und alles in sozialen Netzwerken dokumentiert werden muss, denken viele, sie müssten sich auf eine bestimmte Art und Weise darstellen. So etwas kann natürlich zu einem ungesunden Kontrollverhalten führen.«

Die Worte meines Vaters hallen in mir wider. *Das bleibt in der Familie.* Er hasst soziale Netzwerke. *Gewisse Dinge sind privat.*

»Das Widersprüchliche daran ist: Je mehr man zu kontrollieren versucht, desto weniger hat man das Gefühl, die Dinge im Griff zu haben. Daraus wird ein Teufelskreis. Man verliert die Kontrolle, wird immer gestresster und versucht, das Ganze wieder auszugleichen, indem man noch mehr kontrolliert.«

Shirine kratzt sich am Ohr und sieht mich lange an. Sie kann so besorgt aussehen, als wäre ich ihr wirklich wichtig, als wäre das hier nicht nur ein Job.

Dann klärt sich ihr Blick. Sie legt die Hände auf den Tisch, und ihre Stimme wird schärfer.

»Sprechen wir über Christopher Olsen?«

»Wie?«

Es dauert eine Weile, bis ich schalte.

»Hat er versucht, Sie zu kontrollieren, Stella? War er eifersüchtig?«

Ich kämpfe gegen die Impulse an, die von innen gegen meine Stirn hämmern, die an jeder Faser meines Körpers ziehen und zerren. Christopher Olsen? War das der Punkt, zu dem Shirine von Anfang an gelangen wollte? Versucht sie mich zu analysieren? Es war alles nur ein Spiel.

»Fuck you!«

Ich stütze die Hände auf den Tisch und starre sie wütend an. Shirine lehnt sich zurück, und ihre Hand verschwindet unter der Tischplatte. Ich weiß, dass sich dort ein Notfallknopf befindet.

»Fahren Sie zur Hölle«, sage ich. »Sie sind genau wie alle anderen.«

Dann stehe ich auf. Im selben Moment stürmen zwei Wärter herein und drehen mir die Arme auf den Rücken.

65

Die folgenden Wochen waren fantastisch. Chris und ich saßen auf dem langen Badesteg in Bjärred und aßen Eis. Dabei schob er die Hand unter meinen Rock und küsste mir die bunten Streusel von den Lippen.

»Wir fahren ins Ystad Saltsjöbad«, sagte er am nächsten Abend, als wir uns nach der Arbeit getroffen hatten und vor einem kühlen Bier im Stortorget saßen.

»Leider arbeite ich das ganze Wochenende«, sagte ich mit einem enttäuschten Lächeln.

»Ich meine nicht am Wochenende. Ich meine jetzt!«

Natürlich! Was zögerte ich noch?

Ich rief Malin an und meldete mich krank.

»Brutale Regelschmerzen«, wimmerte ich ins Handy. »Ich kann kaum aufstehen.«

Im luxuriösen Strandhotel liefen wir in Bademänteln herum, hatten jede Stunde Sex, und am Abend saßen wir engumschlungen in einem Korbsessel, tranken Champagner und naschten Erdbeeren, während wir dabei zusahen, wie die Sonne ihr Dämmerungslicht in die Ostsee sprühte.

Als wir am Sonntag einen Strandspaziergang machten, rief Amina an.

»Ich habe mir Sorgen gemacht«, sagte sie. »Du hast nicht auf meine Nachrichten geantwortet.«

»Tut mir leid!«

Ich stellte fest, dass ich Zeit und Raum vergessen hatte. Chris hatte meine Welt okkupiert, und ich fühlte mich wie verzaubert.

»Am Freitag«, sagte ich zu Amina. »Wir gehen ins Tegnérs.«

Chris zwinkerte mir zu und drückte meine Hand.

Ich schwänzte weiterhin meinen Job. Am Montag fuhren wir mit dem Zug zum Tivoli in Kopenhagen und schrien uns in der Achterbahn heiser. Als es zu spät zum Zurückfahren war, checkten wir stattdessen in einem Hotel ein und hatten am Morgen so lange Sex, bis die Rezeptionistin anrief und sagte, wir hätten schon vor einer Stunde auschecken müssen.

Am Freitagabend kam Amina mit Pizza zu mir nach Hause.

Wir aßen unsere Vesuvio mit den Händen und schauten uns dabei die Talkshow *Dr. Phil* an. Dabei klärten wir einige der wirklich großen Lebensfragen. Zum Beispiel, ob es vorteilhaft ist, in seinem Lebenslauf zu erwähnen, dass man an einer Dokusoap teilgenommen hat (Antwort: Kommt drauf an, welche Dokusoap es ist und auf welchen Job man sich bewirbt), welches Zitat wir uns am liebsten auf den Körper tätowieren lassen würden und wo genau (Antwort: *I fear no evil* in den Nacken oder *Wissen tut weh, aber Nichtwissen genauso* auf den Unterarm) und natürlich, ob sich Dr. Phils Frau schon wieder einer Schönheitsoperation unterzogen hat.

Schon bald begann ich mir Nachrichten mit Chris zu schreiben.

»Darf ich sehen?«, fragte Amina und zog an meinem Handy. »Was schreibt er? Ist es was Unanständiges?«

»Was Unanständiges?«

»Ja, Sexting.«

»Sexting? Wer sagt denn so was?«

Sie lachte auf.

»Komm schon. Warum so geheimnisvoll?«

Ich weiß nicht, warum.

Normalerweise habe ich kein Problem mit diesem Kiss-and-tell-Ding. Ganz im Gegenteil, ich nehme gern auch das kleinste Detail auseinander. Es gibt keine erogene Zone auf meinem Körper, den Amina nicht kennen würde. Aber mit Chris war es irgendwie anders. Eine allzu eingehende Diskussion fühlte sich verkehrt an. Das galt nicht nur für den Sex, sondern für alles.

»Wie jetzt? Seid ihr zusammen?«, fragte Amina.

»Natürlich nicht.«

»Aber du magst ihn?«

»Was heißt schon mögen. Keine Ahnung.«

Ich wollte nicht zu genau in mich hineinspüren. Das führte nie zu etwas Gutem. Ich hatte keine Pläne, mich ernsthaft zu verlieben, und ganz bestimmt nicht in einen Zweiunddreißig-jährigen.

»Ich könnte mir ein Sommerkätzchen vorstellen.«

Amina versetzte mir einen Klaps auf den Arm.

»Du bist ja verrückt. Ein Sommerkätzchen?«

»Ja, er könnte mein Sommerkätzchen sein. Eine Katze, mit der man in den Sommerferien spielt und die man dann am Urlaubsort zurücklässt und vergisst.«

Amina brach vor Lachen zusammen.

Eigentlich war es mir einfach nur so herausgerutscht. Es klang witzig. Und schon während ich es sagte, wusste ich, dass es nicht stimmte. So fühlte es sich nicht an. Das Problem war, dass mich die Gefühle, die ich gerade bei mir entdeckte, zu Tode erschreckten.

»Du bist echt berechnend«, sagte Amina.

»Du solltest dir auch ein Sommerkätzchen besorgen«, meinte ich lachend. »Das ist richtig kuschlig.«

Nach einem Abend im Tegnérs schlief ich bei Chris, und als ich aufwachte, hatte er ein ausgiebiges Frühstück mit frischen Brötchen und brennenden Kerzen vorbereitet. Er füllte die Orangenpresse und massierte mir die Schultern, während ich den frisch gepressten Saft trank.

»Kannst du nicht heute deine Arbeit schwänzen?«

»Nein«, sagte ich. »Nicht schon wieder.«

Ich brauchte meinen Job. Ich brauchte jede Krone für meine Asienreise, aber das sagte ich nicht. Ich befürchtete, dass Chris enttäuscht wäre und eine Überzeugungskampagne starten würde, um mich zum Aufgeben meiner Reisepläne zu bewegen. Oder noch schlimmer, dass er mitkommen wollen würde. Ich war nicht bereit für eine solche Diskussion.

»Ich höre heute sowieso früher auf«, sagte ich und strich ihm über den Arm. »Wir sehen uns bald wieder.«

Er schüttelte den Kopf.

»Ich weiß nicht, was du mit mir anstellst. Sobald du gegangen bist, fühle ich mich allein.«

Wir küssten uns mehrmals an der Tür, und dann lief ich die Treppe hinunter und radelte wie eine Verrückte davon. Keuchend stolperte ich fünf Minuten zu spät in den Laden. Malin sah mich an und zwinkerte mir zu.

»Auswärtsspiel?«

Ich hatte schon eine ganze Weile an der Kasse gestanden, als Benita mich endlich ablöste. Der Schlafmangel der vergangenen Wochen brachte mich allmählich etwas aus dem Gleichgewicht.

»Nehmen Sie die jetzt oder nicht?«, sagte ich zu einer Kundin, nachdem sie vier verschiedene Blusen in einem ähnlichen Farbton probiert hatte.

Sie warf mir einen wütenden Blick zu.

Um etwas mehr Ruhe zu haben, schlich ich mich in die Herrenabteilung und begann frisch angelieferte Hemden auszupacken. Ich hing meinen Gedanken nach und zuckte zusammen, als ich eine Stimme hinter mir hörte.

»Hallo, Stella.«

Eine etwa fünfundzwanzigjährige Frau mit blonden Locken stand neben mir und rang ihre Hände.

»Kennen wir uns?«

Ihr Aussehen kam mir irgendwie bekannt vor, aber ich konnte sie nicht zuordnen.

»Wir kennen uns nicht«, sagte sie. »Aber du kennst Chris.«

In diesem Moment wusste ich, wer sie war. Die Frau auf dem Facebook-Foto.

»Was willst du von mir?«

Ich trat einen Schritt zurück.

»Ich heiße Linda«, sagte sie. »Chris hat sicher von mir erzählt. Siehst du deshalb so ängstlich aus?«

Mein Herz schlug heftig. Ich schaute mich um, aber es war kein Mensch zu sehen.

»Ich finde, du solltest jetzt gehen.«

»Das werde ich auch tun. Du musst keine Angst vor mir haben, Stella.«

Sie war klein, zierlich und sehr hübsch, und nichts deutete darauf hin, dass sie labil oder gefährlich sein könnte.

»Ich will nur, dass du vorsichtig bist«, sagte sie. »Chris ist nicht der, für den du ihn hältst.«

Ich drängelte mich unter Einsatz meines Ellbogens an ihr vorbei.

»Bitte, du musst mir zuhören. Chris versucht dich zu täuschen.«

Ich steuerte schnell auf die Treppen zu, spürte aber, dass sie mir folgte.

»Sieh mal in den großen Schrank in dem Zimmer, das er sein Büro nennt«, sagte sie, während ich schon auf dem Weg nach unten war. »Und zwar in die abgeschlossene Schublade ganz oben rechts. Du findest den Schlüssel in der Schublade ganz unten links.«

Ich bog zu den Kassen ab und drehte mich erst um, als ich neben der kleinen Schlange von Kunden stand und mich einigermaßen sicher fühlte.

»Was ist los?«, fragte Benita hinter mir. »Du siehst total aufgelöst aus.«

Ich versuchte ruhiger zu atmen.

»Nichts«, sagte ich. »Alles okay.«

Ich wusste nicht, was ich davon halten sollte.

66

»Meinst du das ernst?«, frage ich, als Teddy mit neuen Büchern ankommt. »Das da ist ja krass dick.«

»Das wird ein Projekt«, sagt er und erzählt, dass ich einen Essay schreiben soll.

»Was zum Teufel ist ein Essay?«

Ich mag es nicht, wenn Leute mit Wörtern um sich werfen, die ich nicht verstehe.

»Immer mit der Ruhe. Dazu kommen wir noch.«

Ich schaue ihn misstrauisch an und versuche den Eindruck zu erwecken, als ob ich die Idee nicht gut fände, aber das ist natürlich nur Show, und das weiß er anscheinend auch, denn er macht weiter, als wäre nichts gewesen.

Verbrechen und Strafe. Sechshundertsechsundvierzig Seiten russisches 19. Jahrhundert.

Ich blättere mit dem Daumen im Buch. »Normalerweise würde ich sagen, wenn ich wählen dürfte, ob ich das hier lesen will oder lieber vierzehn Tage Regelschmerzen hätte ...«

»Du wirst es mögen.«

»Ich werde es lesen. Um eine Weile den Geruch los zu sein. Und weil es hier drin nichts anderes zu tun gibt.«

Teddy lächelt mich an.

»Und das hier«, sagt er und zeigt auf ein weiteres Buch.

Es heißt *Thérèse Raquin* und ist auch aus dem 19. Jahrhundert, aber nur hundertfünfundneunzig Seiten lang, nicht sehr viel dicker als ein H&M-Katalog.

»Ich glaube, ich fange mit dem hier an«, sage ich.

Während ich das Vorwort und das erste Kapitel lese, blättert Teddy murmelnd in einem Ordner. Er verbringt sein halbes Leben in diesen Ordnern.

Das Buch ist ziemlich langweilig, jede Menge Beschreibungen von Paris, und meine Gedanken driften bald ab. Verstohlen beobachte ich Teddy, der gerade sein Federmäppchen mit den bunten Tieren öffnet. Mir fällt auf, dass ich nicht besonders viel über ihn weiß.

»Wie viele Kinder hast du?«, frage ich.

»Nur eins«, sagt er und lächelt etwas verwundert. »Lovisa.«

»Warum?«

Er sieht erstaunt aus.

»Weil es ein schöner Name ist. Die Tante meiner Frau hieß Lovisa.«

»Nein, nein, das meine ich nicht. Ich wollte wissen, warum du überhaupt ein Kind hast.«

»Was?«, fragt er. Sein Lächeln wirkt aufgesetzt, als ob er irgendwas fürchtet.

»Oder war es ein Versehen? Ein geplatztes Kondom?«

Teddys Lächeln verschwindet sofort.

»Das war kein Versehen«, brummt er. »Ich wollte schon immer Kinder haben. Uns kam der Zeitpunkt ganz passend vor. Ich ... ich weiß auch nicht.«

Ich rolle die Augen.

»Ich habe eine Theorie, Teddy.«

»Das habe ich mir schon gedacht«, meint er seufzend.

»Ich glaube, dass viele Leute nur um ihrer selbst willen Kinder bekommen. Ungefähr so, wie wenn alles ein bisschen grau und langweilig ist und man in die Stadt geht und sich einen neuen Lippenstift kauft, um sich für eine Weile ein bisschen besser zu fühlen.«

»Vergleichst du das Kinderkriegen mit dem Kauf eines Lippenstifts?«

»Klar, der Vergleich hinkt ein bisschen, aber du verstehst schon, was ich meine. Leute kriegen Kinder, um sich selbst gut zu fühlen, um ihre Identität zu stärken, die Langeweile zu bekämpfen, was weiß ich.«

»Oder weil es das Größte ist, was einem passieren kann, die schönste Form von Liebe, die es auf der Welt gibt. Der Sinn des Lebens?«

»Also wirklich. Der Sinn des Lebens.«

Er schüttelt lächelnd den Kopf und taucht wieder in seinen Ordnern ab.

»Willst du noch mehr?«, frage ich.

»Mehr wovon?«

Er tut so, als wäre er mit Lesen beschäftigt.

»Noch mehr Kinder. Du und deine Freundin… Partnerin, Frau… wollt ihr noch mehr Kinder?«

»Ich glaube schon. Ich glaube, es ist gut, wenn ein Kind Geschwister hat.«

Er sieht mich noch immer nicht an.

»Meine Eltern fanden das auch. Sie haben es mehrere Jahre wie die Karnickel miteinander getrieben, um noch ein Kind zu kriegen. Es hat nicht funktioniert. Ich weiß nicht, vielleicht war Gott nicht zufrieden damit, wie sie mit dem Kind umgingen, das sie schon hatten? Manchmal kommt es mir jedenfalls so vor, als hätte meine halbe Kindheit um dieses Geschwisterchen gekreist, das nie gekommen ist.«

Teddy sieht von seinem Ordner auf.

»So was kann zu einer echten Tragödie werden.«

»Ich wollte, dass es so blieb, wie es war. Wir waren doch schon eine Familie.«

»Verstehe.«

»Tu das deiner Tochter nicht an, deiner kleinen Lovisa«, sage ich. »Versprich mir das.«

»Das verspreche ich dir.«

Teddy erklärt mir, dass ein Essay ein auf Tatsachen basierender, persönlich gehaltener Text ist.

»Ausgehend von diesen beiden Romanen aus dem 19. Jahrhundert sollst du deine eigenen Gedanken niederschreiben. *Thérèse Raquin* und *Verbrechen und Strafe*. Das Thema des Essays ist Mord. Was macht einen Menschen zum Mörder? Und sind alle Morde gleich abscheulich?«

Ich blicke auf den leeren Schreibblock. Ganz oben auf die Seite schreibe ich mit fetten Großbuchstaben das Wort ESSAY. Ich weiß, wie man *Essay* auf Englisch ausspricht, aber auf Schwedisch klingt das Wort ganz anders, wie irgendwas, was alte Männer in ihrer Brusttasche haben. *Hast du deinen Essay mitgenommen, Karl-Gustaf?*

Ich blättere zum Schein ein bisschen in den Büchern herum, aber in Wirklichkeit kann ich mich nicht auf die Lektüre konzentrieren.

»Viel Glück«, sagt Teddy, bevor er geht.

Ich lächele und nicke, dann lege ich das Buch beiseite.

Stattdessen denke ich an Michael Blombergs Idee, Linda die Schuld zuzuschieben. Eine alternative Täterin, wie er sagte. Er hat mit meiner Mutter darüber gesprochen. Das muss er getan haben. Und meine Mutter hat natürlich mit Amina gesprochen.

Ich weiß, wie so etwas in Schweden funktioniert. Wenn es zwei mögliche Täter gibt, muss ohne begründeten Zweifel bewiesen werden, wer von ihnen was getan hat oder dass beide gleichermaßen schuldig sind, sonst kann keiner von ihnen verurteilt werden. Ich habe das immer ziemlich daneben gefunden und bin der Meinung, dass das geändert werden sollte.

Es versetzt mir einen Stich, als ich an Amina denke. Ich vermisse sie so sehr. Amina. Meine Mutter. Meinen Vater.

Ich denke an meine Kindheit zurück, als mein Vater der Beste der Welt war. Kann es je wieder so werden? Ist das überhaupt möglich? Oder ist alles zerstört?

Vielleicht ist es am besten, wenn ich einfach alles der Polizei erzähle, damit der ganze Scheiß ein Ende hat.

Dann schaue ich mich in der Zelle um. Der Geruch, die Wände, die Langeweile. Die Zeit, die nie vergeht, Nächte, die mich umbringen. Ich halte das nicht mehr lange aus, ich packe das nicht mehr. Ich drücke meinen Kopf ins Kissen und schreie. Ich muss hier raus!

67

»Das ist doch total gestört«, sagte Amina, als ich ihr erzählte, was passiert war. »Stell dir vor, sie hat recht? Wie kannst du dir so sicher sein, dass Linda der Psycho ist und nicht Chris?«

»Komm schon. Wenn es jemanden gibt, der sich mit Psychopathen auskennt, dann bin ich das.«

Wir schoben unsere Fahrräder durch den Stadtpark, während eine riesige Gruppe von Frauen mittleren Alters in Leggins und bunten Sneakers auf dem Rasen neben uns gerade den pinkelnden Hund machte.

»Wirkte sie ... gestört?«

Amina sah mich fragend an. Ich wusste nicht, was ich antworten sollte.

»Ist es nicht irgendwie gestört, Kontakt zu einer aufzunehmen, die sich mit dem Exfreund trifft?«

»Vielleicht«, sagte Amina. »Aber sie hat gesagt, dass sie dich warnen will. Wenn du ohnehin keine Gefühle für ihn hast, könntest du ihn doch auch ...«

Ich warf ihr einen irritierten Blick zu.

»Ich kenne Chris.«

»Du kennst ihn seit ... drei Wochen vielleicht?«

»Genug, um zu wissen, dass er kein Psychopath ist.«

Natürlich war ich neugierig auf den Inhalt der Schublade, von der Linda gesprochen hatte. In jedem Fall beschloss ich, Amina gegenüber nichts davon zu sagen. Das wäre nur noch mehr Wasser auf ihre Mühlen.

»Wirst du es Chris erzählen?«, fragte sie. »Dass Linda zu dir in den Laden gekommen ist?«

»Weiß nicht so genau.«

Das sollte ich natürlich. Aber wie immer galt: Das Nichtwissen des anderen ist Macht.

»Versprich mir, dass du vorsichtig bist«, sagte Amina, ehe wir uns an der Arena trennten. »Du hast doch dein Pfefferspray dabei?«

Ich wühlte in der Tasche und nickte.

Ich radelte zu Chris nach Hause, duschte und zog mich um. Er küsste mich langsam, und der Duft seines Halses brachte meine Knie zum Zittern.

»Du verdrehst mir den Kopf«, sagte er. »Dabei wollte ich mich doch nicht schon wieder kopfüber in irgendwas reinstürzen.«

Ich fragte mich, was er mit *irgendwas* meinte, entschied aber, dass ich es lieber nicht so genau wissen wollte.

Wir tranken Wein und spielten Trivial Pursuit. Chris pfiff anerkennend, als ich wusste, welcher Regisseur mit Sharon Tate verheiratet war, einem der Charles-Manson-Opfer. Ich sog sein Lob begierig auf, fand es aber nicht den richtigen Moment, ihm zu sagen, dass ich ein kleiner Aspie bin, was Psychopathen angeht.

Letztendlich ließ ich Chris gewinnen.

Nein, das stimmt nicht. Er gewann ganz rechtmäßig, denn er konnte lauter Könige und Jahreszahlen vor Jesu Geburt herunterleiern. Ich habe Geschichte noch nie leiden können. Mich interessiert eher die Zukunft.

»Ich werde allmählich müde«, sagte er und schüttelte die letzten Tropfen Wein aus der Flasche.

Wir standen gleichzeitig auf, und er legte seine Hand auf

meine Hüfte. Sein Blick wurde hart. Mit einer entschlossenen Bewegung führte er mich in Richtung Schlafzimmer.

»Stimmt irgendwas nicht?«, flüsterte er mir ins Ohr.

Ich schüttelte den Kopf.

Wir waren gerade eingeschlafen, als Chris' Handy uns wieder weckte. Er rollte sich auf seine Seite des Bettes und wandte sich ab, während er telefonierte. Es ging um ein Meeting, Verhandlungen und Gebote.

»Du kannst gerne noch liegen bleiben«, sagte er und küsste mich im Nacken. »Ich muss zu einem Meeting.«

»Jetzt? Wie viel Uhr ist es denn?«

»Fünf vor sieben.«

»Och nee.«

Durch die halboffene Tür sah ich, wie er in seinen sauteuren Anzug stieg und sich vor dem Spiegel im Kleiderschrank den Schlips band.

»Vielleicht bleibe ich liegen, bis du zurückkommst.«

Er drehte sich um und kniff mich in die große Zehe.

»Also die Jugend von heute.«

»Als Jugendliche brauche ich doch extra viel Schlaf.«

Er lächelte, und seine Augen wurden zu Diamanten.

»Das heißt, du musst heute nicht arbeiten?«

»Doch, leider«, meinte ich seufzend. »Aber ich fange erst um Viertel vor zehn an.«

Er beugte sich vor, und der Schlips baumelte zwischen meinen Brüsten, während er mich küsste.

»Du kannst die Tür einfach hinter dir zuziehen, wenn du gehst.«

Als er weg war, blieb ich liegen und versuchte noch einmal einzuschlafen, aber obwohl die Nacht kurz gewesen war, fühlte ich mich hellwach. Meine Haut kribbelte, meine Füße zuckten.

Ich gab mir eine Viertelstunde, wälzte mich vor und zurück und schüttelte das Kissen mindestens hundertmal auf. Schließlich gab ich auf, hüllte mich in die Bettdecke und schlich mich in die Küche.

Der Kühlschrank war bis zum Rand mit Leckereien gefüllt, und ich machte mir ein richtiges Hotelfrühstück. Dann legte ich die Füße auf einen Stuhl und aß, während ich durch die halb offene Balkontür hörte, wie Lund langsam zum Leben erwachte.

Lindas Worte hallten in meinem Kopf wider. *Der große Schrank, die Schublade ganz oben rechts, der Schlüssel ganz unten links.*

Ich ging in den Flur. Vor dem Spiegel blieb ich eine Weile stehen und zögerte.

Ich musste aufs Klo. Im Badezimmer schnüffelte ich kurz bei den Medikamenten herum. Nasenspray, Allergietabletten, Voltaren. Nichts Interessantes.

Ich wusch mich und ging ins Zimmer, das Chris sein Büro nannte.

Am Fenster standen ein Schreibtisch und ein Bürostuhl. An der Wand hing ein cooles Gemälde, ungefähr zwei Meter groß. Es war nicht zu erkennen, was es darstellen sollte, aber es war ganz sicher mehr wert als ein Jahresgehalt bei H&M.

Die gegenüberliegende Wand wurde von einem großen Aktenschrank eingenommen. Das musste der Schrank sein, von dem Linda gesprochen hatte.

Ich sah aus dem Fenster. Es war ein Verrat gegenüber Chris, aber es wäre blöd, die Gelegenheit nicht zu nutzen, um in der Schublade nachzusehen. Und sei es nur, um die leichten Zweifel zu zerstreuen, die ich trotz allem hatte. Chris würde niemals etwas erfahren.

Ich ging in die Hocke und zog die Schublade ganz unten

links auf. Darin befanden sich zwei Plastikbehälter mit Deckel. Der erste war voller Kleinkram: Armbänder, Schlüsselringe, alte Schwimmabzeichen. Sachen, die er nicht übers Herz gebracht hatte wegzuwerfen.

Der zweite Behälter war etwas kleiner. Der Deckel klemmte ein wenig, aber am Ende gelang es mir, ihn abzunehmen. Ganz unten lag ein Dutzend verschiedener Schlüssel.

Ich betrachtete die Schublade ganz oben rechts in dem Aktenschrank. Es gab zwei Schlüssel, die möglicherweise passen könnten. Ich steckte den ersten davon ins Schloss und drehte ihn, doch nichts geschah. Als ich es mit dem zweiten probierte und ihn im Schloss drehte, ertönte ein Klicken.

Ich zog die Schublade auf und schaute hinein.

Was hatte ich erwartet?

Wie versteinert stand ich da, ohne meine Gedanken sortieren zu können.

68

Ich schlage *Thérèse Raquin* so fest zu, dass Teddy mich erstaunt anstarrt. Erst habe ich mich in Thérèse ziemlich gut wiedererkannt, in ihrem Frust über die Langeweile und dass nie irgendwas passiert. Thérèse wird an ihren Cousin Camille verheiratet, der keineswegs ein Mädchen ist, wie ich zuerst gedacht hatte. Aber klar, natürlich steht Thérèse auf Männer, wir sind ja im 19. Jahrhundert. Wie auch immer, Thérèse beginnt bald mit dem Freund ihres Mannes ins Bett zu gehen, Laurent. Sie mieten alle drei ein kleines Boot, und der Geliebte wirft den Ehemann über Bord, sodass dieser ertrinkt.

Nach dem Mord streiten sich Thérèse und Laurent, wer von ihnen beiden eigentlich schuld ist. Beide verlieren total die Kontrolle, werden von Panikattacken gequält und wollen sich gegenseitig erschlagen. Schließlich begehen sie gemeinsam Selbstmord.

»Mir hat das Buch nicht besonders gefallen«, sage ich, aber in erster Linie, um Teddy zu ärgern.

»Das ist irrelevant«, sagt Teddy. »Jeder kann irgendwelche Meinungen zu irgendwas äußern. Du sollst lernen zu analysieren.«

Als ob das etwas wäre, was ich lernen müsste. Neunzehn Jahre lang haben Leute versucht, mich zu analysieren, während ich sie analysiert habe. Wenn es etwas gibt, worin ich gut bin, dann darin zu analysieren.

Teddy blubberte etwas von »literarischer Analyse«. Er behauptet, dass wir die Bücher analysieren werden, aber eigentlich wissen wir beide, dass das nicht stimmt. Es geht darum, dass wir tief in mich, Stella Sandell, und in meine kranke Psyche eintauchen.

Nach dem Mittagessen habe ich eine Stunde für mich allein im Fitnessraum. Auf dem Heimtrainer schalte ich in den schwersten Gang und trete in die Pedale, bis meine Schenkel voller Milchsäure sind. Der Schweiß läuft mir von der Stirn, bis sich unter mir eine kleine Pfütze gebildet hat.

Dann mache ich mehrere Runden Klimmzüge und Dips. Meine Stärke ist, dass ich zäh bin. Auf dem Spielfeld habe ich den Ball am liebsten angenommen, wenn ich ein oder zwei Verteidiger im Rücken hatte. Am besten war ich, wenn sie wie Rucksäcke an mir hingen und sich abmühten, um mich an der Torraumlinie festzuhalten. Fünf Jahre nacheinander war ich die Torschützenkönigin unserer Mannschaft.

Manchmal vermisse ich es. Ich vermisse die Gemeinschaft und den Wettbewerb, wenn man sich ein Ziel setzt und gemeinsam kämpft, um es zu erreichen. Aber am Ende kam ich mit den Regeln nicht klar. Die Trainer legten auch den kleinsten Schritt fest, den man machen durfte, jeden Pass und jeden Wurf. Ich fühlte mich wie eine Spielfigur in einem Spiel, das von anderen gesteuert wurde, und meine ganze Lust am Handball verschwand.

Nach dem Training stehe ich extralange unter der Dusche, stehe einfach nur da und spüre, wie das Wasser mich in einen ohrenbetäubenden Tunnel hüllt. Ich kann richtig spüren, wie der Geruch von mir runtergespült wird.

Funkelnd wie eine soeben angezündete Wunderkerze steige ich aus der Dusche, trockne mich ab und ziehe mich an, ehe die Wärter mich abholen.

»Du riechst ja beinahe gut«, sagt Jimmy mit einem widerlichen Grinsen.

Sein Kollege lacht laut. Er hat leuchtend grüne Augen und eine S-förmige Narbe über der Augenbraue. Ich glaube, er ist Albaner, er hat dieses amerikanische R, und es fällt ihm schwer, manche Vokale auszusprechen.

Sie führen mich durch den Keller und schieben mich in den Aufzug. Dabei grinsen sie noch immer. Ihre Blicke sind wie grabschende Hände auf meinem Körper.

Ich versuche lautlos zu atmen. Mir gelingt es, einen Impuls nach dem anderen zu unterdrücken. Ich schaffe es wirklich. Ich halte die Klappe.

Da lehnt sich Jimmy vor und drückt auf den roten Knopf. Der Aufzug bremst abrupt, ich verliere das Gleichgewicht, stolpere rückwärts und falle auf den Albaner, der die Arme um meine Hüften schlingt.

Jimmy starrt mich an. Aus seinem schmierigen Blick sprechen Abscheu und Erregung. Ohne die geringste Vorwarnung schießt seine Hand vor, als wollte er mir eine runterhauen, doch im letzten Moment lässt er seine große Faust in der Luft direkt vor meiner Wange schweben. Sein Gesicht verzieht sich zu einem widerlichen Lächeln.

Sein Atem trifft mich. Ich ziehe und zerre, kann mich aber nicht befreien, weil der Albaner meine Arme auf dem Rücken fixiert hat.

Jimmy keucht an meinem Ohr. Die Barthaare an seinem Kinn kratzen gegen meine Wange.

»Du kleine Hure. Jetzt bist du nicht mehr so cool.«

Ich schlucke einen großen Kloß herunter und beiße die Zähne so fest aufeinander, dass es wehtut.

»Hier drin bist du nie sicher«, sagt Jimmy. »Ich kann dich nehmen, wann immer ich will. Ich habe den Schlüssel.«

Mit dem hässlichen Grinsen auf den Lippen tritt er einen Schritt zurück. Zugleich drückt er mit der Hand meine Brust zusammen und kneift zu. Ich wappne mich innerlich, kein einziges Gefühl darf durchdringen. Jimmy sieht mir direkt in die Augen, voller Verachtung und Wut, während er seine aufdringliche Hand über meinen Bauch gleiten lässt.

Hinter mir lacht der Albaner heiser.

Dann drückt Jimmy auf den Knopf, und der Aufzug fährt mit einem Ruck weiter.

Sobald ich in die Zelle komme, schreibe ich die ersten Sätze meines Essays.

Jeder Mensch ist zu einem Mord fähig.

Wenn ein Mensch ausreichend tief verletzt wird, gibt es keine Grenzen, die er nicht übertreten könnte.

Das ist nichts, was ich glaube. Ich weiß es.

69

Amina, ganz die beste Freundin, rückte natürlich gleich zur Unterstützung an.

»Das ist nicht normal, Stella. Das ist nicht gesund.«

Wir saßen im Wohnzimmer mit den Füßen auf der Sofakante, und ich hatte gerade von den Sachen in Chris' Schublade erzählt. Meine Eltern waren mit Freunden auf eine italienische Foodmesse gefahren und wollten auf einem Schloss in Österlen übernachten.

»Es gibt doch viele Leute, denen so was gefällt«, sagte ich. »Bondage und SM. Wenn man sich gegenseitig fesselt und so. Das kommt häufiger vor, als man denkt.«

»Aber mal ehrlich. Könntest du dir so was vorstellen?«

»Ich nicht.«

Allein der Gedanke daran, keine Kontrolle zu haben und beim Sex gefesselt zu sein, machte mir Angst.

»Warum wollte Linda, dass du diese Sachen siehst?«, fragte Amina.

Ich wusste es nicht. In der zugesperrten Schublade hatte ich einen Knebel aus schwarzem Leder gefunden mit einem Ball, der offenbar zwischen die Kiefer gepresst werden sollte. Eine Plastikflasche mit einer durchsichtigen Flüssigkeit, einen dunkelgrauen Lappen und stabile Handschellen aus Metall. Ganz unten hatte ein Klappmesser mit einer wahnsinnig scharfen Klinge gelegen.

»Linda wollte mich vermutlich abschrecken. Diese Sachen

sind ja nicht unbedingt ein Beweis dafür, dass Chris ein Psychopath ist.«

»Aber das Messer. Warum hat er ein Messer?«

»Keine Ahnung.«

Ich traute mich kaum, daran zu denken.

»Wirst du ihn fragen?«

»Und was soll ich sagen? Dass ich rein zufällig den Schlüssel zu seiner abgesperrten Schublade gefunden habe?«

Er hatte mir schon drei Nachrichten geschickt, die ich nicht beantwortet hatte. Ich wusste nicht, was ich machen sollte.

»Er hat uns angelogen, was sein Alter betrifft«, gab Amina zu bedenken.

»Das war doch nur eine Notlüge.«

Amina seufzte.

»Können wir nicht was anderes machen?«, fragte ich. »Irgendwo hingehen?«

Zu viele Gedanken kreisten in meinem Kopf.

»Es gibt eine Party bei Jerker Lindeberg«, sagte Amina und wischte mit dem Daumen über das Display ihres Handys.

»Wohnt der nicht in Bjärred?«

»Barsebäck.«

Noch schlimmer. Es waren ungefähr fünfzehn Kilometer dorthin.

»Wir können uns das Auto meines Vaters leihen«, fiel mir ein. »Meine Eltern sind bei Freunden mitgefahren.«

Amina rümpfte die Nase.

»Nur ganz kurz«, bat ich. »Wenn es öde ist, fahren wir wieder.«

Es war nicht das erste Mal, dass ich mir das Auto meines Vaters »auslieh«. Es ist ein richtig großer Wagen, meiner Meinung nach etwas zu groß. Es fühlt sich an, als würde man einen Lkw fahren. Eigentlich fuhr ich viel lieber mit dem kleinen Fiat der Fahrschule, um für meine praktische Fahrprüfung zu üben.

Ich lenkte den Wagen durch die Stadt, am Einkaufszentrum Nova vorbei und weiter in Richtung Küste. Amina stöpselte ihr Handy an die Stereoanlage und drehte die Lautstärke bis zum Maximum. Gerade lief ein Schlager mit Saxophonbegleitung, und wir sangen leicht ironisch den Text mit, in dem es um hohe Berge und tiefe Täler ging, als uns wie aus dem Nichts ein winziger, aber sauteurer Audi TT überholte.

Ich rammte den kleinen Deutschen an der Beifahrerseite und katapultierte ihn mitten in ein Erdbeerfeld. Der Fahrer war ein zerknitterter alter Mann mit Toupet, der sich die Hosenbeine hochkrempelte, um keine Erdbeerflecken zu bekommen, bevor er mich anschrie, er habe schon immer behauptet, Frauen seien miese Autofahrer, und jetzt habe er endlich den Beweis.

Meine Eltern mussten ihre Veranstaltung im Schloss in aller Eile verlassen. Wir trafen uns bei der Polizei. Die Augen meines Vaters waren dunkel, und ich konnte nicht aufhören zu weinen.

Zum Glück kam es nie zu einem Verfahren. Ich unterschrieb einen Strafbefehl mit Geldstrafe, fuhr nach Hause und verfluchte meine eigene verdammte Dummheit.

Mein Vater nannte das Ganze »die Sache mit dem Auto«.

Die Polizei bezeichnete es als Fahren ohne Fahrerlaubnis und Fahrlässigkeit im Verkehr. Die Konsequenz: eine erhöhte Selbstbeteiligung und eine Geldstrafe in Tagessätzen. Dreißigtausend Kronen einfach so versenkt.

Ich war so wütend auf mich selbst, dass ich mich in meinem Zimmer einschloss. Dreißigtausend. Die Hälfte meiner Ersparnisse für die Reisekasse. Ich würde auf gar keinen Fall schon im Herbst starten können.

Ich steckte hier fest.

Ich lag im Bett, hörte Musik über Kopfhörer und informierte

mich im Internet über Psychopathen und Sex. Ich wusste, dass ich so was Ähnliches schon einmal gelesen hatte, wollte aber meine Erinnerung auffrischen.

Für einen Psychopathen geht es beim Sex um Macht.

Anfangs fokussiert sich der Psychopath beim Sexualakt auf seine Partnerin. Doch Psychopathen suchen Spannung und Abwechslung. Bald wird der Psychopath seinem Sexualleben neue Würze geben wollen, nicht selten durch Aktivitäten, die der Partnerin unangenehm sind. Allmählich dehnt der Psychopath die Grenzen seiner Partnerin aus und verschafft sich auf diese Weise Macht über sie. Wenn die Partnerin sich weigert, auf seine Vorschläge einzugehen, reagiert er, indem er ihr Vorwürfe macht oder damit droht, sie gegen eine andere auszutauschen.

Ich bekam einen ekligen Geschmack im Mund.

Ich dachte an unseren Strandspaziergang und wie gut Chris gerochen hatte, als ich an seiner Brust lag, wie er mich im Sonnenuntergang mit Erdbeeren gefüttert und mein Knie in der Achterbahn umklammert hatte.

Das konnte doch nicht sein.

Als Chris anrief, lief mir ein Schauer über den Rücken, und ich starrte auf das Handy, als wäre es ein glühendes Stück Kohle.

»Was ist los?«, fragte er.

Ich hielt das Handy ein Stück von meiner Wange entfernt, während ich vom Unfall erzählte.

»Ich muss eine Geldbuße zahlen«, sagte ich. »Und die Versicherung will eine erhöhte Selbstbeteiligung.«

»Das wird schon, Stella. Es geht doch nur um Geld. Das Wichtigste ist, dass dir und Amina nichts passiert ist.«

»Du verstehst mich nicht. Ich träume seit Jahren von dieser Reise nach Asien. Es war mein großes Ziel. Ich habe gespart und gespart.«

Es knisterte im Handy. Chris verstummte.

»Jetzt kann ich sie mir nicht mehr leisten«, erklärte ich schluchzend.

»Da findet sich sicher eine Lösung, Stella. Natürlich wirst du deine Asienreise machen.«

70

»Es kommt mir so vor, als gäbe es nichts mehr, worauf ich mich freuen kann.«

Natürlich fand Amina, dass ich maßlos übertrieb. Sie verzog das Gesicht und sah mich über den Tisch hinweg an.

»Sei nicht so eine Dramaqueen.«

Sie hatte gerade Training gehabt, und wir saßen in der Cafeteria der Arena, umgeben von Schweißgeruch und Kaffeeduft.

»Du hast gut reden. Du hast doch immer schon gewusst, was du mal machen willst. Medizinstudium, Hochzeit, zwei Kinder, Haus in Stångby und Sommerhäuschen in Bosnien.«

»Klingt total öde.«

Wir lachten beide, und Amina schlürfte ihren Proteinshake.

»Ich sehne mich schon so lange danach, hier rauszukommen.«

»Ich weiß«, sagte Amina. »Und natürlich machst du die Reise. Notfalls musst du sie halt ein paar Monate verschieben.«

Ich seufzte schwer. Ein paar Monate? Das klang ewig lang.

»Ich habe es so satt, dass nie irgendwas passiert! Bleibt das jetzt so? Fünfzig Jahre Langeweile, und dann stirbt man?«

»Fünfzig?« Amina schüttelte den Kopf. »Du solltest lieber mit noch sechzig oder siebzig Jahren rechnen.«

»Seufz«, sagte ich und rollte die Augen. »Allerdings scheint es meinen Eltern auf ihre alten Tage besser zu gehen. Zu Hause ist irgendwie eine andere Stimmung als früher.«

»Ich habe deine Eltern schon immer gemocht.«

Sie ging vermutlich davon aus, dass sie alles über uns wusste. Ob ihr klar war, dass sie nie Zutritt zum Innersten unserer Familie bekommen hatte?

»Nächste Woche fahren sie auf Liebesurlaub. Sie haben sich ein Häuschen auf Orust gemietet.«

»Ui, total romantisch.«

»Du musst zu mir kommen und mir Gesellschaft leisten.«

»Und was ist mit deinem Kätzchen?«

Amina leerte ihre Getränkeflasche.

»Welches Kätzchen?«

»Chris!«

»Ach, weiß nicht«, sagte ich und fuhr mir durchs Haar. »Eigentlich würde ich am liebsten möglichst bald auf Reisen gehen.«

»Das wirst du auch«, versicherte Amina lächelnd. »Früher oder später.«

Geistesabwesend begrüßte sie eine Mannschaftskameradin, die gerade vorbeikam. Dann stand sie auf, zielte mit dem Handgelenk und warf die leere Plastikflasche in den nächsten Papierkorb.

»Dein Leben kommt mir so einfach vor«, sagte ich.

Amina sah mich an, als wollte sie mir ins Gesicht schlagen.

Ausnahmsweise kochte mein Vater nichts Italienisches zum Abendessen. Meine Mutter warf ihm liebevolle Blicke zu, und er lächelte sie an. Nach dem Essen wollte er mir etwas am Computer zeigen.

»Du hast bald Geburtstag.«

Er hatte im Netz eine rosa Vespa gefunden. Verdammt cool, aber sauteuer.

»Damit du dir nicht mehr unser Auto ›ausleihen‹ musst«, sagte er.

»Aber Papa, dreißigtausend! Das ist total viel Geld! Ich habe doch gesagt, dass ich mir einfach nur einen Zuschuss für meine Reise wünsche.«

Er schaute auf den Bildschirm.

»Mal sehen. Mir gefällt sie jedenfalls.«

»Aber es ist doch nicht dein Geburtstag«, entgegnete ich.

Den restlichen Abend verbrachte ich auf dem Sofa, umgeben von meinen Eltern. Zwischen den beiden gab es eine angenehm sanfte Energie. Eine ungewohnte Ruhe. Wir redeten nicht viel, aber das war auch nicht nötig. Ich fühlte mich sicher.

Irgendwann ließ ich mich tiefer ins Sofa sinken und schloss die Augen. Als ich aufwachte, war es nach zwölf. Mein Vater lehnte schnarchend in der einen Sofaecke, mit offenem Mund und einem aufgeschlagenen Buch. In der anderen Sofaecke saß meine Mutter mit hochgezogenen Knien und Tränen auf den Wangen.

»Was ist los?«, fragte ich schlaftrunken.

»Der Hund ...«, sagte sie und zeigte auf den Fernseher. »Der Hund ist tot.«

Ich tätschelte ihre Schulter.

»Mama, in Hollywoodfilmen muss immer der Hund sterben. Wusstest du das nicht?«

Ich wühlte mein Handy unter den Kissen hervor.

Vier verpasste Anrufe von Chris. Eine neue Nachricht.

Ich klickte auf die SMS und stellte fest, dass sie von einer Nummer stammte, die ich nicht in meinen Kontakten gespeichert hatte.

Er ist bestimmt gerade wunderbar zu dir. Das war er am Anfang mir gegenüber auch. Es hat zwei Jahre gedauert, bis ich verstanden habe, was für ein Mensch er wirklich ist. Ich will nicht, dass du denselben Fehler begehst. Pass auf.

Verdammte Scheiße. War diese Linda so gestört, dass sie

Chris noch immer nicht loslassen konnte? Versuchte sie zu kontrollieren, mit wem er sich traf? Wollte sie alles zerstören, was ihn glücklich machen könnte?

Ich las die Nachricht noch einmal, dann löschte ich sie und blockierte Linda Lokinds Nummer.

Auf dem Weg nach oben rief ich Chris an.

»Endlich«, sagte er. »Ich habe mir schon Sorgen gemacht.«

Es rauschte im Hintergrund. Motorengeräusche, eine Hupe.

»Sorry, bin auf dem Sofa eingeschlafen.«

»Komm raus«, sagte er. »Ich sitze im Auto. Ich hab die Suite im Grand Hotel für uns gebucht.«

71

Elsa schließt Teddy die Zelle auf. Zögernd bleibt er an der Tür stehen.

»Bist du gesund?«, fragt er abwartend.

»Ja, wieso?«

Ich liege zwar auf dem Bett, bin aber komplett angezogen.

»Es hieß, du wärst gestern krank gewesen«, erklärt Teddy.

Das hatte ich fast schon wieder vergessen.

»Ach, ich hatte einfach keine Lust, mich mit der Psychologin zu treffen.«

Teddy wirkt nicht ganz überzeugt. Zögernd packt er seine Ordner und das Federmäppchen aus.

»Ich kapier nicht, warum sie einen zwingen, dort hinzugehen«, sage ich.

Teddy blättert zerstreut in *Verbrechen und Strafe*.

»Mir ist klar, dass so was anstrengend sein kann. Ich habe mir oft gedacht, dass ich gern eine Therapie machen würde, aber ich habe mich nie aufraffen können.«

Ich setze mich mit meinem Schreibblock neben ihn.

»Wie läuft es mit dem Essay?«, fragt er.

»Nicht so besonders.«

Noch immer besteht der Text aus vier mickrigen Sätzen.

»Wir reden ein bisschen drüber, dann kommst du bestimmt wieder in Gang«, sagt er und blättert weiter im Dostojewskij. »Was für Gedanken hast du dir denn zu dem Buch gemacht?«

Ich grübele eine Weile.

»Es war lang.«

Unfassbar, dass ich freiwillig einen ewig langen Roman aus dem 19. Jahrhundert durchgepflügt habe. Ohne dass ich es weiter schlimm gefunden hätte.

Raskolnikow ist gut zwanzig Jahre alt und hält sich für cleverer als alle anderen. Da er Geld braucht, entscheidet er sich, eine alte Wucherin zu überfallen und zu ermorden, die er selbst als einen widerwärtigen bösen Menschen beschreibt, der es nicht verdient zu leben.

Man muss nicht zehn Jahre Pädagogik studieren, um zu kapieren, worauf Teddy eigentlich aus ist.

»Was ist dein Ausgangspunkt?«, fragt er und zeigt auf die Überschrift in meinem Schreibblock: ESSAY. »Du brauchst eine Fragestellung. Zum Beispiel: Sind alle Morde gleich verabscheuenswert, oder kann es auch mildernde Umstände geben?«

Ich blicke ihn nachdenklich an.

»Wie genau weißt du eigentlich Bescheid?«

»Bescheid? Inwiefern?«

Er versucht, verständnislos auszusehen, aber Teddy kann nicht einmal ein Kindergartenkind hinters Licht führen.

»Es geht jetzt um diese beiden Romane«, sagt er. »Um nichts anderes.«

Ich nicke und lächele sarkastisch.

»Natürlich kann es mildernde Umstände geben.«

»Ist das so selbstverständlich?«

»In diesen Büchern gibt es vielleicht keine, aber natürlich kann es welche geben. Rein hypothetisch.«

»Hypothetisch«, wiederholt Teddy, als hätte er dieses Wort noch nie gehört. »Was für Umstände wären das denn? Was gibt einem das Recht, einen anderen Menschen zu ermorden?«

»Es geht nicht um Recht. Das ist eine andere Frage. Wir reden von mildernden Umständen.«

»Nenn mir ein Beispiel«, sagt Teddy und macht eine ausladende Geste.

»Notwehr.«

»Das ist etwas anderes. Da spricht man ja auch nicht von Mord. Man hat das Recht, sich zu wehren. Nenn mir ein anderes Beispiel.«

Ich kratze mich an der Wange.

»Manche Menschen verdienen es nicht zu leben.«

Teddys Augen werden schmal.

»Ich meine nicht, dass jeder X-Beliebige herumlaufen und andere Leute umbringen sollte«, erkläre ich. »Aber es gibt Leute, die ihr Lebensrecht verwirkt haben. Eine Lösung des Problems wäre natürlich ein funktionierendes Rechtssystem. Wenn Mörder und Vergewaltiger ordentlich bestraft würden zum Beispiel.«

»Willst du damit sagen, du bist für die Todesstrafe?«

»Ich glaube, die meisten sind dafür. Es ist leicht, gegen die Todesstrafe zu sein, solange man selbst nicht betroffen ist. Wenn man jemanden fragt, dessen Angehöriger ermordet wurde, ist die Antwort ziemlich klar, denke ich.«

Teddy sieht so erstaunt aus wie ein kleiner Schuljunge.

»Findest du denn nicht, dass Menschen eine zweite Chance verdienen?«, fragt er.

»Nachdem sie jemanden vergewaltigt und ermordet haben?«

Ich weiß nicht, ob er mich bewusst provoziert, aber es gelingt ihm jedenfalls.

»Der Mann, der mich vergewaltigt hat«, fahre ich fort. »Findest du, er verdient eine zweite Chance?«

»Ich … ja …«

»Ich war fünfzehn Jahre alt. Fünfzehn! Er hat mich festgehalten und so niedergepresst, dass ich keine Luft mehr bekommen habe. Ich hab um mein Leben gekämpft, während er seinen ekligen Schwanz in mich reingeschoben hat.«

Teddys Gesicht erstarrt in einer grotesken Grimasse.

»Es gibt keine mildernden Umstände«, fasse ich zusammen. »Ich hätte dieses Schwein gern sterben sehen.«

Teddy ist klug genug, sich jeden Kommentars zu enthalten. Er blinzelt ein paarmal und betrachtet seine Hände.

»Ich könnte ihn mit meinen eigenen Händen töten«, sage ich.

72

Ich erwachte in der Suite des Grand Hotels. Gegenüber von mir saß Chris in einem Sessel, hielt eine Tasse Kaffee in der Hand und hatte die gekreuzten Füße vor sich auf den Hocker gelegt.

»Guten Morgen, du Schöne.«

Ich lächelte und schlich an ihm vorbei ins Badezimmer. Dort wusch ich mir das Gesicht am Waschbecken und setzte mich auf die Kante der Badewanne, in der wir gestern spätabends noch gelegen hatten. Ein Panikkloß gärte in meinem Bauch.

»Wann fängst du an zu arbeiten?«, fragte Chris vom Sessel aus.

»Um Viertel vor zehn.«

Ich war schon ziemlich spät dran.

Ich zog mich an und bemühte mich, glücklich und dankbar auszusehen, als ich Chris umarmte.

»Vergiss die hier nicht«, sagte er und reichte mir die Karte.

Er hatte sie mir geschenkt, während wir im Bett Champagner getrunken hatten. Sie war zusammengerollt gewesen wie eine Pergamentrolle und mit einem hübschen Seidenband verschlossen. Ich hatte sie ausgepackt und gespürt, wie mein Herz einen kleinen Hüpfer machte. Eine Asienkarte, auf der Chris bestimmte Orte mit kleinen goldenen Sternchen markiert hatte. Orte, die er mit mir zusammen erleben wollte. Ich sagte nichts davon, dass ich schon eine solche Karte hatte, nur viel größer und voll von kleinen Nadeln.

Ich hätte glücklich sein müssen, als ich mit dem Aufzug nach unten fuhr und in die Lilla Fiskaregatan einbog. Das Problem waren diese ganzen Gefühle. Am liebsten hätte ich sie ignoriert. Ich konnte nicht mit einem zweiunddreißigjährigen Mann die Asienreise meines Lebens machen. Das war unvorstellbar. Und dennoch war da eine Art Glühen in der Brust, das mir sagte, ich sollte nicht so viel analysieren und den Dingen einfach ihren Lauf lassen.

Als ich noch höchstens zwei Minuten bis zur Arbeit hatte, öffnete der Himmel seine Schleusen, und es begann wie aus Eimern zu schütten. Zum ersten Mal seit mehreren Wochen.

Es regnete noch immer, als ich abends den Laden verließ. Ich hatte vor, den Bus vom Botulfsplatsen ganz in der Nähe zu nehmen. Ich hatte mir extra die Abfahrtszeit herausgesucht, um beim Warten nicht patschnass zu werden.

Aber kaum war ich einige Meter gegangen, entdeckte ich zwei bekannte Gesichter unter einem Regenschirm.

»Stella!«

Amina hakte sich bei mir unter.

»Hör dir das mal an.«

Ihr Haar war nass und die Augen funkelten mich wild an.

»Was ist denn los?«

»Wir gehen unter die Überdachung«, sagte sie und versuchte, mich mit sich zu ziehen.

Neben ihr stand Linda Lokind und hielt fröstelnd den Regenschirm in der einen Hand, während sie mit der anderen versuchte, den Ausschnitt ihrer Bluse zuzuhalten.

»Was soll das, Amina?«

Hatte sie mir mit Linda Lokind aufgelauert? Steckten die beiden unter einer Decke? Ich riss mich los und starrte sie an.

»Bitte, du musst dir unbedingt anhören, was Linda sagt.«

Der Regen rieselte ihr ins Gesicht. Die ganze Situation hatte etwas Hoffnungsloses.

»Okay«, sagte ich und warf Linda Lokind einen Blick zu. »Es muss aber schnell gehen.«

Wir fanden einen ruhigen Platz unter der Überdachung. Amina schob sich die nassen Haarsträhnen aus dem Gesicht und forderte Linda auf, mir die Geschichte zu erzählen, die sie selbst offenbar gerade zu hören bekommen hatte.

»Ich war drei Jahre mit Chris zusammen«, sagte Linda Lokind. »Ich dachte, ich hätte das perfekte Leben. Ich merkte nicht einmal, dass es sich allmählich veränderte.«

Sie sah mich mit flackerndem Blick an.

»Weiter«, sagte Amina.

»Es kam schrittweise. Es waren lauter Kleinigkeiten. Ich redete mir ein, es würde ganz sicher nicht noch einmal passieren. Ich wollte so gern, dass alles in Ordnung war.«

Der Regen trommelte auf die Überdachung. Ein paar Jungs holten einen Bus ein und hängten sich an die Tür, bis der Fahrer sie wieder öffnete.

»Das Erste, was mir auffiel, war seine Eifersucht«, fuhr Linda fort. »Erst fand ich es niedlich, eine Art Liebesbeweis. Aber es wurde immer krasser. Einmal hat er einem anderen Typen fast eine runtergehauen, weil er sich eingebildet hat, er hätte mit mir geflirtet.«

Ich sah ihr in die Augen. Es gab keine Anzeichen, dass Linda nicht die Wahrheit sagte.

»Ich habe noch studiert, als wir uns kennenlernten, aber er hat mich überredet, das Studium zu schmeißen. Es sei besser, wenn ich in seinem Unternehmen mitarbeite, sagte er. Dazu brauche ich kein Studium. Schon da begannen sich meine Eltern Sorgen zu machen. Er sorgte dafür, dass ich den Kontakt zu ihnen abbrach. Nach einer Weile trafen wir uns auch nicht mehr mit meinen Freunden. Es gab immer irgendeinen Grund. Als ich erzählte, dass wir zu jemandem nach Hause eingeladen waren, hatte Chris ausgerechnet an dem Wochenende für uns einen Überraschungstrip nach Prag gebucht. Und so ging es immer weiter. Am Ende war mir kaum jemand geblieben. Außer Chris.«

Ich dachte an das Titelbild bei Facebook. Sie hatten glücklich ausgesehen, sie und Chris. Hatte Linda sich das alles ausgedacht? Waren ihre Anschuldigungen nur eine grausame, berechnende Rache?

»Mein ganzes Leben kreiste nur noch um Chris«, berichtete sie. »Genau das wollte er auch. Er hat mich langsam zugrunde gerichtet.«

Ein Bus fuhr vorbei, und Wasser spritzte hoch. Ich wandte mich an Amina. Mir war klar, dass sie es nur gut mit mir meinte, aber es fiel mir trotzdem schwer zu akzeptieren. Was dachte sie sich eigentlich dabei? Da tauchte sie einfach so auf, mit Linda Lokind im Schlepptau. Vertraute Amina ihr etwa?

»Er wird dir dasselbe antun«, sagte Linda und schüttelte ihren Schirm aus. »Er war krankhaft misstrauisch. Ich habe es erst nicht begriffen, aber nach ein paar Monaten wollte er auf einmal ganz genau wissen, was ich tat und mit wem ich wo war. Am Ende war dann er es, der mich betrogen hat.«

Ich dachte an das, was Chris gesagt hatte. *Gefühlsmäßig fremdgegangen, aber zwischen uns ist nichts gelaufen.*

»Ich habe in seinem Handy eine SMS gefunden. Von einer Frau, die wir beide kannten und die ich für meine Freundin gehalten hatte. Es war ziemlich eindeutig, was da zwischen ihnen lief, aber als ich Chris damit konfrontierte, hat er mich an die Wand gedrückt und zusammengeschlagen.«

Sie schloss den Regenschirm und sah auf die Straße hinaus.

»Meine Milz war gerissen. Im Krankenhaus haben wir etwas von einem Fahrradsturz erzählt.«

Nein. Chris war nicht gewalttätig.

»Wann war das?«, fragte ich.

»Letzten Winter. Kurz vor Weihnachten.«

Chris hatte gesagt, dass er erst im Frühjahr jemand Neues kennengelernt und Schluss gemacht hätte.

»Warum bist du nicht einfach gegangen?«, wollte ich wissen.

»Das ist nicht so einfach. Ich kann es nicht richtig erklären, aber ich hatte das Gefühl, als würde er mich besitzen. Ich hatte die ganze Zeit Angst. Nachdem er mich zum ersten Mal geschlagen hatte, passierte es immer wieder. Ich nahm mir jedes Mal vor, dass es nie wieder so weit kommen würde. Aber er ... Ich werde mir nie verzeihen, dass ich geblieben bin.«

Sie kniff die Augen zusammen. War es der Regen, oder liefen ihr die Tränen hinunter? Amina berührte vorsichtig meinen Arm, als wollte sie sich entschuldigen.

Hatte ich eigentlich eine Wahl? Ob das alles nun stimmte oder nicht – ich konnte mich nicht mehr mit Chris treffen. Eigentlich war es Wahnsinn, dass ich es so weit hatte kommen lassen. Klar, er war interessant und sexy und hatte richtig viel Geld, aber jetzt reichte es. Ich konnte nicht noch mehr Drama gebrauchen.

»Hast du in die Schublade geschaut?«, fragte Linda.

Ich nickte.

»Chris hat mich dazu gebracht, Dinge zu tun, die ich eigentlich nicht wollte. Er hat gesagt, wenn ich ihn wirklich lieben würde, dann müsse ich ihm das auch zeigen. Als ich mich am Ende getraut habe, ihm Einhalt zu gebieten, ist er rasend vor Wut geworden. Er hat meine Hände auf dem Rücken gefesselt und mir einen Ball als Knebel in den Mund geschoben. Ich habe kaum noch Luft bekommen.«

Unwillkürlich schnappte ich nach Luft. Die Erinnerungen schlugen wie Blitze in mich ein.

»Er hat mich vergewaltigt. Vermutlich wollte er, dass ich Widerstand leiste. Bestimmt hätte ihm das gefallen. Das ist mir erst in dem Moment bewusst geworden.«

Ich dachte an Chris' zärtliche Hände in der Badewanne im Grand Hotel. Das Wasser, das gleichmäßig gegen unsere Körper geschwappt war. Nichts von dem, was Linda erzählte, stimmte mit dem Chris überein, den ich kannte.

»Warum bist du nicht zur Polizei gegangen?«

»Das habe ich ja getan, aber das Ermittlungsverfahren wurde letztlich eingestellt. Chris' Mutter ist Juraprofessorin und kennt jeden Richter und Staatsanwalt in diesem Land persönlich. Chris ist ein erfolgreicher Geschäftsmann und Millionär. Warum sollte mir jemand glauben?«

»Wann hast du Anzeige erstattet?«, fragte ich.

Linda trat auf der Stelle hin und her.

»Im April.«

»Nachdem du ihn verlassen hattest?«, fragte Amina.

Linda nickte.

»Nachdem *du ihn* verlassen hattest?«, hakte ich nach. »Oder war es umgekehrt?«

Sie schloss ganz kurz die Augen und wischte sich über die Wange.

»Es war umgekehrt«, sagte sie leise.

Ich spuckte auf den Gehweg. Vor uns hielt ein weiterer Bus, und eine Frau mit Koffer sprang zur Seite, als das Wasser über den Bordstein spritzte.

»Das ist meiner«, sagte ich und lief, um den Bus noch zu erwischen.

73

»Was war der Grund für Ihre starke Reaktion am Ende unserer letzten Stunde?«

Shirine zieht ihren bunten Loopschal bis zum Kinn und sieht mich an. Meinem beharrlichen Schweigen begegnet sie mit lauter weiteren Fragen.

»Fällt es Ihnen schwer, daran zu denken? Glauben Sie, dass es Ihnen helfen würde, darüber zu sprechen?«

Ich seufze. Ich weiß nicht, warum ich wieder hier bin. Ich könnte ja auch weiter krankspielen, wild protestieren und Widerstand leisten.

»Kennen Sie den Begriff Sensation Seeker?«

Ich drücke die Arme an die Brust und starre auf einen Punkt an der Wand hinter Shirine. Sie soll bloß nicht glauben, dass jetzt alles wieder in Ordnung ist, einfach so. Sie hat versprochen, mir vorurteilsfrei zu begegnen, und trotzdem ist sie gleich davon ausgegangen, dass ich an Chris dachte, als ich sie zum Begriff Kontrollbedürfnis befragt habe.

»Forschungen haben gezeigt, dass manche Menschen ganz besonders stimuliert werden müssen, um Lust zu empfinden. Man nennt sie Sensation Seeker oder Sensationssucher«, fährt sie fort. »Manche von ihnen betreiben Extremsportarten wie Freeclimbing oder Bungeejumping. Andere gehen besonders riskante Beziehungen ein und provozieren Konflikte.«

Ich bemühe mich, möglichst gelangweilt auszusehen, höre in Wirklichkeit aber aufmerksam zu.

»War er interessant, dieser Christopher Olsen?«, will Shirine wissen.

Diesmal ist sie weitaus vorsichtiger, als sie seinen Namen nennt, sie sitzt kerzengerade da und hat vermutlich den Finger am Notfallknopf.

»Hören Sie schon auf«, sage ich und seufze.

»Sie mögen doch Aufregung, oder nicht?«

Ich seufze.

»Wissen Sie, ich mag Ihre Analysen. Wirklich. Wenn ich jemals eine Therapeutin brauchen sollte, werde ich mich ganz sicher bei Ihnen melden.«

Jetzt sehe ich ihr in die Augen.

»Also, Ihr Humor...«, setzt sie an.

»Sie halten ihn für einen Verteidigungsmechanismus, oder?«

Sie schweigt.

Endlich, denke ich. Endlich gibt sie auf.

Zurück in meiner Zelle liege ich auf dem Bett und starre einen Fleck an der Decke an, bis er immer größer wird, zum Leben erwacht und schließlich zu einer optischen Täuschung aus verschwommenen Farben und Mustern zerfließt.

Ich denke an Chris. Vielleicht ist ja was dran an Shirines Äußerungen über die Chemie des Gehirns, über Gefühle und den Wunsch nach Stimulation. Aber heißt das, ich soll mir keine Vorwürfe machen? Am Ende muss doch jeder Mensch für seine eigenen Handlungen Verantwortung übernehmen, oder etwa nicht? Schließlich kann man nicht alles auf Dopamin und Serotonin und Adrenalin schieben. Mildernde Umstände? Keine Ahnung.

Ich wusste, wer Chris Olsen war. Zumindest hätte ich es wissen müssen.

Impulse und Gefühle existieren nur für den Moment. Ich

habe immer gedacht, bei der Liebe wäre es anders, weil man sich bewusst für sie entscheidet. Wenn man sich in jemanden verguckt, dann ist das ein Gefühl, das aufflackert und wieder verglimmt. Mein Gott, an einem normalen Oktoberdienstag verknalle ich mich ungefähr zehnmal. Aber ich habe mich entschieden, mich nicht ernsthaft in Chris zu verlieben. Oder stimmt das gar nicht? Kann man sich bei so etwas überhaupt entscheiden?

Warum habe ich Bauchschmerzen, wenn ich daran zurückdenke?

Alles ist wieder da. Die Verwirrung und der Ekel.

Der Verrat.

Beim Gedanken an Amina habe ich das Gefühl, als würde meine Haut aufreißen. Meine Trauer und mein Schuldgefühl werden immer größer, und mir wird schwindlig.

Ich denke an Esther Greenwood und Holden Caulfield. Kann man eigentlich dieses Leben überstehen und sich dabei seinen Verstand bewahren?

Als Teddy kommt, bin ich gar nicht darauf vorbereitet. Ich schnelle hoch auf die Bettkante und halte mir die Hände vors Gesicht, um meine Tränen zu verbergen.

»Was ist los?«, fragt er und stellt seine lederne Aktentasche auf den Tisch.

»Nichts«, murmele ich. »Bin nur müde.«

Er beugt sich vor und legt seine vertrauenerweckende Hand auf meine Schulter.

Langsam wende ich ihm das Gesicht zu und lasse die Tränen kommen.

74

Am Freitag teilten Amina und ich uns einen Dönerteller auf dem Sofa, obwohl ich meinen Eltern versprochen hatte, nur in der Küche oder am Esstisch zu essen.

»Bitte enttäusche Papa nicht«, sagte meine Mutter als Letztes, bevor sie abreisten.

Story of my life, könnte man sagen.

»Ich verstehe nicht, warum du mich mit diesem Psycho konfrontieren musstest«, sagte ich und starrte Amina wütend an.

»Was hätte ich denn tun sollen? Ich bin sie einfach nicht mehr losgeworden.«

»Ganz ehrlich, Amina. Linda Lokind hat herausgefunden, wer du bist, und dich dann kontaktiert. Sie muss dich gestalkt haben. Genauso, wie sie auch Chris gestalkt hat.«

Amina biss sich auf die Unterlippe. Es war offensichtlich, dass sie protestieren wollte, aber sie schien einzusehen, dass es nicht der richtige Moment war.

Wir hatten im Internet nach weiteren Infos über Linda gesucht, nach einer Art Beweis, dass sie nicht mehr alle Tassen im Schrank hatte, aber Linda Lokind war so gut wie unsichtbar.

»Du hast da was«, sagte Amina und zeigte mit ihrer Plastikgabel auf mein Gesicht. »Nein, dort. Weiter oben.«

Ich fuhr mir mit dem Finger über die Wange und wischte ein paar Soßenreste weg.

Amina seufzte. Sie schämt sich, wenn ich kleckere und mich beim Essen einsaue. Im Gegensatz zu mir verwendet sie das

Besteck, als wäre es OP-Werkzeug, füllt sich kleine Mäuseportionen auf die Gabel und lässt sie in den Mund gleiten, ohne dass sie ihn überhaupt öffnen muss. Man sieht sie nie kauen.

»Heute Abend ins Tegnérs?«, fragte sie. »Bitte, bitte, bitte.«

»Nein.«

Ich hatte den ganzen Nachmittag Kopfschmerzen gehabt und hätte mich am liebsten aufs Sofa gehauen und zehn Stunden durchgeschlafen. Es war die ideale Gelegenheit für einen chilligen Abend zu Hause. Und ich musste mir keine Gedanken um Chris machen. Er hatte mir geschrieben, dass er sich mit einer alten Bekannten treffen wollte und dass wir uns ein andermal sehen würden. Irgendwie hatte ich Angst davor, mit ihm Schluss zu machen. Ich wusste nicht, ob ich den Stier bei den Hörnern packen und ihm klipp und klar sagen sollte, dass es vorbei sei, oder ob ich es einfach im Sande verlaufen lassen sollte.

»Please«, sagte Amina. »Ich fleh dich an.«

Sie wollte tanzen, Party machen, Leute treffen. Sie war richtig gut drauf, und als beste Freundin machte ich natürlich mit. Wir alberten herum und tanzten nach Liedern von früheren Eurovision-Song-Contests, drängelten uns vor dem Flurspiegel und probierten immer wieder neue Outfits an. Kurz vor Mitternacht saßen wir auf unseren Rädern und rauschten die Hügel hinunter, zum Tegnérs.

Wir warfen das Haar nach hinten und schwitzten unter den Lichtexplosionen auf der Tanzfläche. Auf der Slalomfahrt zwischen den tanzenden Clubbesuchern hindurch hielt Amina mich an der Hand, und schon bald landeten wir atemlos an der Bar und bestellten uns bei dem bärtigen Barkeeper einen Cider.

Ich war klatschnass vor Schweiß, und mein Kopf dröhnte.

»Schau mal«, sagte Amina und zeigte auf die andere Seite der Bar. »Wollte er sich nicht mit einer alten Bekannten treffen?«

Chris stand mit dem Rücken zum Bartresen und beugte sich über eine Frau in schulterfreiem Kleid und mit Silberohrringen. Sie lachten miteinander, und ihre Hand berührte vorsichtig seinen Ellbogen.

»Wer ist das?«, fragte Amina.

Ich griff nach meinem Cider und umrundete den Tresen. Chris wollte sich gerade umdrehen, als er mich entdeckte.

»Stella! Was für eine Überraschung! Seid ihr auch hier?«

Aus reinem Protest verkrampfte ich mich, als er mich in den Arm nahm. Die Frau mit den Ohrringen sah mich erstaunt an.

»Das ist meine Freundin Beatrice«, stellte Chris sie vor.

Ich musterte sie, während wir Hände schüttelten. Sie war fünfundzwanzig, vielleicht auch dreißig, stark geschminkt, hatte volle Lippen und einen schlanken Körper.

»Tut mir leid«, sagte ich. »Als du von einer alten Bekannten gesprochen hast, dachte ich ...«

»Alt?«, konterte Beatrice lachend.

Chris sah verlegen aus.

»Woher kennt ihr euch denn?«, wollte ich wissen.

»Ursprünglich durch Chris' Ex«, erklärte Beatrice.

Chris tat so, als hätte er nichts gehört, und machte mir ein Kompliment zu meinem Oberteil. Er schien überhaupt keine Lust auf dieses Gespräch zu haben, aber ich wollte unbedingt mehr wissen.

»Du meinst Linda, oder?«, vergewisserte ich mich.

Beatrice warf Chris einen Blick zu, auf den dieser mit einem Schulterzucken reagierte.

»Linda und ich waren schon am Gymnasium befreundet«, erzählte sie. »Ich war sogar dabei, als Chris und sie sich kennenlernten. Zu Beginn ihrer Beziehung haben wir uns häufig gesehen, doch dann wurde sie ja ... krank.«

Sie senkte den Kopf ein wenig.

»Krank?«, hakte ich nach.

Beatrice nickte, ohne ihre Antwort genauer auszuführen.

»Linda hat Kontakt zu mir aufgenommen«, erzählte ich und wandte mich an Chris, der sich an die Stirn fasste.

»Ist das wahr?«

»Sie hat sich sogar an Amina gewandt. Sie wollte uns vor dir warnen. Sie hat total kranke Sachen erzählt, die du angeblich getan hast.«

»Verdammt!«, sagte Chris. »Allmählich reicht es aber. Sie will um jeden Preis mein Leben zerstören.«

»Es ist wirklich traurig«, sagte Beatrice und tätschelte seinen Arm. »Linda war das netteste Mädchen der Welt, als ich sie kennenlernte. Total lieb und rücksichtsvoll. Sie war natürlich schon damals ein bisschen misstrauisch und eifersüchtig, aber wer hätte gedacht, dass das mal solche Formen annehmen würde?«

»Hat sie sich denn keine Hilfe geholt?«, fragte ich. »Von einem Psychiater oder so?«

»Linda ist seit ihrer Jugend in Therapie«, erwiderte Chris.

»Leider ist es im Lauf der Jahre immer schlimmer geworden«, erzählte Beatrice. »Und als Chris Schluss machte, ist es total aus dem Ruder gelaufen.«

Ungefähr so, wie ich es mir gedacht hatte. Ich sah Amina an und machte eine vielsagende Geste.

Sie legte eine Hand auf meine Schulter.

»Klo«, sagte sie.

»Aber ...«

»Jetzt, bitte. Bevor ich mir in die Hose mache.«

Wir schlossen uns in eine Toilettenkabine ein und gingen nacheinander aufs Klo. Mir war heiß, ich fühlte mich schlapp, und mein Kopf war schwer. Womöglich ein Virus? Vielleicht hatte ich zu viel gearbeitet?

»Was ist los mit dir?«, fragte Amina.

»Keine Ahnung. Ich bin völlig fertig.«

Am liebsten wollte ich nach Hause und ins Bett.

»Glaubst du mir jetzt?«, fragte ich. »Kapierst du endlich, dass Linda Lokind total gestört ist?«

Amina schlug sich an die Stirn, um zu illustrieren, wie dumm sie gewesen war.

»Wie hätte ich das wissen sollen? Ich wollte kein Risiko eingehen.«

»Schon gut«, versicherte ich.

»Er sieht wirklich toll aus«, bemerkte Amina mit einem durchtriebenen Lächeln.

»Wer denn?«

»Dein Sommerkätzchen.«

Ich lachte, aber schon im nächsten Moment befiel mich ein plötzliches Unbehagen. Ich wusste nicht, woher es kam oder was es bedeutete, aber mir lief ein Schauer über den Rücken.

»Komm schon«, sagte Amina und schlug die Tür der Toilettenkabine auf. »Ich bin voll gut drauf!«

Wir arbeiteten uns bis in die Mitte der brodelnden Tanzfläche vor. Ich kämpfte gegen meine Müdigkeit an, während Amina ihre Show abzog. Ihre Arme bewegten sich auf und ab, und aus ihrem Mund perlte das Lachen wie Seifenblasen.

Bald schloss sich auch Chris an und tanzte dicht neben mir, mit den Händen auf meinen Hüften. Sein heißer Alkoholatem streichelte meinen Nacken. Die schweren Beats dröhnten in meinem Bauch. Meine Beine wurden immer schwächer.

Ich nahm Chris in den Arm.

»Wo ist Beatrice?«

»Sie ist nach Hause zu ihrem Freund gegangen.«

»Mir geht's nicht so gut. Ich glaube, ich muss auch los.«

Chris und Amina sahen mich besorgt an.

»Soll ich dich begleiten?«, fragte Chris.

»Nein, bleib ruhig mit Amina hier. Ich fahre nach Hause und lege mich hin.«

Ich gab ihm einen flüchtigen Kuss und umarmte Amina zum Abschied.

»Sicher?«, fragte sie.

»Sorry«, antwortete ich.

Die frische Luft tat mir gut. Schon bald fühlte sich mein Kopf nicht mehr so schwer an, und beim Fahrradfahren wurden meine Beine wieder stärker. Nach zwei Paracetamol und einer Magnesiumtablette warf ich mich mit meinem Handy aufs Bett und war sofort weg.

Ich wachte davon auf, dass das Kissen vibrierte. Sofort schnellte ich hoch und griff nach dem Telefon, das zwischen die Matratze und das Kopfteil gerutscht war.

»Ja?«

»Ich muss dir was sagen«, keuchte Amina in den Hörer.

»Was ist los?«

»Ich bin mit zu Chris gegangen.«

Es versetzte mir einen Stich. Was sollte das?

»Es hat sich halt so ergeben. Wir haben uns ein Taxi geteilt. Ich hatte ganz vergessen, dass mein Fahrrad am Tegnérs steht.«

Sie holte Luft. Mein Herz schlug heftig.

»Ist was passiert?«, fragte ich.

»Nein, nein, gar nichts.«

»Gar nichts?«

Ich ließ mich wieder auf mein Kissen fallen.

»Natürlich ist nichts passiert. Was hast du denn gedacht?«

»Nein, klar.«

»Ich wollte dir nur sagen, dass ich mit zu Chris gegangen bin.«

Ich murmelte irgendwas, dass das natürlich völlig okay sei, alles in Ordnung, es sei ja nichts passiert.

Eigentlich hatte ich beschlossen, mit Chris Schluss zu machen. Jetzt war ich mir nicht mehr so sicher.

»Geht es dir besser?«, fragte Amina.

»Glaub schon.«

Ich sah auf die Uhr. Halb fünf morgens.

»Und jetzt nach Hause mit dir, ehe Dino sich Sorgen macht.«

Amina lachte nervös.

»Er hat schon zweimal angerufen.«

»Wir hören uns morgen. Küsschen.«

Fünf Prozent Akku. Ich suchte auf dem Boden nach dem Ladegerät und wollte das Handy gerade einstöpseln, als ich entdeckte, dass ich eine neue Nachricht von einer unbekannten Nummer hatte.

Bitte, haltet euch von Chris fern. Er ist gefährlich.

75

Ich wache völlig schweißgebadet auf und weiß nicht, wie viel Uhr es ist. Es könnte vor Mitternacht sein oder am nächsten Morgen. Hier drin spielt der Lauf der Zeit keine Rolle.

Irgendetwas verfolgt mich. Ich wälze mich aus dem Bett und wirbele im Zimmer herum. Der Geruch ist ebenso unangenehm wie am Tag meiner Ankunft.

Hysterisch hämmere ich gegen die abgeschlossene Tür, entsetzliche Bilder erscheinen vor meinem inneren Auge. So wirklichkeitsgetreu, dass sich die Grenze zwischen Fantasie und Wirklichkeit auflöst.

»Lasst mich raus!«, brülle ich in Richtung Tür und haue immer weiter dagegen, obwohl meine Fäuste pochen und schmerzen.

Ich sehe Chris' blutigen Körper auf der Erde liegen. Wie er zuckt und sich herumwälzt und immer neues Blut aus den Löchern im Bauch hervorspritzt.

»Macht die Tür auf!«

Ich schlage meine Stirn gegen das harte Metall und sinke auf die Knie, während meine Nägel verzweifelt an der Tür kratzen.

Schließlich wird die Luke aufgeschoben, und ein erschrockenes Augenpaar starrt auf mich herab. Es ist Elsa.

»Hilfe!«, quieke ich.

Ich ertrinke. Mein Körper sinkt immer tiefer abwärts, dabei liege ich schon auf dem Boden. Mühsam strecke ich die Arme aus, aber die Luft ist viel zu dick. Als würde ich versuchen, in Zement zu schwimmen.

»Mama! Mama!«

Elsa sagt mir, dass ich von der Tür weggehen soll. Ich schaffe es, langsam davonzurobben, während Elsa nach Hilfe ruft.

Ich liege auf dem Rücken und starre an die Decke, während sie mich untersuchen. Ihre Stimmen sind weit weg, ein vages Flüstern in der Ferne.

Das Bild vom sterbenden Chris ist wieder da. Der pulsierende, blutige Körper auf der Erde.

Ein Krankenpfleger tätschelt mir das Gesicht. Ich erkläre, dass ich Schwierigkeiten beim Atmen habe, dass irgendwas mit meinem Hals nicht stimmt. Er führt ein Glas Wasser an meine Lippen, aber der Großteil landet auf meinem Kinn und meiner Wange. Ein Wärter hilft mir dabei, mich aufzurichten.

Ich habe mehrere fremde Hände im Gesicht. Plastikhandschuhe, die in meinem Mund herumfingern. Jemand schiebt mir zwei Tabletten zwischen die Lippen und sagt, dass ich gleich schlafen werde.

»Nein!«, brülle ich und schlage wild um mich.

Der Schlaf ist gefährlich. Ich will nicht dorthin zurück.

»Hört auf!«, schreie ich.

Sie halten mich von hinten fest.

Ich atme tief durch und halte dann die Luft an. Beinahe kann ich spüren, wie wieder Sauerstoff ins Blut strömt. Bald schlägt das Herz langsamer.

Zitternd steht Elsa in der Zimmerecke und blickt mich an wie ein Kind, das sich verlaufen hat.

»Die Polizei«, presse ich hervor. »Ich will mit der Polizei reden.«

Ich weiß nicht, was ich sagen soll: die ganze Wahrheit, Teile der Wahrheit oder irgendwas, was gar nichts mit der Wahrheit zu tun hat. Ich weiß nur, dass ich reden muss. Ich muss reden, bevor ich explodiere.

76

Chris wollte mich zu Hause besuchen.

Ich will sehen, wie du wohnst, schrieb er. *Ich lerne auch gern deine Eltern kennen, aber damit sollten wir vielleicht noch warten. Da würde es doch perfekt passen, wenn sie verreist sind.*

Ich sah mich um. Überall Kleider, Tüten und Gegenstände. Die Küche roch nach totem Tier, und in der Waschküche lag ein Berg von Unterwäsche und Shirts.

Okay, aber gib mir zwei Stunden, schrieb ich zurück.

Ich musste mit ihm reden. Wir konnten so nicht weitermachen. Auch wenn ich seine sorglose Einstellung und seine Konzentration auf die Gegenwart schätzte, musste ich mir sicher sein, dass wir dieselbe Sicht auf die Dinge hatten, die gerade passierten. Ich machte mir Sorgen, dass einer von uns verletzt werden könnte.

Nach der Sache mit dem Auto konnte es ohnehin nicht schaden, das Haus ein bisschen aufzuhübschen, ehe meine Eltern am Freitag zurückkamen. Ich fing mit dem Wohnzimmer an. Ich räumte auf, staubsaugte und schrubbte den Tisch. Dann machte ich in der Küche weiter. Ich leerte die Spülmaschine und füllte sie neu, räumte das Geschirr in die Schränke und polierte die Arbeitsfläche, bis sie glänzte.

Am Ende hatte ich im Flur eine ganze Ansammlung von Müll. Der Gestank stach mir in die Nase, während ich die Tüten nach draußen trug.

Nachdem ich die Mülltüten weggebracht hatte, blieb ich

auf der Einfahrt stehen und genoss die ungewohnte innere Ruhe.

Ich liebe diese lauen Sommerabende, wenn die Sonne untergegangen ist, aber noch ein wenig Licht am Himmel zurückgelassen hat, wenn die Luft stillsteht und die Vögel Wiegenlieder singen.

Es knackte im Gebüsch. Eine rasche Bewegung. Vielleicht ein Vogel?

Als ich hinging und nachsah, raschelte es wieder.

Das Herz schlug mir bis zum Hals.

»Ist da jemand?«, fragte ich laut.

Wieder eine Bewegung, etwa fünf Meter weiter weg. Blätter raschelten, ein Ast brach.

»Wer ist da?«

Ich wühlte in den Taschen nach meinem Handy. Verdammt, es musste noch im Haus liegen.

Ich rannte zurück und zog die Tür hinter mir zu. Dann sperrte ich beide Schlösser zu und hörte meinen eigenen keuchenden Atem.

Hatte ich mir das nur eingebildet? Oder wurde ich gerade paranoid?

Vielleicht war es nur ein Vogel gewesen. Ein großer Vogel. Oder ein anderes Tier. Eine Katze?

Oder schlich da draußen ein Mensch umher?

Chris hatte einen Strauß Rosen dabei. Ich riss mich zusammen und erzählte ihm nichts von dem Zwischenfall.

Er ging wie ein Museumsbesucher durchs Haus. In meinem Zimmer setzte er sich erst aufs Bett und hüpfte ein wenig auf und ab, als wollte er die Standfestigkeit prüfen. Dann entdeckte er die Wand mit meiner Asienkarte und den ganzen Nadeln.

»Ach, du hattest schon eine Karte?«

Die Situation war mir ziemlich peinlich. Ich konnte schon nichts sagen, als er mir die Landkarte schenkte, und auch jetzt wusste ich nicht, was ich sagen sollte.

»Weißt du was?«, sagte Chris. »Ich habe es so organisiert, dass ich im Februar und März nächsten Jahres frei habe. Das ist eine gute Jahreszeit für eine Asienreise.«

Ich lächelte und schwieg. Was sollte ich dazu sagen? Dass ich lieber allein reiste? Dass er auf gar keinen Fall mitkommen durfte?

Chris presste mich an sich. Mit einer leichten Bewegung schob er mein Haar zur Seite und küsste mich. Seine Hand glitt am Rand meines Slips entlang, ich schloss die Augen und sah Feuerwerke. Noch nie hatte mich jemand so angetörnt.

»Wo schlafen deine Eltern?«

Ohne mich loszulassen, schob er mich rückwärts durch die Tür.

»Dort?«, fragte er und deutete mit dem Finger hinter mich.

Er führte mich durch den Flur, wie bei einem widerspenstigen Tanz. Natürlich hatte ich nicht vor, mich ins Bett meiner Eltern zu legen. Ich hielt dagegen, während Chris mich vor sich herdrückte. Die Tür ging auf, und wir taumelten ins Schlafzimmer. Ich spannte meine Muskeln an, griff nach dem Türrahmen und widersetzte mich.

»Nicht hier.«

Chris lachte und ließ mich los. Wie versteinert blieb er vor dem Doppelbett meiner Eltern stehen.

»Hier schläft also der Pfarrerpapa.«

Die Spitze in seinem Lächeln war nicht zu übersehen.

»Komm«, sagte er und legte die Arme um mich. »Ich will dich im Bett deiner Eltern nehmen.«

»Nein, hör auf.«

Ich wehrte mich. Er unternahm einen Versuch, mich aufs Bett zu drücken, unterschätzte mich aber. Ich mobilisierte meine ganze Kraft und stellte die Füße wie Saugnäpfe auf den Boden, bevor ich Chris mit meinem Oberkörper wegpresste. Ich hatte weitaus härtere Ringkämpfe an der Torraumlinie hinter mir.

»Okay, okay«, sagte Chris und lachte entwaffnend. »Das war nur eine Idee. Ein Experiment. Magst du keine Experimente?«

Ich dachte an die Sachen in der Schublade seines Aktenschranks.

»Solche jedenfalls nicht«, erwiderte ich.

»Nicht?«

Meine Lust war wie weggeblasen.

»Komm, wir setzen uns ein bisschen aufs Sofa.«

Chris sah gekränkt aus und wartete eine Weile, bis er schließlich hinter mir her nach unten ging. Ich schaltete den Fernseher an und legte meinen Kopf an seine Schulter. Die Gedanken rasten.

Was hielt mich eigentlich bei Chris? Ich hatte es so verdammt sattgehabt, dass in meinem Leben nie irgendwas Aufregendes passierte, und als Chris aufgetaucht war, hatte ich mich kopfüber ins Ungewisse gestürzt. Aber jetzt? Ich wollte keinen festen Freund, insbesondere keinen Zweiunddreißigjährigen. Ich wollte nicht im Bett meiner Eltern rummachen. Am liebsten wollte ich einfach die Reise machen, nach der ich mich schon so ewig sehnte. Kein Typ sollte mir im Weg stehen.

Ich betrachtete Chris. Selten war ich einem so schönen Menschen begegnet. Aber was spielte das für eine Rolle? Ich war nicht einmal neunzehn. Ich hatte mein ganzes Leben vor mir.

Chris sah mich lange an. Sein Lächeln war wieder so freundlich und wunderbar. Die Härte war wie wegradiert.

Ich wusste nicht, was ich sagen sollte. Ich wusste nicht, wie ich es sagen sollte. Ich wusste nur, dass irgendetwas gesagt werden musste.

77

Früh am nächsten Morgen musste Chris zu einem Meeting. Nach einem raschen Frühstück ging ich durchs Haus und entfernte jede Spur von ihm mit Sprayflasche und Tuch.

An Amina schrieb ich: *Glaub ich muss mit Chris Schluss machen*

Warum???, antwortete sie.

Ich formulierte ewig an der Antwort herum, schrieb einen Entwurf nach dem anderen, löschte ihn und schrieb den nächsten. Schließlich lautete die Nachricht: *Glaub er verliebt sich grad in mich*

Amina antwortete erst nach einer knappen Stunde. Sie schrieb, dass es so vielleicht am besten sei.

Am späten Nachmittag kamen meine Eltern von ihrem Urlaub zurück.

»Wie toll du alles aufgeräumt hast«, lobte mich meine Mutter.

Ich erkundigte mich, ob sie einen schönen Urlaub gehabt hätten, und die beiden nickten.

»Du hättest dabei sein sollen«, sagte meine Mutter.

Oder auch nicht.

Sie waren bester Laune. Mein Vater machte Witze und alberte herum. Während meine Mutter versuchte, ihren Koffer auszupacken, kitzelte er ihren Bauch, schloss von hinten die Arme um sie und küsste sie im Nacken.

»Was hast du mit ihm angestellt?«, fragte ich.

»Was meinst du?«, erwiderte meine Mutter kichernd.

»Ja, was wohl?«, sagte mein Vater und steckte seine Kitzelfinger auch in meine Seite, sodass ich in die Küche fliehen musste.

»Nimmt er Glückspillen, oder was?«

»Ich bin die einzige Glückspille, die dein Vater braucht«, entgegnete meine Mutter lachend.

Ich radelte zur Arena, um Amina vom Training abzuholen. Es dämmerte schon, aber der Stadtpark war noch immer voller Menschen, die die Sommerwärme genossen. Jemand spielte Gitarre und sang dazu, eine Clique spielte Fußball, einige schienen ein Date zu haben.

Vor dem Schwimmbad kam eine Entenmutter angewatschelt, gefolgt von ihren Kindern, die in einer Reihe hinter ihr hertapsten. Ich bremste und stieg vom Fahrrad, um sie vorbeizulassen.

Während ich lächelnd die Entenküken beobachtete, die wacklig den Kiesweg überquerten, hörte ich Schritte, die sich von hinten näherten. Vorsichtig schob ich das Fahrrad zur Seite, um die Enten nicht zu erschrecken.

»Bitte, hör mir jetzt zu.«

Als ich mich umdrehte, stand Linda Lokind zwei Meter hinter mir.

»Verdammt«, sagte ich. »Lass mich in Ruhe. Zwischen mir und Chris ist sowieso nichts Ernstes. Du kannst ganz beruhigt sein.«

Sie sah mich an, als würde ich eine Fremdsprache sprechen.

»Ich weiß alles über dich«, fuhr ich fort. »Du brauchst professionelle Hilfe. Vielleicht irgendwelche Medikamente. Wenn du mich jetzt nicht in Ruhe lässt, weiß ich nicht, was ich tue.«

Ich redete laut. Es war mir egal, ob mich jemand hörte.

»Schon klar«, sagte Linda. »Chris sagt, dass ich krank bin. Ein Fall für die Psychiatrie, oder?«

Ich schüttelte den Kopf.

»Nicht nur Chris sagt das. Auch die Polizei hat dir nicht geglaubt. Außerdem bin ich neulich deiner früheren Freundin Beatrice begegnet.«

Lindas Hand zuckte und landete auf ihrer Hosentasche. Sie wandte sich zur Seite, und ich konnte nicht sehen, was sie machte. Ob sie irgendwas in ihrer Tasche hatte? Ich schob das Fahrrad neben mir her.

»Ich habe dir von der Frau erzählt, mit der er mich betrogen hat«, meinte Linda. »Ich habe eine Nachricht von ihr in seinem Handy gefunden.«

Ich ging immer schneller, aber Linda folgte mir.

»Das war Beatrice, meine beste Freundin. Er hatte eine Affäre mit meiner besten Freundin. Dann hat er ihr eine Gehirnwäsche verpasst. Sie glaubt immer noch, dass alles meine Schuld war und dass ich eine Art Psychose bekommen habe.«

Ich blieb stehen und drehte das Fahrrad so, dass es wie eine Mauer zwischen uns stand.

»Du lügst.«

Ich wollte mir das nicht mehr anhören. Chris und Linda und Beatrice konnten mich mal kreuzweise.

»Es stimmt, versprochen.«

»Es ist mir egal«, sagte ich.

Im Gras vor uns hatten ein paar Familien auf geblümten Decken ihr Picknick ausgebreitet. Zwei etwa fünfjährige Mädchen galoppierten mit Steckenpferden herum und schnalzten. Eine von ihnen sah genauso aus, wie ich in diesem Alter ausgesehen hatte.

»Eines Tages wollte ich ein Bild im Schlafzimmer aufhängen«, fuhr Linda fort. »Es war heruntergefallen, als Chris eine

Bierflasche an die Wand geworfen hatte. Nachdem ich das Bild wieder angebracht hatte, baute er sich davor auf und begutachtete es. *Das Bild hängt schief, verdammt noch mal. Der Nagel ist krumm.* Ich entschuldigte mich und versprach, den Nagel sofort noch einmal einzuschlagen.«

Ihre Worte sprudelten aus ihr heraus wie Blut aus einer offenen Wunde. Ich wagte nicht, die lachenden Mädchen auf dem Rasen aus den Augen zu lassen.

»Als ich nach dem Hammer griff, war Chris schneller. Er warf mich aufs Bett und schwang den Hammer durch die Luft. *Du kannst ja nicht mal ein Bild gerade aufhängen!*«

Ich kriegte eine Gänsehaut. Linda stand vor mir und erzählte mir Schauergeschichten, während die Mädchen auf dem Rasen vor Glück jauchzten.

»Er hat mich mit dem Hammer vergewaltigt.«

Ekel stieg in mir auf.

»Es reicht!«

Linda drückte ihre Hand in die Hosentasche.

»Ich würde ihm gerne wehtun. Ich will, dass er genauso leidet wie ich.«

Ihre Wangen waren scharlachrot, sie schob ihren Hals vor und senkte die Augenbrauen. Sie machte mir Angst.

»Ich könnte ihn umbringen.«

Ich setzte mich aufs Rad und fuhr auf die Arena zu. Noch ehe Amina herausgekommen war, hatte ich Chris aus den Kontakten meines Handys gelöscht.

78

Michael Blomberg sitzt in einem himmelblauen Hemd vor mir, das er fast bis zum Bauchnabel aufgeknöpft hat. Er legt seine bärenartige Faust auf den Tisch und sieht mich an, als wäre er mein Vater.

»Warum willst du Agnes Thelin sehen?«

»Ich werde ihr alles erzählen.«

»Was genau?«

Ich zucke mit den Schultern.

»Was passiert ist eben.«

Er wedelt abwehrend mit seiner großen Hand.

»Hör mal zu. Ich habe mit Ulrika gesprochen, und wir sind zum Entschluss gekommen, dass du schweigen solltest, solange es geht.«

Ich balle die Hände unter dem Tisch.

»Vögelt ihr immer noch?«

Blomberg sieht aus, als hätte ich ihm in die Eier getreten.

»Du musst nicht antworten. Ich glaube, ich will es gar nicht wissen.«

Er fährt sich mit der Hand über den Mund.

»Das ist ewig her«, sagt er leise. »Vor dieser Sache hatte ich Ulrika jahrelang nicht gesehen.«

Er wischt den Schweiß weg, der ihm in den Nacken und hinter die Ohren läuft. Dann hebt er sein Laptop auf den Tisch, starrt auf den Bildschirm und tippt laut auf den Tasten herum, ehe er mich wieder ansieht.

»Die Hypothese der Staatsanwältin lautete, dass Amina und Christopher Olsen dich hintergangen haben.«

»Wie? Ernsthaft?«

»Die Staatsanwältin denkt, dass Olsen dich mit Amina betrogen hat und dass du ihnen auf die Schliche gekommen bist«, sagt Blomberg.

Er hämmert die Worte völlig schonungslos hervor. Ich weiß, dass es um mich geht, aber es klingt so fremd, als hätte ich es in irgendeinem Klatsch- und Tratschforum im Internet gelesen.

»Betrogen?«

Er nickt.

»Sie glauben, du hast es gemerkt und daraufhin beschlossen, Olsen umzubringen.«

»Moment mal. Glaubt die Staatsanwältin allen Ernstes, dass ich Chris getötet habe, weil er und Amina... weil sie Sex miteinander hatten?«

»Ja.«

»Weil ich eifersüchtig war?«

»Eifersüchtig? Betrogen? Was weiß ich?«, sagt er.

»Das ist doch total krank!«

Maßloser Zorn lodert in meiner Brust auf. Ich muss reden. Ich muss alle wissen lassen, was wirklich passiert ist.

»Ist dir Amina wichtig?«, will Blomberg wissen.

»Was ist das für eine Frage? Ich liebe sie!«

»Dann hör mir jetzt bitte zu.«

Ich schnaufe durch die Nase aus, zwinge mich aber zuzuhören.

»Um Aminas willen«, fügt Blomberg hinzu.

Ich sehe sie vor mir, die Angst in ihren Augen, die zerstörten Träume, und ich habe das Gefühl, als müsste ich gleich zusammenbrechen, als würde sich mein ganzer Körper auflösen. Ich weiß nicht, wo ich mich heute ohne Amina befinden würde und wer ich wäre. Ich würde sie nie im Stich lassen.

»Die Staatsanwältin wird vermutlich behaupten, dass du Olsen in seiner Wohnung aufgesucht hast, mit der Absicht, ihn zu töten. Aber ihre Indizienkette ist schwach«, erklärt Blomberg. »Da gibt es natürlich die Aussage der Nachbarin, die behauptet, dich vor dem Haus gesehen zu haben. Aber es handelt sich dabei um eine zerbrechliche junge Frau, nicht gerade eine Traumzeugin.«

Er blickt auf seinen Bildschirm.

»Dann gibt es den Schuhabdruck und Spuren vom Pfefferspray. Haare, Hautablagerungen und Stofffasern. Aber es gibt keine direkten Beweise, dass du Olsen umgebracht hast.«

»Aha.«

Er dreht den Bildschirm in meine Richtung, aber ich kann die winzigen Buchstaben nicht entziffern.

»Sie haben Sachen in Olsens Computer gefunden, Nachrichten und Chats. Und sie haben ein paar Telefonlisten.«

Blombergs Stimme ist vertrauenerweckend und ruhig.

»Das Wichtigste im Moment ist dein Alibi, Stella.«

»Ja?«, sage ich, ohne zu begreifen, was er meint.

Er sieht mich wieder an.

»Die Zeitleiste der Staatsanwältin überzeugt nicht, weil du für den Zeitpunkt, an dem laut Rechtsmedizin der Mord begangen wurde, ein Alibi hast.«

Die Worte wirbeln in meinem Kopf herum.

»Ein Alibi?«

Das kommt mir ziemlich unglaubwürdig vor.

»Laut Obduktionsbericht ist Olsen irgendwann zwischen ein und drei Uhr nachts gestorben.«

Ich verstehe noch immer nichts.

»Da warst du schon zu Hause, Stella.«

»Ich? Tatsächlich?«

»Dein Vater hat auf die Uhr gesehen. Er ist sich hundertprozentig sicher, dass du an besagtem Abend um Viertel vor zwölf nach Hause gekommen bist.«

Mein Vater? Um Viertel vor zwölf?

Mein Zeitgefühl ist völlig aus den Fugen geraten. Ich bringe das alles nicht zusammen.

»Das kann unmöglich stimmen.«

»Natürlich stimmt das. Wenn dein Vater sagt, dass er sich ganz sicher ist, dann stimmt das natürlich.«

Ich höre kaum, was Blomberg sagt.

Ich beginne zu verstehen, was da passiert.

»Du glaubst doch nicht etwa, dass dein Vater lügt?«

79

Mein Vater suchte das Restaurant für meinen Geburtstag aus. Italienisch natürlich. Da er von italienischem Essen besessen ist und von allem anderen, was die geringste Verbindung zu diesem verdammten Spaghettiland aufweist, geht er selbstverständlich davon aus, dass es meiner Mutter und mir genauso geht.

Diese ganzen Italienurlaube. Ehrlich gesagt muss ich kotzen, wenn ich an Bruschetta und Pasta, Birra grande und Vino rosso denke und an all die ständig flirtenden Kellner mit ihrem gegelten Haar und ihrem verdammten »Ciao bella«.

Ich hatte mit anderen Worten keine sonderlich hohen Erwartungen an meine Geburtstagsfeier, aber meine Eltern hatten den halben Sommer gequengelt, und im Hinblick auf die Sache mit dem Auto wollte ich sie nicht allzu sehr enttäuschen.

Der Abend fing nicht gerade gut an. Das Restaurant hatte es fertiggebracht, uns für den falschen Tag einzubuchen, oder vielleicht hatte sich auch mein Vater geirrt, ich weiß es nicht. Später wollte er mir nicht mal ein Glas Wein gönnen.

»Es ist mein neunzehnter Geburtstag«, erklärte ich. »Ich habe das Gesetz auf meiner Seite.«

»Das Gesetz irrt sich auch mal«, konterte mein Vater.

Wenigstens lächelte er dabei.

»Oder was sagt die Juristin dazu?«

Zum Glück hatte ich auch meine Mutter auf meiner Seite.

»Natürlich darf sie Wein trinken.«

Nicht, dass es mir besonders wichtig gewesen wäre, was ich zum Essen trank. Es ging mir ums Prinzip.

Nach dem Hauptgang bekam ich einen Umschlag mit einem kleinen Stadtplan. Ich folgte dem eingezeichneten Weg aus dem Restaurant bis um die nächste Straßenecke. Dort stand eine rosa Vespa mit einer großen hässlichen Schleife am Lenker. Ich traute meinen Augen nicht! Papa hatte meinen Wunsch nach einem Zuschuss für die Reisekasse komplett ignoriert und stattdessen dreißigtausend Kronen in eine Vespa investiert.

»Ich hatte doch gesagt…«

»Ein Dankeschön genügt völlig«, sagte mein Vater.

Ich hasste mich selbst. Natürlich sollte ich dankbar sein und meinem Vater um den Hals fallen. Stattdessen stand ich reglos da, voller widersprüchlicher Gefühle. Was stimmte eigentlich nicht mit mir?

Nach dem Dessert saßen wir schweigend und satt da und starrten uns über den Tisch hinweg an. In regelmäßigen Abständen checkte ich mein Handy. Auf Facebook trafen jede Menge Glückwünsche zum Geburtstag ein, nur von Amina hatte ich noch nichts gehört.

»Ich glaube, ich muss jetzt los«, sagte ich.

Mein Vater war natürlich verärgert. Da hatten sie ein Geburtstagsessen für mich organisiert, und ich ging einfach.

»Ich bin mit Amina verabredet«, erklärte ich und zog meine Jacke an. »Vielen lieben Dank für das Abendessen und das Geschenk.«

»Nimmst du die Vespa mit?«, wollte meine Vater wissen.

Ich betrachtete mein Weinglas. Hatten sie mir deshalb die Vespa geschenkt? Wenn ich damit unterwegs war, konnte ich nichts trinken.

»Mach dir keine Sorgen«, meinte meine Mutter. »Wir kriegen die schon irgendwie nach Hause.«

Sie stand mit einem wehmütigen Lächeln auf, und während wir uns zum Abschied umarmten, schloss ich die Augen. Auf einmal fühlte ich mich verdammt unglücklich. Eine Trauer, eine Sehnsucht, ein tiefer Schmerz brannte in mir, und ich hielt meine Mutter lange im Arm.

Papa blieb sitzen, unsere Umarmung war kurz und kühl, doch er blickte mir traurig nach, als ich ging.

Die Spätsommerwärme hat einen ganz besonderen Duft. Wenn es lang genug heiß gewesen ist, geht dieser Duft in die Luft über, und nur ein anhaltender Regen kann ihn wieder verjagen.

Ich überquerte den Fjelievägen und ging am Sportplatz vorbei. Es duftete nach Äpfeln und Sauna, und bei der Laufbahn nebenan warf jemand einen Ball gegen die Betonwand. Glückliche Stimmen und ungehemmtes Lachen erhoben sich aus dem monotonen Rauschen vom Ringvägen.

Eigentlich hatte ich gar keine Pläne. Am Donnerstagabend hatte ich zu Amina gesagt, dass ich gar nichts mehr unternehmen würde. Ich würde mit meinen Eltern zum Essen gehen und dann nach Hause und chillen.

Jetzt kam es mir plötzlich verkehrt vor, den Abend zu vergeuden. Durch den Wein war ich aufgekratzt, und ich hatte die Samstagsschicht getauscht, sodass ich morgen lange ausschlafen konnte, wenn ich wollte. Ich schrieb Amina eine Nachricht, aber als sie nicht sofort antwortete, rief ich sie stattdessen an.

»Was machst du gerade?«, fragte ich.

Es knackte in der Leitung. Ein dumpfer Knall war zu hören.

Amina war einen Moment weg, dann war sie wieder da. Ihre Stimme war jetzt klarer zu hören. Sie keuchte, wirkte irgendwie aufgewühlt.

»Ich bin bei Chris«, sagte sie.

»Bei Chris?«

Irgendwas in meiner Brust verhärtete sich.

»Was macht ihr denn?«

Ihre Antwort ließ auf sich warten.

»Ach, na ja ... wir hängen einfach ab.«

Es wurde eine Weile still. Worum ging es eigentlich gerade? Trafen sich Amina und Chris ohne mich?

»Wir wollten dich überraschen.«

Das klang nach einer Notlüge.

»Ihr seid in Chris' Wohnung? Ich kann in fünf Minuten da sein.«

»In fünf Minuten?«, wiederholte Amina.

Auf einmal sprudelten die Worte nur so aus ihr heraus, und ehe ich noch darüber nachdenken konnte, was sie meinte, hatte sie mich schon weggedrückt.

Ich wusste, dass Amina mich nie hintergehen würde. Sie würde nie irgendwas mit Chris anfangen, nie im Leben, nicht, ohne vorher mit mir zu reden. Aber ich hörte ihrer Stimme an, dass irgendwas nicht stimmte.

Ich dachte an Lindas seltsame Erzählung im Stadtpark, und als ich an der Polhemskolan vorbei in Richtung Kleingartengelände ging, legte ich einen Zahn zu. In der Neunten war ich ganz kurz mit einem Typen zusammen gewesen, der die Abschlussklasse am Polhem besuchte. Amina und ich hatten manchmal den Nachmittagsunterricht geschwänzt und stattdessen auf dem nahegelegenen Spielplatz gesessen, Kette geraucht und unsere Pubertätspanik verdrängt, während wir auf die Jungs warteten, die einen Führerschein und das Auto ihres Papas zur Verfügung hatten und die von Leuten in unserem Alter maßlos bewundert wurden.

Als ich auf Chris' Straße einbog, klingelte das Handy.

»Du«, sagte Amina atemlos. »Warte draußen. Ich komme runter.«

»Warum das?«

Ich spähte zum gelben Haus am Ende der Straße hinüber und sah, wie das Licht im Treppenhaus kurz aufflackerte, bevor es richtig brannte.

»Bin schon unterwegs«, keuchte Amina ins Telefon.

»Was ist passiert?«

Sie klickte mich weg. Im nächsten Augenblick öffnete sie die Haustür und stürmte auf die Straße hinaus.

Ich ging schneller, und wir trafen uns auf halber Strecke.

Ihre Augen waren groß, und ihre Atemzüge gingen stoßweise.

»Wir vergessen ihn jetzt.«

Sie starrte auf den Asphalt. Ihre Wimperntusche war verschmiert, und ihre Schnürsenkel hingen herunter.

»Was meinst du?«

»Wir vergessen diesen verdammten Chris Olsen.«

80

Ausnahmsweise erwache ich einigermaßen ausgeruht. Das gibt mir eine ganz neue, gesundere Sicht auf das Ganze. Erst wenn man nicht mehr durchschlafen kann, versteht man, wie wichtig der Schlaf eigentlich ist.

Die Polizei hat eine neue Vernehmung direkt nach dem Frühstück anberaumt. Langsam kaue ich das trockene Kastenweißbrot in mich hinein und frage mich, was ich Agnes Thelin erzählen soll.

Jimmy und seine Kollegin Elsa bringen mich zum Vernehmungsraum, wo Michael Blomberg schon wartet.

»Guten Morgen, Stella.«

Er wirkt nervös. Hat er Angst vor dem, was ich sagen werde? Er schnauft und ächzt, während er sich aus seinem engen Sakko pellt. Sein Hemd ist marineblau.

Agnes Thelin macht ein bisschen sinnentleerten Smalltalk, ehe sie gegenüber von mir Platz nimmt und das Aufnahmegerät einschaltet.

»Sie haben ein bisschen Zeit zum Nachdenken gehabt, seit wir uns zuletzt unterhalten haben, Stella. Gibt es noch etwas, was Sie uns erzählen oder erklären wollen?«

»Na ja ...«

Agnes Thelin lächelt geduldig.

»Glaub nicht«, sage ich dann und sehe zu Blomberg hinüber, der an seinem Schlips herumspielt.

»Wir sind uns immer noch nicht ganz über Ihre Unternehmungen am Mordtag im Klaren«, sagt Agnes Thelin. »Das passt alles nicht richtig zusammen.«

»Aha.«

Sie betrachtet mich lange, ohne ein Wort zu sagen. Ein bisschen zu lange. Am Ende muss ich etwas sagen, einfach irgendwas, um mich von ihrem Blick zu befreien.

»Herr Blomberg sagt, dass mein Vater mir ein Alibi gegeben hat.«

Der Anwalt sperrt die Augen auf und kratzt sich an der Nase.

»Nun«, sagt Agnes Thelin und sieht zu Blomberg hinüber. »Ganz so einfach ist das auch nicht.«

»Aha, und wie ist es dann?«, frage ich.

»Es ist schwer, den genauen Todeszeitpunkt eines Menschen festzustellen.«

»Aber die Nachbarin? Sie hat doch gegen ein Uhr nachts einen Schrei gehört, oder?«

Agnes Thelin antwortet nicht. Ich weiß noch immer nicht, wie viel ich ihr erzählen soll.

»Können Sie versuchen, sich zu erinnern, was Sie genau getan haben, nachdem Sie an diesem Abend das Stortorget verlassen haben?«

Ich atme tief durch.

»Was sagt denn mein Vater?«, frage ich.

Agnes Thelin sieht mir unverwandt in die Augen.

»Ihr Vater sagt, dass Sie am Freitagabend um exakt 23.45 Uhr nach Hause gekommen sind. Er behauptet, dass er sich da vollkommen sicher ist.«

Ich verstehe es nicht. Plant mein Vater etwa, vor Gericht zu lügen? Warum?

»Er sagt, dass er mit Ihnen gesprochen hat. Stimmt das?«

Ich winde mich unbehaglich, schweige aber.

»Wann sind Sie an diesem Abend nach Hause gekommen, Stella?«

Sie beugt sich zu mir vor, aber ich sehe an ihr vorbei und an die kahle Wand hinter ihr. Ich denke an Amina. Ich kann noch immer ihre entsetzten Atemzüge hören. Ich sehe ihren völlig aufgelösten Blick.

»Stimmen die Angaben Ihres Vaters, Stella? Sind Sie an diesem Abend um Viertel vor zwölf nach Hause gekommen?«

»Mm.«

»Wie bitte?«

Es wird mucksmäuschenstill im Zimmer. Alles hält den Atem an.

»Ich bin erst gegen zwei heimgekommen.«

Mein Herz fühlt sich gut an dabei.

Blombergs Augen fallen fast aus ihren Höhlen, aber Agnes Thelin atmet auf.

»Was ist an diesem Abend passiert, Stella?«

»Ich bin zu Chris nach Hause geradelt.«

Ich denke an Amina. Ich sehe sie in einem Arztkittel vor mir. Sie strahlt wie immer. Mittlerweile müsste sie ihr Studium begonnen haben. Ich denke an unsere gemeinsamen Jahre, an alles, was wir zusammen durchgemacht haben. Ich empfinde keine Angst mehr, der Geruch ist weg, alles fühlt sich gut an.

»Und was ist dann passiert?«, will Agnes Thelin wissen.

Blomberg wischt sich den Schweiß von der Stirn.

Ich denke an das, was er über Amina gesagt hat. *Wenn Amina dir wichtig ist, dann schweigst du.*

Ich denke an Teddy und Shirine, ich denke an meine Reise. Ich denke an meine Eltern.

Ich denke an den Vergewaltiger.

Ich kann nicht länger schweigen.

81

Amina führte zögernd ihr Glas an die Lippen.

»Wir wollten dich überraschen«, sagte sie. »Wir wollten was für dich vorbereiten. Er wollte, dass ich zu ihm nach Hause komme.«

Ich fixierte sie mit dem Blick. Sie trank einen raschen Schluck.

»Er hat mich geküsst«, sagte sie dann, wie nebenbei.

»Wie bitte? Chris hat dich geküsst?«

Ich trank einen großen Schluck Rosé.

»Ich schwör's, ich war gar nicht darauf gefasst. Plötzlich war er da, ganz nahe bei mir, und seine Lippen … Ich hab versucht, ihn wegzuschubsen. Du musst mir glauben.«

Ich starrte sie an und leerte das restliche Glas. Wir saßen draußen vor dem Stortorget, es war Freitagabend und voller Menschen. Trotzdem kam es mir so vor, als würden wir uns ganz allein in unserer kleinen Blase befinden, nur Amina und ich. Der Rest der Welt bestand aus dudelnder Kaufhausmusik.

»Du vertraust mir doch? Du weißt doch, dass ich nie was mit ihm anfangen würde?«, vergewisserte sich Amina.

Ihre großen Pupillen bewegten sich unruhig hin und her. Dabei war das Ehrensache. Ich vertraute ihr. Wir waren beste Freundinnen.

»Natürlich«, entgegnete ich, weil ich wusste, was für eine schlechte Lügnerin sie war.

»Er ist ein Arschloch, ein echtes Schwein«, fuhr sie fort. »So was tut man einfach nicht. Er weiß, dass wir beste Freundinnen sind. Auch wenn du...«

Sie unterbrach sich.

»Auch wenn ich was?«

Sie senkte den Blick und spielte an ihrer Kette herum, an der Silberkugel, die ich ihr zum achtzehnten Geburtstag geschenkt hatte.

»Auch wenn du vorhattest, mit ihm Schluss zu machen.«

»Aber das weiß er doch gar nicht«, sagte ich.

»Natürlich nicht.«

Sie spielte weiter an der Silberkugel herum.

»Hast du es ihm etwa erzählt?«

Sie ist wirklich eine extrem schlechte Lügnerin.

»Es tut mir echt leid. Er hat mich immer wieder gefragt und ewig rumgenervt. Er hat gesagt, er hätte dir tausendmal geschrieben, aber du hättest nicht geantwortet. Er hat gewusst, dass irgendwas nicht stimmt.«

Ich bekam keinen Ton heraus. Ich wollte sie nicht einmal ansehen.

»Er war wirklich kein gutes Sommerkätzchen«, fuhr Amina fort und verzog den Mund zu einem schiefen Lächeln. »Vielleicht ist es ja ganz gut, dass es so ausgegangen ist. Jetzt wissen wir zumindest, was für ein Arsch er ist.«

Ich konnte nicht lächeln. Und etwas Positives konnte ich auch nicht daran sehen. Es fiel mir noch immer schwer zu verstehen, was eigentlich passiert war.

Am liebsten wäre ich einfach nur wütend gewesen. Ich wollte Chris anrufen und ihm erzählen, was für ein erbärmliches Schwein er sei und dass er doch zur Hölle fahren solle. Aber die Wut wurde von anderen Gefühlen überlagert, die ich kaum kannte.

In erster Linie fühlte ich mich betrogen.

Am nächsten Tag schickte er mir Nachrichten über Facebook und Snapchat. Ich widerstand dem Impuls, ihm zu antworten, und blockierte ihn stattdessen auf allen Kanälen. Ich wollte nie wieder mit Chris Olsen zu tun haben.

Im Lauf der Woche hörte ich auf, an ihn zu denken. Oder zumindest gab es längere Phasen, in denen er nicht mein Gehirn infiltrierte. Mehrere Stunden, ohne dass mein Herz brannte. Ich entschied, dass es nur eine Frage der Zeit sei und dass ich einfach durchhalten müsse. So als würde man mit dem Rauchen aufhören.

Als ich am Mittwoch von der Arbeit nach Hause kam, stellte ich fest, dass Chris seit dem späten Vormittag kaum noch in meinen Gedanken war. Ich war schon unterwegs zu neuen Zielen, und die Gefühle, die vielleicht da gewesen waren, hatte ich tief unter der Oberfläche begraben, ohne die Absicht, sie je wieder auszubuddeln. Es ging sogar schneller, als ich gedacht hätte.

Weder Chris Olsen noch Linda Lokind sollten in meinem weiteren Leben eine Rolle spielen. Genau wie Tausende anderer Menschen waren sie am äußeren Rand meines Lebens vorbeigekommen. Es war nichts anderes als ein kurzes Gastspiel gewesen. Schon bald würde ich sie vergessen. In zehn oder zwanzig Jahren würde ich mich lächelnd und mit einem leichten Gruseln an die verrückte Geschichte zurückerinnern und meinen neuen Freunden von dem vierzehn Jahre älteren Typen erzählen, der mich in seiner Stretchlimousine mit nach Kopenhagen nahm und eine Suite im Grand Hotel für uns buchte, und von seiner psychisch instabilen Exfreundin, die mich verfolgte. Ich würde nur eine schwache Erinnerung an die beiden und an die tatsächlichen Ereignisse haben. Natürlich würde ich über das ganze Elend lachen, und die Leute, die mir zuhörten, würden den Wahrheitsgehalt bezweifeln.

Wäre da nicht Amina gewesen.

82

Am Freitag schien die Sonne. Das Ende des Sommers war bis jetzt unglaublich gewesen, und nichts deutete darauf hin, dass sich das bald ändern würde.

Ich dachte an meine Asienreise. Wenn die Dunkelheit über das südschwedische Flachland hereinwehte, würde ich endlich ein One-Way-Ticket zu Sonne, Wärme und Abenteuern in der Tasche haben. Ich würde genug Geld zusammenbekommen, auch wenn das hieß, dass ich sieben Tage die Woche schuften musste. Am Donnerstagabend hatte ich die Vespa zum Verkauf ins Netz gestellt. Ich fühlte mich ganz schön undankbar, aber schließlich hatte ich meine Wünsche klar und deutlich geäußert. Ich wollte keine Vespa, ich brauchte Geld für meine Reise.

Am Vormittag schrieb ich an Amina und fragte sie, ob sie abends Zeit für ein Treffen hätte. Wir mussten reden. Ich war enttäuscht über das, was passiert war, wurde aber das Gefühl nicht los, dass meine Reaktion eigentlich etwas übertrieben war. Was war daran so schlimm, dass Amina Chris von meinen Plänen erzählt hatte, mit ihm Schluss zu machen? In gewisser Weise hatte sie mir damit sogar einen Gefallen getan.

Amina schrieb, dass sie Training hätte, sich aber hinterher gern auf ein Glas Wein treffen würde.

Ich verbannte Chris weiterhin aus meinen Gedanken. In meiner Brust entdeckte ich eine neue Leichtigkeit. Ich hatte ein Lächeln auf den Lippen und summte den ganzen Nachmittag Disneysongs.

Nach Ladenschluss ging ich um kurz nach sieben mit meinen Kolleginnen ins Stortorget, um etwas zu essen. Aminas Training würde ohnehin bis acht Uhr gehen.

Gegen halb neun schickte sie mir eine Nachricht.

Total fertig packs jetzt nicht mehr in die Stadt hab morgen ein Spiel

Alles klar, antwortete ich. *Küsschen*

Sorry hoffe du bist nicht sauer oder

Natürlich nicht, schrieb ich.

Können ja morgen telefonieren hab dich lieb Küsschen

Ich musste selbst früh raus zum Arbeiten und hatte sowieso nicht geplant, lange in der Stadt zu bleiben. Außerdem hatte ich allmählich akzeptiert, was geschehen war, und konnte auch das Gute darin sehen. Ich hatte ohnehin keine Lust auf ein tiefschürfendes Gespräch über Vertrauen und Geheimnisse und diesen ganzen Scheiß.

Ich bestellte mir ein Glas Sekt, setzte die Sonnenbrille auf und genoss den Sonnenschein.

Meine Kolleginnen fingen wie immer an, über Babywindeln, Babykacka, Babygläschen und Babybjörn-Tragen zu reden, und obwohl ich meinen Mund zu einem riesigen Fake-Gähnen aufriss, schienen sie den Wink mit dem Zaunpfahl nicht zu begreifen. Wir brauchten ein anderes Gesprächsthema, etwas Kontroverses, was polarisierte.

Malin erzählte vom aktuellen Thema, das in der Kita ihrer Tochter behandelt wurde: Alle Menschen sind gleich viel wert. Die anderen stimmten ihr zu, dass dieses Thema wirklich gut und wichtig sei.

Das war der geeignete Aufhänger.

»Ganz ehrlich«, sagte ich. »Findet ihr wirklich, dass alle Menschen gleich viel wert sind?«

Sie starrten mich an, als fragten sie sich, ob das ein Spaß sein sollte oder ob ich vielleicht versehentlich etwas außergewöhnlich Blödes gesagt hatte.

»Jetzt mal ernsthaft.« Ich wandte mich an Malin, unsere Chefin, denn die lässt sich am schnellsten provozieren. »Wenn du entscheiden müsstest, ob fünfzig Kinder in Syrien sterben müssen oder deine Tindra, wie würdest du dich entscheiden?«

»Hör auf«, beschwerte sich Sofie. »So etwas sagt man doch nicht.«

Aber Malin reagierte sofort.

»Dieses Beispiel hat doch nichts damit zu tun, dass alle Menschen gleich viel wert sind. Natürlich ist Tindra für mich mehr wert, weil sie mein Kind ist, aber rein objektiv finde ich nicht, dass sie mehr wert ist als irgendein anderer Mensch.«

Etwas anderes hätte ich nicht erwartet. Malin ist nicht dumm.

»Würdest du sagen, dass Tindra genauso viel wert ist wie ein Pädophiler?«

Malin verzog das Gesicht.

»Pädophile sind es nicht einmal wert, als Menschen bezeichnet zu werden.«

Ich lächelte triumphierend.

»Was ist mit Mördern? Oder Vergewaltigern?«

»Das sind doch extreme Ausnahmen«, gab Sofie zu bedenken. »Neunundneunzig Prozent aller Menschen sind weder Pädophile noch Mörder.«

»Aber was ist mit jemandem, der seine Frau oder sein Kind schlägt? Was ist mit Rassisten? Mit Leuten, die im Internet Hassbotschaften verbreiten und andere mobben? Ist so jemand gleich viel wert wie ein unschuldiges Kind?«

Sofie setzte zu einer Antwort an, wurde aber von Malin unterbrochen, die die Diskussion »sinnlos« fand. Ich versuchte, die Kolleginnen noch einmal herauszufordern, doch vergeblich.

Schon bald war das Elterngerede wieder in vollem Gang. Der Schritt von moralischen Dilemmas zu Vitamin-D-Tropfen und Höschenwindeln ist nicht so groß, wie man vielleicht denkt.

Mir reichte es.

»Bis morgen«, sagte ich und nahm meine Kolleginnen eine nach der anderen in den Arm, bevor ich über den Marktplatz ging, um mein Fahrrad zu holen.

Es war Monatsanfang und damit genug Geld auf dem Gehaltskonto, das war nicht zu übersehen. Zwar war es schon halb elf, doch noch immer liefen jede Menge Leute in der Stadt herum, die sich einen zusätzlichen Drink gönnten und wild entschlossen waren, die letzten milden Tage auszukosten.

Am Busbahnhof auf dem Botulfsplatsen hob ich mein Fahrrad aus dem Ständer und hatte gerade mein rechtes Bein über den Rahmen geschwungen, als mein Blick hängen blieb.

Sie fiel nicht weiter auf. Sie sah aus wie eine der vielen anderen Menschen, die draußen gesessen und den schönen Abend genossen hatten. Sie stand auf der gegenüberliegenden Straßenseite, an eine Ziegelwand gelehnt, und ließ ihren Blick über den Busbahnhof schweifen. Sie trug ein gelbes Kleid mit Sommerblumen, dazu Stiefel und einen beigen Mantel. Der Schulterriemen ihrer Handtasche war straffgezogen.

Ich musste noch einmal genau hinschauen.

Meine Arme wurden so schwach, dass das Fahrrad schwankte und ich das Gleichgewicht verlor.

83

Teddy hat ein bisschen feuchte Augen.

»Reiß dich zusammen«, sage ich.

Sentimentale Abschiede sind irgendwie nicht mein Ding. Und natürlich muss ich ihm widersprechen.

»Ich bin sicher noch da, wenn du zurückkommst.«

»Das glaube ich nicht«, sagt Teddy.

Er reist morgen ab und wird drei Wochen wegbleiben.

»Es wird eine Gerichtsverhandlung geben, oder?«, fragt er dann.

»Sieht so aus.«

Ich will am liebsten nicht darüber sprechen.

»Kanarische Inseln«, sage ich stattdessen mit skeptischer Miene. »Die Reise ließe sich bestimmt stornieren. Du hast doch eine Reiserücktrittsversicherung abgeschlossen, oder etwa nicht?«

Teddys traurige Miene verwandelt sich in ein funkelndes Lächeln.

»Du bist doch nur eifersüchtig. Siebenundzwanzig Grad im Schatten.«

»Vergiss nicht die Sonnencreme«, entgegne ich lachend. »All inclusive, oder?«

Er nickt und verzieht das Gesicht zu einem breiten Grinsen.

»Du bist so ein Klischee, Teddy.«

»Tja, leider. Manchmal wünsche ich mir, ich wäre mehr wie du.«

»Nein, das wünschst du dir nicht.«

Er lacht.

»Nein, das stimmt.«

»Darf ich dich was fragen?«

»Das tust du doch die ganze Zeit, oder?«

»Ernsthaft jetzt. Eine ernsthafte Frage.«

Er hört auf zu lachen und nickt. Ich versuche, die richtigen Worte zu finden, aber es ist nicht ganz einfach.

Die ganze Nacht habe ich wach gelegen und an meinen Vater gedacht. Warum behauptet er, dass ich an besagtem Abend viel früher heimgekommen wäre, als es tatsächlich der Fall war?

»Wie weit würdest du gehen, um deine Tochter zu schützen?«

»Jetzt verstehe ich dich nicht ganz«, sagt Teddy. »Ich würde alles für Lovisa tun. Das würden alle Eltern tun, glaube ich.«

»Auch Meineid?«

»Wie?«

Teddy sieht mich misstrauisch an.

»Das heißt, dass man vor Gericht lügt.«

»Ich weiß, was das bedeutet, aber ich glaube nicht, dass man gezwungen werden kann, unter Eid gegen sein eigenes Kind auszusagen.«

»Nein, aber scheiß auf die Details. Würdest du vor Gericht lügen, um Lovisa zu schützen?«

»Schwer zu sagen«, meint er. »Hängt davon ab, ob …«

»Ganz ehrlich, Teddy!«

»Okay«, sagt er entschlossen. »Ich würde sicher alles tun, was in meiner Macht steht. Auch lügen. Und auch vor Gericht.«

»Gut.«

»Aber worum geht es eigentlich? Ist es so, wie ich glaube?«

Ich senke den Blick und bereue, dass ich überhaupt etwas gesagt habe. Teddy wird das nie verstehen. Zwischen ihm und meinem Vater liegen Lichtjahre.

»Ich denke, Eltern können die unglaublichsten Dinge tun, um ihr Kind zu retten«, sagt er.

»Aber mein Vater ist nicht wie du. Er tut Dinge für sich selbst. Oder damit andere nicht merken, dass er und seine Familie nicht so verdammt perfekt sind, wie er sie gern hätte.«

Auf Teddys Stirn tritt eine tiefe Falte. Es dauert eine ganze Weile, ehe er etwas sagt.

»Weißt du was? Ich denke, das ist nicht weiter ungewöhnlich. Wir wollen doch alle, dass unsere Familien etwas harmonischer und fleckenfreier wirken, als sie es in Wirklichkeit sind.«

Ich schüttele den Kopf. Teddy kapiert es nicht, er kann sich nicht einmal vorstellen, was ich meine.

»Mein Vater wollte mich nicht erziehen. Er wollte mich erschaffen, als wäre er der liebe Gott persönlich. Ich sollte genau wie er sein. Oder nein, er wollte, dass ich dem Bild entspreche, das er sich von seiner Tochter gemacht hatte. Und als ich dem Bild nicht entsprach ...«

Mehr bringe ich nicht heraus. Meine Stimme versagt.

»Ich glaube nicht, dass dein Vater lügen würde, um sich selbst oder den guten Ruf seiner Familie zu schützen.«

Ich wende mich ab. Was weiß Teddy schon über meinen Vater?

»Warum macht er es denn dann?«

»Weil Väter so etwas tun. Weil er dich liebt.«

Ich schaue noch immer weg. Ich will etwas Hartes sagen, etwas Verletzendes, was diese gefühlige Stimmung ein bisschen auflockern könnte, aber kein einziges Wort kommt mir über die Lippen.

»Alles wird gut, Stella.«

Ich spüre seine vorsichtige Hand an meinem Arm und will einfach nur, dass er geht.

»Du«, flüstert er.

Meine Augen quellen über vor Tränen. Geh jetzt, verdammt!

Langsam streicht er mir über den Rücken. Es fühlt sich geborgen und hoffnungsvoll an, dabei weiß ich, dass er mich gleich verlassen wird. Bald wird er in einer Sonnenliege am Pool auf einer Kanarischen Insel sitzen und seine kleine Lovisa kitzeln, bis sie sich vor Lachen in die Hose macht.

Ohne seinen Blick zu erwidern, stoße ich seine Hand weg.

»Der Essay«, sage ich und schlucke, wische die Tränen von meiner Wange. »Ich habe nicht so viel geschrieben.«

Teddy atmet leise und tief.

»Scheiß auf den Essay.«

Ich reibe mir die Augen mit den Handflächen.

»Ich muss jetzt los«, sagt Teddy und steht auf.

Ich wende ihm noch immer den Rücken zu.

»Ich muss jetzt wirklich gehen, Stella.«

»Okay.«

Ich drehe mich um und sehe ihn an der Tür stehen. Er blickt verstohlen zur Seite und verlagert das Gewicht von einem Fuß auf den anderen und wieder zurück.

»Okay«, sage ich noch einmal.

Dann trete ich zwei Schritte vor und lege die Arme um seinen Hals.

Ich weine wieder. Lasse alles aus mir herausströmen.

Fest und lang umarmt Teddy mich.

»Viel Glück«, flüstert er.

Ich antworte nicht. Ich habe keine Stimme.

84

Ich stand rittlings über dem Fahrrad in der Gasse neben dem Zeitschriftenladen. Jetzt war es wirklich zu weit gegangen. Linda Lokind verfolgte mich noch immer, obwohl ich mit Chris Schluss gemacht hatte. Vorsichtig spähte ich zum Busbahnhof hinüber, aber sie war nirgends mehr zu sehen.

Ich schüttelte ein Frösteln ab, zog mein Handy heraus und rief Amina an. Als sie nicht ranging, versuchte ich es per SMS, Messenger und Snapchat, aber nirgends kam eine Reaktion.

Bei jedem Geräusch und jeder Bewegung drehte ich mich um. Mein Herz schlug schneller. Ich fühlte mich verfolgt und wollte nicht allein sein.

Während ich rasch mein Fahrrad in Richtung Dom schob, wägte ich meine Optionen ab. Natürlich konnte ich zu meinen Kolleginnen ins Stortorget zurückfahren. Ich würde ihnen nicht einmal erzählen müssen, warum ich zurückkam, aber ich würde mich ein bisschen sicherer fühlen, wenn ich eine Weile bei ihnen saß.

Oder ich konnte nach Hause radeln. Der Nachteil war, dass es mindestens eine Viertelstunde dauern würde. Es war dunkel und die Straßen dorthin einsam. Ich brauchte Leute um mich herum.

Ich checkte wieder mein Handy. Amina war überall offline. Vermutlich schlief sie schon.

Vielleicht konnte ich mit jemand anderem sprechen?

In der Reihe von kleinen Profilbildern ganz oben im Messenger entdeckte ich sein Gesicht. Das breite Lächeln und die Diamantenaugen. Vor seinem Namen leuchtete ein kleiner grüner Punkt. *Online.* Ich hatte vergessen, Chris im Messenger zu blockieren.

Verdammt! Ich hatte zwar beschlossen, ihn zu vergessen, ihn aus meinem Leben zu streichen, aber in diesem Moment war er für mich trotzdem die beste Option. Er kannte Linda. Vielleicht konnte er ihr erklären, dass zwischen ihm und mir nichts mehr lief? Vielleicht konnte er sie überreden, mich in Ruhe zu lassen? Wenn es jemanden gab, der mich beruhigen konnte, dann Chris.

Ich betrachtete wieder sein Foto. Erst jetzt merkte ich, wie sehr ich ihn vermisste. Die Tränen brannten mir hinter den Augenlidern, während ich den Park Lundagård betrat.

Ab und zu fuhr ein Fahrrad knirschend auf den Kieswegen vorbei, an der Tegnérstatue zerrte eine alte Frau ihren zotteligen Dackel herum, aber ansonsten war es still und ruhig.

Was sollte ich nur tun?

Ich probierte es noch einmal bei Amina, aber auch jetzt ging niemand ran.

Ich traf eine schnelle Entscheidung und schrieb Chris eine Nachricht.

Bist du da?

Ich starrte auf das Display, aber nichts geschah. Mehrmals drehte ich mich um und sah nach hinten, bildete mir ein, Schritte zu hören, sah leuchtende Augen im Gebüsch.

Noch immer keine Antwort von Chris.

Ich suchte in meiner Anrufliste nach seiner Handynummer und schickte ihm eine SMS. Dann wartete ich fünf Minuten und rief ihn anschließend mehrmals nacheinander an. Nichts.

Was sollte ich tun?

Vor dem Tegnérs stellte ich mein Fahrrad ab und verschickte noch mehr Nachrichten an Chris und an Amina. Ich schrieb in

Großbuchstaben, dass sie sich so schnell wie möglich melden sollten. Es wäre wichtig.

Ich drehte eine Runde durchs Tegnérs. Nachdem ich völlig planlos herumgerannt war, in der Hoffnung, ein bekanntes Gesicht zu entdecken, das meine Gedanken von Linda Lokind ablenken könnte, stand ich an der Bar und nippte an einem Birnencider, während ich mindestens zehnmal pro Minute mein Handy checkte. Noch immer nichts.

Die Leute sahen mich etwas irritiert an. Ein Typ mit Ronaldofrisur versuchte sich an etwas routiniertem Geflirte, aber ich wedelte ihn weg wie eine lästige Mücke. Stattdessen starrte ich weiter auf mein Handy und versuchte, so auszusehen, als würde ich auf jemanden warten. Ich surfte eine Weile herum und schrieb die tausendste Nachricht an Amina.

Als ich nach draußen ging, war die Dunkelheit fast undurchdringlich. Ich setzte mich aufs Rad und fuhr quer durch den Park. Nachdem ich einer Pfütze ausgewichen war, wäre ich beinahe mit zwei besoffenen Typen zusammengestoßen, die wissen wollten, ob ich Feuer hätte. Ich antwortete nicht und beschloss, nach Hause zu fahren. Gerade als ich nach rechts in die Kyrkogatan abbog, sah ich mich um, kam dabei ins Trudeln und wäre beinahe hingefallen.

Auf der gegenüberliegenden Seite der Kreuzung stand Linda Lokind. Im gelblich matten Lichtkegel der Straßenlaterne sah sie aus wie ein Geist. Sie hatte beide Hände in die Taschen ihres Mantels geschoben und starrte ins Leere.

Ohne zu zögern, fuhr ich auf den Gehsteig und stieg vom Fahrrad. In der Paradisgatan liegt eine Bar, ich glaube, sie heißt Inferno. Die Tür stand sperrangelweit offen, Musik und Gelächter drangen auf die Straße heraus, und ich drängelte mich an einer paar tätowierten bärtigen Männern vorbei in das halbdunkle Lokal.

Es musste Linda gewesen sein.

Oder hatte ich mich geirrt?

Ich bestellte mir ein Glas Wein und blieb eine Weile ganz hinten in einer Ecke sitzen. Mein Herz hämmerte schneller als sonst. War es wirklich Linda gewesen? Jetzt, da ich genauer darüber nachdachte, fiel mir auf, dass ich ihr Gesicht gar nicht richtig gesehen hatte.

Ich erinnerte mich an ihre Worte im Stadtpark. Wie sie damit gedroht hatte, Chris etwas anzutun. Was, wenn er in Gefahr war? Vielleicht hatte sie ihn sogar schon verletzt? Und jetzt... war ich dran?

Wo war Amina? Warum meldete sie sich nicht?

Verstohlen sah ich zur dämmrig beleuchteten Bar hinüber. Linda war nirgends zu sehen. Die Leute tranken Bier, unterhielten sich über belangloses Zeug und lachten, als wäre nichts geschehen. Ich trank meinen Wein aus und bekam zu allem Überfluss auch noch Schluckauf. Endlich vibrierte das Handy.

Alles ok. Schlafe. Bis morgen. <3

Die Nachricht kam von Aminas Handy.

Ich las sie mehrmals.

Was war das, verdammte Scheiße?

Amina und ich schreiben uns schon seit dem Kindergarten Nachrichten. Weder bei der Stimme meiner besten Freundin noch bei ihrem Schreibstil könnte ich mich jemals irren.

Amina schreibt in ihren SMS ohne Punkt und Komma.

Amina würde nie ok statt okay schreiben.

Diese SMS hatte jemand anders geschrieben.

85

Ich trat so schnell in die Pedale, dass ich meine Beine nicht mehr spürte. Um mich herum existierte nichts anderes außer meinem Fahrrad und mir. Der Verkehr, die Autos und die Menschen zogen irgendwo in der Peripherie vorbei. Ich sah nichts, hörte nichts. Die Gedanken rasten haltlos durch meinen Kopf.

Wo steckte Amina? Ich hatte keine Zeit zu verlieren. Ich musste Chris erwischen.

Hinter der Eisenbahnbrücke im Trollebergsvägen fiel mein Blick auf das Polizeipräsidium, und mir kam kurz der Gedanke, ob ich mich an die Polizei wenden sollte. Es war bitterer Ernst. Jemand wollte mir vormachen, dass es Amina gut ging. Jemand, der nicht Amina war.

Doch als ich am Präsidium vorbeikam, beschloss ich, stattdessen weiterzufahren. In wenigen Minuten würde ich in der Pilegatan sein.

Linda Lokinds Worte hallten in meinem Kopf wider. Ich sah Chris vor mir. Amina. Was mochte passiert sein?

Auf dem letzten Stück der Strecke flog das Fahrrad förmlich über den Asphalt. Der Wind fuhr mir ins Gesicht wie eine Ohrfeige, und ich sah Sternchen.

In der Pilegatan angekommen, stellte ich das Fahrrad an die Hauswand und sah nach oben. In den Fenstern von Chris' Wohnung waren die Jalousien heruntergezogen. Überall war es dunkel.

Auf beinahe gefühllosen Beinen raste ich die Treppe hinauf. Mein Puls hämmerte, mein Gehirn schrie.

Ich pochte an die Tür. Klingelte an. Nichts zu hören.

Ich drückte das Ohr an die Wohnungstür und lauschte. Öffnete den Briefschlitz und rief: »Chris! Amina!«

Keine Reaktion.

Ich wusste, dass irgendetwas passiert war.

Doch ich hatte keine Ahnung, was noch passieren würde.

DIE MUTTER

So etwas wie Gerechtigkeit gibt es nicht.
Weder innerhalb noch außerhalb des Gerichtssaals.

CLARENCE DARROW

86

Die Hauptverhandlung findet in Gerichtssaal 2 statt.

Richter Göran Leijon wirft mir einen Blick zu und nickt verkniffen, während ich mich auf den Zuhörerplatz setze. Wir sind uns in den vergangenen Jahren mehrmals in verschiedenen Kontexten begegnet, und ich habe nie einen Grund gehabt, unzufrieden zu sein. Leijon ist nicht nur ein geschickter Jurist. Er ist darüber hinaus sensibel und vielseitig, ein verbindlicher und durch und durch integrer Mensch.

Im Lauf der Jahre ist der Gerichtssaal für mich in mancherlei Hinsicht zu einer zweiten Heimat geworden, aber diesmal fühle ich mich alles andere als heimatlich. Was mich normalerweise anspricht, die feierliche Stimmung, der Ernst und die gespannte Atmosphäre, macht mich diesmal eher nervös. Der Raum, die Luft, die Wände und die Gesichter, alles kommt mir bedrohlich vor und verunsichert mich.

Die letzten Tage verschwimmen, in meinem Gehirn verbinden sich Zeiten und Orte zu komplizierten Mustern. Eindrücke blitzen vorbei, völlig unsortiert, ein Durcheinander von Zeit und Raum. Mir kommt es vor, als würde ich in einem endlosen nebligen Traum umherirren.

Neulich saß ich in einem Mandantengespräch in Stockholm. Ich habe keine Ahnung mehr, was gesagt wurde oder warum ich dort war. Ich weiß nur noch, dass ich auf dem Heimweg im Flugzeug einschlief. Eine Stewardess fragte mich, wie es mir gehe. Noch immer sehe ich ihr besorgtes Gesicht vor mir.

Eben noch stand ich auf dem Höhepunkt meiner Karriere, energiegeladen, von oben bis unten in Dolce & Gabbana gekleidet, geschätzt für meine direkte Art, mein berufliches Geschick und meinen Fleiß. Jetzt sitze ich in einem Gerichtssaal und warte auf die Verhandlung, die über die Zukunft meiner Tochter, meine eigene Zukunft und die meiner Familie entscheiden wird.

Noch vor wenigen Monaten waren wir eine ganz normale Familie. Jetzt sind wir Gefangene im Scheinwerferlicht der Schonungslosigkeit.

Vor mir flüsterte der Vorsitzende des Gerichts, Göran Leijon, seinen Schöffen etwas zu. Zwei davon sind Frauen um die siebzig, eine Vertreterin der Umweltpartei und eine Sozialdemokratin, allem Anschein nach außerordentlich empathische Frauen mit großem Verständnis für den Einfluss sozioökonomischer Faktoren auf kriminelle Handlungen. Mit solchen Schöffen habe ich in Hunderten von Prozessen zu tun gehabt. In neun von zehn Fällen haben sie sich für mich und meinen Mandanten ausgesprochen. Im aktuellen Fall jedoch bin ich nicht ganz von den positiven Effekten überzeugt, was ich im Übrigen auch schon mit Michael diskutiert habe. Zum einen ist Stella eine Frau, zum anderen könnte ihr das gute Aussehen im Weg stehen. Außerdem ist sie Teil der weißen oberen Mittelklasse. Darüber hinaus neigt sie dazu, unter keinen Umständen die Normen zu erfüllen, die an das Verhalten einer wohlerzogenen jungen Frau gestellt werden. Hoffentlich hat Michael ihr vermitteln können, dass ihr Auftreten vor Gericht ausschlaggebend sein kann.

Was den dritten Schöffen betrifft, mache ich mir wenig Sorgen. Ein Frührentner in den Vierzigern und Anhänger der rechtspopulistischen Schwedendemokraten, der laut Michael selten ein größeres Interesse an einem Gerichtsverfahren zeigt.

Häufig lohnt es sich nicht, sich allzu viele Gedanken über

die Schöffen zu machen. Ihre Rolle im Gerichtssaal ist in erster Linie ein Kuriosum. Niemand schert sich sonderlich um ihre Ansichten, und sollten sie es wagen, mal einer anderen Meinung zu sein als der Richter, wird dieser sie, ohne mit der Wimper zu zucken, zur Schnecke machen. Unter diesem Aspekt vertraue ich Göran Leijon hundertprozentig.

Auf einmal wird die Tür am anderen Ende des Gerichtssaals geöffnet, und alle Zuhörer drehen sich um. Die Zeit bleibt stehen. Vor mir klafft die offene Tür. Mir kommt es so vor, als würde ich in einem engen Tunnel feststecken. Ich drehe und wende mich und versuche normal zu atmen.

Zuerst taucht ein uniformierter Justizwachtmeister in der Tür auf. Er dreht sich um und sagt etwas. Mein Gesichtsfeld ist eingeschränkt, ich sehe alles verschwommen, und ständig schließt sich der Tunnel um mich.

Endlich darf ich Stella sehen. Die Tränen steigen mir in die Augen und trüben meine Sicht noch mehr.

Sie ist so klein, und es tut so schrecklich weh, sie so zu sehen. Ich weiß noch, als wäre es gestern gewesen, wie sie sich auf meinen Schoß kuschelte, wie sie neben mir saß und sich wie eine kleine Puppe streicheln ließ. Ihre Schnuller und ihr Kuscheltuch und das erste Mal, als sie aufstand und loslief. Stella krabbelte nicht und ging auch nicht, sie lief sofort. Ich erinnere mich an Windpocken und Schürfwunden an den Knien, an die Flecken von Walderdbeeren auf dem Sommerkleidchen und an die Sommersprossen und wie ich jeden Abend mit einem Buch im Gesicht in ihrem Bett einschlief.

Ich denke an ihre Träume. Sie wollte die Welt verändern. Warum sonst sollte es sich lohnen zu leben? Anfangs wollte sie Pfarrerin werden wie ihr Vater und später Polizistin oder Feuerwehrmann. Wie wütend sie war, dass es Feuerwehr*mann* hieß. Sie wollte die erste Feuerwehrfrau werden.

Ist noch etwas übrig geblieben von ihren Träumen? Wenn ich sehe, wie man sie in den Gerichtssaal führt, wird es mir schlagartig bewusst. Mein Versagen ist so umfassend wie unverzeihlich. Stella ist neunzehn Jahre alt, und all ihre Träume sind zerstört.

Schon immer wollte sie anderen Menschen helfen. Sie wollte die ganze Welt sehen, mit Haien schwimmen, Berge besteigen, tauchen und fliegen lernen, Fallschirm springen und mit dem Motorrad die USA durchqueren. Eine Weile träumte sie davon, Schauspielerin oder Psychologin zu werden.

Was ist ein Mensch ohne Träume?

Unsere Blicke begegnen sich ganz kurz, ehe Stella neben Michael Platz nimmt. Ihre Augen sind müde und leer, das Haar wirkt stumpf, die Haut fleckig. Sie ist noch immer ein ängstliches kleines Mädchen. *Mein* ängstliches kleines Mädchen. Und ich erhebe mich ein kleines bisschen aus meinem Stuhl, stelle mich auf die Zehenspitzen und strecke den Arm aus. Nicht für sein Kind da zu sein – kein Verrat könnte schlimmer sein.

87

Ich klammere mich in meinem Tunnel auf dem Zuhörerplatz fest. Wenn ich mein Blickfeld ein kleines bisschen erweitere, riskiere ich Beschuldigungen, Vorwürfe und Hass zu sehen, womit ich nicht umgehen könnte.

Adam wartet draußen auf dem Flur, weil er eine Zeugenaussage machen muss. Mir wird klar, dass ich mich nach ihm sehne. Noch nie habe ich ihn so gebraucht wie jetzt.

Da ich auf der Seite der Staatsanwaltschaft sitze, lässt sich nicht vermeiden, dass ich am äußeren Rand meines Tunnels einen Blick auf Margaretha Olsen erhasche. In den Neunzigerjahren hatte ich sie als Dozentin in ein paar Seminaren an der juristischen Fakultät, mittlerweile ist sie Professorin für Strafrecht. Aber heute ist sie in erster Linie die Mutter des Mannes, der umgebracht wurde. Neben ihr sitzen ein Rechtsbeistand, eine rothaarige Frau in den Fünfzigern, die ich glaube wiederzuerkennen, aber nicht richtig einordnen kann, sowie ein Staatsanwaltsassistent mit gegeltem Haar und runder Brille. Und last, but not least die Staatsanwältin selbst: Jenny Jansdotter.

Ich weiß, dass Jansdotter in meinem Alter ist, obwohl sie bedeutend jünger aussieht, vielleicht liegt es daran, dass sie so klein ist. Ihre Haare sind zu einem straffen Knoten zusammengefasst, und als sie sich die Brille aufsetzt, wirkt ihr Blick schmal und fokussiert. Ich denke an all die Gelegenheiten, in denen ich mich in derselben Situation befunden habe, an die Anspannung und die aufgeladene Stimmung, wenn man den Gerichtssaal betreten hat und die Verhandlung beginnt.

Auf dem Zuhörerplatz ist das Gefühl ein ganz anderes. Ich rutsche unbehaglich herum und kämpfe gegen die Tränen an, versuche meine schwerfälligen Hände irgendwo unterzubringen. An die Stelle von Konzentration sind mittlerweile Verwirrung und Unruhe getreten. Ich schwitze unter den Achseln, und die Zunge klebt am Gaumen.

Ich sehe zu Michael hinüber und wünsche mir, er würde in meine Richtung schauen, aber er ist vollauf mit seinen Vorbereitungen beschäftigt. Wir sind die Anklageschrift mehrmals zusammen durchgegangen.

Es ist ein reiner Indizienprozess. Die Staatsanwaltschaft stützt die Beschreibung der Straftat ausschließlich auf Umstände, die für sich genommen die Tat nicht beweisen können, aber in ihrer Gesamtheit eine Kette bilden, die alle alternativen Erklärungen ausschließen soll.

Die Beweisführung besteht aus einem Schuhabdruck, der zeigt, dass Stella sich in der Mordnacht am Tatort befand, aus Gesprächslisten und Chatkonversationen zwischen Stella und Christopher Olsen sowie aus sichergestellten Spuren in Olsens Wohnung und auf Kleidungsstücken in Gestalt von Hautablagerungen, Haaren und Stofffasern.

Neben den Sachverständigen von der Polizei und dem kriminaltechnischen Labor hat die Staatsanwaltschaft mehrere Zeugen geladen: My Sennevall, wohnhaft in der Pilegatan, soll bestätigen, dass Stella sich zur Tatzeit am angegebenen Ort befand. Stellas Kolleginnen von H&M, Malin Johansson und Sofie Silverberg, sollen bezeugen, dass Stella Pfefferspray in ihrer Handtasche hatte. Jimmy Bark, Angestellter im Untersuchungsgefängnis, soll bestätigen, dass Stella in den letzten Wochen mehrfach ein gewalttätiges Verhalten gezeigt hat.

Die Verteidigung hat zwei weitere Zeugen geladen: Adam und Amina.

Jenny Jansdotter räuspert sich und sieht Stella an. Ich will ihr zuschreien, dass sie aufhören soll, dass sie mein Kind in Ruhe lassen soll. Sie verliest den Anklagesatz, ohne mit der Wimper zu zucken, ohne längere Atempausen und ohne ein einziges Mal zu stocken.

»Stella Sandell lernt Christopher Olsen im Juni dieses Jahres kennen. Sie begegnen sich im Lokal Tegnérs Matsalar, wo sie miteinander ins Gespräch kommen. Nach relativ kurzer Zeit gehen sie eine sexuelle Beziehung ein.«

Stella sieht abwesend aus. Sie starrt geradeaus in Richtung Jansdotter, und in ihrem Verhalten ist nicht der Ansatz eines Protests gegen die Darstellung der Staatsanwältin zu erkennen.

»Nach einer Weile beginnt sich Stella Sandells Freundin Amina Bešić, die auch noch hier vor Gericht angehört werden wird, hinter dem Rücken von Stella mit Christopher Olsen zu treffen. Auch Amina hat eine sexuelle Beziehung zu Christopher, was Stella schon bald herausfindet.«

Ich meine ein beinahe unsichtbares Nicken vom Vorsitzenden Göran Leijon zu erahnen. Neben ihm sitzen die Schöffen und verfolgen mit Interesse und Intensität die Darlegung der Staatsanwaltschaft. Bisher gibt es keine Gegendarstellung. Bisher ist die Wahrheit, die gerade präsentiert wird, die einzige.

»Christopher Olsen beschließt, die Beziehung mit Stella Sandell zu beenden, und sie haben eine Woche lang keinen Kontakt. Am Mordtag versucht Stella Sandell, ihn erneut zu erreichen, und begibt sich zu seiner Wohnung in der Pilegatan. Um 23.30 Uhr sieht die Zeugin My Sennevall, eine Nachbarin von Olsen, wie Stella Sandell mit dem Fahrrad angefahren kommt und zu Christopher Olsens Wohnung hochläuft. Dreißig Minuten später sieht My Sennevall Stella ein weiteres

Mal. Diesmal steht sie auf dem Gehsteig gegenüber von Olsens Wohnung und sieht aus, als würde sie auf jemanden warten.«

Durch die Struktur der Hauptverhandlung hat die Staatsanwältin einen unbestrittenen Vorteil, der darin besteht, dass sie als Erste den Tathergang präsentieren darf. Die Darstellung, die man zuerst hört, erscheint einem nämlich leicht als Wahrheit, weshalb an nachfolgende Aussagen erheblich höhere Anforderungen gestellt werden, wenn sie das ursprüngliche Bild des Tathergangs verändern sollen. Und sowohl Richter als auch Schöffen sind Menschen, sosehr sie auch bestrebt sind, sachlich zu bleiben und von Vorurteilen und anderen psychologischen Mechanismen abzusehen, die uns beeinflussen und lenken.

Auf den Zuhörerplätzen wird auf Tasten herumgetippt. Einige machen sich handschriftliche Notizen. Journalisten und Reporter mit ihren klaren und vorgefertigten Bildern von den Ereignissen, die sie bald mit allen teilen werden, die Zugang zu einer Fernsehantenne oder Internetanschluss haben. Ich strecke meine Hand in Richtung eines bärtigen Mannes auf dem Platz neben mir aus. *Es gibt eine andere Wahrheit, Sie haben noch nicht alles gehört. Beide Seiten müssen zu Wort kommen.* Der Bärtige sieht erstaunt von seinem Getippe auf und hebt die Augenbrauen, als wollte er mich fragen, ob ich etwas von ihm will. Ich ziehe mich wieder in meinen Tunnel zurück. Mein eigener Schweißgeruch steigt mir in die Nase.

»Irgendwann zwischen Mitternacht und ein Uhr nachts trifft Christopher Olsen zu Hause ein«, fährt die Staatsanwältin fort. »Er lässt Stella rein, die auf der Straße vor dem Haus wartet. In der Wohnung kommt es zu einem Streit, höchstwahrscheinlich wegen Olsens Affäre mit Amina Bešić. Während des Streits nimmt Stella ein Messer von der Wand in Christopher Olsens Küche. Olsen flieht aus der Wohnung und auf die Straße hinunter. Er läuft auf den Spielplatz zu, der an der Kreuzung Pilegatan/Rådmansgatan liegt. Auf der Höhe des Spielplatzes holt Stella Sandell ihn ein und greift ihn auf dem Spielplatzgelände brutal an. Sie sticht den wehrlosen Christopher Olsen mit dem Messer nieder. Sie trifft ihn in Brust, Bauch und Hals, aber keiner der Stiche wirkt unmittelbar tödlich. Christopher stirbt nicht sofort. Stella Sandell lässt ihn am Tatort liegen und verbluten.«

Alles wird wie ein Film vor meinem Inneren abgespielt. Ich sehe das Messer in Stellas Hand, wie sie ausholt und zusticht.

Ich muss mich vom Stuhl erheben. Die Leute starren mich an, natürlich wissen alle, wer ich bin. Die Journalisten haben mich längst identifiziert. Nur das letzte Fünkchen Berufsehre und Respekt vor den Mitmenschen hält sie davon ab, mich mit Fragen und Einwänden zu belästigen. Ich sehe mich um und mache ein paar Schritte nach rechts, einige nach links und lasse mich dann wieder auf den Stuhl sinken. Alles dreht sich.

»Bei Ihnen alles in Ordnung?«, fragt der Bärtige.

Ich schüttele den Kopf. Presse die Hände auf den Bauch und atme mit bebenden Lippen.

Ich weiß, dass Adam vor der Tür sitzt, dennoch ist das Gefühl des Verlassenseins unendlich groß. Ich verstehe es nicht. Wenn davon die Rede ist, dass der Mensch ein Herdentier sei, ein Stück Festland und nie eine Insel, habe ich damit bisher nicht viel anfangen können. In meinem ganzen Leben habe ich mich vom Rest der Menschheit abgeschnitten gefühlt. Das hat mich nicht besonders unglücklich gemacht, was natürlich auch daran gelegen haben kann, dass man unmöglich vermissen kann, was man nicht kennt. Die starken Bande, die Menschen verbinden, ob sie nun durch Ringe, Verwandtschaft oder andere Faktoren geknüpft wurden, erschienen mir stets lockerer, dünner, weniger bedeutungsvoll als anderen Leuten.

Zum ersten Mal fiel mir das vor einigen Jahren auf, als ich

mir Stellas und Aminas Freundschaft anschaute und etwas entdeckte, wonach ich mich sehnte. Mein Neid auf die freund-
schaftliche Bindung meiner Tochter war eigentlich etwas
Widernatürliches. Es kostete mich Kummer und Tränen, und
beinahe wäre es zur totalen Katastrophe gekommen, ehe ich
begriff, dass ich zwar starke Gefühle für Amina hege, dass ich
mich in ihr wiedererkenne und eine enge Bindung zu ihr habe,
dass sich meine Sehnsucht jedoch in Wahrheit auf meine eigene
Familie bezog.

Ich sehnte mich nach Stella. Ich sehnte mich zurück zu meiner geliebten kleinen Tochter.

Und ich vermisste Adam.

88

Ich glaube, es war seine respektvolle Art, die mich als Erstes für Adam einnahm. Ich hatte ihn schon früher auf den Fluren des Studentenwohnheims herumflitzen sehen, aber ihn eigentlich nie richtig bemerkt. Eines Nachts saßen wir uns in der Wohnheimküche zufällig auf zwei Holzstühlen gegenüber, und einige Jahre später hatten wir eine Familie gegründet.

Im Nachhinein mag es absurd klingen, aber zu dem Zeitpunkt wusste ich kaum, dass es Menschen wie Adam gab. In meiner Heimatstadt war ich mit vielen Jungen zusammen gewesen, aber kaum einer von ihnen war es wert gewesen, ihn länger als ein paar Monate zu behalten. Die Männer, die mich interessierten, waren die gut aussehenden, extrovertierten und selbstsicheren, hinter deren harter Schale sich häufig ein kleiner, unsicherer Junge verbarg.

Der Typ, mit dem ich im letzten Schulhalbjahr ein paar Wochen zusammen war, hieß Klabbe und trainierte an vier Abenden wöchentlich seine Arm- und Brustmuskeln in einem Fitnessstudio, wenn er nicht gerade zwischen den beiden großen Plätzen der Stadt herumcruiste – in dem BMW, der sein halbes Gehalt aus der Brotfabrik verschlang. Er nannte mich gern Princess, weil ich ihn zwang, sich die Zähne vom Snus-Tabak zu reinigen, bevor wir uns küssten.

Natürlich hätte es Männer wie Adam in meiner Nähe gegeben, aber ich hatte sie nicht auf dem Radar, da ihr Status in der Kleinstadt, aus der ich kam, zu vernachlässigen war. In Lund war alles anders. Hier wurden ganz andere Attribute geschätzt. Ich war fest entschlossen, nie wieder nach Hause zurückzukehren.

Adam bot mir spannende Sichtweisen auf die kleine wie auf die große Welt. Bei unseren Diskussionen begannen wir häufig mit diametral entgegengesetzten Ansichten, um allmählich zu neuen Einsichten zu gelangen und schließlich eine Art Konsens zu erreichen. Adam hatte eine unvergleichliche Fähigkeit, den Gedanken anderer Menschen mit so viel Wertschätzung und Respekt zu begegnen, dass ich beim besten Willen nicht wütend auf ihn werden konnte. Und gerade das machte mich wütend.

»Du kannst doch nicht einfach nachgeben, Adam. *Einerseits, andererseits, alle haben auf ihre Weise recht.* Diskussionen sind doch dazu da, um gewonnen zu werden!«

»Findest du? Ich glaube, Diskussionen sind dazu da, damit wir Menschen uns weiterentwickeln. Jedes Mal, wenn meine Meinung infrage gestellt wird, lerne ich dazu.«

Manchmal saßen wir die halbe Nacht in seinem Wohnheimzimmerchen. Adam im Bett, mit angezogenen Knien, und ich auf dem Fußboden mit ausgestreckten Beinen. Eine Flasche Wein und eine Tüte Chips zwischen uns.

»Dieser zunehmende Relativismus macht mir Sorgen, Adam. Manche Werte sollten doch absolut bleiben dürfen. Wie ist es denn in der Religion? Darf man wirklich glauben, was man will?«

»Natürlich darf man das. Deshalb heißt es auch Glauben und nicht Wissen.«

Die Sache mit dem Glauben war neu und ziemlich erschreckend für mich. Ohne zu wissen, warum eigentlich, hatte ich einfach jegliche Religion als dogmatisch und individualfeindlich verurteilt. In mein liberales säkulares Weltbild passte so etwas nicht hinein. Wo ich herkam, war es ebenso selbstverständlich, seine Kinder in der Kirche taufen zu lassen, wie die Menschen zu veralbern und zu verhöhnen, die sich als Christen bezeichneten.

»Ich denke, es ist nie gut, wenn eine Überzeugung die einzige Antriebskraft ist, egal, worum es geht«, sagte Adam. »Das hat nichts mit Religion oder Gottesglaube zu tun.«

»Hör auf, so vernünftig zu klingen«, sagte ich und steckte mir noch mehr Chips in den Mund. »Ich will eine Diskussion führen, die ich gewinnen kann!«

»Du wirst sicher mal eine ausgezeichnete Rechtsanwältin.«

Wir lachten und küssten uns und schliefen miteinander. Alles war neu für mich. Adam berührte mich mit seinen Händen, wie ich es bis dahin nicht kannte, und betrachtete mich mit Blicken, die ich noch nie erlebt hatte. Er entblößte sein Herz, offenbarte mir seine Seele und saß völlig furchtlos in seinem zerwühlten Bett, umgeben von einem Duft nach Axe und Sourcream-Chips.

Ich betrachtete das Ganze als stürmische Verliebtheit. Irgendwie ging ich die ganze Zeit davon aus, dass es ebenso unerwartet und explosiv enden würde, wie es angefangen hatte. Meine bisherigen Beziehungen waren kurz und intensiv gewesen, und ich hatte sie bald wieder vergessen. Wir hatten den Augenblick ausgekostet und waren rechtzeitig gegangen, bevor alles in Ruinen lag.

Die Leute um mich herum reagierten skeptisch, wenn ich von Adams Studienfach erzählte.

»Will er wirklich Pfarrer werden?«

Auch ich zuckte jedes Mal ein wenig zusammen. Normalerweise verteidigte ich seinen Entschluss damit, dass Adam eigentlich gar nicht wie ein Pfarrer war. Zumindest nicht wie ein typischer Pfarrer.

»Aber er glaubt an Gott und die Bibel und so?«

Das konnte ich nicht leugnen.

»Aber es ist anders, als ihr denkt«, sagte ich manchmal, ohne genauer sagen zu können, wie es war.

Es ergab sich ganz natürlich, dass wir zusammenblieben. Im Nachhinein, über fünfundzwanzig Jahre später, mag es trivial und langweilig klingen, aber die Beziehung zwischen Adam und mir basierte vor allem auf Geborgenheit, Zusammengehörigkeit und dem starken Gefühl, den richtigen Platz im Leben gefunden zu haben. Und genau das brauchte ich.

Die Zukunft nahm in unserem Alltag nie besonders viel Raum ein. Uns reichte das, was gerade passierte. In diesem Punkt unterschieden wir uns kaum von anderen Paaren in unserem Alter. Wir verschlossen keineswegs die Augen vor dem, was vor uns lag, vor den Entscheidungen, die wir im Hinblick auf Familie und Berufsleben und andere Dinge treffen mussten. Wir konnten nur nicht über den Horizont hinwegsehen.

Die Linie auf dem Schwangerschaftstest kurz vor Weihnachten veränderte alles, und zwar schlagartig. Die erste Zeit verlebte ich in einem verführerischen Zustand, der an eine Verliebtheit erinnerte, aber sobald sich dieser schwindelerregende Rausch gelegt hatte, erfasste mich eine Panik, wie ich sie noch nie auch nur ansatzweise erlebt hatte. Anfängliche Zweifel an der Entscheidung für eine Familiengründung (wäre es nicht besser, noch ein paar Jahre zu warten?) mündeten schließlich in einer hoffnungslosen Verzweiflung angesichts einer ungewissen Welt, die von Gewalt und Elend geprägt war. In Tränen aufgelöst saß ich da und weinte über die Zukunft, die mein ungeborenes Kind scheinbar unvermeidlich erwartete.

Es ist furchtbar, jetzt im Nachhinein daran zu denken. Als hätte ich es schon damals geahnt. Ein schreckenerregendes Vorzeichen tief in mir, das mich davor warnte, Stella in die Welt zu setzen. Die Schuld zieht und zerrt an meinen Eingeweiden.

Ich war viel zu jung. Ich ließ mich überreden.

89

Der Vorsitzende des Gerichts wandte sich an Stella.

»Wollen Sie selbst von den Ereignissen erzählen und von dem, was Sie möglicherweise erlebt haben?«

Stella sieht verstohlen zu Michael, der ihr zunickt. Ich bin so dankbar, dass gerade er jetzt hier ist.

Als er an jenem Samstagabend anrief und erzählte, dass Stella von der Polizei festgenommen worden sei, war mir klar, dass ich ihn für meine Zwecke würde einspannen können. Er war es mir schuldig, nach allem, was gewesen war. Es war natürlich eine Qual, zusammen mit Adam in seiner Kanzlei zu sitzen, und ein ständiger Balanceakt, sich nicht zu verplappern, aber nichts von alledem wäre ohne Michael möglich gewesen.

»Wo soll ich anfangen?«, fragt Stella und sieht den Richter an.

Das ganze Gericht starrt sie an. Göran Leijons Augen blicken zwar warmherzig und freundlich, aber ich sehe, wie Stellas Hand zittert. Ich wünschte, ich könnte neben ihr sitzen und sie in den Arm nehmen. Der Tunnel schließt sich enger um mich, und ich schnappe nach Luft. Der bärtige Journalist schaut mich verstohlen von der Seite an.

Stella weiß genau, was sie sagen soll und was nicht. Michael hat es mehrfach mit ihr besprochen. Jetzt kommt es nur darauf an, dass sie ausnahmsweise das tut, was man ihr gesagt hat. Bitte, geliebte Stella!

Dieser Teil der Verhandlung ist ausgesprochen wichtig. Die erste und vermutlich einzige Chance des Angeklagten, das Gericht zu beeindrucken. Ich kenne Michaels Technik in- und auswendig. Von ihm habe ich am meisten gelernt. Es geht darum, dass der Mandant Vertrauen schafft, sich stark und verletzlich zugleich zeigt. Man sollte wenn möglich mit der Darstellung der Staatsanwaltschaft übereinstimmen und nur in den Punkten abweichen, die absolut nötig sind, um Einwände gegen die Beschreibung der Straftat zu erheben. Es ist wichtig, nachgiebig zu wirken. Stella soll zeigen, dass sie ein Mensch ist, nicht mehr und nicht weniger.

»Kennen Sie Christopher Olsen?«, fragt Leijon. »Vielleicht könnten wir damit beginnen.«

Stella atmet tief durch. Wieder sieht sie zu Michael. Er nickt ihr zu, als Signal, dann dreht er sich zur Seite, weg von den Zuhörerplätzen, weg von mir.

Ein abrupter Schmerz erfasst mich, wie ein Messerstich in den Bauch. Ein plötzlicher Zweifel. Ich kann mich doch auf Michael verlassen?

»Wir haben ihn im Tegnérs kennengelernt«, sagt Stella mit gedämpfter Stimme. »Ich und Amina.«

Ich rühre mich nicht einen Millimeter, wage kaum zu atmen.

»Das war irgendwann im Juni. Ich fand Chris charmant und... na ja, irgendwie interessant. Er war so viel älter. Er war zweiunddreißig und ich achtzehn.«

Die beiden Schöffinnen wechseln einen Blick.

»Er hat erzählt, dass er viel auf Reisen ist«, fährt Stella fort. »Er war überall gewesen. Und natürlich war uns klar, dass er Geld hatte. Er schien ein so irre ereignisreiches Leben zu führen. Ein bisschen so, wie man es sich selbst erträumt.«

Sie verwendet das Präsens: erträumt. Nicht erträumt hat. Sie träumt noch immer.

»Nach diesem Abend schrieb er mir und wollte mich wiedersehen, also haben wir uns verabredet.«

Ihre Stimme klingt jetzt kräftiger. Ab und zu hebt sie den Kopf und sieht Leijon und die Schöffen direkt an. Michael setzt sich gerade hin und ermutigt sie weiterzumachen, indem er ihr einen Klaps auf den Arm gibt. Natürlich hat er eines der blauen Hemden an, die er sich von einem Schneider in Helsingborg maßanfertigen lässt. Als wir vor vielen Jahren zusammenarbeiteten, verriet er mir, dass er das Hemd nach einem Tag im Gericht wegwerfen müsse. Der Schweiß ließe sich einfach nicht auswaschen.

»Wir waren ein paarmal in Chris' Wohnung«, sagt Stella. »Wir sind mit einer Stretchlimousine nach Kopenhagen gefahren und in einem Luxusrestaurant essen gegangen. Wir waren in Ystad in einem Wellnesshotel, und eines Abends haben wir im Grand Hotel eingecheckt.«

Es ist nicht zu fassen, wie wenig man über seine Kinder weiß. Dabei hatte ich mir eingebildet, dass Stella und ich uns in den letzten Jahren wieder angenähert hätten. Doch offenbar kenne ich nur einen Bruchteil dessen, was in ihrem Leben passiert. Ich frage mich, ob das seltsam ist oder an mir liegt, ob es kennzeichnend für unsere besondere Beziehung ist oder ob Mütter von Teenagern generell glauben, dass sie weitaus mehr über ihre Kinder wissen, als sie es tatsächlich tun.

»Manchmal haben wir uns auch zu dritt getroffen. Chris, Amina und ich«, sagt Stella. »Chris und ich hatten keine Beziehung. Wir hatten ein paarmal Sex, aber wir waren kein Paar.«

Die Schöffen werfen sich vielsagende Blicke zu. Die beiden Frauen verziehen ihre Gesichter, während der Schwedendemokrat tiefrot wird. Ich will auch nicht, dass das Sexualleben meiner Tochter offengelegt wird, aber um mich zu schockieren, braucht es doch ein bisschen mehr.

»Es war nichts Ernsthaftes, weder von meiner Seite noch von seiner. Um ehrlich zu sein, glaube ich nicht, dass Chris mit einer Achtzehnjährigen zusammen sein wollte, und für mich war es undenkbar, eine feste Beziehung einzugehen. Ich wollte ja demnächst auf Reisen gehen. Nach Asien.«

Meine Augen brennen, und ich tupfe sie vorsichtig mit einem Taschentuch ab. Vor mir sehe ich Stella unter einer Palme an einem paradiesischen Strand. Ich versuche die Alternative auszublenden: mehrere Jahre im Gefängnis und ein Urteil auf Lebenszeit von der Gesellschaft, auf dem Arbeitsmarkt, unter Freunden und Bekannten. Wie sollten Adam und ich damit umgehen? Und wie würde Stella damit klarkommen?

»Ich weiß, dass Amina sich auch ein paarmal mit Chris getroffen hat«, sagt Stella. »Das hat mich aber nicht weiter gestört.«

Göran Leijon kratzt sich am Kopf.

»Können Sie das bitte etwas genauer ausführen?«

»Was denn?«

»Was genau meinen Sie, wenn Sie sagen, dass Amina sich mit Chris *getroffen* hat?«

Zum ersten Mal bekommt das Gericht eine andere Seite von Stella zu sehen. Ihre Augen funkeln, und die Adern an ihrem Hals treten hervor.

»Ich meine, dass sie sich getroffen und sich unterhalten haben. Nichts anderes! Amina hatte keinen Sex mit Chris, falls Sie das andeuten wollten.«

Göran Leijon errötet und trinkt einen Schluck Wasser, während Michael beruhigend eine Hand auf Stellas Arm legt.

»Ich war total schockiert, als ich erfahren habe ...« Stellas Stimme zittert, und sie kratzt sich am Mund. »Als die Polizei erzählt hat, was passiert ist. Ich konnte es nicht fassen. Ich wusste, dass Chris bedroht worden war, aber dass ihn tatsächlich jemand umgebracht hat ... Ich habe es bis heute nicht ganz begriffen.«

Die Gesichter der Zuhörer verändern sich allmählich. Das Tippen der Journalisten wird langsamer. Hinter mir flüstert jemand ein bisschen zu laut, als er seinen Nachbarn fragt, von welcher Drohung Stella da wohl spreche. Ob sie die Exfreundin gemeint habe? Ich schließe die Augen und atme. Der Tunnel hat sich wieder ein kleines bisschen geweitet.

»Bevor die Staatsanwältin ihre Fragen stellt, möchten Sie vielleicht erzählen, was Sie am fraglichen Abend getan haben?«, fragt Göran Leijon.

Seine Stimme ist ruhig, der Blick empathisch und vertrauenerweckend.

»Ich habe bis zum Ladenschluss um Viertel nach sieben bei H&M gearbeitet«, berichtet Stella. »Dann bin ich mit ein paar Kolleginnen ins Restaurant Stortorget gegangen. Wir haben ein paar Stunden im Außenbereich gesessen. Es müsste gegen halb elf gewesen sein, als ich gegangen bin, um mein Fahrrad am Botulfsplatsen zu holen.«

Michael hat sich auf seinem Stuhl ein wenig nach hinten gelehnt und lässt die Schultern locker hängen. Das wirkt tröstlich und besorgniserregend zugleich.

»Gerade als ich aufs Fahrrad steigen wollte, habe ich auf der gegenüberliegenden Straßenseite Linda Lokind entdeckt, Chris' Exfreundin. Sie hatte mich schon mehrfach verfolgt. Diese Linda ist ziemlich creepy, also habe ich versucht, Amina anzurufen, aber sie ist nicht rangegangen. Ich wusste nicht, was ich tun sollte. Das war der Moment, als ich versucht habe, Chris zu erreichen.«

Ich versuche mich in ihre Situation hineinzuversetzen. Was hätte ich an ihrer Stelle getan? Man glaubt gern, ganz genau zu wissen, wie man in bestimmten Situationen handeln würde, aber nicht zuletzt durch meinen Beruf habe ich gelernt, dass solche Vorstellungen wenig wert sind, wenn es drauf ankommt.

Es lässt sich ganz einfach nicht vorhersagen, wie man in bestimmten Situationen reagieren wird.

Stella erzählt, dass Linda Lokind sie mehrere Wochen lang verfolgt und belästigt habe. Sie habe Angst gehabt, denn sie habe ja gewusst, dass Linda psychisch instabil und vielleicht sogar gefährlich sei. Also sei sie ins Tegnérs gegangen, vor allem, um sich mit anderen Menschen zu umgeben, während sie darauf gewartet habe, dass Amina oder Chris sich bei ihr zurückmelden würden.

»Sie haben sich aber nicht gemeldet, und nachdem ich mich ein bisschen beruhigt hatte, beschloss ich, nach Hause zu radeln. Ich kam nur bis zur Kyrkogatan, bis zur Kreuzung an der Stadtbibliothek. Dort stand nämlich wieder Linda Lokind.«

Die Schöffen zucken zusammen, und ein Raunen geht durch die Zuschauerreihen. Nur Jenny Jansdotter wirkt vollkommen ungerührt. Sie sitzt mit geradem Rücken da, völlig reglos, als würde sie nur darauf warten, Stella vernichten zu können.

»Ich hatte Angst um mein Leben«, sagt Stella und erzählt, wie sie in das nahe gelegene Lokal Inferno geflohen sei.

Sie habe sich ganz hinten im Lokal versteckt und gehofft, dass Linda Lokind nicht nachkommen würde.

»Amina hat sich noch immer nicht gemeldet, und ich habe auch Chris nicht erreicht. Deshalb beschloss ich, zu ihm nach Hause zu fahren. Es war alles so unheimlich. Ich wusste nicht, was ich tun sollte.«

Außer Stellas Atemzügen ist im Gerichtssaal nichts zu hören. Alle Blicke sind auf sie gerichtet.

»Sie waren nicht da«, sagt sie.

Neben mir schauen die Leute sich um. Jemand scharrt mit der Schuhsohle auf dem Fußboden. Eine Frau von den Fernsehnachrichten kaut Kaugummi.

»Ich habe geklingelt und an die Tür gehämmert. Dann habe

ich das Ohr an die Tür gepresst und gelauscht, aber sie waren nicht da.«

Stella hebt ihr Wasserglas hoch. Ihre Hand zittert, und als sie sich vorbeugt, fallen ihr die Haare ins Gesicht.

Irgendwas fühlt sich nicht richtig an. Angenommen, sie erzählt die ganze Geschichte? Stella hat schon immer das große Drama geliebt. Sie hat davon geträumt, Schauspielerin zu werden, und hier hätte sie ihre Bühne, ihr Publikum, ihren großen Auftritt. Verzweifelt strecke ich den Arm nach ihr aus.

»Ich bin nach Hause gefahren und ins Bett gegangen«, sagt Stella und streicht sich das Haar aus dem Gesicht. »Ich habe keine Ahnung, was danach geschehen ist.«

90

»Wir erteilen der Staatsanwaltschaft das Wort«, erklärt der Vorsitzende des Gerichts.

Jenny Jansdotter bewegt sich nicht. Jeder Muskel in ihrem strengen Gesicht wirkt hochkonzentriert. Der ganze Gerichtssaal wartet auf sie.

Dann zuckt sie zusammen und wendet sich an Stella.

»Wer war nicht da?«

Ihre Stimme ist scharf und gebieterisch.

»Wie bitte?«

»Sie haben eben gesagt: *Sie waren nicht da*. Wen haben Sie damit gemeint?«

Stella macht eine überhebliche Geste.

»Chris«, sagt sie. »Christopher Olsen. Er war nicht in seiner Wohnung, und deshalb bin ich nach Hause gefahren.«

»Aber Sie haben nicht *er* gesagt. Sie haben *sie* gesagt. Plural. Mehr als eine Person. Wer noch außer Chris Olsen war nicht da?«

Stella wirft Michael einen raschen Blick zu.

»Amina, vermute ich.«

»Amina Bešić?«

Stella nickt.

»Ich muss Sie bitten, mündlich auf die Fragen der Staatsanwältin zu antworten«, erklärt Göran Leijon. »Wegen der Tonaufnahme.«

Stella funkelt ihn wütend an. Ihre Oberlippe zittert.

»Ja«, sagt sie übertrieben laut.

Als ich mich umdrehe, stelle ich fest, dass der bärtige Journalist neben mir mich beobachtet. Sobald sich unsere Blicke begegnen, wendet er sich hastig ab.

Was denkt er über mich? Ich sehe mich unter den Zuhörern um. Was denken sie? Vielleicht tue ich ihnen leid. Einige würden mir wohl Vorwürfe machen. Andere sind sicherlich der Meinung, dass die Eltern zumindest teilweise die Schuld für die Taten ihrer Kinder tragen. Nicht zuletzt in meinem Fall. Zum einen bin ich Frau und Mutter – ein Mann wird nie im selben Ausmaß beschuldigt. Zum anderen bin ich eine hartherzige Anwältin, während mein Mann ein liebenswerter Pfarrer ist, der über die Liebe Gottes und die Goldene Regel predigt.

Sollte ich auch auf dem Platz der Angeklagten sitzen? Seite an Seite mit Stella, angeklagt wegen mangelnder elterlicher Kompetenz und fahrlässiger Tötung. Ich bin davon überzeugt, dass manche Leute das befürworten würden.

Jenny Jansdotter blickt den Vorsitzenden des Gerichts vielsagend an, bevor sie fortfährt. Ich habe keine Ahnung, was sie denkt, aber dass sie mich für durch und durch unschuldig hält, wage ich stark zu bezweifeln.

»Warum sind Sie davon ausgegangen, dass Amina bei Chris Olsen war?«, will sie von Stella wissen.

»Ich weiß es nicht. Ich weiß nicht, ob ich davon ausgegangen bin.«

»Aber das haben Sie doch eben gesagt.«

Jansdotter orchestriert eine effektvolle Stille. Stella weiß nicht, wo sie hinschauen soll.

»Warum glauben Sie, dass Amina an diesem Abend bei Christopher Olsen war?«, fährt die Staatsanwältin fort. »War es nicht so, dass Sie jeglichen Kontakt mit Olsen abgebrochen hatten? Sie und auch Amina?«

Stella steht der Schweiß auf der Stirn. Ihre Angst kriecht durch den stickigen Saal und bleibt wie eine klebrige Masse an meiner Haut haften. Verzweifelt kratze ich mich.

Halte aus, Stella. Verlier jetzt nicht den Mut!

»Wir hatten aufgehört, uns mit Chris zu treffen«, sagt sie und sieht die Staatsanwältin an.

»Tatsächlich?« Jansdotter starrt sie an, und Stella hält ihrem Blick stand. »Sie hatten also eine Übereinkunft?«

»Etwas in der Art.«

Jansdotter nimmt kaum ihre Antwort wahr. Sie ist gedanklich schon bei der nächsten Frage.

»Sie sagen, dass Sie nach Hause gefahren sind, als in Chris Olsens Wohnung niemand öffnete. Wie viel Uhr war es da?«

»Das weiß ich nicht«, sagt Stella.

Sie wirft Michael einen raschen Blick zu, der den meisten im Saal entgangen sein dürfte. Aber ich sehe ihn. Und ich weiß, dass dies ein kritischer Punkt ist. Wenn Stella weiterhin behauptet, um zwei Uhr nachts nach Hause gekommen zu sein, fällt Adams Zeugenaussage in sich zusammen. Er kann Stella nicht vor Gericht widersprechen. Meine Brust füllt sich mit Zement.

Michael zieht an seinem Schlipsknoten. Der Schweiß dringt allmählich durch sein Hemd. Jetzt wird sich zeigen, ob ihm die Erfüllung seines Auftrags gelungen ist.

»Haben Sie nicht die geringste Ahnung, wie spät es war?«, beharrt Jansdotter.

Stella zieht den Mund ein klein wenig zusammen.

»Es war gegen halb zwölf oder zwölf. Das müsste hinhauen.«

Der Zementblock in meiner Brust wird leichter, und Luft dringt in die Lunge ein.

»In der polizeilichen Vernehmung haben Sie gesagt, dass Sie um zwei Uhr nachts nach Hause gekommen seien«, sagt Jansdotter scharf. »Stimmt das etwa nicht?«

Stella senkt den Blick.

»Ich habe das gesagt, um meinen Vater zu bestrafen.«

Jansdotter wirkt aufrichtig erstaunt.

»Bitte erklären Sie mir das.«

»Als ich erfahren habe, dass mein Vater mir ein Alibi verschafft hatte, wollte ich ihn als Lügner hinstellen.«

Keinerlei Zögern in der Stimme.

»Sie meinen, Sie haben in der Vernehmung gelogen, um Ihren Vater zu bestrafen?«

»Ja.«

»Warum sollten Sie Ihren Vater bestrafen wollen?«

»Er war immer so überbehütend. Wir haben manchmal Probleme miteinander gehabt. Ich habe mich kindisch verhalten.«

Ich bin froh, dass Adam das nicht hört. Ich wusste, dass er als Zeuge nicht dabei sein würde. Ansonsten weiß ich nicht, ob das alles funktioniert hätte.

»Ihnen ist sicher bewusst, dass das etwas seltsam klingt?«, sagt Jansdotter.

»Es stimmt aber.«

»Tatsächlich? Ist es nicht viel eher so, dass Sie jetzt lügen, Stella? Um Ihren Vater zu schützen?«

Stella hebt den Blick und schüttelt entschieden den Kopf.

»Nein!«

Jansdotter blättert in ihren Unterlagen.

»Wann sind Sie an dem fraglichen Abend heimgekommen, Stella? In der Vernehmung haben Sie gesagt, dass Sie um zwei Uhr nachts zu Hause waren ...«

»Ich war vor zwölf zu Hause. Zwischen halb zwölf und zwölf.«

Die Staatsanwältin seufzt laut.

»Sie und Amina Bešić haben also eine Vereinbarung getroffen, dass keine von Ihnen sich mehr mit Christopher Olsen treffen sollte«, sagt sie. »Habe ich das richtig verstanden?«

»Es war keine *Vereinbarung*. Wir haben nur gesagt, dass wir das nicht mehr tun wollten.«

»Warum sollten Sie sich nicht mehr mit Christopher treffen?«

»Wir haben gemerkt, dass er uns angelogen hat. Wir hatten den Eindruck, als wollte er Amina und mich gegeneinander ausspielen, und das darf kein Mensch jemals tun.«

»Verhielt es sich vielleicht so, dass Sie von der sexuellen Beziehung zwischen Amina und Christopher wussten?«

»Sie hatten keine sexuelle Beziehung.«

»Haben Sie bemerkt, dass Christopher Sie hintergangen hat, Stella?«

»Nein.«

Ich kenne die Schärfe in ihrer Stimme. Ihre Geduld geht allmählich zur Neige.

»Verhielt es sich nicht vielleicht so, dass Sie gemerkt haben, wie Ihre beste Freundin und der Mann, mit dem Sie gerade eine Beziehung begonnen hatten, sich ohne Ihr Wissen trafen? Sie haben doch nicht etwa geglaubt, dass ihre Treffen völlig platonisch waren?«

Ich halte die Luft an.

Stellas Blick huscht durch den Saal. Eine Zehntelsekunde sehen wir einander an. Das reicht.

Weiß sie, dass ich es auch weiß?

»Platonisch bedeutet …«, setzt Jansdotter an, aber Stella fertigt ihre Erklärung kurzerhand ab.

»Ich weiß, was platonisch bedeutet«, erklärt sie. »Und ich glaube zu wissen, was Sie darunter verstehen. Dabei vertrat Platon eigentlich gar nicht die Ansicht, dass die wahre seelische Liebe nicht auch körperliche Nähe und Sex enthalten kann, aber das ist ein sehr häufiges Missverständnis, insofern müssen Sie sich nicht für dumm halten.«

Einer der Zuhörer lacht auf, und der Bärtige auf dem Platz neben mir wirft mir ein ermutigendes Lächeln zu.

»Platon ist mein Lieblingsphilosoph«, erklärt Stella.

»Ich habe immer Sokrates vorgezogen«, entgegnet Jansdotter.

»Das wundert mich nicht.«

Michael verbirgt ein Lachen hinter der Hand. Die Schöffen wechseln Blicke, und auch auf die Lippen von Göran Leijon tritt ein Lächeln.

»Amina hat nicht mit Chris Olsen geschlafen«, fährt Stella fort, und die ausgelassene Stimmung verfliegt ebenso rasch, wie sie entstanden ist.

Jenny Jansdotter will schon eine weitere Frage formulieren, doch Stella ist noch nicht fertig. Sie hebt die Hand. Ihre Stimme ist dünn und zittrig.

»Amina hat mit niemandem geschlafen. Sie war… ist… Jungfrau.«

91

Ich wühle in der Handtasche nach einem Feuchttuch. Das Herz schlägt mir bis zum Hals, und obwohl ich unermüdlich meine Stirn abtupfe, läuft der Schweiß immer weiter. Es kommt mir so vor, als würde die Hitze ins Gehirn eindringen und meine Gedanken zum Brodeln bringen.

Stella schrumpft langsam. Ich weiß nicht, ob es eine optische Täuschung ist oder ob ihre Schultern tatsächlich herunterhängen und ihr Körper kleiner wird.

Was sind ihre Motive? Acht unendliche Wochen hat Stella in Isolationshaft verbracht. Das ist für die Gefangenen eine geradezu unmenschliche Situation, die bereits von der UNO und von der Anti-Folter-Kommission des Europarats kritisiert worden ist. Die schwedischen Justizvollzugsanstalten gelten im öffentlichen Gespräch oft als gut, nicht selten als zu gut. Was hingegen völlig übersehen wird, sind die grausamen Zustände, die in schwedischen Untersuchungsgefängnissen herrschen.

Natürlich tut sie es für Amina. Aber das reicht nicht aus. Sie hätte auch andere Wege gehen können, einfachere Wege. Die einzige plausible Schlussfolgerung ist, dass sie all das nicht nur für Amina tut. Wenn sie mit hängenden Schultern und feuchten Augen vor mir sitzt, dann tut sie all das auch für uns. Für mich und Adam. Für die Familie.

Oft habe ich mir gewünscht, ich hätte eine Freundin wie Amina gehabt. Seit dem Kindergarten sind sie und Stella mehr oder weniger unzertrennlich. Selbstverständlich hat es Konflikte und Reibereien gegeben, aber am Ende hat das Fundament ihrer Freundschaft alle denkbaren Hindernisse überwunden. Zumindest bis jetzt.

Ich kann mir nichts Tröstlicheres vorstellen, als eine Verbündete im Leben zu haben, so wie Stella und Amina sich immer gegenseitig gehabt haben. Vielleicht würde mein Leben anders aussehen, wenn ich für eine so intime Freundschaft offen gewesen wäre. Natürlich hatte ich in meiner Schulzeit ein paar beste Freundinnen, aber da hatte ich bereits begonnen, um mein Innerstes Mauern zu errichten. Ich habe es immer als Schwäche empfunden, anderen Menschen meine Gefühle zu offenbaren.

Ich tupfe meine Stirn erneut ab und versuche ausgeglichen zu wirken. Der Bärtige neben mir raschelt mit einer Süßigkeitentüte und kaut mit offenem Mund, während die Staatsanwältin die Sachbeweise durchgeht. Ein Labortechniker wird hereingerufen und erklärt dem Gericht, dass der am Tatort gesicherte Abdruck zweifelsfrei von Stellas Schuh stammt. Der Abdruck wurde einen halben Meter neben Christopher Olsens Leiche entdeckt. Im Abdruck wurden kleine Blutspritzer gefunden. Also muss der Abdruck entstanden sein, ehe Olsen niedergestochen wurde. Da am Freitagvormittag ein Regenschauer niederging, lässt sich schlussfolgern, dass Stella am Mordtag nicht vor der Mittagszeit auf dem Spielplatz gewesen sein kann.

Als My Sennevall auf der Zeugenbank Platz nimmt, verändert sich die Stimmung im Gerichtssaal. Die Anwesenden sehen alle so aus, als machten sie sich Sorgen, dass die zierliche junge Frau mit dem wachsamen Blick und dem ungepflegten Haar vor ihren Augen zusammenbrechen könnte. Die Staatsanwältin, aber auch Michael senken die Stimme, wenn sie Fragen stellen. My Sennevall wirft lange Blicke um sich, ehe sie antwortet.

»Sie haben ausgesagt, dass Sie um ein Uhr nachts Gebrüll gehört hätten«, sagt Michael. »Können Sie uns beschreiben, wie das Gebrüll klang?«

My Sennevall sieht ihn eine ganze Weile an.

»Es klang so, als wäre jemand niedergestochen worden. Ein Mann. Er hat mehrere Male geschrien, als ob jemand mit einem Messer auf ihn einstechen würde.«

Natürlich stellt Michael das infrage. Woher will sie denn auch wissen, dass die Schreie von jemandem stammten, der niedergestochen wurde?

»Wenn auf ihn geschossen worden wäre, hätte ich die Schüsse gehört«, erklärt My Sennevall.

Der bärtige Journalist verdreht die Augen.

»Möchten Sie ein bisschen von Ihrem Gesundheitszustand erzählen?«, fragt Michael. »Stimmt es, dass Sie seit mehreren Jahren regelmäßig in psychologischer Behandlung sind?«

Ich höre nur mit dem einen Ohr zu, während My Sennevall ihre traurige Lebensgeschichte erzählt. Sie verlässt den Gerichtssaal noch kaputter, als sie es vorher schon war. Das Geräusch von der Tür, die hinter ihr zufällt, klingt wie ein erleichterter Seufzer.

Die folgenden Zeugenaussagen werden schnell und ohne besondere Überraschungen abgehandelt. Stellas Kolleginnen von H&M, Malin und Sofie, bestätigen, dass Stella immer eine Dose Pfefferspray in der Handtasche habe und dass sie am Freitagabend die Handtasche dabeigehabt hätte. Die Staatsanwältin zeigt eine Sprühdose vor, und die beiden Zeuginnen bestätigen, dass Stella genau so eine besitzt.

Dann hält ein Kriminaltechniker die Sprühdose hoch und erklärt dem Gericht, man habe durch eine chemische Analyse feststellen können, dass die Flüssigkeit, die in Spuren auf Christopher Olsens Leiche gefunden wurde, identisch mit dem Pfefferspray sei, das Stella besessen habe.

Anschließend erzählt der Justizvollzugsbeamte Jimmy Bark, dass Stella während der Untersuchungshaft aggressiv und gewalttätig aufgetreten sei. Jimmy Bark macht einen ausgesprochen unsympathischen Eindruck, er beantwortet die Fragen knapp und herablassend, und ich denke mir, dass jemand wie er vermutlich selbst beim Dalai-Lama aggressive Tendenzen hervorrufen könnte.

Der bärtige Journalist runzelt bei Jimmy Barks Aussage die Stirn. Ohne Vorwarnung hält er mir die Süßigkeitentüte auffordernd hin. Ich bin so perplex, dass ich mir einen Bonbon nehme, obwohl ich diese Sorte gar nicht mag.

Er lächelt mir zu. Habe ich ihn falsch eingeschätzt?

Ich bin anderen Menschen immer mit gewissen Zweifeln begegnet. Mit einer gesunden Skepsis. Mein ganzes Leben lang habe ich die Sorge gehabt, zu arglos zu wirken. Mein Vater sagte einmal, dass nur unterlegene Hunde ihrem Gegner die Kehle darbieten. Erst nach fünfundvierzig Jahren beginne ich zu verstehen, dass andere Menschen nicht zwangsläufig als Gegner empfunden werden müssen.

Während des Jurastudiums war das ganze Leben ein einziger Wettbewerb.

»Ich sammele gute Noten, keine Freunde«, sagte ich bisweilen, wenn ich irgendwelche Einladungen absagte.

Es kommt mir vor, als hätte ich mich in eine Kapsel eingebaut, deren Schale von Tag zu Tag härter wurde. Meine Unzulänglichkeiten sollten durch Tüchtigkeit und Erfolg überdeckt werden, während meine Angst vor der Entlarvung meines wahren Ichs immer weiter wuchs. Dennoch stand ich bei allen möglichen studentischen Veranstaltungen häufig im Mittelpunkt. Mir fiel es schwer, mich in einem bestimmten Kontext zu bewegen, ohne mich zu engagieren und mitzuwirken. Die Menschen fühlten sich von mir angezogen und wollten mich gern kennenlernen, aber der Einzige, der mich wirklich verstand, jenseits von Argumentationen, Prüfungsergebnissen und oberflächlichem Smalltalk, war Adam.

Jetzt sitzt er vor der Tür des Gerichtssaals und wartet. Gleich ist er an der Reihe. Jeden Moment wird ein Justizwachtmeister ihn per Lautsprechersystem hereinrufen. Ich bin mir noch immer nicht im Klaren darüber, was geschehen wird.

Anfangs dachte ich nicht, dass es klappen würde, dass wir so weit kommen würden. Adams Moral war schon immer unerschütterlich. Dass er die Polizei anlügen würde, erschien abwegig, geradezu undenkbar. Aber ich hatte die Bedeutung der Familie unterschätzt. Menschen sind bereit, jegliche Ethik und Moral hintanzustellen, um ihre Familie zu verteidigen. Die härtesten Prinzipien werden mit Leichtigkeit pulverisiert, wenn es darum geht, sein eigenes Kind zu schützen. Lügen, Schuld und Geheimnisse – wie viele Familien sind nicht auf solche Fundamente gebaut?

In dem Moment, in dem ein Mensch zur Welt kommt, verwandeln sich zwei andere Menschen in Eltern. Die Liebe zu unseren Kindern ist besonderen Gesetzen und Regeln unterworfen.

Heute Nacht saßen Adam und ich in der Küche, schweigend und mit einer Flasche Rotwein.

»Ich weiß nicht, ob ich es schaffe, Liebling«, sagte er schließlich.

Ich bete zu Gott, dass er es schafft. Es fühlt sich seltsam an, aber ich falte tatsächlich meine Hände und bete zu Gott. Im nächsten Moment ruft der Justizwachtmeister Adam in den Gerichtssaal.

92

Langsam durchquert Adam den Gerichtssaal. Während der Vorsitzende des Gerichts Göran Leijon ihn willkommen heißt und ihm erklärt, wo er sitzen soll, sieht Adam unablässig zu Stella hinüber.

Er nimmt den Platz auf der Zeugenbank ein, mit dem Rücken zu den Zuschauern. Der Bärtige neben mir blickt mich an wie jemanden, der schwer erkrankt ist.

Dann erteilt der Vorsitzende des Gerichts dem Verteidiger das Wort.

»Hallo, Adam«, sagt Michael. »Mir ist klar, dass dies alles unerhört schwierig für dich ist, deshalb werde ich versuchen, mich kurz zu halten. Könntest du damit beginnen, dem Gericht von deinem Beruf zu erzählen?«

Adam hat Stella noch immer nicht aus den Augen gelassen.

»Ich bin Pfarrer der Schwedischen Kirche.«

Auf Michaels Aufforderung hin erzählt er, dass er lange Jahre als Gefängnispfarrer gearbeitet habe und mittlerweile als Pfarrer in einer der größeren Gemeinden Lunds angestellt sei.

Seine Stimme klingt ein wenig zögernd.

»Kannst du kurz etwas über die Beziehung zwischen dir und Stella sagen?«, bittet Michael.

»Ich liebe Stella. Sie ist mein Ein und Alles.«

Mein Herz verkrampft sich. Im Lauf der Jahre habe ich Adam mehr als einmal zum Vorwurf gemacht, dass die Beziehung zwischen Stella und mir so ist, wie sie ist. Als sie klein war, bekam ich immer zu hören, was für ein wunderbarer Vater Adam sei und was für ein Glück es für mich sein müsse, mit ihm ein Kind zu haben. Das stimmt voll und ganz. Adam war und ist ein großartiger Familienvater, und ich liebe ihn dafür von ganzem Herzen. Ich schäme mich für den Neid, den ich bisweilen empfunden habe. Warum reagierte ich auf meine Misserfolge mit Stella, indem ich mich weiter zurückzog? Ich arbeitete viel, um mich nicht mit unserer Beziehung auseinandersetzen zu müssen, und widmete mich noch stärker den Dingen, in denen ich gut war. Das war ganz eindeutig Selbstbetrug und ein Verrat an Stella.

»Meine Beziehung zu Stella ist nicht immer gut gewesen«, antwortet Adam auf Michaels nächste Frage nach der Entwicklung ihrer Beziehung. »Es ist auf- und abgegangen. Manchmal war es richtig schwierig.«

Michael gibt ihm die Gelegenheit, diesen Punkt etwas genauer auszuführen, und Adam beugt ein wenig den Kopf.

»Nichts ist so schwierig, wie Eltern zu sein. Natürlich habe ich immer wieder versagt. Ich habe mir eine Menge Hoffnungen gemacht und mir ausgemalt, wie ich als Vater und wie Stella als Tochter sein würde. Wie unsere Beziehung aussehen würde.«

»Es wurde dann aber nicht immer so, wie du gehofft hattest?«, hakt Michael nach.

»Ich denke, das Problem war weniger die tatsächliche Entwicklung als meine Erwartungshaltung. Mir ist es schwergefallen, manche von Stellas Entscheidungen zu akzeptieren. Manchmal vergisst man, wie es ist, ein Teenager zu sein.«

Ich beobachte den Vorsitzenden des Gerichts und entdecke einen Funken von Verständnis bei ihm. Göran Leijon hat selbst halbwüchsige Kinder.

»Adam«, sagt Michael. »Könntest du bitte erzählen, was an dem fraglichen Freitag passiert ist?«

Adam dreht sich ein bisschen zur Seite, damit er Stella ansehen kann. Ich lehne mich vor, um einen Blick auf sein Gesicht zu erhaschen.

Adam schweigt. Warum sagt er nichts?

Ich hätte ihn natürlich einweihen sollen, aber ich befürchtete, dass er es nicht verstehen oder dass seine ausgeprägte Moralvorstellung ihm im Weg stehen würde.

Was, wenn es zu spät ist? Wenn er es sich anders überlegt, wenn er alles zurücknimmt? Das wäre verheerend.

»Ich habe an dem Tag ziemlich lang gearbeitet«, berichtet Adam zögernd.

Mit wackliger Stimme erzählt er von der Beerdigung eines jungen Mannes. Es sei eine anstrengende Woche gewesen, und am Freitag habe er sich müde und erschöpft gefühlt. Nach der Arbeit habe er gekocht, wir hätten auf dem Sofa ein Gesellschaftsspiel gespielt und uns dann hingelegt.

»Wusstet ihr, wo Stella an dem fraglichen Abend war?«, fragt Michael.

»Sie hatte gesagt, dass sie sich mit einer Freundin treffen wollte. Amina Bešić.«

»Okay«, sagt Michael ruhig. »Das heißt, du und deine Frau seid schlafen gegangen, bevor Stella nach Hause kam?«

»Das stimmt.«

»Wie viel Uhr war es da?«

Ich richte mich auf.

Bitte, Adam. Denk an deine Familie!

»Gegen elf Uhr«, sagt er. »Ich habe ehrlich gesagt nicht nachgeschaut.«

»Bist du sofort eingeschlafen?«

»Nein, ich habe mehrere Stunden wachgelegen.«

»Mehrere Stunden?«

»Ja.«

Ich trinke rasch einen Schluck Wasser, versage jedoch beim Zuschrauben der Flasche, verschütte etwas auf meinen Schoß und wische die Flüssigkeit mit der Hand auf. Der Bärtige sieht mich verstohlen an.

»Warst du wach, als Stella an dem Abend nach Hause kam?«, fragt Michael.

Ich beuge mich noch weiter zur Seite. Adam hebt die Spitze seines Kinns hoch, sodass das Kollar weiß wie die Unschuld in Richtung Gericht leuchtet.

»Ich war wach, als sie nach Hause kam«, sagt er.

Seine Stimme ist jetzt stärker. Klar und deutlich. Ich sinke zurück auf den Stuhl.

»Weißt du, wie spät es da war?«, fragt Michael.

»Es war Viertel vor zwölf. Ich habe auf die Uhr geschaut, als ich sie kommen hörte.«

Eine der Schöffinnen führt die Hand zum Mund. Das übrige Gericht starrt schweigend auf Adam.

»Und du bist dir ganz sicher, was diese Zeitangabe betrifft?«, hakt Michael nach.

»Ganz sicher. Das schwöre ich bei Gott.«

93

»Wie kannst du dir so sicher sein?«, sagte ich zu Adam.

Das war ja eines seiner Steckenpferde: immer zu zweifeln. Und jetzt gab es keinen Platz für irgendwelche Abstufungen. Er hatte sich entschieden.

»Es wird wunderbar. Und du wirst die großartigste Mama der Welt werden.«

Alle meine Befürchtungen tat er ohne Weiteres ab. Meine Ängste seien ein natürlicher Teil des Prozesses, sagte Adam. Eltern zu werden bedeute eine umfassende Umstellung, die unser Leben für immer verändern werde. Da sei es kein Wunder, wenn ich zögerte und zweifelte und es mir schlecht ging.

Eigentlich waren wir zu jung für ein Kind. Ich hatte gerade einen Platz als Rechtsreferendarin bekommen, und Adam war mitten im Studium. Noch vor einem halben Jahr hatten wir unser Wohnheimleben genossen und mehrere Abende pro Woche in Kneipen, in der Disco und auf Partys verbracht, aber im Lauf des Sommers waren wir wider Erwarten an eine verhältnismäßig geräumige Einzimmerwohnung in Norra Fäladen geraten. Außerdem war Adam überzeugt, dass wir sie bei der Kommunalen Wohnungsgesellschaft gegen eine Zweizimmerwohnung eintauschen könnten, wenn der Nachwuchs da wäre.

»Ich liebe dich«, sagte Adam mehrmals täglich, beugte sich vor und küsste die wachsende Beule auf meinem Bauch. »Und dich da drin auch.«

Allmählich verschwanden die schlimmsten Untergangsgedanken, und anstelle der Panik traten Schmerzen durch Symphysenlockerung und geschwollene Elefantenfüße. An manchen Tagen blieb ich im Bett liegen und fühlte mich wie die schlimmste Versagerin auf Erden.

Adam unterstützte mich mit Hagebuttensuppe und Stützstrümpfen, mit aufgewärmten Reiskissen und Massage. Auch wenn ich Bedenken gehabt hatte, ob es der richtige Zeitpunkt war, um ein Kind in die Welt zu setzen, zweifelte ich niemals daran, dass Adam der richtige Mann war, um Vater meiner Kinder zu werden.

Ich arbeitete ziemlich viel, als Stella klein war. Manchmal fragte ich mich, ob mit mir irgendwas nicht stimmte, ob ich anders war als andere frischgebackene Mütter, da ich nicht den Rest meines Lebens auf Standby stellen und meine gesamte Energie aus der Tatsache ziehen wollte, dass ich jetzt Mutter eines Kindes war.

Ohne Adam wäre es nicht gegangen. Er war die ganze Zeit da, als sicherer Hafen, in dem ich landen konnte. Nie verweigerte er mir etwas. Adam unterstützte mich bei allem.

Die Siege, die mir im Familienleben verwehrt blieben, gewann ich stattdessen in meinem Beruf. Schon als Neunundzwanzigjährige war ich Rechtsanwältin und wurde von einer großen Kanzlei mit Niederlassungen in den drei schwedischen Großstädten als Nachwuchskraft rekrutiert. Während Adam Stella das Radfahren ohne Stützräder beibrachte und ihre aufgeschürften Knie mit Pflastern versorgte, pendelte ich zwischen adligen Mandanten in Stockholm und schnellen Zusammenfassungen vor dem Kinderfernsehen und einem in der Mikrowelle aufgewärmten Abendessen hin und her. Ich halte mich keineswegs für ungewöhnlich, weil ich meine Kraft aus der Karriere, aber auch aus der Familie bezog. Obwohl ich nun einmal ohne Penis geboren wurde.

Überall sonst erlebte ich jedoch, wie andere Frauen ihre Träume und Ziele beschnitten, um sich auf ihre Rolle als Aufpasserin im Kinderzimmer und in der Küche zu beschränken. Das Vorhaben, eine hingebungsvolle Mutter zu sein, schien ständig mit meiner egoistischen Sehnsucht nach Selbstbestätigung und Erfolg in anderen Lebensbereichen zu kollidieren. Und obwohl ich mir alle Mühe gab, gelang es mir nie, mich so einzuschränken, dass ich die Erwartungen an eine gute Mutter hätte erfüllen können. Zugleich sah ich, wie Männer mit denselben Unzulänglichkeiten, die mich quälten, billig davonkamen und mir das Gefühl gaben, als Elternteil nicht gut genug zu sein.

Die Innigkeit, die sich zwischen Adam und Stella entwickelte, betrachtete ich zunächst als durch und durch positiv. Stella war ein Papakind. Wenn ich spät nach Hause kam und den Kopf noch voller Paragrafen und Präjudizien hatte, fand ich sie inmitten eines Kissenmeeres mit Gutenachtgeschichte und Schlafanzug. Stella klammerte sich in den vielen kleinen Kreuzungen ihres Kinderlebens an die Hand ihres Vaters. Es war eine Astrid-Lindgren-Welt, und mein Herz machte kleine Glückssprünge, wenn die Füßchen unserer Tochter morgens über den Schlafzimmerfußboden getrippelt kamen.

Die Veränderung kam sehr langsam. Ich vermag nicht zu sagen, wann es anfing, aber irgendwann lösten Dinge, die ich früher als herzerwärmend empfunden hatte, kalte Schauer bei mir aus. Überall entdeckte ich neue Anlässe für Irritationen. Wenn jemand darauf verwies, was für ein wunderbarer Vater Adam sei und was für eine schöne Beziehung er und Stella offenbar hätten, empfand ich keinen Stolz mehr, sondern fühlte mich ausgeschlossen. Während Adam mir lang und anschaulich seine Märchentage mit Stella schilderte, stiegen Gefühle von Schuld, Scham und Neid in mir auf.

Wir hatten schon früh davon gesprochen, unsere Familie zu vergrößern. Bestimmt gründete unsere Sehnsucht nach einem zweiten Kind in einer diffusen Enttäuschung, die aber keiner von uns je offen angesprochen hätte. Das Familienleben war nicht so geworden, wie wir es uns erhofft hatten. Und ich bildete mir wider alle Vernunft ein, dass die Beziehung zwischen Stella und mir von einem Geschwisterkind profitieren würde.

Über ein Jahr lang versuchten wir, schwanger zu werden. Wir sprachen nie darüber, warum es nicht klappte. Ich nehme an, es war aus irgendeinem gegenseitigen, aber höchst fehlgeleiteten Respekt. Früher oder später würde der Schwangerschaftstest positiv sein, und bis dahin konnten wir nichts anderes tun, als es so oft wie möglich zu probieren und (zumindest von Adams Seite) Gott um eine Art Beistand zu bitten.

Am Abend vor dem 1. Mai, als Stella vier Jahre alt war, brachen wir schließlich das Schweigen. Wir lagen im Bett, und die ganze Welt drehte sich, sobald ich die Augen aufschlug. Der Brandgeruch vom Maifeuer war in unsere Haut eingedrungen.

»Schatz«, flüsterte Adam. »Irgendwas kann da nicht stimmen.«

»Nicht stimmen?«, wiederholte ich, obwohl mir klar war, wovon er sprach.

»Was sollen wir tun?«

Ich bekam kein Wort heraus. Die Tränen brannten hinter den Augenlidern, aber ich versuchte sie weiter zu unterdrücken.

»Ich liebe dich«, sagte Adam.

Ich brachte es nicht fertig, ihm zu antworten.

94

»Hat die Staatsanwaltschaft noch Fragen an den Zeugen?«, erkundigt sich Göran Leijon.

»Ja, allerdings.«

Jenny Jansdotter konferiert kurz mit ihrem Assistenten, ehe sie sich an Adam wendet.

»Wie war an besagtem Freitag Ihr Gemütszustand?«

Adam hat nicht einmal zu einer Antwort angesetzt, als Jansdotter bereits weiterspricht.

»Sie haben vorhin gesagt, dass Sie sich müde und erschöpft gefühlt hätten. Es sei eine anstrengende Woche gewesen. Sie hätten gerade einen jungen Mann beerdigen müssen.«

»Das stimmt.«

»Und dennoch konnten Sie abends nicht einschlafen?«

»Manchmal hat eine solche Müdigkeit offenbar den entgegengesetzten Effekt«, entgegnet Adam ruhig. »Man kann nicht einschlafen, obwohl man todmüde ist. Außerdem habe ich mir natürlich Sorgen um Stella gemacht. Furchtbare Sorgen. Ich lege mich nicht gern hin, bevor sie nach Hause gekommen ist.«

Jenny Jansdotter greift nach einem Stift und lässt ihn zwischen den Fingern kreisen.

»Das heißt, Sie behaupten, wach gewesen zu sein, als Stella an jenem Abend nach Hause kam?«

»Ja.«

»Und wie viel Uhr war es da?«

»Das habe ich schon gesagt.«

»Ich möchte, dass Sie es wiederholen.«

»Viertel vor zwölf«, meint Adam irritiert.

Jenny Jansdotter hebt das Kinn und schiebt den Kopf nach vorn wie ein Raubvogel.

»Seltsam«, sagt sie dann.

In ihrer Stimme steckt die beunruhigende Andeutung eines Triumphs.

»Sehr seltsam«, fährt Jansdotter fort und entfaltet auf dem Tisch vor sich ein Blatt Papier.

Was wird das? Ist uns irgendetwas entgangen?

»Ich habe hier eine Liste über Ihre SMS-Nachrichten. Auf der Liste steht jede SMS, die am Mordabend von Ihrem Handy aus geschickt wurde. Zwei Nachrichten waren auf Ihrem Handy gelöscht worden, aber die Kriminaltechniker haben sie rekonstruiert. Sie wissen doch sicher, dass man gelöschte SMS rekonstruieren kann?«

Adam senkt den Blick.

Das darf doch wohl nicht wahr sein! Wie hat Michael die Liste übersehen können? Wir wussten, dass die Polizei Adams Handy beschlagnahmt hatte, aber ich wäre nie darauf gekommen, dass sich darin irgendetwas Kompromittierendes befinden könnte.

»Um 23.18 Uhr wurde folgende Nachricht von Ihrem Telefon an Stellas Nummer geschickt: *Hast du vor, heute Abend nach Hause zu kommen?*«

Die Staatsanwältin hält die Liste hoch und zeigt mit der Spitze ihres Stifts darauf.

»Ach ja?«, sagt Adam.

»Erinnern Sie sich, dass Sie diese SMS geschickt haben?«

»Kann schon sein. Meine Frau hat gesagt, dass Stella vielleicht bei Amina übernachten würde. Deshalb habe ich ihr geschrieben.«

»*Hast du vor, heute Abend nach Hause zu kommen?*«, wiederholt Jansdotter. »Haben Sie eine Antwort von Stella bekommen?«

Adam kratzt sich am Kinn. Ich versuche Michaels Aufmerksamkeit zu erregen, aber er weigert sich, in meine Richtung zu blicken. Der Schweiß läuft ihm über die Stirn, und er zieht am Schlipsknoten, als bekäme er keine Luft.

»Ich weiß es nicht mehr«, murmelt Adam.

»Sind Sie sich da sicher? Sie wissen wirklich nicht mehr, ob Sie eine Antwort bekommen haben?«

Adam schluckt und schüttelt den Kopf.

»Vermutlich nicht.«

Jansdotter wedelt mit der Liste. Der Bärtige neben mir saugt Luft zwischen den Zähnen ein. Ich beginne zu ahnen, worauf das Ganze hinauslaufen wird. Wie konnte uns das nur entgehen?

»Stella hat nämlich eine Antwort geschickt«, sagt die Staatsanwältin.

»Ja?«

Adam sitzt einfach nur da, als erwarte er den Todesstoß. Ich will ihm zuschreien, dass er bei seiner Version bleiben soll. Er darf jetzt nicht einknicken.

»Den Kriminaltechnikern ist es gelungen, auch diese SMS zu rekonstruieren. Sie haben nämlich beide Nachrichten am Samstag gelöscht, nachdem Sie erfahren hatten, dass Stella von der Polizei vorläufig festgenommen worden war.«

»Tatsächlich?«, entgegnet Adam.

Er klingt nicht gerade nach einem guten Lügner.

»Stella hat geschrieben: *Bin jetzt unterwegs nach Hause*. Die SMS traf um zwanzig vor zwei nachts auf Ihrem Handy ein. Als Stella laut Ihrer Darstellung schon fast zwei Stunden zu Hause war.«

95

Adam antwortet nicht auf die Frage der Staatsanwältin.

»Haben Sie irgendeine Erklärung für diese SMS?«, wiederholt Jansdotter. »Warum sollte Stella Ihnen um 1.40 Uhr eine SMS schicken, dass sie auf dem Heimweg ist, wenn Sie behaupten, dass sie schon um 23.45 Uhr zu Hause gewesen sei?«

Adams Rücken schweigt. Die Sekunden ticken.

Eine Frau in der Reihe hinter mir zupft an meiner Bluse und signalisiert mir, ich solle mich hinsetzen. Aber ich muss nach vorn zu Adam. Er braucht mich. Das ist alles meine Schuld!

»Es kann doch sicher mal Verzögerungen geben«, sagt Adam schließlich.

Der Bärtige hält sich den Finger vor die Lippen und macht *Psst* in meine Richtung. Dann deutet er mit dem Kopf ans Ende der Sitzreihe, wo ein Justizwachtmeister sich aufgebaut hat und mich jetzt wütend anstarrt.

»Wie meinen Sie das?«, hakt Jansdotter nach.

»Manchmal bleibt eine SMS doch im Cyberspace hängen«, erklärt Adam mit gewissem Zögern. »Dass ich die Nachricht zu einem bestimmten Zeitpunkt empfangen habe, muss nicht heißen, dass sie zu diesem Zeitpunkt abgeschickt wurde.«

Ich lasse mich auf den Stuhl sinken. Ein befreiendes Seufzen zieht durch meinen Körper. Natürlich hat Adam recht. Er kennt sich zwar nicht mit solchen technischen Details aus, aber er ist clever und geistreich. Dass die Staatsanwältin beweisen kann, wann eine SMS empfangen wurde, bedeutet in der Tat gar nichts, wenn sie nicht beweisen kann, wann sie abgeschickt wurde. Und um das zu tun, müsste sie Zugriff auf Stellas Handy haben.

Jenny Jansdotter verzieht gequält ihr Gesicht.

»War es nicht doch so, dass Stella in Wirklichkeit viel später nach Hause kam, als Sie behaupten?«

Verstohlen sehe ich hinüber zum Justizwachtmeister und stelle fest, dass sein Interesse an mir abgeflaut ist.

»Nein«, versichert Adam. »Stella kam um Viertel vor zwölf nach Hause.«

Michael fährt sich mit dem Handrücken über die schweißnasse Stirn. Neben ihm sitzt Stella und starrt mit glasigen Augen auf die Tischplatte. Sie sieht so klein und zerbrechlich aus, und ich hasse mich selbst für all das, was ich ihr zumute.

In den letzten Wochen habe ich mir selbst, aber auch Michael immer wieder erklären müssen, warum wir Stella nicht alles erzählen können. Stella fällt es viel zu schwer, ihre Impulse zu kontrollieren. Ein Gefühl zu viel, ein unbedachtes Wort, und schon wäre alles gelaufen.

Außerdem hat Stella immer schon gern das Gegenteil von dem getan, was man von ihr erwartete. Als die Handballtrainer zu ihr sagten, sie solle tief werfen, warf sie den Ball extra hoch, und als Adams Mutter einmal ihr hüftlanges Haar bewunderte, rasierte sie sich eine Glatze.

Meine Brust schmerzt, als ich sie anblicke.

»Wissen Sie, wo sich Stellas Handy befindet?«, erkundigt sich die Staatsanwältin bei Adam.

»Keine Ahnung.«

»Warum haben die Ermittler es nicht finden können?«

»Das weiß ich nicht«, sagt Adam und erwidert den Blick der Staatsanwältin.

»Wann haben Sie Stellas Handy zuletzt gesehen?«

»Das weiß ich wirklich nicht mehr.«

»War es nicht vielleicht so, dass Sie es gefunden haben?«

»Nein«, sagt er. »Stella hat ihr Handy immer bei sich.«

»Sie meinen, Stella hat es an jenem Samstag, als sie festgenommen wurde, mit zur Arbeit bei H&M genommen?«

»Davon gehe ich aus.«

»Dann hätte die Polizei es ja finden müssen, nicht wahr?«

Jansdotter starrt ihn unverwandt an, aber Adam lässt sich nicht aus der Ruhe bringen.

»War es nicht so, dass Sie Stellas Handy im Lauf des Samstags gefunden haben? Am Tag nach dem Mord.«

»Nein, ganz sicher nicht.«

Adam sieht über die Schulter nach hinten, und ganz kurz kreuzen sich unsere Blicke.

»Ich weiß nichts über Stellas Handy«, wiederholt er.

Das ist näher an der Wahrheit, als die Staatsanwältin ahnen kann. Adam weiß nicht, was mit Stellas Handy passiert ist. Das weiß nur ich.

Für einen kurzen Moment verliert Jansdotter den Faden. Es gelingt ihr ganz gut, es zu vertuschen, aber das entgeht natürlich weder mir noch den anderen erfahrenen Juristen im Gerichtssaal. Ich erlaube mir, mich ein wenig zu entspannen, lehne mich zurück und trinke ein paar Schlucke Wasser. Der Bärtige sieht mich an, und ich bilde mir ein, dass er alles weiß, dass er direkt in meine Gedanken hineinschauen kann.

Als Jansdotter sich wieder im Griff hat und sich mit ihrem Assistenten beratschlagt hat, fährt sie mit ihren Fragen fort.

»Haben Sie mit Stella gesprochen, als sie in der fraglichen Nacht, in der Christopher Olsen starb, nach Hause kam?«

»Ja«, sagt Adam. »Das habe ich schon erzählt.«

»Was haben Sie zu ihr gesagt?«, erkundigt sich die Staatsanwältin.

»Ich habe die Tür geöffnet und Gute Nacht gesagt.«

»Sie haben sie also gesehen?«

»Ja.«

»Was hatte sie an?«, fragt Jansdotter.

»Unterwäsche.«

»Sonst nichts? Zieht sie sich aus, bevor sie in ihr Zimmer geht?«

»Das kommt vor. Wenn die Kleider gewaschen werden sollen, legt sie sie gleich in die Waschküche.«

»Laut Stellas Kolleginnen, die am fraglichen Abend mit ihr im Restaurant Stortorget waren, trug Stella eine dunkelblaue Jeans und eine weiße Bluse. Die Jeans wurde von der Polizei während der Hausdurchsuchung gefunden, die Bluse hingegen nicht. Haben Sie die weiße Bluse gesehen, als Stella nach Hause kam?«

»Nein«, sagt Adam. »Ich weiß nichts von einer Bluse.«

Das stimmt sogar, zumindest teilweise.

»Sind Sie sich in dem Punkt ganz sicher? Haben Sie die weiße Bluse nicht in der Waschküche liegen sehen?«

»Nein.«

»Auch nicht am Samstag?«

»Soweit ich mich erinnere, nicht«, sagt Adam. »Aber wenn ich sie gesehen hätte, dann hätte ich es mir wahrscheinlich nicht gemerkt.«

»Ich denke schon, dass Sie sich das gemerkt hätten«, sagt Jansdotter. »Ich glaube nämlich, dass die Bluse voller Flecken war. Blutflecken, genauer gesagt. Haben Sie wirklich keine Bluse mit Blutflecken gesehen?«

»Definitiv nicht!«

Adam klingt verärgert. Das ist nicht gut. Gar nicht gut. Michael gibt ihm ein kleines Signal.

Jansdotter macht weiter.

»Sie haben einen Kaminofen bei sich zu Hause?«

»Ja, warum?«, entgegnet Adam.

»Bei der Hausdurchsuchung hat die Polizei festgestellt, dass erst kürzlich im Kamin Feuer gemacht worden war. Wer von Ihnen hat denn Feuer gemacht?«

Adam kratzt sich hinter dem Ohr.

»Das könnte ich gewesen sein. Oder meine Frau.«

Er ist clever. Natürlich hat er verstanden, wie der Hase läuft. Jetzt gilt es nur, einen klaren Kopf zu behalten. Denk an deine Familie, Adam. Denk an Stella und mich.

»Wissen Sie das nicht mehr?«, fragt Jansdotter nach.

»Wir machen ziemlich oft Feuer.«

»Im Sommer? Im August? Bei über zwanzig Grad?«

»Wir finden das gemütlich.«

Die Staatsanwältin seufzt laut.

»War es nicht eher so, dass Sie Stellas blutige Bluse gefunden und im Kaminofen verbrannt haben?«

»Nein«, sagt Adam. »Ich habe keine Bluse verfeuert.«

Stimmt, das hat er tatsächlich nicht getan.

96

Als Göran Leijon die heutigen Verhandlungen beendet hat, erhebe ich mich. Es gelingt mir, Stellas Blick zu erhaschen, ehe die Vollzugsbeamten sie abführen. Eine Sekunde lang schauen wir uns an. Ich strecke meine Hände nach ihr aus und taste ins Leere. Jetzt werde ich kompensieren, was ich als Mutter versäumt habe, als Stella klein war. Jetzt tue ich das, was ich am besten kann. Bitte, Stella, du musst dich auf mich verlassen.

In den letzten Jahren hat sich unsere Beziehung allmählich verbessert. Während es Adam immer schwerer gefallen ist, mit Stellas diversen Lebensentscheidungen umzugehen, habe ich mich ihr angenähert, und es ist mir gelungen, sie immer besser zu verstehen. In gewisser Hinsicht bin ich Amina zu Dank verpflichtet. Durch Amina konnte ich Stella letzten Endes auf Augenhöhe begegnen.

Dass es mir leichter gefallen ist, mit Amina zu sprechen als mit Stella, hat mich natürlich geschmerzt. Ständig lag diese Schuld wie schwerer Schlamm auf dem Grund meiner Seele. In Zeiten, als es mir unmöglich war, Stellas Handlungen, Motive und Beweggründe zu verstehen, habe ich in Amina viel von mir selbst wiedererkannt.

»Stella ist nicht wie du und ich«, sagte sie einmal. »Stella ist nur wie Stella.«

Das war kurz nachdem Stella das Handballspielen aufgegeben hatte. Nachdem sie eben noch an einem Trainingscamp der Jugendnationalmannschaft teilgenommen hatte, bei dem ihr eine glänzende Zukunft prophezeit worden war, hatte sie von einem Tag auf den anderen ihre Schuhe im Internet zum Verkauf angeboten. Adam und ich verstanden die Welt nicht mehr.

»Du kannst Stella nicht verstehen, wenn du nicht anfängst zu denken wie Stella«, meinte Amina.

Das klang so einfach, so selbstverständlich, und doch war es so schwierig.

»Stella hält es nicht aus, wenn andere versuchen, sie zu lenken«, sagte Amina. »Wenn man Handball auf diesem Niveau spielt, geht es häufig darum, im Vorfeld verabredete Bewegungen auszuführen, lauter eingeübte Sachen. Stella kann so etwas nicht.«

Ich glaube, von uns beiden hat Adam am meisten darunter gelitten, dass wir keine weiteren Kinder bekamen. Er stieß sich den Kopf blutig, damit sich Stella unseren Erwartungen anpasste, statt sich damit abzufinden, dass Stella so war, wie sie war. Es ist ein Wunder, dass unsere Familie nicht daran zugrunde gegangen ist. Ich versuche das, was jetzt geschieht, als Chance für einen Neustart zu sehen, die ich in jedem Fall ergreifen werde.

»Wenn du nur ein bisschen mehr wie Amina sein könntest«, sagte ich, als Stella sich zum ich weiß nicht wievielten Mal total danebenbenommen und ihre Umgebung komplett auf den Kopf gestellt hatte.

Ausnahmsweise hatte sie keine vernichtende Antwort parat. Sie verstummte einfach und sah mich an, und obwohl ihre Augen völlig trocken waren, kam es mir so vor, als würde sie weinen.

Sie verstand natürlich, was ich meinte. Die Worte waren mir einfach so rausgerutscht, ein einziges Mal und nie wieder, aber Stella durchschaute mich. Sie sah, wie ich Amina anschaute, wie ich mit ihr redete, dass wir etwas miteinander teilten.

Ich nahm Stella in den Arm und weinte an ihrer Schulter.

»Bitte verzeih mir, Schatz, tut mir so leid. Ich habe es nicht so gemeint.«

Das war natürlich Unsinn. Wir wussten beide ganz genau, was ich meinte.

Als ich den Gerichtssaal verlasse, ist Adam nirgends zu sehen. Die Plätze am Empfang sind von anderen Menschen belegt. Ich gehe ein paar Schritte den Flur entlang, aber ich kann ihn nicht entdecken.

Wo steckt er nur?

Eben saß er im Gerichtssaal und schwor bei Gott, dass seine Tochter zu Hause war, als auf einem Spielplatz in einem ganz anderen Stadtteil dieser Mann lag und verblutete.

Adam muss völlig aufgelöst sein.

Mein Herz schlägt heftig, und ich gehe mit großen Schritten in den nächsten Flur. Vor den Toiletten sitzt er zusammengesunken auf einer Bank und sieht aus, als hätte er sich jeden Knochen im Körper gebrochen.

»Liebling«, flüstere ich. »Ich bin so stolz auf dich.«

Ich lege den Arm um ihn. Sein Körper fühlt sich hart und kalt an. Vorsichtig lehne ich mich an seine Schulter, und eine milde Wärme breitet sich in meiner Brust aus. Ich tue all das nicht nur für Stella und Amina.

»Was, wenn es nichts hilft?« Sein Blick ist ein verzweifeltes Gebet. »Was habe ich getan?«

Ich streiche ihm über Nacken und Rücken.

»Ich bin bei dir«, flüstere ich. »Du bist nicht allein.«

Das ist nicht viel, aber es ist der beste Trost, den ich ihm bieten kann. In den vergangenen Wochen habe ich die ganze Zeit geglaubt, seine Qualen zu verstehen, und sie auf eine Ebene mit meiner eigenen Pein gestellt. So wie Adam seiner Berufsethik

Gewalt angetan hat, so habe auch ich meinen Prinzipien zuwidergehandelt. Die Jurisprudenz war meine Religion. Sie hat zwar ihre Mängel, aber ich habe dennoch fest an die Rechtswissenschaft als Pfeiler und Orientierungspunkt der modernen Gesellschaft geglaubt. Ich habe die Rechtswissenschaft für die optimale Möglichkeit gehalten, eine demokratische Gesellschaft zu regulieren. Jetzt weiß ich nicht mehr, was ich glauben soll. Es gibt Werte, die sich nicht in Paragrafen erklären oder messen lassen. Und genau wie das Leben, nimmt das Gesetz nicht Rücksicht auf das, was der Mann auf der Straße als Gerechtigkeit bezeichnet.

Als ich Adam ansehe, verstehe ich, dass all dies noch mehr an ihm zehrt als an mir. Im schlimmsten Fall wird er selbst angeklagt werden: des Hausfriedensbruchs, der Gewalt gegen Staatsbeamten, der unerlaubten Einflussnahme.

Schließlich erheben wir uns von der Bank. Ich umfasse seine Taille in einem festen Griff, auf dem ganzen Weg durch das Amtsgericht, durchs Foyer und die Treppe hinaus.

»Du hast das Richtige getan, Liebling«, sage ich. »Morgen ist Amina an der Reihe.«

Wir nehmen uns ein Taxi nach Hause, und Adam fragt mich über alles aus, was im Gerichtssaal vor seiner Zeugenaussage passiert ist. Als ich vom Schuhabdruck und von der kriminaltechnischen Analyse des Pfeffersprays erzähle, bekommen seine Augen einen besorgten Ausdruck.

»Aber es gibt keine konkreten Beweise«, sagt er.

»Es ist Sache des Gerichts, die Beweismittel zu bewerten. In einem Indizienprozess wie diesem kann man nicht jedes Beweismittel einzeln beurteilen, sondern muss sich das Gesamtbild anschauen. Anschließend wird das Gericht die von der Staatsanwaltschaft erstellte Beschreibung der Straftat mit alternativen Hypothesen abgleichen. Wenn nicht alle anderen Erklärungen des Tathergangs ausgeschlossen werden können, gibt es begründete Zweifel, und das Gericht muss den Angeklagten freisprechen.«

»Es wird doch wohl immer andere Erklärungen geben?«

»Als Minimalanforderungen gelten, dass der Angeklagte sich am Tatort befunden haben muss, dass die Person die Möglichkeit gehabt haben muss, die Tat zu begehen, und dass man alternative Täter ausschließen kann.«

Adam sieht durch die Glasscheibe nach draußen, und ich ziehe mein Handy hervor, um zu sehen, was die Presse schreibt. *Sydsvenskan* und *Skånskan* berichten in knappen Worten vom ersten Verhandlungstag. Die Kriminalkolumne des *Aftonbladet* ist überschrieben mit dem Satz: »Der Vater wird von der Staatsanwältin stark unter Druck gesetzt.« Der Text ist voller Andeutungen, die Adams Zeugenaussage infrage stellen. Vor hundert Jahren sei es vollkommen undenkbar gewesen, dass ein Pfarrer in einem rechtlichen Kontext lüge, aber nach den heutigen Verhandlungen im Lundenser Amtsgericht gebe es gute Gründe, darüber nachzudenken, ob sich da womöglich etwas geändert habe. Ich traue kaum meinen Augen. Adam darf das auf gar keinen Fall lesen. Ganz oben auf der Seite ist ein Foto des Journalisten zu sehen. Es ist der bärtige Mann, der den ganzen Tag neben mir gesessen hat.

Das Taxi biegt in unsere Straße ein. Auf dem Gehweg stehen ein paar Nachbarn zusammen und blicken in unsere Richtung.

»Einen schönen Abend noch«, sagt der Taxifahrer, als ich bezahle.

»Mm.«

Ich umrunde den Wagen und ergreife Adams Hand. Keiner von uns würdigt die Nachbarn auch nur eines Blickes.

Im Flur erstarrt Adam plötzlich.

»Hat Stella ... hat sie es getan?«

Ich umarme ihn. Ich lüge ihn ungern an. Nur ein letztes Mal.

»Ich weiß es nicht, Liebling.«

97

Der Gerichtssaal ist meine Heimat und meine Burg. Ich habe beinahe mehr Stunden in verschiedenen Gerichtssälen verbracht als mit meiner Familie. Aber noch nie habe ich mich in diesen Räumen so verloren und ausgesetzt gefühlt, so von Angst erdrückt und von Reue geplagt.

Adam geht ganz dicht neben mir durch den Flur des Amtsgerichts. Als wir den Gerichtssaal betreten, sehe ich zunächst nur unbekannte Gesichter unter den Zuhörern. Journalisten, vermute ich, vielleicht ein paar Neugierige aus der sogenannten Allgemeinheit. Ich suche nach dem bärtigen Reporter, aber er ist nirgends zu sehen. Vielleicht hat *Aftonbladet* heute jemand anderen geschickt? Christopher Olsens Geschäftspartner in ihren Anzügen sitzen jedenfalls an derselben Stelle wie gestern. Sie flüstern laut miteinander. Offenbar wird gegen einige von ihnen ermittelt, da sie in die undurchsichtigen Immobiliengeschäfte involviert sind, die Michael aufgedeckt hat.

Ganz hinten auf den Zuhörerplätzen entdecke ich ein bekanntes Gesicht. Alexandra hat sich gerade gebückt, um etwas aus ihrer Handtasche hervorzukramen, und ihr Haar fällt ihr ins Gesicht.

Ich beobachte sie eine Weile. Irgendwann schiebt Alexandra das Haar zur Seite und erwidert meinen Blick. Wir nicken uns kurz zu, und ich atme erleichtert auf, als mir bewusst wird, dass Dino nicht hier ist.

Ich habe Alexandra immer schon gemocht. In mancherlei

Hinsicht erkenne ich mich selbst in ihr wieder. Eine starke Frau mit einer erfolgreichen Karriere und einer entspannten Sicht aufs Leben. Gutes Essen, guter Wein und ein fröhliches Lachen unter Freunden hat uns zusammengebracht. Es lässt sich allerdings nicht leugnen, dass es Zeiten gegeben hat, in denen ich sie darum beneidet habe, wie einfach es mit Amina war, Zeiten, in denen ich gewünscht habe, dass wir tauschen könnten.

Der Justizwachtmeister ruft den ersten Zeugen dieses Verhandlungstages herein, und die Tür wird geöffnet.

Amina geht direkt zur Zeugenbank und nimmt Platz, ohne den Blick ein einziges Mal zu heben. Sie ist blass und ungeschminkt, ihre Wangen sind in den letzten Wochen ein wenig eingefallen.

Michael schaut besorgt in meine Richtung.

»Ist Ihnen bewusst, was es bedeutet, eine Zeugenaussage zu machen?«, fragt Göran Leijon.

Amina nickt und flüstert: »Ja.«

Dann spricht sie Leijon nach: »Ich, Amina Bešić, verspreche und versichere auf Ehre und Gewissen, dass ich die volle Wahrheit sagen und nichts verschweigen, hinzufügen oder verändern werde.«

Ich lege eine Hand unter die Brust und konzentriere mich auf meine Atmung. Die Unruhe frisst sich durch meinen Körper. Das entsetzliche Gefühl einer bevorstehenden Katastrophe zwingt mich zurück an die Rückenlehne.

»Der Strafverteidiger beginnt mit seinen Fragen«, kündigt Göran Leijon an.

Jetzt gilt es.

Michael spricht langsam und mit weicher Stimme. Neben ihm sitzt Stella. Sie hat ihr Kinn gehoben und blickt Amina direkt an. Es ist etliche Wochen her, dass sie sich zuletzt gesehen haben.

»Können Sie zunächst erzählen, woher Sie und Stella sich kennen?«, bittet Michael.

Amina senkt den Blick.

»Wir sind beste Freundinnen, schon seit dem Kindergarten. Wir waren von der Ersten bis zur Neunten in derselben Klasse und haben in derselben Handballmannschaft gespielt.«

Es versetzt mir einen Stich ins Herz. Ich sehe die beiden Mädchen vor mir.

»Wie würden Sie Ihre heutige Beziehung beschreiben?«, fragt Michael.

Amina starrt weiter auf die Tischplatte. Die Zeit vergeht, und ich spüre förmlich, wie Michaels Unsicherheit zunimmt.

»Sie ist noch immer meine beste Freundin.«

Michael nickt. In der darauffolgenden Stille entdecke ich, wie Stellas Blick sich ein bisschen aufhellt. Was sie wohl denkt? Ob sie Befürchtungen gehabt hat, was ihre Freundschaft zu Amina angeht? Wenn Amina hätte entscheiden dürfen, dann hätten wir Stella nie in diesem Gefängnis von Gedanken und Ängsten zurückgelassen. Es war mein Entschluss, das zu tun, was wir nun einmal getan haben, und ich werde mich vor Stella rechtfertigen müssen, was immer geschehen mag.

»Wie würden Sie Stella als Menschen beschreiben?«, erkundigt sich Michael.

»Na ja, sie … Sie ist, wie sie ist. Sie ist Stella. Es gibt niemanden, der so ist wie sie.«

Ich kann mir ein Lächeln nicht verkneifen.

»Sie ist irre mutig. Steht immer für ihre Meinung ein und tut nur das, wovon sie selbst überzeugt ist. Gruppenzwang kennt sie gar nicht.«

Die beiden Freundinnen wechseln Blicke. Die Bande, die

Stella und Amina verbinden, sind stärker, als sich irgendjemand in diesem Gerichtssaal vorstellen kann.

»Und sie ist total klug«, sagt Amina. »Das merken die meisten aber erst, wenn sie sie richtig kennenlernen. Außerdem ist sie der sturste Mensch, den ich kenne. Sehr impulsiv und unternehmungslustig. Draufgängerisch irgendwie. Manche finden, dass sie too much ist. Ich glaube, Stella ist jemand, den man entweder liebt oder hasst.«

Michael will gerade die nächste Frage stellen, als Amina die Hand hebt und ihn unterbricht.

»Und ich liebe sie.«

Ihre Stimme bricht, und sie vergräbt das Gesicht in den Händen. Mein Hals wird eng. Auch Michael scheint davon berührt zu sein.

»Bitte erzählen Sie uns ein bisschen von Christopher Olsen«, sagt er. »Wie haben Sie und Stella ihn kennengelernt?«

Amina wirft Stella einen Blick zu. Mein Herz tut weh, Schweiß klebt mir unter den Armen. Es ist schrecklich, nicht mehr beeinflussen zu können, was geschieht. Jetzt muss ich mich auf Amina verlassen. Jetzt ist sie diejenige, die alles entscheidet.

98

»Erzählen Sie von Christopher Olsen«, sagt Michael. »Wie haben Sie ihn kennengelernt?«

Er schickt ein Päckchen Taschentücher über den Tisch, und Amina trocknet ihre Wangen ab.

»Wir haben Chris mal abends im Tegnérs kennengelernt.«

Ich blicke verstohlen zu Adam hinüber, der hochkonzentriert aussieht. Ich habe entsetzliche Angst vor dem, was bald kommen wird.

Amina gibt dieselbe Geschichte wieder, die Stella gestern erzählt hat. Die beiden Mädchen hätten sich ein paarmal mit Christopher Olsen getroffen, in irgendwelchen Lokalen und in Olsens Wohnung.

»Würden Sie sagen, dass Stella und Christopher Olsen ein Paar waren?«, fragt Michael.

»Nein, auf keinen Fall. Sie haben ein bisschen miteinander rumgemacht, aber nicht mehr.«

Michael nickt. »Möchten Sie das weiter ausführen? Hatten die beiden eine sexuelle Beziehung?«

»Sie hatten Sex, aber es war keine Beziehung.«

Amina klingt klar und überzeugend.

»Gestern haben wir von einem Zeugen gehört, dass Stella manchmal gewalttätig aufgetreten sein soll. Stimmt das? Haben Sie jemals erlebt, dass sie gewalttätig war?«

Amina zuckt mit den Schultern. Mein Herz macht einen Sprung.

Ich verstehe nicht, warum Michael diese Frage stellt. Will er der Staatsanwältin zuvorkommen?

»Nein«, sagt Amina.

Aber sie klingt nicht mehr so überzeugend.

Michael wischt sich den Schweiß von der Stirn.

»Hat die Verteidigung weitere Fragen?«, erkundigt sich Göran Leijon.

»Nein, danke.«

»Dann erteile ich der Staatsanwaltschaft das Wort.«

Ich drehe mich um. Adam sieht mich mit großen Augen an.

Jenny Jansdotter lässt sich viel Zeit. Das ist eine bewusste Taktik, um Amina zu verunsichern. Sie legt die Unterlagen in Stapeln vor sich auf den Tisch, richtet die Ränder mit minutiöser Genauigkeit aus und drückt ihren Rücken durch.

Michael und Stella beobachten sie angespannt.

Als ich Stellas Handy an jenem Samstag auf dem Schreibtisch entdeckte, erfasste mich eine panische Unruhe. Wie hatte sie ihr Telefon zu Hause vergessen können?

Eigentlich bin ich nie ein Schnüfflertyp gewesen. Klatsch und schmutzige Geheimnisse haben mich selten interessiert. Ich bin ein Mensch, der sich von Fakten und stichhaltigen Beweisen beeindrucken lässt. Wenn jemand Stella hinterherspioniert und in gewisser Weise auch ihr Recht auf eine Privatsphäre verletzt hat, dann ist es Adam. Ich weiß nicht, was passiert wäre, wenn er ihr Handy gefunden hätte.

Als die Stunden vergingen und wir nichts von ihr hörten, beschloss ich, das Handy zu durchforsten. Nicht um zu schnüffeln. Ich war außer mir vor Sorge. Und als ich die Nachrichten las, wurde mir klar, dass tatsächlich etwas passiert war, etwas richtig Schlimmes. Ich versuchte gleich Amina zu erreichen, aber sie weigerte sich, mit mir zu sprechen. Sie hatte sich in ihrem Zimmer eingeschlossen und behauptete, zu krank zu sein, um reden zu können. Mir war klar, dass das eine Lüge war.

Jetzt sitzt sie vor der Staatsanwältin und sagt unter Eid aus. Jansdotters Stimme ist scharf wie ein Skalpell, und Amina zuckt zurück.

»Was meinen Sie, wenn Sie sagen, dass Christopher Olsen und Stella kein Paar waren?«

»Ich ... ich meine genau das. Sie waren kein Paar.«

»Können Sie die Beziehung der beiden definieren? Beschreiben Sie bitte, was für ein Verhältnis sie hatten.«

Amina wirft Stella einen vorsichtigen Blick zu, als bitte sie sie um Erlaubnis.

»Sie hat Chris als ihr Sommerkätzchen bezeichnet.«

Ich schnappe nach Luft. Sommerkätzchen? Es gibt eine Menge Dinge, die eine Mutter wirklich nicht hören muss.

»Sommerkätzchen?«, wiederholt Jenny Jansdotter.

»Das war wohl in erster Linie ein Wortspiel. Statt Sommerflirt.«

Aber Jansdotter scheint nicht zuzuhören. Sie hat schon die nächste Frage in petto.

»Wie fanden Sie das, Amina?«

»Was denn?«

»Diese Situation? Dass Stella eine sexuelle Beziehung mit Christopher Olsen unterhielt, ohne dass sie ein ernsthaftes Interesse an ihm hatte?«

Amina beugt ihren Nacken. Die Sekunden ticken still vor sich hin.

»Was haben Sie eigentlich für Christopher empfunden?«, fragt Jansdotter mit überraschend weicher Stimme.

»Ich mochte ihn. Er war charmant und cool. Es hat Spaß gemacht, sich mit ihm zu unterhalten.«

»Haben Sie sich von ihm angezogen gefühlt?«

»Vielleicht.«

Ich betrachte Stella. Ihr Gesicht gibt keine Gefühlsregung preis. Welche Gedanken gehen ihr durch den Kopf? Ich weiß nicht einmal, was sie eigentlich weiß.

Mir ist übel. Welche Mutter tut ihrem Kind so etwas an? Mit mir muss irgendetwas nicht stimmen. Habe ich eine emotionale Störung? Eine Form von Bindungsproblem? Ich betrachte mich selbst von außen und sehe eine Person, die ich nicht sein will.

Wenn die Rollen vertauscht wären und Amina in Untersuchungshaft gesessen hätte, hätte ich dann genauso gehandelt? Ich bin mir keineswegs sicher. Vermutlich hätte ich Amina von Beginn an entscheiden lassen sollen. Ich hätte ihr zuhören sollen. Wir hätten es so machen sollen, wie sie vorgeschlagen hatte. Jetzt ist es zu spät.

Jenny Jansdotter fixiert Amina mit dem Blick.

»Ist zwischen Ihnen und Christopher Olsen jemals etwas Sexuelles vorgefallen?«, fragt sie.

Amina lässt ihre Schultern hängen.

»Ja«, sagt sie. »Da ist was passiert.«

99

Schon früh war uns klar, dass Stella gerne über andere bestimmte. Oft spielte sie Adam und mich gegeneinander aus. Wer von uns als Erster nachgab, wurde von ihr mit Liebe überhäuft, während der andere keines Blickes gewürdigt wurde. Das konnte von einem Moment zum nächsten kippen – eben noch war man die beste Mama der Welt, und im nächsten Augenblick war man Abschaum, und das für unbestimmte Zeit.

Zum Glück war Amina stets als ausgleichende Kraft da, eine Vermittlerin zwischen unserer störrischen Tochter und dem Rest der Welt.

Das Handballspielen funktionierte für Stella auch als Ventil. Auf dem Spielfeld konnte sie ihre ganze Energie loswerden, die in ihr gärte und kochte, und an der Torraumlinie waren ihre Halsstarrigkeit und ihre Explosivität von enormem Nutzen.

Auch Adam tat der Handball gut. Dino und er bildeten ein beliebtes Trainerteam, das mit der Mannschaft schon bald große Erfolge feierte. Es kam vor, dass er bei spannenden Spielen an der Seitenlinie stand und sich quasi selbst vergaß. Er ließ sich vollständig vom Spiel verschlingen, rief, feuerte an und gestikulierte.

An einem Samstag, als ich auf der Tribüne in Borgeby saß und zusah, wie Stella ein Tor nach dem anderen erzielte, geschah etwas, was mich bis heute berührt. Ich war mit meinen Gedanken abgeschweift, und als Amina plötzlich auf dem Spielfeld lag und sich vor Schmerzen wand, hatte ich gar nicht mitbekommen, was eigentlich passiert war. Da Alexandra nicht mitgekommen war, ging ich natürlich hinunter aufs Spielfeld und half Amina in den Umkleideraum.

»Sollten wir nicht ins Krankenhaus fahren und das mal anschauen lassen?«, fragte ich.

Wir saßen uns auf den Bänken in der Umkleide gegenüber und betrachteten ihr nachlässig bandagiertes Knie.

Sie schüttelte den Kopf.

»Ich kann einfach nicht mehr.«

Sie klang resigniert.

»Was ist denn?«, fragte ich.

»Schwör mir, dass du Papa nichts davon erzählst! Er würde mich nie verstehen. Und sag auch nichts zu Mama! Versprichst du mir das?«

Ohne zu begreifen, was ich da tat, gab ich ihr mein Wort.

»Hast du nicht gesehen, dass ich in der Abwehr total versagt habe? Gleich zweimal nacheinander, mit exakt der gleichen Täuschung?«

Ich musste zugeben, dass mir das entgangen war.

»Und dann habe ich beim letzten Pass zu Stella den Ball verloren. Das hast du gesehen, oder?«

»Aber ihr führt doch mit 21:4?«, wandte ich ein.

»Das ist Papa doch egal«, meinte Amina und starrte auf den Boden, während sie mit einigen heftigen Bewegungen den Verband von ihrem Knie wickelte. »Ich pack es nicht, immer die Beste zu sein. Ich pack es einfach nicht mehr.«

Das machte mich traurig, und ich musste daran denken, wie ich mich ein ganzes Leben abgerackert hatte, um andere Menschen nicht zu enttäuschen.

»Es ist doch nur Handball«, sagte ich. »Das bedeutet doch gar nichts. Jedenfalls nicht im wirklichen Leben.«

»Ach, es geht doch nicht nur um Handball.« Sie sah mich

mit feuchten Augen an. »Es ist überall dasselbe. In der Schule, unter Freunden, zu Hause. Ich kann nicht mehr.«

Ohne weiter darüber nachzudenken, setzte ich mich neben sie und öffnete meine Arme. Amina kauerte sich zusammen wie ein kleines Kind, und ich wiegte sie langsam hin und her.

Meine Gefühle für Amina waren so stark, und ich wusste nicht recht, wie ich damit umgehen sollte.

Als ich mehrere Jahre später, an einem Höllensonntag Ende August, vor die unmögliche Entscheidung zwischen Amina und meiner eigenen Tochter gestellt wurde, entschied ich mich für beide.

Jetzt fürchte ich, dass ich mit dieser Entscheidung alles aufs Spiel gesetzt habe.

100

Jenny Jansdotter wartet geduldig auf Aminas Antwort. Der ganze Gerichtssaal wartet. Gleich wird sie alles verraten.

»Eines Abends, als wir im Tegnérs waren, ich weiß nicht mehr so genau, wann das war ... Jedenfalls hat Stella Kopfschmerzen bekommen und ist früher nach Hause. Es hat damit geendet, dass ich mit zu Chris gegangen bin.«

Sie legt eine lange Pause ein und sieht Stella an.

»Wir wollten uns eigentlich nur ein Taxi teilen, aber ... Wir hatten ziemlich viel getrunken und ...«

Amina verschluckt die letzten Worte und senkt den Blick. Stella sieht sie verwirrt an.

»Wir haben uns auf sein Sofa gesetzt und geredet. Ich hatte zu viel getrunken. Es ist einfach passiert.«

»Was ist passiert?«, fragt Jansdotter.

»Er hat versucht, mich zu küssen.«

»Und was haben Sie getan?«

Es quält mich so. Stella und Amina bedeuten einander so viel. Ob ihre Freundschaft das alles überstehen wird?

»Ich habe ihn gewähren lassen«, sagt Amina mit schwacher Stimme. »Er hat mich mehrmals geküsst, bis ich Panik bekommen und gesagt habe, dass ich jetzt gehen muss. Ich bin rausgelaufen, und auf dem Heimweg habe ich Stella angerufen.«

»Haben Sie Stella von den Küssen erzählt?«

»Nein. Ich hatte es eigentlich vorgehabt, aber dann ... dann habe ich es doch nicht fertiggebracht.«

Stella führt langsam ihr Wasserglas an die Lippen und hält es eine Weile vor sich in der Luft, ehe sie trinkt. Jansdotter lässt ihren Stift zwischen den Fingern kreisen.

»Haben Sie Chris nach diesem Zwischenfall noch öfter gesehen?«

»Am Freitag darauf rief er mich an. Wir wollten eine Überraschung für Stella organisieren, es war ja ihr Geburtstag. Chris holte mich mit dem Auto ab. Dann haben wir Sushi gekauft und mit in seine Wohnung genommen.«

Sie beugt sich vor und legt die Hand an die Stirn.

»Was ist in der Wohnung passiert?«

»Er hat mich wieder geküsst.«

Stella sackt zusammen, und ich erinnere mich, wie wir uns in der Nacht nach ihrem Geburtstagsessen in den Arm nahmen. Erst in letzter Zeit haben wir angefangen, uns so zu umarmen. Natürlich und innig. Adam saß auf dem Sofa und schnarchte mit offenem Mund, und wir achteten darauf, ihn nicht zu wecken. Schniefend berichtete Stella, was geschehen war, nachdem sie das italienische Restaurant verlassen hatte. Und in dem Moment ging es mir auf. Obwohl ich alles andere als eine Beziehungsexpertin bin, wurde mir etwas klar, wovor Stella selbst die Augen verschloss. Je mehr sie erzählte, desto eindeutiger war es. Ihr Herz war gebrochen. Sie hatte sich verliebt und war betrogen worden.

»Worüber haben Sie und Christopher Olsen an diesem Abend gesprochen?«, will die Staatsanwältin wissen. »Als Sie allein waren?«

Amina seufzt schwer.

»Chris hat gesagt, dass er mich mag. Ich sei ihm im Tegnérs als Erste aufgefallen. Er meinte, dass er auch Stella gut leiden könne, aber das sei etwas anderes. Allmählich habe er ihre negativen Seiten kennengelernt. Ihm war klar, dass es Probleme geben würde, aber er hat gesagt, dass man seinen Gefühlen nicht im Weg stehen solle.«

Stella ringt ihre Hände. Ich sehne mich danach, sie in den Arm zu nehmen.

»Haben Sie ihm geglaubt?«

»Er klang sehr überzeugend«, antwortet Amina. »Und ich wusste, dass Stella sowieso kein ernsthaftes Interesse an ihm hatte. Nicht, dass es irgendwie relevant gewesen wäre, aber trotzdem.«

»Das heißt, Sie haben Ihre beste Freundin betrogen?«

Amina schluchzt auf und schüttelt den Kopf.

»Na ja, ich war schon irgendwie verliebt. Zumindest habe ich das gedacht.«

Ich nehme Adams Hand und sehe die Verwirrung in seinen Augen. Um uns herum erklingt eine Sinfonie von Stiften, die übers Papier gleiten, und knisternden Tasten. Ich blicke verstohlen über die Schulter zu Alexandra. Auf ihren Wangen befindet sich verschmierte Wimperntusche, und ihr steht das Entsetzen ins Gesicht geschrieben.

»Haben Sie sich an dem Abend gar nicht mehr mit Stella getroffen?«, fragt Jansdotter. »Sie haben gesagt, dass Sie ihren Geburtstag feiern wollten.«

»Doch, sie hat angerufen und gesagt, dass sie unterwegs zu Chris' Wohnung sei. Ich hab totale Panik bekommen und Chris angeschrien, dass Stella unten auf der Straße sei, und dann bin ich zu ihr rausgelaufen.«

»Haben Sie Stella denn erzählt, was passiert war?«

Amina schnieft.

»Ich habe ihr erzählt, dass Chris mich geküsst hatte. Es tat mir total leid, ich habe mich richtig schlecht gefühlt, und dann haben wir uns darauf geeinigt, dass Chris ein Arschloch sei und dass wir uns nie wieder mit ihm treffen wollten.«

»Haben Sie sich an diese Vereinbarung gehalten?«, fragt die Staatsanwältin.

Amina dreht sich zu Stella um.

»Nein«, sagt sie. »Nein, das habe ich nicht getan.«

101

Ich nehme an, es ist am einfachsten, seine Sorgen an etwas Konkretem festzumachen. Wenn man nicht den Kern des Problems findet, wenn das, was drückt und schmerzt, nicht zu sehen ist, dann ist es praktisch, sich auf das Greifbare zu konzentrieren.

Wenden sich Menschen deshalb an Gott? In einer Welt, die nicht zu verstehen ist, braucht man verständliche Erklärungen. Das Abbild eines Menschen, einen Alleinherrscher.

Lange kreisten Adams und mein Weltbild um ein Kind, das letztlich nicht kam. Das Ei, das sich nicht befruchten ließ, wurde zum Sinnbild des Stillstands in unserem Leben, das anders geworden war, als wir es uns vorgestellt hatten. Während die Distanz zwischen uns immer weiter wuchs, empfand ich eine Sehnsucht nach seelischer Nähe, die mir bislang völlig unbekannt gewesen war. Am schlimmsten war es, wenn gerade ein Gerichtsverfahren beendet war. Mir kam es so vor, als würde sich ein luftleerer Raum in mir öffnen, eine bodenlose Einsamkeit. Manchmal, wenn ich im Flugzeug unterwegs zu meiner Familie in Lund war, spürte ich, wie ich innerlich zusammenbrach.

Es ist ein entsetzliches Gefühl, sich nicht mit seinem eigenen Kind identifizieren zu können. Häufig empfand ich Ohnmacht und Resignation, wenn ich mich bemühte, zu Stella vorzudringen.

»Sie ist wie du«, sagte Adam nach einem Streit, der einen ganzen Abend gedauert hatte.

»Wie meinst du das?«

Der Ausgangspunkt unseres Streits war ein Gespräch mit Stellas Lehrer, von dem wir erfahren hatten, dass sie einige Mädchen in ihrer Klasse mobbte. Als wir sie damit konfrontierten, bekam Stella einen Wutanfall und bewarf Adam mit einem Glas Milch. Sie weigerte sich, von der Situation in ihrer Schule zu erzählen. Wir wollten wissen, wie es ihr derzeit eigentlich ging, aber sie tobte in der Küche herum, bis Adam sich schließlich gezwungen sah, ihr die Arme auf den Rücken zu drehen. Schließlich hing sie schreiend und heulend über dem Boden wie ein ausgewrungener Lappen.

Zwei Tage später stand Amina in unserem Hausflur. Sie hatte ihre Handballschuhe und knielange Strümpfe an und trug einen weinroten Rucksack über der Schulter. Während Stella ihre Sportsachen holte, betrachtete Amina mich mit einer ernsten Miene, die sie weitaus älter aussehen ließ.

»Eigentlich ist es gar nicht Stellas Schuld«, sagte sie.

Ich sah sie fragend an.

»Ich meine das, was in der Schule passiert. Stella wird von ihren Klassenkameraden provoziert. Sie wissen ganz genau, welche Knöpfe sie drücken müssen, damit sie ausflippt. Und dann verpetzen sie sie bei der Lehrerin.«

Ein Berg von Schuld türmte sich in meiner Brust auf.

»Eigentlich sind es die anderen, die gemein sind«, fasste Amina zusammen.

Ihre braunen Augen wirkten im Halbdunkel des Flurs beinahe schwarz.

Ich dachte an das, was Adam über Stella gesagt hatte. *Sie ist wie du.*

Im Sommer, als Stella vierzehn wurde, fuhren wir nach Dänemark auf ein Handballturnier. Die Mädchen und die Trainer wurden in einer Schule einquartiert, während Alexandra und ich uns ein Hotelzimmer teilten.

Eines Abends gingen wir in eine verrauchte Bar und ließen uns auf mehrere Drinks einladen. Alexandra trank viel zu viel und erbrach sich vor dem Hotel. Nachdem ich sie zwangsgeduscht hatte, lag sie auf einer Chaiselongue im Hotelzimmer und beweinte ihr miserables Leben. Sie beklagte sich über Dino, der nur Handball im Kopf hatte und zu Hause keinen Finger krumm machte. Aber sie beschwerte sich auch über Amina, die nie für etwas anderes Zeit hatte als für ihre Hausaufgaben und ihr verdammtes Training. Natürlich sagte ich nichts dazu, aber in mir stieg eine starke Irritation auf. Meine Eltern waren nie mit mir zufrieden gewesen. Es gab immer eine bessere Note und jemanden, der erfolgreicher, schlauer und hübscher war.

An einem sonnigen Vormittag einige Wochen später kam Amina zu uns. Ausnahmsweise hatte ich mich mit einem Glas Wein und einem Roman ganz entspannt in den Garten gesetzt.

»Stella ist nicht zu Hause«, erklärte ich. »Sie ist nach Landskrona gefahren. Ich dachte, du wolltest mit?«

Amina antwortete nicht. Sie stand in Shorts und trägerlosem Top unter dem Kirschbaum und betrachtete mich mit verbissener Miene.

»Ist was passiert?«, fragte ich und legte mein Buch zur Seite.

Amina sah sich um.

»Hast du kurz Zeit?«, fragte sie.

»Na klar!«

Als ich Limo und eine Zimtschnecke geholt hatte, sah Amina gleich entspannter aus.

»Ich fühle mich gerade wie die schlechteste Freundin der Welt.«

»Warum denn? Was ist los?«

Sie kniff die Augen zusammen und sah in den Garten, während sie mit beherrschter Stimme erklärte, dass sie bis zuletzt gewartet habe. Sie wolle auf gar keinen Fall eine schlechte Freundin sein, aber nun habe ihre Angst überhandgenommen. Sie machte sich Sorgen um Stella.

»Diese Jungs in Landskrona, mit denen sie abhängt, die sind kein guter Umgang. Sie machen lauter dummes Zeug, sie rauchen und trinken.«

»Alkohol? Ihr seid erst vierzehn!«

»Ich weiß.«

»Gut, dass du mir davon erzählt hast, Amina.«

Sie beugte sich vor.

»Du versprichst mir aber, Stella nichts davon zu sagen, oder? Wenn sie erfährt, dass ich ... Versprich es mir!«

Natürlich gab ich ihr mein Wort.

So seltsam es auch klingen mag – in diesem Moment dachte ich weniger an Stella als an Amina. Ich bewunderte ihren Mut, ihren Instinkt, das Richtige zu tun.

»Ich freue mich so, dass du zu mir gekommen bist«, sagte ich.

Wir umarmten uns lange.

Im Lauf der nächsten Woche redeten Adam und ich Klartext mit Stella. Es war der Beginn einer langen, fürchterlichen Phase. Je mehr wir argumentierten, desto mehr stellte Stella sich quer.

»Mischt euch nicht in mein Leben ein! Das ist ja wie im Gefängnis bei euch!«

Als sich im Herbst desselben Jahres herausstellte, dass Stella Drogen nahm, wurde Adam und mir schließlich klar, dass wir professionelle Hilfe brauchten.

Die Gespräche mit dem Schulrektor und den Lehrern, mit Krankenschwestern und Beratern waren die reinste Qual – ganz zu schweigen von den vielen Sozialpädagogen und Psychologen. Ich habe mich noch nie so alleingelassen und gekränkt gefühlt, so abgewertet als Mensch. Kein Scheitern auf der ganzen Welt lässt sich mit dem Gefühl vergleichen, als Eltern versagt zu haben.

Michael Blomberg bot mir einen Ausweg, einen Trost.

102

Ich drehe mich um und blicke wieder zu Alexandra hinüber. Ich sehe meine eigene Mutter in ihr. Mein Inneres verkrampft sich, wenn ich an ihre mangelnde Dankbarkeit gegenüber Amina denke.

Alexandra erwidert meinen Blick. Noch weiß sie nichts. Ich bin mir sicher, dass Amina ihr nichts erzählt hat.

Seitdem sie mir alles gestanden hat, habe ich ihr immer wieder klargemacht, dass möglichst wenig Menschen davon erfahren dürfen.

Nicht einmal Adam durfte es erfahren. Nicht einmal Stella.

Zu gegebener Zeit werden sie verstehen, warum.

Jenny Jansdotter erhebt ihre Stimme, und ihr schneidender Diskant zerreißt die Stille des Gerichtssaals.

»Das heißt, Sie brachen die Vereinbarung mit Stella und trafen sich weiterhin mit Christopher Olsen?«

Amina schüttelt den Kopf.

»Ganz so war es nicht.«

Die Staatsanwältin macht ein erstauntes Gesicht.

»Nicht? Haben Sie das nicht eben gesagt?«

»Ich habe mich nach Stellas Geburtstag nur noch einmal mit Chris getroffen. Er meldete sich im Laufe der Woche mehrmals bei mir, aber ich erklärte ihm, dass wir uns nicht sehen könnten. Er hat ständig herumgenervt und mir geschrieben, dass er so neugierig auf mich sei und dass es doch schade wäre, wenn wir nicht herausfinden würden, was zwischen uns sein könnte.«

»Das heißt, Sie ließen sich darauf ein, sich mit ihm zu treffen?«

»Ich hatte vorgehabt, ihn in die Wüste zu schicken. Ich habe mich nicht mit ihm getroffen, weil ich mit ihm zusammenkommen wollte oder so etwas. Ich wollte ihn nur loswerden. Ich schwör's.«

Sie greift nach einem neuen Taschentuch und schnäuzt sich.

»Am Freitag hat er mir wieder geschrieben. Eigentlich hatte ich ja diese Vereinbarung mit Stella. Ich wollte ihn nicht mehr sehen.«

»Aber Sie haben sich trotzdem getroffen?«

»Er schrieb, dass er eine Überraschung für mich hätte. Er wollte mich mit der Limousine abholen. Ich sagte ihm, dass mein Vater ihn zusammenschlagen würde, wenn er bei uns zu Hause auftauchen sollte. Aber er hat nicht lockergelassen, also haben wir beschlossen, dass er mich an der Ballsporthalle abholen würde.«

»Kam er mit der Limousine?«

»Nein, er kam mit seinem eigenen Wagen. Es hatte irgendwelche Probleme bei der Buchung der Limo gegeben.«

Stella bedenkt Amina mit einem intensiven Blick. Wie viel von alledem weiß sie eigentlich?

»Und das war der Abend, an dem Christopher Olsen ermordet wurde?«, hakt Jansdotter nach.

»Ja.«

»Was haben Sie anschließend getan? Nachdem Chris Sie mit dem Auto abgeholt hatte?«

»Wir sind zum Meer gefahren. Ich weiß nicht genau, wie die Stelle heißt. Jedenfalls konnte man von da aus zum alten Kernkraftwerk Barsebäck rüberschauen. Wir saßen auf einem Grashügel, und Chris hatte einen Korb mit Wein und Brot und Käse dabei.«

Amina verstummt.

»Fahren Sie fort«, sagt die Staatsanwältin.

»Wir haben gegessen und Wein getrunken und uns den Sonnenuntergang angesehen, und dann ...«

Amina verliert wieder den Faden. Ein Journalist in der Reihe vor mir lässt seinen Stift fallen, und es hallt im ganzen Saal wider, als er auf dem Boden landet. Stella dreht sich um und sieht mich mit dunklen Augen an.

»Und dann?«, fragt Jansdotter. »Was ist dann passiert?«

Michael legt eine beruhigende Hand auf Stellas Arm.

»Dann hat er mich geküsst«, keucht Amina. »Wir haben uns geküsst.«

103

Es war ein Traum, mit Michael Blomberg zusammenarbeiten zu dürfen. Mit einem der besten Strafverteidiger des Landes. Mir war klar, dass das viele Reisen und Hotelnächte bedeuten würde, aber Adam unterstützte mich sehr, und es war eine Gelegenheit, die ich nicht ausschlagen konnte.

Was wäre gewesen, wenn ich abgelehnt hätte? Ich weiß, dass solche Gedanken nichts bringen, aber es fällt mir schwer, sie aus meinem Kopf zu verbannen.

Als Amina im Gerichtssaal über Christopher Olsen spricht, wie sie ihm nicht widerstehen konnte, wie sie mitgerissen wurde und das Gefühl hatte, sich in ihn verliebt zu haben, obwohl es eigentlich um etwas ganz anderes ging, fällt es mir nicht schwer, mich in sie hineinzuversetzen.

Vielleicht genügt es manchmal schon, dass man wertgeschätzt wird, um zu glauben, dass man verliebt ist. Dass man als der Mensch gesehen wird, der man ist, dass man für seine bloße Existenz geschätzt wird und nicht für seine Taten. Genau das war es, was mich damals für Adam eingenommen hatte. Seine natürliche Art, hinter meine Leistungen zu blicken. Wie er mit seinem Blick meine Seele eroberte.

Fünfzehn Jahre später tat Michael Blomberg dasselbe.

Die Affäre mit Michael fiel in eine Zeit, in der ich immer schlechter mit Adam zurechtkam. Der Mann, in den ich mich einst verliebt hatte, der romantische Idealist mit einem Herzen so groß wie ein Himmelskörper und dem vielschichtigen, tiefgründigen Blick, diesen Mann schien es nicht mehr zu geben. Ich war nicht aufmerksam genug gewesen, um es zu merken, aber Adam hatte neurotische Züge entwickelt, die auf dem besten Weg waren, sich in einen manischen Kontrollzwang zu verwandeln.

Adam hatte sich ein ganz anderes Leben vorgestellt als das, in dem er jetzt feststeckte. Die Bilder, die er sich von der Zukunft und von seiner Familie gemacht hatte, unterschieden sich so diametral von der Realität, und sein wachsendes Kontrollbedürfnis war in dieser Hinsicht nichts anderes als eine verzweifelte Methode, sich seinen Lebenstraum zu bewahren. Dass ich dies nachvollziehen konnte, hieß noch längst nicht, dass ich bereit war, es zu akzeptieren.

Eines Abends übertrat Adam alle Grenzen, indem er die Tür zu Stellas Zimmer aufbrach, nachdem er dahinter Rauchgeruch wahrgenommen hatte. Ich war mit dem letzten Flug aus Bromma eingetroffen und gegen Mitternacht völlig erschöpft in unserer Küche eingetroffen.

»Du musst Stella ihre eigenen Fehler machen lassen. Du bist doch selbst mal jung gewesen, oder nicht? Du verletzt ihre Privatsphäre.«

Adam ging in der Küche auf und ab und brummte unglücklich vor sich hin. Als ich ihn so sah, traf ich meine Entscheidung.

»Ich liebe dich«, sagte ich und legte die Arme um seinen Hals. »Und ich werde künftig mehr Zeit zu Hause bei euch verbringen.«

»Tut mir leid. Es ist alles meine Schuld. Du musst nicht ...«

Ich kämpfte gegen meine Schuldgefühle an.

»Ich habe zu viel gearbeitet«, erklärte ich und versprach, meine Arbeitszeit zu reduzieren. »Es gibt Dinge, die ich auch von zu Hause machen kann.«

»Ich glaube, ich muss mich ein bisschen beruhigen«, sagte Adam. »Und dann in aller Ruhe mit Stella reden.«

»Zähl erst mal bis zehn.«

Er lächelte, und wir küssten uns.

Am Montag schnappte ich mir das Telefon, sobald Adam zur Arbeit gegangen war. Natürlich fühlte ich mich durch Michaels Aufmerksamkeit geschmeichelt, aber ich hatte mir nie eingebildet, dass sich mehr daraus entwickeln würde. So gut kannte ich Michael, dass ich mir keinerlei Hoffnungen auf eine gemeinsame Zukunft machte.

Er klang weder erstaunt noch enttäuscht, als ich anrief und erklärte, dass sich unsere Beziehung künftig auf die rein professionelle Ebene beschränken müsse. Es versetzte mir zugegebenermaßen einen kleinen Stich, als er das Gespräch und die Beziehung mit der Formulierung »Kein Problem« beendete.

Als ich aufgelegt hatte, sackte ich am Küchentisch zusammen. Alle Dämme brachen. Meine Tränen waren eine Art Reinigungsbad. Eine Anspannung, die lange da gewesen war, hatte sich endlich gelöst. Ich merkte gar nicht, dass Stella hereinkam. Plötzlich spürte ich ihre Hand auf meiner Schulter.

»Wer war das?«, fragte sie.

»Was hast du mich erschreckt! Wie lange stehst du schon da?«

Stella starrte mich an.

Da wusste ich, dass sie alles mitgehört hatte.

»Es ist nicht so, wie du denkst. Es ging um die Arbeit. Das war Michael, mein Chef.«

Ich streckte die Hand nach ihr aus, aber sie machte abrupt kehrt und ging wieder in den Flur. Mir rutschte das Herz in die Magengrube und ich lief ihr hinterher. Gerade als sie den Fuß auf die unterste Treppenstufe stellte, schlang ich von hinten die Arme um sie und zog sie an mich.

»Ich liebe dich, Stella.«

Wir umarmten uns eine ganze Weile, und so traurig es auch klingen mag – so nah hatte ich mich meiner Tochter schon seit Jahren nicht mehr gefühlt. In mir sprudelte es vor großen Worten und Versprechungen, aber ich konnte nicht einen Laut hervorbringen, und in diesem Moment brauchte es auch nichts außer unserer Nähe.

Einige Monate später verließ ich Michael Blombergs Kanzlei und begann mit einer neuen Tätigkeit, die ich von zu Hause aus machen konnte. Allmählich verbesserte sich das Verhältnis zwischen Adam und mir, und auch Stella wirkte entspannter. Sie und Amina hatten schon bald wieder zueinandergefunden, und ich begann die vergangenen Ereignisse als eine Phase zu sehen, als eine harte Zeit, die uns zwar beinahe zugrunde gerichtet hätte, die wir aber miteinander gemeistert hatten und die unsere Familie letzten Endes hoffentlich gestärkt hatte.

Ich konnte nicht ahnen, dass hinter der nächsten Ecke die wirklich große Katastrophe lauerte.

104

Staatsanwältin Jansdotter lässt ihren Stift kreisen, während sie abwartet, bis sich Amina noch einmal geschnäuzt hat.

»Sie sind also mit Chris Olsen an den Strand gefahren, und dort haben Sie sich wieder geküsst?«

»Ich habe aber Zweifel bekommen«, sagt Amina. »Echte Panik, Sie wissen schon.«

»Und das war am selben Abend, an dem Chris Olsen starb? Wie viel Uhr mag es da gewesen sein?«

Amina zuckt mit den Schultern.

»Stella bedeutet alles für mich«, erklärt sie, als hätte sie die Frage der Staatsanwältin gar nicht gehört. »Nie wollten wir einen Typen zwischen uns kommen lassen.«

»Aber Sie haben ihn geküsst?«, beharrt Jansdotter. »Um wie viel Uhr war das?«

»Ich habe es sofort bereut. Ich hatte das Gefühl, als würde ich alles von außen betrachten, beinahe wie in einem Film. Mir wurde bewusst, was ich da tat, und ich habe zu Chris gesagt, dass er aufhören soll.«

Jansdotter unterbricht sie.

»Sie sind zweimal von der Polizei vernommen worden, Amina. Warum haben Sie nichts von alledem erwähnt? Bei den Vernehmungen haben Sie standhaft behauptet, Sie hätten sich nach Stellas Geburtstag nicht mehr mit Christopher Olsen getroffen.«

»Ich habe es nicht über mich gebracht, davon zu erzählen. Ich dachte, Stella kommt sowieso frei.«

Ich werfe einen Blick hinüber zu den Schöffen. Der Schwedendemokrat hat sich ein wenig zurückgelehnt und den Bauch vorgeschoben. Mein Gefühl ist, dass er sich schon entschieden hat. Neben ihm sitzen die beiden Frauen und tuscheln.

Jenny Jansdotter wirkt aufrichtig neugierig, als sie die nächste Frage stellt.

»Warum sollen wir Ihnen jetzt glauben, Amina? Sie haben mehrfach Gelegenheit gehabt, der Polizei zu erzählen, was passiert ist.«

Ich schiebe meine Hand in die von Adam, traue mich aber nicht, ihn anzusehen.

»Er hat nicht aufgehört«, erklärt Amina. »Ich habe mehrmals zu ihm gesagt, dass er aufhören soll.«

Jansdotter fällt der Stift aus der Hand, sie lässt aber weiter ihre Finger kreisen, als hätte sie es gar nicht gemerkt.

»Er hat einfach weitergemacht«, sagt Amina.

Die Staatsanwältin sitzt mit offenem Mund da. In diesem Moment wird ihr bewusst, was passiert ist. Mehrmals setzt sie an, um etwas zu sagen, verliert dann aber den Faden und muss von vorn anfangen.

»Ich habe gesagt, dass ich das nicht wollte«, fährt Amina fort. »Ich habe ihn angeschrien.«

»Warum haben Sie nichts davon in den polizeilichen Vernehmungen gesagt?«, will die Staatsanwältin wissen.

Aminas Antwort kommt stoßweise.

»Ich ... war ... Jungfrau.«

Jansdotter verstummt.

»Ich habe versucht, ihn wegzuschubsen, aber es ging nicht. Er hat meine Arme auf den Boden gepresst. Ich konnte nicht ... Ich habe ihn geschlagen und gekratzt, ich habe geschrien, aber ich konnte mich nicht befreien.«

Ich lasse Adams Hand los, drehe mich um und blicke wieder Alexandra an. Es reicht, um meine letzten Zweifel zu zerstreuen. Ich weiß jetzt, dass es richtig war. Wir hätten es nicht anders machen können. Es gibt ohnehin keine Gerechtigkeit.

Amina strengt sich an, damit ihre Stimme nicht versagt. Sie trinkt einen Schluck Wasser und räuspert sich.

Dann sieht sie den Vorsitzenden des Gerichts an.

»Christopher Olsen hat mich vergewaltigt.«

105

Im Grunde war es von Anfang an eine idiotische Idee. Stella hatte eine geradezu kirchenfeindliche Einstellung. Was hatte sie bei einem Konfirmandencamp zu suchen?

»Ich glaube, es könnte gut für sie sein«, sagte Adam. »Vielleicht fühlt sie sich ausgeschlossen, wenn sie nicht mitfährt.«

»Amina kommt doch auch nicht mit«, wandte ich ein.

»Aber sie ist Muslima.«

»Ihr Vater ist Muslim. Und Stella ist Atheistin.«

Ich wünschte, ich wäre standhafter geblieben. Denn in mir meldete sich wieder diese Angst. Warum nur ließ ich sie mitfahren?

Nun, da Adam endlich etwas lockerer und gesprächsbereiter gegenüber Stella geworden war, wollte ich keinen Rückfall riskieren. Also gab ich trotz meiner Befürchtungen nach und glaubte, die richtige Entscheidung getroffen zu haben, als ich die Freude in Stellas Gesicht sah.

Als Adam später vom Camp aus anrief und mir zu erklären versuchte, was passiert war, was dieses Schwein unserer Tochter angetan hatte, verstand ich erst einmal gar nichts. Ich war gerade erst mit dem Abendflug aus Stockholm gelandet.

»Bist du im Konfirmandencamp? Was machst du da?«

Adam faselte irgendwas von Verantwortung und dass es doch jetzt ohnehin egal sei.

»Ist dir eigentlich klar, was passiert ist?«, schrie er in den Hörer. »Stella ist vergewaltigt worden.«

Alles drehte sich. Der Hörer zitterte an meinem Ohr.

»Du musst die Polizei rufen. Fahr sie ins Krankenhaus, Adam.«

Er antwortete ausweichend.

»Hör zu, Adam! Es ist wichtig, dass sie ärztlich untersucht wird.«

»Darüber reden wir später. Wir sind jetzt auf dem Heimweg.«

Ich saß am Küchentisch, als das Auto vorfuhr. Ich lief hinaus. Mein Kopf stand kurz vor dem Explodieren.

Stella warf sich in meine Arme, und ich trug sie ins Haus, als wäre sie wieder fünf Jahre alt. Dann saß sie wie gelähmt und mit reglosem Gesicht in der Küche.

Ich weinte und trommelte mit den Fäusten auf Adams Brust.

»Wie konnte das passieren?«

»Beruhige dich«, sagte Adam und hielt meine Arme fest.

»Warum hast du nicht die Polizei gerufen? Warum kommt ihr überhaupt hierher?«

Seine Augen blickten ins Leere.

»Was hattest du eigentlich dort zu suchen? Hast du Stella hinterherspioniert?«

»Das ist meine Arbeit.«

»Deine Arbeit?« Er hatte mit keinem Wort erwähnt, dass er das Camp besuchen wollte. »Ich werde die Polizei anrufen.«

Ich zog mein Telefon aus dem Etui, aber Adam riss es mir aus der Hand.

»Warte! Es ist nicht so einfach, wie du denkst.«

»Wie meinst du das?«

Er sah zu Stella hinüber und bedeutete mir dann, mit ihm in den Flur zu gehen. Er senkte die Stimme.

»Stella ist Robin zum Gruppenleiterhaus gefolgt. Sie scheint sogar die Initiative ergriffen zu haben.«

Ich traute meinen Ohren nicht.

»Sie hat die Initiative ergriffen?«

»Einige der anderen Konfirmanden haben erzählt, dass sie geplant hätte, ihn zu verführen.«

»Verführen? Hörst du nicht selbst, wie das klingt? Sie ist fünfzehn!«

»Natürlich. Ich verteidige Robin ja auch gar nicht.«

»Was meinst du dann?«

Er packte meine Schultern und sah mich mit traurigen Augen an.

»Ich garantiere dir, dass er nie wieder Arbeit innerhalb der Schwedischen Kirche bekommt. Ich könnte ihm den Hals umdrehen.«

»Aber?«

»Aber wenn wir zur Polizei gehen ... Das wird uns nur schaden. Insbesondere Stella.«

Ein Abgrund tat sich in mir auf.

»Wir müssen die Polizei rufen, Adam! Wir müssen es tun!«

Er schüttelte den Kopf.

»Alle werden davon erfahren. Die Leute werden sie verurteilen. Sie muss für immer damit leben.«

Meine Gedanken drehten sich im Kreis. Ich hustete heftig und befürchtete, mich übergeben zu müssen. Bis zu einem gewissen Grad konnte ich Adam verstehen. Ich hatte selbst Männer verteidigt, die der Vergewaltigung angeklagt gewesen waren. Ich hatte selbst dem Opfer all die unangenehmen Fragen gestellt, zu Kleidung, Alkohol, früheren Erfahrungen und sexuellen Vorlieben. In einigen Fällen hatte auch ich an den Aussagen des Opfers gezweifelt. In anderen Fällen hatte ich einfach meine Arbeit gemacht.

»Sie ist ein Opfer«, sagte ich schluchzend. »Sie trägt keine Schuld.«

»Ich weiß, Liebling. Natürlich trägt sie keine Schuld. Aber die Vergewaltigung hat stattgefunden, das können wir nicht mehr ändern. Das Einzige, was wir jetzt noch tun können, ist, sie zu schützen, damit das Ganze nicht noch schlimmer wird.«

Er schlang die Arme um mich, und ich presste mich an seine Brust. Unsere Herzen klopften heftig und ungleichmäßig.

Das ist also aus unserem Leben geworden, dachte ich damals.

Jetzt denke ich, dass noch immer die Möglichkeit besteht, etwas zu ändern. Noch kann ich unsere Familie retten und die Mutter werden, die ich immer sein wollte, eine Mutter, die bereit ist, alles zu tun, um ihr Kind zu schützen.

106

An jenem Sonntag, an dem die Kriminaltechniker unser Haus untersuchten, wurde Adam zu einer ersten Vernehmung ins Polizeipräsidium geladen. Ich hatte ihn gebeten, stark zu bleiben und jedes Wort auf die Goldwaage zu legen. Währenddessen grübelte ich nach, wie viel ich ihm verraten sollte. Zweifellos war Adam bereit, um Stellas willen Höllenqualen zu erleiden, aber in diesem Fall hatte ich den Verdacht, dass seine Moral wie ein allzu schweres Kreuz auf seinem Rücken hängen würde.

In der Nacht hatte die Staatsanwaltschaft beschlossen, Stella weiter in Polizeigewahrsam zu behalten, und der einzige Lichtblick war, dass Michael Blomberg ihr als Verteidiger zugeordnet worden war.

Ich bat die Polizei, mich zu benachrichtigen, sobald die Hausdurchsuchung abgeschlossen sei. Anschließend ging ich mit zitternden Beinen durch die Räume und versuchte herauszufinden, was die Kriminaltechnik gefunden haben mochte. Viel konnte es nicht sein.

Am Samstagabend war ich noch zu den Müllcontainern gegangen, bevor Adam und ich mit dem Taxi zum Polizeipräsidium fuhren. Während ich so tat, als müsste ich mich lauthals übergeben, hatte ich Stellas Handy zertreten und die Reste in einen der Metallcontainer geworfen. Die SIM-Karte lag schon sicher verwahrt in meiner Tasche. Ich wusste noch nicht, was geschehen war, aber mir war klar, dass die Nachrichten auf dem Handy Stella zum Verhängnis werden konnten. Panische Angst durchfuhr meine Brust, aber es war einfacher gewesen, als ich befürchtet hatte. Dinge, von denen man denkt, dass man sie nie wird tun können, kommen einem plötzlich selbstverständlich vor, wenn es darum geht, sein eigenes Kind zu schützen.

Später in der Nacht hatte ich jede Ecke des Hauses durchwühlt und die blutige Bluse entdeckt, die halb unter einem Kleiderhaufen in der Waschküche versteckt lag. Sie war noch immer feucht. Hatte Stella sie dort hingelegt? Oder hatte Adam die Waschmaschine geleert? Ich fragte mich, was ich tun sollte, aber in dem Moment, als Michael anrief und erklärte, dass die Polizei unterwegs zu uns sei, entschied ich mich, auf Nummer sicher zu gehen, und warf die Bluse in den Kaminofen. Ich blieb stehen und sah zu, wie die Funken den knisternden Stoff umspielten.

In mir prallten die Gefühle aufeinander. Als Juristin hatte ich mich der schlimmsten Vergehen schuldig gemacht, die man sich nur vorstellen konnte. Als Mutter hatte ich das einzig Richtige getan. Ich wusste noch immer nichts von dem, was am Freitagabend vorgefallen war, aber ich wusste ganz sicher, dass es meine Pflicht war, meine Tochter zu schützen.

Am Sonntagvormittag meldete sich Adam bei mir, sobald die Vernehmung vorbei war. Als mir klar war, dass er gelogen und Stella ein Alibi gegeben hatte, wurde mir ganz warm ums Herz. Das war eine Liebeshandlung, vielleicht der ultimative Beweis, wie sehr er Stella und mich liebte. Von diesem Augenblick an wusste ich, dass ich für unsere Familie alles tun könnte.

Zu Adam sagte ich, dass die Kriminaltechniker noch immer im Haus seien. Daher könne er in den nächsten Stunden noch nicht heimkommen. Ich musste Zeit gewinnen.

Minuten später klopfte es an der Tür. Ich schlich mich zum Fenster der Waschküche und sah hinaus.

Von der Person, die geklopft hatte, war nur ein schwarzes Basecap zu sehen, das so weit in die Stirn gezogen war, dass man das Gesicht nicht erkennen konnte. Zwei Füße in dunklen Sneakers gingen ungeduldig auf der Steintreppe auf und ab.

Ich öffnete die Tür einen Spalt, der gerade so breit war, dass ich den Arm der Besucherin packen und sie in den Flur hereinziehen konnte.

»Ich wollte nicht anrufen«, erklärte sie.

Ich spähte durch die Glasscheibe in der Tür und stellte fest, dass die Straße menschenleer war. Niemand hatte sie gesehen.

»Komm herein«, sagte ich.

Sie ging direkt in die Küche, ohne sich die Schuhe auszuziehen. Ich lief an ihr vorbei zum Fenster und zog den Vorhang mit einem Ruck zu.

»Was ist passiert?«

Meine Stimme bebte.

Amina sah mich mit ihren schönen braunen Augen an, die heute glasig und gerötet waren.

»Ich versteh das alles nicht... Stella... Ich...«

Sie zitterte, als ich ihre Hand nahm. Wir umarmten uns ganz fest, und ich hatte das Gefühl, als würde sie sich an mich klammern. Nach einer Weile musste ich mich vorsichtig aus ihren Armen befreien.

»Ich weiß«, sagte ich. »Ich habe Stellas SMS gelesen.«

»Wirklich?«

Sie erstarrte. Ich strich ihr mit der Hand über den Arm und schob eine Haarsträhne aus ihrem Gesicht.

»Stella hat ihr Handy zu Hause vergessen.«

Amina schnappte nach Luft. Ich hielt ihre Hände fest und mobilisierte meine Kräfte, um nicht zusammenzubrechen.

»Wir kriegen das hin, Liebes. Wir kriegen das hin.«

Sie weinte wie ein Kind.

Sie war ja auch noch ein Kind. Stella und sie waren beide noch Kinder.

Ich war die Erwachsene. Ich war die Mutter. Ich musste sie retten.

Von einem Moment auf den anderen versiegte ihr Tränenfluss. Amina schniefte nur noch leise vor sich hin.

»Wir wollten doch nicht, dass er stirbt.«

107

»Das war Notwehr«, sagte Amina. »Oder?«

Ich versuchte zu begreifen, was sie gerade erzählt hatte. Es war so viel auf einmal, so viele Gefühle und Details.

»Ich wollte abhauen, sobald der Wagen stand. Ich hatte die Hand auf dem Türgriff und war bereit, mich aus dem Auto zu werfen. Aber er hatte die Tür von innen verriegelt. Ich kam nicht raus.«

Sie sah mich an, als hinge sie über einem Abgrund und ich wäre die Einzige, die sie retten könnte.

»Was musst du für eine Angst gehabt haben«, sagte ich.

Amina nickte.

»Das war doch Notwehr, oder?«

»Ich weiß nicht so genau«, antwortete ich wahrheitsgemäß. Ich hatte noch immer nicht ganz verstanden, was genau passiert war. »Wo kam das Messer her?«

»Es lag im Korb, den Chris zu unserem Picknick mitgenommen hatte.«

Amina war mit Christopher Olsen zu einem Date irgendwo am Meer gefahren. So weit hatte ich es immerhin verstanden.

»Das Messer lag ganz oben im Korb. Und der stand zwischen den Sitzen«, sagte sie. »Ich habe es gesehen und einfach herausgenommen. Ich habe nicht weiter nachgedacht.«

Er hatte sich an ihr vergriffen. Das Schwein hatte Amina vergewaltigt.

»Und das Pfefferspray?«, fragte ich.

»Das habe ich immer dabei. Stella hat auch so eins. Man kann so was im Internet kaufen.«

Das wusste ich natürlich. Ich selbst hatte Stella ermahnt, sich eines zu bestellen. Ich hatte es sogar bezahlt.

»Das heißt, du hast ihn angesprüht, und dann hast du nach dem Messer gegriffen?«

Amina nickte, und ich strich vorsichtig über ihre geschwollene, blasse Wange.

»Aber noch bevor ich sprühen konnte, hatte er die Spraydose entdeckt. Er riss die Arme hoch und wandte das Gesicht ab. Ein bisschen muss ich ihn getroffen haben, denn er hat geschrien wie ein Tier. Dann versuchte ich die Zentralverriegelung aufzuheben, aber der Schalter war an der falschen Stelle, nämlich vorn am Armaturenbrett. Ich musste mich über sein Knie beugen, aber am Ende habe ich die Tür aufbekommen. Dabei fiel mein Blick auf das Messer.«

»Und beim Verlassen des Autos hieltest du das Messer in der Hand?«

»Ja.«

Ich versuchte, mir die Situation vorzustellen.

»Er hat dich verfolgt?«

Sie nickte erneut.

»Ich hatte natürlich nicht vor, das Messer zu benutzen. Was hat mich nur geritten, als ich es mitgenommen habe?«

»Hör auf«, sagte ich. »Das hat ja keinen Sinn. Du hast Todesängste ausgestanden. Du hast dich ganz richtig verhalten. In dieser Situation hätte jeder das Messer mitgenommen.«

Amina fluchte vor sich hin.

»Und Stella?«, fragte ich. »Was hat Stella dort gemacht?«

»Ich weiß es nicht. Sie war ... wütend ... besorgt. Sie hatte bei mir angerufen und mir jede Menge SMS geschickt.«

»Sie wusste also gar nicht, dass du mit Christopher unterwegs warst?«

»Ich hatte sie angelogen. Ich habe meine beste Freundin hintergangen.«

Amina krümmte sich vor Weinen. Und ich versuchte, sie zu trösten, sie zu umarmen und zu streicheln, während ich nachdachte.

»Stella hatte Blutflecke auf ihrer Bluse, Amina.«

Sie fröstelte und drehte das Gesicht zu mir.

»Er ist tot! Verstehst du? Tot!«

Ich hielt sie fest, so wie man sein Baby hält, damit es nicht auf den Boden fällt.

Langsam nahmen meine Gedanken neue Formen an.

Bevor man mit einer echten Bedrohung konfrontiert ist, hat man keine Vorstellung, wozu man alles fähig ist, um einen anderen Menschen zu retten. Ich ahnte noch immer nicht, was ich für Amina zu opfern bereit war.

»Stella ist vorläufig festgenommen, sie steht unter Mordverdacht«, erklärte ich. »Die Polizei war hier und hat eine Hausdurchsuchung gemacht.«

Amina atmete heftig.

»Es tut mir so leid! Es ist alles meine Schuld! Kannst du mich zur Polizei fahren? Dann kann ich ihnen alles erzählen. Sie müssen Stella freilassen.«

Natürlich hatte sie recht. Genau das sollten wir tun. Es war das einzig Richtige. Amina würde der Polizei die Wahrheit sagen, und Stella würde freigelassen werden. Es würde schon irgendwie Gerechtigkeit geübt werden. Wenn so etwas wie Gerechtigkeit überhaupt existierte. In jedem Fall würde es mildernde Umstände geben. Amina würde vermutlich wegen Totschlags verurteilt werden, aber in Anbetracht ihres Alters würde sie eine Strafermäßigung bekommen. Womöglich würde sie schon in einigen Jahren wieder auf freiem Fuß sein.

Aber sie würde nie Ärztin werden. Dieses Urteil würde sie immer mit sich herumschleppen. Ihre helle Zukunft hatte plötzlich dunkle Ränder bekommen.

»Wir müssen Stella da rauskriegen«, sagte sie. »Kannst du mitkommen? Bitte, fahr mich hin.«

Ich schob den Stuhl zurück und nahm die Autoschlüssel vom Silberteller auf der Kücheninsel.

Gab es eine Alternative?

»Die Polizei wird herausfinden, dass eine von uns es getan hat«, sagte Amina. »Sie werden es herausfinden, oder?«

Ich hielt mitten in der Bewegung inne.

Natürlich gab es Alternativen. Es gibt immer Alternativen.

Aminas Worte wirbelten in meinem Kopf herum. *Sie werden herausfinden, dass eine von uns es getan hat.* Aber das reichte natürlich noch nicht für eine Verurteilung.

Ich betrachtete Amina, ich dachte an Stella. Mein Herz brannte.

Man kann niemanden wegen Mordes verurteilen, wenn es zwei potenzielle Täter gibt und sich weder beweisen lässt, wer von ihnen den Mord begangen hat, noch dass sie die Tat gemeinsam und im Einverständnis begangen haben.

Ich legte die Autoschlüssel auf den Teller zurück.

108

Ich zog Amina mit zum Sofa und sagte ihr, sie solle sich hinsetzen. Sie bewegte sich mechanisch. Es war offensichtlich, dass sie die Ereignisse längst nicht verarbeitet hatte. Es war meine Aufgabe, stark und vernünftig zu sein und wie eine Strafverteidigerin zu denken.

»Wollen wir nicht los?«, fragte Amina.

Ich setzte mich dicht neben sie und legte die Hände auf ihre Knie.

»Du musst mir vertrauen.«

»Aber...«

Ihre Unterlippe zitterte.

»Ihr wart beide vor Ort, als Christopher Olsen starb, oder?«

»Ja.«

»In Schweden ist die Rechtssicherheit groß«, sagte ich, während ich noch versuchte, mir darüber klar zu werden, worauf meine Argumentation hinauslaufen sollte. »Wenn zwei potenzielle Täter am Tatort sind, muss die Staatsanwaltschaft entweder beweisen können, wer von beiden den Mord begangen hat, oder dass sie die Tat im Einverständnis gemeinsam begangen haben.«

Aminas schneller Pulsschlag pflanzte sich durch meine Handfläche hindurch fort und verwandelte meinen Körper in ein einziges Pochen.

»Was sagst du da? Soll ich der Polizei erzählen, dass Stella und ich beide vor Ort waren?«

»Ach, ich weiß nicht.«

Vielleicht redete ich auch nur dummes Zeug? Die Idee war aus reiner Verzweiflung und ohne größeres Nachdenken geboren worden. Was hieß das eigentlich? Konnte ich Stella und Amina retten? Und war ich bereit, ihnen all das zuzumuten, was dazu erforderlich war?

»Es würde vermutlich nicht funktionieren«, sagte ich. »Wenn du jetzt alles der Polizei erzählst, wird man intensiv daran arbeiten, euch beide zu verurteilen. Wenn es funktionieren soll, dann müssten wir bis zur Gerichtsverhandlung warten.«

»Warum das?«

»Es muss für die Staatsanwaltschaft eine Überraschung sein. Plötzlich eröffnet sich die Möglichkeit eines alternativen Täters, und das Gericht kann nicht leugnen, dass es begründete Zweifel gibt. Nach einem Freispruch braucht es eine umfassende neue Beweisführung, damit die Staatsanwaltschaft erneut Anklage erhebt. Kein Staatsanwalt will das Risiko eingehen, denselben Prozess zweimal zu verlieren.«

Amina starrte mich mit offenem Mund an.

»Gerichtsverhandlung? Das kann doch noch ewig dauern? Sollen wir Stella ...«

Nein, das ging nicht. Wir konnten Stella nicht die ganze Zeit hinter Gittern sitzen lassen.

»Ich weiß nicht recht«, sagte ich.

»Es ist besser, wenn ich einfach gestehe.«

»Aber dein Studium, Amina. Deine ganze Zukunft ...«

Zugleich sah ich Stella vor mir, in einer heruntergekommenen Zelle des Untersuchungsgefängnisses. Welche Mutter würde auch nur im Traum erwägen, ihr Kind im Gefängnis zu lassen? Es konnte mehrere Wochen, ja, Monate dauern, ehe es zur Anklage kam.

»Wir müssen Stella dazu bewegen, dass sie schweigt«, sagte ich.

»Wie meinst du das?«

»Wir können ihr nichts von unserem Plan erzählen. Du weißt, wie Stella ist. Wir müssen sie vom Stillhalten überzeugen, ohne zu viel zu verraten.«

»Hast du sie nicht mehr alle? Sollen wir Stella im Untersuchungsgefängnis sitzen lassen, ohne ihr etwas zu sagen?«

»Es gibt keinen anderen Weg, wenn ihr beide freigesprochen werden wollt. Ich kenne Stellas Rechtsanwalt. Er wird uns helfen.«

»Nein, das geht nicht«, sagte Amina.

Ich nahm ihre Hand.

»Wir lieben Stella, und das weiß sie auch. Wenn all das vorbei ist, wird es ihr klarer sein als je zuvor.«

Amina schluchzte.

»Das ist alles meine Schuld.«

Ich fragte mich, ob das stimmte. Ob so etwas jemals stimmen kann. Gibt es Situationen, in denen man mit Entschiedenheit behaupten kann, dass ein einziger Mensch die Schuld an irgendwelchen Ereignissen trägt? Alles, was im Leben geschieht, ist von so vielen verschiedenen Faktoren abhängig, die auf unterschiedlichste Art zusammenspielen.

Wer trägt die Schuld daran, was aus unserer Familie geworden ist?

Manchmal wünsche ich mir, ich könnte an einen Gott glauben, eine Art Übermacht. Vielleicht wäre es einfacher, wenn man jemanden hätte, dem man die Schuld in die Schuhe schieben könnte. Andererseits scheinen nicht einmal die orthodoxesten Fundamentalisten ihrem allmächtigen Herrn die Schuld für das Elend zu geben, das uns früher oder später alle trifft. Als Mensch geboren zu werden heißt, schuldig zu sein.

»Was denkst du? Was würde Stella wollen?«, sagte ich. »Wir lassen sie entscheiden.«

Amina sah mich verzweifelt an. Ich hielt sie jetzt an beiden Händen, als würden wir uns ein Versprechen geben.

Es gibt keine Gerechtigkeit. Es gibt nur das, was wir gemeinsam erschaffen.

»Stella würde uns überreden, es zu tun«, sagte Amina.

Sie ging in den Flur und holte eine Plastiktüte. Mir war sofort klar, was sie enthielt.

109

Amina verbirgt das Gesicht in den Händen, und alles, was bleibt, sind die bebenden Schultern eines kleinen Mädchens.

»Wollen Sie, dass wir eine Pause einlegen?«, fragt Göran Leijon.

Michael nickt. Er und Leijon wirken ziemlich erschüttert von der Geschichte, die sie soeben hören mussten.

Nach Stellas Vergewaltigung konnten sie und ich uns endlich so nahekommen, wie es bis dahin nicht möglich gewesen war. Sie weckte mich nachts, wenn sie davon überzeugt war, dass sie nie wieder aufwachen würde, wenn sie jetzt einschliefe. Ich saß an ihrer Bettkante und strich ihr mit den Fingerspitzen die Tränen von der Wange. Und während sie sich langsam öffnete, merkte ich, wie viel wir gemeinsam hatten, wenn man ein bisschen unter die Oberfläche blickte. Unsere Angst davor, unsere Schwäche zu zeigen. Die ständige Sorge, nicht zu genügen. Und nicht zuletzt das lähmende Gefühl, keinen Zugang zu finden – weder zu den eigenen Gefühlen noch zu anderen Menschen.

»Manchmal wünschte ich, dass ich ein bisschen mehr wie Amina wäre«, sagte Stella. »Dass ich wüsste, wer ich bin und was ich will. Ich hasse es, dass sich mein Gehirn wie ein verdammtes Flipperspiel verhält.«

»Ich will nicht, dass du wie jemand anders bist«, antwortete ich mit einem Kloß im Hals. »Du bist perfekt, so wie du bist.«

Ich strich ihr über die Wange, brachte es aber nicht übers

Herz, ihr dabei in die Augen zu schauen. Die Scham wog so schwer, die Scham darüber, dass auch ich mir gewünscht hatte, dass Stella mehr wie Amina wäre.

Stella flüstert und gestikuliert in Michaels Richtung. Sie wirkt irritiert und verwirrt. Ich frage mich, wie viel sie mittlerweile begreift.

»Ich brauche keine Pause«, erklärt Amina und zerknüllt ein weiteres Taschentuch.

Adam packt meinen Arm.

»Was passiert da eigentlich gerade?«

Ich mache »Pst!«, ohne mich umzudrehen.

»Dann hat die Staatsanwältin wieder das Wort«, verkündet Göran Leijon.

Jansdotter ist damit beschäftigt, in ihren Unterlagen zu blättern. Ihr Assistent beugt sich über sie, zeigt auf bestimmte Textstellen und diskutiert mit ihr.

»Ich verstehe nicht, Amina«, sagt die Staatsanwältin dann. »Warum haben Sie der Polizei nichts davon erzählt?«

»Ich konnte nicht.«

»Aber jetzt können Sie es?«

»Ich muss«, sagte Amina. »Wegen Stella.«

Die Staatsanwältin führt ihren Stift ans Kinn.

»Was ist nach der ...« Sie verschluckt das letzte Wort. »Was ist dann passiert, Amina? Sind Sie zusammen mit Christopher zurück nach Lund gefahren?«

»Ich habe auf dem ganzen Heimweg geweint. Aber ich hatte keine Wahl.«

»Warum hatten Sie keine Wahl? Sie hätten doch ...«

»Ich hatte so eine verdammte Angst!«, unterbricht Amina sie. »Erst jetzt war mir klar geworden, dass alles gestimmt hat, was Linda Lokind gesagt hatte. Chris war tatsächlich ein

Psychopath. Ich habe versucht, Stella heimlich eine Nachricht zu schreiben, aber Chris hat es gemerkt und mir das Handy weggenommen. Wenn ich erst in der Stadt wäre, dachte ich, könnte ich bei nächster Gelegenheit abhauen. Ich hatte mein Pfefferspray in der Handtasche und hatte vor, ihn damit anzusprühen, sobald das Auto stand, um ihm dann zu entkommen.«

Jenny Jansdotter stützt sich auf die Ellbogen und lehnt sich vor.

»Warum hatten Sie Pfefferspray in der Handtasche?«

»Das habe ich immer dabei. Als Frau muss man sich jederzeit schützen können.«

Jansdotter wirkt nicht ganz überzeugt, gibt sich aber zufrieden. Sie drückt die Mine des Kugelschreibers heraus und macht sich eine kurze Notiz. Dann bittet sie Amina zu erzählen, was geschah, als Christopher Olsen vor seiner Wohnung anhielt.

»Im selben Moment, als er den Motor ausstellte, habe ich ihn angesprüht. Ich riss mein Handy an mich und warf mich gegen die Tür, aber ich konnte sie nicht öffnen. Chris hat geschrien. *Meine Augen, meine Augen!* Schließlich habe ich den Schalter für die Zentralverriegelung gefunden, und dann bin ich, so schnell ich konnte, weggelaufen. In meinem ganzen Leben habe ich noch nie solche Angst gehabt. Ich war mir sicher, dass er mich umbringen würde, wenn er mich einholte.«

»In welche Richtung sind Sie gerannt?«

»Keine Ahnung, ich bin einfach losgelaufen. Ich weiß noch, dass ich das Polhem vor mir sah, die Schule, aber sonst herrschte ein einziges Durcheinander in meinem Kopf.«

»Und was hat Christopher gemacht?«

»Als ich mich das erste Mal umdrehte, saß er noch im Auto. Aber auf einmal sah ich, dass er ausgestiegen war. Ich wusste, dass er mich verfolgen würde, also lief ich, so schnell ich konnte, weiter.«

Jansdotter versuchte eine neue Frage zu stellen, aber Amina ließ sie nicht zu Wort kommen.

»Ich habe ein paar Jungs auf dem Parkplatz der Ballsporthalle gesehen. Also bin ich langsamer gegangen und bin ihnen bis zum Bahnhof gefolgt. Die ganze Zeit habe ich mich umgedreht, aber Chris war nicht mehr zu sehen. Ich hatte das Gefühl, dass er aufgegeben hatte.«

»Haben Sie die Polizei gerufen?«

»Das war natürlich mein erster Gedanke, aber dann...« Amina schüttelt den Kopf. »Dann habe ich darüber nachgedacht, was passieren könnte.«

»Was meinen Sie damit?«, fragt Jansdotter.

Amina atmet schwer und bewegt langsam ihren Rücken.

»Es war eine Woche vor Beginn meines Medizinstudiums. Seit meiner Kindheit träume ich davon, Medizin zu studieren.«

»Sie haben also niemandem erzählt, dass Sie vergewaltigt wurden?«

»Ich habe mich nicht getraut. Ich habe an meinen Vater gedacht. Ich weiß, dass es blöd klingt, aber mein Vater wäre am Boden zerstört, wenn er davon erfahren würde. Ich hatte Angst vor seiner Reaktion. Und außerdem hatte Linda Lokind schon Anzeige gegen Chris erstattet, ohne dass es irgendwas gebracht hätte. Solche wie er kommen immer davon.«

Ich wage kaum noch zuzuhören. Ich will einfach nur, dass es vorbei ist. Wütend funkelt Adam mich von der Seite an. Ich habe Angst davor, wie er auf die Wahrheit reagieren wird.

Amina spricht ein wenig lauter.

»Stella wurde auch vergewaltigt.«

Es dauert eine Weile, bis die Worte bei mir ankommen. Ich schnappe so laut nach Luft, dass der Journalist vor mir sich umdreht.

Was tust du da, Amina?

»Sie war erst fünfzehn.«

Ein Raunen geht durch den Saal. Ich sacke in mich zusammen. Am liebsten würde ich im Erdboden verschwinden.

»Ihre Eltern haben entschieden, nicht die Polizei einzuschalten«, sagt Amina.

Alle Blicke richten sich auf Adam und mich. Ich zerfalle innerlich.

»Stellas Mutter ist selbst Anwältin. Sie wusste, was ein Vergewaltigungsprozess für Stella bedeuten würde.«

Bitte, Amina. Hör auf!

Ich schrumpfe und versuche, mich unsichtbar zu machen. Adam blickt mit starren Augen ins Leere.

»Ich würde so einen Prozess auch nicht packen«, fährt Amina fort. »Das war mir sofort klar. Hinterfragt und beschuldigt zu werden und dann mit ansehen zu müssen, wie Chris freigesprochen wird oder für maximal ein paar Monate ins Gefängnis muss. Ich hatte gesehen, wie es Stella nach ihrer Vergewaltigung ging, und ich sah, wie kaputt Linda Lokind war.«

Ich verstehe, was Amina da tut. Sie ist clever. Für Stella opfert sie meinen guten Ruf. Sie hat sich ausgerechnet, dass ich mich in diesem Punkt widersetzen würde, und mir deshalb nichts davon gesagt. Als ich zu Göran Leijon und den aufgewühlten Schöffen hinüberschaue, sehe ich, dass ihre Rechnung aufgeht.

»Wann haben Sie Stella davon erzählt?«, fragt Jansdotter.

Amina zieht die Schultern hoch.

»Ich habe ihr nichts davon gesagt. Es ging irgendwie nicht.«

Stella sieht sie an. Sie versucht wütend zu sein, doch ihre Wut wird von Trauer überschattet.

»Sie haben Ihrer besten Freundin nichts davon erzählt?«

Amina sieht auf die Tischplatte.

»Ich hatte Stella betrogen. Natürlich hätte ich am liebsten mit ihr gesprochen, aber ich konnte nicht. Es ging nicht. Ich hätte ihr erzählen müssen, dass ich ihr Vertrauen gebrochen und sie hintergangen hatte, und das hätte ich nicht übers Herz gebracht.«

»Das heißt, Sie hatten im Verlauf des Abends und der Nacht, in der Christopher Olsen ermordet wurde, keinerlei Kontakt zu Stella?«

»Stella hat mir mehrmals geschrieben und mich angerufen, aber ich habe mich nicht bei ihr zurückgemeldet.«

Während Jansdotter mit ihrem Assistenten beratschlagt, wage ich meinen Körper wieder zu strecken. Ich werfe Adam einen raschen Blick zu und stelle fest, dass er offenbar zu gewissen Einsichten gelangt ist.

»Stella hat erzählt, dass sie am fraglichen Abend zu Christopher Olsen geradelt ist«, sagt die Staatsanwältin. »Sie hat angeklingelt und an die Tür gehämmert. Haben Sie sie gesehen?«

»Nein.«

»Sie haben Stella im Lauf des Abends und der Nacht kein einziges Mal gesehen?«

»Nein.«

Jansdotter seufzt. Ihr Assistent zeigt auf eines der Papiere vor ihr.

»Hatte Christopher Olsen zu Ihrem Picknick ein Messer mitgenommen?«

Amina antwortet prompt und ohne zu zögern.

»Ja, im Picknickkorb lag ein Messer.«

Jansdotter bittet sie, das Messer zu beschreiben.

»Wie lang war es?«

Amina misst zehn oder zwanzig Zentimeter mit der Hand ab.

»Wo war das Messer, als Sie zurück in die Stadt fuhren?«

»Es muss noch im Korb gelegen haben.«

»Aber da lag es nicht. Die Polizei hat kein Messer gefunden.«

Amina lässt sich mit der Antwort Zeit. Alle drei Schöffen sitzen jetzt wie auf glühenden Kohlen.

»Ich weiß nicht, was mit dem Messer passiert ist.«

Ich stelle fest, dass ich unwillkürlich nicke.

Sowohl Stella als auch Amina waren am Tatort, als Olsen starb, und sie haben beide ein Motiv. Aber es gibt keine Mordwaffe.

Sie werden das Messer niemals finden.

»Haben Sie Christopher Olsen getötet?«, fragt Jenny Jansdotter.

Adam gibt ein erstauntes Geräusch von sich. Amina sieht der Staatsanwältin direkt in die Augen.

»Ich habe ihn nicht getötet«, sagt sie. »Ich habe ihn mit dem Pfefferspray angesprüht und bin dann um mein Leben gerannt. Was danach passiert ist, weiß ich nicht.«

Die Staatsanwältin schaut zu ihrem Assistenten. Adam sieht mich an, und ich nehme seine Hand in meine.

»Ich könnte niemals jemanden töten«, sagt Amina.

110

Ich höre kaum, was während der Plädoyers gesagt wird. Die Stimmen werden zu blechernen Echos in der Ferne. Fremdsprachen, die ich nicht verstehe.

In der einen Sekunde bin ich davon überzeugt, dass alles gut ausgehen wird, in der nächsten befürchte ich, dass wir alles kaputtgemacht haben. Stella wird eingesperrt werden und für immer als Mörderin abgestempelt sein, während Amina von der Öffentlichkeit verurteilt wird. Ihre Karriere als Ärztin wird vorbei sein, noch ehe sie begonnen hat.

Staatsanwältin Jansdotter fällt es sichtlich schwer, die Ruhe zu bewahren. Mehrmals verliert sie den Faden und schaut in ihre Unterlagen oder diskutiert mit ihrem Assistenten. Ihrer Meinung nach ist es bewiesen, dass Stella vor Ort war, als Christopher Olsen umgebracht wurde. Sie hält es auch für bewiesen, dass Stella ein Motiv hatte, Christopher Olsen zu töten. Stella sei eifersüchtig und rachsüchtig gewesen, nachdem Olsen eine Beziehung mit Amina angefangen habe. Laut Jansdotter hatte Stella genug Zeit zum Nachdenken, bevor sie handelte. Sie habe beschlossen, Olsen umzubringen, schon bevor sie sich auf den Weg zu seiner Wohnung machte. Daher plädiert Jansdotter, dass sie wegen Mordes verurteilt wird. Sie sagt, dass es bei Adams und Aminas Angaben viel zu viele Zweifel gebe. Ihrer Meinung nach sprechen starke Gründe dafür, Aminas gesamte Erzählung von der Vergewaltigung infrage zu stellen, nicht zuletzt, da Amina in der gesamten Ermittlungsphase kein einziges

Mal davon berichtet habe. Stella solle wegen Mordes verurteilt werden, und die Staatsanwaltschaft plädiere auf vierzehn Jahre Haft.

Der Gedanke macht mich schwindlig. In vierzehn Jahren ist Stella dreiunddreißig. Ich denke an alles, was sie verpassen würde. In vierzehn Jahren erlebt man viel. Mit dreiunddreißig stand ich mitten im Leben. Stella wird vielleicht nie die Möglichkeit haben, Mutter zu werden, eine Familie zu gründen und Karriere zu machen.

Vierzehn Jahre sind eine lange Zeit. Vierzehn Jahre im Gefängnis sind eine ungeheuer lange Zeit. Eine verdammte Ewigkeit.

Ich betrachte Stella, und mir fällt auf, wie klein sie wirkt. Sie ist noch immer die Zwölfjährige mit diesem sehnsuchtsblauen Blick, die schniefnasige Siebenjährige, die nachts Albträume hat und zu uns ins Bett geschlichen kommt, um zwischen Mama und Papa zu schlafen. Vielleicht werde ich sie immer so sehen. In meinen Augen bleibt sie ein Kind. Mein Kind.

Die Schuld frisst sich immer tiefer in mich hinein. Was habe ich getan? Warum habe ich Amina nicht ins Auto gesetzt und zum Polizeipräsidium gefahren?

Manches Mal habe ich gedacht, dass ich auf diese Weise ausgleichen will, dass ich meine Familie vernachlässigt habe, aber was, wenn ich in Wirklichkeit meine eigene Tochter geopfert habe, um Amina zu retten? Ich weiß nicht, ob ich damit leben kann.

Michael schiebt seinen Schlipsknoten zurecht, ehe er mit seinem Plädoyer beginnt. Er spricht schnell und sachlich, während er Schritt für Schritt die Beweisführung der Staatsanwältin zerpflückt, bis nichts davon übrig ist.

»Das Einzige, was die Staatsanwaltschaft hat beweisen können, ist, dass meine Mandantin sich an dem Abend, als Christopher

Olsen angegriffen wurde, in der Nähe seiner Wohnung befand. Andererseits haben wir am heutigen Verhandlungstag gehört, dass sich auch Amina Bešić zu diesem Zeitpunkt dort aufhielt.«

Er betrachtet den Vorsitzenden des Gerichts und spricht vertraulich, beinahe persönlich zu ihm. Als gäbe es sonst niemanden im Gerichtssaal.

»Sowohl Amina Bešić als auch Stella Sandell waren also vor Ort, als Christopher Olsen starb. Beide scheinen außerdem ein Motiv gehabt zu haben, um Olsen etwas anzutun. Aber das beweist natürlich gar nichts. Es ist keineswegs zweifelsfrei bewiesen, dass meine Klientin die Messerstiche ausführte, die den Tod von Christopher Olsen verursachten.«

Dann ist es vorbei. Alles, was jetzt geschieht, befindet sich außerhalb meines Einflussbereichs.

Göran Leijon wirft seinen Schöffen einen raschen Blick zu. Dann wendet er sich an die Zuhörer und erklärt die Verhandlung für beendet.

»Das Gericht wird sich zur Beratung zurückziehen und anschließend das Urteil verkünden.«

Ich sinke wieder tief in meinen Stuhl. Ich habe das Gefühl, als würde ich über einem Abgrund hängen, einem Spalt jenseits von Zeit und Raum.

Stella wird zusammen mit Michael durch die Kellertür hinausgeschleust, um nicht mit dem Aufgebot an Journalisten und Fotografen konfrontiert werden zu müssen, das sich in den Fluren des Amtsgerichts versammelt hat.

Auch auf den Zuhörerplätzen erheben sich die Leute, murmelnd schieben sie sich nach draußen und scheinen erpicht darauf, rasch den Saal zu verlassen. Währenddessen suche ich meine Sachen zusammen. Die Tasche, den Mantel, das Tuch.

Adam sagt zu mir, ich solle mich beeilen. Ich weiß nicht, warum er es so eilig hat.

Als ich aufstehe, kommt es mir so vor, als würde das gesamte Blut in den Füßen bleiben. Ich spüre meinen eigenen Körper, meinen Kopf, meine Arme nicht mehr. Ich verliere das Gleichgewicht und falle wieder auf den Stuhl zurück.

Mit der Hand auf der Brust sitze ich vornübergebeugt da und konzentriere mich auf meine Atmung.

Adam nimmt meine Hand und hilft mir wieder auf die Füße. Vorsichtig führt er mich aus dem Saal. Meine Beine sind schwer, die Luft stickig. Wir gehen durch den Flur, vorbei an den neugierigen Gesichtern und Stimmen.

»Ich brauche etwas Kühles«, erkläre ich und zeige auf den Getränkeautomaten in der Ecke.

Ich krame in meiner Handtasche nach Münzen. Die Hand zittert, ich wühle und wühle. Eine Kaugummipackung kommt zum Vorschein und Haargummis, die ich auf den Boden werfe. Meine Hand wühlt weiter in der Tasche herum, bis ihr gesamter Inhalt wie in einem Betonmischer rotiert.

»Beruhige dich!«, sagt Adam und packt meinen Arm.

Die Tasche fällt zu Boden, und ich stehe bebend vor dem blinkenden Automaten. Adam reicht mir zwei Zehnkronenstücke und hebt die Handtasche vom Boden auf.

»Was ist dort drin eigentlich passiert, Liebling?«

Ich weiß, dass ich Adam bald alles erklären muss. Ich weiß nur nicht, ob ich das kann.

»Das Gericht hat sich zur Beratung zurückgezogen«, sage ich und trinke das Wasser in großen Schlucken.

»Wie lange dauert das?«

Ich sehe ihn an. Mein Herz ist eine große pochende Wunde. Was habe ich meiner Familie nur angetan?

»Ich weiß es nicht«, antworte ich. »Fünf Minuten? Mehrere Stunden?«

Adam blickt sich verwirrt um.

»Ich verstehe das nicht. Hat Amina …?«

Ich lege einen Finger auf seine Lippen.

»Ich liebe dich«, sage ich und nehme seine Hand.

Es kommt direkt aus dem Herzen.

Adam und Stella bedeuten alles für mich. Ich weiß, dass Stella und ich alles für ihn bedeuten.

»Ich liebe dich auch«, sagt er.

Ich halte seine Hand fest. Nein, ich drücke sie, umschließe sie, klammere mich daran fest.

Ich muss es ihm erzählen.

111

Lange befürchtete ich, dass Adam alles verraten würde. Er hätte nie zugelassen, dass ich meinen Plan zu Ende führte, wenn er gewusst hätte, wie es sich eigentlich verhielt. Es war schon unglaublich genug, dass er vermutlich die Bluse mit den Blutflecken versteckt und anschließend die Polizei belogen hatte, was den Zeitpunkt von Stellas Heimkehr betraf. Mehr durfte er auf gar keinen Fall wissen.

Schon am Samstag hatte er Verdacht geschöpft. Nach unserem Mittagessen bei ihren Eltern deutete er an, dass Amina gelogen habe, als sie behauptete, sich am Freitagabend mit Stella getroffen zu haben. Ich musste weitere Ablenkungsmanöver starten.

Als wir am späten Samstagabend vom Polizeipräsidium nach Hause kamen, blieb ich auf der Straße stehen, um noch mit Michael zu sprechen, der uns heimgefahren hatte. Er glaubte, dass Stella bald freigelassen werden würde, aber ich hatte die Nachrichten in ihrem Handy gelesen und fürchtete, dass die Situation weitaus komplizierter war, als wir ahnten. Während wir auf neue Informationen warteten, versuchte ich Adam gegenüber anzudeuten, dass Stella ein Alibi brauchte. Ich konnte nicht zu viel preisgeben, er durfte unter gar keinen Umständen Verdacht schöpfen, glauben, dass ich mehr wusste, als ich ihm sagte, aber ich deutete an, dass er und nur er Stella reinwaschen könne, indem er behauptete, sie sei früher nach Hause gekommen, als es der Fall gewesen war. Natürlich hätte auch ich die

Polizei anlügen und Stella ein Alibi geben können. Doch wenn Adam es tat, würde es schwerer wiegen. Wer wagt schon, die Ehrlichkeit eines Pfarrers infrage zu stellen, der sich sein Leben lang für die Wahrheit eingesetzt hat?

Außerdem wollte ich möglichst keine Zeugenaussage machen müssen. Vor Gericht zu lügen wäre im Grunde nichts im Vergleich zu allem anderen, was ich schon getan hatte, meine Berufsehre ist sowieso dahin. Doch es war mir wichtig, die gesamte Gerichtsverhandlung vom Zuhörerplatz mitverfolgen zu können. Ich wollte alles sehen. Vermutlich mal wieder ein Fall von Kontrollbedürfnis.

In jener Samstagnacht war es mir unmöglich einzuschlafen. Die Gedanken galoppierten durch meinen Kopf. Nach einigen Stunden sah ich, dass Adam immer tiefer in seinem Stuhl versunken war. Der Kopf fiel ihm auf die Schulter, und ich blieb reglos sitzen, ohne einen Laut von mir zu geben, bis ein tiefes, regelmäßiges Schnarchen aus Adams Hals drang.

Rasch schlich ich in mein Arbeitszimmer und rief Amina an. Sie sprach gehetzt und unzusammenhängend. Wir beschlossen, uns zu treffen, sobald sich eine Möglichkeit ergab, aber noch in der Nacht rief sie bei Adam an und räumte ein, ihn angelogen zu haben, indem sie behauptet hatte, den Freitagabend mit Stella verbracht zu haben.

Adam ließ sich nicht so leicht abspeisen. Er war schon immer gut darin, Lügen aufzudecken, und ihm war klar, dass Amina noch etwas verschwieg. Eigentlich gibt es nur zwei Personen, die wissen, wie man Adam anlügt. Die eine ist Stella, die andere bin ich.

Am Donnerstag nach dem Mord rief Amina mich erneut an. Bisher schien alles nach Plan zu laufen, aber jetzt keuchte Amina aufgeregt in den Hörer. Adam hatte sie vor der Arena abgepasst und versucht, Informationen aus ihr rauszubekommen. Ihrer Meinung nach hatte Adam den Verdacht, dass Stella und Amina beide in Christopher Olsens Tod involviert seien.

Eigentlich wollte ich Adam nicht verraten, dass auch ich wach gewesen war, als Stella in der Freitagnacht nach Hause kam, aber als sein Verhalten immer dramatischer wurde, war mir klar, dass irgendetwas passieren musste. Da war mir auch die Idee gekommen, nach Stockholm zu ziehen.

Ich liebe Adam. Unsere Ehe hat stürmische Zeiten überstanden und war zeitweise sogar zerbrochen, aber es heißt schließlich, dass gesprungene Vasen am längsten halten. Zwei Menschen, die gemeinsam all das durchgestanden haben, was uns widerfahren ist, die heil aus einem solchen Fegefeuer herausgekommen sind, gehören auf eine Art zusammen, die Außenstehende nur schwer nachvollziehen können.

In Stockholm würden wir etwas von Grund auf Neues aufbauen können. Währenddessen zogen sich die Ermittlungen in die Länge, und ich musste Adam aus Lund wegbekommen, bevor alles in einer Katastrophe mündete. Obwohl ich ihm am Ende gestehen musste, dass ich Stellas Handy hatte verschwinden lassen, und obwohl er begriffen haben muss, dass ich auch die fleckige Bluse an mich genommen hatte, gelang es mir dennoch, Adam dazu zu bewegen, seine Lüge weiter aufrechtzuerhalten und Stella ein Alibi zu geben.

Im selben Moment, in dem ich entdeckte, dass Stella ihr Handy vergessen hatte, merkte ich, dass etwas nicht stimmte. Stella vergaß nie ihr Handy. Von Minute zu Minute wuchs meine Unruhe. Schließlich sah ich keinen anderen Weg, als ihre Nachrichten auf dem Handy durchzuschauen.

Entsetzt las ich Stellas letzte verzweifelte SMS an Amina. Einen kurzen Moment erwog ich, sie Adam zu zeigen, aber schon bald war mir klar, dass dies verheerende Folgen haben könnte.

Ich saß auf dem Sofa, ohne Stellas Handy aus den Augen zu lassen, als der Anruf von Michael kam.

»Es tut mir so leid, Ulrika, aber Stella sitzt gerade bei der Polizei.«

Es war ein Schock, nach all den Jahren wieder seine Stimme zu hören.

»Sie hat mich als Strafverteidiger benannt.«

»Wie?«

Ich verstand gar nichts. Stella hatte Michael als Anwalt benannt?

»Weiß sie, wer du bist?«, fragte ich, als er Adam und mich später am Abend nach Hause gefahren hatte.

»Natürlich weiß sie das.«

Das war mal wieder typisch Stella. Sie wusste, dass die Beziehung zwischen Michael und mir die berufliche Ebene überschritten hatte, sie hatte unser Telefonat belauscht, und deshalb hatte sie ihn jetzt als Strafverteidiger benannt. Denn sie konnte doch wohl nicht davon ausgehen, dass Michael gegen seine Schweigepflicht verstoßen und mich involvieren würde?

Es war ein furchtbarer Entschluss, Stella über das ganze Geschehen im Ungewissen zu lassen, während sie völlig isoliert in einer Gefängniszelle saß. Mir ging es dabei so schlecht, dass ich schließlich Michael bat, mir einen Termin mit ihr zu organisieren. Ich wollte sie sehen und ihr alles erklären, aber Stella weigerte sich, und ich wollte es auf keinen Fall Michael überlassen, sie von einem Treffen mit mir zu überzeugen. Es gab keinen anderen Ausweg. Wenn ich Amina und Stella retten wollte, musste es zu einer Gerichtsverhandlung kommen. Der Spieleinsatz war enorm. Ich riskierte die Beziehung zu meiner Tochter. Die Existenz meiner Familie stand auf dem Spiel.

Am Sonntagvormittag, kurz nachdem die Polizei unser Haus durchsucht hatte, kam Amina zu mir nach Hause. Adam wurde gerade von der Polizei vernommen, und als er anrief, behauptete ich, um Zeit zu gewinnen, dass die Hausdurchsuchung noch immer nicht abgeschlossen sei.

Nachdem wir unsere Entscheidung getroffen hatten, holte Amina eine Plastiktüte, die sie in ihrer Jacke versteckt hatte. Sie erklärte, dass sie die Tüte auf dem Spielplatz gefunden habe, und ich begriff sofort, was sie enthielt.

Wir setzten uns ins Auto und fuhren auf direktem Weg nach Dalby zum ehemaligen Steinbruch. Nachdem ich das Auto auf einem kleinen Kiesweg abgestellt hatte, sah ich mich ängstlich um. Dann kippte ich den Inhalt der Plastiktüte auf die Erde. Amina stand schniefend neben mir, während ich Chris Olsens Handy zertrat.

»Deines auch«, sagte ich.

Sie sah mich mit großen Augen an. Dann reichte sie mir ihr Handy, und ich nahm die SIM-Karte heraus, bevor ich auch ihr Telefon zerstörte. Ich hatte große Angst, aber wir hatten keine Zeit mehr zu verlieren. Endlich wusste ich, was wichtig war, was wirklich etwas bedeutete. Jetzt galt es nur, das auch zu beweisen.

Ich trat auf den Felsen über dem Steinbruch und ging bis an die Stelle, wo die Bergwand steil nach unten ins dunkle Wasser abfällt. Der See lag ganz still da und erinnerte an ein finsteres schwarzes Loch. Ich streifte mir ein Paar Handschuhe über, ehe ich das Messer, das Christopher Olsen getötet hatte, in den Abgrund warf. In einem weiten Bogen flog es durch die Luft, bis die Klinge die schweigende Wasseroberfläche zerteilte. Der tiefe See öffnete sich und verschlang es mit einem Schlürfen.

112

Adam tritt einen Schritt zurück und stößt beinahe gegen den Getränkeautomaten.

»Ist dir klar, was du getan hast?«

Es schmerzt so in meinem Inneren. In diesem Moment bereue ich alles. Nicht nur, dass ich das Risiko eingehe, meine Tochter zu verlieren. Auch Adam wird dann nicht mehr da sein.

»Ich habe es für euch getan. Für meine Familie.«

»Und für Amina?«

Ich nicke.

»Aber ich verstehe es nicht. Ich habe doch selbst gesehen, dass Linda Lokind genau solche Schuhe hatte wie Stella. Und sie hat sie an dem fraglichen Abend verfolgt.«

Ich trinke den letzten Schluck Wasser, drücke die Getränkedose zusammen und werfe sie in einen Abfallkorb.

»Linda Lokind hat Christopher Olsen nicht getötet«, entgegne ich. »Vermutlich entspricht all das, was Linda zu Stella gesagt hat, um sie zu warnen, der Wahrheit. Olsen hat sie aufs Schlimmste misshandelt.«

Ich bin bemüht, das Letzte ganz besonders zu betonen. Vielleicht, um Adam zu überzeugen, dass er richtig gehandelt hat? Oder vielleicht vor allem, um mich selbst zu überzeugen?

Adam fällt es noch immer schwer, den Blick ruhig zu halten.

»Und was ist mit diesen Polen?«

»Die Pizzabäcker?« Ich zucke mit den Schultern. »Das sind zwar Kleinkriminelle und Betrüger, aber sie hatten nichts mit

Olsens Tod zu tun. Sie wollten nur, dass ihre Pizzeria weiterhin in seiner Immobilie bleiben kann.«

Adam schüttelt den Kopf.

»Das ist doch nicht zu fassen«, sagt er. »Warum hat Amina nichts erzählt? Wie konnte sie Stella antun, das alles hier durchmachen zu müssen?«

Ich öffne den Mund, aber meine Stimme ist weg. Adam wird mir nie verzeihen. Er wird mich nie verstehen.

»Und du?«, sagt er. »Du auch?«

Es klingt wie eine Feststellung. Ich höre keine Anklage in seiner Stimme.

»Was tut man nicht alles für seine Kinder?«, entgegne ich.

Adam sieht mir in die Augen. Vielleicht, denke ich. Vielleicht kann er mich trotz allem verstehen.

»Ich liebe dich«, flüstere ich.

Am Ende weiß ich, dass es wahr ist. Ich liebe Adam. Ich liebe Stella. Ich liebe unsere Familie.

Dann knistert es in den Lautsprechern, und wir werden wieder in den Gerichtssaal 2 gerufen.

Adam und ich halten uns an den Händen. Die Reihen der Zuhörerplätze sind jetzt fast leer. Viele Journalisten scheinen davon ausgegangen zu sein, dass die Beratung länger dauern würde, und haben das Amtsgericht verlassen. Andere erwarten vermutlich keine weltbewegenden Neuigkeiten, sondern rechnen damit, dass Stella noch in Haft bleiben muss, während sie auf den Verkündungstermin des Urteils wartet.

Sie ist so mager. Das Haar hängt in zotteligen Strähnen herab, ihr Blick ist matt und leer. Sie sieht nicht in unsere Richtung. Genau wie alle anderen richtet sie ihren Blick auf den Vorsitzenden Göran Leijon.

»Das Amtsgericht hat sich zur Beratung zurückgezogen«,

sagt er und sieht zu den Schöffen hinüber. »Wir sind bereit, das Urteil zu verkünden.«

Mein Herz bleibt stehen. Haben sie etwa schon eine Entscheidung getroffen? Dabei sind nicht mehr als zwanzig Minuten vergangen.

Adam drückt meine Hand und sieht mich fragend an.

»Haben sie sich schon entschieden?«

Ich nicke und lehne mich vor.

In meiner Welt existiert nichts anderes außer Göran Leijons Stimme. Ich höre nicht alles, was gesagt wird, aber das Wichtigste kommt an. Die wesentlichen Worte bahnen sich ihren Weg durch das Rauschen und erreichen mich wie kräftige Schläge ins Gesicht.

Ich rühre mich nicht von der Stelle. Mir kommt es so vor, als würde mein Gehirn die Informationen registrieren, sie aber nicht akzeptieren wollen.

Nach einer Weile wende ich mich zu Adam. Er starrt auf den Boden.

Das ist nicht wahr. Ich kann nicht glauben, dass es wahr ist.

»Die Anklage gegen Stella Sandell wird zurückgewiesen. Das Amtsgericht hebt hiermit den Haftbefehl auf.«

Ein Raunen geht durch den Saal. Mein Gehirn ist ein einziges Chaos. Ist das wahr?

»Was heißt das?«, fragt Adam.

Er sieht mich mit weit aufgerissenen Augen an.

»Die Anklage wird zurückgewiesen.« Erst als ich es laut ausspreche, begreife ich, was das bedeutet. »Stella ist frei!«

Im nächsten Moment steht Michael auf und umarmt Stella. Auch die Leute auf den Zuhörerplätzen erheben sich. Alle haben es plötzlich sehr eilig. Ein groß gewachsener Justizwachtmeister spannt seine Brust an und setzt seinen Adlerblick auf.

Erst jetzt kann mein Gehirn endgültig akzeptieren, dass all das tatsächlich geschieht.

»Stella!«, schreie ich und dränge mich zwischen den Stühlen nach vorne. Aus dem Augenwinkel nehme ich den scharfen Blick des Wachtmeisters und Michaels tränenumflortes Lächeln wahr.

Wie auf einer Brücke überschreite ich das ganze Elend, das gewesen ist, und tauche wie durch einen Tunnel aus fließendem, strahlendem Licht mitten in Stellas Arme.

Hinter uns höre ich Adams erstaunte Stimme.

»Ist das wirklich wahr? Was ist passiert?«

»Die Indizienkette ist geplatzt«, erklärt Michael mit einem solchen Stolz in der Stimme, dass man meinen könnte, es sei in erster Linie sein Verdienst. »Nach deiner und Aminas Zeugenaussage gab es viel zu viele Zweifel. Sie mussten Stella auf freien Fuß setzen.«

Adam starrt Michael an.

»Ich bitte dich um Entschuldigung, dass ich deine Kompetenz zeitweise infrage gestellt habe, aber ich wusste von nichts«, gesteht er. »Jetzt verstehe ich, was du für meine Familie getan hast.«

Michael wirkt überrumpelt. Er nickt Adam zu, und als er danach verstohlen in meine Richtung blickt, entdecke ich ein Lächeln auf seinen Lippen. Er scheint die Situation zu genießen. Hat er das alles nur aus diesem Grund getan?

»Bitte verzeih mir, Stella«, sage ich und schiebe eine Locke von ihrer Wange.

»Was denn?«

»Das hier. Alles.«

Lange sieht sie mich an.

Mein Mädchen. Ich stehe ganz dicht an ihrem zitternden Körper. Ich schlinge die Arme um sie und will sie nie wieder loslassen. Ihr Herz schlägt an meinem, endlich haben wir uns wieder.

»Mama«, flüstert sie.

Es ist völlig egal, ob sie neunzehn Jahre oder vier Wochen alt ist. Sie wird immer mein Kind bleiben.

Ich tue alles für sie.

»Ich hab dich lieb, Mama.«

Ich versuche zu antworten, aber die Worte bleiben mir im Hals stecken. Wie ein Kloß von Gefühlen. Jahre von angestauter Sehnsucht, die dort feststecken. Und als die Dämme brechen, ist es so, als würde mein ganzer Körper zerfließen.

Die Zeit existiert nicht mehr, der Raum hat keine Bedeutung. Wir fließen in der Ewigkeit zusammen, meine Tochter und ich. Langsam beugt sie sich vor und flüstert in mein Ohr.

»Ich hab mir einen guten Anwalt ausgesucht, oder?«

Mein Körper versteift sich. Als Stella sich zurückzieht, sehe ich mein Spiegelbild in ihren Augen. Sie wendet sich ihrem Vater zu.

Adam sieht zerschlagen aus. Wie jemand, der vollkommen am Boden zerstört ist.

Ich habe ihn einmal zu viel betrogen. Wenn Adam etwas von Michael und mir erführe... Das würde sich nie wieder kitten lassen.

Michael lächelt mich erneut an. Ich sehe zu Stella hinüber.

»Danke«, flüstert sie ihrem Vater zu.

Adam weint wie ein Kind. Er lässt die Tränen einfach laufen, völlig hemmungslos und ungeniert.

Stella streckt ihre Hand aus, um ihn zu berühren. Adam folgt ihrer Bewegung mit den Augen, er betrachtet ihre Finger, die sich ausstrecken und seine Haut berühren. Die dünnen Härchen auf seinem Arm richten sich auf.

»Fühlt sich dein Herz jetzt gut an?«, fragt Stella.

EPILOG

Nachdem ich bei Chris geklingelt und mein Ohr an die Tür gepresst hatte, rannte ich die Treppe wieder hinunter. Ich setzte mich aufs Fahrrad und kurvte planlos durchs Stadtviertel, während ich versuchte, mir darüber klar zu werden, was eigentlich passiert war. Hatte Linda Lokind mich wirklich verfolgt, oder hatte ich mir das nur eingebildet? Verlor ich etwa den Verstand?

Ich bin schon immer anders gewesen als die anderen und habe mich in meinen Mitmenschen nicht richtig wiedererkannt. Vielleicht war mein ganzes Leben nur der Weg hierher: zu einer Psychose, die darauf gewartet hatte, aufblühen zu dürfen.

Nach ein paar Runden stellte ich mein Fahrrad vor dem Polhem ab und setzte mich auf eine Bank. Meine Beine zitterten, und der Puls pochte in den Schläfen. Ich konnte nicht nach Hause radeln und Amina hier zurücklassen.

Zum hundertsten Mal las ich ihre Nachricht.

Alles ok. Schlafe. Bis morgen. <3

Das Herzchen am Ende wollte ich noch gelten lassen. Aber *ok*? Punkte in einer SMS? Nein, auf gar keinen Fall. Gehetzt scrollte ich durch die kilometerlange Liste von Nachrichten, die wir uns geschrieben hatten, und stellte fest, dass Amina ihre SMS nie mit einem Punkt beendet. Sie konnte diese Nachricht nicht geschrieben haben.

Sie musste von Chris sein. Er weigerte sich, auf meine Anrufe und SMS zu reagieren. Hatte Linda trotz allem die Wahrheit gesagt? Was, wenn Chris Amina festhielt? Oder noch schlimmer ...

Ungeduldig ging ich auf der Straße hin und her, drehte eine Runde auf dem Schulhof, lief zum Kreisverkehr und wieder zurück. Ich schlich an der Hecke entlang bis zum Haus, in dem Chris wohnte. Dort starrte ich zu seinen Fenstern hoch, aber als ich im Fenster der Nachbarwohnung eine Schattengestalt entdeckte, lief ich wieder zurück zur Schule. Sobald ich stehen blieb, mich hinsetzte oder an einen Baum lehnte, kehrte das Kribbeln zurück, wie Insektenfüßchen auf der Haut, unerbittliche Muskelzuckungen, die mich zwangen, wieder aufzustehen und weiterzugehen.

Als die Stille zerriss, stand ich zwischen dem Schulhof und dem Spielplatz, fünfzig Meter vom Haus entfernt, in dem Chris wohnte. Auf einmal wurde die Nacht vom Klang leiser, schneller Schritte auf dem Asphalt erfüllt, wie unterdrückte Schreie.

Sie rannte mitten auf der Straße. Der Pullover hing an der einen Schulter herunter, und ihr Haar stand wütend in alle Richtungen ab. Ihr Kriegerblick war eingeschaltet. Auf dem Spielfeld vergleicht man sie gern mit einem Pitbull.

»Amina!«, schrie ich.

Sie keuchte heftig, sah über die Schulter nach hinten und formte den Mund zu einem wortlosen Schrei.

Im selben Moment bog Chris hinter ihr um die Ecke. Er hielt sich die eine Hand vors Gesicht, die andere pendelte an der Seite wie bei einem Hundertmetersprinter.

»Lauf!«, schrie Amina mir zu.

Aber meine Füße klebten am Asphalt. Bald war Amina bei mir angekommen, und ich sah, wie sich ihr Gesicht verzerrte.

»Lauf!«

Ich hielt Ausschau nach Fluchtwegen, während Chris immer näher kam.

Gerade als ich mich umdrehte, entdeckte ich das Messer in ihrer Hand. Eine kleine Handbewegung ließ die Klinge im Licht der Straßenlaterne aufblitzen.

Chris' Füße donnerten gegen den Asphalt.

»Komm!«, rief ich und zog Amina hinter mir her.

Wir umrundeten die Hecke und liefen weiter in die Dunkelheit des Spielplatzes. Der Kies knirschte unter unseren Füßen. Amina fröstelte und keuchte, schnappte nach Luft. Ein Geruch nach Schweiß und Adrenalin und noch etwas anderem, etwas Scharfem lag in der Luft. Pfeffer?

»Was ist passiert, verdammt?«

Amina antwortete nicht. Ihr Blick war in dichten Nebel gehüllt. Ich zog und zerrte an ihr, aber sie war völlig abwesend.

Ich packte ihr Handgelenk und zwang sie, mich anzusehen.

»Was hat er mit dir gemacht?«

Sie öffnete den Mund, und ihre Lippen zitterten wie bei einem Fisch.

»Es tut mir leid«, sagte sie. »Ich habe unsere Vereinbarung gebrochen.«

»Was hat er getan, Amina?«

»Er ... er ...«

Die Schritte auf der Straße näherten sich. In ein paar Sekunden würden wir Auge in Auge mit Chris stehen.

»Er hat mich vergewaltigt.«

Aminas Stimme war wie ein Tritt in den Bauch.

»Vergewaltigt?«

Im nächsten Moment kam Chris um die Ecke. Er bremste ab, hielt inne und blieb stehen. Noch immer hielt er sich die Hand halb vors Gesicht.

Ich wich zurück. Zwei rasche Schritte. Ich hatte Amina losgelassen, ging aber davon aus, dass sie mir folgte.

Mein Körper verkrampfte sich, meine Haut war zum Bersten gespannt. Ich hätte Angst haben müssen, aber stattdessen wurde jede Zelle meines Körpers von Wut durchbohrt. Ich hasste ihn. Ich hasste Chris Olsen so sehr, dass ich beinahe daran zerbrach.

Wieder und wieder durchlebte ich meine eigene Vergewaltigung: den Druck gegen meinen Hals, die Schwere auf meinem Körper und den brennenden Schmerz, als er in mich eindrang.

Wie hatte ich nur zulassen können, dass Amina dasselbe widerfuhr? Wenn ich doch nur auf Linda gehört hätte!

Chris schnaufte, verzog das Gesicht und rieb sich mit dem Handrücken die Augen. Ich drehte mich um und merkte, dass Amina keineswegs zurückgewichen war. Stattdessen machte sie einen großen Schritt auf Chris zu. In der bebenden Hand, die sie gegen ihn erhoben hatte, zitterte das Messer, wie eine Drohung.

»Solche wie du verdienen nicht zu leben«, zischte sie zwischen den Zähnen hervor.

»Hör auf«, sagte Chris.

Seine Stimme verriet weder Reue noch Angst. Er wirkte völlig gefühllos.

»Hör auf, Amina.«

Das war meine eigene Stimme.

Ich weiß nicht, ob sie mich hörte. Sie war in einer anderen Welt, in der nur sie und Chris existierten. Sie und der Vergewaltiger. Und das Messer, das in ihrer Hand zitterte.

»Hau ab!«, sagte sie.

Chris starrte sie an.

»Hau doch ab, verdammt!«

Ich stellte mich neben sie. Die scharfe Messerklinge hing in der Luft, ganz dicht neben mir. Der Zorn wütete in meinem

Inneren, er drehte und wand sich, wie eine geballte Faust kurz vor der Explosion.

Ich sah Aminas zerschmetterten Blick und wusste, dass ich an allem schuld war. Wenn ich nur auf Linda Lokinds Warnungen gehört hätte. Wie hatte ich sie nur ignorieren können?

Da lachte Chris Olsen.

Ich schaute zu meiner besten Freundin und nahm ihr das Messer aus der Hand.

DANKSAGUNG

Danke an Markus Martens, der mir nicht nur eine Ehefrau geschenkt, sondern auch das Manuskript dieses Buchs gelesen hat.

Danke an Birgitta Ekstrand und Monika Wieser für unschätzbare Anmerkungen.

Danke an Zackarias Ekman für deine Genialität im Allgemeinen und für deine juristische Expertise.

Danke an die Teams vom Bokförlaget Forum und von der Ahlander Agency für den Sternenglanz, den ihr verbreitet. Es ist mir eine Ehre, mit euch zusammenarbeiten zu dürfen.

Ohne meinen Redakteur John Häggblom wäre dieser Roman nicht das geworden, was er ist. Danke für deine Genauigkeit und deine Urteilskraft und dass du an mich geglaubt hast, von Anfang an.

Ohne meine Lektorin Karin Linge Nordh wäre alles schlechter. Danke für alles.

Ohne meine Agentin Astri Ahlander würde es dieses Buch vermutlich nicht geben. Ich bin so glücklich und dankbar für alles, was du für mich tust.

Ohne Kajsa, Ellen und Tove hätte alles keinen Sinn.

Leseprobe

Der unschuldige Mörder

von Mattias Edvardsson

Lund, Schweden: Vier Literaturstudenten treffen auf den gefeierten Autor Leo Stark. Schnell geraten sie in den Bann des manipulativen Schriftstellers, der sie gleichermaßen fasziniert wie abstößt. Doch eines Nachts verschwindet Stark spurlos. Und obwohl keine Leiche gefunden wird, spricht man den Studenten Adrian des Mordes schuldig.

Jahre später beschließt sein Freund Zack ein Buch zu schreiben. Das Verbrechen von damals, für das Adrian acht Jahre ins Gefängnis musste, hat den Journalisten nie richtig losgelassen. Von dessen Unschuld überzeugt, ist Zack fest entschlossen, die Wahrheit aufzudecken. Doch bei seinen Recherchen stößt er auf den Widerstand seiner ehemaligen Studienfreunde. Alle scheinen sie etwas vor Zack zu verbergen. Und dann taucht plötzlich Leo Starks Leiche auf.

Der unschuldige Mörder

von Zackarias Levin

Vorwort

Die Wahrheit muss ans Licht.

Einer der größten Schriftsteller Schwedens ist verschwunden, und ein unschuldiger Mann wurde als sein Mörder verurteilt. Nach zwölf Jahren beginnen die Leute zu vergessen, aber es gibt andere, die nie vergessen werden.

Adrian Mollberg vergisst nie. Und auch ich werde nie vergessen.

Einst war Adrian mein bester Freund. Wir hatten eine gemeinsame Wohnung, ein gemeinsames Leben und dieselben Träume. Bevor er wegen eines Verbrechens verurteilt wurde, das er nicht begangen hatte und bei dem die Leiche fehlte. Es war, bevor Adrian Mollberg als Mörder abgestempelt wurde.

Nach zwölf Jahren werde ich ihn wieder aufsuchen. Diesmal werde ich die Wahrheit herausfinden und alles aufklären.

Aber wo fängt man eigentlich an?

Alle, die es zu irgendetwas bringen, haben den Mut aufgebracht, den ersten Schritt zu tun. Es braucht Mut, um mit dem Erzählen anzufangen, und nicht selten ist es am einfachsten, man beginnt dort, wo man gerade im Leben steht. Das habe ich in jenem schicksalsträchtigen Herbst 1996 gelernt, als ich gegen die Einwände meiner Mutter ein Studium in Literarischem Schreiben an der Universität Lund begann.

Da setze ich ein.

August 2008

Es war ein beschissener Sommer.

In derselben Woche, in der Caisa mich verließ, wurde ich zu einem Meeting gerufen, in dem der Chefredakteur mir eröffnete, dass einem Drittel der Angestellten gekündigt werden würde. Das allgemeine Zeitungssterben hatte die Hauptstadt erreicht. Die Leute wollten kein Geld mehr für Nachrichten ausgeben, die schon einen Tag alt waren. Das Internet quoll über von Klatsch und Tratsch und kontroversen Ansichten von rechts und links. Ich war überflüssig geworden.

Das Ganze kam nicht völlig unerwartet, traf mich aber dennoch ins Mark. Caisa sagte, sie habe sich innerlich von mir entfernt und brauche etwas Stabileres, etwas Dauerhaftes mit Zukunftspotenzial. Schon vor Mittsommer war sie ausgezogen, und die Kündigungsfrist in der Zeitung betrug zwei Wochen.

Ich verschlief die Vormittage und versoff die Abende. Nachts trieb ich mich in Straßencafés und Nachtclubs herum, schlief auf der Rückbank eines Taxis oder bei einer reichlich angetrunkenen Frau ein. Wenn ich am nächsten Morgen erwachte, fühlte ich mich einsam und antriebslos und versuchte, die Panik im Zaum zu halten.

Als meine Mutter anrief, schwindelte ich hemmungslos. »Geht alles seinen Gang. Läuft wie immer. Nichts Neues. Keine Probleme.« Dann aß ich Eis zum Frühstück, direkt aus der Zweiliterpackung, saß nackt auf dem Sofa mit den dreckigen Füßen auf dem Tisch, während ich mich durch die Onlineversion der Zeitung klickte, die bis vor Kurzem mein zweites Zuhause und meine Herzensangelegenheit gewesen war. Jetzt füllte ich die Kommentarfelder mit höhnischen Andeutungen und expliziten Beleidigungen. Im Suff sandte ich Caisa die letzten erbärmlichen Liebesbezeugungen, bevor sie mich auf allen Kanälen blockierte. Ich schickte meinen Lebenslauf an einige Redaktionen, bei denen ich mir vorstellen konnte zu arbeiten, und an andere, bei denen ich nicht im Traum daran dachte, auch nur einen Fuß hineinzusetzen. Eines Nachmittags radelte ich nach Långholmen und fläzte mich auf eine Sonnenliege – zusammen mit zwei Kollegen, die mein Schicksal teilten.

»Wie geht es dir?«, fragten sie. »Was hast du vor? Was Neues in Sicht?«

Und ich behauptete, ich wolle es eine Weile etwas ruhiger angehen lassen, vielleicht umsatteln, mich selbstständig machen oder mich auf die literarischen Träume meiner Jugendzeit besinnen.

»Du hast gut reden«, sagten sie. »Du hast ja auch keine Familie und kein Haus, das du abbezahlen musst.«

Die beiden trieben sich in den großen Medienhäusern herum, priesen sich an wie im Schlussverkauf und waren bereit, den Begriff Journalismus so weit zu fassen, dass sogar ein Klatschreporter die Nase gerümpft hätte.

Erst im August erwachte ich aus meinem Sommerschlaf und begriff, dass ich irgendetwas tun musste. Ich war mit der Miete im Rückstand, der Anrufbeantworter war voll mit empörten Nachrichten meines kleinlichen Vermieters, in meiner Stammpizzeria konnte ich nicht mehr anschreiben lassen, und die Rastlosigkeit brauste wie ein immer stärker werdender Sturm in meiner Brust.

Einige E-Mails und Gespräche später war mir klar, dass die Jobsituation in der Stockholmer Medienlandschaft mehr als prekär war.

»Was haben Sie bisher gemacht?« (Der Redakteur irgendeines Blattes)

»Kolumnen, Glossen, Veranstaltungstipps.« (Ich)

»Wie war noch mal Ihr Name? Zackarias irgendwas?« (Wieder der Redakteur)

»Zackarias Levin. Aber die meisten nennen mich einfach nur Zack.« (Ich, schon ein bisschen resigniert)

»Einfach nur Zack?« (Der Redakteur, kurz vor Ende des Gesprächs)

Und als mein abscheulicher Vermieter schließlich so laut an die Tür haute, dass der Chihuahua des Nachbarn im Falsett bellte, hatte ich genug und rief meine Mutter an.

»Endlich!«, rief sie, als ich anfragte, ob ich eine Weile bei ihr wohnen dürfe.

»Immer mit der Ruhe. Das ist wirklich nur eine Übergangslösung.«

Ich setzte mich in die Küche und googelte ein bisschen, bevor ich in den verschiedenen Redaktionen Südschwedens herumtelefonierte. Nicht eine Sekunde kam mir in den Sinn, dass ein einziges Provinzblatt mit nur ein wenig Selbstachtung einen relativ bekannten (na ja) Journalisten aus Stockholm ablehnen würde, der schon für die ganz großen Zeitungen geschrieben hatte.

Ich hatte mich geirrt.

»Wir kriechen schon auf dem Zahnfleisch und müssen etlichen Kollegen kündigen.«

»Die Internetzeitungen ziehen unsere Printleser ab.«

»Die Leute heutzutage wollen eigentlich nur Mist lesen.«

Ich sah erst ein Licht am Ende des Tunnels, als ich den Feuilletonchef und zugleich den einzigen Kulturredakteur der Provinzzeitung erwischte, die jeden zweiten Tag erschien und bei der ich vor langer Zeit meine Karriere begonnen hatte.

»Aha, und du willst also wieder nach Hause ziehen?«

Er bemühte sich nicht einmal, die Schadenfreude in seiner Stimme zu verbergen.

»Nur vorübergehend«, erklärte ich.

»Kannst du eine Glosse pro Woche liefern? Du weißt schon, solche albernen Betrachtungen, die die Leute so richtig provozieren. Fünfhundert plus Sozialabgaben ist das Standardhonorar. Mehr kann ich dir nicht bieten, auch wenn du es bist, Zack.«

Fünfhundert. Ich würde auf Kosten meiner Mutter leben müssen, bis ich irgendwann in Rente ging.

Trotzdem ließ ich die Sache noch offen. Ich versprach, mich zu melden, und behauptete, ich wolle erst ein paar andere Möglichkeiten durchspielen. Ich konnte den Feuilletonchef vor mir sehen: ein Lächeln so breit und schadenfroh, dass der Speichel vom Kautabak nur so herunterlief. Hab ich's nicht immer schon gesagt und so weiter.

»Womit willst du eigentlich dein Geld verdienen?«, fragte meine Mutter, als ich sie für ein Flugticket nach Südschweden anpumpte.

»Das steht noch nicht richtig fest.«

»Willst du nicht ein Buch schreiben? Du hast doch immer davon gesprochen, dass du ein Buch schreiben willst.«

Sie zahlte mein Flugticket. Ich wollte schon am nächsten Tag fahren und dachte erst über ihre Worte nach, als ich am letzten Abend in Stockholm im Bett lag und mich in der klebrigen

Sommerhitze zwischen den Laken herumwälzte. Meine Mutter hatte natürlich recht. Ich würde ein Buch schreiben.

Es ist schon seltsam. Manche Dinge werden von einem Augenblick auf den anderen komplett auf den Kopf gestellt, während andere für immer und ewig bestehen, vollkommen unangetastet vom Zahn der Zeit. Ich fuhr zu meiner Mutter und betrat das Museum meiner Kindheit: dieselben bestickten Wandbehänge, die Kupfergefäße an der Küchenwand und die alten, vergilbten Plakate. Es roch noch immer nach Früchtekuchen und braunem Zucker. Sie saß in Großvaters mottenzerfressenem Schaukelstuhl und war lange vor der Zeit gealtert, wusste noch immer nicht, wie man sich in den Arm nahm, hatte aber schon die Kaffeebohnen in die Mühle gefüllt, die wie ein Sägewerk auf der Küchenbank vor sich hin ratterte.

»Jetzt erzähl mal. Was hast du angestellt?«

Sie saß mit verschränkten Armen da und schaute mich wütend an. Ich fühlte mich wieder wie damals mit zwölf.

»Ich habe nichts angestellt!«

»Irgendwas musst du doch angestellt haben, damit sie dir kündigen? Ich weiß wirklich nicht, wie oft ich gesagt habe, dass du aufhören sollst, solche Dummheiten zu schreiben. Normale Leute ärgern sich über so was. Man sollte sich nicht für was Besseres halten, nur weil man in die Hauptstadt gezogen ist und beim *Aftonbladet* arbeitet.«

»Ich habe doch noch nie beim *Aftonbladet* gearbeitet.«

»Sei nicht so haarspalterisch.«

Sie starrte die Kaffeemaschine an, bis sie mit einem demütigen Piepsen kapitulierte.

»Und was ist dann passiert?«

»Hör mal, Mama, ein Drittel der Belegschaft hat eine Kündigung gekriegt. Diejenigen, die du die normalen Leute nennst, die lesen nicht mehr Zeitung. Sie gehören dieser verdammten Geiz-ist-geil-Generation an und wollen für Qualität nichts zahlen.«

»Qualität?«, wiederholte sie und flüsterte dann ihr ewiges Gott bewahre und Himmelherrgott vor sich hin.

Wir hatten noch immer unsere alten Sitzplätze am Tisch. Der Kaffee musste mit reichlich Milch verdünnt werden, doch er schuf eine befreiende Oase von Schweigen und Nachdenken.

»Und Caisa?«, fragte meine Mutter schließlich.

»Das hat nicht mehr gehalten. Wir haben uns voneinander entfernt.«

Ich hatte versucht, nicht an Caisa zu denken. Jetzt öffnete sich der Schmerz erneut wie eine schwärende Wunde.

»Voneinander entfernt? Manchmal muss man kämpfen, Zackarias. Eine Beziehung ist ein Geben und Nehmen.«

»Du mochtest Caisa doch gar nicht?«

Sie tat so, als hätte sie es nicht gehört.

»Du bist jetzt über dreißig. Als ich in deinem Alter war ...«

»Mama!«

Nun begab sie sich doch aus der Deckung. Ihr Blick triefte vor bitterer Enttäuschung.

»Irgendwann will man doch auch mal Oma werden. Hier sind alle Oma oder haben zumindest eine Schwiegertochter mit Kindern aus erster Ehe. Ich bin als Einzige übrig geblieben, und das ist wirklich nicht schön.«

Jetzt erkannte ich sie wieder. Same old, same old. Eine halbe Stunde in Skåne, und schon hatte ich die Nase wieder gestrichen voll. Ich begann, über das Bücherschreiben nachzudenken, sortierte in meinem Kopf die Ideen, die sich während des Flugs formiert hatten. Ein Buch zu schreiben konnte doch nicht so schwer sein. Wenn ich mich ranhielt, sollte es bis zum Frühjahr fertig sein. Das Schreiben selbst würde etwa einen Monat dauern, einen weiteren veranschlagte ich fürs Redigieren, dann kamen Druck, Produktion und Marketing. Das Frühjahrsprogramm war ein realistisches Ziel, die Taschenbuchausgabe würde kurz vor dem Weihnachtsgeschäft erscheinen.

»Hast du Tomaten auf den Ohren?«, fragte meine Mutter, und ich zuckte zusammen. »Du hörst ja gar nicht zu. Hast du Drogen genommen, oder wie? Du bist völlig abwesend und hast ganz rote Augen.«

»Jetzt hör schon auf. Was hast du eben gesagt?«

Sie verzog das Gesicht zu einer mürrischen Grimasse.

»Ich habe von Mädchen gesprochen. Dass es vielleicht eine gibt, mit der du dich mal treffen könntest.«

»Wie jetzt? Hier in Veberöd?«

»Genau. Die Niedliche mit den Sommersprossen, die in deiner Klasse war. Sie ist inzwischen geschieden und hat zwei Kinder, aber den Mann sieht man nie. Wie hieß sie noch mal?«

»Malin Åhlén? Sprichst du von Malin Åhlén?«

Sie sprach schon seit 1985 von Malin Åhlén.

»Richtig, Malin.«

»Mama, das mit Malin Åhlén war in der achten. Außerdem weiß ich nicht, ob ich im Moment überhaupt so ein Techtelmechtel brauche.«

Sie schenkte mir nach, bis der Kaffee überschwappte.

»Nein, ich glaube auch nicht, dass du ein Techtelmechtel brauchst. Was du brauchst, ist eine Frau.«

Ich konnte nicht mehr. Während meine Mutter weiterredete, holte ich mein Handy heraus.

»Hast du es mal mit Internetdating probiert?«, fuhr sie fort. »Evelyns Junge hat auf diesem Weg eine neue Freundin gefunden. Sie sieht nett aus und wirkt ganz normal. Und einen Haufen Geld scheint sie auch zu haben.«

»Hör auf, Mama. Ich muss mich eine Weile auf mich selbst konzentrieren.«

»Dich auf dich selbst konzentrieren? Macht man so was in Stockholm? Du bist bald zweiunddreißig.«

»Ich weiß, wie alt ich bin. Aber es ist nicht so wie in deiner Jugend.«

»Nicht so wie in meiner Jugend?«

»Es ist anders heutzutage.«

»Vielen Dank auch«, sagte sie und pustete in ihre Tasse, ehe sie einen Schluck Kaffee trank. »Das habe ich schon gemerkt.«

Noch am selben Abend schloss ich mich in meinem alten Jugendzimmer ein und skizzierte die besten Buchideen. Meine Mutter hatte mein Zimmer in einen Abstellraum verwandelt und die Regale mit dem gesamten Sortiment des Verlags Bra Böcker aus den Achtzigerjahren bestückt. Doch an der einen Dachschräge hing noch mein altes Bon-Jovi-Plakat wie eine bewusste Normabweichung, die vermutlich gar nicht so weit von den ästhetischen Idealen eines perversen Einrichtungsbloggers entfernt war.

Im Bett hackte ich in Rekordzeit eine Kurzzusammenfassung in den Laptop. Es konnte doch nicht so schwer sein, etwas Spannendes zusammenzuzimmern, wenn man sich wirklich bemühte.

Schlagartig wurde ich zurückgeschleudert in mein Studium des Literarischen Schreibens. Große Teile des Handwerkszeugs waren noch da. Es war wie beim Radfahren. Wenn ich nur die richtige Story fand, würde ich die Sache schon hinkriegen.

Doch die Erinnerungen an jenen Herbst in den Neunzigerjahren in Lund drängten sich weiter auf und nahmen schon bald mein ganzes Bewusstsein in Anspruch. Ich konnte nicht mehr an meine Romanfiguren denken. Ich dachte an Adrian und Fredrik. Ich dachte an Leo Stark, den berühmten Schriftsteller, der einfach verschwunden war. Ich dachte an unsere Dozentin Li Karpe, die postmoderne Dichterprinzessin. Vor allem aber dachte ich an Betty. Und das tat weh.

Wenn Sie wissen möchten,
wie es weitergeht, lesen Sie

Mattias Edvardsson

Der unschuldige Mörder

Auch als E-Book erhältlich

blanvalet

Das Grauen wohnt nebenan ...

448 Seiten. ISBN 978-3-7341-1181-5

Mikael ist mit seiner Familie in ein kleines Nest in Süd-
schweden gezogen, wo er einen Neuanfang wagen will.
Die Nachbarn sind ausgesprochen reizend, doch die heile
Vorstadtidylle trügt: Jeder verbirgt dunkle Geheimnisse,
heimliche Sehnsüchte und sogar kriminelle Schandtaten.
Dann ereignet sich ein schrecklicher Unfall. Mikaels Frau
wird von einem Auto angefahren und ringt mit dem Tod.
Sein Verdacht erhärtet sich: Es war kein Unglück, sondern
eine vorsätzliche Tat. Doch welcher Nachbar will Mikaels
Frau tot sehen – und welches Geheimnis hütet er selbst?

Ein Doppelmord, drei Verdächtige und nur eine Wahrheit ...

448 Seiten. ISBN 978-3-8090-2758-4

Bill verliert seine Frau an Krebs und wird von einem Tag auf den anderen alleinerziehender Vater. Um seine Rechnungen bezahlen zu können, vermietet er ein Zimmer an die Jurastudentin Karla. Karla arbeitet als Reinigungskraft für Steven und Regina Rytter. Schnell merkt sie, dass mit dem Paar etwas ganz und gar nicht stimmt. Denn warum verlässt die Ehefrau des angesehenen Arztes nie ihr abgedunkeltes Schlafzimmer? Jennica, die ehemals beste Freundin von Bills verstorbener Frau, steckt mitten in einer Lebenskrise. Als sie Steven über eine Dating-App kennenlernt, scheint sie ihr Glück gefunden zu haben. Doch dann werden Steven und seine Frau tot in ihrem Haus aufgefunden ...